黄金城

吴文莉 / 著

陕西师范大学出版总社

图书代号：WX20N1746

图书在版编目（CIP）数据

黄金城/吴文莉著.—西安：陕西师范大学出版总社有限公司，2021.1
　ISBN 978-7-5695-1315-8

　Ⅰ．①黄…　Ⅱ．①吴…　Ⅲ．①长篇小说－中国－当代
Ⅳ．①I247.5

中国版本图书馆CIP数据核字（2020）第012035号

黄　金　城
HUANG JIN CHENG

吴文莉　著

出版统筹	郭永新
责任编辑	张　佩
责任校对	郑若萍
装帧设计	蒋宏工作室
出版发行	陕西师范大学出版总社
	（西安市长安南路199号　邮编：710062）
网　　址	http://www.snupg.com
印　　刷	陕西龙山海天艺术印务有限公司
开　　本	710mm×1020mm　1/16
印　　张	29.25
插　　页	1
字　　数	460千
印　　数	1—3000
版　　次	2021年1月第1版
印　　次	2021年1月第1次印刷
书　　号	ISBN 978-7-5695-1315-8
定　　价	59.80元

读者购书、书店添货或发现印装质量问题，请与本公司营销部联系、调换。
电话：(029) 85307864　85303629　传真：(029) 85303879

毕成功小时候拾过本《辞海》，那书很厚，他就把挣来的钱都夹在书里，盼着早早把书夹满。在没人的时候，他洗净手轻轻翻一遍书页，那些深红、浅红、灰绿、淡黄色的人民币随着哗哗纸声，就流水般在眼前掠过，他眼也不眨地看着，然后陶醉着再来一遍。毕成功简直爱死这书里五彩斑斓的世界啦，就想：俺敢说，世上再有啥声音比钱的更好听，再有啥颜色比钱的更好看啦！

那一年是1969年，娘带着他和他的三个哥哥从西安被遣返到河南老家没多久，七岁的毕成功是从那个寒冷的冬天开始懂事儿的。

在那之前，用他的话来说，他还傻着嘞。

第一章

1969年11月底，河南乡下的冬天比西安城冷得多，毕成功的爹毕德全和娘刘兰草都是1942年逃荒到的西安，也都有二十多年没回来过了。冰天雪地里，只有看不到头的路。好几次刘兰草都想，这么远的路，自己那时才七八岁，真的是一脚一脚都走过的？

毕德全早就让这鬼天气弄得一点耐心也没了，可他一个字也不敢抱怨。他没想到县上民兵连的人到火车站接收了他们一家六口，大雪天，从下午走到夜黑，他俩领着四个儿子，竟然歇也没给歇，就让他们直接走回沙村。儿子们一路都不吭气，只有毕德全嚷嚷了几次他累了，可人家民兵没让歇。

雪厚，风大，村里的队长和其他干部在村口跺着脚等着，像是等了不少时候了，见了俩民兵，又欢迎又埋怨的。看不见脸的高个儿民兵在大围脖里终于说了句囫囵话，恁当俺想半夜来？老的小的六口子……到哪儿给狗日的们弄饭？

那是那是！赶紧回去睡吧。

民兵走了，毕德全和刘兰草都目送了，人家头也没回。

队长不高，军大衣裹得紧紧的，领子竖着，只露了一条缝，刘兰草？毕德全？走吧走吧，那院儿在村后边儿……他娘的……咋这……冷……冷……

风把"冷"扯得很碎。

队长和两个干部缩着颈抄着手，扑踏扑踏前面走了。大家也都扑踏扑踏着走，毕德全的喘气声就显得很响，夹着老二毕成钢响亮的咳嗽声。摸着黑，大家曲里拐弯绕了大半个村子，终于停在个破烂的院门口。

冻得太久，毕德全的舌头也硬了，声音有些直：老哥……哩，这院儿咋能住人？弄错了吧？

毕德全装出亲热冲队长问，声调却有些绝望。老四毕成功被里三层外三层穿成了个大棉团儿，头上还包个棉围脖，只有一双眼睛露着。他仰脸，正好看见清亮的鼻涕长长吊在他爹的鼻尖上打滴溜，他站不稳，一屁股坐在雪地里，刘兰草一声不吭重新蹲下把他搂住。

就这一个院儿闲着！恁说，恁想住哪儿？

队长不等他答话，扭脸就走，两个干部跟上走了。队长的声音不紧不慢地说，赖孙儿们都把尾巴给俺夹住啊，再敢反革命，斗死恁个乖乖！啊？！听见有？

毕成功在他娘刘兰草的怀里感觉到娘猛地一抖，毕德全巴结的声音赶紧在风里撺上队长，那是！那是！俺不敢！

刘兰草抱着毕成功，被冷风吹得脸也木了，手也麻了，觉得骨头缝都寒透了。吱呀一声，那门开了，三个儿子围在腿边，仰脸看着她，刘兰草却不进那黑洞洞的大门，她的脑子像是让冻住了，啥也想不起来。

第二章

西安有个很有名的烧鸡店，据说是个百年老字号，有没有一百年毕成功不知道，但从他记事起这儿就有这家烧鸡店。河南人爱把烧鸡叫鸡子，过去，在酒席上这是道硬菜，提礼的时候这就是个大礼。娘在世的时候，他花很多钱买的贵重物件儿，在他娘刘兰草眼里还不如一只烧鸡来得隆重。所以今天要去看娘,毕成功一大早先到烧鸡店买了只最大的烧鸡,这才开车往洛阳赶。

毕成功的娘在那里安葬还不到一年。

其实毕成功一个多月前过腊八节的时候才去看过娘,按说今儿既不是娘的忌日,也不是娘的生日,但他夜里又梦到了娘,心就乱了。再按说,一个梦也不用非当成事巴巴跑一趟墓地,西安到洛阳说远不远,说近也不近呢。但毕成功这个梦已经做三四次了,每次都一模一样,都是他们一家被遣返回老家的那个夜里。雪那么大,天那么黑,那天他冻也快冻死了,让他娘扯着手在没边没沿的雪路上走了整整一夜,好几次娘抱着他走,在娘怀里他就睡着了。等娘抱不动了再放他下地扯着走,他就一直是东倒西歪闭了眼的。那个晚上像是一辈子那么长,又碎又模糊没个边际。一家人啥时候在那个黑乎乎的院门口停住的,那几个大人说的是啥,毕成功都不记得了。真正让他永世难忘的,是他娘刘兰草好好站在那儿,突然说了声"饿",便慢慢昏倒在雪地又压倒了他。毕成功被他娘整个捂在冻得又硬又冷的雪地上,哭也哭不出声儿,动也动弹不得,他觉得自己肯定是让憋死了。他大哥二哥咋样把他从娘的身下硬拖出来,毕成功也是模糊的,他只记得他拼命喘息着,脸冲下扑在雪地里,哭也忘了,只大口呼吸着冰冷的空气才渐渐清醒。

毕成功对人生最初的记忆就从那个时候开始了。

要不是那种熟悉又绝望的窒息在梦里一再出现,毕成功不会今儿一醒来就急巴巴要去看娘。从去年娘过世,毕成功只要有时间总会去给娘烧纸看看她。今天一早,他已经买了她生前爱吃的德懋恭点心、芝麻烧饼夹馓子、一只大烧鸡,放进车子后备厢,这三样礼算是全了。另外,毕成功买的黄表烧纸也有满满十大捆,后备厢塞得满满的。以前去看娘,他每次都要买这么一大包的,提前一天一个人花几个钟头坐在家里,细细把十大捆黄表烧纸打散叠好,十来张一小沓摆整齐,再用绳细细捆了。这样原来压得瓷瓷实实三指厚的一沓纸,因为被打散重新叠好就捆成了三四沓,他买的十大捆纸叠好就成了几十捆,得装两麻袋。这样搓散叠好的黄表烧纸才能点着烧透,依着老人们的话,只有整张烧纸的灰,冥界亲人才能收得到,那钱才能顶上用场。娘在世的时候很相信这个,现在她不在了,她在意的事儿毕成功就要想办法做得好好的,他也就相信了这个说法,只求能安安帖帖把钱给娘送过去让她高兴。所以,每次要去看娘，毕成功都提前一天把烧纸买好，搓散成一张张的，再叠成很多小捆寻麻袋装好。到了坟上，毕成功每次蹲在刘兰草的墓碑前头，总要烧两个多钟头才把那两麻袋的纸钱烧完。他每次都不忘留两捆最后烧，那是他特意给墓园里那些没人管的穷鬼的，他们是娘的仇人，里面也有他的亲爹毕德全。他会一直念叨，我娘刘兰草，她脾气不好，如果和你们骂仗打架起矛盾了，别和她计较！这些钱算她儿子我替娘道歉的！

　　好几次，管理墓园的人都嫌他烧的纸钱太多，说造成了污染要罚钱！毕成功总是随手掏几百块钱递给他们说，我给我娘送点钱你们总要叨叨，阎王爷也不管的事儿，你们就行点方便吧！要不我娘没钱花，她一生气跟上你们就回你们家了！

　　依着毕成功的话说，他这辈子不信天不信地，见了教堂和庙从来没进去拜过，他觉得那是迷信，但他唯一相信鬼也是要用钱的，那他就不能让他娘在那边儿饿着肚子过苦日子。让他担心的是，她娘是不是一直没有收到他的钱，要不为啥一直给他托梦说饿呢？

　　这样的阴天毕成功最不喜欢，他喜欢太阳。他的办公室三面都是落地玻璃窗，他只要换一扇玻璃窗站着，就能把西安早晨的太阳或晚上的夕阳看得清清楚楚。有时他到办公室早些，早晨的阳光透过玻璃洒在宽大的办公室里，他便觉得自己像这太阳一样年轻，有无数的大事情在等自己去做成呢。有时，他下班走得晚一些，太阳渐渐落山，他看着像鸡蛋黄一般的夕阳，在高高矮矮的楼宇间渐渐消失，心里就总有种感动。感动啥呢？他说不清楚，但他就是爱看这个时候的西安，夕阳的光亮照耀着这个城市林立的每座楼，眼前一片金光闪闪，镀了层黄金一般，整个城市都灿烂得耀眼！

　　毕成功就爱这样的西安城，他就觉得这才像是一个黄金的城市。

　　当年，他怀揣了三十块钱和两个苞谷面馍进了这个城的时候，他觉得一切都灰塌塌的，城墙是灰的，房子是灰的，还有城里的人，脸上的表情，都是灰色的。唯一不灰的是西安城里许多路边的大槐树，那绿伞一样的阴凉是西安唯一的颜色。毕成功很清楚自己当时的心和这城市一般灰塌塌的，又萌发着一点希望，他的心和口每天都是饿着的，就盼着有什么能把他心和口都填满，别这样饥渴。他饿的不仅是饭，还有什么呢，他并不知道。那时候他心里是茫然的、恍惚的，又是慌乱的，总觉得他能吞下一个城，可是却根本没有什么可以给他吞；有时他又畏惧这个城市，因为他走进这个城市，这个城就立刻吞掉了他。

对于西安城，他的感情是深的，但这绝对不是那些文人写出来的感情，他们说的什么文化或者什么历史都是空的虚的，有啥意思呢？那是老祖宗做出来的事，要说就说现在，反正放几百年也会成了历史。他不觉得历史有啥值得炫耀的，好多次站在自己的办公室，俯视着这些楼组成的西安城，他觉得只有这些楼，和每一个楼里的上百户人家，或上百个公司才是西安，这和那些几千年的什么文化什么历史没有一毛钱关系。所以每次听到像他朋友秦教授那样的人给大家讲文化，毕成功从心里是不想听的。如果让他用一个词来形容这个城，他能想到的就是"黄金城"，在许多方面这个城都堪称辉煌。

有人说西安这个城"一城文化，半城神仙"，他也不赞成，他在西安生活了四十年，他不知道那半城神仙都在哪儿？他所看到的、认识的全是商人，都在忙着挣钱挣名。就算是有的顶着什么家、什么学者的名头，他一眼就看透他们和他一样，全是商人，那些名字不过是他们要演的一个角色，是他们登台演戏前抹在脸上的粉、穿在身上的戏袍子罢了！倒还不如他毕成功来得干脆，他不装假，不弄神弄鬼，爱钱就去挣钱，干板硬正没有啰唆！

脑子里胡乱地想七想八着，随着车流，毕成功终于开着车出了西安城。天空阴沉得像扣了口大锅，上了高速没多久空中飘了雪花，轻飘飘落在车玻璃上就化了。他心里吃了紧，这不是和那个梦差不多啦？前几天就立了春，今儿居然又开始下雪了。想着娘在梦里说的那个又委屈又清楚的"饿"字，毕成功的眼睛突然就酸了。

这几天司机小代的媳妇生孩子，想着熟车熟路的，为了能自自在在上坟，他这次去就自己开车，没叫别的司机。这条路毕成功来来回回走了十来遍，五个多钟头就到了，如果出门早，烧完纸祭奠完还能当天开车赶回西安家里。毕成功没有把他娘葬在西安附近的墓园是有原因的，虽然来来去去给娘上坟很方便，可那些墓园都必须要火葬。刘兰草以前跟他说过很多次，想要落个囫囵个儿，不想让火烧，他要是孝顺她，那就想办法让她入土为安。幸好，毕成功的三哥户口还在洛阳老家沙村，十多年前，沙村在村后一里多路的山坡上建了个集体墓园，把全村所有的土葬坟全部迁到了那儿。依着村里规定，尽管刘兰草到西安已经三十多年了，但因为老三儿子还在乡下，毕成功又给村里捐了一笔钱让建个老年人的活动中心，村里面就同意刘兰草入住那个墓园。可集体墓园也是要求火葬的，就是怕娘心里难受，毕成功为了满足他娘入土为安不火葬的愿望，好说歹说，一口气花了五个墓穴的钱占了两个坑，安葬了他娘。虽然往后他去看娘来回就得十多个小时，但想想娘安安稳稳躺在土里，他心里很高兴。

因为今儿是临时决定去洛阳给娘上坟，毕成功买三样礼和烧纸又花了许多时间，出门就比平时晚了些。一路走着，雪不紧不慢地下着，过洛阳地界的时候，那雪在地上已经薄薄铺了一层。到墓园已是中午了。知道今天烧纸的时间不会短，见地上的雪已经坐住了，空气湿冷得很，毕成功就把围巾裹裹紧，他又特意从车上取了个靠垫，提着往娘的坟头走去。

刘兰草的坟是整个墓园最高处最中间的，因为那碑石着实讲究，墓穴旁又栽种了柏树，就越发在一堆村民们的土坟矮碑之上，显得格外瞩目。毕成功要的就是这样，他娘刘兰草在沙村生活了十来年，受够了这帮货们的窝囊气，早该风光风光压住他们所有人的气势。当年欺负娘的那些人现在都在这些土包堆下面了。大城市的有些墓园，墓碑上还有个小小的相片，而这里高高低低的墓碑都光秃秃的。毕成功把十大捆烧纸装在麻袋里扛在肩上，顺着墓园里的小路往山坡上走，路边那些碑上的名字他都看在了眼里，大多认识。他心里就想起那些男男女女们的样貌，过去那些事猛然支离破碎地胡乱拥挤到了面前，耳边哗啦啦响着铁皮被砸的声音，他闭了闭眼睛，依旧能看见那个被砸成一地零件儿的自行车。毕成功心里恍惚着出了神，人活着到底图了个啥？那时候在沙村，天天就是个饿，这些人居然有劲折腾，人人穷得精尻子坐光炕，整月吃不上个稠饭，可有的是劲忙着看别人家的倒霉，说别人家的是非话，恨不得把活人逼死。

可是折腾了那些年的结果呢？毕成功无声叹了口气，他们该是没有想过，谁早晚都是要睡在这土里的，土包里面一个小匣子就是全部了，折腾来折腾去有啥意思呢？

几乎穿过整个墓园，毕成功才走到他娘刘兰草的坟前，他就是要让他娘住在最高处，他才不担心这些货们合伙欺负他娘，他相信只要有钱，凭着他娘自己的本事，这些人根本把他娘咋不了。

在娘坟头的雪地里点了灯烛，刚摆放好那三样礼，蜡烛顶上的火就让风给扑灭了。毕成功重新用打火机点着，双手拢着让那火苗渐渐燃烧起来。他点了三根香插好，这才一屁股坐在垫子上开始烧纸，很快就呼呼地烧出了火苗，毕成功少了些寒意，开始低声细气给他娘言语起来。没过多久，那火就开始烤得他脸发烫了，他便拖了靠垫向后退了退，手里却没停。因为那十大捆黄表烧纸都是一早才买的，没来得及散开，他就三张五张在火堆上烧着，又想要尽量保持这黄表完整，就格外慢，比平时花了更多时间。他不急，他知道等他去办的事儿多得能摞到天上，生意的事、家里的事、儿子的事、朋友的事，七事八事都快要堆到脖子上埋掉他了，可他反而觉得虱多不咬心里不急了。

急啥呢，能搁下的事都不是急事，反正永远也没个完的时候，就算今天出来没管那些事，天不是也没塌吗？

那就安心给娘上坟吧。

1969年的沙村，在毕成功眼里是个大地方。

沙村其实是毕成功他爹毕德全的老家。毕德全是个精明人儿，八九岁时跟着他爷逃荒到西安后，就在一个做伞的作坊当学徒。凭着这手艺，他可以养活着他自己和他爷爷，并在十八九岁时娶了同是从河南逃难来西安的刘兰草。没办法，西安人是不会嫁河南人的，而有些根基的河南人，谁又会把闺女嫁给一个天天坐在街头补鞋修伞的男人？他俩以两年一个的速度生下四个儿子，这让他对刘兰草心生怨恨，他的钱全填了这四张嘴啦！

毕德全在回到沙村的第二天一早，就嘿嘿笑着把不大的沙村跑了一遍，不管人家待见不待见，让进门不让进门，毕德全都一直笑着，有理不打上门客，这话对吧。虽然他从小出门，可他落了难，还是沙村的人呀！毕德全打着他死去的爹娘、爷爷的名字，认下一河滩大爷大娘、大哥嫂子，仿佛人人都和他沾些亲。幸亏人家都还认他爷爷，毕家也果然男丁旺，毕德全在沙村居然找到了久违的亲情。他去了赵队长家，他一早才听说队长该是自己的侄儿哩，毕德全多精，他才不会去认侄子。他还是一口一个队长哥，从怀里掏了包烟搁在队长的炕上巴结队长。队长媳妇屁股大，好几次歪了屁股坐炕沿，都差点坐在烟盒上。毕德全不好意思把烟盒再挪地方，也不好意思一直瞅着那烟，可心里一直着惦记着，说话就总分心。幸亏队长把烟拿起来捏出一根搁到嘴里，毕德全心净了，和队长只说了五分钟话就赶紧走了，因为队长媳妇端来一小盆窝窝头放炕桌上，毕德全知道队长家要吃饭了。

但这五分钟，足够让毕德全搞清形势做出决定：他不能让反革命媳妇刘兰草毁了他，也不能让那四张嘴吃死他，他毕德全要划清界限和刘兰草离婚呀！

只用了五天，毕德全就和刘兰草划清界限离了婚，他重新成了一个干净的人。这不由刘兰草同意不同意，一个破落的小院三间房，分成两半，右边一间住毕德全，左边两间住刘兰草和四个儿子。依着毕德全的意思，他还是想要一个儿子的，毕竟做伴、干活、养老都离不了儿子，他想要老四毕成功，因为这孩儿虽然最小却最聪明，而且老大老二都十来岁了，早定了性，看得出来，都和他们的娘一样犟，将来也是吃里爬外。可毕成功不愿意，他不说话，只用黑眼珠子把他爹看了看，就一把拉住刘兰草的手。从那以后，毕德全再也没摸过他最心爱的小儿子毕成功。他得意扬扬成了政治清白经济独立的单身汉的时候，肯定没想到，多年之后，他在病床上痛苦地念着成功的名字，也没能见上这个发誓不认他的儿子。

沙村不大，刘兰草是反革命分子和她离婚带了四个儿子的事，很快就人人皆知了，她是个外来户，没根没梢，人家并不关心她为啥会来沙村。她在离婚书上毕德全指给她的地方歪歪扭扭写下"刘兰草"时，谁也没想过，只会写这三个字的文盲刘兰草，咋会因为涂黑大字报而成了一个现行反革命分子？

刘兰草一想到这罪名，心里就冤屈着堵得不行。没被遣返回乡时，她在西安的建筑公司上班，给门窗刷油漆，她活干得好，出身好，话也少，按说不该被揪出来，可她的这个反革命却像是从天上掉下来刚好砸住她的。那天本来是她礼拜，要是刘兰草在家歇着给四个儿子做饭，也就没这事儿了，偏她想着工地上的活是计件的，多刷一个就多一个的钱，她一早连饭也没吃就领着小儿子毕成功去工地了。一口气干完活已经是大中午，刘兰草领着嚷嚷饿了的毕成功准备回家，为了抄近路她没走前门走后门，刚进了那个窄胡同，就恰好看到了让她当上现行反革命的事儿——临时工老王、老姜和于跛子正用架子车拉了满满一车竹夹板往墙外递。狭路相逢，对峙了足有两分钟，谁也没说话，刘兰草紧紧靠墙站着，把儿子毕成功也紧紧按在墙上，让那架子车贴着身子往后门运。车子通过了，每个人都松了口气，跟在后面的跛子老于还用手捏捏毕成功的脸蛋。工地的竹夹板丢了好几次了，次次都在广播喇叭里喊了，可一次也没抓住小偷。刘兰草是个只管自己鼻子底下事情的人，如果不是撞上这事，她几乎没注意工地丢东西，可这事让她眼睁睁看见了，刘兰草就别扭着后悔，这事咋让自己看见了？要是从前门走就好了！她吓得再也不敢加班了，儿子毕成功也不敢带工地里了，老于那天没有表情地拧儿子脸蛋，眼神多邪性！一连几天没听广播里喊丢东西，刘兰草渐渐安了心，只当这事过去了，没想到这天刚下班，于跛子一颠一颠来找她，刘师傅！刘师傅！

刘兰草心一紧，看看正是下班的时候，人来人往的，老王也笑着叫，刘师傅，领工资呀，就差你的名字啦。

刘兰草这才松了口气，多年来他们都计件算工资，先把这个月做了多少活儿写清楚签上名字确认了，再去算工资。纸上写了一大堆字，她不识字，只会写刘兰草，但她认识数字，看看和她心里一直默默计算的数字不差，就放心地写上"刘兰草"三个字。

四个小时后，这三个字让刘兰草成了现行反革命分子，因为这是一个认罪书，她用她的名字承认，工地大门口那个大字报是她用油漆涂黑的。接着在后来当面质问的时候，她也别别扭扭承认，她确实说过工地里的房子盖得像棺材。

第二天一早，厂里来人到了刘兰草的家，毕成功被从窝里被拽到地上，光着脚哭。三个儿子都被红卫兵从学校揪回来了，毕德全连他的工具箱也没顾上收拾，就让叫回了家。六口人迷迷瞪瞪在紧狭的自家门口被批斗了一通，然后让送到火车站等最后一趟去河南的车。

他们被清除出西安，到农村接受改造去了。

沙村离镇子不远，镇子离县城不远，县城离洛阳也不远。村里的大小孩子们都在镇子上小学。毕家的老大在西安上学时就不爱读书，到了农村和他们的娘刘兰草一起劳动了。老二想读书，刘兰草不供他，家里还是少劳力，也和娘一起劳动了。毕成功和他三哥让刘兰草送去当了个学生，可他哥被同学们揪耳朵在教室里当驴骑过一次之后，就哭着坚决不愿意再去学校了。

现在刘兰草的四个儿子里只有毕成功是学生。没来沙村前，他在西安上一年级，现在转学到了镇上的小学，每天光走路就花不少时间。

上学是个痛苦的事，不仅是天冷，还因为毕成功坐不住。既没有本子也没有笔，他坐在教室里，除了瞪着眼睛听老师讲课，啥也做不了。

三十来岁的女老师姓章，教认字，毕成功不是个好学生，她只一个早上就看出来了，毕成功，恁坐直！

毕成功坐直。不知不觉间，他就又慢慢把腰塌下去了，这在一个个小树一样直溜溜坐着的孩子们中间就塌下去一块，章老师不容许塌，她再喊：毕成！功！坐直！

毕成功又坐直。又塌下去。

章老师烦了，她瞪了他一眼，他没害怕，也没躲开眼睛，还是塌着腰，缩在课桌后面，认真地看着她。她决定来日方长，慢慢再调理他，同学们写字！这三个字，一个字写一行，谁写完谁回家！

毕成功看着同桌的小妮儿郑重从一个布袋子里摸出根铅笔，铅笔的头很钝，只在铅笔的木头里露了很小的一点点黑，他没有小布袋，也没有铅笔，就看着这个叫王鲜红的小妮儿开始在本子上写字。本子他也没有。他知道这个叫本子，那个叫铅笔，可他知道了也白搭，他都没有。

他看着王鲜红一笔一画地写下"人""口""手"，她写得狠，用尽全力，粗纸上就陷了一道道凹槽，他也在心里帮她用劲。写了一行多，铅笔的铅磨得退进木头里，她把笔放嘴里用门牙咬掉了点小木屑，黑色的铅又露了点头。毕成功看出她知道他在看她，可她装作不知道。她一字一字写了三行，毕成功一眼一眼看了三行，王鲜红写完了，举手说，报告老师，俺写完了！

人家都放学了，毕成功让留下了。他不说他没有铅笔，他知道说了也白搭，章老师会让他去买，他知道他娘会没好气地说娘没地方挣钱，没钱买。毕成功不爱说废话，他就说他写完了。

写完了？

章老师很兴奋，她很久没遇上这样的学生了，恁说恁写完了？在哪儿？

毕成功很认真地说，俺拿眼睛写了！

罚站。

章老师吃罢饭回到教室门口，准备好好跟这孩子谈谈心，门口却没有人。她四处打量着，怀疑自己是不是记差了，哪有学生让罚站敢跑的？大孩子们敢这么闹，他才是个小学一年级的学生啊！

可毕成功就是没听她的话，她前脚走，他后脚就走了。

毕成功急着要去看火车。

上课时毕成功就听到了火车的汽笛声。从稀稀拉拉贴了几张大字报的学校出来，晒着暖和和的太阳，他沿着刷着标语的小街往北跑，过了长长的大下坡，镇子就结束了。他继续跑，刚绕过一排灰房子，猛不丁毕成功就看到几条亮闪闪的铁轨。他立刻停了脚，被谁猛地拉住一样怔了，他眯着眼，久久对着几条无限延伸的铁轨张望，多美！他知道他们那天是从这儿来的，那头连着西安。

而且他看见，铁路边有很多垃圾。

老大毕成才和老二毕成钢都不太愿意拾破烂，他们嫌脏；老三毕成立也不愿意，他懒。毕成功却从没觉过脏，路边、垃圾堆里有破布烂铁丝，旧书旧家当，只要拾到手就能换到钱，这是多大的好事！农村人日子过得细，啥也不舍得扔，毕成功从到了沙村就很失望，现在看着铁路边上乱七八糟的垃圾，他从心里高兴了起来。

毕成功拾破烂的经历从五岁多就开始了，破烂能换钱，他也是那时就知道了的。穷人家的孩子都会想法子寻钱，毕成功天生对钱就有感觉，拾破烂是他认为最合适自己的活儿。毕成功喜欢的是拾破烂的过程，在西安时，他还没上学，就爱跟着巷子里头拉架子车收破烂的老头儿走街串巷。所以毕成功早就跑遍了大半个西安，而且是深层次地跑。收破烂和拾破烂完全不一样，拾破烂更自由些，虽然挣钱少，可也不用花一个钱的本儿，这对毕成功很重要。如果在冬天遇上大太阳，夏天遇上阴天就更好了，可以自由自在想走哪儿就走哪儿，想歇就歇，运气好能拾到好东西，运气差少拾点也没关系，反正啥也没损失，不出来拾破烂也一样会饿，哪怕只拾到些废纸，攒多了也能卖钱呢！

今天运气不错，没走出多远，毕成功就拾到一团碎布，一个不会走的生锈马蹄表，一只半新不旧的球鞋，一个不知道是啥的小东西，好像是铁的，但他确定那是可以换钱的，半张烂草席，他打算让他娘刷洗刷洗，铺在她睡的光炕上。很多烂纸让风吹着哗啦直响，毕成功认识，那是大字报，他娘就是因为这个才当了反革命，于是他果断地转身走了，谁想拾让谁拾吧，反正他毕成功不会碰大字报。就像他打定主意不在纸上写字一样，他娘要是不在那纸上写那该死的字，他现在该是会在西安的城墙根拾破烂，而不是这该死的农村。

　　从镇子回到沙村还得走三里多路，毕成功不想第一天上学就跑得太晚才回家。他顺着铁轨打算往回走，中午没吃饭，肚子饿得咕噜着响了几声，毕成功丢下手里的东西，使劲把拦腰捆的粗布带子勒紧。在铁轨之间，一本书被风吹得胡乱翻着，毕成功蹲下，那是本很厚的书，他不认识上面的字，可他知道，这么厚的书，罕有地是硬纸壳的书皮和书尾，要是在西安，差不多可以卖一分钱！他有点小心翼翼地双手捧起书，发现这书像是让人看了好多年一样，可一点也没破，他翻了翻，在书皮里面的第二张，写了个名字和几个数字："×××　1956.12.3"。

　　毕成功把书塞在怀里，用粗布带子重新勒紧，他有些兴冲冲，迎着已经有些软塌塌的阳光往回走，心里猜着有下午三点多了。毕成功在心里打了个主意，手里的东西全都在离学校门口不远的那个废品站卖了，但他要留下这本书和那张烂草席。

　　毕成功没想到他居然发财了！

　　乱七八糟的东西一样样摆在那个油漆斑驳的脏桌子上，人家说扔了吧，不收。毕成功还没来得及沮丧，那人往桌子上扔了三个一分钱的硬币。毕成功的肩膀和桌子一般高，那亮晶晶的三枚硬币就在他眼睛前面当啷啷脆响着落下，晃悠着，然后平摊在桌上不动了，两枚挨在一起，另一枚离得远些。毕成功盯着那钱，抬眼看看没有头发的胖老头儿，然后重新垂眼看钱，小声问，三分？！

　　老头儿说，只有牙膏皮能收，三分！

　　毕成功从桌面上一枚一枚抠起钱，使劲捏紧拳头，手里就硬硬地有点疼了。他生怕老头儿改了主意，赶紧从地上拾起破草席转身就走。老头儿还在鼓捣那个烂马蹄表，毕成功回头张望了一眼桌上值三分钱的牙膏皮，心想，明天，俺只捡牙膏皮！

手里攥着三分钱，毕成功却累得半个胳膊都发酸。他不敢看，怕别人发现他居然有三分钱，可是不看他又觉得心里不踏实，他把手攥成拳头，大拇指和食指放松，让钱卡在指缝里，然后眼睛对着手心看，硬币侧面细密整齐的花纹刚好露出来。从镇子到家有三里路，毕成功不知道看了多少遍，看一次高兴一次。不知道是不是因为光顾着看钱，他快跑到村子的时候才发现有只小黑狗不哼不哈地跟在身后，毕成功吓得立刻站住了，他想，不敢跑！狗都爱咬跑的人。他想起娘教的，赶紧蹲下装作拾石头要砸它，可地上除了坑洼，没有一个像样的土块。谁知那小狗也停了脚，用又圆又黑的眼睛看着他，毕成功被它看着，觉得它一点也不像是要来咬自己，那黑湿湿的小鼻子，弯弯的长嘴巴，倒像是个好脾气的小闺女儿。可他还是不敢乱动，就半蹲着固定了自己，黑狗歪了歪头，眼睛一直盯着他，然后慢慢伸长两个前爪卧在地上，轻轻打了个哈欠。毕成功看到它粉红色的小舌头心里高兴了，这狗真有意思！它不咬人居然还卧下了！

毕成功的腰都弯累了，他试着慢慢直起身，那狗没有动。他轻轻转过身，回头看，那狗正慢慢站起。他迈开步子往前走，说来也怪，那黑狗也跟着他走。他故意停下，那狗也停下。毕成功有些惊喜地想，太美了！这小狗就和俺养的一样！

毕成功握着他的三分钱快步走，那狗就一直跟着他，等进了村他一路小跑到家，叫着娘！

院门开着，左边两个门却关着，隔着个竹门帘，他爹毕德全说，他们在戏台子那儿！

毕成功心里一凉！完了！今天看来弄得大！

再看那黑狗，就停在他的院门口，还是不哼不哈的样子，却耳朵竖着，仿佛很警觉，毕成功却顾不上再管它了。

刘兰草差不多隔几天就要在下午挨批斗汇报，都在戏台子那儿。沙村只有娘一个反革命和胡有财一个地主，小批斗经常有，但总是早早就完了，谁家都有一河滩事，没工夫天天看她和马有财汇报。要是把十来个村子的十多个"地、富、反、坏、右"全加在一起，那就是大批斗了，时间自然长。毕成功没想到自己有那么好的运气拾了本厚书又挣了三分钱，他娘居然还要挨大批斗！他把书塞在柴火堆里，转头就跑。毕德全挑了竹帘叫，成功，别慌着跑，看这是啥？

毕成功看到，从门帘里伸出来的是一个夹着肉的大白馍！他听到他的头里面嗡的一声，嘴里就一下子蓄了满满的口水。他怔怔神，恨恨地猛扭头就跑，心里骂，狗日的毕德全，俺饿得从早到现在没吃过饭，恁还拿这逗俺！

他听见他爹悻悻地骂，死犟筋！不吃算了！滚吧，和恁娘一样信尿！

毕成功跑到戏台前，批斗会刚进行完，刘兰草正低着头站在台子上，她头发很乱，胸前的大木牌坠着她的头垂得很低很低。只一下，毕成功眼泪就流出来了，他突然大声叫，娘！

刘兰草低着头，散乱的头发完全遮住了脸。听儿子叫了声娘，她一下子就清醒了。

刘兰草今儿被派的活是从村后的渠沟底下往坡上担水浇地，这是个力气活，挑水还要掌握好平衡。按着刘兰草的个头和体力，在平地上挑一担水都困难，所以她挑着两木桶水，顺着土坡地往上爬，一不小心就连人带水桶都滚到渠里去了。她摔倒是小事，摔破了的木桶也是她自己的，可她的另一只木桶从坡上滚下去的时候，把她身后也在挑水的一个社员给砸倒了，那人的胳膊和脸都擦伤了，这就成了大事！想想吧，刘兰草这样故意捣蛋搞破坏，不斗她斗谁？

人们渐渐散了，其他村的人各自回了，刘兰草慢慢从戏台上站起来，像是刚演完戏还沉浸着缓不过来劲。以后的很多年，毕成功想起沙村和他的娘，总是想起那落寞的一幕，他娘刘兰草从戏里慢慢出来，回到现实里来，然后和他们这四个儿子一起回家做饭。他想他娘其实是个好演员，她一个人要演好几个角色，却从来没有演乱过，要不是他娘刘兰草，那个该死的沙村，那么该死的一百多号人，都不知道该咋样打发那么长长的几年时间。他知道，光凭地主老胡，完全演不好的。

毕成功在戏台底下不停地哭，他的三个哥都呆呆站着。刘兰草冲他们摆摆手，毕成功赶紧跑着爬上戏台子，把肩膀支在娘的手边让她扶着。老大成才使劲把娘脖子上的木牌子取下来。毕成功仰脸，看他娘鼻涕眼泪糊了满脸，他踮了脚尖去给娘擦，流着眼泪却笑着压了声音说，娘，恁看，这是啥？

刘兰草抹了把眼睛，低头，见毕成功的手小心翼翼张开，被汗粘在手心里的是三枚一分钱硬币。

从西安到河南，刘兰草一点准备也没有做，全身的家当只有一块三毛五分钱。本来家里也没啥值钱东西，可让人家一翻腾，她在心里也觉得自己确实太穷了。自己一家六口人的衣裳，四个包袱皮就全包了，加上锅碗杂物装了两个纸箱子，他们就傻乎乎上路了。刘兰草咋也没想过自己这辈子会成反革命，她过去以为这是有本事的坏人才能当的。而且她也没有想过这辈子会离婚，毕德全对她不好是事实，但她成了个男人就住在隔壁的寡妇，却真是个意外。刘兰草没有娘家，也没有老家，她这几天一直在想，要是在西安先离了婚，那是不是就没地方可以遣返了？那她是不是和她的四个儿子就一直待在西安城了？七八岁从河南逃荒到了西安，刘兰草以为自己永远是西安城里人了，这么多意外加在一起，就算已经住在沙村的破院子里，每天都扛着锨把儿去地头等队长派活儿，她还是经常恍惚着以为做了噩梦。她不愿相信，她刘兰草真的成了个带着四个儿子却没有丈夫的反革命分子。

沙村的日子比在西安时还穷，刘兰草一家是大冬天到的村子，除了从西安带来的一口袋玉米面，家里再没有粮食了，她没处去借，地里没长，买也没钱，而且，就算有钱也没处买。

挣扎了这么多天，她终于走到了绝境里。

过了两个多月，过春节了。大年初一的早晨，沙村的习俗是天不亮就吃饭，早饭后就结伴出去串门拜年。村里人说着笑着在村里游转，毕德全也是一大早就出了门，给他那些七大姑八大姨的拐弯亲戚拜年。刘兰草听见了，她躺在被窝里打定主意不起来，就这样躺着。里屋黑灯瞎火，灶房冰锅冷灶，三个儿子坐在炕头发呆，只有老大毕成才出了自家院子，到外面转了一圈。可他也很快就回来了，人家过年时那些热乎乎的场面，他受不了。

到了下午的时候，几个儿子饿得实在不行了，他们还是没敢去喊他们的娘，就挤在院儿里和灶房里鼓捣，到了天快黑的时候，终于弄好一锅热乎乎的面疙瘩汤。刘兰草躺在炕上，见毕成功双手捧了大碗在旁边叫她吃，先是惊了一下，她以为自己饿晕了，出了幻觉。使劲挤挤眼，再睁开看，儿子和碗还在，她迟疑着坐起身，对着那碗里的稠饭问，这……这是咋回事？

她心里很清楚，灶房那个黑瓦瓮里连一两苞谷面也没有了，光得能照见人影子。这碗白面疙瘩可是活生生的呀！

毕成功只管盯着碗里的饭，热气氤氲，模糊了他的脸。他说，娘，别问了，恁快吃吧！俺哥他们都吃上了！俺的还在灶台上搁着呢！

刘兰草接了碗，就坐在被窝里开始吃，很烫，还有些淡，但面却煮得刚刚好，很香。几口热饭下了肚，她便觉得有了些精神，心里却一直想，白面这么金贵，四个儿子从哪儿弄来的？

这时毕成功进了屋，把自己的碗放在炕沿上埋头就吃。刘兰草小声问，他给的面？

毕成功摇摇头，不说话。毕成才抹着嘴进来，刘兰草又问，这面是哪儿来的？

毕成才冷冷地说，娘，恁说！咱们大年初一该不该吃顿饱饭？

不等刘兰草回答，毕成才边往院儿里走边大声说，俺把话搁这儿了，他要敢来问，俺就敢打他！

果然没人来问。

从分了家起，刘兰草和最小的儿子毕成功睡一间屋，剩下三个儿子睡一间。因为晚上吃了顿饱饭，毕成功快活得很，睡觉时就比平时话多。没到沙村以前，毕成功最爱听故事，现在他更想听娘说说她在西安市吃过的那些"好吃的"。听着娘吹灭了油灯，摸索着上炕钻进被窝，毕成功便说，娘，俺想吃西安市的冰棍了！俺敢说，再冇有比冰棍还好吃的东西啦！

刘兰草不屑地说，吓！冰棍？那算啥！前几年的时候，俺单位的工地离钟楼不远，下午下班回家，俺顺着东大街解放路往小东门走，一路上不知道有多少老字号食品店，净卖的是好吃的！这还不算大清早那些卖甑糕的摊子、卖油茶的摊子、卖豆浆油条的摊子，晚上卖馄饨的摊子。西安市真是个好地方！到了冬天有人卖冰糖葫芦，到了夏天满街满巷有西瓜摊子，一牙儿一分钱！沙瓤的，甜死人！俺猜呀，要是天天不重样地把西安那几个大街上的好吃的吃一遍，得三个月！

毕成功顿时来了劲，在被窝里支起了身子，热切地说，娘！快说说哪个最好吃！

刘兰草翻过身，也俯在被窝里，一边帮儿子掖紧被窝，一边眼瞅着黑乎乎的墙认真地想着，她的声音就低下去了。她说，那些年，俺就吃过一牙儿一分钱的西瓜，还有大华饭店的大肉包子……东大街和解放路上那些大食品店的东西多贵呀，恁娘哪有钱儿去吃？对了！和他结婚的时候，俺吃过一个老刘家烧鸡的鸡腿！

毕成功有些遗憾，仿佛到了嘴边的好东西突然就不见了，只剩下一牙儿西瓜、一个大肉包子和一个鸡腿了。他不甘心地吞下口水说，娘，俺想吃鸡腿！

刘兰草没有回他，像是正在东大街上逛食品店，自顾着说，鸡子是个硬菜，只有家里过事的时候才能在席面上看见，哪能随便吃？老刘家的烧鸡在西安可有名儿了！又香又烂，连鸡骨头都是酥的，嚼一嚼，比肉还香！俺这辈子也没吃过几次，可俺见那铺子门口老是不少人，都提着才买的烧鸡，俺就想，他们咋能那么有钱？敢买一整只鸡子吃？

毕成功双手托着下巴，口水顺着嘴角细细流下来，拉了长长的线，可他听得入神，浑然不知。刘兰草又说，俺还爱吃元宵！你记得不？前年过正月十五的时候，咱家一人吃了两个，就是俺买的中华甜食店的大元宵！

毕成功茫然摇摇头，前年他才四五岁，两个元宵的事他连个影子也想不起来了。刘兰草借着点光亮看见了，伸手给他抹掉口水说，中华甜食店的蜂蜜凉粽子和八宝甜稀饭太好吃了！俺就馋那一口，还没结婚的时候俺在西安是个单身孤儿，又没负担，发了工资，我宁肯饿上两顿饭，也要把钱攒上去喝一碗，简直太美了！话说回来，他们家最有名气的还是大元宵！俺才十几岁的时候，还在街道办的厂子上班，厂里不少河南师傅和俺一样，都是当年从河南逃荒到西安的，俺们一路上啥样饿死的人冇见过？就都舍得吃！过正月十五的时候他们都要攒钱买元宵，哪怕一家人穿烂些。到了年跟前，中华甜食店门口全是人在排队，俺厂师傅忙着做活儿，就派俺们几个年轻人去排队！那里元宵都有十几种馅儿，俺记得有什锦的、黑芝麻的、白糖青红丝的、山楂的、玫瑰的、花生的、桂花的，店里做元宵的人在店门口支着几个大桌子，把大笋筐架在擀面杖上滚元宵。做好的元宵就一个一个高高摞在大木盘里，放在柜台上卖！人家的元宵不光好吃，煮元宵的汤也好喝，要是不心疼钱，俺一个人能一口气吃他一大碗，一种馅儿来两个！

毕成功完全被迷住了，他趁娘歇口气的工夫说，娘，那你为啥不去卖元宵？

刘兰草也咽了口水说，人家是国营大食品店呀，哪能轮上俺去卖元宵？恁想想：俺本来就不是西安人，逃荒到西安的时候才七八岁，冇爹，也冇娘，连个家也冇！全靠国家可怜俺，照顾俺是个孤儿，街道办那个四婶帮俺推荐招工才成了个正式工。那你说说，后来俺能在工地有个工作，天天刷刷油漆就有饭吃，有床睡，还有啥不知足的？唉！俺咋能干反革命的坏事？俺感谢还来不及嘞！

毕成功却说，俺不想恁去刷油漆，俺想让恁去卖元宵！俺大哥说，西安再好也回不去了！娘，要是咱还在西安就好了，就能吃上元宵和烧鸡了。娘，俺还没吃过烧鸡呢！

他说到最后，声音是遗憾而落寞的，刘兰草突然就觉得对不起儿子了，是啊，四个儿子一个一个生下来，日子越来越紧，她只想着用那些紧巴巴的工资咋样填饱这几张嘴，别在下个月发工资前断了粮，哪想过给他们买些稀罕的吃货开开洋荤解解馋呢？她便在心里责怪着自己，心想，那时候钱再紧张也比现在强，咋说也该给他们吃上一次烧鸡的！

想想怕是这辈子也回不到西安了，又想起于跛子那几个坏蛋，刘兰草心里委屈了，长长地叹口气。毕成功在黑暗中听到了，就赶紧劝她说，娘，等俺长大了，一定给恁买烧鸡吃，恁吃一个腿！俺吃一个腿！恁说中不中？

刘兰草的眼睛湿了，就把脸埋在枕头里，强装出高兴说，中！娘等着你快长大！成功，那恁给娘说说，晚上饭的白面是不是成才到"他"屋里"拿"的？

毕成功赶紧闭上眼睛，不说话了。

刘兰草推推他，毕成功小声说，俺大哥说，谁说出去他就捶谁！

刘兰草默默给儿子把被子拉好，仰脸躺着，却再也睡不着了。她所熟悉的那个西安市就一下子到了眼前，不管是东大街、西大街，还是城隍庙、平安市场、民乐园，都那么清晰热闹，人来人往，吵吵嚷嚷。仿佛她昨天刚刚顺着东大街逛过那些大食品店、大铺子，又走到解放路喝了碗八宝甜稀饭，路过珍珠泉，还到民乐园去买了针线，才一路从小东门出去回了家。她的心顺着西安市的大街小巷走了一遍，闭着眼睛，感觉到热乎乎的眼泪涌了出来。到底是哪儿出了岔子呢？于跛子、老王他们会不会遭报应呢？刘兰草觉出她从来没像现在这么爱过西安，可是那个城市已经不是她的了。她现在是沙村的一个社员。不光是她，她的四个儿子也一样，再也回不去那个城市，过不上那里的生活了，他们这一辈子，也是沙村的社员了。

  1970年的初春，刘兰草一家吃着糠和队上借给的杂豆，配着一口袋玉米面，用毕成功拾破烂换钱买的油盐，居然都活下来了。

  沙村只有两个黑五类分子，农闲的时候，队长就把全村扫路的活儿都分给了刘兰草和地主老胡，村里地方小，路也短，可是要在全村人的眼皮子底下扫地，刘兰草想想就背上发麻，她宁可去扫村外的路，地主老胡很高兴地答应了刘兰草的请求。老胡扫村里的活儿是大白天干的，刘兰草却决定要在天亮前就扫完。

  刘兰草摸黑起床时毕成功也醒了，娘穿衣裳的时候，他却又睡着了。等毕成功再醒来时，天已经灰蒙蒙要亮了，而身边没了人，他就立刻想起来，他娘去扫路了！他爬起身胡乱穿上衣裳就冲出门，他要陪娘去扫地。这条路有二里多长，走个来回得一个来钟头，扫地就得两个多钟头了。小路通着大路，窄的地方不到一两米，宽的地方却是个十来米的大坡，没人经过的时候路上挺僻静，要是天黑就太害怕了。

  顺着路出村，远远看见一团金黄色的光影在晃动，毕成功知道那是娘，他加快步子，跑着跑着就听见他娘一下一下沙沙的扫地声了。毕成功见刘兰草把马灯放在不远的路边，他蹲下提起那灯，灯光就一下子在地上照出更大的光团，刘兰草头上包着湿毛巾，只专心扫着地，猛然见灯光摇晃了，心里一惊，手里的扫帚一下子握紧了，眯了下眼睛，却见是她的小儿子把马灯举着，正向她走来。她的嗓子眼一下哽住了，毕成功的脸还粘着睡意，眼睛犯着迷糊，却清清楚楚地说，娘，咋不叫俺？

  刘兰草吸了下鼻涕，哑声说，想让恁多睡会儿……

  毕成功停在刘兰草面前不远的地方，把马灯略往地上压了压，金黄的光就洒了个圆形在她脚前，正好照了一条路那么宽。见娘没动扫帚，他抬头说，快扫呀，天要亮了！

刘兰草丢下扫帚，跪下把儿子紧紧抱进怀里，使劲揉着他的头发，哽着声音小声喊，成功！娘的儿！恁咋不埋怨娘害了恁！这么大的村子，谁像恁一样不睡觉？

毕成功挣开他娘的胳膊，抹掉脸上的眼泪说，恁把俺的脸都哭湿了！娘，俺长大替恁扫地，让恁吃肉！

刘兰草点着头说，好，娘等着！

她重新系紧头上包着的湿毛巾，抢起扫帚在儿子举着的马灯灯光里使劲扫，毕成功便慢慢往前面的黑暗里走，除了沙沙、沙沙的扫地声，四周静得什么也没有。渐渐地，天放亮了，没有多长时间，半边天都让霞光照耀得金闪闪的，毕成功弄灭了马灯仰脸看着天边。娘和他说过，马灯是队里借给的，煤油也是队里的，这是毕德全为他们娘几个干的唯一的一件人事儿，所以要省着用。

扫完路，刘兰草取下头上的毛巾，用里面干净的地方给他擦了擦脸，又拍打了身上的土。拉着儿子坐在路边，她端详着他就笑了，成功，恁倒长得不丑！比恁三个哥都好看！

毕成功从娘的眉毛上取下根干草，也笑了说，可俺章老师不待见俺……

刘兰草听他说过没铅笔让罚站的事，便说，那咋办？等有钱了咋也省下买个笔！

毕成功却挑了眉毛瞪大眼说，娘！俺可不买！

他扑在娘的肩头刚要说话，刘兰草痒得缩了脖子笑说，一个人也没有，恁就好好说吧！

毕成功却四处看看，硬是扳过娘的脖子，俯在耳边说，娘，俺不买笔，也不写字，他们想害俺就没办法了！

刘兰草一下子就明白毕成功说的"害"是啥意思了，她心一酸，想也不想就大声说，不中！俺不识字，吃的亏还不够？恁得好好认字！明天，明天娘就给恁买笔！

毕成功急了，他站起身，拉着刘兰草手里的毛巾大声说，娘！俺上课的时候看王鲜红写字一样能全认识,可俺就是不写,看他们咋害俺?

不等娘再说啥,毕成功往大路上边走边说,娘,俺去上学呀!

从到了沙村,刘兰草家就没有吃过早上饭,有时前一天有些剩饭,一人分点也就是了,看着儿子忙了一早上还饿着肚子去上学,刘兰草心里不是滋味了。毕成功说,娘,俺猜俺今儿能拾个好东西!

她看出儿子怕她伤心,故意找出话让她高兴,就顺着他的意思笑了说,恁有本事再拾个牙膏皮!

毕成功回头笑着,再转头时突然就看到远处有个黑影,竟是那个小黑狗,正探头探脑看他呢!

他激动地跑过去嚷道,俺以为恁走了嘞!

那狗也拼命摇尾巴,仰脸欢快地围着毕成功打转转,他就笑了说,娘!恁快看!它认识俺,它不咬俺还和俺玩嘞!

刘兰草吓得说,野狗!

她不由分说冲上去举扫帚就打,小狗吃了疼吱哇乱叫着,她慌得没头没脑地边打边骂,快滚!滚!

毕成功吓住了,被他娘硬挡在了身后。黑狗被扫帚打疼了,却不跑,只低俯了身子发出呜呜低吼,毕成功抱了笤帚哀求道,娘,别打!它不咬人!

刘兰草才不管,一把推开他。她是最怕狗的,急火火地说,世上哪有不咬人的狗?它都饿疯啦,咬恁一口就犯狂犬病了!

毕成功突然哭了说,娘别打了,看它多可怜!它那天从镇子上跟俺一路也没咬过俺!恁看,恁打它,它也没咬人!

刘兰草喘着气停了手,扫帚却还是横在她和小狗之间。

毕成功说,娘,方柱和二妮儿他们家的狗都不咬人。

刘兰草扯着他的袖子往自己身后拉,她说,恁懂啥?那是家养的,像这样胡乱跑的狗,都是没人养的野狗!

小狗正发出呜呜声音,像是在委屈诉说,毕成功就哀求道,娘,恁就让俺把它养上吧!

刘兰草鼻子酸了,没好气地说,憨子!恁们哥四个就是四个嘴,天天愁死人了!俺连恁们都喂不饱还喂狗?恁看咱家门后挂的那截绳结实不结实?

他不知娘咋就突然说了那截绳子，便怔着回应不上来。她几乎是带了哭腔说，恁去拿绳把恁娘吊死吧，俺不眼看着恁们饿就不急了，那恁再养狗！

小狗却觉得没了危险，缩了脖子卧下身子。他俩就发现，小黑狗实在是瘦，皮毛干涩涩的，尾巴又短，分明是个还没成年的小狗。毕成功从心里喜欢它，就扭头看着狗，摇着娘的胳膊说，娘呀！恁就答应吧，它能自己去找吃的不用恁管！

刘兰草推他一把说，不行！谁知道这狗有啥病，就给恁传染上了！现在沙村的人人都盯着咱，还养狗？恁咋突然不懂事啦？

毕成功眼泪在眼里打转转，他就隔着那眼泪看着小黑狗赌气说，娘，俺不想懂事！俺就想养小黑狗！它多亲呀，俺敢说它也喜欢俺！它也没有娘，也没有家，咱就叫他它睡在院儿里头。俺给它拔草吃，每天陪俺去上学！

刘兰草见眼泪从儿子脸上流下来，心就软了，自己也眼噙了泪，用手帮他抹着脸蛋说，哭啥？眼泪真不值钱？娘就说恁是个憨子吧！它又不是牛咋能吃草？成功，娘还从来没有见过这么乖的狗呢！约莫每天有一碗饭就能养活它，可咱家偏是没有呀！

那狗在他娘俩讨论要不要养它的时候，就知道没了危险，蹲坐起身子在他们面前，仰脸用它黑湿湿的圆眼睛，一下瞅瞅她，又一下瞅瞅他，像一个等着处置的小孩儿。刘兰草也不舍得了，多乖的狗！儿子长这么大还从来没有这么爱过什么东西，他多懂事呀！她把手里的扫帚放了松，毕成功就从娘手里拿过那扫帚说，娘，俺以后每天少吃点，再让它到镇子上去找东西吃，恁就答应让它在院儿里睡觉吧！

刘兰草不忍心了，没有说行，也没有说不行，但毕成功却得到很大的鼓励，就笑了说，娘，说好了啊！那俺去上学啦！

天早已经大亮了，因为耽误了时间，毕成功比平时跑得快一些，小黑狗只犹豫了一下就撒开四爪跟着他跑了。

刘兰草又重新悬了心，冲儿子喊，恁小心它真的咬恁一口！

毕成功高声应了，冲小狗说，快跑，黑将军！恁来撵上俺呀！

那狗却并不跑快，依旧和毕成功保持了距离。她就看到那小狗后脊梁的骨头瘦棱棱地顶着皮，肚子是干瘪的，全身的毛乌黑却脏污污的没有光泽。她便想，晚上要是那狗真的跟着儿子回家了，那就一定要烧锅温热水用些碱给它洗一洗！她不知道狗吃不吃红薯叶熬的糊涂面，但她决定给它留一小碗，就算日子再恓惶，它也赖好是条命哩，就当给儿子做个伴吧。

因为有了黑将军，毕成功觉得他在沙村已经是比村长还跩的人物了，他不再溜着路边走。有时在路上遇上哪个大人，他才不害怕呢，抬头挺胸就敢打个照面自顾走自己的，这是没有黑将军在身后跟着时毕成功绝对不敢的。原来的他是怕着这村里的一切人的，大人也好，小孩儿也好，他都怕着。他不敢看他们的眼睛，尤其是在批斗会上，他不明白为啥他们都那么恨着他和他娘、他的三个哥。他娘告诉他说，是因为他们一家几口吃了他们全村人碗里的饭食，所以他们就把气发在他娘身上，批斗她欺负她。现在好了，他不怕了。他穿的裤子，是拾了他哥的旧裤子，从老大成才那里一路传到他这里的。那裤子是刘兰草在西安上班时托人给做的，样式是城里人的洋式子，裤腰上有松紧带，腰上左右各有一个暗口袋。自从见过队长把双手插在这样的裤兜里向全沙村人训话说，社员们！老少爷儿们！上头又有新指示啦……毕成功就也学会了这个动作，他把俩手插在裤兜走在村里，身后是黑将军，虽然自己只有七八岁，可他觉得沙村眼看就盛不下他啦！

好多次毕成功看着沙村的人在斗他娘，就在心里暗暗盼着黑将军快些长大，谁批斗娘时动手再重些，他就让它咬！他才不管他的狗确实太小太瘦了，哪能咬得了人？其实他也知道，在沙村没有一个人把他和他的狗当回事，可他却不轻看他的黑将军。有时村里的小孩儿手贱，故意丢石头砸他俩，如果他们和他们家的大人在一起，毕成功只好当作没疼也没看见，只气得板起小脸就走。有时批斗会上那些大人冲刘兰草骂，说她和她的反革命小崽子居然敢结势力，养一只反革命的狗腿子，不是和人民叫板是弄啥？听着他娘辩解说她可怜那狗也是一条命的时候却遭到全村人哄笑，他就气得小胸膛呼哧呼哧直喘气，从心里恨着他们，他和娘害得黑将军也成了反革命，它有啥罪？

幸好黑将军很给毕成功长面子，就算它吃得并不好，一直特别瘦，但它却长得很快，渐渐身子变长了，四条腿跑起来很有劲儿了。虽说它天天中午只能吃到毕成功从学校老师食堂收拾来的一碗泔水，晚上刘兰草能给它的也只是半碗稀糊涂饭,但它肚子却渐渐圆了些,后脊梁上那道刀刃一般的瘦骨头旁边也有了些肉,毕成功就觉得他的黑将军真的像个将军一样威风了,尤其是它跑起来的时候,简直是带着一阵风,有着说不出来的力量,他咋看咋爱。

毕成功早晨和刘兰草去扫地,黑将军一定会跟他一起去,如果哪天他实在太困了不想起床,黑将军就会来咬着他的衣服扯他下炕。只要他拍拍它的头说,恁去跟着俺娘!那黑将军再不情愿也会赶紧跟着刘兰草去扫路,这个时候刘兰草就像有个儿子跟着她一样,天再黑也不怕了。

毕成功去镇子上学,黑将军也一路跟着他,他进到学校,它有时会卧在学校门口不远的草坡地上,有时会不知钻在什么地方,无论是毕成功中午从教师食堂弄到些泔水,还是空着手从学校出来,总能够在学校门口看到黑将军不知从哪里钻出来一路欢快跑向他。这个时候是毕成功最开心的时候,黑将军每次见他都像是见了好久不见的亲人,撒着欢,跳跃着,绕着他奔跑着转圈圈。这样热烈的场面让老师和同学们都眼红极了。他无比骄傲着他的黑将军,几乎总是大摇大摆地往回家的路上走,和谁说话声音都格外大。

到了毕成功上二年级的时候,有天有个男老师冲他的黑将军看了一眼对他说,这狗长得怪快呀,这么大啦!

毕成功装作谦虚地笑笑说,谢谢老师,还不大!俺娘说要是每天能吃饱饭,它还能长得更大呢!

那老师点头说,是呀,它顶多三岁,还小呢!可也够煮一大锅啦!恁可小心谁把恁这狗弄成狗皮褥子!啧啧!乖乖呀!恁瞅它的毛,多黑多亮!冬天铺在炕上肯定暖和!

旁边有个女老师冷冷地说,地主家才有狗皮褥子呢!

那男老师吓得说,俺是在教育他呢!这孩儿是反革命分子的子女!

毕成功冲黑将军一挥手,逃一般就跑。他突然觉得害怕,后背发虚,双腿就一直发软。平时,他眼睁睁看着他娘让人家批斗,可他没办法,现在又是他的黑将军,他觉得自己还是没有一点办法能保护它!一边从镇子往家跑着,毕成功就哭了,他突然明白过去自己真是太傻啦!他以为他身后有了黑将军就在村里是个人物了,他以为他把手插在裤兜里就比村长还跩了,实际上人家是没顾得理他呢。他能不能一直和黑将军在一起,其实不是他娘说了算的,这世上随便谁都能决定了他俩，那他还有啥高兴的？

还没回到家，毕成功就想清楚了，他再不敢带着黑将军在村里招摇了，镇子和学校也更是不能再让它露面了，那么多人打着它的主意呢！他得把它拴在院儿里才行，学校的老师算是文明人，都在打算吃狗肉铺狗皮褥子，那沙村的人呢？他们比谁都更狠更饿，谁能不想打黑将军的主意？

有一下他就突然想起刚和他娘来沙村那个夜里，队长冲他们说的那句话了，是了！他和他的黑将军都要把尾巴夹紧点才行嘞！

虽然黑将军实在不愿意被拴在院儿里，但毕成功没事都会和它小声叨叨几句，劝它听话，让它要认命呢，不敢惹下人家让他们找了机会来杀它。因为每天早上和下午毕成功还会带着它在村外没人的地方疯跑一阵子，每天下学他都会想办法给它弄些吃的，实在哪天啥也没弄上，那他会趁他娘不注意，把自己碗里的饭拨到它碗里一半。他当它是哥儿俩，他就和它一人一半。到后来，它也就渐渐习惯了。

但是他的三个亲哥却不这么想，他们嫌弃这个狗，要不是刘兰草坚持着，他们一定会和沙村人一样打它，和那个老师一样想吃它的肉。幸好他们都没有长大，都需要吃饭，刘兰草就在这个没有爹的五口之家里有着绝对的威严，他们只好听她的话，容忍了它大摇大摆在院儿里走。每次看它长长地横卧在门口挡着门，他们也只敢喊，好狗不挡路，成功！恁看恁的狗，还不把它叫走？

每天晚上到了吃饭的时间，是刘兰草和四个儿子难得聚在一起的时候，这时候四个儿子上学的放学回来了，下地的也收工了，老大成才和老二成钢由他们的娘安排着负责轮班到村子中间的那口大井去挑水，而老三成立和老四成功是管着拾柴火烧火的。等她开始弄饭了，三个儿子就忙完她分配的活儿，只有成功一个人坐在个矮木桩上帮她扑塌扑塌拉风箱。拉风箱是个技术活，刘兰草到了沙村，那个破院儿里的灶房只有一个四边漏风的烂风箱，经常就弄得满灶房黑烟。刘兰草被呛得待不住，又让烟熏得两眼泪，只好次次都咳嗽着丢下锅里的饭逃到院儿里去。不知为啥，毕成功却好像生来就会烧火，他给刘兰草帮忙烧火拉风箱，火就很旺，也不会呛着人，连刘兰草都夸他火烧得好，还很省柴呢！

在沙村，农忙的时候人们一天三次出工。每天刚刚天亮，扫完路的刘兰草来不及休息，就得赶去上工了。早上干活时间短，收工回家她刚做好饭，就听到队长敲的上工钟声，她得赶紧吃几口就小跑着去上工。干一上午活，到了响午，收工的时间长些，本来刘兰草能回来好好休息一下，可她刚到沙村的时候还不会用那个烂风箱烧火，好几次都是正做着饭，灶膛里的火苗灭了。等她手忙脚乱地重新生火，饭还在锅里没有做熟，下午上工的钟声就又敲响了。她只好和四个儿子胡乱扒拉几口半生不熟的饭，赶紧到地里劳动了。这却是长长的一个下午，到了太阳快落山的时候，一天的劳作才算是真正结束了。刘兰草不是一个偷懒的人，地里的活儿却实在太累人了，她比沙村的那些农民还要多干一早上扫地的活儿，就更是累得难受。每天到了下午，刘兰草就很煎熬。觉得时间仿佛锈住了一样，太阳也像是粘在了天边，总也不落山，队长不敲钟，那她就永远也不能停手。

她总是觉得累，每天忙一天，安顿儿子们睡下，刘兰草挣扎着爬上炕，觉得这是一天里最最幸福的时候了。刚刚躺在炕上，几乎后脑勺一挨着炕沿儿，刘兰草就立刻打着呼噜睡着了。因为沙村缺水，也因为刘兰草实在是没时间，她很少洗头发洗衣裳，也没心情仔细梳头洗脸，所以刘兰草到沙村不到半年的时间，就从一个西安市来的城里女人，彻底成为衣裳肮脏、头发常年蓬乱的农村妇女。她的儿子们也好不到哪里去，他们的衣裳是脏的，鞋是烂的。如果把全沙村的人搁在一起，样子最狼狈的就是刘兰草和她的四个儿子了。

毕成功见过刘兰草从西安带来的一个小铁盒的雪花膏，里面那团又白又香的东西就算再节约着用，也被娘渐渐用完了。毕成功一直想玩那个小铁盒子，刘兰草却没舍得给。偶尔刘兰草翻她放针线的小笸箩，想找一根针和一团线给哪个儿子补一补烂得露出脚趾头的鞋，或给自己缝一缝在树枝上挂破的布褂子，无意看到那个小铁盒，就仿佛见到了一个老熟人。刘兰草忍不住打开那小铁盒，一股香气立刻飘出来，她的心猛地一抖，突然想起她仿佛在上辈子的时候，曾经在西安城当过一个年轻好看的姑娘。那时的她，穿着长长的布裙子，抹着这个香味的雪花膏，无忧无虑地走在西安市的大街道上。那时马路上有大汽车和公共汽车在跑，路边有热热闹闹的商店和食堂，啥东西都有的卖，而她从来没想过有一天，她会再也没有抹雪花膏的机会了。刘兰草的眼泪忽地从脸上滑下来，她木木地把那盒子盖上，不舍得香气散发掉了，那她的念想就没了，她和西安市的最后一点联系也就没有了。

刘兰草从来没有这么绝望过。如果说有那么一丝丝慰藉和希望，就是她那个最小的、默不作声的儿子毕成功，一直在想办法陪着她，帮着她。

过去从来没见过的农活，刘兰草和她的四个儿子在劳动中渐渐就学会了，队长派他们到地里锄草拔草，给庄稼间苗，擦洗红薯粉，给人家帮忙吊粉条，给播种的人帮忙把种子放在地头，给打药的人准备农药……他们就都默默地学着做，沙村人冷冷地看着她和她的儿子们在他们眼皮子底下作难。全村人的意思都差不多，不管平时多大的矛盾，在刘兰草这个事上，大家惊人地团结一致！恁想想，这几个人从西安来吃他们地里的粮食，和从他们锅里抢饭吃是一个道理呀，他们多少辈子人都在这土地上活着，不劳作就不得吃，死了都埋在这土里。可这娘儿几个算啥？来了就要分粮食！居然还理直气壮的。这村里的每一亩、每一分的土地都是他们爷爷、爷爷的爷爷共同拥有的，不管是过去，还是现在。也不管这土地在哪个时期是属于集体的，还是分给个人的；也不管这地叫个啥名堂，归根结底是他们沙村的每一个人的。他们种地，这地里长的每一粒粮食也是沙村每一个人的。现在这五张嘴来到了沙村，就因为西安不要他们，民兵押着他们送到这儿，沙村的每个人都得从嘴里抠出粮食来养活他们，这本来就是不讲理的事嘛，那他们娘儿几个还不该作作难，好好劳动挣工分吗？

所以就该给他们派最累、最脏、最没人干的活儿才对。

到了麦收的时候，也是一年里最热的时候，刘兰草和毕成才每天赶在太阳出来之前，就一人带一把镰刀，一头扎进队长分给他们收割的那片麦地里，一个人守几行，从田头开始往前割。剩下三个儿子小，就在旁边帮忙，一趟趟把扎得腰一般粗的麦捆运到地头去。要说割麦子，毕成才吃不了苦，割几步就要直起腰，抬头四处望望，再割几步，还要站起来再望望。他总是觉得腰疼，就用镰刀把儿顶在后腰上，使劲压住后腰的酸疼。从来没干过农活的刘兰草，被队长派人教会她使镰刀割麦子之后，就在她那几行麦子地里弯下腰，把头埋下，一口气从田头一直往前割。她愿意被这金黄色的麦田淹没，盼着就这样一直累着，别让人看到她，有时腰疼得要折了一样，她咬住牙，心里的委屈就冲到了心口，从心里喊，咋不让俺死呢？要是死了就再也不受这活罪了！她却立刻又怕了，怕自己这念头，四个儿子，都没成人，咋敢说死就死？刘兰草绝望地不知如何是好，只好拼命地埋头弯腰挥镰割着，她的技术不好，力气又小，行进得很慢。但她不停，只是死命地割，额头流的汗和眼里流的泪混在了一起，流到了嘴边，咸得厉害；又掉在地里，立刻就渗在土里不见了。刘兰草抹了把汗水在心里惊叹，土地能藏多少东西呀！多大的痛苦，到了这广阔的土地里，就都湮灭了。

等她每次直起腰喘口气的时候，她身后的大儿子就离她越来越远了，刘兰草闭上眼仰着脸大声喘着粗气。再睁开眼，她看到她的小儿子毕成功双手捧了黑泥瓦碗，里面是清亮亮的水，他说，娘，喝水！

刘兰草摇头说，不敢喝！越喝越出汗！

毕成功看着他娘红肿的双眼，和晒得红通通的脸蛋上一条条的汗水印子，依旧举着碗说，娘，恁坐地下歇一会儿！

刘兰草还是摇头说，娘不敢歇，天黑前割不完这块地的麦子，俺和恁哥都回不了家！

这时毕成才看到兄弟来送水，就从头上摘下烂草帽扇着风，一瘸一拐过来喝水，他的腿在昨天收割时被他自己用镰刀割破了个口子。毕成功不情愿地把碗递给了他哥，毕成才一口气咕咚咕咚喝干了，用手背抹了把脸上的汗，恨恨地说，为啥给咱分这么大一块地？娘！太不公平了！要是地里的麦子长稀点就好了！

刘兰草抹着头上的汗没顾上说话，旁边地头的老头正捶着腰在歇口气，听到他们娘俩的话，看看四下没人，便忍不住说，恁们从西安来了沙村，到现在还把自己当成城里人？！队里的社员，只要是个真正的庄稼人，谁会嫌麦子长得稠、收成好？

毕成才累得全身酸困，听他这样说，忍不住回嘴说，全队人都是割完就回家，分给俺娘的这块地就是太大了嘛！明摆着欺负人呢！

刘兰草赶紧制止他叫道，成才！

老头压了声音说，孩儿！恁们本来就是来改造的！恁不敢再埋怨，只怕给恁娘添麻烦！俺像恁这么大的时候，还在旧社会，俺和俺爹给地主家熬长工，就在恁现在割的这块地里，俺种了几十年！就算那时候是给地主种的，地里的粮食打下来，打多打少给俺爷儿俩的只有说好的那么多，可俺从来没嫌过地里的麦子长得稠、收成多！孩儿！咱能活着不就是因为地里能长庄稼？等恁啥时候见了庄稼就喜欢，看见这一眼看不到边的麦田，就庆幸饿不死有饭吃的时候，恁就不埋怨了！

老头说着四处看着，生怕让谁看到了他和刘兰草说话了。不等毕成才说什么，他转身回到自己的那几行麦子地里，挥着镰刀开始收割了。

刘兰草和毕成才互相望了望，谁也没说话。刘兰草轻轻叹口气，低下头开始割，毕成才站了会儿，也慢腾腾往自己的那几行麦子走去。毕成功收拾了黑泥瓦碗，坐在麦捆堆上等着娘。

多年以后的毕成功有时会想起这些。他想，老头说得不错，娘和他们对土地感情不深，这是和沙村人最大的不同。因为当时这麦子打下来是队里的，分不了多少给自家，所以虽然每天都饿着吃不饱，娘和大哥都没把这麦地当成能活命的土地，没把这麦子当成金贵的粮食看待。他们能看到的只有劳累和干不完的农活儿。沙村的人，无论老少，世世代代都在这土地里讨生活，他们看到的就都是收成，是粮食。所以，对从天而降的，要在他们的土地上来分他们粮食的这五口人，沙村人怎么能原谅呢！

而刘兰草和他们哥几个，爱的是西安市，那才是他们的故乡。

在沙村，妇女和男人同时出工，妇女可以提前回家做饭。但是，不管刘兰草咋样精心去弄饭，下在锅里的长年只有那么几样：要么是红薯窖里存着的红薯叶，黑乎乎的；要么是晒干的坏红薯片，也是黑乎乎的，吃在嘴里发苦发涩，这是黑将军也不肯吃的。队长不会给他们分好红薯，所以刘兰草晒红薯片的时候，那些长了锈斑的红薯干几乎都是碎片。有时候队里刚分了玉米或杂豆，煮糊涂饭的时候锅里就下一点，分到每个人碗里也不过十来粒，她几乎总是数着粮食在做饭呢。春天还好些，能去挖些野菜，抆些槐花、揪些棉花叶下锅，青黄不接的时候，刘兰草的锅就总是生锈，没有油吃，玉米糁黑豆面早就吃光了，长满锈斑的红薯干也快吃完了，几乎顿顿都是充满锈味的水煮红薯叶，一碗饭没有一点粮食，清澈得能看到碗底。四个儿子一个比一个高了，都蹲在院儿里端着空碗饿得想哭，刘兰草也想哭。

自从听他娘说起有人到镇上买高价粮呢，毕成功问了就明白了，世上的饭除了靠队长发粮食发菜，还能用钱买嘞！

但是刘兰草说，她一个钱也没有。她说得又绝望又坚决。这不是冲他关上吃饱饭的门了么？可是没关系，毕成功开始琢磨着想要打开另一扇门了。

其实从那年在火车道里拾到那个值三分钱的牙膏皮，毕成功经常都梦想着再拾一次，可是不管他顺着铁路走多远，他也没再有过那样的好运气了。他知道那是城里有钱人用的东西，镇子里的人没几个会用，就算用了人家也会去废品站卖牙膏皮。而沙村的人，毕成功敢打赌，包括队长也不会有一个人刷过牙！

毕成功从来没有一天不在心里盘算，咋样才能再拾到牙膏皮呢？

不劳而获的滋味太好了，毕成功拼命想着怎样的人才会有那样一个牙膏皮，第一次，他没心听课了，在王鲜红用劲写字的时候，毕成功还在心里想着，火车道上的牙膏皮是啥样的人扔的？首先这个人得有钱能买得起牙膏，牙膏是干啥用的？听娘说是刷牙用的，那么这人得是个讲究的人，毕成功见过的最讲究的人就是章老师了。章老师大声讲着课，她的脸很黑，脸蛋是红的，牙却很白，毕成功盯着她的脸，耳朵却听不进一个字。他突然来了劲，眼神不再游离，死死盯着他的章老师，因为他发现，章老师的牙比他认识的所有人的牙都白！这就说明，章老师一定有牙膏皮！

毕成功在被罚站的时候，没再急着走，他乖乖等到章老师来和他谈话。章老师很为自己的教育方法高兴，毕成功见她很高兴心里也很高兴。谈也是白谈，反正铅笔也不会有，于是章老师提起提兜里的菜要回家了。毕成功跟上她出了学校，远远看见她在路口碰上个老太婆，她俩热乎乎地站着说了好一会儿话，毕成功有的是耐心，他在路边蹲下，等着。章老师终于说够了，她提着菜拐了个弯，就进了个大院子。毕成功回头看看没人注意自己，过了好一会儿他也进了那院子，就看到好几个学校里的老师。于是他暗暗高兴，在他眼里，每一个老师都意味着一个牙膏皮。可他一点也没表现出来，院儿里是几排平房，毕成功目不斜视走过去，像是在回家。在院儿里走了一遍重新回到大街上，他心里有数了，老师们果然是用牙膏的呀！而且老师们的牙膏没在屋里上锁，随随便便就丢在窗台上的搪瓷缸子里呀！

毕成功去镇子上唯一的商店看过，这样的牙膏得好几毛钱，他在商店看过好几次，从来没见人来买过，他想，为了牙膏皮他也得珍惜这些用牙膏的老师。过了几天，毕成功算是等到个下着大雨的下午，老师们和同学们都在上课，他戴着掉了边的烂草帽从学校一口气就跑到了让他牵肠挂肚的院子。院里院外的大字报让雨打湿透了，那上面的黑墨字和红叉叉就全洇得不成样子，他没看见一样，满心都是牙膏皮。毕成功知道牙膏比粮食还贵，整管和半管左右的牙膏他看一眼就走了，快要用完的牙膏他才下手，但他不会浪费里面没用完的牙膏。淋得全身湿透的毕成功，冻得哆嗦着手，拧开盖儿，把牙膏皮里不多的牙膏用力挤在搪瓷缸子里，然后重新拧上盖儿从领口丢进怀里，他早就把衣服紧紧扎进裤腰里做好准备了，那里足够放下一百个牙膏皮。白色的牙膏粘在了手上，毕成功伸出舌头飞快地舔了，原来是甜的！

他细细品味着微妙的牙膏味，又给嘴里挤了一大条，边吃边淋着雨在大院子里跑着挤牙膏。这就是当小偷吧，毕成功觉得心一下一下嗵嗵着，都要从嗓子眼跳出来了！他看着自己的双手在发抖，也感觉得到双腿在发软，可他在努力快点！快点！挤完最后一个，毕成功捂着烂草帽就飞跑出院子，他一点也没停，冲着废品站就跑过去了。

胖老头没想到下这么大的雨会有人来敲着桌子卖破烂，他迷迷瞪瞪从里屋出来，显然是正睡着觉，他不高兴，声音就有些凶，来了来了！敲啥敲？

毕成功有些不安，这不是个好兆头，果然老头见他空着手，就更不高兴了，闲了没事胡敲啥？恁咋没去上课？

毕成功把手里的牙膏皮轻轻放在桌上，桌上立刻有了几滴雨水，他不敢看胖老头，只敢死死盯着眼前的牙膏皮。他在心里迅速决定，七个牙膏皮一定不能一次拿出来，他得慢慢把它们换成钱。

三分钱，这次有一张是纸币，一分钱的。

他细心地用一分钱纸币慢慢卷住一枚二分钱硬币，然后捏在手心里。胖老头把牙膏皮不经意丢进筐子，转头看着毕成功说，恁咋没上学？

毕成功摇摇头，他的烂草帽立刻淌出更多雨水，顺着额头流进他的眼睛，他用手背抹了一把。他全身都在滴水，顺着他的脚，他站着的地方是好大一摊。胖老头摸出条烂毛巾扔在桌上，擦擦吧，恁急着用钱？

毕成功摇摇头，又点点头。毛巾又干又硬，刮疼了他的脸，而且里面有馊臭的味，毕成功突然怀疑这是老头的擦脚布吧，他把毛巾重新搁在桌上。胖老头说，恁要是不说话就走吧，一天也没个人来，来一个还不说话。

冷风吹着背，毕成功嘴唇冻得发紫，他打算走了。胖老头却挪开桌子，露了条缝给他。毕成功就挤进了小屋。

这是他第一次看到废品站的里面，后面通着个院子，里屋的床上还有个小伙子在睡觉，然后全是各式各样的东西堆着摞着。毕成功听到小伙子的鼾声，赶紧收回目光，却见胖老头背后的小木架子上，摆着他第一次送来老头却没收的马蹄表。他不由得冲那表走过去，因为这表已经不锈了，被谁精心地用油擦得锃亮，而且，这表正有力地嗒嗒嗒走呢。

胖老头没想到他竟然发现了这个，他说，这是俺修好的，本来已经全废了，俺找了好多零件……

他看着毕成功的眼睛，只好停了，然后说，好吧，恁说，恁想要啥，俺给恁换！

毕成功终于说话了，俺想要钱！

那可不中，这是俺修好的，原来它不值钱，连破烂也不算……

毕成功沉默着，那个马蹄表放在架子上，现在确实好看，里面的表针都让油擦过了，表盘也成了白色的，原来那里几大坨肮脏的黄锈水渍，怪恶心的。可它被拿来时确实不会走，而且样子很糟糕。

胖老头看出毕成功心里不好受，他说，恁在这里挑个东西，要是俺用不上俺就给恁吧。这表俺修好就是要用它看时间！

毕成功没话说了，他不敢说他也需要这个表，他和他娘刘兰草每天早上去扫路全靠估计时间，要是有个表，就不会半夜醒了不知道该不该起床出门扫地去。扫地耽误些还不要紧，下午的批斗是不敢晚的，那会是个大罪名，他比胖老头更需要这个表。

可毕成功是个聪明的人，他用了很大劲让自己别再看那表，它现在是别人的了。他在架子上仔细看着，想挑出一个好东西，既能拿走，又很有用。于是他的手抓住一把折叠刀，然后回头看看胖老头。老头叹气说，俺没见过比恁更精的小孩儿啦，俺只怕恁拿这个，恁就偏偏拿了这个！俺得问恁，要这刀弄啥？这刀刃利得很，俺可不想恁去惹麻烦！

毕成功说，削铅笔。

胖老头打量着他的眼睛，想看出他是不是说假话，毕成功不看他，慢慢打开那折叠刀，果然刀刃很薄，也浸了油，胖老头很舍得用油呀。

毕成功怀里藏着六个冰凉凉的牙膏皮，手心里攥着卷成一卷儿的三分钱，后腰的粗布裤腰带里贴肉别着把折叠刀，他挺直腰杆从废品站的台阶上慢慢走下来，觉得自己又是个大人物了。有了钱和刀以后他就有了这种奇妙的感觉，他猜胖老头一定知道他想要这刀不是为了削铅笔。他得用这刀给自己和自己的娘刘兰草壮胆。在黑暗的夜里陪着娘去扫路，他心里很害怕，可他不敢说，他怕他说了以后，他娘会更害怕。那个老师说了吃狗肉的话，他就再也没忘他的黑将军随时有危险，现在好了，有了这把刀，虽然全部打开也不过一揸长，但七八岁的毕成功却一下子把腰杆挺直了。

毕成功戴着他的烂草帽跑回家，全身完全湿透了，娘正在牛毛毡顶的简易灶房里烧火做饭，根本没看见他。他顾不上和谁说话，也没理黑将军见了他的激动热情，就湿淋淋钻进自己和娘的小屋，跪在地上，从炕洞里摸出包着书的小布包。他心爱这本书，把湿手在炕上擦干，才轻轻翻开，他又把那卷钱打开，展开淡黄色的一分纸币，仔细看了上面的画。钱湿透了，沉甸甸的，毕成功把它展在手心里，双手轻轻拍着，那纸币就渐渐平整了，他小心地把它夹在书里。他把书翻到最后一页，看看有一千多个页码，毕成功在心里下了决心，一定要早早把这书夹满，而且要用一毛钱以上票面的钱才行。

七个牙膏皮慢慢被毕成功全换成了钱，加上他在铁道上的收获，他的书里有了新旧不等的纸币。有的很旧，折痕明显得无法平展，有的却崭新得像一次也没用过，不管怎样，毕成功都从心里爱着它们，心疼着它们。每天不管多累，毕成功总要避开他娘和三个哥哥的眼睛，找个时间和他的财富单独相处一会儿，慢慢翻着这书，让书页渐渐从第一页到最后一页，看着淡绿、浅红或灰绿的纸币流水一样从眼前过一遍，毕成功觉得幸福极了。

如果哪一天实在没找到这样的机会，到了晚上毕成功都会睡不好觉，他一天也不舍得离开他的财富。

在沙村，刘兰草完全不是个有人缘的人，在乡下待了三四年，和谁也没啥交情，社员们怕她顶着的反革命分子帽子，也没人搭理她。想想吧，她拉扯着四个一个比一个低一点的儿子，连她男人都不待见她，谁还和她来往？除了借钱借粮食，她还能干啥？所以沙村人都没打算和她有啥交情。刘兰草却不在意，她反而真心喜欢在沙村如同出入无人之境的感觉。刚来时，地里的活儿她一样也不会干，队长给她安排的活儿总是最没人干的，她没意见，因为这样就不用和那些女人们混在一起了，听她们说闲话，张家长李家短，她很烦。她谁也不认识，啥也不关心，人家在地里一窝人热热闹闹干活，她不，她一个人，像个哑巴，在地里忙活。队长几点敲钟，大家就几点上工，她默默一个人就来了。队长几点让下工，大家就在大槐树底下等着记工分，她也不落下，找个不远不近的地方，也等着，她的四个儿子早就等在那儿了。

收获的季节，地里的各种农作物成熟了，沙村差不多每过三两天就在这大槐树底下进行劳动价值的分配，红薯、豆角、洋柿子……只要地里长的，大家能吃进肚的，都靠队长来分配。按着季节，啥熟了分啥，按工分拿多少，按人缘拿顺序，按队长看谁顺眼拿好坏。刘兰草从第一次分东西就看出来，她太吃亏了。她家五个人却只有她一个劳力，老大老二都没成年，加一起只能算一个劳力十个工分，这样一来，五个人只有两个劳力了；可她偏偏是个妇女，比男劳力的十个工分少了两个；她又是个反革命，就又少三个工分。这样算来，刘兰草一家五口，实际上每天只有十五个工分。于是人家分粮得用好几个面口袋，她只用一个还装不满；人家分菜得用筐，刘兰草和她的儿子们一人手里拿一两个就中了。

洋柿子熟了，而且都是好柿子，红通通的，堆在大槐树底下，小山一样冒着尖。刘兰草最爱吃的就是洋柿子，在西安时，到了天最热的时候，洋柿子最便宜了，她偶尔豁出去用白糖腌着吃。那时刘兰草一定会买上一大洗衣盆洋柿子，一大早就坐在公用水管底下洗净，再用开水烫了皮，把洋柿子撕成块塞到玻璃瓶子里，然后封上口，给每个瓶口的橡皮塞上插个注射用的针头，再放在大锅里蒸。每年刘兰草总要准备几十个瓶子，光是蒸洋柿子就得花一整天时间。但这是值得的，剩下的一个冬天，满西安只有萝卜白菜的时候，刘兰草总能给儿子们做个洋柿子鸡蛋汤喝。

看着眼前的洋柿子，刘兰草的心情一下子好了，她差不多忘了刚才在地里劳动时人家欺负她的事了。刚才收工前，队长的兄弟媳妇大大咧咧招呼大家把十来筐满腾腾的洋柿子故意堆在她跟前，她们说说笑笑走了，那些筐子明摆着就是给她和成才成钢留下了。刘兰草从到了沙村起，早就像队长警告的那样，夹着尾巴做人了，而且，她比谁都夹得紧。刘兰草把噘嘴吊脸的俩儿子叫过来，跑了十来趟，算是把洋柿子都抬到了大槐树底下。队长已经开始分菜了，各家抬着满满的筐往回走了，刘兰草不急，她家总是全村的最后一家，工分少，成分重，她得排在地主后面。

轮到毕德全的时候，小山一样的洋柿子堆已经没有山顶和山体了。剩下的洋柿子大多已经熟过了头，让压得流着汁儿，要么就是还没熟的青疙瘩，这些可怜巴巴的洋柿子三三两两，零乱散在地上。往盆里拾洋柿子的是村里的会计毕长春，他听队长说中啦便停了手，毕德全用自己的洗脸盆接受了十几个洋柿子，躬着背，堆着笑，从刘兰草面前走了。

刘兰草心里酸疼了，她没想到这次分菜比哪次都让人失望。这时毕成功提着个笸箩从家里跑过来，地上洋柿子已经很少了，他意外地停了脚，看看那洋柿子，又看看手里的笸箩，显然地上的烂洋柿子全拾了，也装不满他的箩。刘兰草不忍心看儿子脸上的失望，她伸了只胳膊搂在毕成功的脖子上，轻轻一带，他就后退着退到他娘的怀里了。

老三成立突然小声骂道，吃死你们这些瓜怂！

他是用西安话骂的，除了刘兰草和他的兄弟们，谁也没听懂，谁也没理他，毕成功心里的火却一下子让他哥给点着了。他恨恨瞪着队长，看他对毕长春说中啦，然后地主老胡捧着一笸箩洋柿子瘸着走了。地上只剩下七个洋柿子，两个青疙瘩，五个全是流着汁的烂洋柿子，它们东一个西一个堆在脚下，完全是垃圾了。人们早就一个个回了家，大槐树底下除了刘兰草和他的四个儿子，只有队长和毕长春了。

队长挺着肚子伸了个懒腰，张着嘴，大声打了个呵欠，在还没有闭上嘴的时候，他用下巴指了指地上，含混地说，拾走吧……啊，哈……哈……全是恁家的……啊呀，瞌睡死俺啦……

他终于打完瞌睡，趿拉着鞋往回走了，毕长春也转身捶着腰走了，他抱怨着他的一泡尿都憋不住了，队长又打了个更长的大呵欠，笑着骂他是个懒驴，一上磨子就屎尿多！他们没谁看一眼刘兰草，也没看一眼她的儿子们，当他们不存在一样。刘兰草对着这七个烂洋柿子不知咋办才好，她的心让刺疼得不敢动了。

毕成立最先哭起来，老大成才瞪着他，可是不顶用，成立的委屈压不住，成才大声喝骂，不许哭！听见没？不！许！哭！

成立让吓住了，他瘪着嘴，眼泪还在流着，只见他的大哥成才，弯腰拾起一个最烂的洋柿子，抡圆了胳膊，冲着大槐树粗大的树干就砸过去。鲜红的汁水立刻溅射了一地，队长和毕成才身上都溅上了，尤其是队长，发黄的白衬衣上溅了好几坨红色的洋柿子汁，还粘着几粒发绿的籽。

队长让毕长春揪着他的衬衣后摆，把溅了洋柿子汁的地方举到眼前让他看，他圆滚滚的大肚子全露了出来，毕成功觉得像个大蛤蟆。转过脸，队长的脸气得通红，眼瞪得跟鸡蛋一般大。他用指头抖抖地指着刘兰草，说！啥意思？恁说恁是啥意思？！啊？

这是他最好的衣裳了。

刘兰草有些惊慌地赶紧摇头，冇，冇啥意思！

队长气得不轻，声音都在打哆嗦，冇啥意思是啥意思？说！这！这！这！这是啥意思？

他撩着衣服后摆，使劲挥舞着，愤怒得不行。毕成功突然就想笑了，他觉得吃不上洋柿子倒没啥了。队长一步一步冲他们走过来，说，是谁扔的？

四个孩子都不吭声。

说！

听到队长发疯一样的喊声，成立猛地放声哭起来，刘兰草眼泪一下流下来了，队长，再这样分，俺家人都会饿死了。

她见队长只是瞪着眼，她又说，真的队长，俺家好几天没吃过稠的了，今年春天恁给俺家分的全年的粮，三个月就完了。再这样分，俺家人都会饿死的……

刘兰草细声细气地小声说，仿佛她不是在给队长说，而是给一个小孩子说，在哄一个孩子好好睡觉。

队长猛一抖衣裳，让那后摆全甩在身后，他粗声说，饿死活该！懂不懂？反革命分子，还想吃群众的粮？恁们来沙村，就是白吃的！懂不懂？沙村本来就没有恁们的地，白白多了恁们五张嘴！

他转身就走，边走边狠狠地说，啥意思？！一群鳖孙孩子！

队长走远了，毕成功推推哭着的刘兰草，娘，咱回吧。

成才见他要去拾洋柿子，狂怒地骂，放下，放下！不吃，不许吃！

他要来踩踏，毕成功躲过他的脚，把洋柿子拾了放在笸箩里，成才冲他的头就是一下，没等毕成功说话，刘兰草对成才的头扇了一巴掌，恁疯了？凭啥打恁弟？

毕成才盯着刘兰草，眼泪迸出来了，娘，怎打俺？

刘兰草哭着说，就打恁了！恁为啥打成功？

毕成才沉默着，胸口憋得使劲地喘，终于他使劲扇着自己的脸大声叫道，恁太没本事了！害得俺们都跟恁倒霉！就是恁太窝囊，恁才让人家欺负成今天这个样子！俺这辈子给恁当儿子，太窝囊了！

刘兰草哆嗦着问，恁摊上个窝囊娘，后悔了？

毕成才也哭了说，从来了沙村，三四年了！俺就天天饿着没吃过一顿饱饭，俺和俺弟都没再长过个子！娘，人家都不当咱是人，恁就别再管俺，哪怕让打死，俺也不是个屈死鬼！

刘兰草呜呜哭着，用手捂住脸，仿佛用手就能挡住所有的绝望和无奈一样。

毕成功捧着笸箩站在她和成才面前，六个洋柿子盛在里面。

刘兰草带着孩子们回家，像打了败仗的一群兵。村里有人听说了队长衬衣的事儿，都挤在自家门口看热闹，大声说笑，比平时哪天都要喜悦。刘兰草只当看不到。正好是做饭的时候，家家都烧着柴草冒着烟，毕成功越发觉得饿得难受，三个哥都有志气，没人肯捧这笸箩。毕成功只好自己捧着，胳膊早就困了，可他不敢歇。

刘兰草回到家就进了自己的屋，咣当关上门不再说话了。成才成钢也进了屋，毕成功本来就不和哥哥们住在一个屋，他俩沉着脸，他也不敢说什么，就把笸箩放在灶房的案板上。想想，他坐在灶火头的柴草堆里点了火，准备烧火做饭。其实啥吃的也没有,他知道娘和队长说的不假,他家几天没吃过粮食了,只有红薯叶,他们真的快要饿死了。

毕成功做着难,他三哥成立却趁着大家都没在,悄悄溜进他爹的屋,毕德全一见他进来就明白了,他挪了挪一大笸箩洋柿子,用眼神指了指自己剩下的小半碗面条,吃吧吃吧!有些日子没吃过白面条了吧?!

差不多是扑上去的,毕成立一头就埋在大海碗里开始吞咽捞面条,毕德全无声笑着,把上午吸剩的半根烟点着,美美吸了一口。

听到娘的门开了的声音,毕成立警觉地抱着海碗停了嘴,刘兰草在叫成才成钢和他的名字。毕德全在烟雾缭绕里看着三儿子像个警惕的兔子,他小声说,她叫恁嘞。

刘兰草从屋里出来,儿子们看她并没有哭,脸上也没了生气委屈的样儿。她挺平静,像是还梳了梳头发换了件衣裳。她刚才穿的那件也溅上洋柿子汁了。

毕成立飞快把最后几根面条拨拉到嘴里,仰脸举碗喝尽了汤,又伸出舌头舔了碗边,这才丢下碗,用手背抹了嘴。他停在门帘里,看见他娘和成才成钢正围在灶房门口,成立赶紧撩起门帘溜出他爹的门,也站在灶房门口。

快把柴火灭了吧,咱去吃饭!

啥?

毕成功没听懂,在西安的时候,他曾经让他娘领着去食堂吃过一次饭,素面,虽然并没多好吃,但他一直记得。现在是在沙村,哪儿能有食堂去吃饭?

他疑心他娘让气住了,所以说错了,他看看他的三个哥,也都不太相信地看着娘。

刘兰草却平静得很,她说,赶紧灭了火,不做饭光烧水,多浪费柴火!娘领恁们去队长家吃饭,恁们啥话不说,有啥拿啥,只管吃就中了!快走吧,俺猜他家饭快做好了!

队长今天生了气,他在沙村这么多年,还没有人敢当面给他办过难看呢,可今天,刘兰草和她那几个孩子让他失了面子。

他媳妇一见他回来就知道不对劲,咋啦?刚还好好的!脸吊那么长?

仔细打量着衣裳，队长没好气地说，还不是毕德全他媳妇的那几个鳖孙孩子！

咋？那几个小崽子能惹住恁？

看看，好好这衣裳，让那鳖孙儿孩子扔了洋柿子，洗不掉了吧？说着队长就来了气。

队长媳妇用指甲刮刮，已经干了，她也来了气，那几个孩子跟鳖一样，一天到晚不吭气，他们敢砸恁？

队长脱下衣裳没好气地丢在媳妇怀里，还不是嫌洋柿子分少了！

一听这话，队长媳妇冒火了，恁就该大耳光子扇过去！反了天了，恁让他们弄冇脸了，以后咋在沙村管人？

队长烦了，恁知道个啥？那孩儿砸的是树，溅到身上的，人家说没砸，能咋？再说，俺这么大的人，和孩子们置气？人家还是笑话俺！

灶房里烧火的闺女叫她娘，说水烧开啦。队长媳妇把衣裳泡在盆里说，以后好好整整他们！明天批斗看俺去扇她的脸！饭快做好了，恁歇歇等着吃吧。

急啥，先搁桌上凉凉！

他没好气，媳妇不敢说话了。

进屋躺了会儿，队长心里好受了些，刘兰草说她一家都会饿死的样子又出现在眼前，他从鼻子里哼了声，这女人说得没错，可她凭啥就要在他沙村的锅里盛饭？

媳妇在院里叫他吃饭，队长决定不想这事了，反正她和她的儿子们都在手心里捏着呢，还不是他想捏长就捏长，想捏短就捏短？

他还正穿鞋，就听媳妇没好气地大声问，恁来干啥？

没听人吭声，队长挑了门帘到了院里，看见刘兰草和她的四个儿子站在院子正中间，并不答话，眼睛都瞅着院儿里小木桌上刚摆上的绿豆汤和杂面菜馍。队长一下恼了，他光了一只脚就冲到院里喝问道，恁们来弄啥？和俺示威？

他指着院墙边上脸盆里泡着的衣裳，气恨恨地。刘兰草说，队长别生气，俺和恁商量个事……俺家孩子们饿得不行了，俺有罪，俺愿意接受改造，他们和俺都划清界限了，以后他们归村上管吧！队长，恁看他们今天晚上在哪儿吃饭呀？

成立说，队长叔，俺饿了！

听了这话队长气得话也说不囫囵了，恁……恁……恁敢……

刘兰草转身就走，队长，俺走啦。

毕成功第一个冲着到了桌边，一手抓个菜馍就往嘴里塞，队长媳妇急了，手里抓着的一把筷子顺手敲在他头上。毕成功吃了疼，赶紧绕着桌子躲，嘴里却拼命嚼着馍，成才成钢也抓了馍就吃，成立先把馍塞进兜里，端起碗绿豆汤喝。队长闺女放声大叫，放下，放下！爹！他们抢饭吃！

队长操起铁锨就冲过来，毕成功见他对着成才要抡锨，吓得紧紧抓住他后腰的裤腰带，大叫，队长杀人啦！来人呀！

队长一转头，成钢一头撞在他的肚子上，队长立刻脚下打着趔趄就要摔倒，队长媳妇赶忙扶住他，只听刘兰草高声在院外哭叫起来，天爷呀，队长杀人啦！大家快来拉拉吧！出人命啦！

人们丢下筷子就跑来了，刘兰草坐在院子外面的地上哭得像个泪人，再看队长，光着脊梁满头大汗，正握着锨把对着乱七八糟的院子喘粗气。刘兰草的儿子们可怜巴巴坐在地上，吓得不成样子，院儿里的地上是摔碎的碗和满地的菜馍。

人们恁看看俺，俺看看恁，小声问，咋啦，咋打上了？

队长虎着脸不说话，队长媳妇一屁股坐地上哭叫起来，哎呀！俺的亲娘嘞！还不是嫌洋柿子分少了，一家人进了门又抢又砸，天爷呀，可把俺吓死啦！

刘兰草说，他们四个和俺划了界限啦！俺把他们交给队长，以后饿死也是在村里饿死的！

队长大声骂道，反革命分子刘！兰！草！怎敢吓唬俺？！

刘兰草豁出去了，也放大声量要压住他，沙村要是不管，就把他们户口交出去吧，上面让俺来改造，也没让他们来饿死！四条命！要是饿死了，恁这队长也当不牢稳！恁也得去坐牢！

毕成功从地上拾起所有的馍装进布兜里，和他哥一起拉了他娘就走。毕成功临出门时说，队长叔，明天俺还来吃饭！

队长恨地又扬起锨,毕成功赶紧跑了,他的黑将军今天居然能吃上馍了!

1974年的夏天,在沙村沉默了四年的刘兰草领着儿子们去队长家吃了一顿饭,这就是个少有的新闻,很快在全大队传遍了。有了这一次,队长再分菜分粮时就不再明着欺负刘兰草了,她也再没领儿子们去吃过队长家的饭。可是,在批斗会上,队长媳妇对刘兰草却比过去狠得多了,头破血流是常有的事,毕成功知道娘的委屈,心里恨得厉害,可再也帮不上一点忙了。刘兰草却很高兴,觉得上次在队长家门口发了次疯,竟然让村上的人对她变了个态度,尤其是同小组劳动的妇女们,都怕她骂人,就都有意躲着她让着她,这让她尝到了撒泼的甜头。再在批斗会上挨打挨骂,她就不再在心里憋着了,劝自己脸皮放厚。劳动时谁欺负她,她敢抻着脖子和人家吵架了,反正批斗总也少不了,活儿干得多也一样只有五个工分,刘兰草开始挑轻省的活儿干,反而人家都要让着她了。有个和她吵架的妇女被刘兰草气哭了,说她光脚不怕穿鞋的!

这话刘兰草越想越对,还不真就是这么回事吗?

队长听着人们的反映,开始还想要训训她,可她本来只有五个工分,已经没啥可扣的,分粮分菜只要少于地主老胡家一点,她就变个人一样跳起来和他理论。队长头疼沙村出了这么个泼货女人,他就开始绕着刘兰草走了,分菜分粮他让会计毕长春去分,毕长春当然也怕刘兰草,为了和平,甚至还要分得比别人家多些才行。

刘兰草终于在沙村立住了脚跟。

其实说是立住脚跟也只是表面,五口人都在人家手里捏着,很多事情被人家欺负了,还是得忍着肚子疼。就像老大成才吧,来了沙村三四年,个子不算大,年龄却也长到十七八岁了,可是队长就是不给他算工分,刘兰草找他好说歹说,队长才说这事得研究研究。

过了一俩月,见面问了,还是说得研究研究。

啥时候能有个结果呢?

不知道!

刘兰草知道人家故意拖着,成才每天都得出工劳动,但那是白劳动。她心里憋屈得不行,看着队长家的架子车让知青拉上一天也有工分赚,他家的三个大小伙子出一天力却只有十个工分。她在路上截着队长问，队长装出诚恳样儿，让她没法骂架，他耐着心说，村子也是公家的，不是俺一个人说了就算的，俺们还得研究一下呀。

终于成才可以有了八个工分，刘兰草高兴坏了，想想眼下又该为成钢的工分和队长磨牙了。队长在会上给大家传达上面"深挖洞，广积粮，不称霸"的指示。刘兰草听得很认真，心里却越琢磨越糊涂了。她不敢去问队长，也不敢问旁人，到晚上大家都钻被窝里睡觉的时候，她悄悄问，成功，今天听到队长说的那些话了吗？

毕成功说，听了。

刘兰草愁得眉毛皱成了一疙瘩说，他说别的俺都听懂了，可他为啥说要"深挖洞，光脊梁？"俺就想，男人还好说，光着脊梁去干活，冷是冷了点，没啥影响。可是恁说说，队上这么多女人也光着脊梁去干活，那多丑呀，俺可不去！

毕成功琢磨着娘的话，突然就笑了说，队长说的"广积粮"是多存粮食，不是让恁光着脊梁不穿衣裳！

刘兰草这才放心笑了，她说，那就睡吧！还多存粮食哩，就算是光脊梁也挣不够能吃饱的饭。

也许是饿的，也许是愁的，自从到了沙村，刘兰草就落下个头疼的毛病，好时没啥事，疼起来却钻心，她就在炕上的柜子上撞，见那木头柜子让他娘撞得凹下去成了个大坑，毕成功想来想去，决定领刘兰草去县城医院看看。

拿啥去看？又有钱！

刘兰草当然不去，吃也吃不上，哪有钱去看病？反正死不了人，也不是天天疼，她不去。

三个哥劝不动他们的娘，只好算了。毕成功却犟上了，趁着晚上睡觉前的时间，毕成功把他那本厚书放在了他娘的枕头上。刘兰草不识字，家里的四个儿子也没有在家读书的，她见了这么厚的一本书，就先奇怪了一下，然后随手打开了。

刘兰草被吓住了，缩了手，到了沙村以后，她还从来没见过这么多钱呢！

毕成功替她重新翻看了一遍，让那些花花绿绿的钱在他娘眼前美美展示了一遍，然后尽量用平静的语气说，娘，恁看这钱给恁看病够不够？

刘兰草被那个"钱"字烫了，一把捂住毕成功的嘴，小声问，恁说，恁干了啥？这是哪儿来的？

毕成功掰开她的指头，在她指头缝里也小声说，拾破烂换的！

刘兰草不再说话了，毕成功钻进被窝说，娘，恁说西安市的四个大街都连着钟楼，外边有个城墙围着，哪个大街上好吃的东西多？

刘兰草打了呵欠说，不敢说吃的，越说越饿。快睡吧。

毕成功哀求说，娘，听听就不饿了，反正说说也不花钱。恁就给俺说说吧，就算俺没吃过，想想也怪美的！

刘兰草说，不是说过甜食店的大元宵了嘛！俺记着上次大东门里的羊肉汤、牛肉饼也说过了！

毕成功咽了口水说，俺想再听几个新的！

刘兰草就默着想，毕成功等了等不见娘说话，便催她说，娘，恁咋不说话？是不是恁忘了？

刘兰草回了神，叹口气说，整个西安市都在俺心里搁着嘞，哪能忘？俺是想今儿该给恁说个啥好嘞！

毕成功顺口说，还是说东大街吧！

刘兰草便说，东大街呀，那最有名的大排场就是西安饭庄了，厂里的师傅们都说，桂花稠酒配葫芦鸡，神仙也盼着吃的！

毕成功瞪大眼睛说，葫芦鸡？和老刘家烧鸡一样不？

刘兰草想想说，怕是不一样！西安饭庄的菜高级得很，都是体面人才去吃的。

毕成功追问道，那恁亲眼见过没？娘，俺想吃葫芦鸡，俺猜这鸡更好吃！

刘兰草埋怨道，恁光打岔，都没法说了，俺又没吃过，咋知道哪个更好吃？

毕成功赶紧用手捂嘴说，娘，恁说吧，俺保证不打岔了！

刘兰草笑了说，西安饭庄气派大，好菜多，可咱是平常人，天天上班从门口走，门也没进过，更别说吃了，娘都是听师傅们说的。娘记得益华楼的油糕也很有名，要七分钱一个，俺吃过两次……

毕成功忍不住问，香不香？

刘兰草没有立刻回答他，仔细回味了才说，香，真香！油糕要趁热吃，从油锅里刚捞出来，外面炸得又焦又酥，里面又软又黏，咬一口满嘴香……那馅儿里有核桃、白糖，还有青红丝！对了，好像还有芝麻！

毕成功突然叫道，娘，这么好吃的东西，那俺小时候怎为啥没给俺买过？

刘兰草佯装生气道，不是给恁买过冰棍吃？俺就知道恁没良心，好了，俺不说了！

可她看到儿子快要哭了，硬着脖子不肯理她，便赶紧揉着他的头发说，憨子，俺吃的时候还没结婚呢！自打生了恁大哥，日子多紧，谁再吃过一个零嘴谁就是狗！

毕成功便又笑了，刘兰草叹气说，要是知道现在过得这样恓惶，那时候咋样也给恁买一个吃。成功，离西安饭庄不远是白玫瑰理发店。东大街可长嘞！像白玫瑰那样高档的理发店也只有一家。

毕成功说，啥是理发？

刘兰草说，就是剃头呀！一般剃头的人都是挑着剃头挑子吆喝生意，只有白玫瑰有个大门面。

毕成功果断地说，剃头没意思！还是说好吃的吧！

刘兰草说，中！布匹店、东一百货商店、文具店，咱都不说了，从白玫瑰往东走，还有个风味小吃的食堂，卖的是西安人爱吃的面皮、饸饹和肉夹馍，天天有人排队等热馍夹肉呢！俺见那馍是在炉子上现打的热饼子，又白又厚，肉是腊汁肉……

毕成功问，娘，啥是腊汁肉？

刘兰草摇头说，娘没吃过，可俺见那肉炖得真烂乎，酱油肉汤熬得透明，闻着就流口水嘞！再往东走，过一个章子铺，再过一个照相馆就到大差市了。过了马路有个甜食店，鸡蛋醪糟、黄桂柿子饼、枣沫糊都好吃得很！还有十八食堂的豆浆油条、蜜枣甑糕、水盆大肉……可惜，俺只见过水盆大肉，就是没有吃过。

毕成功不满地说，唉，娘，俺觉得恁有点傻，恁爱吃的都是甜的，真可惜！为啥不吃水盆大肉？肉最香啊！

刘兰草想想，儿子说得没错，她还没结婚时，省下点钱就想去吃甜食，现在想确实还是肉最解馋。她辩解说，肉太贵了呀。

毕成功坚持说，那也应该把钱省着攒在一起买水盆大肉吃！娘，多大的水盆？要很多钱吧？

刘兰草好笑地说，说怹憨子吧，名字叫水盆大肉，不过就一个大海碗，上面搁了几片有肥有瘦的条子肉！

毕成功咽下口水推她说，怹真傻！怹都看见了，就是没有吃。唉！

他深切地惋惜着，这让刘兰草不由得也为自己当时的选择深深后悔了。娘儿俩便默着，最后，刘兰草说，睡吧！再说说天就亮了。

最终刘兰草也没去县城看病，她说她见这些钱好像头疼好多了。她猜她是愁的，有了钱，她心里就不慌了，心不慌头就不太疼了。

毕成功一个人跑了趟县城，花了两毛六分钱，给他娘买了一大盒头疼粉。这药就像是包治百病的一样，从此刘兰草不管是头疼腰疼还是肚子疼，只冲半包头疼粉就立刻止了。而毕成功，在他书里的财富少了一大半的时候，决定不再去上学看字了，因为他认的字足够可以看懂大字报了，而且，他在县城给他娘买头疼粉的时候，发现了一个比拾破烂更赚钱的营生，他要好好赚钱了！

就在他打算不去上学的时候，那个因为毕成功死活不愿意写字而天天训他的章老师也不再来了，代替她的是一个戴着眼镜有些结巴的男老师，他让大家叫他黄老师。毕成功才不管他是啥老师，反正他还是没有铅笔，还是不会去写字的，他听班里成分好的同学们小声议论说，章老师的男人偷供销社的东西犯了错误，她也让停职做检查了。他就立刻想起自己吃过章老师的牙膏，卖过她的牙膏皮呢。可他再也没有见过她了。

《辞海》的封面是两个烫了金的字，毕成功只认识后面的那个"海"字，他猜前面那字念"舌"，所以他一直以为他储存财富的厚书叫舌海。啥意思呢？他没想通过。后来他识得那俩字是辞海，也知道是做什么用的了，在他决定要离开国营单位重新当个体户的时候，他听到了"下海"这个词，便一下子恍然了，原来他要自己去挣钱是命里早就定好的呀。他拾的那本书一直是用来夹钱的，偏偏叫个"海"，看来，他毕成功就该是个下海弄潮的人！

第三章

　　冰棍，毕成功在西安时吃过，奶油的好吃，红豆的也很好吃，他那时被他娘领着，出工地大门时总要处于纠结里。能不能买一个冰棍吃是大问题，因为刘兰草差不多总说没钱，而毕成功是个有记性的孩子，他不会天天缠着他娘去问的。有时刘兰草心情好，会顺着毕成功的眼睛，看到卖冰棍的老太太坐在她的冰棍车前，她问他吃不吃，毕成功当然说吃。毕成功就有了第二个问题：吃奶油的还是红豆的。

　　很多次他会轮流着吃，这次奶油，下次一定换红豆的，哪怕中间隔了很久他也没弄错过。

　　那天毕成功在镇子上给他娘买药时见到有个男人卖冰棍，后来次次去了就操心找他。那人并不是天天出现，但总是惊慌害怕的样儿，没人买时他很焦急，有人买时他仿佛更慌张，一边撕着冰棍纸一边四处打量，生怕有人来逮住他。毕成功很早就知道不能明着卖冰棍，但他没想过为什么。

　　现在，毕成功就要想为什么了，刘兰草告诉他，因为这是投机倒把。毕成功就想，为啥是投机倒把还有人非要干？他自己回答自己，因为不让干的事能赚钱。凡是和钱有关系的事毕成功都是有兴趣的，他在意的不是这事让不让干，而是咋样干了还不让人逮住。他在县城给娘买头疼粉的时候发现，县城比镇子大得多，有好几条街道，有个电影院，那里差不多有十来个卖东西的小贩。瓜子花生窝窝头，都是土特产，地里长的，毕成功心里摇头，觉得这些谁家都有，就算煮得再好吃，人家也不见得愿意花钱买，得卖些人们自家做不了的才行。隔三岔五去县城看，毕成功就是想去看些门道，他并没有在县城的街上看见有人去管投机倒把的人，虽然卖东西的也还东张西望，却有很多人围着买。冰棍是毕成功在县城里看到的最容易卖掉的东西，因为本钱小，刚好是他书里的钱能够弄到的。

　　于是毕成功就打算卖冰棍了。

　　他和刘兰草商量了，她并没要他必须上学，她担心的是让逮住怎么办，投机倒把可是个不小的罪名！放在一般的人家倒还好说，可他家已经有顶可怕的反革命帽子啦，谁都看得出来，队长那货表面上装得不再为难刘兰草，可背地里等着她和儿子们犯错误呢！还有，那天他从院儿门口过，黑狗刚好叫了几声，队长就边走边说，咦？还敢胡咬嘞？再叫就让全村人吃狗肉了！狗日的给俺把尾巴夹紧啊！

毕成功只问了他娘一句话，是不是队长还活着，咱就一辈子这样饿着啦？西安市那些好吃的，咱一样还没吃过呢！

刘兰草不说话了。

卖冰棍得有个冰棍箱，毕成功在动手做这箱子之前，又专门去了趟县城里的冰棍厂。在一个大众浴池的后面，从冒着蒸汽的过道走过，毕成功第一次看到了做冰棍的地方，工人们正弯腰往金属模具里一个个密密的小方格里放冰棍的小木棍。小方格里是暗红色的汁水，他看出那是煮好的红豆汤。是啦，怪不得冰棍的红豆都在顶上，模具是倒着的，豆子沉在底下，冰棍棒放在里头，露出来的那一截儿刚好是手捏的地方，等冰棍冻好，可不就是棍在里面豆儿在上面了！

批发冰棍的人让他明天早上来。

第二天天还不亮，毕成功就从家里出发了，他没陪娘去扫路，前一天晚上他把这活儿安排给了成立。到了批发点已经九点多了，见拿着木箱纸箱排队等冰棍的人竟有十多个，他心里踏实了，人家都敢咱怕啥？看来管得并不严呀！要是真想管，那就直接关了冰棍厂不就好了？排了一个多小时，他身后又站了十来个人，人人都是木头的大箱子小箱子好几个摞着，毕成功看看自己手里装着棉袄的纸箱子，有点后悔，咋说也该摊点本儿做个木头箱子的。

第一次毕成功只批了一百个冰棍，再少人家不卖了，说是太少不能算批发价。依着他自己的口味，毕成功发到四十个红豆六十个奶油冰棍。

几乎所有毕成功见到的卖冰棍的人都有个车，要么是小孩儿车，要么是自行车，要么是工具车改制的，至少都有轮子，这样拉着走就方便了。可是毕成功却不能有车子，他得自己背。买车子的钱他当然是没有的，更重要的是，他不能让沙村的任何一个人看到他卖冰棍，因为镇子上有几个沙村的学生，他甚至不能在镇子里出现。毕成功只能在县城或其他镇子村子卖冰棍，而他回来时，还得装作放学回来才行。

县城里行人多的地方差不多都有个冰棍箱在那里了，这也是毕成功早就看过的，他把纸箱用绳捆成个硕大的书包样子，斜挎在肩上，那箱子挂在胸前。他打算走街串巷，边卖边给自己寻个好地方。天不错，是个大艳阳天，路也不错，又平坦又整齐好认。毕成功按着他早就计划好的，往县城小学赶。果然，学校还没放学，可门口已经有了两个冰棍车，一个是推着自行车的中年男人，一个是拉着小竹车的老太婆。挎着大纸箱的毕成功停在学校门口，他俩便都扭过脸来瞪着毕成功。他只当没看见，找了个树荫躲着，在等学校放学的时候，毕成功心里开始暗暗叫苦了。

冰棍是装在纸箱里的，他只带了两件棉袄，自己那件铺在底下，冰棍放里头，娘的那件盖在上面，因为他把纸箱折叠成扁的，又用绳捆着挎在肩上，纸箱贴着身体的地方就又冰又凉。为了赚钱，再冷些毕成功也是能忍受的，可是，体温渐渐暖化了冰棍，他觉出纸箱的缝隙正渗出水来！毕成功心里急，只好在原地打着转儿，来回踱步子，觉得自己像是一只头顶着冰块脚却在热锅上挣扎的蚂蚁。他比以往任何一次都盼着快点放学，又努力把纸箱拎着远离身体，想让冰棍保持寒冷，可是他看见，纸箱底部的角落已经让冰棍水泡出了一圈水渍。

完了！一个冰棍二分五，一百个两块五，他所有的钱都要化在这个该死的纸箱子里了。

学校传出放学的钟声，不多长时间，就有学生从门口出来了，毕成功赶紧从树荫里跑到太阳地里，他冲那学生问，冰棍？

他热切的样子让学生发怔，那孩子没听懂，却站住了。毕成功用手在纸箱里掏着摸着，绕过他娘的棉袖子，在一堆疙疙瘩瘩的盘扣子下面摸了根冰棍出来。毕成功掏冰棍的时候，那学生就等着，他没懂毕成功刚才问了句啥，等他看见是个冰棍就笑了，他说，冰棍！要钱不？

毕成功没想到他会问这话。

三分钱。

不要。

学生走了，毕成功看到那两个卖冰棍的同行都在笑，他也笑，他不能让人看出来他很难受。毕成功装作他是故意在和那学生开玩笑的样子，又冲另一堆走过来的学生挥了挥冰棍。那里居然有个女孩儿站在毕成功面前，像他摸冰棍一样在裤兜里掏了好一会儿，才摸出三分钱给他。毕成功心里有些激动，学着过去买冰棍时记得的，把冰棍有棍的一头递过去，她捏住了。这个女孩儿长得挺难看的，眼睛小鼻子却大，她的嘴也大，他刚把冰棍纸揭去，她就张开嘴把半个冰棍全丢进去了，可毕成功真心感谢她呀！

她的同学问，有奶油的没？

有！有！他在纸箱里赶紧摸，他知道不能捏冰棍，会化得更快，可是他顾不得那么多了，红豆的捏着有凹凸感，他摸到一个奶油的赶紧递过去，又是三分钱！

学生们出来的越来越多了，奶油的！红豆的！三分钱！这个化了换一个！奶油的！三分钱！毕成功心里只有三分钱！三分钱！每个三分钱就赚五厘！

忙活了一中午，大半箱冰棍换成兜里鼓囊囊的硬币，毕成功不知道该高兴还是该哭一场，纸箱里的冰棍越往下越化得厉害，纸箱的底儿已经全湿透了，他没法子按想好的那样提着背着走街串巷了。毕成功把纸箱从肩上取下来，这才觉出肩膀早让绳勒出个深沟，疼得厉害，刚才只顾撕纸收钱卖冰棍，竟忘了疼了。毕成功使劲揉捏了肩膀，才把脚边堆着的一大堆冰棍纸收拾好丢到个大筐里，重新回到自己的纸箱跟前发愁，纸箱底下现在是一摊水了。

骑自行车卖冰棍的男人不知啥时候不见了，老太婆却走过来，毕成功蹲在那儿，看见她的一双小脚停在面前。

毕成功抬头，老太太正躬下腰，双手支在膝盖上，眯着眼睛打量那纸箱子，她摇摇头说，咦！化啦！

毕成功听不出她是啥意思，站起身来。

老太太说，孩儿！家里不容易吧？

听到"孩儿"这两个字，毕成功突然鼻子一酸，眼泪就噙在眼里了。他委屈着不知咋样是好，就垂下头。

老太太说，箱子底下要用棉花被子铺实垫厚些，上面也要盖严实！

毕成功点点头，低头看着泡软的纸箱底，长长叹口气。

老太太问，孩儿，恁别急！箱里还有多少冰棍？

他在心里估了估，才说，三十多根！

老太太的腿像是不太好，吃力地蹲下，伸手在纸箱里摸了摸，有点兴冲冲地说，咦！还不错！上面的还没化！

她踮着小脚往自己的小车跟前跑，毕成功就等着，只见老人从自己的冰棍箱里抽出条厚厚的小棉被，又费劲地在小车底下使劲拉，脸憋得发红。

孩儿，别傻站着，快来帮帮俺呀！

毕成功帮她拉出来的是一个小木头箱子，比板凳大不了多少，他猜要不是腿脚不好，她肯定和他一样打算走街串巷的。一瞬间，毕成功内疚了，打定主意，以后说啥也不会再在学校门口抢她生意啦。

老人把小棉被叠成四个角相压的样子铺在木箱底，留出长长的一截准备盖在上面，毕成功赶紧撕开纸箱，一大堆冰棍就全露出来了。老太太抓起还没融化的冰棍就摆放在木箱里了，她很麻利，一手五个，没几下就只剩下一堆化得不成形的冰棍了。老太太三两下拉好棉被盖好冰棍，又拉出刘兰草的那件棉袄盖上掖好，这才对着那堆冰棍惋惜地说，化得厉害，没人买了，孩儿！恁不怕肚疼就吃几根，太可惜啦！

对着收拾得好好的新冰棍箱，毕成功的心一下子轻松了，只要这些能卖了，不光不赔钱，还能赚钱呢！

老太太大略数了数，笑了，孩儿，恁运气不错，只有这个角上的十来根卖不成了。流了一摊水，是恁那棉袄没铺好，恁得舍本儿做个厚棉被！

毕成功诚心诚意地说，奶奶，俺对不起恁，占了恁的好地方，恁还帮俺……

看着老人浑浊的眼睛笑得满是皱纹，他突然就说不下去了。老太太使了下劲，才扶着膝盖站起来，她边往自己的冰棍车走边摆手说，孩儿，别说外气话！谁都不容易！恁比俺孙子还小哩。不是家里作难，恁娘也不舍得恁出来受这罪，快把冰棍吃了去卖吧！再耽误箱里的也化啦！

毕成功哽着只管点头，老太太推着冰棍车蹒跚着要走，又转脸说，俺那木箱和小被子不能给恁，恁用完得还给俺呀！

毕成功拼命点头，泪流了满脸，老太太摆手说，快走快走，不定啥时候人家就来逮啦！

太阳底下冰棍冒着寒气，毕成功一口就吞下大半个冰棍，透心凉！他不怕肚子疼，就怕耽误了时间。毕成功从来没想过，有这样一天，他连饭也吃不饱，却可以一口气吃十一根冰棍！而且，他蹲在地上捧着十一根冰棍大口吞吃的时候，眼泪还不停地流着。有那么一会儿，他想到他居然吃下了两毛七分五厘钱！心就疼了，要不是他傻乎乎的，本来可以卖三毛三，赚到五分五厘钱的！

刘兰草等到夜黑才算是等到毕成功回家，提着的心才敢放下。她生怕让谁听见，不管黑将军咋样激动地扑在门板上用爪子抠门，只一把就拉他进屋关上门，才压了声音说，咋才回来？没让逮住吧？

毕成功摇着头抹了把汗，逮住就回不来啦！

刘兰草见他笑着心就安了一半，她作势要打他，再胡说！吓得俺一天手脚都是凉的，不中，以后不去了！咱再想想办法！

毕成功不答话，只从腰里摸，刘兰草就等着，心里期待着。毕成功把装馍的布兜解下来，塞在娘的手里，沉甸甸的一大兜硬币立刻吓得她张着嘴却一个字也说不出来了。

娘，今天赚了五毛二！

啥？！恁哄娘？

毕成功把那钱都倒出来，刘兰草轻轻摸着说，真的呀，咋黏手哩？

他笑了说，冰棍化了呀！俺今儿去发了两次冰棍，一百七十根！娘，以后俺会卖了，一天能发三百根！

刘兰草也难得地笑了，她嚅动着嘴唇，在心里默默算了算，才说，要是一天能赚这么多钱，就和他一样，娘天天给恁们吃稠饭！

毕成功不记得娘啥时候还笑过了，因为总是愁苦着一张脸，她的嘴边突然笑出了皱纹，又露了些牙，这样的一笑，竟不太像平时那个娘了。刘兰草总是给毕德全叫"他"，有时连"他"也不叫，只冲东屋指一指，儿子们就全知道她在说谁。毕成功没想到娘心里的劲还和爹别着，他心里一热，娘！恁放心，俺一定让恁天天吃白捞面！

娘儿俩数出明天发冰棍的五块钱包好，剩下要找零的钱就堆在炕上，刘兰草坐在炕角上，拆了自己的棉袄掏出棉花缝小棉被，听毕成功给她说他遇上个老奶奶受了帮助，又吃了十一根冰棍的事儿。毕成功把自己的棉袄也拆开，却见里面的棉花硬成了烂毡片，刘兰草捏捏，摇头说，明天去县城买点棉花回来吧，这棉袄从成才、成钢和成立一路穿到恁这儿，啥棉花也都不顶用了。唉，娘想想最亏待的就是恁。

毕成功不当事地笑着应了，端了盆水，刘兰草以为他要洗了睡了，谁知他不洗脸却把炕上的硬币都捧在里面洗，刘兰草嗔道，担个水多不容易，恁倒糟践水，明天那钱说不定就找零钱用了。他在水里捞搓着那些硬币说，这是俺第一次赚这么多钱，俺不舍得它们黏手的脏！

刘兰草见他把几张纸币也用手轻轻蘸水抹了，双手拍到半干时夹进那本书里，她用牙咬断手里做活儿的线，冲毕成功说，恁三个哥都不敢去挣这钱，恁受苦受累，倒要养一大家子人，成功，恁可别埋怨娘。

毕成功合上书，停了手，鼻子酸着摇摇头说，娘，俺不埋怨。俺愿意。

从卖上冰棍起，毕成功和村里人就没再照过脸，他天不亮就走了，天黑严才回家，宁可多走几里路到其他村子和县城去卖冰棍，也不在镇子里让人看见。为了保险，路过镇子回家时，毕成功就把冰棍箱放在废品站胖老头那里。毕成功天天把自己在路上拾的破烂都晾晒在院子里，堆得他爹隔三岔五埋怨，屁大的院子连脚都插不上啦。全沙村的人和村里的学生知道他不上学开始拾破烂了，嘲笑他是个最没出息的人。刘兰草并不吭声，心里暗笑，就算毕德全再精，也没想过他儿子居然在县城卖冰棍，天天都能挣一块多钱！

这样的好日子却只有三四个月，立了秋天气渐凉，毕成功立刻感觉到冰棍不好卖了。他去找老奶奶，她说她的腿脚不好，入了秋就不能再出门了，她只能挣一夏天钱，再出去得到明年夏天啦。毕成功咋能就这样闲着？赚钱这事上瘾，他已经上了瘾啦。

这一夏天毕成功一点也没长个子，刘兰草觉得是冰棍箱子压的了，而他让太阳晒得真黑，一笑一嘴白牙。

1974年从秋天到冬天过年，又过到来年开春，毕成功比谁都过得没意思，他才十二岁，在地里干活也是白干，没有工分还得受队长指挥，他才不打算去呢。拾破烂这事，遇上大雪天大雨天也不能出门，毕成功觉得自己在小黑屋里都要捂出毛了，多亏他没事可以翻翻书，一个页码一个页码翻过去，大大小小票面的钱在眼前流动，他觉得真美，也觉出了迫不及待。啥时候天才能热起来呀，他才能去卖冰棍。书里十块钱的大团结有七张，买了几次玉米面和一次油，现在只有四张了。毕成功怀念每天在太阳底下晒得发昏，却在大街小巷子里转悠着卖冰棍的日子，虽然很饿他也不舍得买任何东西吃。如果不是为了批发来冰棍，每分钱他都不舍得花，次次把七块五毛钱交到冰棍厂的会计手里，对他都是最大的煎熬。咋样能少花钱多赚钱，毕成功天天都在琢磨这事。春天才刚开始，毕成功就在家里待不住了，他得为今年夏天大干一场好好做准备了。

前两年只能算是学学手练练胆子，他不打算再背着沉重的木箱子跑一天了，那样努力一天也不过才卖三百根冰棍，今年他得多赚些钱。要不，一样提心吊胆，一夏天宝贵的时间只挣几十块钱，花得再小心，还是会很快就没有的。

想来想去，毕成功决定他得有一辆自行车。自行车在沙村是个稀罕物，队长家有一辆，会计毕长春家有一辆，还有两个都是在镇子上班的干部家的。他们都很爱惜自己的车子，尤其是队长，把他的自行车打扮得像个小媳妇，三天两头让知青们给他拿油擦，车梁和车把让他媳妇用紫红色的细平绒缝着包住了，脚蹬子也包上了，车把上还结了个大红色的绸子花。这车子谁也不借，只有队长去镇上开会才骑一下，回来就赶紧让知青们擦一遍，弄得那几个知青偷偷抱怨，队长的媳妇也没洗这么勤吧。有个洛阳来的知青，胆大，故意把队长的自行车停在路中间，车撑子虚着支在地上，人们收工时路过，一不小心车子就倒了，车把上的紫红平绒布破了个小口子，车链盒瘪了个坑，还掉了块漆皮。大家都吓坏了，洛阳知青心里也毛了，把自行车推到队长家，几个知青站一排，都低着头不吭气。队长多精，赶紧看车子，见那黑亮的漆皮掉了花生仁大的一块，露着锃亮的白铁皮，队长脸都变色了，一个女知青差点吓哭。还好，队长是有觉悟有城府的人，憋了好一会儿，摆手让他们赶紧走！

从那以后，队长媳妇自己擦车子了。

知青们算是小胜了一局，私下里就说队长生气真吓人，眼睛瞪得跟鸡蛋一般大，两个脸蛋子红得像洋柿子！知青里有个开封来的刘玉娟，不光学习好爱看书，还很能画画儿，她有几根从开封带来的半截蜡笔，红的黄的蓝的，能把她画的小画涂出很不一样的味道。不知道是因为男知青们没事找事想和她说话，还是她确实画得好看，大家没事都爱看她画画。毕成才算是沙村里比较敢和刘玉娟搭话的年轻人了，他见刘玉娟在大家的吹捧下开始画队长的红脸蛋，便说，嘿！刘玉娟画的队长真像！

刘玉娟没理他，她才刚刚画了几道黑头发，脸蛋还没画完，他咋看出她画的和队长像？哼！

从和刘兰草离了婚，毕德全就完全把自己从她娘儿们五个的生活里摘出来了。刘兰草去挨批斗，毕德全无所谓，当年娶她时他也没有多喜欢她，要说恨，他倒真是挺恨。本来在西安市过得好好的，现在又成了沙村一个天天累得要死的农民，还不是刘兰草那个傻娘们害的？四个儿子挨饿，毕德全无所谓，在他看来，自己从小没有爹娘疼，全靠一个人，不也在西安市安家立户娶了媳妇生了四个儿子？他觉得他谁也不欠。所以在一个院里分成两家，就算刘兰草和儿子们有时候一天也点不了柴火做不了饭，他依然擀了杂面条在门帘里头呼呼噜噜吸溜着吃，声音大得让几个儿子恨得想捶死他。他们饿是他们的事，他吃面条是他的事，毕德全的心里全是他自己。唯一让他有时会意外的是，刘兰草在沙村这几年从一个小声细气怕事的女人变成了个泼辣的女人。那年毕德全听说刘兰草和儿子们找队长闹事，心里就有些惊喜，天爷嘞，和这女人一个床上睡了十几年，老了老了她倒转了性子啦！但毕德全心里却开始防备了，他不敢再惹这个刘兰草了，既然她和队长都敢吵架，也一定不会把自己当回事。毕成功爱拾破烂，大半个院子就全堆着他拾来的破毯子、烂鞋，有时竟有半扇门板，真是讨厌。还有那只没事在院儿里溜达着的大黑狗，也让他烦透了，但他只能全忍了，一句也不敢说那些破东西占了他这三分之一的地方。因为四个儿子一个比一个高大了，连最小的儿子毕成功也快赶上他的个头了，他很识趣，知道人家都恨他，他惹不起。

四个儿子里，毕德全最看重的就是毕成功，觉得光看他那一对眼睛就能看出说不出的灵气，可这孩子和他娘一样犟，分家时硬是不跟自己，这是毕德全想想就叹气的一个遗憾。多好的孩子眼看着给毁了！毕德全多少次看到毕成功天不亮就提着马灯和他娘一起出门扫地，天黑时抱一大堆破烂回来，他劝不成，刘兰草的话肯定在那等着他呢。毕德全只好一路从破烂堆中跳进自己的屋，啥话也不说了。

毕德全最讨厌的就是大儿子毕成才。他从小就是一个莽夫，一点也不像自己，可他又高又宽的大脑门和黑瘦精干的样儿却和自己像一个模子倒出来的。毕成才比他三个兄弟都脾气坏，所以他敢冲着毕德全摔打，也敢在毕德全的背后狠狠地吐唾沫。毕德全没办法，心里只等着看笑话，因为毕成才眼看十八九了，凭着挣工分才勉强糊了口，谁家的闺女肯嫁给他呢？他可没有想到，毕成才有着他和刘兰草都没有的好人缘，沙村的人不太搭理他，成才却和知青点的几个知青关系很好，隔三岔五知青们不知在哪儿偷鸡摸狗，不敢在知青灶做饭，就偷偷在成才家灶房里煮鸡肉烧鸟肉，那味引逗得毕德全一宿一宿睡不着。让他着急的是，刘兰草一点也不管，毕德全就恨恨地想，看吧，迟早要出事！

果然这机会让毕德全等上了。

成立把那张红脸蛋的队长画儿给他爹看时，一点也没想到，他爹这么震惊。在毕德全看来，队长就是沙村的天，谁敢去戳天，不是吃了豹子胆了吗？他不愿意成才和这帮城里来的孩子们学坏，他得让成才看看他们摔跟头。毕德全一再问了成立，这画是谁画的，成立说是刘玉娟画的。

肯定不是成才画的？

成才？他有这本事？他连五角星都画不像！毕成立一点也没看上他哥。

毕德全心里有了谱，去吧，成立！不管谁问您，您可要记住，您得说您没见过这画！

知青们谁也没想到，刚吃罢饭还没来得及洗碗，队长就和队里几个干部来了知青点，谁都是从城里来的，都是见过世面的，见队长满脸的杀气，眼睛不但没瞪还眯着了，大家就想，坏了！怕是自行车的恨还没消呢。

队长领着妇女队长张革玲，她的主题很明确，要看看刘玉娟的反动画！

画就用剩饭粘在墙上，不等刘玉娟交代，张革玲一把撕下来了。大家凑上去看，果然红脸蛋、自行车，瞪得比鸡蛋还大的眼睛！

画递到队长手里，刘玉娟就哭了，报告队长，俺是画着玩的！队长恁别走！张队长恁听俺说，这真是画着玩的！

队长阴着脸，把画叠好放在怀里的口袋，用手在外面按了按，理也没理就出了门，张队长回头冲刘玉娟瞪了一眼，啥也没说，跟着队长就走了。

他们前脚走，知青们傻眼了，谁都清楚，知青点出内奸了！要不只在知青范围里传过的画咋能传到队长耳朵里？

刘玉娟哭得鼻涕流了好长，她顾不上擦，完了！天天努力表现想回城，这下可全完了！

突然刘玉娟瞪着红通通的眼睛冲着小王问，恁是第一个看画的，说！是不是恁？小王急了，刘玉娟，恁咋能怀疑是俺？俺天天帮恁担水，好吃的夹恁碗里，还不是巴结恁想和恁处对象？傻子也看出来了，俺去揭发恁有啥好处？

刘玉娟是大队知青点十二个知青里最好看的女孩儿，其他四个都很一般，这让有些文艺才华的她很得意。剩下几个男知青都先后向她表达过好感，就连其他生产队的知青和沙村的好几个年轻人也常来找她，装着问字的样子想套近乎。刘玉娟对每个人都不客气，她说她妈早交代了，就是等得老枯楚了，也不能嫁在农村，她是到广大农村接受教育的，不是来便宜这些农民光棍的！

这话不知伤了多少人的心，可今天，哭得连一点美感也没有的刘玉娟却眼看要倒大霉了，谁都听得清楚，张队长一进门就说，要找刘玉娟的"反动画"。这样一分析，所有的知青都稍稍往后退了一步，小王解释完见她不说信，也不说不信，就叹气回自己屋了。

屋里的女知青们平时对刘玉娟挺反感的，这时就觉出她的可怜来。谁不想早点回城呀？刘玉娟使劲表现，却坏在这事上了，有点冤。陈红星就劝，别哭了，不过是张画，恁也说了是画着玩的，到时候俺们帮恁证明。

听她这么说，刘玉娟反而哭得更大声了，咋证明，谁都知道画的是队长，人家能揭发就是要整俺了！

第二天下午全大队的知青都被叫到戏台前的空地上，今天的批斗活动又"弄大"了，台上站的不只是刘兰草和地主老胡了。大队来人了，十来个生产队的三十多个黑五类分子都在台上了。刘玉娟心里慌得光想哭，心里七七八八打着盘算，平时这样的批斗会并不会勉强知青们一定全来，可今天妇女队长张革玲专门跑来叫知青们都得参加。

刘兰草习惯了各种规模的批斗会，人家知道她不识字，关于她怎样反革命的事，问的人问了四五年也都问烦了，她回答也都一字不差了，她认罪态度太好了，所以群众只冲她喊了一次口号就轮到地主老胡了。

毕成才是站在戏台底下才听他弟弟毕成立说，刘玉娟眼看要成反革命了。成立很兴奋，五年了，沙村的戏台子上只有两个人，看戏的人都烦了。现在凭空出了个新反革命，还是个知青，而且是个很好看的女知青，不光是已经提前听说了风声的沙村老百姓，就连刘兰草的儿子毕成立也难以控制他的兴奋了。毕成才听说有刘玉娟，没动声色地看过去，果然见她眼睛哭肿了，惶恐的样子完全掩遮不住。成才这才信了，他揪住成立问为什么，成立就眨着眼睛冲他哥发着呆，因为毕德全交代了不让说。可毕成才握起拳头就会揍他了，他飞快地在心里比较着。

毕成才喝道，快说！

成立便下了决心说，是她画的队长红脸蛋，队长说是反动画！

成才问，队长咋知道是刘玉娟？

成立这才想起成才说过刘玉娟比西安市的女孩儿都好看的话，他扭头看向戏台，不打算回答。成才却不答应，贴近成立问，恁快说！

成立感到他快要发作了，台上地主老胡的交代已经快结束了。成立四处看看说，是他说的。

毕成才有些意外，他？毕德全？他咋知道画的事儿？

毕成立躲闪着眼睛，他突然意识到这事不简单了，好像和自己有些关系，他高兴不起来了，耷拉下眼皮，对戏台上的一切没了兴趣。群众开始举着拳头喊口号，兴许是大队书记今天来了，群众喊口号的声音比平时大得多。毕成才随着大家举拳头，喊口号，心里却打了个主意：刘玉娟太可怜了，她是因为自己要看脸色咋变才画了那张开玩笑的画，该死的队长居然和毕德全尿到了一个壶里，毕成才决心要帮助他心爱的女孩了。他挺直背，像个英雄一样重新用怜悯的目光看刘玉娟，她却紧紧闭了双眼，完全是听天由命的无辜样子了。

好吧！让俺替恁和队长做斗争吧。

大队书记上台讲话，说斗争形势太严重了，知青里也出现了问题，咋和上面交代？他很痛心。他说痛的时候用拳头使劲砸着自己的胸口，人们就都觉得不好和上面交代了，都觉心疼。

听到大队书记说自己问题太严重了，刘玉娟终于流出了眼泪，她软了双腿，妇女队长和另一个女知青把她拖上戏台子。大队书记瞪她一眼，挺和气地说，刘玉娟？恁爸恁妈都是工人，恁不是还想要表现呢，咋弄了这个事？

他的声音没有责备，却让刘玉娟哇地哭了，大队书记继续说，恁这么年轻，一定是沙村形式太严峻，恁勇敢说出来。

刘玉娟有些怔，顿了顿又抽泣着哭起来，俺真的是画着玩的！俺……不是故意的！俺再也不敢画队长了！

队长忍不住了，大喝道，胡说！全村人都知道恁的居心，还敢抵赖！

队长的闺女大声喊，打倒反革命分子刘玉娟！

群众一窝蜂地大声喊起来。

毕成才气喘吁吁从家里跑来，走到台前，大家就停了喊叫，刘兰草偷眼看到是他吓得一惊。他挥了手里的几张纸说，这几张画也是刘玉娟画的！

队长听了伸手要拿，毕成才说，别急，俺得说说这画……

刘玉娟哭道，毕成才！恁是反革命狗崽子，原来是恁诬陷俺！

毕成才说，这几张画是恁画的俺和小王，咋是诬陷恁？

刘玉娟很意外，大家不知道他想说什么，都开始小声议论。

大队书记好奇了，从戏台子上蹲下身子要画，毕成才递上去说，还有一张画的是大槐树。大队书记翻看着，抽出一张说，这是恁？

毕成才说，是呀，还有张染了颜色，画的是队长和队长家的自行车，俺从来没见过她画别人，大家谁见过？

刘玉娟眼泪汹涌地流，她一个劲点头，啥也说不出来，只是响亮地抽泣。

大队书记看了队长说，是这样呀，恁把那画再让俺看一次。

队长掏出画，大队书记看了画，又看了队长，便笑了说，跟恁是很像，恁看这自行车跟恁的都一模一样嘛！这绒衣胸口的字，和恁的也一样，俺看画得就是恁嘛！

知青们赶紧都点头，小王说，俺看见她画了队长和自行车。

不等队长再说啥，大队书记挥了手说，好了，大家警惕是好的，但这事不是弄清楚了嘛。

他又对队长说，村看村，户看户，社员看干部！大家再观察观察！

这事就这样过去了，毕德全没想到队长竟然弄来大队书记，更没想到成才敢当着几百人的面替刘玉娟说话。他吓得不得了，生怕这火烧到自己身上，等到刘玉娟被俩女知青半搀半扶离开戏台子，大家也都往家走的时候，他的心才重新掉进肚里了。毕德全后怕着往回走，心想这事到底是哪儿出了岔子呢？

谁也没想到，经过了这事，毕成才居然和刘玉娟好上了，刘玉娟把她妈教导的话丢在一边了，这让小王他们都后悔不已。过了半年多，刘玉娟她妈终于知道闺女在沙村和一个反革命分子的儿子谈对象，赶紧带着刘玉娟的哥嫂来找毕成才。他没说什么，刘玉娟却干脆利落地劝她妈回去吧，这辈子还有谁像英雄一样救俺？俺不想等到老枯楚了，俺看就成才好！

刘兰草见儿子毕成才凭空得了个媳妇，一直悬着的一颗心立刻松了许多，再看成才果然精干灵气，便想，要是成才真跟刘玉娟成了亲，在沙村的苦日子也算没白煎熬。

天渐渐热了，毕成功盘算了一冬天的计划，终于可以一样样实施了。他非常想弄到辆自行车，他再也不想整个夏天背着木冰棍箱，从早到晚走在县城四周的村庄里了。如果有一辆自行车，那毕成功就敢保证他一定能赚得比去年多一倍！队长他们那样的自行车，毕成功想也不敢想，从有了想要自行车的念头后，他也打听过，先不说买自行车需要的钱，光是一张能买自行车的票就很难弄到。

镇子上的废品站是毕成功最先想到的地方，胖老头和他已经成了朋友。从这孩子隔十天八天就拿支牙膏皮来卖，又用马蹄表换走一把折叠刀，胖老头就认定毕成功不是个一般的穷孩子。所以当十三岁的毕成功站在他面前，说他想要一辆废品站的废品攒起的自行车时，他一点也没意外。他知道毕成功已经懂得了一个大多数人永远不会懂得道理，想买的东西如果买不起新的，还有另一个渠道可以解决。如果脑袋够聪明，手够巧的话，比直接从商店里买回来的新东西更好使。

胖老头说，孩子，再说一遍，恁想要啥？

毕成功大声说，一辆能骑的自行车！

胖老头笑了，俺也想要一辆呢。孩子，镇子上没有收过旧自行车。

但是胖老头答应毕成功可以给他指路到其他地方打听。他让毕成功别急，而毕成功却非常急，他从胖老头那儿出来就直接奔县城了。他得找到辆旧自行车，不管多旧他都有信心修好。县城的废品站很大，也没有收过旧自行车，毕成功怀着很大的念头寻了几天，却失望了。

隔了三五天，毕成功又去了趟镇子，路过废品站往里张望，没想到胖老头带着点喜滋滋的样子对他招手。毕成功心里一动，几乎小跑着跳上台阶，胖老头说，恁小子运气不错，弄上啦！

毕成功心里激动着跟他到了后院，胖老头腾开一大摞子麻包片，有人招呼他，老孙寻啥哩？

胖老头装作整理麻包片，说找个麻包。他压了声音对毕成功说，这是公家的废品站，不敢让他们知道啦！这个车子是别人托俺卖的，恁得花三十块钱，恁有没有？

毕成功不吭气，他得亲眼看看自行车才行。

打招呼的人走远了，胖老头从麻包底下一使劲拉出个自行车，却没有前车轱辘。毕成功见那车子旧得不行，黑胶轮胎上的花纹都磨平了，自行车的轮圈全是黄锈，他的心凉了。胖老头说，快，怔啥哩！搭把手一块拉出来！

毕成功就在麻包片里摸到一个轮子，两人一起用劲，把自行车拉出来了。

虽然在心里把自行车的样子想了无数遍，可对着这样一堆黄锈掉渣的破烂儿，毕成功还是沮丧极了，他连一句话也不想说。

还三十块钱呢，他觉得这车只值五块。

胖老头却兴冲冲地把自行车支在了屋檐下面，用脚尖轻轻踢着摊成了一堆的锈链条说，看见冇？只要买根好链条，再拾掇拾掇就能骑了。

三十块钱买堆锈铁，听胖老头说还得花十一块钱添置根新链条和车闸线，毕成功心里又是一沉。后轱辘的辐条只有三四根，胖老头不知道从哪里寻来了几根给装上了。

从见到这自行车，毕成功的脸就是吊着的，他一点也高兴不起来，心里总觉得胖老头这么热心，一定是占了自己天大的便宜。可是除了这一辆，毕成功也知道，他再也没有可能找到一辆只要三四十块钱就能骑的自行车了。而毕成功多需要一辆能在后座绑上冰棍木箱，走街串巷去挣钱的自行车呀！不哼不哈把钱放在胖老头手里时，毕成功清楚地觉得心里狠狠疼了一下，他扭脸就走，一眼也没再看废品站门口地上已被肢解成一堆破零件的自行车。胖老头用手指头在嘴里蘸了点唾沫，开始一张一张有滋有味地点钱，毕成功使劲压着想一把抢回钱的冲动。

认了吧，说不定真像他说的那样，把车子用油擦一遍就好看了。他希望他的自行车能像那个马蹄表一样。

晚上躺在被窝里，毕成功和他娘背对背，听着刘兰草的呼吸渐渐沉稳了，他从枕下抽出那本夹着钱的《辞海》，借着一点暗暗的光线，轻轻翻开书，书页无声地从第一页流淌到了最后一页，毕成功憋了一整天的眼泪终于流下来了。

书里只剩四张大团结了，一毛两毛的钱也还有一些，但他心里清楚，他一半财产已经没了。在炕上翻腾了大半天，毕成功觉得全身的骨头都被干硬的炕硌得生疼，到了天快亮的时候，他才渐渐睡着了。在沉入睡眠的最后一刻，毕成功打了个主意，明天他就去镇上找胖老头讨回修理的十一块钱，他要自己修自行车。

如果没有自己亲手把每一个零件、每一个螺丝、每根辐条用油布擦拭过，又学着按自行车的样子再安装一遍，毕成功确定自己永远不会这么爱惜自己的自行车。换了链条、闸线和脚蹬子的珠子一共花了十块钱，他心里便明白，胖老头并没有坑他的意思。可他并不说什么，胖老头也没在意他要回十一块钱坚决要自己收拾自行车的事。一老一小蹲在废品站乱七八糟的后院里忙活了两三天，链条换了，所有的轴都重新换了轴珠，上了油，后座用铁丝牢固地绑了一块木板，只差在上面绑上冰棍箱了。车座没换，胖老头寻来块油布包了，里面垫了厚布，又放到了最低，可毕成功还是不能坐在车座上去蹬车子，车是二八大横梁的，而他的个头只有一米四。

一米四的毕成功，起劲蹬着刚刚用各种零件攒起来的自行车，从镇子回到了沙村。尽管他不能骑在车上，只能两腿不停地拼命套着圈，可他觉得真是美得不行。路是疙疙瘩瘩大坑套小坑的，车子刚上了油，利落得很，就颠着跳着只往前冲，毕成功的细胳膊拼命把着巨大的车把，好几次下巴都磕在了上面，舌头也咬出了血。又有好几次，车子一头撞在路边的树上，就撞得人仰车翻，毕成功不觉得疼，一屁股坐起来，他只心疼着车。人的肉磕疼了能长好，车磕坏了可就麻烦了，他仔细检查着自行车，轻轻抚摸着碰得塌下去的地方。可他一骑上车子，就一下也不肯停止双腿的套圈动作。遇上对面有自行车过来，毕成功便一定要挺直腰杆，昂起头，保持着双腿平衡的动作并不看对方一眼，他得让人家知道，恁有自行车，俺也有。恁的自行车是恁买的，俺的车也是俺自己买的，虽然俺才十三岁。

  沙村的人差不多都知道，刘兰草的小儿子居然从镇子上骑回一辆自行车。刘兰草的院子外头围了不少人，那黑狗个头大声音也大，突然见了这么些的人就一直慌着大声叫，它越叫她就越慌，话也说不囫囵了。毕成功却不慌张，他早准备好了，掏出发票给大家看，人们就都点着头说，哟，废品站的处理品呀！没想到恁还会用废品装自行车呢！

  夏天终于来了，却很慢，总也不肯爽爽快快地热透，那样冰棍就好卖了。毕成功差不多天天都在着急，他把新的冰棍箱早做好了，包冰棍的小棉被也缝了好几条，就连装钱的小布兜，毕成功也让他娘给他在裤腰带里用粗布把兜兜各缝了一个。这样真是遇上抓投机倒把小分队的人，收走了零钱，整钱还藏在裤腰里呢。

  毕成功等天热已经等得不耐烦了。

  毕德全见小儿子天天在家里擦自行车，就没话找话说，恁这车子过几天也不会是恁的了。

  毕成功知道他故意爱找碴说话，就哼了一声，心里却想听他说些什么。提到了自行车，差不多就算是戳到他的命了。毕德全装作不经意地一边锁门一边往院外走，才慢吞吞说，成才要成亲了，他和恁娘吵着要骑恁这辆自行车去知青点接媳妇嘞，这车子就是个彩礼，以后就归人家新媳妇啦。

  他啥时候走的，毕成功不知道，他本来正蹲在地上使劲擦车轮上的一片锈迹，这可怕的消息竟让他的腿脚发了软，一屁股坐在了地上，黑将军以为他和自己玩，高兴地摇了尾巴就把两个前爪搭在他膝盖上，伸出长长的舌头冲他直呜呜。他却呆怔怔地坐着，心里反复想，完了！天爷啦！自己一根冰棍几厘钱挣来的、一个螺丝一根辐条攒起来的自行车，居然要成了刘玉娟的彩礼了！

可现在还是初夏，人们大多还穿两件衣裳，老人们怕冷，有时候早晚还要套着夹袄，离可以卖冰棍的日子还差一个月呢。毕成功心里乱糟糟的，一下子就想起，娘确实一直在给大哥成才张罗亲事，而成才上个月还专门去镇子上理了发，和刘玉娟照了张结婚照。他俩头挨头笑着的相片，被刘兰草夹在了小玻璃框子里，毕成功也看过。可他咋能想到，他俩居然要打他自行车的主意！毕成功把自行车推到了屋檐底下锁好，听着车锁咔吧一声响，毕成功心里下了个决心，就是把他命拿走了，他也不会让该死的刘玉娟碰一下他的自行车。

晚上睡觉时，果然刘兰草在黑暗里叫，成功，娘有话说。

毕成功把头蒙在被窝里，闷声闷气嗯了一声，刘兰草一把揭开被窝，骂道，憨货，被窝有多臭，叫恁别蒙头！

毕成功没好气地把被子一把掀到胸口，大声喘着气。刘兰草见他眼睛里有泪光，心里一软，便问，这也值得哭？娘有事跟恁说，恁大哥要结婚了！

毕成功突然大声说，结婚也不许动俺的自行车！

刘兰草压了声儿说，乖！恁说人家刘玉娟一个城里闺女，不嫌咱成分重，恁哥怕是一辈子也得在农村了，人家愿意跟他过日子，俺就想不能亏了人家闺女！咱家啥值钱东西也没有，只有恁那辆……

不等刘兰草说完那要命的三个字，毕成功一把捞起被子重新蒙上头，他猛烈的动作立刻止住了他娘的话。只静了一下，毕成功在被窝里一字一顿地说，恁不想亏了人家闺女就想亏了俺？谁也别打自行车的主意，除非把俺杀了！

屋子静得可怕，毕成功在被窝里流着热乎乎的眼泪，竖着耳朵也听不到他娘的动静了。他在被窝里闷着，鼻涕眼泪流得一塌糊涂。不知过了多少时候，毕成功忍不住把头伸出来换口气，他以为他娘会伤心地和他一样在哭，谁知刘兰草微微张着嘴，早已经睡熟了。

成钢和成立为了给大哥腾房子，搬到刘兰草和毕成功住的中间屋里，四个人睡一个炕，一下就挤了。成立嫌柴草味太重，被刘兰草骂了一遍。到了天不亮，刘兰草起床去扫路，毕成功赶紧也提了马灯去陪娘，黑将军也马上跟上他们。

自行车的事怎么竟没人提了呢？

娘儿俩一前一后走在路上，黄灿灿的光芒就洒在了脚边。两人静静地走，毕成功叫，娘！

刘兰草头也没回地应了一声。毕成功又叫，娘！

刘兰草等他往下说，却见儿子只埋头走路，手里的灯却举得很高，全照在自己的脚下。她心里知道，儿子心事多，有事要说呢。她头也没回，说吧！

毕成功眼睛里突然就蓄了眼泪，他说，娘！那自行车是俺好不容易才攒下的……

刘兰草说，俺知道。

听娘的声音很冷静，毕成功却更委屈了，俺知道大哥想要自行车……

他无声地抽泣起来，再也说不下去了。刘兰草把手放在儿子头上，重重叹了口气，毕成功却放开声音哭起来。刘兰草也哽了声音，用手背抹去眼泪说，成功，娘懂恁。恁晒成了黑猴儿才挣了辆自行车，俺咋忍心让恁没了自行车！

刘兰草知道因为这辆自行车就把成才和刘玉娟得罪了，可她硬了心，也不舍得让小儿子毕成功伤心。这孩子做好了所有准备，只等着天一热就去卖冰棍了，她这个当娘的咋能硬硬抢了他的自行车呢？

一连几天刘兰草忙着给成才张罗婚事，却一个字也没提自行车的事。这让毕成功心里毛扎扎得很难受。他觉出成才看他的眼神是狠狠的，知道毕德全的话不是凭空来的，可是一直到毕成才和刘玉娟结了婚，住在小院最左边的小屋里，毕成功也没有听他们提起自行车。

毕成才和刘玉娟都不理毕成功，他也梗了脖子不和他们说话。村子里的酒席还是办了两桌，队长来了，主要的村干部也来了，再有就是那些知青们。毕成功他娘派他去借碗盘，他就不吭声去借，回来把一摞子各家借来的碗盘放在案板上，又蹲在自行车旁边，像只忠诚的小狗守着自己的自行车。

有了自行车，毕成功挣到了他能想到的更多的钱。他没敢在沙村卖过一根冰棍，他知道队长不会饶过他。为了不引起任何一个沙村人的疑心，他比刘兰草扫路起得更早就出门了，在全村的油灯都熄了的时候，他才敢推着嗒嗒轻响的自行车回到自家小院。而且，他长了个心眼，他不从村里的正路走，他家那个烂院子不是在村子最后边么？那好，他便溜着村外的路回家，路虽然烂了些，有几个地方全是枣刺，把路就淹没了，可他宁愿使劲把自行车大梁扛在肩上从那里通过。毕成功很高兴能躲开沙村人的眼睛。后来，他花了些时间把那些枣刺收拾好，既能当个屏障挡住村里的孩子们来这里玩耍，也能让自行车从这里过而不被扎破轮胎。除了他娘，谁也不知道毕成功每天要骑自行车拉三四次冰棍，又骑过县城和十来个村庄去卖完。刘兰草不问儿子赚了多少钱，她只记得每晚给儿子留一大粗海碗的绿豆汤，再馏好三个大馍等毕成功回来。咸菜是不可少的，不吃咸的，流了一天汗的儿子肯定撑不住。一个夏天过去，毕成功变得精瘦了，全身上下连光脊梁也黝黑成了咸菜颜色。因为白天晚上不歇气地穿着，他的粗布汗衫和裤子也渐渐成了咸菜的颜色，和毕成功融成了一体。

刘兰草见儿子差不多成了个滴着汗的黑铁铸成的小人儿，她就心疼，可她不说。这是儿子要拼命去干的，如果她阻了他一根冰棍几厘钱地去挣回来，拿啥买回黑市的粮食，供得上一家几口人的饭呢？儿子们都在长身体，这个家差不多全是小儿子在支撑呢！只这样一想，刘兰草就辛酸得不行，她不敢和谁说起对毕成功的心疼。老大儿子和媳妇因为自行车，对小儿子的怨恨已经搁在了面儿上，刘兰草只能在心里疼着毕成功。

每个晚上，黑乎乎的院门无声被推开，汗津津的儿子推着自行车进来，压了声音却喜滋滋冲她说，娘！今天没让逮住！

这话让刘兰草的心有了瞬间的安慰和放松，她甚至觉得，生下这个能吃苦赚钱的儿子，真是她几辈子修下的。他也很高兴，他的娘和他的全家人，包括黑将军都能吃饱了，晒黑些多累些又算啥。

有了自行车的第二个夏天，毕成功在县城几乎没再见到过那些管投机倒把的人了，县城和集市上卖吃卖喝的人就明显多了，他的冰棍比哪一年都卖得好。

眼看天渐渐凉了，学生们都又开学上课了，毕成功却觉得每一天都不允许浪费，他去看了几次学校门口的麦花奶奶，用自行车帮她拉了几次冰棍。麦花奶奶听毕成功说，等天凉了不能卖冰棍就再寻个别的营生。她便眯眼笑了说，冰糖葫芦、烤红薯呀，恁只要勤快，饿不着呢。毕成功心里就一下亮堂了。

毕成才和刘玉娟早就知道毕成功一直在卖冰棍。如果不是因为自行车的事，他俩啥也不会在意，但见刘兰草完全把心偏在小儿子身上，每晚上都给毕成功准备三个大白馍，早上出门还要再馏三个馍带上。刘玉娟偷偷看过，刘兰草炒咸菜舍得搁油，有时还给毕成功煮个鸡蛋，他俩心里不是味了。不光是这样，还因为这是唯一给毕成功的待遇，三个儿子心里都不平衡了。毕成功却不知道，他只惦记着冰棍和钱。谁也没想过，凭着队上给的少得可怜的分配，一家人咋样能吃饱，没有三天两天毕成功摸黑买回的黑市粮食，灶房的面缸里咋会总有粮食？这些没人想过，但毕德全却想了，他悔自己当初和刘兰草分家时，咋没想到硬把这个儿子弄过来。那这样一个天生爱挣钱能吃苦的好儿子，是自己后半辈子多大的指望啊。

老三成立还是爱钻他爹的屋里混些吃喝，当然他不敢让兄弟们看到。毕德全早上才被毕成才骂过，嫌他把没倒的尿盆放在了院子中间。他只咕噜了一句，说不是还没顾上倒嘛！老大就差点抽出门闩来抽他，这让毕德全恼火极了，成才总有一天会翻脸收拾自己的，他得好好教训一下这个不孝的儿子！

于是毕德全就用了心思。他知道毕成才每天都给队上的牲口圈垫土，他听见儿子大声抱怨，这活又脏又累，心里便有了主意。毕成才时常驾着骡马大车给队上拉活，顺带偷偷帮别的大队拉些东西，人家谢他，要么给几根烟，要么给包芝麻，总之车上拉的啥就会给些啥。毕成才冲着这些小收益才愿意守着牲口圈，这些稀罕物他只带给刘玉娟，只能他们两个人享受。时间长了，他越发觉得刘兰草和三个兄弟，除了拖累自己连一点用处也没有，他便以刘兰草偏心毕成功为名要求分家。他没想到，刘兰草二话没说就同意了。

第二天，小院里来了几个知青，帮着毕成才垒起个小灶房，又把院子用破胡基儿和泥糊着分隔开，重新在院墙上开了个门，三分之一的院子刚好对着他的一间房，毕成才就带着刘玉娟和刘兰草分了家。毕成功的自行车进了院没地方放，只好推进屋，屋里本来就挤狭，这下更是连个落脚的地方也没了，娘儿们四个进屋就得上炕。毕成功知道娘虽然一个字也没说，可她心里苦。想了一晚上，毕成功第二天去县城给刘兰草买了件枣红色的确良衬衫。这件衬衫上有着银色的有机玻璃扣子，衣裳就显得很洋气，差不多是西安市的气派。毕成功就是为了气刘玉娟，因为他知道，她曾经当面嫌成才连件春秋衫也没给她买过。他去县城的商店打听了啥是春秋衫，人家就把这件衣裳递给他，毕成功一点也没心疼钱，他一定要让她娘穿上刘玉娟只敢想却穿不起的春秋衫。

而且，毕成功还给刘兰草买了一小瓶香油，是扑鼻香的小磨香油。刘兰草给他说西安好吃的，总要说到油泼辣子，而小磨香油则是河南人爱吃的。不管啥饭，趁着热汤热水滴上两滴香油，那就从碗里到屋里都是香的，毕成功没办法弄到让他娘刘兰草牵肠挂肚的那些西安名吃，可他能想办法弄到让他娘觉得香喷喷的好东西。一瓶香油让刘兰草心疼了好几天，可毕成功觉得很值。就算毕成才和刘玉娟能垒起砖头把院儿隔开，刘兰草锅里的香油味可是会长着翅膀钻进他俩鼻子里的，但他俩就是吃不着！

毕成功很得意自己的这瓶香油，所以根本没嫌贵。

院子虽然隔开了，院墙却很低，毕德全还是能看到毕成才的院子。他看得出来，成才回来时又带了些什么能吃的东西，因为刘玉娟叫成才吃饭的声音比平时压得都低。两个人几乎是偷偷摸摸地端着铁锅进了自己的小屋，把门闩上了。中间院儿里的刘兰草没多瞅一眼他们，专心择着一堆干瘪瘪的野菜，院儿里另一角的门帘后头，毕德全却全看在了眼里，他挑起点门帘，冲三儿子成立招招手。成立就凑到了门口，他递过半个苞谷面馍，小声说，去看看恁大哥是不是给锅里煮的豌豆？成立大口咬了一口馍，飞快嚼着却噎住了。

毕德全骂，吃货！恁快去看看呀！

毕成立趴在院墙上踮了脚跟，冲他哥灶房的地上仔细看，果然地上有豌豆皮。毕德全满意了，慢条斯理锁上了门，出了院儿就往队长家里走。

事后大家才知道，队长半夜带人堵在刘兰草的院外，其实是想逮住毕成才的。不止一个人反映，他在牲口圈里藏粮食偷带回家。大晚上，人们被砰砰响的敲脸盆声惊醒，就赶紧爬起身。幸亏是大夏天，也没啥可穿的，大家胡乱穿上衣裳，就扶着老的扯着小的，顺着声音往刘兰草家里跑。好啦，今儿晚上又有好戏看啦，沙村要是少了这一户反革命分子多有意思呀。

毕成功天不亮就出门去县城批发冰棍，蹬着自行车到周边的村庄去卖完，再回县城又发了一箱。这一天他竟跑了四趟冰棍厂，卖了六百二十根，这就是说，他净赚了三块多钱呢！

和平常一样，毕成功把整钱塞在裤腰带里藏好，不敢在天黑前回家，就到镇子上的废品站里缩在烂麻包堆里先睡了一觉。如果他像以前很多次一样，一觉醒来困劲大过了饿劲，就重新裹好麻袋片睡到天亮，然后直接去批发冰棍就好了，那队长咋也不会在院门口堵住他的，可这天毕成功太饿了，前心贴了后脊梁一样，饿得发慌。早上他娘刘兰草给带的三个大馍，晌午之前就吃完了，从中午忙到了晚上，蹬着自行车跑了十来个村子卖冰棍，他再也没有水米打过牙。

从废品站的烂麻包堆里睁开眼，天上已经全是星星了，毕成功是饿醒的。他想想腰里的几块钱心里有些兴冲冲，为了明天一早直接去发冰棍，便推着自行车捆上冰棍箱，飞快地往沙村赶了。队长也没想到，他想逮毕成才，却逮住了毕成功。他让人把毕成功从车上拽下来时，才发现，这孩儿比自己低不了多少了。他听到自行车啪地倒在地上，有啥东西闷声在响，他问车后头带的啥？

他以为是丢的豌豆，队上丢豌豆丢得吓人，队长觉得再不管都不好给大家交代了。有人蹲下摸黑看了说，队长，是冰棍箱。

反革命刘兰草的小儿子居然敢搞投机倒把！沙村一下子兴奋起来，队长像拾了个大元宝，他有点不敢相信，这么大的鱼，居然自己随便丢了张网，就网上来啦？自行车和冰棍箱被推走了，身上的五毛多零钱也让搜走了，毕成功和他娘默默回到挤狭的小屋里，上炕坐下。

黄昏昏的油灯底下，刘兰草见毕成功脸上有细亮的东西在流，就别过脸去。她溜下炕，盛了碗暗红色的绿豆水放在了炕沿上，又揭了锅盖，把馏好的大馍捏出一个掰开，用筷子捞了一大簇咸菜粒夹在馍里，双手捏实，递给毕成功。

刘兰草瞅瞅儿子，黑瘦得像熟铁铸成的人儿，塌着腰坐在炕上，看着就让人心疼。她说，吃吧！

毕成功含着眼泪迟疑着接过馍，却回不过神，刘兰草说，别哭，管他们鳖孙儿日弄啥事，咱先吃饱再说！娘再去给恁炒个鸡蛋！

到了沙村六年，无数次看着娘站在戏台子上让人批斗、数落或是挨打，毕成功都没想过，他自己也有站在娘旁边一起被批斗的这一天。

反革命的旧牌子挂到刘兰草的脖子上，毕成功的脖子上挂的却是块新写的大牌子：投机倒把反革命崽子毕成功！鲜红的大叉从左打到了右。刘兰草的鼻子酸了，一瞬间，她有了发疯发狂的冲动，想撞开死死揪住自己和儿子的混蛋们。可她立刻被自己制止了，恁想害死儿子吗？因为儿子卖了冰棍，他才会站在这挨打呀！这样打打总有个完的时候，要是她去闹，那不是给了他们借口，让他们把儿子就打得没完没了啦？

刘兰草记不清自己多久没在批斗的时候哭过了，仿佛她的心已经结了厚厚的痂，谁也不能再弄疼她了。现在最懂事的小儿子被人们揪在冰棍箱上站在自己身边时，刘兰草终于不可控制地痛哭起来。沙村的人们这才有点满意了，有人说，咦！这才像个批斗的样子！

确实，这几年他们都没太见过刘兰草哭了，从啥时候她开始不哭的，他们已经忘了，从啥时候她那个不哼不哈的小儿子开始不上学骑着个自行车往外跑，他们也忘了。现在这娘俩往这儿一站，他们就都想起来了，这不是欺负这一村的老少爷们吗？敢毛叨（欺骗、说假话）人？敢在大家眼皮子底下投机倒把卖冰棍吃白馍！太胆大了！就该往死斗，斗死他个乖乖！

队长叫人推来自行车，后座上没了冰棍箱，自行车就显得又脏又旧又单薄，只有横梁和脚蹬子被摩擦得铮明瓦亮，直耀人的眼。毕成功听到自行车熟悉的嗒嗒声音传过来，赶紧抬了眼睛，见队长已经让人把自行车扛上戏台子了。没等毕成功回过神，自行车被人高高举起来，那车蹬子就在空中转着，底下人惊叫着慌忙躲开，沙村的壮小伙子把那车子在空中挥舞着，突然就啪地丢在了戏台底下。

几乎同时，毕成功听到自己的心嘶的一声，仿佛是裂了缝的声音，又像是自行车掉在地上的回声。他木木的，不知道疼，也不知道急，却慢腾腾地想，完了，完了，这车以后骑不成了，俺得离开沙村了。

毕成功瞪着两眼看着自行车被疯狂的沙村人们用石头块、木棍渐渐砸成了一堆扁平的废铁，链条和零件散了一地，像个尸体。他们高兴地笑着，又愤恨地骂着，他耳朵里只有哐哐、啪啪的金属声，心就越来越硬了，像是那个砸碎的自行车渐渐包裹在心里面了一样。

这时他就听到了人们的惊呼和黑将军的叫声，他赶紧抬眼看，果然是它！这个时候它不是该被绳绑着脖子待在院儿里么？他顾不上细想，只见那狗只一扑就跃上戏台，冲着人们大声狂叫，队长兴奋地指着它用变了调腔的声音大喊！打！打！给俺往死里打！反了天了！

没等人们冲到跟前，黑将军一扭腰就跃在了半空里，队长还没缩回手，就尖锐地喊道，俺的娘啊！

毕成功看见，队长挥在半空里的手指头古怪地少了一截，那手指正喷射出细雾一样的血水！队长尖声叫着，疼得死去活来地跺脚、甩手，那血就在空里不断形成弧线溅到戏台子上。毕成功的脸上也有热乎乎的东西往下流，他看到黑将军被队长旁边的谁使劲踹了一脚，它就发出声闷叫。毕成功吓得赶紧挤上眼睛。

这一眼是毕成功对黑将军的最后记忆。被紧紧揪着的他拼命挣扎却丝毫动弹不得，他听不清自己哭喊了什么，只听到人们起劲地骂它打它。那狗惨叫着渐渐没了声音，毕成功紧闭了双眼呜呜地哭，便听到了奇异的声音，自己的哭声和黑将军偶尔的叫声混合在一起，就跟刮大风时一浪又一浪的呼啦呼啦声一样，完全要把自己震聋了！

多年以后，自行车被丢下戏台子的声音、自己的哭声、和着黑将军死前的叫声，还经常响在了毕成功的耳边。后来，在毕成功所有关于沙村的梦里都有这个声音，就像背景音乐一样一直贯穿全部梦境。那时候他不知道，为啥沙村的人对他和他那辆旧得不能再旧的自行车会有那么大仇恨，会要狠得打死一只根本没敢招惹他们的狗。后来毕成功才渐渐想明白了，他们恨的是一个十四岁的孩子，居然敢拥有一辆他们想也不敢想、代表着特权和财富的自行车，而且敢去挣钱，每天吃白馍和油炒过的咸菜。

从河南往西安有一条铁路线连接着，毕成功六七岁刚到沙村时就知道了，后来他无数次顺着铁道两边去拾破烂，也无数次见到坐得满满的人从窗口里露着脸，只一瞬就在风里行远了。有几次火车开得慢，毕成功见那些人和他一样，穿得并没有多好，只是他们面前的小桌上总有个搪瓷缸子，或者是有个苹果、梨之类的好吃东西放着。从那时起，毕成功就知道自己一定要坐上火车。

被批斗得满身青紫红肿的毕成功，被两个哥架回炕上躺了两天，心里却很宁静，像要做大决定前的准备。他的耳边总是不断响着自行车被砸时的声音。

哐！哐！

哗啦啦！

人们兴奋的声音在喊：砸！砸！砸！

去鸡巴蛋！小鳖孙孩儿还骑自行车嘞！砸！

他自行车上的零件被砸得四处飞着，那些车把、铁皮链盒渐渐成了一大片扁平的铁皮，车链条长长拖着，却不断，像是尸体里掉出来的一截肠子。毕成功一直死死盯着他的自行车，他觉得它死了，死得很难看，也死得很壮烈，有点死不瞑目的意思。而他的黑将军，他却没有勇气去看，在他离开沙村的时候，他没敢去找它，他怕他看到它的骨头或是皮。在以后的许多年，他也从来没和他娘刘兰草提起黑将军，他俩无论说啥都一定绕过它，仿佛它从来没在他生命里存在过一样。

毕成功再也睡不着觉了，沙村那些激动得发红发亮的脸一个个在毕成功眼前晃过，他们的眼里闪着不是人眼的光，他就赶紧闭了眼睛，可他们并不消失，依旧在那里跳着脚，一个个挥着捏得紧紧的拳头。

毕成功像是沉浸在一个总也醒不来的噩梦里一样。

刘兰草默默坐在灶前，一下一下拉着风箱，给毕成功熬他爱喝的绿豆汤。她和儿子们一起成了小黑屋里默不作声的一堆泥人。明天一定还有批斗等着。这样想着，她第一次有了绝望，才十四岁的儿子，从此和自己一样的命运了啊。

所以毕成功在被窝里露出头，压了声音，俯在她耳边说他要离开沙村时，刘兰草竟有些高兴，她立刻点头说好。谁知毕成功却是认真的，刘兰草便说，这得再想想。毕成功坚决地说，不中！俺一天也不等，半夜俺就走！

这话让刘兰草一下回到了现实，她惊慌了，拉住儿子的手说，不中！恁才十四岁，去哪儿也会让送回来的，到时候吃的苦头更大！忍忍吧，孩子！

毕成功摇头说，娘，让俺走吧，有好日子俺就回来接恁。俺知道天天都有火车往西开！娘，西安市好吃的东西有那么多，你给俺说过的就有几十种，你说，你最爱吃的是啥？

刘兰草以为儿子气疯了，脑子不正常，才会在这个时候问这个。可她看到儿子的眼睛里满是希望，他的表情也是很坚定的，刘兰草便认真想了说，好吃的？唉……俺现在心都乱了！哪能想起啥好吃的？

毕成功提醒她，是黄桂柿子饼？还有老刘家烧鸡？烧饼夹馓子？大华饭店的大肉包子？

他说着眼泪就流着，刘兰草和他面对面地哭，毕成功一字一顿地说，娘，你放心，俺去了西安好好挣钱，一定让你全都吃一遍！

半夜黑地，毕成功顺着铁道一路走着，终于扒上开往西安方向的煤车。当他背着装了《辞海》的布兜兜，蜷缩着身子，被哗啦哗啦地拉着离沙村越来越远的时候，他就回忆着娘把他送到大路上的情形。一路上娘都不说话，只是紧紧扯住他的手，她的手凉，抓得很使劲，黑暗中娘的脸愁苦极了，毕成功就鼻子酸了一路，好几次硬忍着才没流出眼泪。被夜风吹得又凉又爽快时，他便一遍一遍回忆着娘，又回忆着黑将军最后的样子，他在心里叫着自己的名字发着誓：毕成功呀毕成功！恁要挣不到好日子，就死在外面别见恁亲娘了吧！

这趟拉煤的火车是往西安方向开的，却开开停停。天快大亮了，毕成功知道不敢再藏在煤车里了，要不被人发现就麻烦大了。他溜下车顺着铁路一直往西走，渐渐就找回在县城里顺着铁路寻太阳、寻破烂时的无忧无虑。他眯眼看着太阳渐渐从天边升起来，又渐渐从浅红色发了金黄，他想，今儿又是个大热天。

去西安的念头是刘兰草给他的，因为她除了西安哪儿也没去过，而且她唯有在西安还有一个房子，虽然只是个二十几平方米的公房。

走到了快晌午，毕成功也没遇上一个人。路边树很多，没有什么人，这让毕成功很高兴，他喜欢这样走下去，可是他却开始饿了。刘兰草大晚上什么也不敢点火去做，毕成功硬着脖子非要走，她只好松了手，却连个馍渣也没法儿给儿子带上。毕成功怀里掖了他那本《辞海》，三十块钱被他掖在裤腰带和鞋底，一分钱也没可能拿出来换成吃的。铁路上有不少破烂是可以换到钱的，好几次毕成功都抑制不住地有着弯腰拾起来的冲动，可他次次都提醒了自己。一张白色的冰棍纸被风吹着，飘飘悠悠打在毕成功胸口，他小心地揭起来举在空中看，图案和他常见的不太一样。他突然就怀念了他自己在这个夏天过的每一天，想着黑将军和被砸得一地零件的自行车，他就泪流满面了。

毕成功冲着太阳的方向蹲下身子，呜呜哭起来，有几滴就滴在路基的石块上，渐渐洇成一大片。他专心极了，肩头耸着，像个挨了打的小狗。不知哭了多长时间，在眼泪像是也哭尽了的时候，毕成功渐渐止住了。

他慢慢站起身，看着太阳底下自己显得挺高大、挺颀长的影子，心里说：今儿是俺这辈子最后一次哭了吧。

一路走到天黑透，毕成功才敢顺着铁路边的坡路下来，那里有个小小的村庄，稀稀拉拉几户人家散乱着。他在铁路上观察了进村的路，打算进村弄些饭吃。一想到"吃"这个字，毕成功的嘴里就涌上满满的口水，而肚子里轰鸣声更大了。他的裤腰和鞋里有钱，但他没办法买到任何吃的，这是多么让人绝望的事情。

坐在村边的杂木林里，毕成功渐渐觉得凉气只往身上冲，他不敢离开这个藏身处，生怕被人发现，就打着盹等天亮。仿佛只睡着了一瞬间，远处的鸡就在打鸣了，毕成功立刻醒了神，睁眼看时，天色已经亮了些。他悄悄站起身往村里张望，见那里一片寂静，只有一户人家的屋顶烟囱里，正飘着淡淡炊烟。毕成功忍着肚里的饥饿耐心等着，眼看那炊烟快要消失的时候，他咬牙重新勒好裤腰带，冲那户人家跑去。

这个房子只有半截院墙，毕成功轻易就翻进去了。他绕过正房，直奔冒了炊烟的灶房，那门半掩着。毕成功听出里面有人，只犹豫了一下，便凑到门缝去看，灶台上的锅盖刚刚打开，水汽缭绕中，他看到了一锅刚刚蒸好的紫皮儿红薯和黄灿灿的窝头，还有被灶火映得发红的一张脸。心一横，毕成功推门进了灶房。他这才看见，举着锅盖吓得呆住的女人脚边还有个五六岁的小闺女，正帮她娘拉着风箱。女人立刻被吓得缩了身子，溜着墙根就坐到了闺女旁边，她死死按住闺女，大张了嘴却不敢说一个字。那小闺女却努力从娘的胳膊底下挣着要挤出只眼睛来看他。隔着一大锅热腾腾的玉米面窝窝头，女人和毕成功对峙着。

毕成功指指锅里的窝头，他把手里的一毛钱在女人眼前晃了晃，小心放在灶台上。女人赶紧点点头，毕成功三两下脱下了身上的衣裳，甩在灶台上，抓起窝窝头就往里扔，那女人赶紧站起身，也帮他往衣裳里拾。窝窝头很烫，他俩就烫得直吸溜，毕成功顾不得多看一眼那女人和孩子，提了衣裳的袖子领子，把那些窝窝头兜在里头，提上便冲出了小院。毕成功忍着慌张和窝头的滚烫飞快奔跑，身后的院子静极了，在他离铁道边越来越近的时候，毕成功紧张得只能听到自己的鼻息，竟然那么急促那么大声。

有几次他疑心那女人一定天生就是个哑巴，又有一瞬间，他有了一丝不安，他一定吓坏了那个当娘的。躲在树丛里一口气吃了两个热窝窝头，毕成功才缓过来，发觉自己嘴里的皮都被烫掉了。他重新包好那些吃的，顺着没边没尽的铁轨走了。

第四章

要离开墓园的时候，雪已经下得越来越小了，天色也渐渐暗了。毕成功站在坡上，远远看得到沙村，却觉得它令人意外地又小又坑洼，仿佛整个村子坐在一个大坑里。他的眼睛找到自己住过的地方，那个村边上的一大片烂房现在却是一大片工业园区的边缘。毕成功知道他的三哥毕成立在沙村种了一辈子地，在他爹去世以后就继承了那院房。他猜他三哥一定是沙村最不行的农民，但却没想到前几年沙村的旁边被征地修建一个大型工业园区，毕成功家的老宅子意外地被划在规划区里。谁也没有想到，又懒又馋的毕成立，因了这一院沙村最烂的房子，被开发商返还了两套邻近县城的楼房，还外加五十万块钱。一不小心，毕家的老三成了沙村少有的大富翁！毕成功知道他哥有了这样一笔钱的时候，毕成立实际上已经把这笔钱在赌博、买小汽车、装修两套新房子、给儿子娶媳妇、给自己在县城投资小生意的过程中花得没剩下几个钱了。他和许多在城镇化进程中突然脱离了土地又没学会面对城镇的农民一样，一下子被抛到了人民币堆里，一口气胡乱花完这钱之后，毕成立发现自己不知道该做什么好了。他不再是个农民，因为他没有土地了；他也不是城里人，他在县城的房子只是个安身之地。他没有手艺也没有工作，他不习惯县城里陌生的一切，惧怕着出了门谁和谁都不认识，惊慌着连一瓣蒜也要到超市去买。最可怕的是，钱每天都在花，却没有挣来的办法，这种坐吃山空的感觉使他窘迫极了。

毕成功记得自己来给娘买坟地时，毕成立两口子和他说，他们觉得自己到现在都没适应成为县城人的生活。那天他的三哥愁苦地耷拉着脸和眉毛说，他总觉得自己是个家养的鸡娃儿，本该在土里刨食儿，现在却让人家打扮成了小鸟，搁在笼子里当成了摆设。他知道他兄弟毕成功现在是个真正的大款了，就哭穷说，整个沙村，谁不知道他毕成立有五十万和两套房，可谁知道那房不过是个空壳篓，住在里面和住老房子没多大差别，钱却是会坐吃山空的。

毕成功问他以后咋打算，老三沉吟了一会儿说，唉，冇啥打算。现在冇地种了，俺这两年连节气都记不准了，地里不长庄稼了，啥心也不用操了，春天和冬天也就冇啥不一样了。活着冇意思！

毕成功听他说得怪难受，就问，那不就轻省了？

毕成立却摇头说，县城吃水用电都要钱，不种麦子没有粮食了，馍也要买，面也要买，一根葱一片菜叶子都要买。放过去，这是地里自己长的，撒把种子的事儿。现在每天只要活着，钱就只管花，再心疼也省不住，成功，你哥当了一辈子农民，突然成了县城人，可又没有挣钱的本事，一早睡醒睁眼都不知道今天该干啥好。成功，你哥在等死了！

他哀哀地说，毕成功听他沉重地长长叹气，便说，那你就出门找个啥事干干，人活心劲呢！

成立的媳妇在一边说，俺们能找个啥事干呢？又有技术！他连手机那几个功能都弄不清楚，你说，要是你那里需要个看大门的，他可愿意去！你放心他！到底是自己的哥呢！

毕成功苦笑着说，你兄弟的公司哪有啥"大门"可看？都是和保安公司签的合同，人家给派的保安。

三个人长久地坐着沉默了，好一会儿毕成立小声说，唉，想着当年真傻，要是俺也和你一样留在西安，那就是城里人了，肯定能习惯城里生活，跟得上这眨眼就变的节奏。不像现在，让俺活到五十来岁了当个城里人，就跟把蒜苗剪下来插在洋花瓶里装水仙花一样，要多别扭有多别扭！

毕成功眼皮子下面的沙村现在不过只有几十户人家，散在一片白茫茫里，就显得零乱单薄，有几户盖了小洋楼，炊烟笼在沙村的空中，这是唯一让毕成功觉得值得多看两眼的地方。虽然他的三哥就在村里他儿子的家里住着，可毕成功没打算去，他想要连夜开车赶回西安。

去年来给娘下葬的时候，他听他哥说沙村现在和中国大多数村庄一样，基本有几个年轻人了，村里剩下的大多是老人，孩子们也都随着进城打工的父母去城里或县里念书了。当时毕成立说到这儿停了停，又小声说，队长十几年前就死了。毕成功冷冷地说，他早该死了！

毕成功当然记得，几十年前，"农村人"和"城里人"是个多大的鸿沟，户口和身份，差不多是所有人奋斗的目标。而现在，城市化了，工业文明正在慢慢代替农业文明，于是，农民的土地情结越来越淡，大片土地被撂荒了。谁都知道，经商挣钱多快，谁还非要在土地里辛苦挣碗饭吃呢，但是，他哥那样的人又该咋办呢？农民不种地了，人们还是要顿顿吃饭的，粮食又从哪儿来呢？

顺着村子往镇子和县城去的方向，那条细而蜿蜒的路比当年宽了许多，路边种着白杨树，早春时节已经吐了淡淡的嫩绿，现在又落了些雪，很是醒目。积了雪的路上有些地方已经冻上了，偶尔有车开过，都慢慢腾腾的。他远眺着刚刚出村的那一截路，心里问自己，当真就是这样一个鳖盖大的地方，竟让他毕成功和他娘刘兰草住牢狱一样生活了那么多年？这条路他娘和他不知道扫了多少次，哪里有个拐弯哪里有棵大树，毕成功熟悉得和他手心里的掌纹一样啊！

他眯眼看着雪花飘散的沙村，就想起有个早上，娘正往地里撒种子，突然问他，恁说，这世上啥最厉害？

他说，队长最厉害！

娘轻蔑地说，他算啥！

他问，那娘说啥最厉害？

娘说，俺看飞机大炮不算啥，长枪大刀也不算啥，这世上最最厉害的是人！

他不信，为啥？

娘说，人心好了世道就好，人心坏，世道就坏啦。恁看着人的舌头和心都是软的，脸上都会笑哩，可那比刀还能杀人哩！

他说，娘，为啥坏人要当坏人哩？

娘说，因为坏人不知道他自己是坏人。

毕成功想，还是娘最厉害，还在沙村的时候她就早早活明白了。

从这个躺满了沙村人的墓园往下看，毕成功觉得自己正从死里看活，胸口就越发鼓得满满的。他遗憾心里想的很多很多，却一句像样的话也说不出来。要是孟寒雨在旁边就好了。每当这个时候，毕成功都会这样想一下。当然，也就只一下子就过去了，就像他站在死人堆里想着自己和娘，也是想一下就过去了。他好几次站在这里，就会想起这些死人过去活着的时候，正忙忙碌碌走来走去、挑水做饭、扛锨上工的那个沙村，想起这家娶媳妇那家挨批斗，这家死了人那家刚生下孙子的那个沙村。现在就像电影散场了，电影院空了，人都走了，都躺到这片墓园里，不管过去是打架骂仗还是亲亲热热，是老少爷们儿还是阶级敌人，全都一样躺在这里，一人顶一块石碑，再没话说。

墓园离高速公路入口还有些路程，毕成功慢慢开车顺着路上了国道，远远就看到高速路入口正拥挤着许多车辆排队，也有一些车正调头离开那里。他却没心看这些车，只沉浸在白雪覆盖的墓园里那一根根黑色墓碑里，他随着车流慢慢往前挪，心里空落落的，完全凝不起神来。

天已经完全黑了，坐在车里随着车流慢慢向前挪，毕成功对着前面红红点点的一溜汽车尾灯出神。他没心没绪地打开手机，十来个未接电话和信息就堆在了屏幕上。他瞥了一眼，方美丽的、儿子毕继承的、吕总的、不认识的，他的眼睛扫到了榆林老马，点开，就看到榆林老马的几个未接来电，还有一条信息：毕总，我们今天下午已经到了西安，约好明天下午见面的事没变化吧？

他按了语音回复说：刚才手机没电了，才开机。明天到我公司见，请你们吃饭！

他回了吕总的电话，吕总说省上那个慈善机构已经把几种助学捐款模式形成文字资料送来了，毕成功问清楚事情并不急，就说等他明天到公司看了资料再说。

他又看了看两个未接电话，号码是陌生的，就直接打开儿子的信息。

儿子的信息很简单：你让我去找的门面房，我问了，一个月房租四万二，人家让交一年的。

毕成功这时已经完全回过了神，见毕继承的这几句话气就上来了。这哪像是他毕成功的儿子？二十七八岁的人，连个完整的话都说不清楚，既没说什么地段的房子，也没说多少平方米，房东是公家还是私人，就这样没头没脑地发过来算是交差了，他明明白白就是仗着他这个倒霉的爹是个有钱的傻逼！他只要想开公司找门面房，人家要多钱他就直接来要钱？！毕成功拨了电话要训斥儿子，让他再打听清楚，当屏幕上出现"毕继承"时，他又迅速挂掉了。他突然觉得很累，很没劲，连说也不想说了，这孩子这个样儿也不是一天两天了，凭一个电话咋能把他改变？

都是娘和方美丽把他惯坏了！毕成功怨恨地想。

一想到儿子，毕成功突然就心烦起来。他努力用娘的话劝了自己：毕竟这孩子不吸毒，不找小姐，还愿意想办法挣钱，而且他身体好，很健康，很有当亿万富豪的远大理想。想想身边那些朋友的孩子们，毕成功心里就好受了些。儿子是自己的，日子还长呢，慢慢调教吧！

他点开方美丽的信息，只有四个字：回来吃不？

毕成功回了两个字：不吃。

前面的车有些松动，看看表已经七点了，眼看着离高速公路收费站口只有十来辆车在自己前面排着了，毕成功赶紧坐直，准备在这混乱的车流里挤出一条路来。天这么黑了，路上雪滑，看来无论如何回到西安得后半夜了。

这时一个高速公路的工作人员穿着大雨衣，一路给每个车辆说着什么就到了跟前。毕成功摇下车窗正听见那人说，掉头掉头！上面刚下了通知，起大雾了，高速路封了，赶紧掉头回吧！

毕成功懵懵地问，前面的车不是一直走？

那人扭脸看看，入口已经停止收费了，挡杆横着，前面的车正在等后车调头让路。他说，你看，停止收费了，快调头吧！你没看起了这么大的雾，我们刚接到通知让关闭高速路口，你快点调头，别挡着路！

毕成功火了，忽地拉开车门跳下车，冲着工作人员喊道，你说得多轻巧，我排队排了一两个小时了，你说关路口就不让走了！我排这两小时谁给我赔损失？

那人怔怔说，排个队有啥损失？

毕成功气得说，我的时间值多少钱你知道不？你耽误了我的事你赔得起不？

那人已经转身走了，他的雨衣带着帽子，没听见，继续给后面的车主通知倒车，毕成功见他居然敢不听自己说话，大步冲到那人跟前，扯住他的雨衣后肩叫道，两个小时前你咋不说这条高速路封了呢？

那人脸上全是雪水，几缕头发从雨衣帽子下露出来，就全湿着贴在额头上，他用手抹了一把冻得发红的脸说，两小时前上面还没通知让关呢，雾也是越起越大的，这不是刚接的通知嘛！

毕成功让他说得没了话，却还强硬地说，凭啥你让走就走，让出就出？这不是刚关吗？我有急事！你把杆打开让我过去！

那人说，你想走你走，我只负责给人通知。你先把你的车挪了，别挡路，前面的车要调头，你的车挡住人家了。

毕成功听了这话，看看自己离高速路交费口只不过隔了七八辆汽车的距离，想想他和榆林老马约好明天见面的事，就压着气说，我真是明天有急事，能不能给你们头商量商量，让我过去！

要调头的车被毕成功的车挡了，就都大声小声地按着喇叭，旁边车道的车也要掉头，摇了车窗冲毕成功喊，快把车挪挪，别挡路！

毕成功对工作人员问，你让我过去不？

那人说，这得跟我们领导说，我做不了主，这么大的雾，你上了高速也开不了，太危险！

毕成功不再说话，重新上车将车哗地向后退了一米多，那车轮下的雪水就溅在了工作人员的身上。汽车继续发出巨大的轰鸣声，没等前面的车调出来，他一脚油门将车横在路上，直接堵住两条车道。毕成功跳下车说，我已经等了俩小时，你说关就关，那我就等着，等啥时候雾散了，你们开了门我再走！

有人就从车里伸出头来骂，没见过这么操蛋的！

毕成功立刻转头去找是谁说的这话，却见那工作人员转身想走，毕成功说，你不是说要找领导？你把领导给我叫来！

这时有人拍着他的肩膀说，哎呀，有些日子没见你了，快消消气！

毕成功回头，一个中年男人正冲他笑着，他认识，是他的老朋友老高。他有些下不来台了，老高是个活络人，依然笑着拍了他的肩膀操着秦腔说，快把你那路虎挪挪，赶紧上车，咱一块找个酒店住下，好好吃顿饭喝点儿酒，可有年头没见面咧！你跟人家置个啥气么，起雾咧！上去你也开不了还得回来！这是老天爷促成咱哥俩好好喝顿酒呢！

毕成功正被一堆汽车和司机虎视眈眈围着，老高给他个坡，他就趁势下来，也笑了说，你不知道我有急事！陕北那边我不是有个朋友嘛，明天他急着过来和我谈事情，人家现在已经下来住在西安了！你看看这车堵的！

老高还是笑着边点头边把他往路虎上推，表示他完全理解。毕成功回头上车，老高又冲旁边那几辆汽车边摆手边说，马上就走！马上就走！我这哥们有急事让堵这儿了！不好意思！不好意思！

他又拍拍那个工作人员低声说，你别在意他，他有事急眼咧！

工作人员悻悻地冲他也摆摆手。

毕成功把车掉过头来，只见前面一辆S级奔驰正在提速，老高从驾驶窗口伸出头对他喊，你跟上我！咱到洛阳市里找家酒店住下明天再回西安！我知道有家酒店糊涂面特别香，咱哥俩好好吃顿饭"吹一火"！

"吹一火"是洛阳话，是聊天聊得特别尽兴的意思，想想这话还是老高当年和毕成功学的呢。毕成功跟着老高的车往洛阳市区开，就想起说这话的时候离现在已经快四十年了。后来老高和他完全断了来往，其实主要是毕成功没借钱给他。那次老高来找毕成功，说自己好不容易揽上个做整栋楼内外装修的大活儿，甲方让他包工包料，他却没那么多钱垫资，当时他想要借二十万块钱，毕成功这时已经听说了一些关于老高没诚信的传言，就一分钱也没借。从那以后，他俩谁也再没联系过谁了。今天毕成功愿意和老高一路去酒店吃饭，一半是因为刚才老高替他解了围，更重要的是，他见老高的样子挺意气风发的，而且虽然只一眼，他也看到老高开的是好车，应该这些年混得还不错。

想到老高，毕成功就自然想到老高的父母和他那令人一见之后永不会忘的哥哥姐姐们。老高的爹是一个有着大鹰钩鼻子、双目深陷的老头。说实话高老爷子长得很洋气，老高的娘也是个少见的美女，虽说头发早已经白了，脸上也全是皱纹，可那眼睛还是很美的，这样的爹娘生出来的老高，完全吸收了他们的优点，身材好，细腰宽肩，长相好，一表人才。据说老高爹娘两口子是亲亲的姑表兄妹，所以两个人长得很相像，而且正因为是这样，他们一共生了五个孩子，前四个全是呆傻残疾的，有着因小儿麻痹而变形的身体，只有第五个儿子老高意外地健康好看，又少见地聪明精干。

20世纪80年代的时候，刚有了可以做小买卖的政策，高老爷子就给残疾的二儿子领了个体执照，他们一家人开了个小小的茶水摊子，完全是露天的，旁边是新星电影院。说是卖两分钱一杯的茶水，却一半是在乞讨，好心人往往会给上一毛钱、两毛钱。因为他们一家几乎全是老弱病残，人家新星电影院便同意他们借着人家的院墙搭个小小的棚，把收了摊子之后的茶杯、茶壶和放茶鸡蛋的搪瓷缸子、盆子放在那里。这些东西不值什么钱，就是堆在那里也没人去收拾走。每天一早，高老爷子把才煮好的茶鸡蛋、灌得满满的几个暖水瓶都放在一个自制的四轮小平板车上，又把残疾得最厉害路也走不好的二儿子抱到小车上，然后一路拉到新星电影院门外的空地上去摆茶水摊。

这个四轮小平板车并不大，可是哗啦作响的声音却是轰隆震耳的，他们路过的住户，几乎人人不用看表也知道现在是几点了。有人被吵醒跳下床打开门，只见刚亮未亮的路上，高老爷子用粗麻绳拉着装得满满的平板车，身后跟着两个傻儿子，一个傻闺女，还有一个老太太——谁也说不出难听话了，只好关上门叹气说，都新社会了，世上还有这么可怜的一家人。

高老爷子的两个儿子，也就是老高的两个哥，都曾因被关在家里出过事，被烧伤了，或者被水淹了家，所以他不敢留任何一个孩子在家里，无论天气多冷多热都得全带出来，除非全家都不出门。这样的阵容不管是早上出摊还是晚上收摊，都是长长的一串人，行动迟缓却不慌不忙。急什么呢，除了摆这个茶水摊，他们六个人啥事也没有。高老爷子一家和他们的茶水摊，几乎是新星电影院门口一个固定的景物，所以今天见到老高，毕成功立刻就想起老高的爹娘，和他们在新星电影院门口，带了一窝又傻又残的儿女卖茶水和茶鸡蛋的情形。实际上，那里早在很多年前就拆迁修建成了一个城市街心绿地，毕成功再也没见过他们了。

老高家只有他和他爸他妈三个人不傻。不光不傻，他和他爹一样精呢。过去人家新星电影院可怜他家不容易，他们搭个小棚，人家就睁只眼闭只眼，他们本来就住在离那新星电影院不远的巷子里嘛，进出也方便。那些年拓宽道路，路上违章建筑都让拆了，人们只当他家的生意做不成了。他们也不闹，就把一家人拉上坐在人家指挥处，谁不心烦他们？老高他爸写了个大字报，说一家六口明天就得陈尸马路了，他把那字挂在身上往马路上一站，不到一天人家就答应让他们挨着新星电影院把那棚盖成了正式的房子，还给他批了手续，这不就合法了吗？好几年下来，高家的棚子三盖两盖就变成了真正的门面房，门口还照样摆着茶水摊子，门面房里老高和他媳妇开了个卖录像机和空调的商店，高档极了，他把钱挣美啦！

毕成功想，老高把他一家人的脑子和运气都用在他一个人身上了。年轻时候的老高爱和毕成功吹他的"思想"，而且他特别爱看报纸，都是《人民日报》《参考消息》这样的大刊。毕成功有段时间很服他，居然能针对一个巴掌大小的社论，从早上说到黄昏。他比毕成功大两三岁，又知道许多过去老西安商人们的老故事，从"公私合营"说到"割资本主义尾巴"，再说到当时的"让一部分人先富起来"，简直没有他不知道的政策。而且他不光会分析政策，还有很多的例子，比如哪个资本家怎么回事，哪个老字号前身是什么，现在又是怎么样的经营内幕，那些"走资本主义道路"的人，现在却都是生意场上的精英。

他说，资本主义尾巴现在变成了香饽饽，成了个体户！

当时是1982年，他说这话是调侃而得意的，而那时的毕成功却立刻灵醒了，对呀！可不是资本主义尾巴成了香饽饽吗？自己那时在沙村，做着要被批斗被打的事，不正是现在人们都想要去做的？过去他赚钱会被人家批斗，把自行车都砸了，可是现在呢？因为他的钱赚得更多了，反而会被人们羡慕。

他爱听老高讲理论，因为老高讲的理论里头有实人实事的例子，毕成功都能听得懂。后来他发现，其实在做生意时，他自己完全和老高说的理论一样，甚至比老高想得更多更周全，可他没读过多少书，这理论他心里清清楚楚，却一个字也说不出来。但他听了心里就豁亮了，就记了些名词，后来在公司开会用在自己的发言里，总要让人们夸他有思想，连毕成功自己也有了几个爱听他说话的人了。毕成功就想，知识真他娘是个好东西呀！我比老高的生意做得大，可是我少了说话吹牛的本事，现在借了人家的话，竟也能把言发得像个样了！看来人们还是爱听人吹牛的。

好多年前，他曾问老高读过多少年书，老高伸了两根指头，比画了个六，毕成功说六年？

老高说不上是骄傲还是失落，摇头晃脑地说，只上了六年学，学校就停课了！要不我的学问大着呢！

毕成功从内心里说，你比高中生大学生也不差。你家那么困难，咋能供得起你上学呢？

老高说，我爸我妈只指望我一个，卖命卖血也想供我念书的。国家有贫困生补助，年年都有助学金，全学校谁比我家条件更差？

他说得很理直气壮，而他穿得很时尚，灰蓝色的薄羊毛衫，细条绒的裤子是暗枣红色的，黑皮绒的便鞋，这样打扮的男人在1983年的西安也不多见，很洋派。那个时候毕成功就觉得他有些明白老高了，像老高这样的人成功是必然的。老高起身之处本来就是靠他爹占了公家的便宜，所以从很小的时候，他就懂得，有时缺陷和弱处反而是了不起的武器。同时他在后来的岁月里也渐渐明白了，弄清楚政策有时往往更容易赚钱。

那时候总是和毕成功、老高在一起谈天说地的还有一个高人，当年他俩叫他老秦，后来成了大教授。毕成功想，不管咋说，秦教授都算得上是一个标准的中国书生，戴眼镜，性子犟，爱读书，因为长得特别端正，大家都给秦教授叫"王心刚"。毕成功朋友多，但他只服秦教授。别看秦教授出过几本书，他的媳妇却是个乡下女人，后来跟他进了城。这个女人是他大在农村给他订下的亲事，老秦上大学后有段时间抗争得很厉害，不想结婚娶她，后来突然不闹了，大学刚毕业就乖乖回农村娶了媳妇。毕成功有次听老高说，那女人的父亲和秦教授父亲是世交，她从小就一心爱上了秦教授，为了支持秦教授考大学，高中都没上，愿意伺候他瘫在床上的老娘。秦教授上大学的时候，全凭她在农村照管老人、兄弟和几亩地。据说秦教授上大学时和一个上海女同学谈上了恋爱，他大就撵到上海给他说，咱家要是没有你那个懂事的好媳妇，早就散伙了，你还能安安心心在这儿上学谈对象？你要是个忘恩负义不守信诺的人，你大也不和你废话，今天就从黄浦江跳下去！秦教授心里再不愿意，还是娶了他大在他十来岁就订给他的媳妇，朋友们都知道这个事，没人说他傻，且都从心里敬重着他。秦教授当年是从农村考出来到上海去上了大学的，毕业后又分配到西安的一个大学当老师，算是他们县上少有的大学生，而他的家庭就是个典型的"一头沉"。他实在是长相端正才华横溢，大家都猜他一定有个相好的。可无论大家怎么和他开玩笑，打趣说秦教授的美女学生肯定都排队等他翻牌子呢，而他总是默着，等大家越说越不像话的时候才猛地操着秦腔骂"日怪得很！再不要说那羞先人的话咧吧！"这就把大家生生喧住了。他是只说秦腔的，谁都觉得他不像个大学老师，可也没谁比他更像个大学老师了。

算一算，毕成功有几年和老高、秦教授他们见面吹牛，一年都不下十来次，他和老高差不多每次都被秦教授这样生冷硬倔地喧过，他俩却从来没有生过气，更不会觉得失了面子。有一次他和老高还聊过，他俩其实都很崇拜秦教授肚子里的墨水和脑子里的思想，别看他有时像个傻子，好些稀罕的好玩东西他都不懂，他只喜欢看书，永远只穿他认准的那种宽大的衣裳和大裆裤，可是谁都觉得他有意思，愿意找他聊天。他们知道他看不起他们，因为他太正直，眼睛里揉不下沙子，可他也不和他那个学校圈子、文化圈子里的人玩。别人都说谁谁当了什么，谁谁又成了什么家，他都不操心。用秦教授自己的话说，他和他那个圈子里的人也完全"尿不到一个壶里"，他和他们不是一类人。毕成功看得出来，他倒更愿意和他们在一起，虽然在这些商人里，他也如同香油滴在清水里一样特别，可至少他们都打心里尊重着他。

毕成功的车跟着老高，在洛阳市里左一拐右一拐就到了一个酒店的停车场停了车，老高从副驾驶下来，毕成功才看到车上除了他还有两个人。一个三十来岁的年轻人和一个五十多岁戴着眼镜的男人从后车门下来，冲他呵呵笑着，毕成功见是秦教授，有些意外地叫，你这货倒沉得住气！也不打个招呼，不哼不哈地走了一路！

秦教授还是笑着说，我刚才看大款耍横呢么！吓得不敢哼传！

哼传是说话的意思，秦教授是土生土长的西安人，他坚持不说普通话，永远都说关中方言。毕成功爱听他说话，却得常常留神他随时随地说句话喧自己。

毕成功装作没听见他调侃自己。

老高冲毕成功说，这是秦教授的学生沈天，是个博士呢。

那孩子连忙给毕成功问了声，毕叔好！

毕成功打量他一眼说，小伙子很精干呀！

说话间四个人被领到个安静雅致的包间，暖气很好，大家便脱着外套大衣催老高先点酒菜，都嚷着饿得不行了。老高说大家都爱吃面，特意让服务员先上一窝糊涂面。沈天一路上听老高和秦教授说了毕成功的故事，却没想到传说中的毕成功这么年轻，算算他已经五十多岁了，看上去却不过四十岁出头，中等个头，皮肤黝黑，面颊紧瘦，单眼皮，眼仁又黑又亮，就显得眼白特别白特别亮。和当下流行的年轻人的发型一样，毕成功两边鬓角剃得贴着头皮，头顶的头发却长长地向上向后梳去，整个人便有着一种年轻活力。偏他脱掉挂着细羊羔毛里子的黑色软羊皮大氅之后，里面穿着件雪白的羊绒衫，上面一组组金线手绣的金黄色铜钱图案做工精致，在胸前形成一只巨大而张开翅膀的金色的鹰。沈天不由得对着这触目惊心怔了怔，赶紧收回目光，除了戏台子上的戏袍，他从来没见过谁把这么多孔方兄穿在身上。毕成功脖子上的GUCCI厚围巾并不摘掉，他说今天在野地里冻透啦，幸亏这里暖和！

老高敬着非让他坐上首正中，他却不肯，硬拉了秦教授让他坐，秦教授用秦腔说，那烧屁股的地方我才不坐！他又冲沈天笑说，谁坐那儿谁奏是老家伙咧，我还年轻呢！

毕成功只好坐下，好，我是老家伙！秦教授是大作家，让我坐哪我就坐哪！

秦教授说，啥作家，教书匠罢了。咱有些时间没见啦！

老高笑说，你这匠比较大，是巨匠吧！毕总，秦教授现在耍得大！学生都是博士硕士呢！人家是国家智库里的国宝，主持好几个国家级文化项目！人家和咱这些俗事里打滚的生意人不一样！你不知道我费了多大劲才请动人家给我的项目做个文化规划！

听他夸自己，秦教授不耐烦道，说那些做啥？都是不打粮食的虚名。在老板面前我也要说，教授也是俗人，也是想挣钱的，要不我不好好在家看书，倒要带着学生大雪天和你跑洛阳看项目？

毕成功说，那你哪天也给兄弟看看项目嘛！我是专挖老高墙脚的，他都能请得动你，那我一定比他付的顾问费贵！

秦教授并不回应他，继续笑着说，老毕你俩还记得85年我去找你们的事吧？现在有时候想想自己都觉得好笑！那时想钱都想疯了！

老高说，那咋能忘？那次咱仨一人赚了三千多，85年，那时候要顶人挣一年工资呢!

毕成功呵呵笑着说，我还记着那天一早才五点多，秦教授就到我家门口敲门，压着声音喊：毕成功，快起来！我弄了两吨钢材！早上五点多呀！我娘吓得以为是工商局查我呢！死活不让开门！

他边说边笑，老高也笑起来说，不光是你，我是他四点多拍着窗户叫醒的，我说等天亮再带他去找你，他都等不及了，非拉我去找你。他害怕人家批他的那两吨钢材天亮就像冰棍一样全化了！哈哈哈！

秦教授却没笑，用手推推眼镜，冲着笑得东倒西歪的沈天解释说，实在太穷了！我全家几代人都是农民，谁做过生意？心里又激动又害怕！那时候不是兴写报告文学么？人家报社找我给个管物资的领导写了一篇，没想到登了报有那么大影响！领导一高兴，给我批了两吨钢材！乖乖！天上掉馅饼！明告诉你们！我从拿到批文到卖掉钢材数钱，紧张得十来天基本没睡着过觉！

毕成功看沈天听得云里雾里的，就转脸问他，你肯定不知道他为啥那么激动！

沈天说，批两吨钢材？又不是卖白粉，用得着那么小心翼翼？

秦教授瞪大眼珠子说，呀，那个时期是计划经济，啥都要凭票凭批文的！领导批的是可以买两吨钢材的指标！好比那个时候十个人只有一个馍，给谁掰大点，给谁掰小点，不给谁分，这就是计划！国家困难物资少，越紧缺的东西越要计划，咋分？分给谁？分给谁谁就挣钱了嘛！我咋能不激动！

沈天说他大概知道那时候的情况，秦教授不屑地说，你知道那算啥？历史都是让打扮好的小姑娘，让穿红就穿红，让穿绿就穿绿，你从书上看到的不真实，只有亲历的才是历史。

沈天赶紧点头说是。老高说，又在给沈天上课了？要说亲历，谁有老毕亲历的多呢？他就是一个活生生的改革开放陕西商人的创业史！

他又对毕成功说，对了，沈天是秦教授的得意门生，我看了他写的博士毕业论文，哎呀，年轻人牛得很！

毕成功说，秦教授是作家，带的学生也是写书的？

沈天说，我硕士学文学的，现在研究社会学。

毕成功顺口问，社会学是啥？

沈天说，就是研究人类社会生活、社会现象和社会关系的。

猜他肯定没听懂，秦教授便扫了眼毕成功说，就是研究你一天到晚和谁做生意，赚了多钱，研究你眼睛看到的生意场场都是哪些人在忙哪些事呢。

毕成功知道他要拿自己开玩笑，就说，那就研究我好啦！

老高说，沈天，先让你毕叔讲讲你秦教授的那两吨钢材！

毕成功见沈天愿意听这些也来了兴致，便说，批下来的一吨钢材花四五千块钱就能买到，咱卖出去一吨一万二！那时候全国钢材多紧缺，盖楼修路、军工产品、国营民用，啥不需要钢材？秦教授那两吨钢材的批文，说白了就是一万多块钱！他当大学老师吃一个月粉笔末子，工资几百块，你说他激动不激动？不光他激动，我和老高也很激动！天蒙蒙亮我们仨就坐在一块，一边揉着两眼眵目糊，一边打了鸡血一样开始想：咋样找路子找人把这两吨钢材卖出去、卖贵些！

他说得很有劲很兴奋，沈天就被感染了，他说，全民经商呀！毕叔，我小时候就知道你的传说！我们都可崇拜你了，人家都说你是一个商界传奇！

毕成功高兴了却偏不笑，只说，啥传说不传说的，就是人们没见到，也不知道是真是假，所以才是传说。你别提这个，你们秦教授最讨厌崇拜商人！他认为我们都钻了改革开放的空子。

秦教授不同意道，我可没那么说！我一直说，改革开放是多大的好事呀，你命好，改革开放你受益了！我有啥说的？

毕成功说，对呀，幸亏有我们这些人，那时候西安人土得掉渣子，啥也没见过，啥也没穿过，不知道和沿海差多远呢！

秦教授又不同意道，这事得两面看！那时候改革的冲动就是穷嘛！饱汉子不知道穷汉子饥，穷汉子也不知道饱汉子饱。当时的人人和人人都穷急眼了，现在几十年折腾过去了，差不多中国人都能吃饱饭咧，日子也确实过好咧！结果呢？现在到处都是有钱的老板说了算，钱成了一切的标准，这就麻烦啦！看来看去，全社会就只有两个字！

沈天接口说，名利？

秦教授一字一顿地说，浮！躁！

老高和毕成功没说话，沈天赶紧点点头。

秦教授说，我看现在就是缺约束有钱人的道德化的东西，就像过去的乡约一样。可我们没有，就让老毕这样的人成了传奇！过去老戏里面都有个规律：有钱的坏人找贪官，贪官上面有清官，清官上面有朝廷，好人冤枉再大，总有个安慰。现在呢？价值观跑偏了，坏人都装成好人了，好人渐渐默认了不公平不诚信。不过还好，我看国家这几年在构建社会主义核心价值观，虽然慢了点，可总比没有强！

毕成功笑说，那你的意思我就是装成好人的坏人了？我看你们有文化的人最坏了！骂人都不带脏字啊！

他又对老高说，那你呢？

老高想想一本正经地说，我是装成坏人的好人吧！

毕成功觉得有趣，就冲秦教授说，那你呢？装成好人的好人？

秦教授摇头说，才不呢！我不装，啥样就啥样。我不是好人，也不是坏人，就是一个纯粹的人。

这时秦教授手机响了，毕成功看他慢条斯理从兜里掏出手机，却还是很老款的诺基亚。他接通了，那边传来一个年轻人的声音说，秦老师，我爸明天去西安打工，他想给您背一箱子苹果，您看送学校还是送家里？

秦教授问，你是谁呀？

手机那边的年轻人笑着说，秦老师，是我呀！礼泉县的雷朝阳！过年忙着在北京准备考研，又要打工，都没回老家过年，也没去看您！

秦教授说，哎呀，我没有听出你的声！看啥嘛，你短信息里拜了年我都收到咧嘛！你爸的腰好咧？他打工就打工，送啥苹果？一路上搭车多不容易？你这娃不懂事！

雷朝阳急说，我爸非要送我也拦不住，他总说您是我的恩人，又说您是大教授不缺钱花，这苹果可是我家树上摘的，味好，一定年年让您吃上一箱子！

秦教授脸上就含了笑说，先不说苹果。你那个专业，全国最厉害的就在清华大学，你好好准备，考上何老师的研究生，那不是在你县上就摇咧铃咧？

雷朝阳笑了说，谢谢秦教授鼓励我！我一定努力！

秦教授又说，你爸今年还在建筑队打工？

那边的年轻人声音便低落了说，我劝不住他，他总害怕我上了研究生花钱更多，都和他说腰上的老伤不能出力，他也不听！秦教授，我也想我要考研是不是太自私了？我们清华大学的同学，本科毕业随便找个工作工资都不低……

秦教授突然大喝道，胡说啥？再不要说你那瓜话咧！都啥时代了！你还只看眼前！国家现在发展呢，到处都要用科技人才，你呢？白学了那么多东西，不报效国家，眼窝只盯着你家那点屁事！拿个高工资？！你还不如你爸有见识！

本来老毕和老高还在小声说话，听他突然高了声音便赶紧住了嘴，雷朝阳在手机那边也吓得赶紧回话说，老师，我知道我想错了！我不敢了！您不要和我爸说呀！

秦教授这才松了劲说，那好，你让你爸别来咧，你想他那老腰病再给我扛苹果，我咋吃得下？你和他说，别发愁，等你考上研了，头两年学费我给你出！第三年你导师主持那么多项目，自然需要你给他帮忙，你挣了钱就自己管自己的学费吧。我这边和朋友吃饭呢，不和你说了。你让你爸别来送苹果，我可没在西安啊。

那边雷朝阳还在说着学费他自己能想办法，秦教授已经说着好！好！咱回头再说这事！就把手机挂掉了。

见秦教授说完行侠仗义的话，把那老掉牙的诺基亚手机重新放回兜里，毕成功说，原来秦教授还有这么大方的时候呀。

秦教授摇头说，又在胡说！谁说我大方？我最害怕谁说我大方咧，就好比眼前这顿饭，我一坐下就想好咧，我绝对不掏钱！

沈天脸上露出忍不住的笑容，毕成功却冲秦教授竖了大拇指说，你还是那么牛！我谁也不服，就只服你！听你说要给那学生交学费？他也是你学生？

秦教授说，你管得怪宽呢！你只管给沈天说你的黑历史，倒管我的学生？

听他老师总不肯好好和毕成功说，沈天就解释说，刚才那个雷朝阳是秦教授资助的贫困学生，秦教授从高一起供他上学，上了清华现在马上就本科毕业要考研了！他简直是个化学天才！

一旁的老高突然说，就是那年我开车带你去礼泉县农村考察的那个娃？那娃出息大得很，后来果真考上清华了？

秦教授显然不想说这个事了，便说，是那娃。沈天，去问问糊涂面咋还没上来？饿着肚皮说闲话没劲儿得很。

可是毕成功却兴趣大得很，他说，省上有个慈善机构也找我，让捐款帮助贫困学生呢！他们已经把捐款模式弄好了，只等我回去就签合同呀！

秦教授脸上便有了些严肃地说，这是个天大的好事呀，看来你弄得大，还要签合同？

见他有兴趣，毕成功高兴了说，他们一开始找我让捐款助学，我说那可不行！谁知道你们把我捐的钱都用到哪了。他们一直和我介绍，我就让他们来谈谈模式。听你一说，我突然觉得这事有意思，这不是和种庄稼一样么？现在种上了，几年后就有收成了！将来他们有本事了都会记得我！至少苹果、梨的不缺吃！

听他这么说，秦教授脸上又浮现了他不屑的笑容说，你图的是这呀！

毕成功也笑了说，我开玩笑呢！我过去没上过啥学，现在有钱了总还是有这么个短处，就羡慕你们有文化的人。我在农村挨过饿，知道那滋味不好受，我自己的儿子不爱学习，看见他就替他着急。现在要是哪个娃家里穷又爱学习，那我就供他上几年学又算啥么？

老高点头说，我有朋友也助学呢，人家弄得好，还专门以公司名义成立了个基金，光利息就能帮助不少娃。而且，做慈善基金能减免不少税！

听了这话毕成功点头说，这个好！一举两得还宣传了公司！得多钱才能弄个慈善基金？

老高说，听说他那个是五百万，委托慈善机构帮他管理，他每年监督人家，他自己选学生。我看不错！

立刻毕成功就下了决心说，那我也整个慈善基金呀！到时候秦教授来帮我选学生！我要供的学生娃必须是能考上清华北大的！

见他说得简单干脆，秦教授便夸他说，有钱人就是手笔大！等下酒上来了我要敬你一杯呢！

毕成功故意用受宠若惊的表情说，能让秦老给我敬酒，这是我几辈子积下的福报呀！小弟一定好好干！

他听老高被他逗得大笑，便问，老高这几年忙啥呢？我是洛阳人，都不知道这里有糊涂面！

老高说，我就爱弄这些吃吃喝喝、玩玩乐乐的事。前几年我在这边儿做咧几个项目，这个酒店四层以上的客房全是我做的内装修。那一年多时间，来了洛阳我请客吃饭除了喝酒吃肉就是糊涂面！又便宜又好吃，人家经理服务员都认识我，前面那个包间，差不多都算是我包下咧，中午吃，下午吃！到点儿我就带人来了！

四个人都笑了，沈天说，高总和秦教授都给我说过好多次金达集团的毕成功！叔，能不能让我跟你拍了合影，发个微信朋友圈，让我也炫耀一下：我和陕西大亨级传奇人物毕成功一起吃饭呢！

他有些开玩笑的意思，但声音却很诚恳，老高见他这马屁拍得好，就笑了说，那有啥说的，你毕叔爱照相！

毕成功就冲他笑，胡说啥，你啥时候见我爱照相？我娘说过，照相丢魂呢！照一次掉一次魂！

说是这么说，他还是用手指抓抓额头上的头发，往脑后梳理了，又配合沈天朝他手机笑着。等沈天拍完，毕成功自嘲地说，头发越来越少了！他朝沈天的手机里看了一眼说，哎呀，我今天在坟地里烧了一天纸，你看着这脸黑乎乎干巴巴的！还是他们年轻人精神，怪不得人家现在都给年轻男明星叫小鲜肉呢。

沈天发了朋友圈，边看边说，毕叔，我和你侄子毕庆勇是朋友！你看我刚一发出去咱的合影，他就点赞呢！

毕成功瞄了眼他的手机，有些意外地说，庆勇？那孩子比他爹强，听说也经商呢？

沈天笑说，是呀，在我们眼里，他也算是个传奇呢！

说话间，服务员敲门进来，开始上菜。果然菜品精致，尤其是那窝糊涂面，淋了香油冒着热气，立刻每个人都记得饿了。毕成功端碗尝了一口说，真香！我敢说我一个人能吃这一盆！

大家都笑了，谁知毕成功冲服务员说，你再给我们上一盆糊涂面！

老高听他说上坟就问，原来你今天来上坟的，是给……

毕成功放下筷子说，去年我家老太太不在世啦，就埋在洛阳。

老高哦了一声说，老太太是个好人！我记得过去身体特别好，精神也特别大！

是啊！我娘一辈子身体都好呢！

老高就举了酒杯说，那也是高寿了，咱都倒满倒满！都敬老太太一杯！我记得当年我去家里，老太太亲手给我包的饺子吃呢，茴香馅儿的！

大家都站起来，碰了杯纷纷喝下。老高夹了菜在嘴里，边吃边说，我几乎没见过像老太太那样脾气的人，干脆利落！一看就是个有故事的人！

秦教授白他一眼说，这个世上哪个人没故事？每个人写出来都精彩，就算再平凡平淡的人生，如果写好了，这平凡本身就是不凡！我有次去，老太太刚打了麻将回来，路边有个人推着炉子卖芝麻烧饼夹馓子，又热又酥，老太太掏钱买了边走边吃，后来听说她那天打麻将输了三十块钱呢。人家老太太是把人活明白了！该吃吃，该喝喝，该玩玩！输赢人家都知道是玩，根本不上心。多少老人家能做到？

毕成功觉得他说出自己心里的话一样，对他说，你说得对！我家老太太想要啥我从来没打过绊子，我有事没事给她些钱。你是大作家，现在是大教授！我娘这辈子的事写出来就是本大书，唉，我没上过学，没多少文化，心里知道说不出来。你们文化人能把假的写成真的，哄着人们花钱去买书看书流眼泪，我娘明明活的是真的，人死以后就再也没人知道了。

秦教授问，记得你娘和我说过她是平反后回的西安，你别太难受了，她有你这么能干的儿子，也算过了多少年好生活呢！

毕成功叹了声，她是爱操心的命，脾气又不好，回西安这四十来年，不管我是去爆米花、做服装生意，还是后来做房地产、做煤矿，她都爱操心！唉，我娘她跟着我享了不少福！也多操好多心！

沈天说，毕叔，我看得出来你和你妈很亲！

这话让毕成功鼻子一下就酸了，他端起酒杯一仰脖，白酒辣了喉咙，他的眼白便迅速红了，仿佛要哭了一样。但他使劲闭了闭眼睛硬忍了回去，然后突然丢下酒杯冲沈天说，今天我得好好给你们讲讲我娘，世上没有一个人和她一样！

秦教授却纠正他说世上本来就没有两个人是一样的。

毕成功不理他，只一门心思对着沈天说，但我娘她和所有人都不一样。在我小的时候,她特别特别害羞、胆小……懦弱,我大哥甚至因为觉得她窝囊,气得哭着扇自己的脸!可是她后来特别能骂人!特别能吃苦!特别能折腾事!特别爱管闲事!特别有正义感!哎呀,她真是简直了!

他努力找着更合适的词描述他的母亲,显然他找不出来,所以他有些急了,但他眼睛里是骄傲得意的。他说,我娘可以一口气骂人十个小时没人能回得上嘴,而且她不会重样,也不会打绊子,有时说话还押韵呢!唉,其实也不是要和你说我娘很会骂人!我还是先从农村说起吧!你们能想象那群人对我们有多狠吗?老高?我给你说过我小时候在农村的事吧?我自己攒的自行车,让他们砸了的那辆自行车?

老高和秦教授都点点头。老高对沈天说,你让你毕叔给你说说,那个自行车的事,比电影好看!

毕成功满意了些,他闭了闭眼睛继续说,他们不给我们全家分粮分菜,我们真是快要饿死了。我那个时候才十二三岁,为了挣钱硬是拿一堆烂零件儿攒了辆自行车。我骑着自行车去卖冰棍,只卖了两个夏天就让他们逮住了。他们打我,我不哭,他们就打我的自行车。那比打我还让我心疼!我宁愿他们打我!你想,皮肉打烂了还能长好,自行车让砸成一堆碎片,那场面,我到死都忘不了……

秦教授问,你现在还经常想着那辆自行车?

他点点头说,我是个记仇的人。

秦教授说,人们都允许远处的人比自己高大,却不允许自己身边比自己弱小的任何人,渐渐成长起来超过自己。他们允许队长吃白馍骑自行车,可他们不允许你们居然也吃白馍骑自行车。你惹了众怒啦!

毕成功说,中国人都是这操性!

秦教授不满了,我最烦谁动不动就说:你们中国人咋样咋样!难道你是美国人?

毕成功看看他说,我知道你爱国得很!你也知道,我差点就弄个美国绿卡……你是文化人,女人都喜欢和你说话,那你说女人为啥都爱美国?

秦教授突然有些激动地说,孟寒雨不是为了爱美国,她是让人哄害怕咧!

毕成功摇摇头,猛吸了一口气又长长呼出去说,嗯,我想起来了,你也打过她的主意，可她没理你！

秦教授猛地站起来说，我没打过她的主意！

老高赶紧按住他说，你又没喝多少咋也发酒疯？老毕今天上坟心里不舒服，让他说说就好了，你凑啥热闹！

毕成功得意，笑着不说话，只打量着秦教授的脸，秦教授却不理老高，挣扎着又站起来说，我要是知道你最后把她给甩了，我当时肯定会把她追到手的！

毕成功也呼地站起来说，谁甩她？是她自己走的，我给她几十万她才能去美国，你能吗？你凭啥追她？再说你那时都已经结婚了！

两个男人脸对脸互相瞪着，鼻子都快要挨到一起了，秦教授抖着嘴气得直喘气，老高拼命把他按到凳子上，秦教授硬着脖子气恨恨说，难道你那时候没结婚？我可怜孟寒雨白白和你好了一场！你到现在都以为她和你在一起是为了钱？她那样清高的女人，你说假话骗她，还好意思说你给她钱的事？

毕成功也坐下，瞪大了眼睛吃惊道，你胡说，你咋能知道得这么清楚！

秦教授一屁股坐下说，你要是给她那么多钱去美国，她咋会来找我卖房子？

毕成功意外这个消息，他呼地拉住秦教授的手说，卖啥房子？那你这些年咋不找我说？

秦教授一把抽回自己的手说，卖她娘家的房子！她说她结婚了，要带她妈去美国呀！她女儿跟她前夫在那边，她说她见不上娃的面，都快想疯咧！

毕成功一句话也说不出来了。

沉默的时候，毕成功又喝了一杯，老高从他手里拿过酒杯说，算了，谁还没个过去？你接着说你的自行车吧！

毕成功对秦教授说，改天我约你好好说说这事！

秦教授哼了一声说，有啥说的！我没闲时间说过去的屁事！人家孟寒雨是在北京上过大学见过世面、能拉小提琴、能把英语说得和中国话一样的女人，你呢？小学都没上完，你倒把她哄咧，现在还好意思得意扬扬？哼！我就看不惯你那得意扬扬！

毕成功带着酒劲叫道，凭啥我就不能得意扬扬？凭啥我不能吃白馍？凭啥我小学没上完就不能找个拉琴说英语的大学生？凭啥我就得饿着？眼睁睁看着西安城里的漂亮女人跟别人睡？你秦教授凭啥看不起我？

秦教授转头对地上吐了口痰。

毕成功对沈天说，你秦教授教没教过，咋样才能让别人尊重你？

沈天让他弄得有点蒙，他看看他的导师，秦教授却不看他，沈天老实地想了想回答道，首先我值得尊敬，我尊重别人，别人就会尊重我。

毕成功高兴地大声说，错！是实力！同样道理，一个女人不会因为你专一痴情老实善良读的书多就爱你，只会因为你优秀有钱能哄她高兴才喜欢你！

秦教授骂，呸！不要给我学生教这些流氓想法！

老高把自己杯子的酒在老毕的杯子上使劲碰了一下，然后一口喝下，晃着脑袋大声感叹，太他妈深刻了！

见毕成功满脸得意，秦教授知道他故意在学生面前逗自己发作，就气得把自己的杯子紧紧握住不许毕成功给他倒酒，毕成功却握着他的胳膊和他暗暗较着劲。老高看出沈天很担心紧张，推他一下说，喝！你别怕，我们三四十年前就是这样，你慢慢就习惯啦！明天你的导师还是高高在上的教授学者，今天咱们全都是好哥们！

他又对毕成功说，刚才一个老哥给群里发了个好段子，咱俩加上微信好友，我转给你看看！秦教授，你不玩微信，我给你念念，有意思得很！题目是：中国人都去哪？

20年代，到南昌去，到广州去，到星星之火可以燎原的地方去！

30年代，到延安去，到太行去，到敌人的后方去！

40年代，到辽沈去，到平津去，到长江的对岸去！

50年代，到农村去，到边疆去，到祖国需要的地方去！

60年代，到山上去，到乡下去，到贫下中农当中去！

70年代，到城市去，到部队去，到生活好的地方去！

80年代，到大学去，到夜校去，到能拿文凭的地方去！

90年代，到美国去，到欧洲去，到不说国语的地方去！

00年代，到私企去，到外企去，到年薪百万的地方去！

2010年代，到政府去，到机关去，到一辈子不失业的地方去！

现在呢？到海边去，到山里去，到国外去，到没有雾霾可以自由呼吸的地方去！

毕成功仔细回味了说，倒别说，还真是那么回事！我差不多都赶上了！我去年到英国看我女儿，就打算到那儿买个农场养老去！

谁也听不出他说的是真是假。秦教授没说话，沈天赶紧找了个话题说，毕叔，我刚才看你的车是限量版的，你都开这么好的车了，还在乎个自行车？

毕成功看看秦教授的脸说，那可不一样！我从小到大都是这样，别人没有的，我一定要有，别人有的，我一定要最顶级的配置。刚才说，我那个自行车真的已经让砸得稀巴烂了，后来我梦见很多次，可都是好好的！我一次也没梦见过烂成一地零件儿的那个自行车。我梦到的都是它好好的，后座上绑着冰棍箱。我在梦里就高兴！心里总是算着账：今天太阳好，我先发上二百根冰棍，先去小县城学校那边跑一圈，如果运气好全卖完了，中午以后再发三百根，那今天就能赚到两块五毛钱！

沈天听到他说起钱，虽然只是几块，但声音里真是愉快，和刚才的沉闷完全不一样。他从来没有见任何一个人说起钱来声音这样有滋有味儿。而且当毕成功把他的心里活动说出来的时候，全是算数和数字。沈天不由得就对比了他自己，在面对所有场景的时候，他的心里全是影像和文字。他这一辈子也不可能当一个有着亿万财富的人，这应该是最重要的原因。

沈天问，毕叔，我听高总说过您小时候一个人光杆杆来的西安，打拼下现在的产业，我都不敢相信你还会爆米花！

毕成功笑着，大口吸溜着糊涂面，却不说了。老高见他不说，对沈天说，你毕叔挣钱的过程和这面一样，看着一大碗怪美怪香的，但有的地方只能是糊涂的，不能说！

毕成功却说，我和你不一样，又不贷款又不找领导批项目，全是做贸易的清天白账，卖衣服是衣服钱、卖煤炭是煤炭钱，只要工商税务不找我，那就没有糊涂不能说的。

老高脸上有了些尴尬，毕成功明知道自己句句都说到了他的难受上了，却毫不在意，索性端起碗，嘴对着碗沿呼噜呼噜喝那碗糊糊涂涂的咸面汤。秦教授和大家都埋头吃饭，只听得一阵呼噜声，服务员端来的第二窝糊涂面很快就见了底。

老高第一个吃完，他从桌上拾起毛巾擦擦嘴，对毕成功说，我这辈子谁也没服过，只有对兄弟你那真是服得五体投地！我可不是跟你当面说恭维话，不信你问沈天，我经常给他说你是个人物！说你挣钱硬正利落！不像我，这些年是挣了些钱，可天天都得求爷爷告奶奶，领导要巴结，秘书要巴结，财务要巴结，领导的老婆要巴结……这么说吧，只要是甲方能给我项目的，连一只看门的狗我都恨不得掏出梳子给它理理毛！这钱挣得不硬气，心里就总憋屈着，我和不少朋友都说，以后做生意千万别和我一样，要跟毕成功学！

也不知是喝酒喝的还是心里难受，老高眼圈红了，秦教授看他说得伤感，打圆场说，你现在这么大的资产还不硬气？随时在全国十来个项目同时开工，两个老婆一个比一个漂亮，前面的走了，后面的媳妇儿对你多好，才给你生了二胎，你活得这么滋润这么成功，居然还好意思叫苦？

老高摇头说，你当着大教授，走在社会上人人都尊敬你，我呢？十几个项目同时干着是不假，不垫资拿不上项目，干完活又拿不上钱！屌！我算是看明白了，人人和人人都比着看谁更赖皮！谁没诚信谁挣钱！谁不要脸谁混得更好！

毕成功问，老高，你原来的媳妇小晶呢？

老高丧气地说，跟人跑了。你记得我那次给你借钱包工包料的事吗？那个时候我赔光咧，啥都不顺心……唉！她就走了。

秦教授对老高说，别说这事了。

老高没理他们，自管说，我给老毕说呢。我这么多年没见他，好多事他都不知道……

老高那个漂亮的媳妇，就是在他开始赔钱时和他离的婚。为了争到儿子的抚养权，他把新星电影院门口的门面房给了人家，花了二十来万买了个房子安置了儿子和他的那一家子人。除了三百多块钱，他就连一点财产也没了。

多亏老高还有几个朋友，给他揽下个给单位家属楼刷油漆涂料的活，合同签下一平方米五毛钱，老高到劳务市场找了二三十个人来刷。本来这活能赚八千多块，谁知他的几个哥哥姐姐不知怎的轮流出事。天冷了，老大在炉子边盖着被子烤火取暖，竟把小棉被给烧着了。他只知道哇哇大哭大叫，门锁着，邻居们砸开门，已经见他被烧得双手双腿起了大泡正渗出水来，老大住院看病花了好几千，落下一身疤，保住个小命。

老高只好去那个单位的财务账上借钱，按说人家是要验收了项目才能付钱给他的，可见是熟人介绍，就一千两千借给了老高，刷涂料和油漆的工作不长时间就干完了。这个项目快干完的时候，他家老三，也就是他的那个姐姐，总是抽风，也住进了医院。老高的娘每天先去医院住院部的三楼看女儿，再到另一栋楼上去看儿子。老高的这个家属楼，完全是为了他哥他姐的住院费干的。到了项目验收合格的时候，和人家单位结算了账目，老高只拿到了八百块钱。而他略略在心里算了一下，还有三千块钱的工人工资没支付。

老高的头一下就大了，怎么办呢？

他说这辈子最大的亏心事便是他想了个损招：让他的伙计兄弟们支了桌子来发工资，账上其实没钱了，老高早就交代了只有八百块钱，他的伙计和兄弟们就明着暗着把农民工的工资赖掉了。老高躲在没人知道的地方不敢露面，等他接到了他们的电话说工资已经发完，那些做活刷油漆刷涂料的农民工们已经让打发掉了，他才松了口气。

他知道，他的弟兄们按着记的考勤，把迟到早退、验收某处不合格的诸多借口加起来，就把每个农民工的工资抽掉了一大半。为了怕那些人抱团闹仗，老高已经提前做了准备工作，把可能是老乡、会结伴吵架的人分开不同的地点去领工资。因为老高这时并没有成立公司，完全是皮包状态，说走就走连找也找不到。人家见老高本人已经不见影了，生怕再耽误着连这一少半工资也拿不到，就都忍气吞声先领了工资各认倒霉签了字。

八百块钱解决了三千块钱的工资，老高算是把这事摆平了。可他还是被几个犟劲子的农民工追着堵着要账要了好几天，老高又躲藏了好一阵子才算完全平息了。

可是老高却完全没了信誉，先是许多朋友听说了这事，都小瞧了他，毕成功就是那时听说了他的事儿，才决定不借钱给他又断了交往的。

虽然老高很会和各个单位管事的人拉关系，能拉到生意。可他却在农民工里彻底出了恶名，没了信誉谁也不敢来给他做活。幸亏老高朋友多，还有人并不知老高这些背后的事，只当他是一个热情精明的电器商行老板，人嫽得很！后来又有一个楼群建好，老高轻轻松松拿下十三个单元，还是粉刷涂料，可是他签了合同才发现，劳务市场和朋友们介绍的包工队里，竟没有一个工人愿意给他干活。合同是有期限的，老高巴巴等着这十三个单元的活儿赚下钱翻身转运呢。他让兄弟们散在文艺路和纬二街常有农民工揽活的地方，见了单独的一人，并且一看便知不是常进城做工的农村青壮男人，就会撵着问，干活不？

人家只要一犹豫，老高的兄弟们就赶紧说，伙计！干活去吧，工资当天结，一天八块！管饭呢！吃得好！

好不容易找下四十来个人，老高松了口气，亲自去工地给他们教着干活，又找老技工给他们做示范。老技工却悄悄和他说，高师，这伙子人一大半都没进过城，也没见过工地，一天八块是大工的工钱，你亏咧！他们把活干不好，怕是还要浪费了涂料重返工呢！

老高心里便咯噔了，可是他不敢再降了工资，能招来这四十个人太不容易了。果然十天不到老技工的话全成了真，十三个单元的活儿全得重做。不算铲掉墙皮重刷的工钱，光是涂料本身就已经赔了钱。这活是老高包工包料的，老高知道，要想把原先有技术的农民工招回来，必须从哪儿跌了从哪儿爬起来，欠了人家的工钱就得一个子儿不少地付了，才能请动技术工，把这合同里的十三个单元的活儿重新干完。

可老高手里没有一个钱了，连他垫付的涂料款也是找朋友借的。他是多爱脸面的一个人，再也张不开嘴和人借钱了，而且借钱多了，一旦传出去，他怕是再难揽到活计了。

为了支撑有钱人的形象，老高人倒势不倒，出门开车穿衣说话还是过去的派头。但当时老高越发为钱着了急，想来想去又有了个办法：他到涂料厂那里花了一千块当作订金，拉走一车不值钱却大包小包显得很多的涂料，和甲方说这就当作是垫料了，他自己觉得活儿没干好主动赔钱重干。甲方见老高的涂料二次进了工地，觉得他很仗义，就给他付了三千块钱的预付款。第二天老高让兄弟们把料退回涂料厂，甲方听说了来找老高，他说进的料不合格，就得重新再进料，这是为项目负责任。人家听了都很佩服他，说老高果然是有信誉的人。老高用了这个法子把过去欠了工钱的技工们叫回来,重新结算了工资,又每人预付了五十块钱,算是重新得了这些人的信任和谅解。

农民工们进工地干活那天,老高站在大门外冲着他们又是作揖又是感谢,场面挺煽情的,有的农民工都哭了。这个活儿干完,老高净挣了三万块钱,从那天起,他就说"得民心者得天下",这辈子想挣钱,就得把心放在亮处,得把上面给活儿批项目的领导巴结好,也得把下面干活帮你挣钱的工人哄舒服,要不想挣钱,门儿也没有!

这次教训对老高来说是深刻的,从此老高行走江湖便把交朋友当成了重点,一开始吃亏受委屈,还常暗自有怨言,后来"仗义"成了他的本性。他的朋友多了,除了吃饭聊天,大家便都在麻将桌上谈生意,老高精,麻将打得不错,便赢多输少。他从不嗜赌。他知道这不过是个战场,捞到一个生意就是连输十场也划算的。这时渐渐老高又有了些钱,又认识了个女孩,人家一门心思爱上他了想要嫁给他,结婚时,那女孩没要求别的,只想要老高给她买个大钻戒。

那时大多数人结婚,还是买黄金饰品的,这个钻石是新兴起来的洋首饰,却一个大钻戒就值好几个金戒指。老高知道人家是大姑娘出嫁,能不嫌自己那一窝又傻又残的哥哥姐姐,也不嫌自己离过婚带着个儿子,还肯嫁给自己就该对她好一些。

对她好的方式就是花钱买她想要的东西啊!

可她看中的一个大钻戒刚好一万块,老高还靠这钱垫料揽活呢!他把难处说了,新媳妇居然挺理解,说那等有钱了,一定得买一个更大的给她。为了这事老高一个人在城墙边对着城墙哭了一场,他知道这次自己遇上好女人了。老高结婚了,就算他再感动媳妇的懂事也还是要应酬的,每晚打麻将、洗脚、喝酒,忙得很,这样的投入是真正拿身体和时间在投入,能不能广撒网又捞上鱼完全是机遇。可老高不管,只是努力和各式各样有本事的人交往。老高自己感叹说,出身西安的底层,并没有什么关系和亲戚朋友,竟能在房地产行业越干越开阔,靠的就是这个广交朋友不怕吃亏。

真正让老高赚上大钱的,是因为他吃了一次小亏。

那天他和朋友约好了去打麻将,上了桌他看见来了个新朋友,别人介绍说是尚处长。处长这官说大很大，说小很小，看放在什么单位和什么位置了，老高不管人家的单位，只是打牌。那天他手很兴，赢了一千多块。而尚处长有些点儿背，输了快两千。尚处长的牌品不错，输了钱并没有显出沮丧，只是随口说，今儿输得多，打车回家的钱也没了！

老高便随手在自己赢的钱里抽了几张塞给那人说，得罪了，老哥！

尚处长看着他手里少说也有三百多块钱，便冲他挥手说，兄弟留个电话吧，改天把钱还给你！

老高没打算要钱，但和他也互留了电话。第二天一早老高还在睡觉，尚处长打电话来问老高有没有时间去他单位，他想把钱还给他。再有他们单位有一层办公楼要装修成会议厅，还要加固十几个阳台。老高听说有钱赚立刻醒了，跑去尚处长的单位才知道，原来是个有名的大国企。这个活儿老高赚了二十万，给尚处长送了五万，尚处长见他为人仗义又懂事，就把自己的朋友都介绍给他，但凡他介绍的活，只要老高挣了钱，就一定会想法子返回钱给他作为回报。

有时尚处长不收老高的钱，他就想法子把钱换个方式送回去。老高赚了钱给新媳妇买了大钻戒，让她陪尚处长的媳妇也去逛，帮她挑了一万多块的大戒指。这钱轻松地送出去，戴在尚处长夫人的手里，随时折射出光芒，天天就像是给尚处长做了提醒。他就把他那些有权力有实力的朋友，源源不断地介绍给了老高。

当然，大多数朋友吃了，喝了，花了老高的钱，可一个项目也没有弄成。这事很平常，老高并不在乎，也不觉得吃亏，这事只要弄成一个就是赚钱的，咋可能刀刀底下都能见菜呢？老高开始做的只能算是包工头，干了三两年有个朋友就问他能干主体不？

老高说能！

他是在耍胆大，压根就没干过这事儿呢！他接项目已经花了十来万了，可他不怕，把项目解包下去，渐渐手下有了不少好工程队和他合作，老高在西安的建筑行业渐渐就有了名气，连找上门的项目都有了。他一向是要面子死撑的人，扎着很财大气粗的势，这样才好揽大活嘛。除了他自己，谁也不知道他到底有多少钱，可他几十万、几百万的工程垫上钱也敢干。有时几个项目同时干,他也敢垫钱、垫材料,别人便都相信老高果然有实力。老高一直没有停止和尚处长的联系,这个国企的上上下下他都熟,敢垫钱干活也是一种姿态和一种实力的显示,他揽下许多连工带料的活,并不急着去结账,反正肉烂也在锅里呢。

谁知一天尚处长突然心脏病就住院了,老高赶去看时,尚处长老婆正哭着在签病危通知书。尚处长昏迷着躺在病床上,鼻子里插着氧气手上扎着针输液,老高觉得这个世界上最期盼尚处长赶紧醒过来的人,除了尚处长老婆就是自己了。老高眼前全是自己那些没兑现的报销单,要是早找尚处长签了就好了,可现在他得去求别人了。老高走时给了尚处长老婆一万块钱,说有困难打电话给他。他知道,有些高档的药医院是不报销的。

从医院出来老高就给自己公司的财务经理打电话,让他把给尚处长单位这几年没收回来的垫付款全部列个清单统计一下,他明天一早去尚处长单位报销呀。

尚处长的部门是计划工程部,老高并不常去,他把报销单拿出来,人家客客气气领他到了财务室后面的房子,那里有一排放文件档案的铁皮柜。那人把其中一个柜子打开来,里面全是一摞摞报销单和文件袋,那人说里面全是欠款单,把您的报销单放进去排队吧!老高一下子傻了,临出门时,见两个大学生,做IT行业的,说是给尚处长的单位做了两百万的电脑程序,现在一年多了也没要到钱。两个大学生是借钱成立的公司,欠下很大的工资支付不了,见人就跪,可就是总在研究中,拿不到钱。老高便清醒了,这事儿完全不是他想得那么简单了,活生生的钱填在大坑里就没影了,人家也不说不认账,可人家不付钱你又能怎么办?

他回家想了半夜也睡不着,这差不多是他多年以来第一次这么大压力了,七八百万呢,全是他垫的,如果不快点拿上,凭他拆东墙补西墙地这样干,总有一天会卧倒的!从那天起,他就泡在了尚处长的单位,他不敢提他和尚处长有私交,只敢公事公办去找人家。他以为他是最大的欠款户,去了几天他就见到了比他更大的垫款者。因为老尚的单位是国营大企业,家大业大项目众多,老尚算是一支笔,签字就算数,这些冲他来做项目的人知道这样的国企不会赖账,顶多会拖延,就都没当回事。可尚处长一躺在医院,他们才知道,尚处长不知在单位里树了多少敌人，几乎没有一个人对他们有好脸色，老高只好和大家互相安慰了说，没事！以后没事就来催催问问吧！

好几个月过去了，老高一分钱也没拿到。

顶替尚处长的是一个姓韩的处长，他的副手是个女的，人称江处长。韩处长总是笑眯眯的却并不办事，而江处长虽然是副的，脾气却很坏，老高知道想要讨回钱就必须把这两个人的工作做好。他不敢明目张胆送礼送钱，怕反而坏事，因为韩处长不经意地问过他，尚处长把好项目全给了你，你俩沾亲呢还是带故呀？

老高不敢回答，便约他出来吃饭。韩处长意味深长地说，你的饭不好吃，人家的屁股留着人家自己擦吧！

老高见韩处长并不办事，就去打江处长的主意。他到办公室找江处长的时候，江处长正在打电话，她脸上的笑是温柔的，甚至发着点嗲的，可她已经看见他了，老高进也不是退也不是，只好站在门口冲着她笑。江处长瞪着他皱起了眉头，老高心知不妙，可是退出来已经来不及了。果然江处长挂了电话用很烦很烦的声调问，你干啥？

老高卑微地躬下背，把自己的报销单和情况说明递给了她，江处长却不看，只挑了眉毛说，叫你没？就进来了？

老高只好赔着笑脸说，下次一定注意，对不起！

江处长又轻又坚决地说，滚。

老高没听清楚，或者说没敢听清，她会对他一个一米八的男人说这样的话，他在她上班的时间进她大开着门的办公室，谈论结账的公事，有什么错呢？

他有些蒙，就发着愣，江处长瞪着他的脸，伸手从桌上拿起那摞报销单，轻飘飘丢在他的脸上说，谁给你签字找谁要钱去！再敢跑进来听我打电话，就不客气了！

对着地上七零八落的报销单，老高硬气不起来，每张薄薄的白纸就是几十万块钱呢，他卑微地蹲下，一张张拾起那些纸，一句话也没说就退出去了。

这个门不通，老高只能又重新打上了韩处长的主意。他打听韩处长到了礼拜天总要去外县，便留心了，才发现韩处长温雅的表面下竟然是一个极残虐的捕猎爱好者。为了巴结韩处长，老高便把心思用在了逮兔子、钓鱼、养细狗上，韩处长喜欢什么，老高就主动开车去接送，一开始韩处长还不愿意理他，可见老高又恭敬又周到，并不烦人，就对他渐渐有所松动了。又见他车上打猎的家当都是最新产品，配具齐全，不由也觉得老高是个有心人。

为了陪韩处长逮兔子，老高把礼泉、富平都跑遍了，又养了好几只纯种的细狗，专门为韩处长打兔子用。到了礼拜天，他们到了猎场，老高领自己的弟兄们扯着一米多高的网围从三面去围兔子，只留韩处长在一头堵。兔子被细狗撵着无处可逃，便慌不择路，扑进了老高他们所布下的网围里，大家吆喝着，吓唬着兔子，又跺着脚弄起一大片尘土。这么大的声势，只有韩处长不动，兔子受了惊吓便只往他这里跑，大家便把网围渐渐缩小了，那兔子可怜无处可去，冲着网眼就扑，总是把头夹在了网洞里。此时才是韩处长逮兔子最高潮最享受的时候，他咬牙瞪眼地呵呵笑着，嘴里乱七八糟说着别人听不懂的话，上前一脚一脚踏死了兔子，又亲自把兔子从网洞里弄出来提在手里看。有时候兔子还没死，瞪着眼看他，兀自全身打着抖蹬着腿，老高不忍心再看，总是转过脸去，韩处长却兴奋地把兔子提起来在地上摔打着骂，碎怂！还敢瞪我！

老高次次都觉得全身在发抖，巴结讨好韩处长的话咋也说不出来，回城的路上，他总是想着兔子的眼睛，猛地就打个哆嗦。

好多次老高和他的弟兄们都下决心不去了，可等韩处长上了班总会给他的一两张报销单上签个字，几万、几十万的钱就收进了账户。老高咒骂着韩处长，又在心里向那些枉死的兔子们忏悔祷告，可到了下个礼拜又早早准备了网围和路线，要陪韩处长过一个快乐的礼拜天了。

韩处长还有夜钓的爱好，老高不好叫弟兄们整夜不睡地陪他们，就自己接送韩处长，他也买了全套的家当，鱼竿和水桶他都买了最好的，连夜钓时戴在头上有探照灯的帽子他也买了。韩处长总在周六出去夜钓，反正第二天是礼拜天，钓一夜鱼第二天可以睡个大半天补觉，老高就也陪着。韩处长是在野外钓鱼，有时好久鱼也不上钩，老头就急得骂人，人却坐着一动也不动。老高对钓上钓不上鱼并没什么愿望，心里不急，屁股底下却坐不住总想动，韩处长就不满意他，嫌他动了惊动了鱼，说鱼都是贼精的，让他全吓跑了。

老高被他说得吓得不敢再动，静静坐到了半夜，他就瞌睡得一个劲点头，惊醒过来赶紧装作清醒，过不了几分钟又睡过去了。鱼也怪，这时候就开始咬老高的饵，他拉了鱼竿果然就钓上了。韩处长挺高兴，却怪老高把他的运气钓走了，弄得老高对着又在起伏的鱼竿，不知该提竿还是该坐着不动。往往熬到后半夜，老高总是就睡着了，他坐着睡着便耷拉了脑袋，有时还会扯着呼噜。韩处长不会叫醒他，却能吸着烟直到天色渐亮，在老高醒了的时候，见韩处长的桶里已经有好几条鱼了，他就惭愧了，觉得自己真不是一块钓鱼的料。

这时的韩处长就有些意味深长了，他吐着烟说，年轻人，连个夜也熬不了！

老高见老头的心情是高兴的，他就放下心来也高兴了，因为那些日渐变少的报销单，又能签掉几个了。

一边讨着账，一边还在继续签新的合同做新的项目，还依旧是要垫款的，老高渐渐就更聪明了，不再像一开始那么大压力了。他觉得，能有钱挣多不容易，国营大企业一辈子也倒不了，换了汤也不会换药，最多换一个人而已，他的账是不会被欠得没有的。可是这样杀生讨好赚回来的钱实在有些恶心，老高打了主意，等这些单子报销了，他就不再去做那些亏良心的勾当了。因为他的新丈母娘是信佛的，非常不满意他去作孽，她说伤害生命和杀生都是要受很大果报的。老高心有善根，听他丈母娘说得没错，也相信世间的因果报应都是真有的，他就常常去放生。

他的弟兄们有时便调侃他，同一条河里，前一天晚上和韩处长去钓鱼，第二天又去放生，看这人活得有多矛盾！

老高媳妇知道他最大的心事就是想收回垫款了。有次老高在外面喝醉了，他的弟兄们把他背回来，却怎么也叫不醒，她骂他们把老高弄成这样，秦教授在一旁开玩笑说，你给老高说垫款收回来啦，他保准就醒了！

老高媳妇当了真，果然对着老高喊叫说，垫款收回来啦！

当然，老高还是在迷迷瞪瞪闭着眼说胡话，大家笑得不得了，被老高媳妇又踢又骂地撵走了。

在老高的钱通过韩处长的签字收回了一大半的时候，老高听到了个消息，说韩处长和朋友们结伴去野外玩竟走失了，韩处长不知怎的一个人走到了一处断崖，掉进个大坑里，被当地猎户下的捕熊的铁套子夹断了腿。当地的农户和派出所的人找到他时，他已经死了。

老高听说他死时大瞪着眼睛，张着嘴惊恐万分又疼痛万分的样子，便后怕得腿也软了。

本来昨天韩处长约他去钓鱼的，老高的丈母娘过寿没去成才没参加，老高的丈母娘说这是报应，拿出《地藏菩萨本愿经》给他看。老高看到那经里写着"若遇畋猎恣情者，说惊狂丧命报"，他便完全同意她的说法，这样凶残以杀为乐的韩处长，如果不是这样的死法，还不知得祸害多少生命呢，这不是现世报又是什么？

这样想着，老高想起那些死不瞑目的兔子和鱼们就又怕又慌，他去庙里做了超度，又给韩处长和那些兔子、鱼们写了牌位，连着几个月他吃不下肉了。渐渐事情淡了，老高才从这事里走了出来，就和朋友们说这个事，带动了许多人都不敢再轻易杀生了。

而他从此再也没有吃过鱼肉或者是兔子肉。

说到这儿，老高冲着毕成功说，你家老太太过世才一年，我岳母说，多帮她念念《地藏菩萨本愿经》，替她去放放生，对他们亡人来说是特别好的事儿！改天我送你一本！

毕成功不屑地说，我不信那些，我只相信我自己。人是要靠奋斗的，如果不吃苦奋斗，靠什么念经放生，那不是胡说嘛？

毕成功对沈天说，你可别听他们说那些没用的迷信，那是吓唬人呢！我当年卖烤肉烤鱼的时候，哪个晚上不烤多少斤羊肉多少条鱼？我不比谁健康？长这么大，除了长智齿拔了次牙，我差不多没去过医院！

秦教授笑说，这是随自己心的，你不信也没办法，障深慧浅也不是说说就能好的！

毕成功并不管他说的障深慧浅是啥意思，也笑说，我以为只有我娘那样的人才迷信呢！我小时候在农村，要是不自己想办法找饭吃，早就一家人饿死了！你俩都知道，刚逃到西安那会儿，我就跟个要饭的似的，睡在人家孟家大院的门道里，能走到现在这一步，我靠的就是奋斗，靠的就是自己！

沈天问，您到西安的时候多大？是咋样做上生意的呢？

毕成功想也没想就说，十四岁，那年是1976年。

第五章

毕成功顺着陇海铁路线到了西安城是1976年的秋天。

站在西安市灰灰旧旧的老城门底下，盯着城墙上齐齐整整的墙垛子望也望不到边，毕成功打心里说，这城真气派呀！毕成功突然觉得自己真是渺小，他没法再赌着气和自己说怨恨话，就深深呼吸了，对着那城门在心里说，俺本来就是城门里的人，你让俺回来吧，俺娘等俺过上好日子去接她嘞！

他端端正正跪下，把烂衣裳丢在脚边，里面两个金灿灿的窝窝头露了出来，都干硬得裂了口子。他不管，冲那城就磕了三个头。站起来，毕成功提了衣裳，把两个硬窝窝头塞进装着《辞海》的布兜兜里，一步一步进了西安城。他是扒着装垃圾的空车到的城门外，所以毕成功觉得他已经是最最破烂的人了，还有啥熬不住？

西安城的城北聚集了大量河南人，大多是1938年黄河边上的花园口让扒了口子，顺着陇海铁路线逃到西安的，也有的是1942年河南连年大灾饿死了不少人，许多没饿死的，若还能走动路也就顺着陇海线来了西安。他们顺着铁道两边搭棚盖房安下身来，几十年以后，西安城北和城东就差不多成了河南人的地盘了。在西安的河南人都很抱团，能吃苦耐劳，也爱帮助别人，特别敢打架。好长一段时间，提起铁道以北的河南人，人们都知道那可不好惹！平时喜欢打架闹事的小年轻们，也都以能说河南话为时髦，仿佛谁说了河南话，身后就有一群河南人给撑了腰似的。当然，流行的河南话不是老人们说得土里土气的河南老家话，而是西安味道的河南话。

毕成功在西安城里转悠了好几天，顺着大街小巷子走，就觉得这城他真是熟得很！他背得出这城的地图，哪个大街连着那个小路，他心里都有数，边走边想娘的话，居然一次也没错过！而连接他心里一条条路线的，全是刘兰草前些年说给他的那些食品店和好吃的。毕成功满心兴奋，原来娘给他说过无数遍的东大街、南大街、解放路，和那些西安饭庄、甜食店的老字号，都和他眼睛里看到的是一模一样呀！虽然有的铺子不再是娘说过的名字了，而是叫作向阳食堂、群众食堂，可他还是能在里面看到娘说过的那些好吃的，那他就一点也不陌生了。在西安城里漫无目的走着的时候，毕成功心里又高兴又伤心，他不知道他给娘说的大话啥时候能实现，在他自己天天都饿得发晕的时候，咋敢想着接娘来西安过好日子？

毕成功很快就看出，西安的道北才是他该待的地方。这里河南人多，就不显得自己一口河南话多出来了似的，他就开始学说西安河南话。当年的家，毕成功也去了，这是刘兰草给他说的地址。他见那小院和房门都跟他印象里的一模一样，心里就暖和了。可是屋里却黑洞洞的，像是住了老少两代人，门口还有个老头躺在烂竹躺椅里乘凉。毕成功在院门口靠着墙仔细打量了这个房子，红砖墙、灰瓦顶，刷着绿漆的木门，斑驳得几乎成了淡灰色。他不认为这是他的家，因为连一个家人也没有。他也不认为这是眼前这一群人的家，因为这明明就是他和刘兰草住过的地方。

他站在那里看太久了，差不多有一个钟头都没有走。那家人的孩子是个满脸雀斑的七八岁男孩，他发现了毕成功，大声嚷嚷道，奶奶！快来看，那个要饭的一直在看我！

毕成功不等他奶奶从屋里出来转身就跑，一直逃到大街上他才回味过来，那孩子居然叫他要饭的！可他不就是个要饭的嘛，虽然他身上藏了些钱，可他没有粮票，一样买不到吃的。而且从来到西安的那天晚上起，毕成功就没有睡觉的地方。顺着西安北门出了城，越往北走越荒凉，河南人居住的地方是脏乱低旧的，许多门口搭晾着的衣裳简直就是一堆烂抹布，家家都是孩子多，没几间像样的房子。差不多所有的房子都没有屋檐，毕成功连可以蜷缩着睡一觉的屋檐也寻不到，就索性睡在露天地里。幸好天不算太冷，寻几块硬纸板铺在地上便是床了，再寻几张大些的厚纸盖在身上，便是被子，摸块城墙砖枕在脑下，毕成功居然在马路边也能睡到天亮。

可是这样的日子眼看也没几天好过了，西安的秋天眼看来了，毕成功心里暗暗着起急来。他是单衣单裤从沙村逃出来的，在路上走，到了早晚起露水就冻得不行，他曾在收破烂的老人手里买了几件旧衣裳，多是连收破烂的人也不要的烂衣裳，要么有着补丁，要么裂着口子，这样单薄的衣裳也是过不了冬的。一连几个夜里毕成功都被冻醒，鼻子里全是清鼻涕，可他咋也没舍得去动《辞海》里的钱。

在西安这样的大地方，他每天都在攒着劲想咋样能赚钱，却一点点办法都没有。有那么几次，毕成功饿极了，就顾不得什么了，偷偷在饭馆和垃圾里拾些能吃的东西。他游走在背街小巷子，当年曾经跑过的地方却全是模糊的了。毕成功见家家门口都有个垃圾桶，有的是个柳条筐，天天都有垃圾往出倒，便觉得完全可以重新操起旧业拾破烂了。谁知在西安市里拾破烂也是有地盘的，几个五大三粗的半老头子操着河南话把他狠狠训了一遍，让他赶紧滚鸡巴蛋！这些河南男人吼他说，这边四条街都归俺们拾，让俺们下次看见你，卸了你的胳膊，打断你的腿！

这话让毕成功只敢扭头就跑了。人家都在西安有个地盘，有呼呼啦啦一帮子人在一起，而他自己却像一只丧了家的狗，用沙村的话说，是个"独孤员儿"。不能拾破烂，毕成功也想过卖冰棍，可他立刻又打消了念头，天气已经冷了。而他想在西安市卖点啥，要么得有个小车固定在啥地方，可他知道所有的地方都是人家的地盘，麦花奶奶那样善良的老人，他一定不能再遇上了。要么他得有辆自行车，才能走街串巷去卖，可是西安城多大呀，不比小县城，想到自行车，毕成功心里一星星光亮又嗞啦一声被冷水浇灭了。而且再想一想，这样的地方一定也是抓投机倒把抓得很厉害的，他再被遣送回沙村，那该是多么可怕的事情！

在西安市混了快一个月，毕成功真的成了一个要饭的了，头发被汗水、雨水和灰土黏锈成一团团烂毡片一样。白粗布的衣裳经过一夏天卖冰棍的日晒汗浸早成了酱油咸菜颜色，又在煤车里待过、马路边睡过，现在完全成了脏污污的黑色。而外边套的那件大衣裳是他在垃圾堆里拾的，烂得不成样子，却厚厚实实的，毕成功很满意在天气越来越凉的时候，他有了这个衣裳。他本来就瘦，加上里外的黑，就只剩下白亮亮的一对眼仁在发亮。

在毕成功顺着大街小巷努力寻着活路的时候，有天他在西安的街头，看到了他从来没看到过的热闹。男女老少笑着唱着，打着彩旗扭着秧歌，把路挤得满满的，他就跟着他们跑。几个高中学生模样的人边说边笑从他旁边走过，毕成功听到他们说的话，知道"文革"结束了。

　　但他根本没想到这和他娘刘兰草有什么关系。毕成功见大家很激动，人人都很高兴，他就也很高兴很激动。他在路上拾到两条手绢和二分钱，还有一个装了几个作业本的布书包，他猜是个女学生丢的，因为那是个花布书包。他留下了二分钱，把书包就放在了路边的槐树坑里。虽然毕成功饿得厉害，可他还是想跟着大家再去疯跑。他的鞋底彻底磨透了，总往里灌沙土，他把拾来的手绢塞在鞋底子里垫着，走起路来很不得劲，踩上小石头块什么的，脚疼得不行。

　　但是毕成功能坚持。

　　他跟着人群跑出了两条街，又跟着那群人出了城门洞，顺着城墙跑了不知道多远，肚子饿得轰鸣起来。毕成功放慢了步子，再看看前面那些人，只有稀稀拉拉十来个了。毕成功停下来，把粗布的裤腰带使劲紧紧，重新系好，饿得发慌的感觉却一点也没少。他低头看看自己的腰，觉得真细，两扇肋巴骨却高高隆着，一根根肋条骨隔着布衫也摸得清楚。毕成功轻轻叹口气。

　　往西安城里走的时候，天渐渐黑下来，城门楼子在灰蓝色的天空里，远远地成了个黑色剪影。毕成功摸黑往回走，西安城里并没有他的家，能睡的也只有随便什么人家的房檐底下，可他来到西安的这些天，无论跑多远，晚上一定要回到城里去睡觉，仿佛睡在了城墙外面就没了依靠一样，他只认西安城是他的窝。今天饿得尤其厉害，毕成功打了个主意，他要到铁道北边的北关去。前几天他在那里看到吊桥底下有个垃圾堆，他的衣裳便是在那儿拾的。他在那儿认识了一对爆米花的河南老人，因为他帮助他俩把爆米花机子抬到了他们住的那个小窝棚，他们才告诉他，这个垃圾堆是个好地方，附近有个大食堂和一个肉联厂会来扔垃圾。碰上查得严不敢出门去爆米花的时候，老两口靠着拾那些食堂扔的东西也能哄饱肚子。毕成功想着这话，觉得有希望，就走得很快。他今天运气这么好，能拾到两分钱，还找不到一口能吃的东西填一填肚子？

　　路上很黑，几乎没什么人，毕成功走得越发头晕，又觉得心慌，只好停住脚，发现自己的两个膝盖正不由自主地打着抖。他扶住身旁的槐树在马路沿坐下来，用手在额头抹了一把，全是冷汗。靠住树坐着，毕成功觉得全身哪儿哪儿都不太好，突然有点害怕，他不会饿死吧？他听娘过去生气时候说过，要不是她，光指望他们的爹，他们哥几个请等着饿死吧！现在想想，人肯定是会饿死的，要不为啥要不停地干活挣工分呢？又为啥要天天吃饭，一顿不吃就饿得这么难受？人要是都不死，世上活着的人得有多少，还不挤成疙瘩了？十四岁的毕成功冷静地想着"死"这个大问题，头还是晕着，但心里特别清楚。他想，死到底好不好呢？要是能吃饱饭，有家可以回，能舒舒服服在床上躺着睡觉，那肯定还是活着好！但是，像他这样的，活着好像还没有死了好。因为他在沙村见过鸡子死，也见过秋天的时候许多绿头大苍蝇死，他觉得死的那一会儿肯定很难受很害怕，但它们从此再也不用操心找吃的了，再也不用因为睡在谁家门槛底下早上让人家踢醒，多好！

他长长舒了口气，为自己的想法满意。可他很快就想到了他娘刘兰草。他娘养他这么大，还指望他过上好日子去接她，他毕成功咋能死？

突然身后有了些嘈杂的声音，毕成功迟缓地回过头，那里是一堵墙。叫嚷的声音正从里面传出来：

抓贼呀！

别让他们翻墙跑啦！

没等毕成功站稳身子，一个沉重的东西从墙里丢出来，正砸在树上，又落在他肩上，他没来得及吭声就脸朝下让砸趴下了。在冰凉的地上趴了好一会儿，毕成功脑子里仿佛塞了一把乱铁丝，啥也想不明白，好一会儿他缓回些神，觉出肩上钝钝地疼。又听见有人从墙头嗵嗵跳下来，脚步停在他头边，有声音急急地喘着气说，完了老秦！你砸死个人！

胡说……我没……没用劲儿！

瓜啥呢！还不快跑？

这娃死咧咋办？

跑！

两人撒腿就跑，脚步声很快就往西去了。墙里的人却纷纷杂杂的好像有十来个，议论着谁会爬墙。手电光胡乱地照出墙外，有个老头的声音气得骂，你们这些贼娃子，看把你们逮住送派出所，让你们到二场去背砖！

毕成功睁开眼睛，脸边有个东西。他翻过身，慢慢伸过手摸索着，是个布袋子，里面硬硬的，不知道装的什么，缩回手的时候，他碰到根布带子，便慢慢用手抓住，又在手上缠了几圈，用力攥紧。西边的脚步声却又回来了，一个人弯腰低头摸找，另一个蹲下身凑到毕成功脸前，急急地小声叫，碎怂！你没死吧？！

树下实在黑暗，他的脸几乎贴在毕成功脸上，俩人眼睛对着眼睛才看清对方，都吓得闭上了。那人小声叫，好咧，你没死！

他抓起包就要跑，却被毕成功手里攥着的带子拽回来了，因为动作猛，他差点栽倒。毕成功坐起身，肩头还是疼，头脑却清楚了，他看到正拼命要抢回包包的是个十七八岁的男学生，旁边那个年纪也差不多，正急得压低声音小声叫，老秦你个死心眼！他又没死，还不快跑！等着人家来逮呢！

老秦实在是个死心眼，他就是要拿到他的包。毕成功也是死心眼，就是死死攥着带子不丢手。老秦急了，冲他的脸就是一拳，毕成功来不及躲，实实挨上了，他也急了，一头冲着老秦的脸就撞上去。两人都疼得龇牙咧嘴的时候，从东边跑过来一群人，有人大声嚷嚷道，好家伙！只当是俩贼娃子，没想到逮住仨！

十八岁的老秦和十七岁的老高，还有十四岁的毕成功，让群众大半夜押往派出所锁在值班室，等着第二天民警来了处理。

派出所的值班室有几张长条凳和一张桌子，一盏小灯昏黄着。被人家推搡着关进来，又等那些人都走了，老秦和老高这才借着那光看到毕成功又黑又瘦，头发蓬乱着，脸上是脏污的，分明就是个要饭的。而他的额头肿得高高鼓起来，红里透着紫，破了的地方有血迹，已经快干了，有点吓人。老秦见他用手轻轻地去抚揉着伤口，又把手放在眼前去看有没有血，想是疼得难忍，就赶紧转开了眼睛装作没看见。

老高却轻蔑地对老秦说，看见没？这个犟货原来是个要饭的花子！

刚才群众围着他们让他们老实交代的时候，老秦和老高判断这些人并不确定他们偷了什么，就都一口咬定他们到工厂里是找茅坑拉屎的，因为找不到大门才翻墙走的。而毕成功一个字也没说，自始至终都紧紧闭着嘴。

毕成功瞪着眼睛死死盯着老高，他年纪小个头小，就仰着脸和老高对峙着，脑门上的红肿在灯下发着亮。老高有点怕了，嘴里却硬着说，弄不好这货还是个哑巴！

毕成功二话没说挥了拳头，冲老高劈头盖脸就打，老高嘴上利索，身手却弱，胆子早就怯了，一边往后退去，一边双手紧紧护住头，只管骂道，我日你先人，碎怂！你敢打我！

毕成功咬紧牙只管狠命往老高头上打，老秦见他凶狠，忙从他身后一把搂了脖子，用力勒住。毕成功比他低矮了一头，被他勒紧脖子吊着，只能踮起脚打着趔趄。老高被解了围却不依他，趁势在毕成功的身上捶了几拳，毕成功急了，挣扎着跳起脚，使劲踹在老高的肚子上。老高便噔噔噔地后退着一屁股坐在了地上。老秦见他站起来又往上扑着要打毕成功，觉得两个大的打一个小的，实在不磊落，便松了手说，老高，不要打咧！人家还是个娃，又没害过咱！

三个人喘着气，你看看我，我看看你。毕成功出了一身的冷汗，眩晕得仿佛整个房子都在打转，就赶紧闭了眼睛。他慢慢在长条凳上坐下，老秦见他脸上沁出了汗水，嘴唇没了血色，便问，这娃你没事吧？

毕成功不说话。

老高没好气地说，你就贱得很，人家都不理你！今天要不是你非要去拿那两本书，咱能倒霉得让人家逮住？我今黑不回去，我爸我妈不知道能急成啥样子，明天能把我打死！

见他说着都快哭了，老秦叹口气说，你当你还能回去？没听人家说要把咱送到二场去背砖呢？我刚好十八岁够判刑了。唉！今儿太倒霉咧！

毕成功不知道什么是二场，但他听出来他俩是真的偷了东西，便低头看了看地上的书包，心想，怪不得砸得那么疼，原来是书呀。他又想，两本书在胖老头那儿也就值一分钱，犯得着去偷？

老高气急败坏地说，你说我倒霉不？我要是今天不跟你去就好了！我要是判了刑，我们全家都完了，我爸就指望我一个呢！

老秦忍了气说，你放心，我……我明天和人家说，是我一个人干的，没你的事！

老高的心情好了点，在小值班室里来来回回走了两圈，又突然说，不行，没听刚才人家说，明明看见俩人偷东西呢……

老秦气了说，你才十七岁，怕啥？不够判刑的年龄呢！

老高却看了眼毕成功，冲老秦使了眼色，让他到门口去说话。毕成功看到了，便扭过头，在心里哼了一声。

老高压低声音，对老秦说他的打算，毕成功竖了耳朵听不清，只听老秦突然说，你胡说啥呢？！这坑人的假话我可不说！

老高急了说，你小声点儿，不是和你商量呢嘛？人家都看见是他一直抱着书包的！

老秦没好气地说，这还用商量？你放心，我明天绝对不说你和我一起去的，我也不诳人家要饭的娃！明明人家没去，我就说我一人偷的书，和你俩都不认识！

他赌气地转身就到毕成功脚边拾起黄色的布书包，一屁股坐在灯下的长条板凳上，掏出书开始看。他的黄书包丢在板凳的另一边，里面露出另外几本书，和一个干裂着口子的苞谷面馍。

毕成功的眼睛一下子亮了，恨不得立刻扑上去抓住馍塞嘴里，使劲嚼几口！可他没动，只默默坐在自己的长条凳上忍耐着。他觉出嘴里迅速涌满了口水，就趁着老秦的翻书声，轻轻咽下去。毕成功看到老高拉了个椅子坐到窗口，看着外边的月亮发呆，又心烦意乱地在房子里踱来踱去走路，拖沓的脚步声让人着急。老高一会儿走到门口去试那门到底锁得紧不紧，一会儿又到窗边去看铁丝网住的窗户能不能推开。见老高沮丧地重新坐在椅子上晃着腿发呆，毕成功转头去看老秦，他却仿佛什么也没有听见，只专心地双手端着书在看。老秦左边脸颊又红又肿，想是刚才自己一头撞上去碰的，他粗黑的眉毛在眉头拧成了一簇，眼珠在书页上飞快地从左到右再从左到右地一行行看书，很快就翻过去又一页。毕成功看着他的眼珠子就出了神，心想人的眼珠子居然能转这么快！他就想起自己那本带硬壳书皮的大厚书了，前几天他把那书存在爆米花老两口那里，如果这个老秦看了，不知道会多么喜欢呢！他从没见过世上有人这么爱看书！

老秦浑然不觉毕成功在盯着他研究他的眼珠子，灯的瓦数小，只在他头顶有些黄色的光线，他就躬了背，双手端了书，把脸费力地凑在书上看。老高冲老秦说，我下午都没吃饭，现在饿得很，你不是带了个馍？给我掰一块！

老秦被他打断了，就抬眼看看老高，见他理直气壮地仿佛忘了刚才争吵过一样，只把手伸到面前要馍。老秦放下书，从黄书包里摸到馍，使劲掰下一块说，冷馍硬得很！

他递给老高一块，手里还剩了一半，正要吃时却看看毕成功又停住了。他继续掰，硬馍却因为小掰不开了。老秦站起身，把那馍支在桌子的棱角上，双手一用力，那馍分成两半个。他伸手递给毕成功说，碎兄弟！对不住咧，连累你受罪！吃块馍，算哥给你赔个不是！

毕成功接了那馍，心里突然有些感动，就冲老秦点点头，顾不上说话，双手捧着赶紧咬了一大口。馍确实是硬，苞谷面又粗，粮食的香味让饿慌了的毕成功把那馍只胡乱嚼了几口就往下吞，没想馍块太干，就全卡到了嗓子眼。他瞪着眼睛咽不下去，又吐不出来，两手在脖子上拼命抓，眼泪迸了出来。老秦吓得赶紧给他拍脊背，老高反应快，扑到桌子边端过来半茶缸剩茶叶水往毕成功的嘴边递，老秦赶紧帮毕成功喝了点水，他使劲抻着脖子才算是把馍咽了下去。抬起头，老秦看到他的眼睛都憋红了，就松口气说，幸亏有这口水！要不你出了啥事，我真的就得到二场去背砖了！

毕成功缓过劲来才问，你说的二场是啥地方？

老高响亮地嚼着馍说，原来你会说话呀，还是河南人！你不知道？人都说"坦白从宽，二场背砖；抗拒从严，回家过年！"，二场就是劳改场呀！判了刑的人都到那儿去背砖干活改造呢！

老秦边吃边说，以后我去背砖。没你俩的事！

老高不好意思了说，我刚才是急了，你还真生气咧？

老秦叹口气说，唉，我大让我来西安给我姑送粮，再让我姑夫给我补课找教材，我倒进了派出所……算咧！明天书就没收咧，我先抓紧看完再说！

他把最后一块馍吃了，仰脸把手心里的馍花倒进嘴里，又去拿书看。毕成功双手捧着馍渣，也全都小心地吃下去了，又把茶缸子里的水全喝下去，连缸子底下贴着的几片茶叶都用指头捞了吃在嘴里，这才边细细嚼着边说，你拿了人家几本书？

老秦伸了两根指头到他面前。

毕成功慢吞吞地说，要是咱把书烧成灰，他们明天来找不见书，是不是咱就没罪了？

仔细一想，老高兴奋地说，好主意！贼没赃，硬如钢！

老秦心爱地看了眼手里的书，不舍地说，我还没看完呢！这书我姑夫跑了多少地方都借不上，听人说机械厂的图书馆有一本，可人家不借人，因为大门都打了封条快十年了……

老高不管他，只说，没火柴，咋烧？

毕成功说，我有火柴！

老秦重新翻了翻书，下了狠心说，那行。烧了再就看不着了，让我再看三四个钟头，天亮前肯定能看完！

老高不信，吓，这两本书呢！三四个钟头能记住个啥？！

老秦说，别废话咧，我记性好得很！

老秦和老高看到，比自己低了一头的毕成功，眼神坚定地说，你俩想好了？

他从裤兜里摸出盒火柴，又在后腰的裤腰带里摸索了一会，摸出把折叠小刀放在桌上。然后他说，烧吧，别舍不得了！

老高看着那刀有些后怕了。

见老秦重新坐到灯下看书，毕成功说，那我先睡一觉，看完叫我！咱把书用刀拆成一页一页的纸，烧透了就没多少灰了。门背后有个簸箕，是铁的，要烧就搁那里烧！窗户敞得这么大，明天一早就没味了！

老秦惊讶地说，没想到你看着老实，倒是个惯犯！你好好的，装个刀干啥？你在西安没有家？

毕成功眼皮也没抬地说，我没有家。我在城河边支了砖头生火做饭的时候，得用刀砍点树枝。

老高仔细看着他，却看不出他说的是真话还是假话。他回头看看那包火柴，觉得这话确实没啥问题。他说，我刚看了，这铺地的青砖是土填的缝子，有几块能活动，咱把砖撬起来，把纸灰埋在下面，再盖上砖踩实，再精的人也看不出来！就算他们明天来问，你书包里的那几本书，本来就是你自己的！他们刚才也没数一共有几本！

三个人都觉得能行，便放了心，只等老秦抓紧看书。

毕成功觉得瞌睡了,他把小刀在裤腰带里藏好,决定睡觉呀。从来到西安,毕成功就没有再在床上睡过,今天跑了一整天,这会儿又熬到了后半夜,肚子里有那点馍垫着底,他的瞌睡劲儿就上来了。躺在长条凳上,他闭上眼睛想,今天运气不错,睡在了屋子里,还有个宽板的长条凳子!

他本来想看看老高是不是还在撬砖,但他实在太困了,眼睛还没张开,他就睡着了。

第二天一早,从派出所被放出来,三个人谁也不说话,一口气走到十字路口的时候,老高才松了劲说,我觉得咱们三个都歪(厉害)得很!

老秦笑着说,还是你俩歪!

毕成功却问,你真的把那两本书看完了?

老秦得意地说,要是没那本事,我咋舍得你烧书呢?

老高慌得说,你俩慢慢谝(聊天),我得赶紧回家了,不知道我爸会把我打成啥样子!我得编个像样的谎话,老秦,到时候你得给我作证!

老秦点头应了。

老高几乎是一路小跑地往北边走了。老秦对毕成功说,你真的在西安没有家?

毕成功点头。老秦有些不忍心地说,你多大?

毕成功说十四。

老秦说,那你跟我回去!我姑和我姑夫都好得很!

毕成功不当事地说,我不去。北关吊桥旁边有个大食堂,天天早上晚上都倒垃圾呢。我昨天没吃饭,现在过去,说不定能找点啥吃的。

老秦越发不忍了,毕成功冲他笑笑,转身就走。两人在十字路口分了手,各自朝着一个方向走。走出老远了,他听到老秦在身后喊!碎兄弟,你要是难得很,就到我姑家来找我,盐店街的中学家属院,打听一个秦老师,没人不知道的!

毕成功便扭头冲他笑了挥挥手说,中!

老秦又冲着毕成功喊,碎兄弟,没事到城河里洗洗你那脸!我有几件衣裳穿小了能给你,还有鞋,你明天来拿!

在西安进入深秋的时候，黝黑精瘦的毕成功来到了太华路的大坡上，肩上搭的是他来西安的第一笔投资——一根大拇指粗细的麻绳，他要当一个给架子车拉坡的小工了。

拉坡这活儿，差不多道北和西安小东门里外的河南孩子都去干过。

太华路是个大坡，偏又是个交通必经之处，从坡上往坡下看，一里多长的路上，除了架子车就是拉坡的人。这活儿不用啥技术，有力气就行。当然干久了人就会用巧劲了。差不多每天每辆架子车拉着各式各样的东西通过时，都得有人帮忙拉坡。所以这样提着绳在坡下等着，就总能看到满载着货物的架子车过来。这时啥也不用说，把绳抢着挂在车帮上就是了，跟上拉车人的步子，低下头，弯着腰，累得头上的血管都要憋得鼓起来了，胸口里的心怦怦要跳出来的时候，那满载的重车就终于动了。

拉这样的一车货从坡底到坡上，再从坡上拉到坡下，大方的车主会丢过来一毛钱，小气的也会有五分、七分给拉坡的人。当然也有抹把汗就走的，拉坡的人撵上去问，人家只说一句话，谁让你来拉的？俺也没叫你！

谁也没办法和这样的人去讲理，毕成功也遇上过这样的主儿，他连生气的时间也没有，听完这话转身就扑到另一辆刚刚要上坡的架子车旁边，三两下把麻绳抢在车帮上，埋头拉着就往坡上走了。好不容易找上这样能赚钱的活路，他恨不得一分钟也别歇，一毛、五分，几分都行，他只想要多挣钱。在这里，拉坡的女人不少，大多是河南人，路边坐一溜孩子等着她们拉来钱，马上就买热火烧吃。这些泼辣的女人很能嚷嚷，大声吐痰，高声骂人，说着令人脸红的脏话。有时为了抢着拉坡，她们还会打得抱成一团，抠烂了脸蛋，撕下一把头发就丢在风里。毕成功不敢看她们，更不敢和她们争抢。这让他想起他的娘刘兰草，在这里他经常会想她。他猜得出来，如果不是饿，她们一定和他娘年轻时一样害羞温柔，而不是现在这种和他娘一模一样的骂人腔调。

许多十多岁的男孩子也忙着拉坡，三五天他们来一次，拉几趟就走了。毕成功知道他们和自己不一样，他们在西安市都有个家，有爹娘疼着，他们不会饿着，拉坡只是为了多买个本子或者笔，要么就是攒着个心爱的乒乓球要买。

因为啥也没有，毕成功就劝自己，就算肩膀上被绳勒的地方早就稀巴烂了，就算他饿着拉坡，就算他穿着漏了底的烂布鞋，就算他在太阳底下总会眼前发黑头发蒙，可他要拼命地干！因为他有了新的目标，需要多攒些钱才行，他毕成功既然想接他娘来西安过好日子，光靠拉坡肯定是不行的。

下了一场大雨，天气就更凉了。所幸毕成功找到了能安身睡觉的地方，又到老秦那里拿了几件厚衣裳和一双旧球鞋，他便觉得有了很大的指望。被老秦硬叫去了几次，他看到老秦的姑家只有一间房，老秦他姑和姑夫，带两个孩子住在里面的大床上，中间挂个布帘子，把房子就隔出了个外间，仅仅能支张桌子，是全家吃饭孩子们写作业的地方，又支了张单人床板，老秦就睡在这儿。所以老秦他姑让他实在没地方去了就来，毕成功想也没想就笑着拒绝了。

毕成功安下身的地方是一个大院子的门道，一米多宽、三米多长，门外有一对小石狮，一个头被敲碎了，另一个光剩下狮子的半条腿和一条有着细致纹路的尾巴。门道左右各有一间房，在二层连接起来，门道就有了个不高不矮的顶，这对毕成功来说，哪儿还有比这更像样的房子呢？人家关上门，狭长的门道里就风也吹不进来多少，雨也打不到多少啦。所以毕成功第一次看到这个小院子，立刻就相中这个门道了，睡了那么多个屋檐，他再也没见过这么合适安身的地方。他甚至想得很远，就算冬天下了大雪，夏天再大的太阳，这里也会很舒服的。一连几天打听着，他知道这个院子属于一家姓孟的大户人家，是正宗地道的西安人，一家人都说着秦腔，孟家的先人是当过大清朝管粮食的大官的。他听说，主人在1949年就全家主动搬到最里面的后院去住了，正正方方的孟家大院被让出来，十来户河南人就搬进来安下了身。孟家也被破过四旧抄过家，可都没多大动静。毕成功悄悄去看过，孟家大院前院又脏又乱，从早到晚热气腾腾的，后院却静静悄悄，有时好久也没一丝声音传出来。人们说，要不是有孟家大小姐孟寒雨拉的那个什么洋琴的声音，这一家十来口子人基本都和哑巴差不多。

毕成功是听人们说闲话提到了孟家的十来口人，也是听闲话才听到了孟寒雨的名字，可这都没进过他的心。他关心的是，他能不能像他计划的那样，在每个晚上人们都睡下不再走动时，在门道里铺上个麻袋片，可以一觉睡到天亮呢？

一米多宽的门道，毕成功端详了很久，觉得靠右边的墙睡最好。傍晚，自行车、架子车和大声说话的河南人都进了院子，毕成功就蹲在门道里。等到天黑严的时候，院子里的灯一盏一盏拉灭了，说话声音也越来越小，最后，大门从里面闩上了，这时毕成功早就瞌睡得不行了，他赶紧爬到麻袋片上贴着墙边睡下。铺麻袋片时，他小小心心地只铺了和自己一样宽的一窄条儿。白天太累了，头一挨地，他就睡过去了，可是总有说不完话的声音像是从地底下发出来，又像是从空中飘过来的，把他弄醒了。他刚想琢磨着去辨认，那说不清是欢快还是悠长的声音又没了。

毕成功以为，一早上起来的会是要干活去的河南人，谁知睡在孟家大院门道里的第一个早晨，他居然是被孟寒雨叫醒的。睡得正香的毕成功被吱呀的沉重木门开启声惊醒了，他还恍惚着，眯着眼看到头顶不远处的门槛里，伸出一只雪白的球鞋。他以为是做梦，这样白的鞋只应在商店的橱窗里放着才对呀！他猛地睁开发涩的眼睛却吓愣了，一张脸正低下来盯着他看，毕成功能清楚看见那脸上的黑眼睛。

毕成功慌地坐起来，便和蹲下来看他的孟寒雨一般高了，他支吾着想找句话来说。他本来以为早上会有河南人来撵他走，那他会恳求人家，会保证不打搅人家生活，不影响人家走路。可这个女孩儿不声不响蹲在他面前，毕成功就一句话也不会说了。

你没事就好！

孟寒雨见毕成功一翻身坐起来，便丢下这句话就转身走了，手里提了个小箱子。

天刚蒙蒙亮，毕成功看着孟寒雨穿着宽松肥大又洗得发白的灰布制服的背影慢慢出了门道，拐了个弯就不见了。毕成功呆呆靠在墙边，回忆着孟寒雨和他面对面的情形，她一定是先蹲下从高处看我了！

他心里有些激动，为什么激动却又说不清。

孟寒雨脸很白，眉毛很黑，眼睛并不大，算不上特别漂亮，可她眼里却有一股劲儿，一下子就看到人的心里去，让人咋也忘不掉。毕成功一整天在太华路拉坡，眼前除了孟寒雨的那张脸，就是那个慢慢地走得越来越远的背影。那样面口袋一样的灰布衣服，几乎是毕成功在西安市见到的每个女人都在穿的，可穿到她的身上竟这样不平凡。她吓住了毕成功，却没被他突然坐起来吓住，她沉静地说，你没事就好。然后她走了。

什么意思呢？

"你没事就好！"毕成功细细把这话想了一天。

这天他拉完坡特意到城河边洗了个澡，又使劲洗了头发。幸亏他提前向城河边洗油线的河南女人讨了些碱，肮脏油腻的头发才渐渐洗出了松软光亮。毕成功说不清他为啥要去洗澡。天是阴沉沉的，枯树叶落了一地。城河水很冷，刚把水浇在脑袋上，他被激得立刻打了寒战，可他硬是坚持洗了头，又把脸、耳朵边和双手双脚都浸在水里用碱洗干净了。他全身汗毛都竖着，起了一身鸡皮疙瘩，心里却莫名有些高兴。

洗油线的河南女人们一起唱着河南小调，毕成功便心痒痒得也想唱，可他啥也没唱过，想了想，他随着自己心里的节奏唱道，啦啦啦，啦啦啦……

他唱得完全不成调，却一心一意唱着，有几次他的声音高过了河南女人的豫剧声调，他不管，只是唱。这是他来西安后最高兴的一天了。

其实毕成功的高兴除了孟寒雨，还因为他终于买到了黑市粮票。那天毕成功听拉坡的人随随便便说去鬼市可以买到黑市粮票，他还只当听岔了。

鬼市呀！

没想到他问了别人还是说鬼市，毕成功才知道西安的小东门就是鬼市，每天天还没亮就聚了不少人在买卖东西，一个个像没有面目的鬼影。鬼市顺着城墙根是长长的半条街，啥好东西都能在这里买到，当然大多是旧东西。天亮时集市就自动散了，就好比是不见光明的鬼一样。卖东西的要么是自家用不着的物件需要换些钱用，要么是收破烂的人去收来的，还有就是贼偷来的赃物。所有是人想到想不到的什么物件，都有可能在这里找到，但都格外便宜，买家当然心知肚明来路不正，却一概不问。这多是穷人们没办法的所在，却也存在了许多年，是老西安人熟知的一个地方。倒卖粮票本来也是个犯法的事，可放在不见天明的黑市，竟成了想买粮票的人最好的去处。本来这城市没给毕成功们留下生存的余地，所有国营饭店和小饭馆里，不管是一碗面条还是一个馍，光有钱不行，必须得有粮票才能买到。而粮店里供应的粮食只能拿着粮本去买，粮本上的粮食定量是国家凭着每家每户的人头按月配给的。毕成功没有西安市的户口，也就没有户口簿和粮本，他当然就没地方可以领到粮票，就算有

《辞海》里的钱也只能饿着。可是毕成功现在能用钱买到高价的黑市粮票了，他就能用挣来的钱换到饭吃，对毕成功来说，挣钱就有了更大的劲头。

他在西安终于吃上了不用拾也不用讨要的饭了。

在城河里洗了澡，毕成功冷得直打抖，就狠下心去饭馆买了碗热汤热水的素面条吃。面条很好吃，又有些香油淋在上面，毕成功几筷头就把面条卷着吞下了肚子，剩下的半碗汤一仰脖就咕咕咚咚喝干了。对着空空的大碗，他用手背捂了嘴，觉得仿佛啥都没吃呢，可他舍不得再买一碗了，每一分钱他都得省着用。

回到皂角巷的孟家大院，天已经黑了，大门还敞着，晚回来的人扯着孩子进院回家了。院里热闹极了，烧饭的柴草味，小孩子们的打闹声，女人们互相拉着家常扯着河南腔调开玩笑，夹杂着谁家女人和男人在吵架。院里两个半大小子打着玩儿，玩着玩着给恼了，一个哭起来，下了狠劲撑着打架。他们撞断了竹竿，把谁晾在院里的一绳湿衣裳全弄到了地上。这就惹了一个女人尖声大骂，另一个老奶奶应声护短，两个女人又锵锵起来，说起无数陈芝麻烂谷子的老事。

听着真烦。

毕成功却想起他娘刘兰草了，这个时候她该是也吃罢饭了吧？成才、成钢都不爱说话，娘该是啥话都憋着没人可说了吧。西安现在已经没了"文化大革命"，沙村会咋样？那该死的队长没再找碴吧？

毕成功在路边坐着，想想他娘，心里有些难受，就默默地仰脸望着天发呆，只等大门关上，就可以在门道里睡觉了。他自然而然就又想起了孟寒雨，她那么一大早出门做什么去呀？她说，你没事就好！这话到底啥意思，她难道认错了人？

毕成功一直睡在孟家大院的门道，因为他很有眼色，谁也没有嫌他。天亮了，只要有人开门出去，他就赶紧起身，把铺在身下的烂麻袋片卷成小捆，用绳捆了，高高悬挂在门道里的最高处。他拾了根大铁钉，早钉在墙上，专门挂他的东西。晚上大门上了闩，他才睡下，谁的事也不会碍。反正自从他睡在了门道里，孟家大院的门道和外面的巷子都被他每天仔细扫了，院里院外总是很干净。这让院子里的人们都陌生了，但他成了这个大院门外的一员。反正院子是个大杂院，杂住着的河南人都是跟着他们的爹娘当年逃荒来的，都知道没处落脚的难处，所以谁也没有为难过他。有几个好心的女人见他的麻袋片太薄，天又渐渐冷了，就把自家补了千层补丁的破褥子、烂棉花绦子丢给他，毕成功一律千恩万谢了。

没几天他去鬼市扛回个半新半旧的军用棉被，这一下孟家大院的女人们都眼红了，有的来摸那棉花厚不厚，有的来看棉布的被面子结实不，毕成功就让她们看。老关奶奶便说，孩儿呀！这被窝多好！你去拉坡敢挂在大门外？别让收破烂的给收拾去啦！

毕成功也就担心了。

她用下巴指指自家屋檐下说，你寻个油布包好放那儿，也不占地方。每天你走的时候扔过来，俺和你老关爷爷给你看着！

毕成功没想到孟家大院的人都愿意收留他，心里就高兴得不行，当下就应了。

吃的、住的都安顿下来，毕成功却还惦记着一件事，他再也没有见过孟寒雨了。

这个名字是他装作无意冲老关奶奶打听到的，知道她是孟家老爷子二儿子家的闺女。她很小就会拉洋琴，每天晚上都要偷偷地在家里练。河南人从进到这个院，就都听到过她爹拉琴，十来年间停了琴声，孟家就总是默默的了。现在孟寒雨长大了，阶级斗争停止了，居委会也没人管他们家的事了，人们才知道，原来这闺女一直没有停过跟她爹拉琴，只不过她一直拉的是哑琴。

孟寒雨从小跟她爸学拉琴，后来孟家被抄了家，孟寒雨她爸的小提琴让砸了。学校停课，孟寒雨哪儿也不去就在家里拉琴，她拉的琴没有弦，这样就没了声音。

被红卫兵抄家砸了小提琴那年，孟寒雨已经七八岁了，刚能对着架子上的琴谱拉出曲调。孟寒雨的爸打算把闺女培养成小提琴家，所以就算前院的河南人怎么样吵翻天，孟寒雨一样在她爸面前闭着眼睛练琴，一练就是半夜。在静默悄悄的孟家后院，留过洋的孟家少爷，心满意足看着女儿孟寒雨出落成一个技艺娴熟的小提琴手。而孟寒雨在拉默琴的十来年间，成长的不仅是身高和琴技，更多是对生活的忍耐，她懂得住在前院的贫下中农河南人是惹不起的。她和她的父母、爷爷奶奶在一起，都养成了小声说话的习惯。他们绕着贫下中农走路，没事绝不出门，但要出门她一定和她妈一样，目不斜视，脚下又坚定又轻盈，穿过搁着种种零碎物件的院子走出大门。那零碎物件可能是一锅刚烧好的糊涂面汤，也可能是一盆刚洗好的衣裳，或者谁家孩子随地拉的一坨没被扫走的大便，孟寒雨早习惯了。

她爸的几柜子书早就让抄走了，可这并不影响孟寒雨大量读书，或者说是"听书"。

书没了，孟寒雨爷爷肚子里还有呀，他会给她背成章成段的《论语》和佛经，她和她大伯家的一儿一女从小听着这些长大，她就早早明白了，该是他们这些人低头的时候了。

所以心里再烦这些吵吵闹闹的河南人，孟寒雨却绝不会搁在脸上，她心里有她爷爷给她背下来的成章成段的佛经和古书做底子呢。她也绝对不会和他们套什么近乎，大家都喜欢她，因为她是完全不同于他们的，有文化，长得又好看，说话轻声，从来没和谁红过脸。可谁也不会想着去和她多说两句，她微笑的脸上是有种拒绝意味的。她再温和地笑着对他们，他们也清楚她是高高在上的。现在不兴叫大小姐了，可她却完全还是古书里面走出来的大小姐样式。孟寒雨当然懂得这个，这恰好是她努力想要的、最好的和群众的关系。

毕成功却不这样想，他看出她的高高在上，就忍不住要想起她，他有许多话搁在心里想问她。因为这种期待，差不多每天一早大木门吱呀响起，毕成功都立刻惊醒了去看，他想要看到一双雪白的鞋，可次次他都失望了。这样过了好些天，在他几乎要下了决心不再操心她的时候，孟寒雨又开始一早天刚亮就出门了，可是毕成功还是错过了。早上，孟寒雨提着狭长的小箱子出了门，连看也没有看一眼他就轻快地走过去了。毕成功这才彻底睡醒了，睁大眼睛看她走出门道，拐弯，消失。

他后悔自己懈怠了，可他不会轻易放弃这机会。他打听了，孟寒雨没有上学，也没有上班，每天都在后院的家里，那么她总会回来的。

毕成功立刻决定今儿他要在门口等到孟寒雨回来。

大院里的男人女人们大声吆喝着孩子们出门上学，院子热闹之后又平静了，毕成功等到孟寒雨回来了。他赶紧迎上去，像是认识了好多年的朋友一样笑着说，你回来了！

孟寒雨从眼角睇了他一眼，却是陌生的。她不认识他，也不打算认识他。

毕成功料到高高在上的孟寒雨不会轻易理他的，可她当他不存在的样子却惹恼了他。毕成功是有一股子顽劲在心里的人：你不想理我，我就偏要理你！我就不信和你说不上话！

孟寒雨夹了一卷子书往院儿里走，毕成功赶紧让了路，看着她快步轻盈地穿过院子，推开后院的门进去了。在那门一开一合之间，毕成功已经看到里面是个深宅大院，有棵大树。

第二天一早孟寒雨刚推门出来，毕成功便说，你出去呀！

孟寒雨一连几天都遇到他来问候，但他并不打算等自己的回答一样，仿佛他只是问一问。她便留意了这个住在自家门道里的穷孩子，他个头比自己略高一些，却又瘦又黑，只一双眼睛细长又明亮，显得很精干的样子。她猜他绝对不会超过十六岁。

看出毕成功并没有什么恶意，孟寒雨不好意思只冷冷看一眼就走了，她回应了他，点了点头。这让毕成功高兴极了，毕竟孟寒雨理了他呀，可见她并没有听不见他的声音看不见他！

毕成功真正和孟寒雨说上话，是他来到西安一年之后的秋天了。

那天夜里下了雨又刮了风，到了后半夜就成了雨夹雪，刮着的风在小巷子里吹出了哨音。毕成功紧紧裹住被子也觉得透心凉，就蜷成一团缩在门角，可是不顶用，从脚心直往里头冒寒气，让他再也睡不着觉了。正冻得发抖，孟寒雨出来了，天还完全黑着呢，毕成功缩在被窝里问候她说，下雨天你还要出去呢？

孟寒雨冲着门道外张望着发了愁，像冲自己又像冲毕成功说，这雨还会下大吗？真是急死人了！

毕成功瞅瞅门道外黑洞洞的天空摇头说，今儿这是雨夹雪，越下越大了，你要出门呀？

孟寒雨扭身回去了，毕成功还回味着自己是不是说错了什么，孟寒雨拎着把雨伞跑出来，身后却跟着个中年女人，压低了声音叫，小雨小雨！

这是罕见的，孟家的人居然也会在外面说话！

孟寒雨被她妈叫住了，她不甘心却还是乖乖地往回走。俩人小声说着，毕成功听懂了，她要去城墙边背书，她妈怕大雨淋到她。

说到书，毕成功就想起了老秦，他没想到自己在西安竟然遇上了第二个爱读书的人。他从墙上的钉子上取下油布包，拿出自己的《辞海》。可这书的封面已经让踩践得花卷馍一样了，硬书皮被雨水淋过又在布兜里胡乱装过，边角就烂开了花，里面的书页也就都卷了边。他有些心疼地用手掌使劲抚平它，可是一松手书角又卷起来了。毕成功低头叹了气，却听到身后有一丝轻笑，转头见是孟寒雨。

她手里没有伞，也没有书，有些百无聊赖的劲儿。她说，你手里拿的啥？天呀，你看这书？

孟寒雨吃惊了，毕成功却心里惭愧了。他认的字并不多，仅仅能看懂大字报，对着孟寒雨声音里的惊喜，他硬是把这话咽下去了。

天渐渐有些亮了，大院里却挺安静。河南人在西安都是打零工做杂活，这样大的雨，路又不好，啥活也干不了，不如多睡会儿。倒是几个学生缩了脖子，要么披了块烂油布，要么撑着把只剩下几根伞骨的破油布伞，出了院子上学去了。

毕成功看出孟寒雨被她妈追回来不能出门，实在是闲得无聊才来和自己说话。他却很高兴，决心好好跟她说说，问问那天她说的那句"你没事就好！"到底是啥意思。

没想到他刚问完她就笑了。她的牙很白，又很小很整齐，可她笑时总是要用手捂在嘴上，只剩下眼睛笑得眯起来，这种调皮劲和她平时矜持的样子就完全不同了。她笑了说，你天天找我说话就是想问这个呀？

毕成功老老实实点点头。

孟寒雨止了笑说，我说了你可别生气！

毕成功老老实实又摇了摇头。

孟寒雨说，我那天以为你是个死人呢！因为这个门道里冻死过人！是老关奶奶发现的。那天下了一夜的雪，雪都下到这儿了。

她说着，用手在自己小腿上画了一下，却见毕成功愣愣地盯着她，孟寒雨立刻停住了。她有些不安地说，那个人是大冬天让冻死的，他很老很老了，你还这么小，现在还没下大雪，你的被子也很厚……

毕成功咽了口唾沫说，没事没事，你接着说，我去年在这儿睡了一冬天都没事！

孟寒雨却不说话了，抬头看天，毕成功看出她在等雨停。

他听了那个死人的事心里挺难受的，可是他不想错过孟寒雨。他问，你每天这么早出门去哪？

孟寒雨松了口气，看出来他根本没生气，她就有些抱怨地说，我去城墙根背书呢！恢复高考了，可我把时间全拉了琴，没好好背书。

"恢复高考"这话对毕成功来说不陌生，因为前几天他路过老秦他姑家的时候，见到了才从农村老家回来的老秦，他也说他要好好复习参加高考。毕成功后悔当时没仔细问一下啥是高考，便自语道，你也要高考呀！

孟寒雨说，十年没考过了呀！我家成分重，没机会推荐上大学，现在好啦！高考恢复了，我刚好十八岁，就一定得考上大学！你不想上学吗？

毕成功摇摇头，孟寒雨瞅瞅他的脸，看出他没开玩笑，就叹口气说，你还没说过你从哪来的呢？

毕成功说，沙村。

孟寒雨说，沙村又在哪儿？

毕成功觉得一时说不清楚了，便用手在空里比画了说，远得很！得坐火车呢，然后还要顺着火车道走一天路！

孟寒雨羡慕极了，天呀！你还坐过火车？你也太厉害了吧！我爸说他坐过火车也坐过大轮船，可我啥也没坐过！我爸说要是我高考考得好，能到北京去上学就好了，那就一定得坐火车才能去的！你爸妈呢？咋就你一个人？

毕成功装作很无所谓的样子说，不说他们了，你这么黑的天去背书就不害怕？

他说中了孟寒雨的心事，她无奈地说，害怕又能咋样？奶奶一晚上都在咳嗽，她天亮要睡觉，我也不敢吵她。我们一家子五六口人只有三间房，偏我不大声念就背不下来，只好到城墙根了。那里一个人也没有，边背书边害怕，只有一个多月就要考了，我还差很多没背呢。

两个人就默着，都觉得没话说了。毕成功突然说，那我每天早上陪你去城墙根儿吧？

孟寒雨眼一亮，却立即摇头说，啥呀，干吗要你陪？我又不认识你。

她扭身就回去了，把毕成功丢在了门口。他没动，只回味着她说的西安话，比他在西安听的任何一个人的秦腔都好听，他立刻打定了主意，明天一定要陪她去背书呀。

其实毕成功陪孟寒雨去城墙根背书，并不能算是陪。因为孟寒雨并不许他去陪的，而且她很后悔自己把背书的事儿告诉了这个犟头犟脑的男孩儿。可她甩不掉他了。因为每天大早上出门他就已经等着了，她在前面走，他就在后面跟着。她到城墙根找个地方念书，他也不会过来打扰，更不会找话说，只是远远找个地方坐着等她。啥时候她要回去了，他照样不声不吭地远远跟着她。她进院了，他转身拎着绳就走了。

没多久，孟寒雨就知道这个精黑精瘦的孩子在太华路拉坡糊口呢，几天之后孟寒雨心里就复杂了，这娃挺可怜的，没有家，睡门道已经一年多了，可他挺仗义，天天不落去陪自己，他图啥呢？十八岁的孟寒雨难免在心里盘旋了一遍，觉得他仿佛啥也不图。他很犟，却不烦人，孟寒雨便在心里有些甜蜜地叹息，算了，不管他是喜欢上我还是别的啥意思，让他去吧，放放心心在城墙根底下背书高考才是重要的。

让毕成功意外的是，他从此就吃上了孟寒雨每天一早带给他的馍，直到她参加高考后不再去城墙根了，这样珍贵的待遇才停止。馍是大馍，而且是玉米面和白麦面两搅的大馍，显然孟寒雨她妈当这馍是给她女儿准备的。毕成功没和她客气过，可是吃了好几天之后他才突然想到，这一定是孟寒雨的饭，却让他给吃了！

他再饿也不要她的馍了，她就瞪了他说，那好，你也别送我了！

毕成功当然想送她，当然也想再吃到那样的大馍，他有些难为情地接过馍，却看到那馍里夹了些东西。他看看她，孟寒雨已经扭头走了，毕成功不管了，张开嘴美美咬了一大口，这才一边小跑着跟上她，一边小心翼翼把馍轻轻打开，只见馍里夹着油乎乎的咸鸡蛋。

于是，并不识几个字的毕成功，硬是为了孟寒雨参加高考的梦想，陪了她三四十天。在他不得不停止的时候，除了因为孟寒雨已经如愿以偿参加了高考，还因为他再也没有时间可以陪她了。毕成功把北关那老两口的旧爆米花机买了下来，他要改行爆米花了。

刚刚不割资本主义的尾巴了，街上能吃的零嘴实在不多，娘曾经说过的那些老字号的食品店大多不见了，而爆米花不过一毛钱的手工费，却可以有好几笸箩的米花吃，实在是个好生意。爆米花的人用扁担挑着小铁桶改制的煤炉和一个圆肚子的铝爆米花机，停在一处就可以爆米花了。人们口袋里的钱也太少了，所以爆米花算得上最便宜，也最能哄大人孩子高兴的吃食。苞谷粒、大米、黄豆，啥都可以爆，放些糖精就可以很甜，这种滋味是每个人嘴里都缺少的。而且爆一锅米花不过一毛钱，却能把半搪瓷缸子的豆粒爆成一大盆，再加上排队的过程和每一次开锅前的巨响，这让有爆米花机的人成了西安市大街小巷很受欢迎的人。

有些爆米花的人从早到晚都在爆，装了黄豆和苞谷粒的大碗、大搪瓷缸子排队等着，竟能排出好几米长，而捂着耳朵等着吃米花的孩子们，从这热气腾腾的爆米花声音里，硬是找到了过年才有的热闹和滋味。爆米花的人多是上了年纪的老头，灰头土脸，而且绝大多数都是河南人。

为了买这样一个旧爆米花机，毕成功花尽了所有的积蓄，他的裤腰带和鞋底连一分钱也没剩下了。他知道这个爆米花机属于一个在西安生活了多年的老人，他几天前死了，留下的除了一整套爆米花的家当，就是一个和他一样老的老伴儿。毕成功并不知道这套家当若是新的得多少钱，但他明白，这是一个能挣钱的营生，而且是一个好营生。他仔细看了好多次爆米花的人爆米花的过程，也主动给人家帮过忙，他看到一笔一笔的钱收到那人的口袋里。毕成功算过这是一个不小的收入，这笔钱绝对值得花，所以他把自己的钱全塞到老太婆的手里后，就逃一样挑着那个担子走了，他不敢停下来和老太婆说什么，他怕她会哭。

在此之前，毕成功从来没吃过爆米花，但他自己也佩服自己，居然摆弄着那带表针的爆米花机就摸索出了眉目。他试着爆了几锅，摸索压力表上指针的数字和米花爆出来的大小，慢慢地就能轻松把玉米粒和大米这两种不同硬度的东西都爆出刚刚好的花，也能够按人家的要求把黄豆爆出刚开花，或者完全开了花的样子。后来听人说，有人爆米花出了事，他才后怕了，原来手里这小小的顶着压力表的金属家伙，竟然是可怕的能炸塌房子的炸弹呢！毕成功庆幸自己命大，居然没有出过事，但他小心了，认真爆每一锅米花，生怕出了什么岔子，他还不想死呢，他的娘还在河南的沙村等他去接呢。

从儿子离开了沙村，刘兰草的心就悬在了嗓子眼里，她有时候就会后悔，自己居然轻易就答应他去了西安。她在西安生活了那么多年，很明白没有户口没有工作也没有亲人的艰难，儿子毕成功靠啥活下去？

刘兰草是儿子走了的第八天，在批斗大会上被队长气得变了腔调地大骂以后才知道，毕成功离开沙村之前，居然跑到队长家门口拉了屎，还糊在了队长家的大门上。她低头认罪，心里却乐开了花，真是太解恨了，她很怕队长会去逮回儿子，暗自替儿子辩护：谁也没证据，那就是毕成功的屎。

遗憾的是那时候队长不在家，没能亲眼看到毕成功的屎。听说手指被咬掉当天，他就直接让从戏台子送去了县城医院。他被黑狗咬掉的那截指头一直没找到，因为伤口虽然小可是流了不少血，队长就在县城住了好几天，回来后整个手包了厚厚的纱布。再后来，纱布拆掉了，谁也没见过队长少了节指头的手，他们只看到队长从此把那只手永远插在他的裤兜里了。队长回村听说毕成功跑了，又气又恨地说，反了天了！俺就不信弄不住那个鳖孙儿？！

他让刘兰草好好交代她把儿子窝藏在哪儿了，刘兰草却大吃一惊，她扑上去要和队长拼命，幸亏让两个女干部擒住双手一把按倒在地上，她吃了疼就哭得更大声了，她说儿子当天就让队长带去了县城呀！她以为队长把儿子送去县里坐大牢了，没想到现在队长一个人回来，竟然还冲她要人，这不是故意说胡话嘞？队长一定把她儿子弄死啦！

她越说越激动，就算被两个年轻女人按着，她也一蹿一蹿直往队长身上扑，她哭叫着，天呀！队长真的杀人啦！恁还俺的儿子！可怜俺儿子让队长害死好几天俺都傻着不知道嘞！俺——的——儿——呀！

她哭得和吊孝的秦雪梅一样拖着长长悲腔，眼泪鼻涕长流着，队长张口气呆了，却过来过去只会说，恁……恁！恁胡说！恁再撒泼？恁再撒泼？真是有理说不清了！俺去治手，哪见恁那信尿儿子啦？

刘兰草哭诉着队长欺压百姓，她哀哀地说，她的儿子犯了国法还有国家治他的罪，队长咋能一手遮天要了她儿的命？

她像一个有着大冤屈拦路告状的民女，被人押着跪在戏台子上向队长讨要她的儿子。队长气得让她滚，她便说她要去县城告状呀！县城不行就去市里，再不行就省里和中央！她得给儿子要个说法！她挣着要走，队长慌得差点把手从裤兜里拿出来，他换了只手，颤抖地指着她说，反革命分子刘！兰！草！不要再装神弄鬼了！恁老实交代把恁儿子窝藏在哪儿了？

刘兰草并不停她的哭诉，还在絮絮地说，队长一使眼色，人们上去就打，不等他们动手，刘兰草猛然抻了脖子大叫，哎呀！队长杀人灭口啦！毛主席呀！俺要是死了就是队长杀的！他要还俺儿子的命！

她叫着双眼就向上翻了白，向后便倒，会计毕长春赶紧上前摸她的鼻息，却微弱得几乎没有了，村里的人都挤上前去看，有人小声说，俺还以为她儿子是自己跑了嘞！

队长觉得满身长嘴也说不清了，会计冲他摇摇头，队长怔了会儿便摆手说，散吧散吧！唉，沙村真是倒了霉，遇上这号人！

儿子走了几个月，眼看快过年了，刘兰草生怕毕成功会跑回来看自己，那样一定会被队长逮住的，因为队长在路上遇见她，时常没好气地要问她，投机倒把的小鳖孩儿有消息没？

她也总是气哼哼问，恁把他弄哪儿了？俺还指望他给俺养老送终呢！要不就把这事交给恁吧？

刘兰草想儿子，悬着的心一直放不下，可她不知道该咋办才好。心里难受着过了年，一晃又是快一年过去，没想到却等来了一个好消息：她所在的西安那个建筑公司派人来找到大队，说刘兰草的问题弄清楚了，她平反了，可以带着家属回西安了。这消息不光是沙村的人不明白，毕德全也不太明白了，刘兰草自己明白，可她却更委屈了。她还是从早到晚地哭，这算是弄啥嘞？说她是反革命，二话不说就弄到了农村，过了这么些年又说她没反革命，那她的那些路都白扫了？那些批斗和推推搡搡都白挨啦？刘兰草委屈得不行，哭得昏天晕地，她心疼自己，更心疼儿子，来沙村八年，四个儿子全荒了。除了成才和成钢上过学，成立和成功差不多都没念过啥书，而且最心爱的小儿子现在生死不知，自己平反了，他还戴着投机倒把的帽子呢，谁给他平反？

这样想着，她去问队长，队长心里也没底。他很烦，又不敢像过去一样再训她，只说这事他得再请示请示上头。她问上头在哪？队长搔搔头说上头就是上头，俺问了就来找恁。

刘兰草又等了半年多没等来答复，到了过完年的时候，毕成功居然回来了。刘兰草怕被别人看见，他却不怕，说他去了西安市后才知道，不敢说话的时候早过去了，沙村硬是让队长捂成了这个样子，他像鳖盖一样捂着这个村。西安市大不大？卖冰棍的、爆米花的都没人管了，想上大学都可以参加高考了。刘兰草听不懂高考这个词，她说刘玉娟的妈来找过闺女，都快哭死了，说恢复高考了，闺女参加不成，得一辈子留在沙村了！

其实这事没有刘玉娟她妈想得那么绝望，毕成功领着他娘刘兰草去了一趟镇子，又去了一趟县城，得到了准确的答复：刘兰草可以和她的儿子们一起回西安啦。

第六章

西安的生活却是令人绝望的。

当时住的公房住了别人，这么多年，算是人家的房了，刘兰草和儿子们只能另想办法。老大成才第一个做了决定，他要带刘玉娟去开封的丈母娘家落户，人家都帮他安顿好了。老三成立也告诉她，他爹毕德全在他们离开沙村时就告诉他了，要是西安不好，他就回去，他爹的一院儿房子和家产都等着他呢！

刘兰草答应了大儿子，也答应了三儿子，心里没觉得多难受，只觉得轻松。等老大和老三各自走了，刘兰草对成钢和成功说，恁哥他们走了，只剩下咱娘儿仨了，咱连个房檐也没有！毕成功看着娘无声地哭，心疼了，便从怀里掏出一大卷钱说，娘！俺养活恁，这是俺攒的爆米花钱，全给恁！

刘兰草不接那钱，她说恁们兄弟俩都坐下，俺有话说。

兄弟俩便坐下，成钢白些胖些，成功黑些瘦些，两个人都仰脸盯着娘的脸，刘兰草看看成钢又看看成功，突然微笑了说，有个好事，恁们兄弟俩有一个人可以去，娘想了好几天，心都要想烂了，也没有想出来个好办法。娘和恁们商量，恁们都是娘身上的肉，不许争不许吵！娘不想看恁俩变成恁哥成才和成立的样子！

兄弟俩没想到娘会笑，也没想到她会说这些。成功先说，娘，俺不争！

刘兰草用眼神止了他的话。她说，建筑公司派来给俺平反的人说，为了弥补咱的损失，照顾咱家的困难，房子没法给咱们要回来了，但可以给咱家一个建筑公司正式工的指标。娘就算是退休了，去的人就算是顶替了，恁俩想想看谁去？

这样天大的好事刘兰草居然憋在心里十来天，憋得成才带着媳妇去了开封，又憋得成立回了沙村，她现在才微笑着说出来，毕成功和毕成钢都吃惊了，没敢相信他们的娘竟有这样的城府，谁都知道这个顶替指标意味着什么。

正式工！一辈子都有工资挣，进了建筑公司就是真正的西安人了！

成钢艰难地先说话了，娘，俺不敢争，俺听娘的。可俺想，成功比俺有本事，他才十六岁，按说不能顶替吧？

确实毕成功才十六岁，刘兰草没想到毕成钢会这样说，她对着啥话也说不出的毕成功也默了。毕成钢低了头，听见毕成功默了好一会才说，让俺哥去吧，俺还有个爆米花机呢。

娘平反了，毕成功唯一的好处是，他有了个西安市的户口，是个真正的西安人，可以和他娘一起有一个户口簿和一个粮本了。他再也不用去小东门鬼市买黑市粮票了，而且他和他娘有了定量的副食票油票和棉花票，他的穿衣吃饭就一下子上了个水平。毕成钢成了建筑公司的一个工人，当下就有了宿舍，也有了吃饭的地方。刘兰草虽然每月有了退休工资，可她和毕成功还是没处落脚。娘儿俩在孟家大院的门道里睡了三天，半夜毕成功见娘缩着身子蜷在被子里，冻了大半夜还没睡着，他忽然心疼得不行。不管咋说，明日一早他就去寻个有房顶的地方给娘住呀！哪怕花钱他也认了！他不敢想象他和刘兰草哪天早上醒来，像孟寒雨说的那样，已经冻死了。

皂角巷是一条狭长的巷子，到了巷子顶头一左一右分成两岔路，仿佛牛头上的两只犄角，孟家大院就在左边这个犄角里，右边那个犄角细些，房子低矮些，从过去到现在都住着穷人。这个巷子里有个大杂院也住了六七户人家，毕成功去看了，在两个房子之间有个堆放劈柴的地方，上面用牛毛毡盖着。他揭开看，里面乱七八糟全是十来年也用不着的旧东西，估计放的人早就忘了，或是懒得去理会收拾，就任由它们乱七八糟堆放着。毕成功便觉得这是个绝好的地方，如果把这些旧物件清理了，重新钉个牛毛毡顶，再安个小门，里面刚好能支个睡俩人的床，门口还有盘个简易小灶的地方。

他去找了这两间房子的主人，是个姓方的胖老头儿，人家说可以租给他们，一个月得两块钱。

刘兰草听说这样的地方也得花钱才能租住，便一个劲摇头说，她坚决不去，也不许儿子胡折腾糟蹋钱！

毕成功却咬牙答应了。

他说他发过誓，要让他娘和他来西安过好日子，现在好日子没过上，连个有门有房顶的小屋也没有，他实在不能原谅自己。钱是人挣的，一想到娘要大雪天和自己一起睡门道，他掏钱的手就一点绊子也没打。

这个过道里的破烂东西被毕成功整理了两天才算是弄干净了。毕成功意外地发现，居然比他想象的空间还要大。他去买回几根旧木椽子和牛毛毡、小钉，又去鬼市拉来一扇挺不错的旧木门，刘兰草帮着儿子收拾了这个新房子。毕成功用铁丝拧着木椽子搭房顶时，西安的天空开始飘起了雪花，细小的雪花飘着飘着就变成了大片的。毕成功干得满头大汗，心里却一个劲儿庆幸，多亏租下了这地方，这个冬天不会受冷啦！

快到傍晚的时候，地上和屋檐上已经积了薄薄一层白雪。而毕成功的小房子终于弄好了，房顶用木椽子搭上了，钉上了牛毛毡，木门也装上了，明天毕成钢会从建筑工地弄些水泥沙子来糊住门框。刘兰草从老关奶奶的屋檐下取回她从沙村带来的那些锅碗瓢盆和被褥。在湿潮黑暗的屋里关上了门，刘兰草和毕成功坐在床沿上都不说话，就能听到雪粒打在牛毛毡房顶的细小声音。

毕成功说，娘！恁听！哗啦哗啦雪就下大了！

刘兰草说，俺很中意这个新家，可两块钱一个月还是太贵了！

毕成功却笑了说，俺倒不觉得贵！二十锅爆米花的钱嘛！再说恁也有退休工资呢！

刘兰草也笑了，便蹲下，从脚边一大堆行李里摸出马灯，那是在沙村一直在用的。刘兰草摸黑给油灯里添了些油，点亮，在新砌的灶台上放好那油灯，小屋里面立刻被这金黄色的灯光全照亮了。

两个人就惊喜地停了手看着那灯，好一会儿刘兰草重新坐在床边，毕成功跪在床上铺床。这个过道有两米宽，床板铺在两张长条凳和几摞砖上，这床就三面都挨着墙，刘兰草用满足的语调说，明儿俺弄来些报纸糊上墙就更好啦！成功，咱在西安又重新有家啦！

毕成功停了手，依然跪着，回头瞅瞅娘，就笑着点点头。刘兰草也笑着，她一边脱鞋上床一边说，那年和恁爹成亲，俺第一次住进房子也是这样的感觉，那时俺还想，有钱人也就是这样了吧——住着房子睡着床！盖着被窝露着头！

毕成功听不出他娘有一丝遗憾，知道娘很高兴，他就也很高兴，接过话说，娘，俺这辈子一定当上有钱人！恁等着吧，等着跟俺过有钱人的好日子！

刘兰草仰面躺下，立刻就睡意蒙眬了，她打了个长长的哈欠说，别忘了弄灭灯，要不太费油了！娘就等着，等着恁成个有钱人！

毕成功说，娘，明天俺跟恁去解放路的甜食店喝八宝甜稀饭吧？俺去打听过，一毛二一碗！娘！恁还记不记得，俺说以后要带恁来西安吃好吃的？这些年俺就等着嘞！俺挣了钱！咱俩明天一早就去！

刘兰草有些惊喜地笑了，呀，八宝甜稀饭！十几年没喝过了！太浪费钱了！俺可不舍得！

毕成功不容置疑地说，娘！这事儿俺做主，恁过去说过的好吃的，俺要让恁一样一样都吃上！

爆米花的生意着实是好，毕成功一大早挑着他的家当寻个小巷子一屁股坐下，就开始爆第一锅。脚边的小锅、小碗、小盆立刻就排上队了，他只是机械地坐在那里摇转着压力锅,添煤扇火,然后嘭地撬开锅,就把米花全爆在用橡胶轮胎改制的纱布网里。这样他便赚到了一毛五分钱。然后他把玉米粒或黄豆倒进压力锅里,再接着飞速摇转压力锅,添煤扇火又爆出一锅。一毛五、一毛五,又是一毛五,从早到晚对毕成功来说就是无数个一毛五。其实说无数也不对,因为他早在心里计算过了,除去吃饭上厕所的时间,一天也不过能爆十块八块钱。按说这是个不小的数字了,可毕成功不这样想,因为这样的钱并不能天天都赚上,每个月总有三五天的天气不好。有时明明一大堆的活儿排着队,总有难说话的人嫌爆米花的声音太吵,硬把他撵走了,他就得挑着担子走很远才能找到新地方可以放下担子,又得等很久才有爆米花的人来,这样一天就耽误了,也赚不了多少钱。

这样想,他就觉得离他想当的有钱人太远了。毕成功和他娘刘兰草说了这话,她就不高兴地说,人要认命知足哩,谁的命里只有一升,恁让他硬去挣一斗,还不是要累死他?

毕成功却接过话说,俺觉得俺命里有一斗!

刘兰草见他头上包着布,正渗着血,嘴里还在逞强,便心疼地哼了声。

没想到说着话毕成功又收拾了挑子要出门,刘兰草一把抢了挑子骂道,俺的话恁当耳旁风?恁真是个财迷!昨天差点把命丢了,今儿又慌着要去!恁咋也得歇上一天吧?

昨天爆米花时出了意外,毕成功正在小灶火上转着压力锅,突然那锅就爆开了,幸亏压力没到最大,旁边也没别人,只是炸伤了他自己。是旁边的一个老人掰开几根香烟烧了灰,按在他伤口上才止了血。这让刘兰草又庆幸又害怕,她甚至起了不许儿子再碰爆米花机的心思。谁知道今天毕成功头上的血还没止住,又要一早出去做生意了。

见娘发了怒,毕成功不敢再犟了,只好躺在了床上,可他又睡不着,来来回回翻腾着不时叹气。刘兰草心里忍了笑,冷冷问他叹气做啥?毕成功说,明明有钱在那儿等着,就是不让去挣!躺着心里着急呀。

刘兰草便没好气地说,娘今儿才明白恁了,人家赚钱是为了糊口,恁赚钱是上瘾,就为了赚钱!俺说了俺有退休金,恁也不听!俺看恁就是个天生的财迷!

她只当儿子被她说臊了，谁知道毕成功呼地坐起身说，娘！恁真神，恁还真是说对了，俺也觉得俺挣钱是上了瘾，恁就放俺去爆米花吧。

刘兰草跟着儿子毕成功在每月两块钱的棚里住了一年多的时候，靠着爆米花，毕成功攒下了三百多块钱，这差不多是刘兰草想也不敢想的大数字了。依她的意思，毕成功别再去做这要命的营生了，可他却说没有更挣钱的生意可以做。于是刘兰草便动起了心思，她得替儿子寻个出路，要不哪天出了事，儿子连命也没了。

刘兰草早些年刚进建筑公司时，一直在公司大灶干活，她只能给大师傅打下手，却也学了一些做饭的手艺。她看到西安市的街街巷巷里，虽然有人在卖些小吃小喝，却再也没有什么投机倒把纠查队去管了。刘兰草见这些小吃摊点根本供不上买饭的人来吃，便在离家不远的地方留意了，那里有卖包子稀饭的，有卖胡辣汤的，却还没有一个炸油条卖豆浆的。她在心里算了算，两块钱租来的棚，虽然紧抬些，若每天能把被褥卷起，那床上便可以和面切面了，灶台再重新砌一砌，完全可以安下口炸油条的大锅。这样想着，她就忍不住高兴起来，像是硬生生把儿子从生命危险里救出来了一样。

毕成功听了这个打算，略略算一下账，也兴奋起来了。这显然是个比爆米花可以挣到更多钱的营生，而且，炸油条只需卖到晌午，整整一个下午到晚上的时间还可以去爆米花。刘兰草听他这么说立刻生气了，随即双手提起爆米花机要丢出去，毕成功见他娘真是气坏了，才赶紧向他娘保证，他这辈子再也不会去爆米花了。可是每天下午和晚上做些什么好呢？完全歇着是不可能的。毕成功把炸油条的大铁锅、擀面杖买回来，一边和泥盘着炉灶，一边心里七七八八打着算盘。

从他们住的地方要过个叫作安远门的城门洞，才算是进到西安城里，毕成功看到城门里不远的地方有个电影院，天天都放着电影。电影院门口总有几个小摊子卖冰棍和五香花生、瓜子。刚来西安时他也曾动过要在这里卖冰棍的心思，现在他见那里更热闹了，心里便活泛地想着，做些什么买卖才能赚到那些看电影的人口袋里的钱呢？

刘兰草当然不支持他的念头，依她的意思，把油条卖好已经很不错了。在建筑公司大灶工作的时候，她学会做很多种饭，干啥还要去打别的什么主意？

她会发面也会揉面，炸的火候虽然隔了些年月不熟悉了，可只练了几天，就能炸出又大又酥的油条了。毕成功没想到他娘有这手艺，在沙村那些年，他以为他娘只会弯了腰挨批斗，破着嗓子和人家吵架呢。

炸油条确实是很累的活儿，一早三四点娘儿俩就得起床了。他们手脚麻利地把床褥被子卷好堆在墙角，给床板上铺上油布，放上大号的铝洗衣盆，毕成功和面，添水添矾的比例却由刘兰草来拿捏。把面揉到一定的时候便盖上油布醒着，娘儿俩抬起大盆放在地上，腾出床板支上案板，这便可以用铁钎子扎透封了一夜的煤火，支上大油锅等着炸油条了。

油条的剂子由刘兰草切出来丢在油锅里，用两根长竹筷子在油锅里拨拉着翻滚，夹出来的活儿全由毕成功来干。娘儿俩几乎没怎么磨合便配合得很默契，而且谁也没说什么，油条的个头就比街上能见到的大一圈。他俩的油条每天都能卖得一根不剩，一半是因为味道好另一半便是这个原因。

一开始刘兰草只许儿子和小半口袋面粉，她生怕油条卖不掉会放坏，可她担心全是多余的。来吃的人渐渐多了，毕成功也就逐渐每天和到一口袋面粉、一袋半面粉，甚至两口袋面粉，再后来，她得准备两个大号的洗衣盆才行了。远近都没有人炸油条，也没多少人在意油条是不是现炸的，过了七八点的早点高峰期之后，放凉的油条依旧能卖到晌午。

毕成功不甘心只是支个摊子炸了油条在家门口卖，跑了好几个地方去看，就选定要去火车站卖油条。他和娘把两盆面全炸完，帮娘推上小车在附近支个摊子卖，自己就骑上在小东门鬼市买来的二手三轮车，把剩下的所有油条都放在大盆里拉到西安火车站。用不了两个钟头，进站出站的人挤得毕成功呼吸都困难，几乎是抢一样就把一大盆油条买完了。他甚至连一小张怕油污了手的小纸片也不用准备，在火车上饿了一夜的人们，哪还顾得上卫生不卫生，油条酥不酥、凉不凉呢？毕竟能畅开胃口吃喝的日子才刚刚开始，毕成功几乎算是火车站的独门生意，自然天天都能赚到钱。当然，也有不少次被揪住要罚钱的时候，毕成功让罚得心疼肉也疼，又不敢和刘兰草说，只是暗自提醒自己下次一定要赔个小心，绝不在同样的地方撞上同样的人就是了。

这样的一天，只忙到晌午就把油条卖完了，挣的却是爆米花时几十倍的钱，毕成功觉得娘还真是有眼光。他把这话说给刘兰草时，她却不买账，说只要他别再打别的坏主意，这样一天能挣到几十块钱，还能歇上小半天，不就是有钱人的日子嘛？

可毕成功心里有钱人的日子并不是这样的。他觉得，首先得有一个真正的房子，花两块钱租来的棚只能算是个棚，没有窗户，没有空间，娘儿俩一早上炸油条，一个要走动一步，另一个就得贴着墙。而且为了怕人家撵自己搬走，每天一早的两根热油条，毕成功就得颠颠地先送给房东老方头。毕成功很不满意这样，这算个啥有钱人？至少得像孟寒雨她家一样吧！院子也就算了，房子至少有窗户有大门，屋里得摆放桌子板凳，还得有个让人来回走几步的地方。虽然只进过孟家一次，也只看了几眼孟寒雨家的房子，但那一眼是足够毕成功在以后的日子里不断温习，不断以此为榜样给自己鼓劲的了。

他大略把记忆中的情形计算了一次，空荡荡的大房子，孟寒雨家至少摆了六盆巨大的绿色花草，有两盆几乎和小树一般高大。那桌子凳子都和平时见过的不一样，说不清为什么，就是显得特别值钱的样子。毕成功见识了有钱人家，心里就想，他毕成功当上有钱人以后，屋里一定也得摆上六盆花草，哪怕是香椿树也得种在屋里才过瘾。

其实到了现在，孟寒雨的一切也还全在毕成功的心里呢，还没开始炸油条的时候，他挑着爆米花的担子去找过两次孟寒雨，可都没见到人。第一次孟家大院的老关奶奶告诉他，孟寒雨高考考得好，上了大学，再也没见她回来过。第二次毕成功的头被炸伤了，他娘不许他爆米花，他嫌在小棚里憋着难受，自己去找了孟寒雨，还是没见着。孟寒雨的妈似乎很吃惊，这个在自家门道里睡过快两年的穷小子，头上包着渗了血的破布，居然愣头愣脑来打听女儿。

她说，小雨上大学了，找她有啥事？

毕成功能有啥事找一个女大学生？他惭愧地揉着自己的手指头，连话也没搭就走了。他一点也没有为孟寒雨考上大学高兴，而老秦告诉他自己考到上海去上大学的时候，毕成功是真心羡慕，也真心替他高兴。毕成功在心里打了个主意，到了过年的时候就来等，他一定要见到孟寒雨，就算她上了大学，也一定得回家过年的吧。

这个年过完，毕成功就有十八岁了，他来西安四年，已经有了一千块钱。他觉得这很多了，可他还是和他娘刘兰草住着两块钱的矮棚。他心里已经打了

139

主意，电影院门口每天都有拥挤的人等着电影散场后进去看下一场，他无论如何也不能只看着别人去赚钱，他们每一个都是准备要花钱的呀！

刘兰草被他硬拉着去电影院看过，卖瓜子、花生、芝麻糖的小贩，都忙得手脚不闲。毕成功在心里替卖冰棍的老太太算了算，只两个钟头她就卖掉了四百根冰棍，刘兰草见儿子亮晶晶的眼睛专注地盯着人家的冰棍箱，像一个等着喂食的小狗那么眼馋，她只好同意下午他可以来这里卖东西。

他打听了，要想大大方方在电影院门口支个摊位，得有一个营业执照才行，那样就算是个体户，谁也不会来罚钱，也不会来撵他走了。毕成功听过了"个体户"这个词，就打算去办个体户的执照，因为那并不用什么钱。只是他去办手续的地方打听时，才听人家说，来办个体户手续的，不少是无业游民和劳改犯，要不就是没文化的老太婆。这让毕成功大大受了打击，他没办执照，径自回家了，刘兰草听了也默了。两人没说什么话就各自睡了，第二天照样起床和面炸油条。

可是到了下午，毕成功正坐在黑乎乎的棚里发呆，门被刘兰草一下就撞开了，逆着太阳光毕成功看不清他娘刘兰草的脸，可他听到他娘兴冲冲地说，成功！快来看！俺把营业执照领回来了！俺问了人家，从今后再也没有割资本主义尾巴的事啦！咱就是个体户，大大方方让咱做买卖，咱是正正当当的！

有了营业执照，上面写着毕成功的大名，他便一下骄傲起来，对他娘说，娘！俺得好好干一场！

他娘说，中！

毕成功又说，冰棍太耗人，从早到晚耗着，还得在电影院门口才行，每场电影开场都得去批发冰棍。

他好几天前已经想好了，五香的花生和瓜子最合适，下午到晚上卖不完拿回家也放不坏，而且也不耽误炸油条。刘兰草便说她会炒五香花生，让毕成功去寻好黄土来。他却愣着不动。

刘兰草催道，俺好些年不炒五香花生，怎得让俺试试。毕成功只当他娘要给花生里掺土，便生气说，娘，咱领了营业执照，好歹也是个体户了，咋能胡来？

刘兰草这才听出他的意思，倒给笑了说，怎当炒五香花生只是炒？得把花生先用调料水泡透才行，要是不加土，花生炒好，花生仁的红衣就全掉了，没有皮的花生米咋能卖个好价钱？

毕成功这才明白，便点头说，那俺去给恁弄黄土。

刘兰草见他转身出了门，忙撵在身后喊，恁还得再寻些洋灰回来，煮瓜子要是没洋灰，捏着瓜子儿指头就会发黏呢。

毕成功记在心里，赶紧去置办刘兰草交代的一样一样的东西，越发佩服他的娘竟像是啥都懂得似的，而过去他竟从没觉得刘兰草这样智慧过人。路过电影院，正逢着电影院的电影刚开场，毕成功看着挤得满满的人在等验票，差不多手里都拿着啥吃食，他便心痒了，觉得一天也等不及了，眼睁睁看着人家花了钱，却一分钱也没挣在自己的兜里，多难受。他想，明天一定得把五香花生米炒出个样子，就算今儿一黑不睡也行。

这样想着，他心里好受了些，又觉得人们可怜，明明可以大大方方买吃的了，能供得上卖的吃货却只有这么几样。他看到电影院门口卖瓜子的竟有十来个，便觉得光是瓜子、花生也太单调了，他还得翻出新花样才行。毕成功就站在电影院门口做着他的挣钱梦，竟完全停了脚，一心一意地想着，只差把心里的计划说出来了。

突然他的眼睛就定住了，因为毕成功看见了孟寒雨。

她像是在等什么人，不停地抬手腕看手表，又四顾寻找着。借着孟寒雨扭头转身的时间，毕成功仔细看了她，没错！就是孟家大院会拉洋琴，又参加了高考当上大学生的孟寒雨！

毕成功几乎没有迟疑便从人缝中使劲挤过去，冲着孟寒雨说，你来看电影呀？

孟寒雨蛮惊喜的眼神落在毕成功的脸上，就怔了一下，她立刻认出了他，又重新笑了，却上下打量了他一回，才微微歪了头用普通话说，呀，是你呀？

这样的京腔是好听的，毕成功就觉得了距离，他点点头，意思是说，是呀，是我。

可他不知道后面该说什么。孟寒雨笑着问，你还爆米花？

毕成功不想说他其实和她住的地方只隔了几个院子，他摇摇头，微笑着看孟寒雨蓬松的头发，他嗅得出那头发刚洗过，正散发出一种淡淡的却有些甜香味的香气。她的脸还是那么白，眼睛一笑还是那样眯着，可她现在笑得很轻，有些装假的样子，所以她的白而小的牙齿就几乎没露出来多少，他有些心爱地看着孟寒雨。

她只当他是一个爆米花睡门道的穷小子，他陪她每天去读书的事她竟然一句也不提。现在的孟寒雨一口京腔，他也不好意思对她说河南话了，就努力用普通话问，你考上大学了？

孟寒雨用带着北京腔的普通话说，是呀，你还陪我去背过书呢，那时候我以为考不上呢！

她说得多好听呀，好像舌头滑着就轻轻松松说完了，然后她大大方方笑了，眼睛却没有停止在人群里寻找。毕成功笑不起来，他努力想找出句话说，可要命的是，他脑子是空的，一个字也想不出来。孟寒雨的眼睛在人群里终于找到了，她终于真的笑了，因为她的牙齿露出来了，眼睛也眯得更厉害了。毕成功顺着她的眼睛看过去，一个年轻的男子正高高举了电影票，冲他俩挤过来。毕成功心里一疼，他抓紧时间对孟寒雨说，我现在是个体户啦！

孟寒雨的心全被举着电影票的年轻男子吸引着，她无意识地重复了一句，哦！你是个体户啦！

毕成功说，你明天在家不，我能去找你不？

孟寒雨顺口说，好呀。你买到前排的票了呀？

她突然转身从年轻男子的手里抓过电影票看了座号，开心地说，小林你真厉害！只当要坐到后面了呢！

年轻男人得意地笑着说，我和卖票的说，要是不给我中间排的票，我对象要和我吹啦！人家就给撕了两张好票！

他说的是更顺溜的普通话。孟寒雨和年轻男子大笑起来，她的洁白的牙齿很漂亮，也没有用手去捂，毕成功就看到了她所有的牙。他觉得耳朵里一波一波在响，完了，完了，孟寒雨是别人的对象了。他们转身要走了，孟寒雨想起什么似的，冲毕成功说，我要去看电影了，再见啊！

毕成功刚刚说了再见，孟寒雨和她的年轻男子便扭身挤进了人群里。毕成功使劲看那人的背影，恰好他转了头和她说话，一看就是家里条件很好又长得很帅的大学生。挤的人真多，他的右手搂在孟寒雨的肩膀上，努力保护着她。

而她的头就完全偎在他的肩上，两个人开开心心地淹没在人群里。

这一夜毕成功差不多都没合眼。快四点时，刘兰草照例起床了，她推推儿子，然后自己穿衣裳。毕成功没动，也没有说话。这让刘兰草有些意外，她重新推了推儿子，却加重了力气，毕成功索性用被子蒙上了头。刘兰草奇怪了，只要是挣钱的事，儿子总像是弹簧似的有用不完的劲头，今儿是咋了？

她说，成功，哪不舒服？

毕成功不吱声，刘兰草把手伸进被窝，儿子却并没有发烧。

她不高兴地说，一大早没工夫和恁磨叽，快起来和面吧！今儿炸完油条，下午还要试着炒五香花生呢！

毕成功听到"五香花生"这四个字，突然坐起身，跪在自己的被窝里大声说，俺干够了！干烦了！世上有吃好的穿好的人，凭啥俺得像个蚂蚁一样不停地干活！干活！干活！

刘兰草被他的大声大气吓住了，她说，成功！怎招了鬼吗？成功！别吓娘！

她来拉他，毕成功却不许他娘来碰他，更怨恨地说，人家都是人，都可以去上大学看电影！俺凭啥只能去电影院卖五香花生给他们吃？当个鸡巴个体户，俺还能那么高兴！

他没太说过粗话，但他今天完全让刘兰草吃惊了，她渐渐明白儿子的意思了，便也呆呆坐在被窝里发了怔，轻声说，是呀，凭啥咱要过这日子？

大清早闹了一场，炸油条便耽误了，毕成功比平时少和了些面。到了晌午，他从火车站卖完油条骑着空三轮车回来时，刘兰草看出他的脸和平时一样，又兴冲冲的了，她便放了心。房东老方头这时来问他生意的事，老头儿根本没管毕成功的心情，他只说十块钱的房租一定得涨了，毕成功的三轮车天天晚上在院儿门口锁着，多占地方呀，自己夜里操心得都睡不踏实！刘兰草又悬起了心，生怕他和人家吵起来，没想到毕成功倒没生气，只笑着说，实在不行就涨五毛钱吧！每天一早给你送的油条也值些钱呢！老头儿讨到了五毛钱的便宜便高高兴兴走了。

刘兰草见毕成功停了车子回来，便让他一起吃饭，饭后歇会儿就可以炒五香花生了。毕成功说他得出去一下，刘兰草也没当回事，就见他仔细地洗了脸，又用自己的梳子沾了水，对着洗脸的水盆梳了头发。他这样在意自己的样子，是从来没有过的，刘兰草立刻猜到儿子早上的反常发作是怎么回事了。可他能见到的全是买油条的，要说和他一般大的女孩儿，除了房东老方头家的两个孙女方美丽和方爱丽，他再也没可能接触到谁，但儿子和那两个女孩儿恐怕是话也没说过一句呢。

刘兰草还在心里捉摸着儿子的心思，毕成功回来了。刘兰草已经把馍和菜都馏好，放在床沿上只等他吃饭。

毕成功不吱声，阴着脸进门就提起筷子。刘兰草看出儿子在极力控制着他自己，咬了口馍，却嚼着嚼着咋也咽不下去。刘兰草没敢说话，也放慢了吃饭，偷眼却看见儿子眼睛里蓄了泪，表情恍惚着，嘴里却还一下一下机械嚼着。

她不舍得了，小声说，成功，出了啥事？怎得给娘说说！

毕成功闭上眼，泪珠便顺着脸忽地流了出来，滴在馍上。

他嘴里含着馍，含糊不清地说，娘，咋样才能当上一个有正式工作的人？俺一定要当个有钱人！

刘兰草以为他想起老二成钢顶替她在建筑公司当正式工人的事，心里就有愧，低声说，成功！这事娘对不起恁！

毕成功流着眼泪说，人家看不起俺，因为俺是个体户，俺睡过人家的门道。

刘兰草见儿子耷拉着脑袋真是可怜，也流了眼泪说，儿呀，这是命！恁别和命争呀！

毕成功呸地吐出口里的馍，大声说，命？！俺命里有一斗！

刘兰草的五香花生和瓜子都炒得很成功，毕成功从废品站称斤买回旧书报裁成一般大小，炸完油条就坐下来包五香花生。他弄来电影开场的时间表，把花生米包了几百个小塔形的纸包，每包刚刚一两重，赶到电影散场的时候就去卖。毕成功早就看出来电影开场时买家少，卖家多，人家挤着看电影，这花生吃不吃都没关系。他在电影院门口转悠了好多次，几乎没卖出去几包，这让刘兰草挺意外，她悄悄打开两包花生尝尝，挺酥，也挺香的，难道儿子又为啥事别了劲，没心思好好做这小生意了？

还好，坚持着天天去做这买卖，不过十来天的工夫，就有人专门在电影院门口候着买毕成功的花生了，再加上有个体户的营业执照在手里，他便一门心思要想法子把这生意做得大些，钱要挣得更多些。依着他的意思，来看电影的人，至少有一多半只买他的花生才行。

可这不是在做梦吗？刘兰草摇着头冲他笑着说了。

自从毕成钢进了建筑公司当了正式工，他便不太敢和毕成功面对面了，心里总觉得对不起自己兄弟似的。而且他在厂里有宿舍，回家看娘和成功时，小棚里实在是挤狭，连个落脚的地方也没有。

一开始毕成钢还隔三岔五在厂里灶上买些炒菜米饭，带回去给他娘他兄弟改善生活。渐渐工作忙了，就改成一两个礼拜去一次。后来厂里的师傅给介绍了个对象，三天两头都得见面，又得给未来丈母娘家搬煤买面地"表现"，竟一个月也回不到皂角巷去看他娘和毕成功一次了。

上了一年班，毕成钢才知道，他娘和兄弟住的道北皂角巷，因为住的河南人多，差不多算是西安的贫民窟。他的女朋友梅梅是织袜厂的女工，虽然也只是个大集体的体制，家里却对她找对象的标准定得很高，因为梅梅长得很漂亮。他们要求梅梅的女婿必须是个正式工，得要有住房，前一条毕成钢心里庆幸着通过了，可住房这一条就难住了他。

毕成钢压根没敢告诉过梅梅，他的娘和弟弟住在皂角巷十块钱一个月的临时棚户里。随着他和梅梅的关系越来越亲密，毕成钢的心就越来越坚定，他一定不能告诉她真相。所以梅梅一家认为毕成钢的父母都在河南老家，而且他们永远也不会来西安，毕成钢也永远不会再回河南了。

娘和兄弟做着炸油条的小买卖，毕成钢是知道的，他觉得有点羞愧，没和任何人说起过。他一次也没吃过他们的油条，也就不知道后来毕成功下午还在电影院门口卖五香花生。那天毕成钢带着梅梅去看电影，看见兄弟毕成功正蹲在售票口旁边卖花生，他吃了一惊，赶紧稳住神。毕成钢以为只要不去皂角巷就不会见到他娘，不去火车站就不会见到他兄弟，他赶紧冲电影院的门口指指，让梅梅在那等他。梅梅不去，他就笑着哄她说，排队多挤呀！让我来吧！

梅梅走远了，毕成钢才敢和兄弟说话，他说，成功！你啥时候卖上花生了？

　　他看到毕成功的身后有两个硕大的黄纸板箱，里面全是一小包一小包的花生，摞成了堆儿，这是他见过存货最多的卖花生小贩了。

　　因为招工指标的事，毕成功就不再愿意和毕成钢说话了，他恨他哥那句话。他后来才知道，只有十六岁也是可以去单位顶替的，就算他本来并没有想去当正式工，但对他这个哥，毕成功是恨上了。而孟寒雨对他个体户身份的藐视让毕成功对他哥的怨恨达到了顶峰，所以他依旧蹲在他的高脚凳上，屁股也没抬，给人找钱拿花生的手也没停。他手里捏了厚厚一摞钱，不经意地唔了声，把手里的花生递给面前的人，才扭头给他哥说，花生卖了两个月了，没机会跟你说。

　　没等毕成钢回话，已经轮到他买票了，售票员指指玻璃窗上的纸，话也懒得说。那纸上写着"票已售完"。

　　毕成钢明明见到人们还在排队呢，可票已经售完了，他身后的小伙子操着秦腔问毕成功，要两张票，买一包花生是吧？

　　毕成功说，一张票买一包，两张得买两包！

　　那人看看身后排得长长的队伍就掏了钱。毕成功忙得不行，收钱找钱，给花生给电影票。

　　原来电影票都在毕成功的手里呢！

　　毕成钢突然就明白了，他兄弟包了电影院的票，搭着每张票就卖出了花生，他真是贼精的呀！

　　毕成功脚边装钱的纸箱子里，大大小小票面的钱已经堆成了堆，他却顾不上去整一整。毕成钢身后的队伍还很长，电影快开场了，人们都还没买到票呢！梅梅在电影院门口等不及了，噔噔噔跑过来，大声喊，毕成钢，人家都要开演了，你连票也买不到，真笨呀！

　　毕成钢不敢看她的脸，也不敢看毕成功的脸，他更怕梅梅看到毕成功的脸，因为他和他兄弟长得实在是像。毕成功抬头瞟了眼梅梅，然后重新低头给人们收钱撕票。他压了声音对呆呆的毕成钢说，俺知道你不爱吃花生，买一包才五毛钱，两张票一块，赶紧买了去看电影吧，人家都等急了。

　　梅梅见毕成钢慌得掏钱买票，又拿着两包花生，便生气了，大声嚷道，买电影票凭啥要搭花生？

她是冲售票口说的，毕成功并不吱声，售票口的人回道，人家一口气买二百张，谁也没有规定不能卖给人家！人家天不亮就在外面排队了，有意见找上头反应呀！咋咋呼呼干啥呢？

梅梅被毕成钢拖走了，毕成功的脸上却一直带着笑意，他冲下一位买票的说，给你挑两张好票，你要几包花生？

当电影院门口的小贩们学会了和毕成功一样，一早排队等着买二百张票，要搭着卖花生瓜子时，毕成功雇了两个人，专门在每场电影散场时打扫电影院里的卫生。电影院里每场都能扫出几大筐瓜子皮、冰棍纸，这一下连电影院的领导也同意把票优先卖给毕成功了。他最烦心的就是电影院老职工多，负担重，扫地这活儿没人愿意干，这下好了，毕成功给解决了这个问题。卖票的也很高兴，一张一张撕票多麻烦，一天下来六七场得撕多少票！收多少钱！而且这活儿是个倒霉活儿，给人家找钱找多了，人家只装作没看见，装兜里就走了，自己就得赔钱。倒过来，钱少找给人家一分，人家也不干。毕成功让售票员们几乎都闲下了，大家都很乐意，再加上隔三岔五毕成功给他们送瓜子、花生吃，谁不高兴呢？

毕成功不光卖花生，他嫌两场电影之间一个多钟头闲着还是太浪费，他不能容忍能挣钱的任何时候自己竟然闲着，所以他又开辟了冰糖葫芦、油炸蚕豆之类的吃食，都是想不到的好卖。等人家学会了他的这些本事，毕成功早就又转到别的生意上了。

刘兰草现在不太为儿子的生意操心了，反正每天他都赚着钱，也总是每天睁开眼睛就满身的劲儿，只想着要去挣钱的样子。她看出儿子是个有本事人，又很节约，啥都不舍得买，照这样下去肯定将来能够攒上钱。现在，毕成功卖花生，刘兰草就帮着炒花生；毕成功卖油炸蚕豆，她就忙着煮蚕豆做调料；毕成功卖冰糖葫芦，她就负责洗山楂，往竹签子上串。总之她是毕成功最好的助手。

这天毕成功回来，挺高兴的样子，刘兰草知道，他生意一定不错。因为今天早上走得急，一大箱子冰糖葫芦裹了糖汁，没来得及晾凉就被他带走了，她很担心会不会出啥岔子。

果然毕成功高兴地说，今天的冰糖葫芦全卖掉了，卖得不错！

刘兰草说，俺只当冰糖葫芦没晾凉会粘在一起！

毕成功说，哎呀，恁没看当时多惊险！电影都快开场了，俺还有一箱子的冰糖葫芦卖不出去！都粘成一团了！要不是老方头的孙女来帮忙，几十张电影票就全砸在手里啦！

刘兰草着急地问他，那可咋好？

毕成功得意地说，老方头的那个孙女刚好去看电影，她就帮俺卖票，俺把冰糖葫芦硬用手拆开，总算是在电影开场之前都卖掉了！

毕成功高兴的是，他的电影票没有砸在手里，全换成了钱。刘兰草的心思却是老方头的孙女。她问，老方头的哪个孙女？

毕成功却完全没有注意过老方头有几个孙女，便顺口说，不知道，反正是扎了两个辫子，大眼睛，长得挺不错的那个！

儿子从来没有夸过谁长得不错，刘兰草便想，这倒是个好兆头。

自从儿子那次哭着说人家看不起俺，因为俺是个体户，俺睡过人家的门道，刘兰草就多多少少猜出儿子心里的劲儿憋在了哪里，她猜到了孟寒雨，但又立刻否定了，那是个啥样的人物？她想也没敢往下想。从那以后，虽然儿子再没说过啥话，她心里却总在想，该给儿子说门亲事了。虽然他才不到二十岁，但过去人家十七八岁的儿子都成亲了。自己家没房子没钱，找媳妇的事可要趁早！先培养着也不错呀！

隔了一天，刘兰草看到背着书包的方爱丽去上学，她就心说，儿子说的不是这个。刘兰草知道方美丽的爹妈都在外地上班，她是个性格腼腆不爱说话的姑娘，也知道她去年就待业在她爷爷家，每天在家里给全家人洗洗衣服做做饭，闲了给她二婶的厂里加工毛绒玩具，挣个手工钱。虽然她爷爷老方头算是自家的房东，可那算是个啥样的房子？不过是个过道搭建的棚户罢了。老方头这个房东，一家三代五口人住的也不过只有两间房而已。刘兰草很自信方美丽家的条件也没有多好，毕成功却是和人家一样有着西安户口的，所以她在心里把算盘打了个来回，还是觉得她很中意方美丽，毕成功也说了她长得不错，那这门婚事应该是有希望的。

趁着方美丽在公用水龙头前洗衣裳，刘兰草也赶紧把衣裳泡在盆里去洗。她没话找话地和方美丽搭话，趁她不注意的时候仔细打量方美丽的脸：果然长得很不错！看得出方美丽是个慢性子，可她洗衣服时却麻利。刘兰草得意地想，这样的媳妇进了家门就能做活，要是她不嫌弃毕成功没房子，以后真的过成一家人，那该有多好！

刘兰草心里高兴，从此就开始找一切机会和方美丽沟通感情了：方美丽的二婶对她不好，总说她是寄生虫，让有本事回她自己爹妈家，别在这儿混吃混喝混日子。方美丽挨了训斥有时会哭，刘兰草就悄悄劝她别生气；方美丽没有工作，她婶让她在家做手工活挣加工费，只要有次品，她总要把方美丽骂得直冒烟，全院子的人都不敢大声出气。刘兰草却看不惯，就在方美丽二婶骂人的时候也大声指桑骂槐地骂，她的声音大，骂得又押韵又不重样，总是把她二婶的气势压下去。方美丽二婶住了嘴，刘兰草也就住了嘴，明明就是要把声音撂在她的声音上面嘛，可她二婶气得要命，又挑不出毛病来。想想吧，刘兰草说得对，你可以骂你侄女，那她为啥不能骂骂门口的那堆蜂窝煤？她炸了一早上油条，骂骂自己疼得难受的腰腿也不犯法对吧！次次被刘兰草搅了局，方美丽二婶就觉出了什么，可刘兰草多难说话，骂人多难听，她也惹不起，就只好把骂方美丽的次数减少了。

这个较量谁都看得出来，方美丽当然是感激的。刘兰草对方美丽却是有策略的，儿子才二十岁，方美丽也才十九，慢慢培养，她不急。刘兰草在院里和方美丽遇上的时间多了，有时她会夸方美丽头发长得多密呀，有时又会夸她脸上的皮肤像粉团一样白呢。每次方美丽都被她夸得脸通红。

毕成功根本没有发现娘心里的弯弯绕，所以当他娘喜滋滋又有些神秘地告诉他说，人家方美丽挺中意恁的，恁平时和人家多热情热情，多说说话。恁也不小了，要是她不嫌弃咱家，恁该娶个媳妇了。

毕成功有点愣，问，方美丽是谁？

刘兰草说，就是老方头的孙女呀，恁不是夸她长得不错，还帮恁卖糖葫芦？

毕成功想起来了，他说人家就是路过的时候帮了个忙，俺可没时间去和她说话！俺也不会热情！

刘兰草没好气地说，恁就犟得很，还不趁着有点机会赶紧娶个媳妇？西安市的姑娘多难伺候！她可是有西安市户口的！俺仔细看了，她会洗衣服会做饭，性子又好，她婶怎么样骂，她从来都不回嘴，长得也不错，这样的姑娘恁要是不抓紧，还想图个啥？

毕成功突然心烦起来说，娘，她好是她的事，俺还没想过！

刘兰草急地说，恁有本事就自己娶个媳妇回来！像恁这样要房子没房！要钱也没钱！恁还想要娶个啥样的？要不是恁现在有个西安户口，这事连想一想都不敢哩！

毕成功说，那俺就不娶了，反正别提她！

刘兰草小声说，恁说过中意她，俺才去打听的，人家听俺说起恁脸都红了！看那样子，这事八成可以成，她是知道恁的呀！

毕成功气得打开门说，俺可看不上她！

刘兰草大吃一惊，冷笑说，看不上？就凭恁？恁还有啥可挑的？能有个姑娘愿意嫁给恁，就是恁天大的福气了！恁想让俺一辈子给恁洗衣裳做饭当老妈子？恁都不想找个媳妇替替俺？天爷呀！俺生的哪是个儿子？恁明明就是个资本家！剥削阶级！

本来毕成功一早上炸了油条，又卖了一上午，是想回家放了三轮车吃顿饭，再歇一歇，下午好去电影院卖花生的。眼见娘发了脾气开始骂人了，他不敢再强硬，便咬咬牙，和他娘赔了笑脸说，娘，恁别急，就是娶媳妇，也不是三天两后晌能办成的事。娘，俺听恁的话，先去热情热情！中不中？现在俺出去一会儿！

刘兰草好受了些，便问，那恁去哪儿？

毕成功无奈地说，俺还不会热情呢！俺去问问老高！娘，说心里话，俺不想和方美丽谈对象。

刘兰草见他边说边走，便撵到门口，急着压低声音说，俺猜恁是想着那个上大学的孟寒雨吧？可人家咋能跟恁？别傻了，还是踏踏实实找个人过日子吧。方美丽不嫌恁没工作没钱，恁还挑啥？

毕成功从皂角巷出来，已经快中午了，想想没处可去，心里的苦闷却压得他难受。毕成功在路口犹豫了下，便往骡马市去找老高。

虽然毕成功和老秦更亲近，但是人家在上海上了大学，一年也就回来一次，他这两年和老高反而见得比较多，大多是老高路过电影院时来寻他，说的也大多是咋样挣钱的事。毕成功知道老高才在骡马市里租下小店面，开了个小理发馆，也知道老高是因为他那个漂亮的对象和老高一样没工作，但是人家和她爸学着会理发，所以老高才借钱帮她开的。他去的时候老高正坐在理发馆门口拿了张报纸在看，见毕成功来了便用手掸掸报纸说，成功你快看！邓小平讲话说80年代要做的三件大事，第三个就是加紧经济建设，加紧四个现代化建设！

毕成功凭着在县城上过几年小学的本事，能看懂报纸，但他不知道这些和他有啥关系。这时老高的对象小晶从屋里高声喊叫老高，让他快把蜂窝煤炉子上那壶热水提过来，她要给客人洗头了。

老高忙不迭地把报纸塞给他，提起热水壶，边进门边说，你翻过去，看报纸那一面：国家要在深圳、珠海、汕头、厦门设经济特区了！

毕成功仔细读着报纸上面的话，老高让对象试了水温，高举着热水壶，往伏在脸盆上的中年女人头上浇洒，他对象躬了身子帮那女人洗头。老高冲屋外问：成功，看到没？

毕成功说，看了，都是南方的，又不是西安！

老高不屑地说，你呀，好好想想，搞经济挣钱这事就像放火一样，只要能烧着，肯定是见风就越烧越旺，你看吧，用不了几年，全国都成经济特区了！谁不想挣钱？只要是国家真的让发展经济，谁还能用个盖子把别的省都盖住？

毕成功觉得他说得不错，就顺着他的话往下想，果然是越想越好，就完全忘了，因为娘让他多和方美丽热情热情快点把她发展成媳妇，他觉得太苦闷了才来找老高的。

中年女人的头洗好了，湿答答滴着水，她用毛巾边擦着头发边坐在大椅子上等着剪头发，一边冲老高说，你能得很么！吃的一碗苞谷面搅团的命，操的是大领导的心！

老高对象小晶笑说，和你说啥呢！可不是么！三天两头买报纸，有的东西还要剪下来。你没见他都攒了一大本本了！

两人剪着头发说笑，老高不在意地给水壶里又续了凉水放在炉子上，冲他对象说，我和老秦约好了，去他姑家找他说个事！

女孩儿让他赶早回来。老高冲毕成功一努嘴说，走，把报纸拿上，咱去找老秦！

俩人便顺着东大街走，过了钟楼是西大街，离老秦他姑家住的盐店街不远。毕成功只当老秦这些天在上海上大学没回来，才来找老高岔心烦，哪知道他竟在西安，当下就兴冲冲地说，走！我请你俩吃羊肉泡馍！

老高诧异地瞅他一眼说，你阔气得很呀？发了财么？电影院门口卖花生倒电影票真的这么挣钱？我爸在新星电影院门口的那个茶水摊，咋就只挣个油盐钱呢？

毕成功见他心动，便笑说，你不是说你对象不许你去当小贩，嫌丢面子么？

老高摇头说，唉！我现在还不敢和她说我家的事，兄弟姊妹多，都有病，又没房子！负担太重，我害怕她和我吹！我先哄她高兴，陪她守着这个理发馆，等结了婚，她就得听我的了！到时候我再好好干场大事！

老秦他姑家在盐店街里的一个家属院，两个人在院里的一棵无花果树底下，冲着老秦他姑家的门喊，老秦！老秦！

果然就见老秦挑了门帘出来了。老秦见毕成功也来了，亲热地一胳膊搂住他的脖子说，呀！一年没见，你长这么高咧！还说晚上到电影院门口找你去呢！

毕成功高兴地笑着，却不说话。老高也亲昵地拍着老秦说，你个货，没长高，倒是长结实了！

老秦扭头冲他说，每天早上在学校操场跑几圈，你看我腿上肚子上都是肌肉！

他一层层撩起军便装外套、线衣、绒衣、秋衣，让他俩看，果然是硬扎扎的腱子肉！老秦听说毕成功要请他吃泡馍，便毫不客气地说，能成么！你是赚着钱的人，我不铲你还铲谁？在上海吃不上锅盔馍，馋得很！

毕成功的娘还没回到西安、老秦也没高考到上海的时候，他来过几次。那个时候，因为老秦他姑知道毕成功的情况，每次来总要给他馏馍下挂面，让他尽饱吃。毕成功清楚，谁家都不容易，他们家情况并不怎么好，老秦他爹妈在农村，供个学生很吃力，他姑还要争取每月给老秦点生活费。这让毕成功虽然很怀念这难得的吃饱喝足的感觉，但实在不好意思经常来。去年他来过一次，给老秦他姑的两个孩子带了些他娘做的油条、五香花生、油炸蚕豆，让他们解解馋，没想到人家一家人谢了又谢，高兴得什么似的，这让毕成功心里很感慨。

因为炸油条倒电影票，毕成功现在手里有了些钱，想想自己吃了人家那么多，他早就打算哪天一定要请老秦吃顿好饭了。他娘在沙村给他说的那些好吃的，许多已经没有了，但他自己发现了更多娘没说过也没见过的好吃的。

三个人和老秦他姑说了会儿话，就相跟着往南院门去了，因为老秦说他回来吃了太多油泼辣子夹馍，上了火，这几天嗓子都肿了，不敢再到坊上吃牛羊肉，不如到南院门春发生吃葫芦头泡馍，他听他姑夫说，现在吃泡馍不要票了。

毕成功让他俩先找座位坐下，自己去排队。他从来没吃过这么讲究的饭，但他听老秦说过他最爱吃泡馍，就打了主意要请他吃一次。可毕成功没有下过馆子，就仔细听着排在他前边那个干部模样的男人点什么，他都记下，到他交钱和粮票时，他就照样点了：让先切一大盘梆梆肉和卤好的豆腐干，又要了盘莲花白的泡菜，开了三碗泡馍的票，又学那人的样子说：辣子多、口重、汤宽！

毕成功拿了票转身刚要走，开票的人叫，同志，还没找你钱呢，你要几个馍？

毕成功怔住了，他没注意刚才那人点了几个馍，他回头看老秦和老高正聊得热闹，便大声问，你俩要几个馍？

店里人多，声音嘈杂，老秦怕他听不清，便在空中比画了四根指头喊道：四个！

老高也喊，我也要四个！

毕成功便冲开票的人说，三碗，十二个馍。

那人吃惊地说，一碗要四个馍？！那加上汤煮好一碗馍，还得再拖挂一碗！小伙儿！看你怪瘦的，能吃下四个馍？

毕成功想，老秦饭量大，他说四个就四个，便点头说，没错，一共十二个馍。

端了三个碗，碗里摞了十二个面饼，毕成功穿过人群往老秦和老高的桌边走，引了不少人看他，他便知道，确实这样的吃法是惊人的，他留心了别人桌上的碗，里面在掰的大多只有两个馍。

淡茶水已经倒在白瓷杯子里了，梆梆肉、豆腐干和泡菜也都摆上了桌子，三个人抓起筷子先挨个尝了一遍，老秦这才说：香！真过瘾！

老高也说好吃！他说这是他第一次吃到正宗的春发生葫芦头泡馍，毕成功这才说，他也是第一次吃。他俩看了看老秦，老秦便停了筷子瞪大眼睛纳闷地说，别看我！谁说我以前来过？这么阔气的地方，我从门口过了几百上千次，从来没敢想过是成功请我来吃的第一次！

三个人都笑了，低头开咥，大口嚼咽，很快每个盘子都见了底，三个人才抹了抹油嘴开始掰馍。老秦便开始给他俩说上海，说他大学的老师和同学，他的口才比以前更好了，但还是一口秦腔，老高和毕成功基本就只有听的份。

趁老秦端起茶杯喝水的工夫，老高从口袋里掏出那个叠好的报纸，在桌子上铺开，一字一字指着念道：你俩看见没？这里写的：广东、福建两省在对外经济活动中实行特殊政策和灵活措施是正确的，成绩是显著的……老秦，现在国家要在深圳、珠海、福建和汕头设经济特区了！要说挣钱，还不是得有政策？我想去深圳看看情况！

毕成功没想到老高原来有这么大的打算，他突然对老高有了点敬佩。老秦没回他，从桌上揭起报纸，仔细地看完那一篇，这才看看老高说，你舍得你爸妈和你那几个兄弟姐妹了？

老高点头说，赚钱才能养活他们呀！不趁着年轻去闯闯，将来都成我爸那样子，光会埋怨了。

老秦说，反正你是干指头蘸盐——白赚的，去就去吧！干不好回来就是了！成功，你说呢？

毕成功专心掰馍，听老秦问便笑说，我觉得，要蘸盐就不能用干指头！不信你试试，指头是湿的才能蘸到盐。

老高不满了说，有话直说！有屁就放！你到底想说啥？

老秦说，你让他说嘛！

毕成功说，关键你去是想弄啥呢？去看看没问题，要么有本钱，要么有劳力，你的本钱是啥很重要。去的人谁不想赚钱？你拿啥卖给人家？

老秦觉得他说得不错，仔细琢磨着他的话，老高不服地说，我去看了才知道人家缺啥、啥好赚钱呀！

他把报纸在手里摇得哗哗响，小声叫道，国家把《广东省经济特区条例》都制定好了！去了肯定有机会赚钱！

毕成功说，话是没错，问题是，国家准备好了，我觉得你没准备好！

老高念叨着他的话抬杠道，我没准备好？我咋知道要准备啥？

老秦听明白毕成功的话了，同意地说，你想明白要准备啥的时候，就是准备好咧！

老高看出他是向着毕成功的，便赌气说，行么！你俩不明白我的想法，我也不说咧！咱吃饭！

每个人的馍煮好端来，果然都有热气腾腾两大碗，老秦和老高都说可能吃不完，毕成功心里叹惜，只有三个都没吃过正宗泡馍的人，才会装模作样点十二个馍。毕成功心疼他娘从来没吃过这样馆子的美味，就向服务员借了碗，押了一块钱，把他的另一碗泡馍给他娘一路捧着带回了家。事后他数了数，从南院门到道北的皂角巷有好几站路呢！他娘那天也是神了，吃了春发生的葫芦头泡馍，居然在睡觉前又想起方美丽的事，让她儿子明天一早，一定要当她的面给方美丽热情热情。

第七章

毕成功说得不紧不慢，茶就凉了。他倒掉茶杯里的冷茶，拿起桌上的茶壶给自己杯里倒热水，沈天赶紧从他手里抢了来，给他斟满，又给老高和秦教授的杯子续上水。

毕成功说，在西安奋斗了六年多，到1983年的时候，我攒了差不多有一万块钱了！这个数字是从我进西安城门时的三十块钱开始积累的。我记得清这数字,再积累到一千块钱、三千块钱和五千块钱时的情形,我也记得很清楚。后来从五千块钱到一万块钱的积累就很快了,因为我那个时候在电影院已经干得很熟了。

沈天完全被迷住了,全心全意地陷在毕成功的赚钱故事里。毕成功低头喝茶的时候,沈天说,太了不起了!简直和玩游戏一样!可游戏里玩的是通关,挣的是虚拟世界里的钱,毕叔这可是在现实里挣的真金白银呀!

毕成功冲他一点头说,你说对了!

沈天兴奋得脸涨红,拍着桌子说,太牛逼了!

服务员推门进来问,是要买单了吗?

老高看看表说,买单!这才九点多,给你们经理说,还是老规矩,你把桌上东西收拾了就下班吧。我们会聊得很晚呢!

沈天也冲服务员摆手说,NO!NO!还早呢,我们才刚刚开始,才刚刚说到万元户!哇!那个时候的万元户多牛逼呀!才1983年!后来呢?是不是开始创办金达集团?

女服务员笑着边收拾桌子边说,明白了高总!

老高说,哪有那么快!一万块钱就想办金达集团?

秦教授看着沈天满脸的崇拜,啧啧咂嘴道,看看!一个社会学博士被资产阶级思想腐蚀得多陶醉!

沈天听出老师是开玩笑,就也笑了说,确实听人赚钱比自己赚钱容易,听得挺欲罢不能啊!

秦教授就看着毕成功的脸说,那你给我学生也讲讲《辞海》的事情呀?

他刚说完,老高便笑得将嘴里的茶几乎喷在桌上,连忙低头却被呛得咳嗽起来。毕成功大声说,不许说!听见没有!谁说我和谁急啊!

秦教授却来了劲,不管毕成功来拉他,边笑边说,沈天,你毕叔的本事多着呢,我给你讲一个"辞海"的故事。刚认识你毕叔的时候,他知道我一夜花三四个钟头能看两本书,就吹他有一本世界第一的厚书,强烈勾引我们去他家看。那天我们去他家,我看见一本很厚很旧的精装本《辞海》,我当时想翻那本书看看版权页是哪年出的。他一把抢走说,不要动我的舌海!我以为他跟我开玩笑,没想到他很深情地跟我说,这本舌海是我小时候拾来的,虽然我不认识多少字，可里面夹的是我的存折和钱，你要看可以，得我给你翻着看！

他说得一本正经，又强忍着笑，一直在模仿着毕成功的口气，说到最后就几乎是边笑边说了。沈天怕伤了毕成功的面子强忍着不笑，谁知毕成功被他揭了疮疤，反而无所谓地摊开胳膊腿，仰面半躺在椅背上说，那又咋了？不认识字也不影响我赚钱！我跟你们说，我那"舌"海里面夹过几千万的支票、几百万的银行卡，谁家的《辞海》有我那本值钱？你说了就提醒我了，明天我就让我公司的人必须把那个字念"舌"，以后招聘不论是谁，念"辞"的一律不要！

秦教授笑指着他的脸对沈天说，你记住他这个表情，你在以后写"小人得志"和"不以为耻，反以为荣"这些个词的时候你就想想他！

毕成功故意保持着那个表情，装作耍无赖说，还让不让我给沈天讲了，现在我才讲到我挣了不到一万，后面的精彩多着呢！

秦教授忍着笑说，好好！你说，我给你起个头：我记得你还卖过几年烤肉，才去广州倒服装的吧？

老高笑说，那两年的事我记得清，老毕卖烤肉那年当了万元户，区上给他戴了大红花，还上了报纸，没想到过了没几天你也上了报纸，也是戴的大红花！那两张报纸我一直存着的，后来搬家就不知道搬哪儿去咧！

毕成功抢着说，人家老秦那时是英雄，公共汽车上抓小偷，西安市谁不知道见义勇为的好青年、大学生老秦呀！其实那时候我还不够一万，差八百。但我特别想要当个真正的西安人，特别想特别想。那时候我在西安那么长时间了，虽然我有个西安户口，可我睡的房子是租的棚户，我就一直是个外来户。不知道你们注意了没？真正的西安人，别管多阔多穷，只要他是个真正的西安人，有个房子，在大街上和人骂架都比外来户有底气。那时候我天天想：我必须得尽快成为西安人，我得买个房子，无论如何房产证上得写上我毕成功的名字才行……至于挣钱，如果后来光剩下挣钱的事儿，倒真的是很简单，我后来是挣了很多钱。可惜，除了挣钱，这世上还有很多让人无能为力的事情。

他抬眼看了看秦教授说，我突然也觉得你说得对，除了奋斗，好像也真的是有个啥东西，操纵着这个社会和所有的人。好多时候真是没办法，只能接受。

秦教授没接他的话，毕成功显然想起什么事情，他的情绪变得低沉了，然后没头没脑地说，人活着要是光挣钱就好了，唉！可是还要结婚，我的生活就有了两个女人，天天我们三个人在一起忙着，零零碎碎的事就越来越多、越来越烦了。我和我媳妇方美丽结婚前就说好了：钱是我挣的，咋样花全由我说了算！我要是没买房子就一定不结婚。不知道为啥，我挣钱的过程好像就是我娘脾气越来越坏的过程，钱越多越难劝住她了。有时候我就想，到底是因为我挣钱多了我娘脾气就见涨了呢，还是因为我忙着挣钱，她的脾气没处发才越来越爱骂人了？从沙村回城那么多年，再也没人敢欺负她了，可她咋就把自己架在房梁上不下来了呢？

1983年的时候，毕成功的钱早就没办法再夹在《辞海》里了。

那本发黄的大书被他在床头上悬空钉了个小木架子，神龛一样供着，里面是原模原样从沙村带来的两张十块钱，两张一块，一张两块和一小摞一毛、五毛的崭新票子。就算现在手里已经有了一万块钱，他还是喜欢在很累的时候，躺在床上把书翻上一遍，一页一页夹着钱的书页摩挲着他的脸，毕成功总要发自内心涌出微笑。这书页和钞票的轻微沙沙声，是他认为的世界上最美妙的声音了。在西安赚的钱他都存了银行，一开始炸油条赚到第一个一百块钱时，他便想到得存起来，十张蓝灰色的十块钱是他精心挑出来的，都没破角，挺硬阔的样子。毕成功不喜欢中国农业银行，觉得太土气了。他认得每张钱上都印着"中国人民银行"，"人民"这个词他觉得很好，可是跑到解放路找到中国人民银行，人家说这是所有银行的领导，不管存钱取钱的事。毕成功疑心人家嫌他只存一百块钱，不肯给他开户，但见看门人态度很好，银行门口也确实没见一个存钱的人，他就离开了。离这个银行不远的地方有个中国农业银行，毕成功已经被折腾得没了心劲，便推门进去，用自己的名字开了个活期存款户。后来这个存折已经写满换了好几次了，毕成功很想留下做个纪念，他可以夹在他的《辞海》里的，可人家银行的人说，要换新折必须收回旧折。

毕成功次次都很惋惜，幸好他最喜欢用脑子算账，最讨厌用笔写字，所以硬是忍着没有抄写一份留下。

房子去看了两次，毕成功先带刘兰草去看了，娘没说啥不好，只催他快点带方美丽来看看。他才又和方美丽去了第二次。那时他和方美丽还从来没说过结婚的事,但他俩心里都明白,他买了房子就离他俩结婚不远了。其实这次是要去交钱的,他并没有打算问方美丽喜欢不,可房东两口子却为房价吵了架,女人坚持一万块钱,一分不能少。毕成功的钱还差着八百,男人想卖房,同意这八百块钱缓上半年再交,女人和男人当着毕成功和方美丽的面吵起了架,这事只好搁下了。出了门毕成功就说,这男人真窝囊!房子是他的,连八百块钱的主都做不了,还活个啥劲!

方美丽看出毕成功气得不轻,她没敢说话,只好点点头。

一路走着两人没咋说话,快到皂角巷时,毕成功突然说,凡是和钱有关系的事,女人都不该插嘴!方美丽,我家的事全都是我做主,我娘也得听我的。你得想好,钱由我来挣,咋花也得由我说了算!

他说得很平静,方美丽从来没见过毕成功这样阴沉着脸说话,听他说得很硬气,心里就又怕又慌的。她见他停了脚,只看着她,在等着她回话,方美丽赶紧点头说,我知道了,我知道了。

隔了两三天,卖房子的男人来找毕成功,说他跟媳妇说好了,可以缓上半年再交八百块钱,毕成功就约好第二天去交钱。谁知当天傍晚毕成钢就来了。

这几天毕成功照样忙到了半夜,让人家因为八百块钱吵架,就算可以缓期,他心里还是不美气。他很想多赚些钱尽快还上。

毕成功从电影院回到棚户,见到毕成钢正坐在床头摸黑等着他,而他娘刘兰草已经缩在被窝里睡着了。他心里有了不祥的预感,因为毕成钢已经有小半年没来过了,没有大事,他咋会来呢?

毕成功不哼不哈端上脸盆到院里的自来水龙头下去洗凉水澡。累了一天,浑身都是汗,他总在半夜接几盆凉水抹抹身子洗洗脚才去睡的。除了大雪天,他几乎天天不落。

毕成钢看出兄弟不想搭理他。要搁过去他抬屁股就走了,可今天他不能走,要不等了好几个钟头不是就白等了?所以当毕成功用毛巾撩着冷水在身上,被激得一个劲打寒战,毕成钢就小声说了他来的目的。他是硬着头皮来借钱的。

和梅梅掖掖藏藏谈恋爱谈了两三年,终于到了谈婚论嫁的时候,毕成钢却觉得是生死存亡一般了。因为没有房子，他还可以当上门女婿，可是没有钱他拿啥给梅梅买那几样礼？毕成钢这恋爱谈得不容易，他把梅梅家大大小小的活全包了，一个礼拜有两天去打扫卫生，就是为了能培养感情，让人家认可他。甚至为了怕梅梅她妈觉得他来得太勤，毕成钢连晚上都不敢在梅梅家里吃饭，他得在建筑公司的大灶吃罢饭才去干活，直到人家睡前封好炉火倒完垃圾才走。梅梅的妈妈从梅梅和他谈恋爱起，渐渐都不太习惯在厨房里干活了，她习惯了叫小毕。煤快烧完了得叫小毕；粮店才来了新大米得找小毕；快过年了，领了副食票要排队买带鱼、买豆腐、买大肉，全得靠小毕。她逢人便夸小毕这孩子在农村长大，能吃苦，干活不会累，而且小毕这孩子踏实，从来没有随叫不到过。这话毕成钢听了心里很美，这表示他的努力没白费，他想要的就是这结果。

在建筑公司毕成钢也一样，领导面前他故意要缩了肩背显得谦卑，他平时说话小声，而且故意要稍微带点结巴，总想让人把他当成老实巴交的人看待。

对自己的路线，毕成钢在心里揣摩了好久好久：当年他娘刘兰草的老实是真老实，说白了就是傻，所以才会被别人欺负。后来他娘不傻了，会撒泼骂街了，看着没人敢惹了，可是人已经混臭了，好事还是轮不上。只要有了机会，所有被骂过的人，早就看她不顺眼了，还一样会站起来欺负她。

毕成钢便要做出一副外表很可靠老实的样子，但他要自己在心里很精明才行，要不真成了第二个刘兰草了。

他在单位干了几年，人家真的就认定毕成钢是个老实人。管财务最有油水，却是最容易犯错误的事，领导信任他，让他去干，毕成钢心里窃喜，面上装得更勤俭了。而且他装的时间太长又渐渐入了戏，他便真的有些驼背了，说话也真的有些结巴了。

现在站在他洗着冷水澡的兄弟毕成功旁边，毕成钢就这样卑微地结巴着说了他的处境。他停了停，他兄弟毕成功不说话，从盆里捞出条湿毛巾啪地搭在肩上，又端着盆子把一盆凉水从自己头上浇下来，水花溅湿了毕成钢的脸和半条裤腿。毕成钢一动也没动。见兄弟闭了眼睛像是在享受这难得的后半夜的凉水澡，他便委屈起来。院里一个人也没有，哗啦啦的水声倒显得院里更安静了，他知道这里是院子的角落，旁边挨着的都是别人的灶房，他说啥软话也没人听得到。毕成钢一开始没打算要说自己的窝囊事，可现在他和梅梅的婚事全看毕成功肯不肯借钱了，在他的爱情生死存亡的时候，他毕成钢啥也顾不上了。

于是，他从上次和梅梅在电影院见到毕成功说起，说他咋样巴结人家，说梅梅的爸爸是地质勘探院的干部，梅梅的妈妈是副食店的售货员，人家只有一个闺女，按说找个有房子、有正式工作的女婿不难吧，何况梅梅还那么好看呢！可人家硬是同意嫁给他，人家甚至可以为了梅梅的爱情不计较他毕成钢没有住房。但买件像样的礼，给上一笔不算多但能表达心意的彩礼钱也是应该的吧？！

可他毕成钢没有钱呀！

毕成功听他哥结结巴巴带着哭腔说完了，他已经拧干毛巾，抹着身上的水，端了脸盆准备回去了。毕成钢绝望地看着兄弟，他意识到自己全都白说了，便跨到毕成功的面前拦住他说，你听见了没？你咋不说话？

毕成功说，我都听见了。

毕成钢说，听见了你不说话，那顶啥用？

毕成功便一手拨拉着湿漉漉的头发说，听了就不错了，我想说说我的事，找谁说去？有人听没有？

他见他哥愣着，就绕过毕成钢继续走。毕成钢盯着他的背影，低了声音狠狠地说，我！咋生在这样一个家里！

毕成功停住脚说，那你想生在谁家里？

毕成钢气得眼泪直在眼里打转转，再也说不出话来。

毕成功却来劲了，伸出手在空中大大画了一个圈说，我知道你想生在谁家里！全西安市凡是有房子住，爹娘能给你一个西安市户口，给你一个正式工作的人家，甭管是谁，生谁家你都很满意！可你命不好，你生在咱娘刘兰草家里啦，她是个反革命分子，你得去农村改造。她平反了，补偿了西安市户口和一个正式工作，你匀上了！然后你还谈了个西安市的对象，这还不行？你冤得很？那你兄弟我就不冤？你哭着闹着要当上门女婿只差一笔彩礼钱，你想起你兄弟和你娘了，我不冤？我是你的啥？存折？钱包？

毕成钢哆嗦着嘴，仿佛刚冲了凉水澡的人是他似的。他结结巴巴地说，我！我后悔来说这些话了！你！你！从小只认识钱！你的钱！都串在你的肋巴扇子上！谁！谁……不知道！道！

毕成功突然笑了说，对呀，你说对了，我的钱都是我一分一分撅着屁股挣来的，都串在我的肋巴骨子上了，你来要就是想要我的命呢！可我打算借给你了，不是你刚才屁屁叨叨说的那些屁话，是因为咱俩是从一个娘的肚子里生出来的。我不想看你打光棍，装成这个结巴狗的恶心样子来恶心我！

毕成钢绝没想到他兄弟愿意借钱给他，这让他立刻不在意毕成功的话有多恶毒了。他怀了疑心问，真的？成功，你愿意借钱给我？

听到他的声音完全是巴结的，毕成功叹气说，说吧，差多少？

本来毕成钢和刘兰草已经说了他的愿望是三千块钱，他得给梅梅买块蝴蝶手表，买个凤凰自行车，买两身好毛料衣裳，再买一个金戒指和一个金项链。可是他刚才和他娘聊天时已经听说了毕成功要买房子的消息，那他兄弟手里一定有不少钱，毕成钢在心里迅速把三千块钱的愿望又加了两千块，他以后要想在梅梅家有地位，得让他父母高兴才行，若是再拿上两千块钱的大红包在婚礼上交给他们，那这辈子他也是有脸面的了。再说，梅梅的爸妈死了，他们的房子还不都给了自己？这笔钱迟早是会回来的，只是先存放在他们那里而已呀。

这样想了，毕成钢便脱口说差五千块。

听了这话，毕成功的心被蛇咬到一样剧痛了，啥？五千块？你干脆去看灶台的刀利不利，直接连我的肋巴扇也剁下来拿走吧！五千块！你真能说出口！

他几乎是喊出来的！

突然，从方美丽的爷爷老方头屋里传出了咆哮声，没看几点了？吵个没完没了！还让人睡不睡了？

毕成钢大惊失色，完了，刚才的话让人家全听到了！

他兄弟毕成功却不在意，端了脸盆便走，到了门口他冲毕成钢说，你先走吧，屋里小我也不让你进来了。早上四点我还得起来炸油条呢，眼看我只能睡三个钟头了。

毕成钢见他丢下盆便进屋要插门了，他赶紧一把拉住门扇，把脸凑在门缝里，重新用他可怜的结巴声音说，成功！好……兄弟，哥这辈子就靠你救这一次了！

毕成功从心里生起厌烦，他也压了声音说，别把话说那么满，谁知道你以后还有啥灾难等着我救你呢？我得想一想，你明天下午就在电影院等我吧！

这笔钱毕成功还是给了他哥，可是他没给毕成功要求的五千块，他从自己买房的钱里拿出了三千。毕成钢没敢说不够，把那厚厚的三摞子钱塞进怀里，他心里是真真正正在高兴的。

他说我给你打个条子吧。

毕成功脸上没啥表情，毕成钢摸不准他要不要自己写借条，犹豫了一下，他从兜里掏出笔和准备好的白纸，看看在电影院门口实在寻不下个好地方，只好趴在墙上写了借条。他写得认真，斟酌着字句，刻意没写还钱的日期。等他写好转身想交给兄弟，毕成功却已经不见了，方美丽指指电影院说，他上厕所去了，他让你赶紧上班去吧。

九千二百块钱成了六千二，毕成功的房算是彻底买不成了。卖家来催他交钱，他说钱不够，让房东再寻买家吧。房东媳妇只当他还差那八百块，说九千二先交了就给他办手续，差那八百块可以等半年再交。毕成功着实中意这房子，没好意思说钱不够，可是钱差得太多，他怎么也张不开口。隔了一天，房东媳妇自己跑到电影院来找他，说只要现在交钱办手续，那八百块不交了也行。

毕成功错过了好机会，心里懊悔了好几天，却一个字没和他娘说。后来方美丽问他房子的事，他才说，再挣钱吧，这房子命里注定该不是我的。

就在毕成功只当他要好好挣出那笔钱的时候，电影院换经理了，而且把售票窗口拆了重建了个大房子，售票处不再允许倒电影票了，买十张以上就得单位证明。没几天，电影院大门口的房子开始装修，又挂上了牌子，大家才知道电影院现在自己有了食品店，冰棍、瓜子样样都得在食品店里租柜台才能经营。毕成功窝在棚里一连几天不出门，方美丽很急，想找他说说话，但她想想刘兰草就又不敢了。

这几天毕成功差不多尝到了失业的滋味，没事干，没钱可挣，这对六七岁就想着要挣钱的毕成功来说，是件多痛苦的事。和方美丽几天没说过话，毕成功一点也没意识到。刘兰草说方美丽没来找过他时，话里除了提醒更多还有幸灾乐祸的味道，可是毕成功并不在意。他着急的是咋样才能在电影院门口重新支起挣钱的摊子。

第二天，毕成功到火车站卖完油条就把三轮车送回家又出门了，他要好好看看现在的西安市。

从钟楼往东大街和北大街走，毕成功看到，当年娘说过的那些公私合营后的老字号大多重新做了招牌。1983年的西安城，比起几年前毕成功刚来时有了很大的变化，女人们渐渐剪去了一模一样的辫子，面口袋一样的衣裳也渐渐有了腰身，最让他高兴的是，人们都舍得买东西了，尤其是吃吃喝喝的。

毕成功走着看着心里就渐渐清楚了，现在虽然放开让个体户赚钱，可人们还是认国营招牌呀，"国营"这俩字就是卖东西的保障。

咋样才能和"国营"这两个字联上关系呢？要是没能弄上那两个字，手里先做个啥生意好呢？

毕成功在街上转悠了好几天，大街他走了，小巷子也走了，学校门口看了，电影院门口也看了，心里面一点谱也没有。累了，他就蹲在马路牙子上，瞅着一辆辆自行车的轴辘从眼前晃过，不由得就想起自己那辆被砸成了零件和铁皮的自行车，那是他花了多大劲头弄成的呀，说砸就砸。那车子给他立下了多大的功劳，那时一趟趟去发冰棍，一趟趟去卖掉，他从来都没有觉得累，两分、三分的钱居然积累成了现在的好几千块。这样想着，蹲在夕阳里的毕成功脸上就有了笑容，竟像上了釉的泥人一样，光彩彩的。可是很快他的心里就有点难受了，因为这样仔细一想，他才第一次注意到，要是没给他哥钱，再加上几百块钱，他竟有了一万块！

一万块可是有四个零的！

毕成功用手指在脚边马路牙子上的尘土里画了一道，又在后面慢慢画上四个零，端详了好一会儿，他深深吸了口气站起来，可他的眼睛没离开。这全新的五位数重新激励了他。毕成功慢慢用脚蹭去了地上的数字，胸口满满都是劲头，仰着脸向家走去。手里的六千块钱毕成功一分也不舍得花，有的人是为了享受来到这世上的，有的人是为了受苦来到这世上的，而他毕成功是为了挣钱才来的。让自己的钱能成为五位数，这差不多是他目前最大的理想了，而有着六千块钱的存折，他小心翼翼夹在《辞海》里，绝对不舍得再用一分钱了。

又在西安城里转悠了两天，毕成功心里稳了，他揣了二百块钱，蹬着他的旧三轮车，第二天一早就到西安大北郊的水果蔬菜批发市场去拉菜。这里离西安城很远，但毕成功是不怕远的，只要能赚钱，他有的是劲头。这儿的菜是农民才从地里采摘来的，真是新鲜，跑一个多钟头批发一三轮车的菜，挣死挣活拉回来，图的就是个便宜和新鲜。为了赶上好菜，毕成功得凌晨三四点起床帮刘兰草炸好油条又摆出了摊子，一路小跑着出门蹬上三轮车去批发蔬菜。往往他走着走着，天边才渐渐有了亮光。

毕成功的菜蹬回西安城里不过是早上七八点钟，用不了一个多钟头他的菜就被抢空了。这时的毕成功坐在他娘刘兰草油条摊子的小桌边，长长地舒口气，喝着热豆浆，吃着他娘特意为他炸的两根加大加长的油条，他是惬意的。一口热豆浆下肚，仿佛肚子和肠胃都被熨烫平整似的舒坦了，一早上五个来钟头的饥寒就全扫空了。谁也不知道他的兜里今天已经挣到了四五十块钱，这差不多是他哥毕成钢在建筑公司小半个月的工资了。

卖菜却不是暴利，根本发不了财，毕成功把这活儿干了小半年，心里一直清晰地知道，这不过是他没有找到更合适的买卖前顺手拾来的钱。他只是不能容忍自己闲下来罢了。每天贩完菜，吃完油条，喝完豆浆的大半天里，毕成功还是给自己又寻了许多挣钱的活路。对这些边角料时间里的小买卖，他只有两个要求：本钱少，挣钱快。他得重新挣够买房子的钱，只要还得在皂角巷的小棚里住一天，他就一天不自在。

毕成功太想成为一个真真正正的西安人了。

在他看来，当一个西安人就得有一个大房子，而这房子的房产证上得写着他毕成功的名字。他每个小时都不舍得停下来休息，打了主意在买下自己的家之前不再做投资。

所以电影院门面房里的摊位他没舍得租，可他打着主意把东西卖给了那些租了摊位的人。过去他们是明争暗抢的同行，现在他成了他们的供应商。他只想着人们会想吃什么。五香花生是他的招牌，租了电影院商店摊位的人愿意进他的货；油炸蚕豆也一样，他一天要炸出一大盆，再加上用调料浸泡着蚕豆的大盆、用来和面炸油条的大盆，他和他娘住的小棚几乎连脚也插不进去了。

幸亏他做的食品都卖得很快，很少有隔夜的，他们尽量注意要保持干净，又小心着老鼠，把几个小些的盆子都用绳挂在顶棚上，所以从来没因为卫生出过问题。有时连毕成功自己也想，那些去电影院看电影的时髦年轻人，怕是想也想不到，这么好吃的零食居然是他在这么小的地方做出来的。

一段时间米花糕好卖，毕成功就做米花糕，他本来就有爆米花机，一口气爆上几锅，熬好糖稀拌在米花里，买几个乒乓球拆成两半当作模子，扣制成圆团子。他和刘兰草坐在盆边，一下午能做好几大塑料包。方美丽闲了也来帮忙，刘兰草不吱声，听她和毕成功有一句没一句搭话。

凡是方美丽来白帮忙，刘兰草就能忍住不骂人，毕成功和方美丽都感觉得出来，他娘的脾气并不是像他娘说的那样管不住自己。三个人都很努力，两个女人都知道毕成功的劲在房子这事上铆着呢，恰好新房子并不仅是毕成功的梦想，也是她俩的梦想。特别是方美丽，她一天也不想再在她爷家住了，她甚至比毕成功更盼着能买下个房子，然后结婚。有时候方美丽一边用两个半圆的乒乓球壳扣制着米花糕，一边出神地想着她的心事。她甚至觉得结婚不过就是住进新房子，而新房子才是她最最期盼的。

终于，毕成功攒够了钱，在西安北门外的龙首村买下个小院子。

这次是他和刘兰草、方美丽一起去看的房。因为西安北郊大多住着逃荒来的河南人，临近房子的地方大多是菜地，前后都是生产大队，价格就很低。毕成功买下的是个村民的房子，虽然他怀里揣了一万块钱的存折才敢去买房，没想到一个小院加上四间瓦房才花了六千三百块钱，多出来的近四千块钱让他大大高兴了一回。尽管这院儿房比起上次看的破旧得多也偏僻得多，可毕成功还是坚信很值得，因为这房要是重新盖一盖，一定差不了，也不过是几千块钱罢了。

这院儿房正门口朝南，是在偏僻的巷子里，房的背后朝北，却临着个小路，路的另一边是一大片长着荒草的厂房，连个围墙也没有。平时这路上并不会有多少人，但路的尽头却有个二三百人的机械厂，差不多清一色全是男工人，这不就是现成的生意嘛？毕成功亮晶晶的眼睛里透出的欣喜感染了刘兰草和方美丽，她俩知道精明的毕成功挑上这样的小巷子，要买这么破旧的小院，一定有他的算盘。于是她俩只是笑着等他说下去，顺着毕成功手指的方向，方美丽看得见那个冒着烟的大工厂，也看得见那个瓦也被揭得乱七八糟的泥土坯房子，在北面墙上，只有一扇黑乎乎落满灰尘的小窗。

毕成功并不说什么，转身就走，边走边说，俺定下了！明天交钱，这房俺买了！

刘兰草看着儿子瘦削的背影哼了一声，方美丽不敢说话，两人跟着毕成功走。

突然刘兰草拖了哭腔说，毕成功！恁个坏了心眼的狗崽子，恁怕俺花了恁的钱住了好房子！俺答应恁，不住恁那房子！俺靠俺的退休金也能过日子，恁为了方美丽也该买个像样的好房子吧？这房眼看就要塌啦！

她说着就要哭，方美丽去搀她说，姨！成功不是这意思！

刘兰草便高兴了，有人接了她的话茬，她就能滋滋润润开骂了。她靠着那面烂泥土墙，不紧不慢哭诉起来。她从毕成功对她许的那个吃香喝辣的愿开始；又说起他丢下她到西安时，自己提心吊胆地煎熬；她在沙村替他收拾烂摊子，三个儿子都恨她对毕成功的偏心，把她当了仇人……

路上很冷清，没有什么行人，她说累了，就溜了墙根坐在地上，嘴却不停，说想住个小房子咋这么难呢？俺的命咋这么苦！对了，恁俩刚才小声在那里说话是在串供吧？

"串供"是"文革"时常说的词，毕成功听他娘说这个词忍不住就笑了。他回头看看方美丽正捏着自己的手苦巴巴地皱着脸，毕成功就是喜欢方美丽这样的善良劲儿，就算已经看刘兰草撒泼发神经很多次了，她依然是这副惊慌无助的样子。他毕成功摊上这样一个大声嚷嚷的娘是没办法了，媳妇却绝不许再有这样的倾向。

毕成功拉了方美丽的手蹲在他娘面前，刘兰草瞪大眼睛气得说，恁们！恁们来示威？俺一定不许恁买这房子！要不就等俺死！

毕成功像哄孩子一样，把双手插在他娘的胳肢窝里，只一使劲刘兰草就被他抱着站起来。儿子笑着说，娘！地上多脏！

方美丽赶紧给刘兰草扑打裤子上的泥土，毕成功小声说，娘，俺看好的房不会错，恁等着跟恁儿子住高门楼的新房吧！

刘兰草半信半疑瞅着儿子的脸，他就充满自信地冲她笑着，又使劲点点头，她骂，咦！兔崽子！恁要是哄了俺，那俺可不答应恁！

从交钱买下房子，到办好写着"毕成功"三个字的房产证，只不过一个多月的工夫。然后毕成功又花了两个来月的时间扒倒旧房，重新在原地上起新房。刘兰草从儿子盖房起就总是兴冲冲的，她看出这房子盖得比附近人家的房子都高都大，心里就得意着，觉得儿子真是有头脑。她问了儿子，知道盖好这样一砖到顶，铺着楼板，用水泥抹了地面的一院儿房得五千块钱，而这个数儿子刚好拿得出来。大门外不停拉来红砖和成堆的沙子、水泥，堆成一个个小山尖，工匠们忙活着，刘兰草也高兴地从早到晚忙活着。毕成功拦不住她，只好随她大声嚷嚷着去指挥，喊着让民工们把砖用水浸透，又要检查沙子筛得够不够细，有没有混进小石子。到了下雨的时候，毕成功和民工们赶紧找塑料布去盖那些沙子水泥，刘兰草比谁都慌，也跑前跑后，连工头都说，像她这样的人要是搁在施工队里，一定是个干活的好手。毕成功只能苦笑，他怎么劝她也是白搭。她的头发总是披散着，衣裳上全是水泥点子，裤腿上沾满白灰，可她从里到外都是高兴的，因为天天和毕成功在工地上看着，她的油条停了卖，顾不上喝水也顾不上吃饭，就怕一眼没看到，民工们不好好做活儿，这辈子第一次属于她自己的大房子会出了问题。

方美丽也经常来看，可她每天还得回家去做饭，做毛绒玩具，用刘兰草的话说，她并不能顶个人来用。毕成功看着她娘忙忙叨叨的，嘴边生着好大一个燎泡，脸让太阳晒得很黑，风风火火的样子，他就比谁都盼着房子快些盖好。

终于，那房子渐渐地出了地平，一层盖好是二层，上了梁，封了顶，装好门窗，毕成功在西安终于有了写着他名字的房产了。

这一年离毕成功来到西安城的那一年刚好是七年了。现在的新房子，成了四上四下的两层楼八间房，院子还依旧用院墙圈了，大门却不再朝南开了。他在北墙上开了一个大门，墙根里围了狭长的花圃，门外用红砖箍了地，那红砖铺的地竟有三十多米长，三米多宽。

新房子墙皮还潮湿着，毕成功就和他娘刘兰草收拾了家当搬进来了，他们衣裳并不多，加上鞋子和日常的小东西，也不过一人一个用床单包起来的包袱。汽油桶改制的炉子，炸油条的大锅，那些盆盆碗碗、铁桶、铝盆的零碎，毕成功却用三轮车拉了三四趟。

自家院子里的棚子空了，方美丽的爷爷老方头比谁都心疼，他念叨说一个月突然少了这二十块钱也算是个窟窿呢。

让老方头有些意外的是，毕成功搬出皂角巷10号的当天晚上，和他娘刘兰草一起来找他了。老方头心里马上想到，毕成功的房子交了一个月的房钱，现在离月底还有十二天，他看着孙女方美丽也进了屋，便在心里迅速打了个主意：这房租他一分钱也不退。

毕成功亲亲热热叫了声爷爷。老方头没注意到他平时叫自己方爷爷，他的心全在那十二天没住的房租上。

他说，成功呀，你搬到龙首村去住了？听说你盖了一院儿房真不错！

他又冲刘兰草笑着说，你说咋样？我没看错吧！我早看出你儿子能成大事，不像我那个儿子只知道挣个死工资！

毕成功笑了说，爷爷！我想和美丽结婚呢！

老方头的眼珠子都要跳出来了。

啥？结婚？美丽知道不？嗯，美丽知道呀！

他的眼睛在孙女脸上盯了一会儿，又转到刘兰草身上，最后他盯着桌子上那四样礼定住了神：一瓶酒，一条烟，一包点心和一大块羊肉。老方头奇怪自己咋没注意到这么活生生的四样礼呢？这不是想要提亲又是想干啥？老头的眼珠子没停，心里的想法也没停。

方美丽却沉不住气了，她从来没和家里任何一个人说过她和毕成功的事，不是不敢，是不愿意。谁也没把她当过一个人或是一回事，她婶有些矫情，她叔是对毕成功恨到牙痒痒的。方美丽觉得爹娘把她甩给老方头就去了青海了，再也不过问她什么，竟像是从没想过他们的闺女也是要长大嫁人的。所以方美丽觉得，她这事也没必要和她爸她妈说。虽然老方头并没有多疼她，可是这世上如果真要找出一个人，得和他说说她方美丽和毕成功要结婚的事，那也只有老方头了。

方美丽说，爷！我俩下个月就想办事了！

毕成功也说，房子盖好也刷白了，院门也装上了。下个礼拜院子里的水泥地面干了，就能踩人了。

刘兰草难得地笑了说，老方叔，俺家成功给美丽来提亲，恁不是总夸毕成功嘛，给恁当个孙女婿，是个多好的喜事！

这话几乎是刘兰草住在皂角巷10号这几年来说得最得体的话了，不光是老方头和方美丽，连毕成功也注意到了。他微微侧头看了一眼他娘，她果然脸上是笑眯眯的。老方头用手挠着自己的脑门，头晕一样闭了闭眼说，太突然了！我心里都没准备，我说这事我没意见！就是，就是……我想说，你们给美丽准备了多少离娘的钱？

离娘的钱？！

方美丽以为她婶会胡扯，所以专门挑了她不在的时候，可她的爷爷居然冲毕成功要什么离娘钱。

是呀！这有啥大惊小怪的？离娘钱。前院的小丁，她姐出门时就要了五千块离娘钱。巷口的小眼吕刚娶媳妇也给了人家三千。成功，美丽没有爹娘管，我是她爷，拉扯到这么样如花似玉的十八九岁不容易呀！

听到"如花似玉"这四个字，方美丽几乎要哭出来了。毕成功一个字也没说，只盯着老方头的嘴。

老方头说，你打算给多少？

毕成功说我没钱了，我的钱买了房子了，盖好就把钱全花完了！

老方头吃了很大一惊似的瞪大眼睛，仿佛觉得他在开玩笑，便说，成功，你这孩子！和爷爷好好说，你好好说！别和爷爷开玩笑，你能拿出两千块钱不？美丽就让你领走！

不等毕成功说什么，刘兰草突然大叫起来，两千块钱？

老方头有些得意地笑了说，是呀，两千块钱！

毕成功一把拉住了刘兰草的手，及时止住了她再说什么。老方头背过身去，不再说话，毕成功站起身，方美丽担心地瞅着他。她可怜巴巴的样子让老方头不高兴了，他说反正你俩也还小，你也会挣钱，等钱挣够了也来得及。

毕成功点点头说，好吧，那我先走了。

他转身就往门口走了，刘兰草气得直冒烟，却硬是咽下去了，也跟着儿子走了。方美丽想送出去，又见爷爷冲她使眼色，她急了，几乎带着哭腔叫道，爷爷，我啥时候值过两千块，我长这么大连二十块钱也没在口袋里装过呢！

老方头不理她，目送毕成功和他娘出了门，他就走到桌边拿起西凤酒高高举起对着灯看，啧啧道，这酒多贵呀！这辈子也没机会喝上几回！

再有五年他就七十岁了，老方头早就打算他要大铺大张过个七十大寿，手里这瓶贵重的酒让他兴冲冲了。两千块钱，和每月少了的二十块钱房钱相比，不用算老方头也知道自己赚了。他哼着小曲把那酒和烟踮着脚放在大柜子的最高一层。

回过头他看见方美丽还在哭，就心烦了说，快去把羊肉用凉水泡上，去去膻味。方美丽没动，老方头突然用很大的声音说，你爷死了吗？哭成这样！哼！

他不满地叽咕着出了门，手里提上那块羊肉，临出门又对方美丽说，那包点心你别动，我明天要送人。你叔要办内退了，早说要给人家送送礼哩。

方美丽见他把四样礼一样样安排好，自己却被晾在屋里，觉得自己真是可怜，就又埋头哭了一会。等她停下时，院里和屋里一片寂静，她自己也觉得没了意思，就擤了鼻涕去灶房打水洗了脸，眼睛胀得很，心口却不那么憋闷了。她在灶房里摸黑站着，朝着毕成功住过的棚户看了看，心里打着自己的主意。

方美丽仔细想了上次肉票和粮票是她领的，粮本和户口本她就放在他爷床上那个小炕桌的抽屉里了。她去找，果然户口本和粮本都在，方美丽认真看了看自己的那一页。要是她把户口本拿出去和毕成功领了结婚证，再把自己的粮食关系转到毕成功的粮本上，那他爷和他叔一定会为每月少了一个人的粮油配给而心疼的，方美丽想到这一招有些高兴起来。她像一个很会谋划的人一样，重新把那两个要命的簿子放在抽屉里，然后蹬上木头梯子爬到自己的阁楼上睡觉去了。

这几天方美丽一直在帮毕成功搬家，之前又到他的新房子去看民工盖房铺地，早就累得不行，今天一个大心事没了，她躺在被窝里很快就睡着了。她睡得很安稳，衣裤都没顾上脱，甚至她一睡着就做起梦来：她和毕成功正在结婚，他俩都穿着古装，毕成功仿佛比平时高很多，像电影里的主人公一样，玉树临风，对她笑着，用精明的眼神看着她。方美丽心里美极了，只会害羞地笑。

老方头家实际上很小，只有两间半房子，一间老方头和两个孙女住，一间方美丽的叔叔婶婶住。那半间房其实上是借着墙搭建的一个牛毛毡顶的小灶房，经常会漏雨。方美丽没有自己的房间，她睡在方家的阁楼上。说是阁楼，不过是在房顶下面搭了层结实的顶棚。因为搭了这个可以睡人的顶棚，下面这层就比一般人家的屋子矮了许多，连两米都不到，老方头家就显得特别压抑拥挤。顶棚上面那层也不过一米高，方美丽和她叔的闺女爱丽一起住在这里，她俩都没法子直起腰，只能顺着搭的小木梯子爬到床上睡觉。说白了，床也不算是什么床，两米宽的空间能放什么床？只能铺上褥子和床单当作地铺罢了。她和爱丽各自用方方正正的空肥皂纸箱放衣服和零碎物件。在方家，两个大纸箱算是方美丽的全部家当了。

每天晚上方美丽上梯子时，都觉得终于可以藏在她爷和她叔她婶再也看不到的地方了。虽然爱丽会和她共享这空间，她俩却还处得不错，而且爱丽是一个很心强的女孩，总说要学着人家考大学呢！她曾经说她要凭学习离开这个地方，上大学过好日子！

什么是好日子？美丽和爱丽并不知道，但皂角巷里像她俩这样，拥有一两个纸箱存放春夏秋冬所有里外衣裳，又睡在这个只能爬行的床上的女孩儿却并不只他们一家。方美丽并没有觉得她们受了什么委屈一样，家家过得差不多，吃得差不多，穿得也差不多，如果不是毕成功，她方美丽永远不会想到一个人可以每天赚那么多钱。

第二天方美丽把他们家的户口本和粮本从兜里掏出来递给毕成功时，她的心里是带了些炫耀的，她期待毕成功会夸奖她聪明。果然毕成功翻着那几页簿子，微微挑了眉毛有些惊喜，又有些不相信，他说，美丽，这是啥意思？

这还用说？领结婚证是一定要用户口本的，结婚以后一定要吃饭，就必须要有粮本才能转来粮食关系。如果他们不同意她嫁给他，那她就算人来了，每月的粮食却还会留在方家，那怎么可以？

方美丽把她认为最简单不过的道理讲给毕成功听，他便笑着低下头重新翻到方美丽名字那一页说，要是他们来闹咋办？

方美丽突然有些热泪盈眶了，她鼻子发酸地飞快摇头说，不怕！俺自己愿意的！

立刻，毕成功被眼前这个眼里含着泪的姑娘感动了，他轻轻合上粮本，拉起她的手说，方美丽，现在我没钱亏了你，等有钱了，俺一定给你把金项链、金戒指、金耳环全买齐！

这是一个很大的承诺了。

方美丽却并不觉得毕成功的话和电影里的话有什么不同，她觉得，他看着她的眼神，他那表情，和那些情意绵绵的男人一样，和昨天晚上梦到的也是一样的。

毕成功搂住她，亲她。方美丽被烫了一下又丢在凉水里激了一下似的，打了个抖，她赶紧闭上眼睛。毕成功小声问，那你看，咱和你爷说不了？

方美丽被他从迷茫的地方叫回了现实，她睁开眼睛说，别傻了，他们肯定不同意，那时候再也摸不到户口本和粮本了！

于是当天毕成功和方美丽就到街道办领了结婚证。当天下午他们没有去办粮食关系和转户口的手续，人家说这个手续比较麻烦，得一个礼拜才能办好。但方美丽已经不在意了，她被毕成功拉着手，恍惚着又高兴着，有那么一会儿她有些担心地想，就这么着，俺就成了毕成功的老婆了？

接下来她就不恍惚了，因为方美丽和他爷爷玩了心眼，耍了手段，先斩后奏了。老方头刚一知道就气得扇了她两个耳光，他让她滚，到他死了也别来看他！

方美丽哭得不行，就跪下说，毕成功确实没钱了，等他赚上钱我让他给你两千块钱行不？

老方头气得嘴唇发抖，两根指头并拢指向方美丽，像唱戏的武将。他一字一顿地说，你当你送上门去，这辈子他能听你的话？凭你？他把你卖了，你还得替他家数钱呢！走吧，吃里爬外的东西！这个家没你的地方了！

这时毕成功就在门外站着，屋里这话也就算砸在他的脸上了。方美丽见她爷一屁股坐在床上，脱了鞋，脸朝里，歪在床上不理她了。她犹豫着不知道是该爬到铺上取了自己的衣裳和东西，还是像以往一样，陪着她爷爷生闷气。她看着桌上的闹钟，差十分五点。这个钟太老了，从小东门鬼市买来时就是旧的，几乎每天都要慢五分钟，过十来天老方头必须得调一次表，因为这个原因，爱丽常常会为迟到而埋怨她爷爷。可老方头不在意，依旧这样。

按着规律现在快五点半了,那方美丽的叔叔婶婶快要下班回家了。一想到他们,方美丽的后背就发凉。她站起身上了木梯子,把自己的两个纸箱子抱下来放在门口,又从里面捡出爱丽的一条裤子和一个围巾。毕成功蹲在原先住过的棚户门口,见她出来了,他就松口气,来接她的纸箱子。方美丽有些哀怨地把纸箱交给他,用眼神指指大门外。

她重新回到院儿里,她爷一直没动,她就一直站着。闹钟忽然轰鸣着咣咣响起,方美丽打了个哆嗦,她咬着牙鼓了好大的勇气说,爷,俺和成功十天后就结婚呀,他在十字路口的饭店包了几桌饭,要请亲戚朋友!你和俺叔俺婶一定要来呀!

老方头脸朝里躺着,猛一摆手说,你走吧,没人去!

毕成功知道,方美丽没谈过恋爱,虽然她和他说过上初中的那个班长,可那简直是过家家式的小儿科,毕成功根本不当一回事。老方头提出的离娘钱,毕成功是打算给的,想着先好好挣了钱再去找老头儿说亲事,他怎么也没想到,方美丽会主动想办法来解决了这个问题,给他省下了两千块钱。说实话,他心里有些震惊,平时没什么主见的方美丽,会在这么关键的时候把户口本和粮本拿出来跟他登记结婚。他在心里下了决心,一定要对她好,要不人家连个娘家人都没有了。

他俩都知道她把她娘家人全得罪了,所以当毕成功捧着方美丽装满衣服的纸箱子,带着和他才领了结婚证的妻子方美丽往自己新房走时,他对默默走路的方美丽说,美丽,我不知道你娘家人还认不认你了,可是你放心,我毕成功娶了你就会对你负责!因为现在你没个娘家,没地方去找人心疼你了!

方美丽听了这话就在马路牙子上站住了,她捧着个大纸箱和毕成功面对面站着,纸箱就挡住了她半张脸。毕成功看着她的眼圈突然红了,鼻子也红了,然后眼泪慢慢在眼睛里晃悠着,好一会儿,终于流出来,顺着脸就成了长长的两道。

方美丽吸着鼻涕笑着问,真的成功?你从来没有说过这种话,我以为你不懂呢!

方美丽丢下箱子,眼睛盯着毕成功哭起来,她有些委屈,也有些感动,还很幸福。路上有行人看,毕成功也不管,放下纸箱就把方美丽紧紧搂住,在她耳边亲昵地说，傻子，咋在马路上就又哭又笑的？快回家，咱俩现在是在西安有家的人啦！

这话是毕成功来西安这几年说得最自豪的一句话，能在这样的城市成为一个有家的人，是他多少年来的渴望啊，从在孟寒雨家的门道睡下那天起，他毕成功就知道，自己迟早是要在西安城安下家的。

毕成功的结婚宴席原本计划了两桌，有一桌是给方美丽的娘家人准备的。方美丽家只来了一个人，就等于白包了一桌，毕成功的家里人只有刘兰草和毕成钢，加上毕成功和新媳妇，房子的老户主两口子，还有街道办事处的老王，方美丽的堂妹爱丽，就再没什么人了。六个人加上新郎新娘举办了婚礼，结婚证是老王念的，他是毕成功和方美丽领结婚证时开证明认识的，算是毕成功认识的最大的官了。如果不是老王特别和气，毕成功也不会请他来的。

从买了这院儿房并打算着好好干一场，毕成功的心就全搁在这个房子和未来的生意上了，他几乎没太想和方美丽结婚的事。在他看来，方美丽就是用来当媳妇的，他从小到大除了孟寒雨没喜欢过什么女孩儿，孟寒雨早就掖藏在他心里上了锁的地方，皂角巷么小，那他除了方美丽还能去娶谁？

小巷子尽头的机械厂是个集体制的小厂，后来产业调整，几家小厂合并起来才形成了这家机械厂。厂里基本上全是男工，而毕成功打的算盘其实就是针对这些二十多岁小年轻的。机械厂的活儿累，厂里有个食堂，管着全厂所有人的早中晚三顿饭。早上和中午还好，晚上厂里的工人们就不愿意再吃食堂了，因为这顿饭基本上是中午和早上剩饭的混合，再加些汤水下些面条，有时候是酸汤面，有时候是旗花面，再好的叫法，本质也是剩菜加水下了些面条而已。毕成功把小院儿的门开在北墙上之后，从机械厂出来的所有人就必须从他门口经过了。他在门口地面上铺了红砖，到傍晚就支起做买卖的小桌和小凳，又找人焊了个生铁的长条铁炉，打算卖烤肉、汽水。他的这个打算刘兰草是赞成的，油条摊摆在家门口省去了好些麻烦，刮风下雨天再也不怕撑着的伞突然让刮倒，一锅热油被雨水打得滋啦乱响，而且出摊收摊也不再麻烦了，走几步就进了自家的院子。谁还会打着查卫生、查市容的旗号来找碴罚钱呢？

听毕成功说了这个打算，刘兰草觉得儿子的主意真是不错。她说，那些小年轻们住着宿舍，月月领着老头票，钱多得没处花，又没成家没有老婆孩子，让他们吃着烤肉吹吹牛，这钱不是流水一样就流进自家的钱匣子里啦？

对毕成功的所有想法，方美丽都没意见。他说好，她就觉得好，按他说的做就是了。她从来没有想过，自己可以和毕成功住在这样有着水泥地面和自来水的小二楼新房里。许多个夜晚毕成功稳稳的鼻息轻轻响在耳边，方美丽兴奋地睡不着，侧脸看看身边的毕成功，鼻梁挺直，头发乌黑，脸上瘦削着满是精干，她就满意地微笑了。她咬着嘴唇想，这是我的男人呢，这房子是我的家呢！

她满意得不行，也高兴得不行，有时候就觉得自己天生就是要来给毕成功当媳妇的，要不像她这样下跳棋都只能想到一步，不愿多操一点点心的女人，咋会嫁上这么精明的毕成功？方美丽这样想着就更加相信了那句老话：嫁鸡随鸡，嫁狗随狗，嫁只猴子满山走。原来他俩的亲事是一开始就注定的呀，她有些高兴地想：他卖冰糖葫芦她就帮他穿山楂；他卖炸蚕豆，她就帮他给每颗蚕豆划一刀；他要卖烤肉，她就帮他串羊肉好了，反正他做什么都是不会错的。

因为西安回坊上有清真寺和许多回族兄弟，回民的清真食品便在西安有很大市场。羊肉泡馍和腊牛羊肉本来就是西安的名吃，烤羊肉串虽然大多支在回民街上，可去吃的却是城里城外哪儿的人都有。带着小白帽子的回民几乎是天生会做买卖的高手，就算没有念过多少书，他们算账的本事却令人惊叹。回民兄弟在烹饪上的天赋也不可不提，只要来到回民街上，差不多每个店里的吃食都是色香味俱佳，于是在西安市的许多街上就渐渐出现了许多回民经营的小吃摊子，炒菜烤肉串算是西安的特色，八宝稀饭、鸡蛋醪糟之类的小吃，男女老少都很喜欢，有的成了些气候的小吃摊你挨着我，我连着你，便慢慢在一些街巷里形成了半条街的夜市，从下午四五点摆上摊子，能热热火火卖到夜里十二点。

在西安，吃烤肉、喝啤酒是渐渐兴起来的事情。为了能切出好肉片，又能烤出好滋味，毕成功是下了大本钱的。他为了把这个生意做好，差不多把西安市稍微像样的夜市都看遍了，也和人家聊过天问了生意经。人们总说钱当然是能赚上的，可是太劳累人了，又脏又累，全家都得搭上，而且白天晚上都颠倒了。这话不错，毕成功却不以为然，吃苦拼命是他最不怕的，不吃苦不受累能让人家把口袋里的钱掏出来给你吗？为了挣钱，他连睡觉吃饭都觉得是浪费时间，黑白颠倒又怎么样呢？要是没钱可赚，白天是白天，夜里还是夜里，可又有什么意思呢？

毕成功在心里琢磨怎样能把那些年轻工人的钱赚到手。烤肉、啤酒和汽水是他觉得最合适的，可他没烤过肉，也没吃过一次烤肉，但他不怕，只要他想，没什么是他学不会的。毕成功便拉上方美丽和他娘刘兰草，找他打听到的最好吃的烤肉摊子去吃。因为吃着也算是学了嘛，所以在毕成功盖好房子，置办好铁炉子，连桌子、凳子都买好了的时候，他并没急着开张，他们一家三口很快就在边吃边学中过了大半个月，几乎吃遍了远近的烤肉摊。

他和方美丽的新婚就在这样边吃边学中度过了大半个月。刘兰草不爱吃羊肉，很快就退出了。方美丽却喜欢这样的生活，毕成功就笑着说，你不是总说别人结婚去了哪儿去了哪儿，咱们难道不比他们美？

对毕成功来说，到了西安这几年，不管干了多少件事情，其实只为了两个字：挣钱。

等他这大半个月过去，毕成功和方美丽便各就各位，成了烤肉摊最佳搭档。他烤肉，她就数签子收钱；他切肉，她就用签子串羊肉；刘兰草负责卖汽水，顺带负责收拾汽水瓶子。

因为机械厂那些住宿舍吃食堂的小伙子们实在很配合，毕成功的烤肉摊子摆上不到二十天，他一开始准备的八张小桌子四十多个小凳子就已经不够用了。刘兰草不敢相信儿子居然这么快就把烤肉也卖出了名堂，晚上儿子烤出来的羊肉和焙好的板筋，她悄悄尝了，果然好吃，外面略略焦脆，里面却很鲜嫩。味道自然更不用说了，她知道儿子在调味料上也下了很大功夫，干辣子面是从兴平买下的好秦椒，五香粉和孜然粉都是买的上好的，毕成功亲手推着小石磨一点点磨出来的。

方美丽和毕成功见娘捏了签子细细品味就问她味道咋样？刘兰草咂巴着嘴说，肉好吃，板筋也有嚼头，好吃！就是有点儿咸！

毕成功笑着继续烤肉没说话，他的炉子上已经搭了好几把生肉等着烤出来，一个刚雇来的小伙子正给他打着下手。八张桌子坐得满满的，没有座的人站在墙根，随手抓一把烤羊肉串，都在狠啃呢！刘兰草见儿子和媳妇不把她的话当一回事，便收拾地上堆成一堆的汽水瓶子，光是开汽水瓶盖子收钱已经够她忙活的了。来毕成功这里吃烤肉的，机械厂青工占了一大半，毕成功的摊子显然盛不下越来越多的人,他就又买来十张大桌子,自家院里支了五张,在门外的空地上又支了五张,这样一来,每天晚上九点前后的拥挤无序才算有了些缓解。对刘兰草说的烤肉有些咸的话,毕成功在第二天白天闲下来的时候,才给他娘做了回答。他是这样说的:要是不稍微咸一点,谁会一晚上喝两三瓶汽水?越咸越香呀,喝点甜的就更想吃点咸的了!

刘兰草忍不住把脸笑成了一朵花,伸出指头捣捣儿子的头说,恁呀恁呀!咋那么精啊!

毕成功这话没错,吃过他烤的羊肉,许多人就上了瘾一样,隔几天就想吃,来了就说,你给羊肉里放了啥?天天都馋呢!

因为他的生意好,刘兰草早上炸油条的计划也取消了,实在是忙不过来了。她晚上十二点才睡下,再也起不来那么早炸油条了。这条芳草巷因为毕成功的烤肉摊一改气象,路边半人多高的杂草,到了毕成功门口附近都渐渐绝了迹,一半是人们或蹲或走踩踏的,一半是那些晚上喝了好几瓶汽水的人随地撒尿浇死的。一个月过去,毕成功和刘兰草算了算账,连他自己也吓住了,除去本钱,他挣了两千八百块钱,这是他盖房子的一半钱数呀,按着这样,盖房子的钱下个月一定就稳稳赚回来了。

算过账的第二天晌午,毕成功睡足了觉,刚睁开眼睛就见方美丽两眼红通通的,眼皮儿红胀着像是哭了好一会儿了。他没说话,只看着她,方美丽就哭着说,要是知道一个月能赚这么多钱,就不该赖过给俺爷爷的两千块钱!

毕成功心里一阵恼怒,他侧过身对着她的脸说,赖?我啥时候赖过你爷爷的钱?

方美丽见他生气就不敢说话了,眼泪却忽地又流下来。毕成功心软了,伸手帮她抹掉眼泪说,行了!别哭了,你要愿意就买些东西给他送去看看吧!过年的时候给你二百块钱,你给他送去不就行了?

二百块钱不是小数目,毕成功当年租住的棚户一年也不过二百多块钱,方美丽就不好意思再哭了,她笑着把头贴在毕成功的怀里说,成功,俺爷这次真是生气了,俺回去几次他都不理俺!

毕成功打着哈欠说,不理就算了,你也不缺他们个啥!

想想这话也没错,方美丽就重新躺下,可心里总也不得劲。

又过了两三个月，芳草巷里离毕成功烤肉摊不远的一户人家也在北墙打了个门，在门口搭了个手擀面的摊子。擀面条下面条都在屋里，吃饭的桌子却摆在门口，他们学着毕成功把地面用红砖通铺了，还买了几个竹伞架的大伞撑在桌边，这样显然是打着长远的盘儿。这摊子支上的当晚，惯常在毕成功烤肉摊吃烤肉的人就图着新鲜去吃了面条。因为陕西人大多爱吃面，这家的面是用菠菜揉出来的，碧绿绿的，菜臊子又炒得香，胡萝卜小丁、土豆丁、木耳、香菇热热闹闹浇在绿面条上，一块钱一碗，贵是贵了些，却真是好吃，这家面铺子的生意很快就红火起来。

渐渐的芳草巷上就开出了五六个门，并不是家家都打算当成门脸卖吃喝的，有的并不打算自己干，租赁出去也是个收入。刘兰草悄悄打听了一下，一个月一间房就要三百多块钱。

这些突然冒出来的小吃摊大多是河南人在经管，他们都和刘兰草一样说着河南话，也差不多都是1942年前后来的西安，现在是西安居民，没做过生意。他们前十几年一直守着房子过苦日子，没想到现在政策搞活了些，可以让一部分人先富起来了，毕成功又给他们做了一个好榜样，他们才恍然从梦中醒来一样，发现这几年竟然守了个宝贝门面房睡大觉了。谁和钱有仇呢？人们就都对北面的墙有了打算。

刘兰草从第一家面铺子出现，就心里披了把草似的难受，她恨不得把芳草巷用什么东西都遮盖上，告诉别人，这是她儿子毕成功的地盘，这北墙当门的法子是他想的，第一个烤肉摊子也是他的，别人怎么能沾光呢？从搬进芳草巷起，刘兰草几乎就再没有机会和谁吵过架了，每天忙到半夜，吃烤肉的大多都是小伙子，又都很爽快的，她说两句噎人的话，他们不当回事儿，也不敢和一个老人家吵架，就都让着她，她吵不起来。一晌午儿子去拉汽水了，回来又要卖一晚上的烤肉，和儿子她也没机会吵，再说儿子那么努力赚钱，她刘兰草有啥可说道的？跟媳妇儿方美丽，刘兰草也吵不着，中午她起床时，方美丽总是已经在做晌午饭了，吃稀吃稠，昨天半夜睡觉前她都已经问过自己了，端碗吃饭又总是紧着自己，刘兰草找不到什么漏子也吵不起来。因为每天晚上要支起两个炉子烤肉才能供上大家吃，毕成功已经雇了四个小伙子来帮忙了。他们年纪轻，本来就觉多，熬到半夜才能睡，晌午爬起来吃了饭又会接着去睡，直等着下午四五点支起摊子来烤肉。本来雇他们时就说好只是晚上工作白天休息的，刘兰草又咋样能和他们对上话茬吵架？所以两三个月过去，刘兰草把那些噎人难听的话说了好多，却一直没人回应，连一次像样的架都没吵过，她早就想的嗓子眼都快长出毛来了。眼看那些北墙上修了门的人，面无愧色地支摊子做起了买卖，刘兰草真是恨得牙痒痒，这不是活生生欺负人吗？这不是从她刘兰草口袋里掏钱一样吗？

终于刘兰草找到了一个机会，想要狠狠和隔壁房子的房东老麻两口子大吵一场。

老麻是个大胖子，却胖得太厉害了，几乎就成了行动都要喘着气的老头儿。他媳妇瘦高，声音又尖利，一看就是个难缠人，他俩在墙上打了个门，一边还在用砖铺地面，一边就和来租房的两个中年女人讨价还价了。刘兰草气了，心里却兴奋着，这是多好的机会呀！他们的砖居然铺到自家墙这边了，而且水泥糊到了自己家的墙上，虽然只有巴掌大的几片，可刘兰草岂能饶他？

刘兰草抱着双臂对着那堆水泥糊的花墙看了好一会儿，老麻媳妇根本没看她一眼，只忙着对那两个中年女人讲她家这房子的好处，其中一条就是她的房子和毕成功只隔了一道墙，那可是夜市的中心呀！只要挨着他，做什么火什么，卖什么剩不下什么！不信吗？你晚上来看看，他家的烤肉卖到半夜十二点，吵得十二点前根本睡不着觉！

刘兰草咦了一声，老麻媳妇和那两个中年女人便停了嘴扭头看她，刘兰草对着自家墙又长长咦了一声才说，看着俺家生意红火也别眼红呀，这墙上糊着水泥白灰啥意思呀！还嫌俺们吵？半个芳草巷现在都成夜市了，咋就俺家烤肉卖到半夜十二点吵着恁睡不着觉啦？！

老麻媳妇瞅瞅那墙，果然白灰水泥上了墙，她对刘兰草说，等会儿我就找人把墙给你洗净！工人忙着干活，八成是他们没看见，对不起呀！

这根本不是刘兰草想要的结果，她是想找个人脸对脸大吵一架，好好过过瘾！可老麻媳妇立刻要洗墙，还有啥意思？刘兰草依然吊着脸说，恁家嫌吵还要把门开过来？不是找着睡不着觉吗？

老麻呵呵笑着，大咧咧地说，那还不是俺家媳妇看见人家都赚了钱，心也活了，非要开个门！这不就有人来租，以后咱两家生意就挨着生意了！

他说着哈哈笑着，刘兰草不好再吊着脸了，再想想将来这房肯定是要租出去的，本来该自家赚的钱肯定让人家赚走了，心里就难受着。

架没吵起来，让人好不失望，刘兰草别过脸让老麻的笑脸晾在那里。

对于刘兰草的担心，毕成功却劝她说没必要，个人赚个人的钱，随他们去吧！

可慢慢地，芳草巷就又有了两家烤肉摊子了，都在巷口的方向。那自家的生意在后面，这可怎么办？方美丽见婆婆自言自语，一时气愤，一时激动，摔锅打碗的，嫌他俩一点也不和她一心想事情。她不敢接婆婆的话，生怕刘兰草的怨气就全撒在自己的身上了。可她不听也不行，屋子里只有她俩。

刘兰草说，毕成功翅膀硬了，听不进去俺的话啦。

方美丽不敢接话，这是婆婆惯常的办法，从一个最无关紧要的地方入口，然后能搅和成一大片。她低下头使劲搓着洗衣盆里的衣裳，这些衣裳有自己的，有毕成功的，也有刘兰草的，肥皂沫子在水面上漾呀漾的，在太阳底下闪着五彩的光亮，她洗得专心，就盯着那些小泡沫不出声。见她只埋着头，刘兰草就问，美丽，怎听见俺的话没？

方美丽停下手说，听见了，娘！

刘兰草看到她怯怯的样子就叹气说，唉！都嫌俺爱说，还不是为了怎们？俺能花几个钱？反正俺有退休金，眼看钱都让别人挣走了，他心里真就不急？十二家呀十二家！一个芳草巷才牙长一截巷子，就有十二个摊子，不是要命嘞？

昨天方美丽听毕成功说过一句，说有同行无同利，她见婆婆真是在着急，便把那话重复了。她不敢说毕成功说得没错，但她等着刘兰草发作。毕成功顺着楼梯从二楼下来，见他娘和媳妇虽然都没说话，可这嘴仗随时要打起来了。他最头疼的就是他这个娘了，毕成功心里盘算着拉个小板凳让他娘坐下，刘兰草说她不累，不坐。

毕成功就赔着笑说，娘，怎不坐就是对俺不满意，俺就不敢坐了。

刘兰草心里受用了，这才坐下。她问这生意一天也做不下去了，怎就不急？

毕成功说，娘，俺刚在楼上算了账，这个月才过了十九天，已经赚了三千块钱了，顶得上前几个月整月赚的钱！

　　不光是他娘不信，连方美丽也盯着他看，毕成功就说，真的，俺不会算错的，所以俺就想，他们在芳草巷开门面其实是好事！

　　刘兰草忽地站起来说，恁八成是让钱给烧晕了吧，那能是好事儿？俺都急得睡不着觉，嘴里长了多大的泡！

　　她张开嘴让儿子看，毕成功看见果然有个大燎泡，他叹口气说，娘，让恁别急嘛，恁想芳草巷只有咱一家摆夜市，也只有机械厂年轻小伙子们来吃，挣的是有定数的死钱。现在他们都开了门面做生意，一条街都成了夜市，谁的院子也没咱家大，卖啥的都有，就不光是机械厂的人来吃了，全西安市都知道芳草巷有个不错的夜市，也知道芳草巷最里头的烤肉味道好，这不就有更多的生意冲咱来了？

　　刘兰草张着嘴觉得像是那么回事，心里又觉得没底儿，她小声说，俺不信！恁一定在哄俺！本来人家都吃咱家烤肉的，钱就花给咱家了，现在人家不吃了，去吃别的了，恁咋样赚钱嘛？

　　毕成功笑着说，娘，恁比俺还财迷呢。恁说的不假，可恁想想过去十个人，就算他们天天吃，总也吃不烦，不过也就是每天十个人的买卖钱，现在一千个人来了，就算平均在芳草巷里十二个摊位，每个摊位也得一百来个人来吃呢，这还不算咱家本来的回头客就多！

　　方美丽明白毕成功的意思了，她说，是呀！俺看芳草巷整个路上都停着自行车，哪个晚上随便数数也有上百辆！还不算机械厂的人呢！

　　刘兰草终于松口气笑了，好，算恁俩会说，俺不管是不是真的，反正恁们赚的钱又不是俺去花。

　　毕成功说，娘，俺还打算把楼上这四间房全租出去，让他们也卖夜市，越热闹越好，四间房加上门口给他们一半的地方，光房租一个月也得收他们一千多，这不又是钱？！

　　刘兰草又担心上了，那不是把咱们烤肉摊子给挤了？多挣些房租，影响了自己的生意多不划来！

　　毕成功压了声音说，娘，让他们也卖菠菜面、八宝稀饭这些和咱们不一样的饭，不光不影响咱，还把人给咱们留下了，想吃面又想吃烤肉的，自然就坐在咱们家的桌子上了！娘，恁在沙村就说恁最爱喝八宝稀饭，那以后天天都能喝一碗！

刘兰草发自内心冲儿子伸了个大拇指说，嘿嘿，毕成功！恁这辈子要是不发财，老天爷都不答应恁嘞！

一切都和毕成功想的一样，他招租了两个炒菜的和一个八宝稀饭的摊位，一个月就多出了一千多块钱的房租。在他们家门口的客人更多了，有时几乎就要摆到邻居家的门口了。芳草巷数他的生意好，有些人也渐渐支起了烤肉摊子，最多时，一条不长的芳草巷上就有八个烤肉摊在冒着烟，整个巷子就都是诱人的孜然烤肉香味。毕成功心里使了劲，让几个雇来的伙计把肉块切大，给签子上把肉串多，可人家也一样加了肉的分量，世上哪有挣钱的事能难住毕成功？他在家里琢磨了一回，到回坊上去转了几天，就想了一个好主意，这一次连他自己都忍不住夸自己太牛了。

毕成功跑到回坊上找了个真正的回族老人请到了家里，老人白胡须一尺长，头发也是雪白的，戴着小白帽子，深眼窝高鼻梁，往那儿一坐甭提有多精神了！

毕成功请了这位老人，并不用他干活，只需每晚坐在烤肉炉子旁边喝茶、吸烟就是了。烟是毕成功供着他的，茶也是专为老人才买的，老人的工作只是在夜市最热闹的时候对大家说，正宗的新疆烤肉，好肉！好孜然！

只这两句话，毕成功一个月付老人三百块钱。怕老人熬夜太累，他只请老人到夜里十点半就停止工作了。他嫌自家房子离夜市近，人们会吵到老人，就在离芳草巷不远的地方，为老人在群众旅馆包了个房间。一时间毕成功的烤肉在西安市就出了名，越是排队越是人多，每个晚上，芳草巷其他七个烤肉摊子的顾客加起来都没他一个人的多，他实实在在挣到了钱。刘兰草再也不说儿子的脑袋让驴踢了，才去花钱找了个只会说话不用干活的老头儿来供着，原来这老头儿就是个活招牌呀！

夜市的生意总是夏天最旺，烤肉摊子也总是在一个夏天挣到其他三个季节加起来的钱。可是不顺得很，毕成功的烤肉摊在最红火的时候却不得不关门了。因为毕成功房子北门面对的全是机械厂的厂区，现在机械厂要给这条路修上围墙了，大家才知道，这条芳草巷其实本身就是机械厂的地方。毕成功眼看着机械厂修路的人，几乎是贴着自家的大门在地上画了一条粗粗的石灰白线，那自家的门不是就打不开了吗？夜市还怎么摆？

现在别说做生意，要想出门也必须在原来的南墙上重新砸墙修门不可了。这对他来说可是个大事，毕成功去了机械厂的办公室，正说着话，就见几个芳草巷的老邻居也慌慌来问，老麻媳妇跑得气喘吁吁，想是得了房客的信，就从家里直接赶来了。机械厂的人很客气，拿出厂子的房产证给他们看，果然那图上这个芳草巷是人家的，所有房子的北墙之外，都是机械厂的房产。

大家听得出来，机械厂之所以要把围墙圈起来，其实就是冲着这条夜市。厂子没有墙，社会上吃吃喝喝的人和机械厂的男工们，喝多了总要打架。也有人图方便，从夜市上走几步拉开裤子就撒尿。天又热，就臊气熏天。

人们都七嘴八舌说这太过分了，哪能堵着门修墙啊？可是人家还是很客气，只说上面的安排，他们也是执行罢了。又说要是不放心，可以去管土地规划的地方再查查问问。毕成功当然不甘心，打听了之后才知道，这事儿已经板上钉钉，不可避免了。

在南墙上重新开个大门容易，进出不走芳草巷改走小胡同也容易，可是毕成功夜夜不少的钱从哪里挣呢？

不光是毕成功和刘兰草，连从不操心的方美丽也犯了愁。机械厂的围墙修起来了，毕成功家的生意和芳草巷的每一家每一户一样，就全停止了。毕成功给伙计们结了工钱，让他们回家了。他把回族老人送回了家，二楼的房客也好说好散给退了些房租，收拾东西走了。方美丽担心毕成功忙累惯了，闲着怎么好，心里悄悄想，这算是他第二次没事儿做了吧。

不知是不是已经挣了些钱在兜里，毕成功却比上次从电影院门口收摊要平静得多。他没有再满西安市转着找寻活路，反而就在家里坐下了。方美丽怕他歇着会心急，便劝他说，不如再寻个地方卖烤肉吧？

毕成功说，这事儿你别管了，我心里有数。

他什么事情都自己做主，谁也不知道他想什么。方美丽心里却暗暗高兴着，觉得其实这样更好，巴不得毕成功一直能这样有着笑容，和自己说说话呢。可她看着毕成功有时就坐在床沿上发呆，眼神离散着，两手耷拉着摊在腿上，那手因为常年干活，血管饱满地鼓着，方美丽不忍心看毕成功的样子，但她只能猜。她看得出来，他和他的手都委屈地闲着，连她也觉得他真难受。她知道他说他心里有数，其实还没底呢，要不他一定会迈开步子嗵嗵地去干活，哪舍得多一分钟坐着发呆不挣钱呢？

刘兰草难得地歇了，就在宽大的院儿里坐着择菜。她的难受是再也没有好东西可以喂那几只流浪猫和狗了。从毕成功的烤肉摊子支上没多长时间，刘兰草就发现，到晚上总有两只狗在不远处打着转转，这两只都是黄狗，一只颜色浅一些，一只颜色深一些，它们是被烤肉的香味吸引过来的，可是烤肉摊实在是人太多太热闹，它们不敢到近前。刘兰草便想起在沙村时毕成功心爱的那只黑狗，他们把它养活了七年，如同自家儿子和兄弟一样的时候却被村里人打死了。她知道它是被村长他们煮吃了。毕成功离开沙村后，她远远看到那只狗的尸体被吊在戏台子旁边的槐树上，就痛哭着不愿往跟前再多走一步了。她不敢相信那只黑狗被吊起来挂在空里竟有那么长，完全比一个人高大。后来，她又得去戏台上挨批斗了，她看到重新挂在那里的是一张狗皮，正面是黑色光亮的毛，背面却是灰白色，上面细密如网的血管早就风干了，像一面硬旗般呼啦啦在风里招展。批斗结束的时候，人们渐渐散了，她装作腿疼蹲在那里磨蹭着，等戏台跟前没有人的时候，她慢慢走下戏台，凝视着那已经风干的黑色狗皮，眼里却没了眼泪。多仁义的狗！它是想护住它的主人呀，世上的哪个人能和它一样不惜命就扑上去了？

刘兰草理理头发，冲着那黑色的皮深深鞠了个躬。

那时刘兰草一直庆幸着她儿子早早离开了沙村，不管他过得咋样，至少再也不用看这场面，要不他会气疯的吧？所以她从来没和儿子说起过黑狗后来的事儿，他也从来没问过。成功那么精的一个人，该是啥都猜出来了吧！所以刘兰草看到这两只肚子干瘪身形消瘦的狗，便立刻想起了那黑狗。开始那几天，刘兰草不敢给它们喂食，她太忙，而且她也很害怕那些狗会咬她。后来她留心了，一晚上也没见那两只狗吃到啥东西，心里便可怜了它们。夜里收摊子的时候，成功和美丽都回屋睡了，伙计们也都在洗澡了，刘兰草把那些顾客剩在签子上的烤肉块儿都收集在一个大碗里，用开水冲洗了上面的孜然辣椒调料，寻了个漏得不能再用的小铝盆儿，看到它俩还在远远张望，便放在路边。她退回院子把门虚掩着，从门缝看，就见两只狗警惕着慢慢小跑到那盆子面前，饿疯了一样埋头便吃。刘兰草高兴了，她猜它俩是两口子，或是兄弟，因为它俩既不争也不抢。

开烤肉摊每天总会有些剩在签子上的肉块，扔掉不是太可惜了嘛，刘兰草从此便在芳草巷喂狗了。一开始只有这两只流浪狗，后来又来了一只流浪狗，还添了好几只野猫。到了晚上，芳草巷的夜市摊子撤了，这些野猫野狗就会为了抢食而打架撕咬，猫狗的叫声把人吵得睡不着觉，第二天人们总会在巷子里大声抱怨，可是谁也没有想到，它们是刘兰草招引来的。她不吭声，却暗暗想办法把猫和狗的食盆分开，可抢食并没有改变。后来等方美丽和毕成功发现时，她娘已经准备了五六只铝盆子，分别给那些猫狗喂食，而且他们自家的剩饭剩肉早就不够给它们吃了，刘兰草只好每天都在别人家的摊子跟前去拾剩肉和剩饭。可这就暴露了是她招引了一群野猫野狗在芳草巷的事实，经常有做着夜市生意的邻居来哀求，或是吵架，让她不要影响了他们的生意。因为那几条大狗被她养得越来越不怕人了，他们的摊子上坐满顾客时，它们也敢大咧咧在人们脚下找吃的，经常吓坏了那些人。毕成功当然知道他娘是理亏的，他劝他娘别再喂了，可他咋能挡得住他娘呢？所幸刘兰草喂养的流浪猫狗停在了十只左右就不再增加了，毕成功便忍耐了他娘和经常来告状的邻居们。

现在儿子的烤肉摊眼看是开不成了，那用什么来喂这十来只流浪猫狗呢？刘兰草很发愁，她想来想去，只好每天到芳草巷外面那条街上的几个食堂收集剩饭剩菜，然后回来整理了分给它们吃。如果剩饭实在太寡淡，她也不舍得花钱买任何东西，宁愿坐上公交车到回坊上去拾人家卖剩下的牛羊内脏下脚料，那几天她的流浪猫狗吃得就像过年一样丰盛了。毕成功不许她在自家院子放这些食物，怕招来的猫狗有病传染给大家，她便听了儿子的话，把她那几个铝盆子全放在巷子最尽头没人的空地上。

刘兰草一次也没有和儿子说起过为什么要喂这些猫狗，毕成功也一次没问过，他似乎压根就没有看到它们，心里只操心挣钱呢。

白天刘兰草还是闲着难受，就买了好大一捆韭菜一根一根择拣干净，又头朝头尾朝尾地摆放在篮子里等着洗。她说她包些韭菜鸡蛋饺子吧。毕成功没回应，方美丽在屋里说，她来帮忙择菜。

刘兰草不说不好，也不说好，却对着那捆菜说，人家都是有好命的人，能吃好的穿好的躺在床上养懒肉呢！她哪有这么好的命嘞？

方美丽坐在床头不敢接声。刘兰草又对着韭菜说，咦，过去娘娘在宫里也不过是这样了吧？

听她说个不休，方美丽就出了屋来帮忙。刘兰草并不让她碰，吊着脸自己抢着洗了菜，摔摔打打丢在案上，自己拾了刀，一点点细细地切。方美丽见面已经和好了，盖了湿布正醒着，自己再也找不出能干的活，又不敢回屋，只好看着刘兰草瘦骨削削地耸着肩，起劲地切韭菜。两个女人的叮叮当当，毕成功听不到耳朵里去，他坐在自己的床沿上想下一步该怎么走。

再租个门面房卖烤肉是个不错的想法，可是成了气候的夜市，无论多大多小的地方，也得每月几百上千的房租，他觉得不划算，而且光出个摊，拉这些炉子桌子就很麻烦。

盯着院子里摞得比人还高的汽水箱，毕成功苦苦地思考着。冰山汽水是毕成功一开始卖烤肉就从汽水厂蹬着三轮车批发来的。不到一年多的时间里，他挣了两万来块钱，算起来，汽水占了好几千。他最早见到这橘黄色的汽水，是在钟楼旁边的国营商店，人们排着队买着喝，因为买的只是汽水，瓶子喝完还要退回去，所以喝汽水的和买汽水的在东大街围了好大一疙瘩人。毕成功知道这汽水确实好喝，更重要的是，人们虽然不像前几年那样看不起个体户，但买东西还是紧着想买国营大商店的。

他去汽水箱里抽出一瓶还没打开的汽水，见那瓶子的四周已经让磨得成了毛玻璃。他又找了个喝过的汽水空瓶，因为来来回回的罐装、回收，瓶口都残损了。把一枚被瓶起子打开过的汽水瓶盖在手里翻来覆去看了足有十分钟，毕成功对着汽水瓶上印着的白色冰雪图案想，就是你了！

一瓶汽水九分八批发来，全西安市统一都卖一毛二，一瓶能挣两分二，要能赚到钱，靠的是量。卖夜市烤肉串的时候，毕成功哪天也能卖上三十几箱，一天能赚十多块钱。冰山汽水很紧俏，毕成功每次让伙计们去批发汽水，都得半夜排队才能批发到。就冲着这个紧俏，毕成功做了个打算：他自己做汽水卖呀。

他的打算刚一说出来，刘兰草就摇头说，谁会喝恁的汽水呀，都只喝冰山！

方美丽也说，汽水厂得多少工人呢，那些机器咋买得起？咱开不起那样的厂子！

毕成功说俺要做的是冰山汽水，不用机器。他装作不经意的样子打量了他娘一眼，果然刘兰草挑了根眉毛说，咦！俺说过多少次了，咱挣钱要挣干净钱，不管干啥都要干板硬正！恁这是做假汽水嘞？俺可不干！

她见儿子不说话，又加上一句，俺也不许恁干！俺说过，只要俺活一天，恁就别想翻天！

毕成功却早就想好了，他笑眯眯地对他娘说，娘呀，儿子最听恁的话了！俺和冰山汽水厂签了个联营合同，他们也是这些配料，也是这些瓶子，俺交了钱人家才允许咱用人家的牌子呀！

刘兰草有些信了，就瞅瞅方美丽，却见儿媳妇一脸不知情的样儿。她说，俺不信，咱有啥？人家愿意让恁白用人家的牌子挣钱？

毕成功依旧笑着说，娘呀，怪不得恁怀疑呢！咋会是白用呢？明明俺每卖一瓶汽水赚五分钱，得给人家交二分钱的管理费呢！所以人家才把配方给咱的呀，恁想呀，要是人家不同意，俺咋敢拉出去卖呢？这瓶子都是人家汽水厂的，没有人家和咱合伙，俺哪来么多？

哦，明白了，那俺就放心了。俺给恁帮忙！

把娘搞定了，才是第一步，真的要做出冰山汽水，毕成功是费了很多心思的。他得先把味道做得和冰山汽水一模一样才行啊。为了这个味道，他跑了不少地方，试了不少东西，总是差一些。后来他寻到西一路买了柠檬酸和香精、糖精，不知道试验了多少次，换着各种比例兑在凉水里，试了又试，又让方美丽和刘兰草尝，终于算是差不多了。毕成功觉得，要想让人相信这是真的冰山汽水，把汽水弄得差不多时，得准备几样东西才算到位：冰山汽水厂的原装玻璃汽水瓶、原装汽水瓶箱子、卖汽水时穿的印着"冰山汽水"的白大褂工作服。

这三样东西倒还好办，他去花钱收瓶子，只要价钱比冰山汽水厂回收的价钱高一厘，就能想收多少收回多少。最重要的是，他得有原厂的汽水瓶盖子，这件事对毕成功来说比制作出味道良好的汽水要难得多。可是，要是没有这样一个印着冰山标志的小洋铁皮片片儿当作瓶盖，谁会相信他的汽水就是冰山？

又有谁愿意花一毛二来买呢？毕成功把自己家垃圾堆里那些撬开过的瓶盖子，都当作宝贝一样收拾起来，放在铁砧上，用小钉锤细细心心砸成平平的圆铁片儿，可是被砸得翻起来的那些瓶盖却很难砸平，而且被砸过的地方冰山标志的漆皮就掉了，露出里面的洋铁皮来。他端详着面前砸出来的一个个圆铁皮片儿叹了口气。

方美丽来叫他吃饭，看他发着愁，眉头挤成了个疙瘩，她也蹲下去看，劝他说，算了，这些明明用不成了！

刘兰草的饺子煮好了，吆喝着让他俩去吃。毕成功顾不上吃，把那些铁皮一枚枚排在饭桌上说，明天你俩去东大街、南大街和西大街转转，见谁家国营商店卖着冰山汽水，你就送给他两个起子，再给人家拿包瓜子吃。就说咱们做铁器生意，需要些没撬坏的汽水盖，一百个给他五毛钱。

方美丽笑着说，你真会想办法，那得多好的技术才能不把瓶盖撬坏？

毕成功把两根筷子并起来比画说，我自己做起子！用竹皮钉上大号的螺丝，一定不会撬坏！

方美丽夸他说，真有你的！

他俩都不理刘兰草的吆喝，只是有说有笑。刘兰草就把筷子重重摔在桌上说，一个饺子费多少功夫！又是剁馅又是包的，都不顶人家说一句好听的！成功！这日子没办法过了，俺走呀，让恁俩好好过日子，省得碍恁们的事儿！

毕成功瞪大眼睛，赶紧拉方美丽坐下，夹了个饺子就塞进嘴里。刘兰草却哭起来，毕成功的饺子在嘴里含着，瞪着他娘又看看媳妇。刘兰草抹了眼泪，夹起个饺子在面前的辣子醋水碟子里蘸了，有滋有味地吃着说，吃完俺就走！

毕成功咽下嘴里的饺子说，娘，恁想去哪儿？

刘兰草看也不看，她说，哪儿都行！恁把俺那份工资分给俺！俺走呀，不碍恁们的事儿，不看恁们谁的脸色！

方美丽小声说，娘，别生气！恁走，又能去哪儿？

刘兰草气得说，咦！就知道俺没地方去才这样故意怄俺？幸亏俺有退休工资，要不还不让欺负死啦？走呀！走呀！连饺子也不让俺吃就撵俺走呢！看看！多好的媳妇！

方美丽知道又说错话了，咬了嘴唇，埋下头不说话了。她不敢放下筷子，手指使劲捏着，生怕自己哭出来。毕成功看看她，就叹口气说，好好吃顿饭吧，好不容易歇了这两天，娘，俺们有啥不好，恁就说说，恁要走，谁咋能放心恁？

刘兰草见方美丽的眼泪吧嗒着滴在地上，她学着毕成功的腔调说，俺们？！恁们是俺们了，俺是个孤零零的人儿！在这家里本来就是来伺候人的！不就是个老妈子？

方美丽小声辩解说，我天天也干活儿呢，没让你伺候啥！

刘兰草便冷笑了站起来说，咦！早知道恁吃了也是不领情，就该一天也不管恁，俺能指望恁个啥？早就看透了，连恁亲爷爷拉扯恁长大，恁也说走就走，翻脸不认人了，俺还能指望恁个啥呀？

这话像刀一样刺进方美丽的心里。从她离开娘家，这算是她心里最大的一个痛处了，像一个总也没有长好的疮疤，稍稍碰一下就疼得不行，现在刘兰草一句话就把她疮疤上结的痂给揭掉了。方美丽哇地哭出了声音，丢下筷子跑回自己的屋里。

毕成功站起来说，娘，美丽是为了俺才离开娘家的呀！恁咋这样说她！

刘兰草看着儿子更痛心了，抖着声音伤心地说，俺就知道恁会向着她，俺走呀！不敢再惹她了。恁当恁娶了媳妇就死了娘吧。

她转身往自己屋里去，毕成功咬牙低头看着桌上还热热的饺子，突然端起盛着汤的大海碗，一扬手倒掉，冲着自己头就砸，然后啪地摔了碗。刘兰草和方美丽都在自己屋里听到了摔碗的声音，方美丽越想越委屈就哽咽着哭，刘兰草却在床边开始收拾自己的衣裳了。她不哭，也没打算哭，去哪儿呢？她压根没想。但她要让她儿子选择一下，到底谁重要。她感觉到儿子进了屋，就站在自己身后了，她更大力气地拉起衣裳，往一个小包袱皮里放，那是她从西安包了衣服去了沙村，又从沙村带回来的。毕成功哑着声音叫，娘，恁别为难恁儿子了吧！

刘兰草咦了一声，刚想说话，却一回头，看见儿子满脸都是血，顺着脸颊流到了胸口，沾染了衣服。这样一个血淋淋的儿子，让刘兰草的那个咦字只叫了一半就咽了下去。她立刻扑着抓起枕巾捂在儿子头上，尖声叫道，还不快来看看，成功流血了！

毕成功拉着刘兰草的手说，娘！恁把俺为难死了！俺一心想着挣钱让恁过好日子，恁为啥总要说那些伤人心的话？

他用手在脸上抹了一下，一片都成了鲜红色，只有眼仁和牙是白色的了，看上去真可怕。刘兰草吓得叫，快去医院！美丽！还不快来，成功出事儿了！

方美丽刚一见毕成功这个样子就慌着叫，才一眼没看见，恁咋就成这样？

不等她说完，毕成功说，恁俩都别逼俺了，俺憋得难受，让俺放点血，心里就松泛了！娘！恁还走不走？

刘兰草赶紧摇头说，快去医院包包吧！

毕成功又对方美丽说，你还哭不了？

方美丽无助地摇头，毕成功一手捂着枕巾，一手在空中比画着说，那行，俺吵不过恁俩，俺自己去医院。恁俩以后别再闹了！

这事就这样让毕成功圆满解决了，刘兰草不再闹着走了，方美丽也不再怄着哭了。

下午毕成功从医院回来，头上包了雪白的纱布坐在小桌边继续琢磨他的冰山汽水瓶盖。第二天毕成功找了小锯和许多竹条子，都锯成七八寸的样子，每个都在顶头的地方钻了眼，拧上个大号的螺丝，他不断试着去开汽水瓶盖调整螺丝的长度，果然渐渐就能打开瓶盖还不留撬过的痕迹了。他骑上自行车去找他哥毕成钢，让他找工地上的能人，做几个能把小圆铁皮冲压在玻璃瓶上的模具。毕成钢见他兄弟头上包的纱布，只当是和人打架了，劝他别在烤肉摊子上和人惹事。毕成功摇头说，烤肉摊那事已经过去了，那时候俺也没和谁打过架，咱挣钱呢，白吃白喝就算了，咱耍不起二尿，挣钱第一位！

他说这话毕成钢信，便问，你这头是咋弄的？

毕成功说门口修路让砖给砸了。毕成钢知道他兄弟没说实话，也不再问他，就带他寻了有技术的老师傅，把毕成功画的一张图纸给了他，交代一定给他兄弟把这工具打制好。

这是毕成功结婚后第一次见他哥。他见毕成钢很上心地帮他找人，觉得亲兄弟还是比外人强一些。趁着师傅要去干活的工夫，毕成钢问他，这么个怪模样的铁东西做啥用？

毕成功说做贼偷钱呀！

毕成钢瞪他兄弟一眼，赶紧看看四周，见毕成功只是笑，便也笑着说，别吓你哥啊，小心些！你忘了咱娘当年咋样稀里糊涂让弄回的农村？人心坏着呢！

毕成功摇头说，再没那事啦！人人都忙着挣钱呢！闲得蛋疼的人才会去忙那样的事！

毕成钢点头表示同意，突然想起兄弟提到了钱，就犹豫着说，成功，你急着用钱不？俺没攒够欠你的钱呢，每个月的工资都得交给你嫂子，我没有来钱的路子！

毕成功从眼角看了看他哥，不当事地说，你慢慢攒吧，不急！

过了两天，毕成功来取做好的模具，他到毕成钢的办公室去试，毕成钢赶紧关上办公室的门。只见毕成功从提兜里摸出个冰山汽水的空瓶子，又摸出一个圆铁皮放在瓶口，把刚刚打制好的铁模子放在瓶口，左右端详着放在正中，用钉锤轻轻砸了几下。毕成钢瞪大眼睛看着他兄弟小心翼翼放下钉锤，又轻手轻脚把模具取下，只见冰山汽水的瓶口已经严丝合缝地封上了瓶盖。毕成功像捧了宝贝一样把汽水瓶在手里转来转去地看，见那瓶盖居然一点也没有被磕掉漆皮，平平展展的，他笑着说，你们单位这师傅水平真不错，一次成型！

毕成钢这才知道他兄弟居然是要做冰山汽水！他吓得不轻，又明知道劝说不下毕成功，就搓着双手说，呀！天爷呀！你胆子真大！俺要知道你是弄这事儿，说啥也不敢给你帮这个忙！

毕成功心情特别好，没在意他的话，咧嘴笑着，把那些瓶瓶盖盖都放回提兜，拍拍他哥说，你怕啥呀，坐牢也不让你去送饭！俺走呀！谢谢你们那个师傅啊！

自从毕成功把做汽水的所有家当都配制齐全，西安市许多电影院的门口便有了放在大冰块上的冰镇汽水在卖了。这绝不同于国营大商店的汽水，买得起冰箱的人家没几个，甚至没有人喝过被冰镇过的汽水，毕成功雇了小伙子们在许多电影院门口支起折叠桌子，桌上放着大铝盆，从啤酒厂拉回来的大冰块就放在盆里，上面摆了一排冰山汽水。这样的生意，只有出着大太阳的大中午才红火，没有任何人对这些汽水产生过一丝怀疑。为了让汽水瓶打开的一瞬间有无数气泡冒出来，毕成功想了很久，他把用自来水勾兑好的汽水灌在瓶里，用细长的筷子蘸一点小苏打抿在瓶口，然后赶紧用模具压上瓶盖，开瓶时自然就有丰富的泡沫涌现出来。他的汽水瓶盖是当场才打开的，冒着寒气的汽水喝在嘴里，人就先一哆嗦，舌头和牙早就只有冰甜，除了美得透心凉，谁还能想啥？而且喝了汽水也总是要打嗝的，喝完汽水的空瓶子被收回去放在箱子里，早有人等着交钱开汽水呢！卖汽水小伙子们的白大褂上印着冰山汽水厂的标，汽水瓶和盖子全是原厂的，毕成功每天都能够卖掉几千瓶。而用自来水和柠檬酸、香精勾兑出来的冰山汽水成本只有一两分钱，一大块儿冰也不过三块钱，卖的却是统一的价钱一毛二，那他一天就能赚好几百，这是他哥在国营单位一个月的工资。

毕成功被这巨大的利润弄得累极了，人却是很亢奋的，他拼命蹬着整三轮车的汽水，往西安市里的几个电影院门口送。他不能让任何人知道他做汽水的地点，连卖汽水的小伙子们也压根想不到，他的汽水不是从冰山汽水厂拉来的。第一次看毕成功把自己实验了上百次的成果当面打开，又亲口尝了之后，刘兰草吧嗒着嘴说，人家汽水厂同意恁这么试？万一和人家的不一样呢？

毕成功怼她说，娘，恁看看，恁就是爱操心！人家都批准咱了，差一点点味儿他们能咋？他们厂里的汽水也是人在那儿调味呢，也一次和一次不一样呀。刘兰草便放心了。他担心他娘和方美丽不小心和邻居们说漏了嘴，就专门交代她俩说，汽水厂的人和他说，有人眼红他们这些可以和厂里合伙做汽水的私人，有可能要把他们这些制作汽水的私人合伙撤销了，所以千万不要和邻居们说咱在做汽水！

方美丽当然是点头，刘兰草也吓得说，恁放心，他们就是打死俺，俺也不会说的！

他又让方美丽尝，她品了味道吃惊地说，天呀，你没当个科学家真是太可惜了！

当科学家有啥意思？现在一天光靠卖自来水，就能赚三百多块钱，在毕成功看来，全西安市由着他挑，他也还是想当个做冰山汽水的个体户。他不敢惊动了邻居们，生怕爱管闲事的人看出了什么，所以他每天心里乐开了花，面上却依然是最勤谨小心的。

老麻两口子见他黑瘦着，在太阳地里蹬着满满一三轮车的冰山汽水箱，出去了又回来了，又出去了又回来了，他们只夸他能吃苦，他们只当没了门面房，他去给人家当了拉货的小工。毕成功才不管他们怎么想，他是为了怕做汽水的事儿暴露了，才决定自己亲自去送汽水。他把汽水送到离家不远处临时租下的库房，再由那些小伙子们来拉汽水，这样不是万无一失吗？

西安的大马路上是不许走三轮车拉东西的，只有背街小巷才能通过，可是小街小巷和大马路都有交界的十字路口，再怎么绕路也无法回避。毕成功就只能硬着头皮，蹬上满载的三轮车顺着车流走，希望能浑水摸鱼溜过去。有那么几次，他怎么也没能找到混过去的机会，就让警察活生生拦在十字路口。毕成功就冲那人笑，他人让晒得黝黑，又出着汗，整张脸就湿润润汗津津的，牙却雪白，那笑就真是很简单很憨厚。

警察板着脸却不好意思说难听话了，就问，咋又是你？

毕成功还是笑，他说，老哥，没别的活干呀！一天不拉货，家里老娘孩子指望我呢，晚上回去没法交代！

警察说，不知道不让三轮车从大街走？你还专门走十字路口！

毕成功见他说得客气，手却掏了票要罚了，赶紧一把拉住警察的手赔笑说，好俺的老哥哩！饶一次吧！俺今儿一天没挣上一块钱呢！

警察也笑眯眯地说，得罚！我今儿一天也没拉住一个能罚款的了，我有任务呢。

唯一让他不满意的是，整个芳草巷只有一个公用水管，接出去了四个水龙头，几十个院子几百户人家指望着四个水龙头来喝水洗洗涮涮，就实在是太紧张了，可有啥办法？西安的道北本来就穷人多，这样的地方只能是这样了。水压小，水流得和筷子一样细，刘兰草哗啦哗啦把大洋铁桶拉在小平板车上去接水，两个接满水的桶放在小车上，然后留下两个空桶排队，又哗啦哗啦把接满的两桶水拉回家。等她把水倒在大水缸里再拉着空桶到了公用水管旁边，那两个排队的空桶差不多已经排到了可以接水的位置。她这种用桶排队的法子，是巷子里的人们最反感的。可是刘兰草能吵架，又爱骂人，人们就渐渐默认了她。方美丽对婆婆这样大张旗鼓拉水回来，总是又怕又担心，毕竟楼上楼下八间房子，六间都放满了正制作的，或者已经做好等着拉出去的汽水。那可是会让别人知道了眼红，让汽水厂取消合伙的汽水呀！怎么敢这样明目张胆呢？

毕成功安慰她说，咱家有活儿干，你没见她有多高兴！一条巷子数她说话声音底气最足，比咱家的汽水气还足呢！

一切都很顺利，唯一让毕成功遗憾的是，这钱真是太好挣了，可夏天毕竟只有那么短短的几个月，而水压也确实太小了，要是水能供的上，一年四季全是能喝冰汽水的夏天，那毕成功会迅速成为一个有钱的大富翁的！

西安的秋天说来就来了，下了两场雨，半个月的时间就在阴沉沉的天气里从夏天过到了秋天，毕成功的汽水立刻就卖不出去了。穿着雨衣打着雨伞的人，谁也不会再想喝冰镇汽水了，毕成功就收了摊子，把家里存的空汽水瓶都拉去了汽水厂，把汽水瓶的押金换回来。他存了好几大桶汽水瓶盖，打算明年再干这营生。一夏天毕成功把两件深色的短袖你来我往穿成了浅色，在肩胛骨那里几乎已经没了颜色，灰旧旧的，咋看都像个拉货的小工，不像是每天能赚三百块钱的有钱人。方美丽给他买了新的短袖衫，他根本没打算穿。

烤肉和汽水的故事全发生在毕成功和方美丽刚结婚的那几年，因为太忙太累，他俩都顾不上生小孩。用他娘刘兰草的话说，他俩大半夜还在卖烤肉、勾兑汽水，连"做个小孩儿"的时间都没有。而且，这辈子她也没敢想，世上有人能这样流水一样地挣钱！

听毕成功边说边笑，老高也没忍住，就笑了说，所以别人家都有几个娃，你只有一个儿子！你忙着挣钱没时间"做娃"嘛！

毕成功笑着纠正说，谁说的？我还有个女儿，今年十三岁啦，我把她送到英国上学呢！刚不做汽水的时候，我大哥跑来找我，我当时就想，他肯定是来借钱的！

沈天也愤愤地说，我猜也是。

毕成功说，小时候我们在农村，我家老大刚一结婚就在院儿里扎了院墙和我们分家独立过了。所以，在沙村我就和他基本没有来往了，那时他找我就是听说我有钱了，想要和我合伙开工厂。现在想想，挣钱这事儿也是要靠天赋的，我现在很明白经商的行行道道了，明白当时我的决策完全是对的，但当时我靠的可是直觉本能。那时老大一门心思认为，他有技术，开工厂做产品是挣钱的好路子，他没实战过，不知道经商来钱有多快，我才七岁就明白的道理，他三十多岁都没明白：在中国那个时期，经商倒卖比做工厂赚钱多几倍，就像现在时代变了，做资本又比经商赚钱快几十倍。那时候，人人都没赚过钱，谁先醒来敢干谁就先发了。刚刚放开经济的时候，想挣钱靠的就是胆大！什么挣钱快就做什么，只能打短线，刀底下必须见菜才行！我家老大干工业打的就是长线，采购、生产、销售，再小的厂子也少不了这些环节。中国那个时候有啥品牌意识？什么好就抄人家的，拿来就是自己的了，等你苦巴巴地从无到有建立起一个品牌，人家五分钟就学会了，弄得比你还好！还不如我倒腾一批化妆品挣得多。所以我哥给我说要开工厂的时候，我当时就给他说，现在要挣的钱就是：西安没有的紧俏东西只要沿海有，咱就倒过来！咱们内地土得掉渣，人家有洋玩意儿，咱们的人稀罕人家的洋玩意儿，咱就赶紧弄回来，卖了就是钱。我哥他不听，我那时就跟他说，傻子才去做工厂呢，经商来钱多快！

　　秦教授不客气地说，挣快钱！不管质量！就是你们这些人把中国搞坏了，没有诚信！没有底线！才会有泡沫，才会有假货！你做假汽水和现在他们做毒奶粉、地沟油有啥区别？你的第一桶金有点脏！

　　毕成功不在意地说，其实是我们这些人把中国经济推起来了，要不中国能有今天的强大？！为啥叫下海？因为下海会淹死人的呀！只有胆大的人、有本事的人才能活着游到对岸！多少人淹死就只能让他们淹死了，这是社会发展必然规律。挣到钱才是真的！所以后来房地产挣钱，我就做房地产了！

　　秦教授摇头说，一个国家的实体经济基本面才决定有没有未来，谁都知道工业兴国！科技兴国！可你们都想着挣快钱。唉，要是所有商人都目光短浅唯利是图，还有啥希望？中国几千年来都是按士、农、工、商的顺序排人呢，为啥呢？商人重利轻义，商业产生贫富差距，就会出现矛盾冲突。古人都知道。社会的价值体系咋能把商人搁在前面？所以老子说："至治之极，邻国相望，鸡狗之声相闻，民各甘其食，美其服，安其俗，乐其业，至老死不相往来。"咱当然也不能说要那样极端的理想社会不求发展，但价值认知总应该有的吧？

　　听他说得激昂，毕成功知道他的意思，可又找不出话来驳他。沈天却说，可是老师，司马迁的《货殖列传》开篇就否定了老子设想的理想社会！司马迁也说不能光靠教化，得要发展经济呀。

　　秦教授点头同意，他说，是呀，司马迁两千多年前就说了，为积累财富而努力发展生产和贸易，对改善人们生活、形成良好社会风气、巩固国家统治都有重要作用。可人家说得清楚：不断发展生产和贸易是符合客观发展规律的。"天下熙熙，皆为利来；天下攘攘，皆为利往。"这种繁荣和我刚才说的不一样！我说的是，现在有的人只崇拜有钱人，也不管那钱是咋来的，要么明明知道那钱是脏的、人心是黑的，可就是"英雄不问出处""笑贫不笑娼"！

老高看秦教授没有开玩笑的意思，生怕毕成功被说恼了，赶紧打圆场说，你多少年还是这样，说的都是几十年前的事儿了，你还当真？人家给沈天吹吹过去的事，讲讲生意经，让他长长见识，你又说你那一套诚信底线！

秦教授见毕成功也不说话只拿起手机在看，就默了。突然他说，我平时睡得早，熬不住夜，先去睡觉了！

他站起来就走。老高赶紧跟到门口，让沈天先陪毕成功说话，他去给大家把房卡办好。沈天跟在秦教授后面，被他摆手挡着说，你多听听吧，这才是人性，比书本论文里深刻得多！我去睡了，你们说！

沈天回来坐下，毕成功兀自坐着喝茶。默了会儿，沈天不敢说让毕成功再接着说，正纠结着，只听他问，刚才你说和庆勇认识？他家现在啥情况？我们有好多年没联系了！

沈天说，嗯，他说过一些……

毕成功接着问，那他爸他妈现在做什么？

沈天说，好像他爸炒股票把开工厂赚的钱全赔了，他妈就疯了，隔几个月就得住院，有时候就轻一点。对了，庆勇说下个月要回西安，让我帮他介绍认识我爸的朋友，说拉投资的事儿。

毕成功就来了兴趣问，庆勇在做什么？我看那孩子比他爹要强很多！

沈天说，他特别聪明，也特别懂经商。他爸妈好像对他不好……他自己十几岁就离家出走开公司刻软件光碟，赚钱以后在深圳开了个IT公司，这次回来就是听说西安这边有一些项目招标，想在这边成立一个分公司，好像是智能机器人。去过他公司的朋友都说，他的机器人卖得好得很！

毕成功一听就知道这是个有前景的好项目。他听说他哥他嫂子的事，连一点也没动心，说不上同情，也说不上幸灾乐祸。但说到他们的儿子这么有出息，他心里突然有些复杂，老毕家还真是有经商的基因！老大那么混蛋自私的一个人，却有个这么正干争气的儿子，他不由得就想到自己的儿子毕继承，如果他有庆勇一半就好了。他说，你没问过他，他公司缺钱都能想着找你爸给他托人投资，为啥不找我？

沈天笑了说，我没问过！毕叔，那你会借钱给他不？

毕成功也笑说，那我得看看项目情况和他的还款能力了。还有，他得告诉我，他的风险在哪里？利润在哪里？我的利润在哪里？我才考虑能不能借钱给他。我现在做的就是资本生意，就是在玩钱，他回来你和他说，要是他愿意，让他来找我！

沈天有些惊喜，连声应了，点开手机说，我现在就给庆勇说！估计他听说了明天就能回来！

毕成功拦住他说，不急不急，我刚说到不再做汽水了。其实我真正的第一桶金是做服装，说起来还是庆勇他爸带我去的广州呢。

沈天不解了，他爸不是开工厂了吗？他"带"你去广州？

第八章

毕成才当年随着刘玉娟把户口落在了河南开封，却并不在市里，只能算是郊区。刘玉娟错过了高考，一辈子都是个大遗憾，她不高兴的时候总要埋怨不该随随便便嫁给毕成才。而毕成才住在刘玉娟家里，谁也没说过上门女婿这话，可他就是觉得说不起话，一句话也不能回，心里攒了个大疙瘩。让毕成才难受的是，他的工作也是刘玉娟的父母给解决的。刘玉娟她爸求爷爷告奶奶，四处寻人送礼找关系，终于把他安排进了个集体制的服装厂当工人。刘玉娟文化水平高一些，在一家大工厂当质量检验员，虽然也是大集体制的，可两口子毕竟月月固定领着工资，算是生活得不错了。

直到刘玉娟生了儿子毕庆勇，毕成才觉得自己算是过上了在沙村就发誓要过的人上人生活。他觉得，如果不是承了丈母娘家的人情，他的日子简直太美好了。刘玉娟的父母都有工作，领着退休工资；刘玉娟的两个哥哥，一个顶替了刘玉娟父亲在饮食公司的工作，才当上食品店的副主任，另一个参加了上山下乡，恢复高考时考上了军校，毕业后成了个穿军装的军官。他们每个月都会给刘玉娟父母寄钱，于是刘玉娟不光不用给家里交钱，还时常能从她妈那里拿到些紧俏的东西，都是她的哥哥们孝敬父母的。毕成才懂得丈母娘和丈人的心思，毕竟刘玉娟上山下乡和不能高考的经历让一家人都为她可惜，不用说他也知道刘家人都认为他配不上刘玉娟。可是毕成才却不怪他们，刘玉娟父母对儿女的心意和关心，让几乎没有从刘兰草、毕德全那里感受过多少幸福的毕成才非常感动，所以他铁了心不愿意和刘兰草再联系了。

有一两次过年前后，他给刘兰草寄过十块钱，写了一封信。没人回复他。又有好几年过年，他就没写信也没寄钱。他并不觉得心里空荡，因为不管他写什么信，他娘刘兰草和他在西安的两个兄弟都不会回信给他的。而在沙村老家的毕德全总让毕成立给毕成才寄信，问长问短，可毕成才一次也没回过。

他比恨他娘还恨他的那个爹。

毕成才在工厂里学到了技术，又有些头脑，比那些只会干活的工人们活络得多，很快就从小组长、车间副主任、车间主任一路干了上来。他在厂里工作了三年多的时候，恰好服装厂才调来的书记是刘玉娟她爸的远房侄子，便不动声色地把毕成才从基层调到了机关，当上了供销科的采购员，第二年又提拔成了副科长。服装厂是个集体厂，厂里却有三四百个职工，完全是个大厂子，所以毕成才手里的权也不算小了。一个工厂不就是生产、供应和销售吗？他在基层干过了，技术他懂；供销这事儿，毕成才天南海北跑了两年，也就通了，厂里大多是固定的供应和销售对象，只要把质量关把好，总也出不了什么漏子。于是干了十来年，毕成才就在服装厂上上下下都很有人缘，工作得有声有色。刘玉娟见他有了出息，心里暗暗得意，至少没让父母和亲戚朋友看了笑话吧。

只有她知道，五大三粗的毕成才会常常做噩梦，并且会在梦里哭到醒。不用问她也知道，他又在梦里回到了沙村，依然是饿，依然是被那个该死的队长欺负，而依然是胃里疼得厉害，饿得难忍却一口饭也找不到。这个梦毕成才几乎隔几个月就要做一次，因为总是这样"温故而知新"，他就比谁都节约。不只是粮食和各种能吃的东西，所有物质的东西，只要经过他的手，就很难再用坏丢掉，也很难再更换新的。

他的衣服成年也不用买一件，不是钱的问题，再便宜他也觉得贵。刘玉娟假设买了新的，他会心疼到和她大吵，而平时他是几乎不敢和刘玉娟高声说话的。这是他真的心疼了。他用的搪瓷缸子是刘兰草当年从西安带到了沙村，又被毕成才带到了开封的，他一直用着，搪瓷已经掉了许多，可他不嫌。刘玉娟和他父母都看得出来，只要缸子还能盛水，他是一定不会丢掉它的。

在他看来，家里所有东西都不需要买新的，因为原有的旧东西是永远也不会被认为是该换了的。坏了，毕成才自然会修理它，实在修不好也不能扔掉，他会放在房子角落和床底下存着。刘玉娟不知道这些东西还会有什么用处，但她只好听他的。因为凡是她的"浪费"，毕成才都会生气激动得不能控制自己似的，她怕他那副样子，只好依了他。这样的结果是，家里的东西越来越多，却没有几个能用上的，而且全是破旧的。一开始刘玉娟的父母觉得毕成才是穷人家的孩子，从小吃过苦，很高兴他能懂得节约，可渐渐地，连他们也对这个女婿的节约认了卯。

后来刘玉娟听厂里的人说，他们到外地遇见毕成才在汽车站拾汽车票，她气得哭，和他大吵了一场，说为了几分钱让人家当笑话一样传说，真是丢不起那人！毕成才却并不觉得有什么不好，他一直认为钱是攒出来的，家当是省出来的。刘玉娟见他不认错，知道他以后出差还是要去拾汽车票拿回单位报销，她就说她要去毕成才的单位找厂长说说这事，毕成才这才算是勉强答应不拾汽车票了。

当了供销副科长以后毕成才更苦恼了，因为他觉得身边的北方人和南方人差很多，总觉得南方人真是聪明，又会省钱又会挣钱，北方人太老实了，只会过苦日子，可明明现在不时兴越苦越革命了嘛！这两年渐渐搞活了市场，因为常常往南方跑着去进面料和小配件，毕成才就看南方许多小厂已经完全是家族式管理了，却敢和大国营厂子抢生意。虽然知道他们的技术和质量并不差于国营大厂，但他还是不敢进他们的货，担心出了问题没法给单位交代。私下里他和刘玉娟说，厂里的原材料全是我们进来的，做出来的服装和劳保手套又是我们给销出去的，厂里工人做的活咱也都会做，就因为这本钱是公家的，挣的钱就全是公家的了！咱们累死累活一个月才挣几十块钱，不值厂里的一件大衣钱。

刘玉娟只哼一声，嫌他不满足。她从来没想过，本钱是谁的，利润就是谁的，这是她们厂长也不一定想过的问题。刘玉娟对现在的生活满意极了，从沙村回了城，她一辈子再也没啥愿望了，她便说，那又咋样？没有这个姓"公"的服装厂，谁会买你的服装和手套？别看南方人赚钱心里就不平衡！

毕成才知道媳妇说的没错，叹息一声算完了。

刘玉娟见他经常说起在广州见到了什么，在武汉见到了什么，又在上海看到了什么，她觉得稀罕，连饭也顾不得吃，就停了筷子。听他说来说去总说人家那边许多工厂都是私人家里的，她不信，说，那不就是资本家了吗？

可毕成才不许她说这个词，他说国家让人挣钱呢，政策不一样啦！我见人家一个村子里有十几家零件厂，比国营厂差不了多少。可是人家的价格比大国营厂少了三分之一！唉！放着实惠咱也不敢去进，我们厂只认国营，要是我自己有个厂，就在这些私人厂子里买配件和原材料，还没生产就已经把钱赚了！

见他满脑子都是发财梦，刘玉娟收拾了桌子就去厨房洗碗了。

这样的感慨毕成才但凡出了差回来总要说一遍，不管刘玉娟怎么嘲讽他或是不理睬他，毕成才想要开个服装厂的心思却渐渐成了形。

长年在外面跑供销，西安也是毕成才的业务范围。但西安本身有服装厂，所以毕成才来西安跑销路的次数就少得多，一年也就三两次吧，可他一次也没想过要去看看他娘刘兰草。对他来说，她生下他就是让他受苦受辱、挨饿受气的，因为她的无能，让他把多少美好的青春年华都耽误在沙村那么可怕的地方了。毕成才到沙村的时候十三岁，已经有了不少西安的同学朋友了，他现在回西安就总要和他小学同学们见面联系。对一个老道的跑供销的人来说，多认识一个有价值的人比啥都强。谁知道他的那些同学们现在成了什么人物？只要有一个能联系到一点生意，那他就没白跑白联系，干供销的人还不就是嘴勤腿勤吗？

毕成才差不多和他小时候的同学都联系上了。对那几个在单位拿些事儿的同学，他把他们在心里画个圈。凡是在毕成才心里画过圈的人，都是他认为重要的人，现在或将来能帮上忙的。而他娘刘兰草在他眼里就是个没价值的人，他没工夫去看她。

西安有几个大建筑公司，毕成才知道这些公司常年需要劳保手套，就去找关系，三打听两打听，意外地知道，他的兄弟毕成钢现在居然是个科长，管着采购劳保用品。那自己的生意不就正好在他手里？毕成才心里狂喜，可他只高兴了十分钟，突然就想，这个建筑公司不就是他娘刘兰草的单位吗？毕成钢从沙村回来咋成了一个正式工，又能提干成了管事的人？

毕成才多聪明呀，立刻就想到她娘刘兰草当年耍了心眼，居然把顶替她当国营单位正式工的机会，绕过了他这个毕家的老大儿子，直接给了老二毕成钢。

毕成才气得肚子疼，他不打算去寻他兄弟说什么劳保手套的事儿了，太欺负人了！这太不公平了！毕成才坐在招待所那个小小的床上想了大半夜，终于揉出了眼泪。他的人生算是什么呀？被他娘耽误得中学只上了一年就去了农村，他要不是遇上了刘玉娟，真不知道现在有没有眼前的饭碗。他费心费力在服装厂努力工作，年年都是先进，还不是在沙村当反革命子女当怕了？毕成才受了无数的教训才明白，一定要和群众、和领导站在一个方向，他不容忍自己犯他娘刘兰草的那种低级错误，所以他才早早就做了决定，离开他娘刘兰草远走高飞！可现在看来他仿佛是错了，毕成钢现在是国营单位的大干部，手里还有权，是让人求的。他自己再努力也不过是一个集体小厂子的供销副科长，是求人的，能比吗？

整个晚上毕成才都瞪着眼珠子对着窗户发呆，苦苦思索，越想心越灰，越想越不平衡，

他那时以为自己走得越快越好，就当是躲过了瘟神病鬼一般的刘兰草和他那三个兄弟了。他只当把几个兄弟包袱一般丢掉了，可今天他才算明白：他错了！他错过了人生多么大的一个好机会！

天快亮时，招待所外面的自由市场喧闹起来，毕成才醒了，他看到自己流了好大一摊口水在枕巾上。这个晚上他又做梦回了沙村，又饿着和他娘在吵架，怪她没把顶替当正式工的名额给自己。临睡醒时毕成才还记得自己说，要不是你对俺不好，俺会在刘玉娟家干啥都抬不起头？你没本事养活俺就别生俺呀！

怔着在床头想了个来回，毕成才决定跑一趟看看毕成钢混得怎么样，说不定还真有些用处呢！毕竟建筑工地一年到头多少劳保用品在消耗着呢，毕成钢当着管事儿干部，还不能给他介绍些活路？

于是毕成才推迟回开封，按照他同学给他的地址去找了毕成钢，很顺利就

见到了他的兄弟。毕成才到了毕成钢的办公室，很快就判断出来，他兄弟果然混得不错了。他说不清楚自己心里，是怨恨成钢替自己坐在了这个代表国营干部的办公桌后面，还是高兴他兄弟算是他在西安的同学朋友里当官最大的。毕成钢见梳着小分头、穿着黑亮三接头皮鞋的毕成才进来，就一下子愣住了，他随口叫了声，哥，是你呀！

这个"哥"字把毕成才的眼泪差点叫下来。

哥儿俩当天回家看刘兰草。

这时是毕成功的汽水生意已经完全停下来的时候，他还没想好新生意，就和他娘他媳妇在家里闲着。于是毕成才在他娘刘兰草的家里看到了一砖到顶的小二层楼房，方方正正的院子，虽然离城里远了些，可这是真正的自家产业呀。毕成才的心在一天里第二次重重受了撞击，他当然想得出来，这院儿房一定是他那个六七岁就会想着赚钱的小兄弟毕成功挣来的，可他还是很难受地挨了打击。如果他没离开刘兰草，没去单位上班，那么他一样能挣这样一份家当的。毕成才看到他娘比在沙村时还要年轻，还要白胖些，而他的兄弟还是那么黝黑精瘦，却和他见到的南方老板们一样，眼里稳得很，满是精明，那可是兜里有钱、脑子有主意的特征呀。

毕成才大声叫娘，从他进来，刘兰草的眼神就没离开过他的脸，她没应声。见她的大儿子还是笑着，她就自顾转身进了自己的屋，却没关门，三个儿子就看见他们的娘坐在床沿上，从一个纸包里抓了颗瓜子丢在嘴里嗑，然后噗地把皮儿吐在地上。毕成才看看毕成功，见他并没有打算叫自己进屋，就把笑全堆在脸上，对着他娘亲亲热热地叫，娘！恁儿子来看恁啦！

方美丽在自己屋子里正织着毛衣，听见动静便出门张望，只见毕成钢领来个三十来岁的男人。从那模样上看，她立刻就知道，这一定是毕成功的大哥毕成才。这个时候毕成才已经被他娘和他的兄弟们晾在院里了，突然见了方美丽立刻就有了希望一样，他冲她笑着说，呀，这是弟媳妇吧，俺是成功的大哥！

方美丽看婆婆在屋里旁若无人嗑瓜子，毕成功和二哥成钢在院里站着都不说话，立刻就后悔自己咋就急急火火冲进这是非窝里了。她咬了牙，没敢接毕成才的话，冲他尴尬地笑笑便重新回了自己的屋，掩上门定住神，这才想起，婆婆怎么还没有开始骂人呢？

其实刘兰草从见到毕成才的第一眼起,就知道这个儿子现在的生活不错。她从心里松了口气,想起当年在沙村,这个儿子和刘玉娟硬是垒着砖头在一个院子里和她划了界限。分了家的那些日子,她知道别人在看她的笑话:看吧,她男人和她离了婚,她大儿子和她分了家,她还天天和人吵架!那时她装作听不见,面上没显出什么,心里却是苦的。今天要是他不来,她早当他死了,已经很少想起他了,可眼前站了三个儿子的时候,刘兰草突然就骄傲了,瞅瞅!她刘兰草字也不识几个,生下四个儿子都长大成人了!而且都混得很人模人样呢!

虽然不知道老大儿子为啥又来找她,挤出笑脸冲她叫娘,可刘兰草立刻打了主意,她要好好羞辱羞辱他毕成才,出出前些年的恶气。

毕成才定定在院里愣了五分钟,脸上终于挂不住了。他想走了吧,今儿就不该来,这个家早就没有大儿子的位置了。可他使劲劝说自己,这些年在外面跑供销,还不就是练了一个厚脸皮和一个"忍"字?不管咋样难缠的人他都见过,一概都用"和气"二字当成了朋友做成了生意。眼前的刘兰草和毕成钢、毕成功,不就是最好的一笔生意吗?他在路上听毕成钢讲毕成功这些年的创业史,就知道毕家目前最有钱的人就是毕成功了,而最有权的人是毕成钢,要是这两个兄弟愿意,一个人帮他在西安建筑行业打开销路,另一个帮他实现自己开工厂的梦想,那得有多好!

毕成才有些庆幸他找到了他娘和他兄弟,他那么想开个服装厂,身边却连一个借钱给他的人也没有。毕成才来认刘兰草,早在心里权衡了,要想让两个兄弟高高兴兴认他这个大哥,就必须让他们的娘认他这个老大儿子才行。而且毕成才心里有着压不住的高兴,他毕成功能借三千块钱给毕成钢结婚,也一定能借钱给自己开个工厂。于是毕成才一边在心里噼里啪啦拨拉着算盘,一边冲着刘兰草没关的门走去,他一屁股坐在床沿上亲亲热热地说,娘!怎还生俺的气啊,怎打俺吧!俺那时候年轻不懂事!现在可后悔死了!

毕成功从他哥来了就一直没说话,他见他哥一脸笑容,心里就有说不出的难受,又见他哥自说自话坐在他娘旁边,拉了他娘的胳膊摇晃着说好话,毕成功就从心里有些伤心了。毕成功想起在沙村时,毕成才拾起村长分给他们的烂洋柿子,一把砸在树上的情形。就算他哥那时为了和刘玉娟结婚,在院里垒墙分了家，就算他哥撇下他们去了开封，一共只寄回了四封信汇过二十块钱，毕成功都没有这么讨厌过他。眼前的毕成才完全没有了过去的锐气，反而有一些假模假样的油气，他说不清讨厌毕成才多一些，还是讨厌毕成钢更多些。

这时刘兰草的瓜子皮已经吐了一地。

毕成才已经很多年没和他娘这么近待过了，他仔细看着刘兰草的侧面，却觉得每个地方都很陌生。刘兰草的头发几乎没有几根白的，显得非常年轻，可她脸上却是生硬的，嘴角和眼角都拼命向下垂，鼻子两边有着深深的纹路，腮帮子那里就堆了松塌塌的皮肉。这样，刘兰草的脸上就有了他记忆里没有的精明和难缠劲头。在毕成才的记忆里，他娘刘兰草是懦弱无能的，她被欺负到了极致的时候是天天要去扫地、隔几天要被批斗的，那时她的脸上没有这些深刻生硬的纹路和这样冷淡的表情。所以那时毕成才是不屑于看她一眼的，他恨她的窝囊，让他们挨饿受气，他觉得他娘已经没救了。后来他娘学会了撒泼骂街，他也一样没有把刘兰草当成个值得仔细看看的娘，可今天他离这么近看着她，心里却有一些吃惊，就有些凉：完了！他已经完全不认识他娘了！

他只是在刚才一进门一搭眼的工夫，认出她是他的娘而已，这样近坐着，他却咋看咋不像。有一下他甚至想，别是出了幻觉了吧。

所幸刘兰草开始说话了，恁是谁呀，坐着也不走！

毕成才小声说，娘！俺是成才，恁别生气了！

刘兰草吐出片瓜子皮说，那恁和俺大儿子一个名字呀！

毕成才赶紧说，娘，俺就是恁的大儿子，俺是来认错的！

刘兰草长长咦了一声，方美丽听了这熟悉的声调，心终于落在了实处，婆婆今天没什么意外，果然要开始骂人了！

毕成才被这声音吓住了，他张望着门外，见毕成钢和毕成功已经进了对面的小屋里。

刘兰草说，俺又不认识恁，有啥错可认嘞？俺的大儿子要是还活着，就有恁这么大了，俺记得他是56年生的，明年就二十八岁了。

这让毕成才不知该说啥好，可他娘却说起来了，俺生了四个儿子，最有本事的就是老大了，这个本事就是他不要脸！谁能娶个媳妇就马上把三个兄弟一个娘扔了呢？他八辈子没娶过媳妇、没见过女人！他以为他娶的媳妇脸上画着狐狸皮，下身绣着金花边儿吧？俺不稀罕这样的儿子！他在沙村就死了！俺就想着，俺得等死了再在阎王爷那儿见上他的面呢！谁知道恁跟他这么像！俺看见恁才想起俺那个怀胎十月生下的畜生，俺想让阎王爷把他投生个驴，天天去拉磨，死了把肉做成驴肉火烧，把皮和骨头做成皮胶！那样才好呢！那是他该有的报应呀！

毕成才让他娘骂，想让她消气。可他没想到，他娘早已经不是当年在沙村的水平了，从刘兰草张嘴开始骂，她就有条有理，不紧不慢。毕成才不敢插嘴，他也插不上嘴。因为刘兰草并不歇气也不动气，压根就没有他插嘴说话的地方。

在他张口结舌的时候，刘兰草又从她怀上这个小畜生说起，一年一年说到了她带他们去了沙村，说着又说到了西安，从此就绝了来往。毕成才记忆里最不想回忆起的饿得发慌、气得发憋的细节，都被刘兰草详细地回忆了出来。有的是他知道的，还有的是他压根没想过的。毕成才渐渐就震惊了，刘兰草语气平静得像是在说别人的事儿，她说起"畜生"这个词时，像是在说"小猪""小狗"一样，仿佛毕成才是一个外人，她真的在说她亡去的儿子。

院儿里安静极了，每个人都在听着，方美丽也屏息在屋里听着，婆婆述说着毕成才，一连几个钟头都没有歇气，只是有时声音高，有时声音低，但却一直没停。和毕成才分别了这些年，所有没说过的话，刘兰草都得补上。

天渐渐黑了，方美丽急了，她知道该做晚饭了，但她不敢在这安静得只有婆婆声音在响的院儿里发出声响。她悄悄问了毕成功，他用眼神示意她去厨房做饭吧。她又问要不要做毕成才的，毕成功轻轻说做上吧，看咱娘的情况。

毕成钢看看表说，成功，俺得回家了！

可他不敢给他娘去告别，生怕她沉积多年的怨恨又转移到自己身上。毕成功理解他二哥，就说走吧，俺回头跟她说一声！

这算是个特赦，毕成钢悄悄出了房门，又经过了院门，没敢往他娘的屋里看一眼就赶紧走了，走出好远才敢慢慢松出一口气。

方美丽小心翼翼做了米饭，又炒了四个菜，她心里紧张得厉害，既怕他们娘儿俩和好了，嫌她没做个像样的菜，又怕他们最终还是吵崩了，那婆婆一定会骂她居然浪费地做了四个菜。

可这一次方美丽的担心是多余了。

一直到深夜刘兰草也没张罗吃饭的事儿。方美丽和毕成功拨了些饭菜在自己屋里悄悄吃了，就都熬不住去睡了。第二天一早，方美丽起床见院门是从里面闩上的，再见婆婆正在自己屋里扫地。她没敢去打听，但她猜得出来，毕成才让她婆婆撵走啦！

毕成才被刘兰草又骂又控诉地训了十来个钟头，刘兰草到了最后还是让他赶紧滚回他丈母娘的脚后跟旁边吧。她不认他，却又骂了他那么久，这让毕成才咋也想不通，他是带着沉重的心情回的开封。

可是不过十天时间，毕成才又来了西安。他依旧去找毕成钢，安排毕成钢找来毕成功，他说他有很详细的挣钱计划，他要开一个服装厂，加工可以出口的服装和劳保手套。他有全套的生产技术和供销渠道，他只差得力的人和自己一起干，而且他还差一笔本钱。对毕成才来认娘，从一开始毕成功就不相信他是真心真意的，如果不是让门把头挤住了，或者脑袋进了水，毕成才为啥不缺工作，不缺房子，不缺媳妇，甚至儿子都有了，却偏偏找上门来认娘？毕成功才不相信他哥是认错来的，他想到了自己兜里的钱。

他哥毕成才从回了沙村就总是愤怒，对他娘愤怒，对兄弟们愤怒，对沙村愤怒，仿佛他是个最大的受害者。突然间大哥变了性子，又忍气吞声来找娘，他猜一定有戏要上演。所以毕成钢来找毕成功时，他一点也没意外。他正在为手里没有一个合适的生意而发愁呢！他听人说过，南方人都在做生意，也见到西安骡马市里的商店和摊子上，最抢手的都是从广州贩来的衣裳和鞋。在毕成功还开着烤肉摊子时，老高和老秦来找他过几次，他知道老高去了趟深圳，但没有留下做生意，因为他还是没办法放下他西安的那一家子人。毕成功现在非常需要一个有详细计划的人给自己一点思路，他才不管这个人是毕成才还是其他谁呢。

哥儿仨坐在一起谈了一天，毕成才看出毕成功并不是把他当哥来看待的。他这个最小的兄弟和毕成钢完全不一样，毕成功对他没兴趣，他肯来和他两个哥坐下说话，是对挣钱的事儿有兴趣。可他毕成才也不在意，只是兴奋地讲他的计划，说得口水沫子在桌上溅出无数小白点。毕成功把毕成才的计划听完后说，成！我和你一块跑趟广州，回来我再决定要不要和你合伙开个服装厂！

这正是毕成才求之不得的结果。毕成钢也表了态，如果用得上他给找销路，他一定给帮忙！

就连毕成功也没想到，和毕成才去了趟广州，会对自己有这么大的冲击。

他从来没有见过这么样的一个世界，丰富得让他眼睛也要花了，他猜老高去年来的一定是个假广州吧，要不怎么没赶紧回去干起来呢？还没来得及放下行李找住的地方，毕成才就先带他到火车站后面的大商场去看。毕成功看到拥来挤去采购货物的全是和他一样的北方人，他眼睛能到的地方都堆着货物，都是他从来没见过的时髦和品种。他几乎惊呆了，一切都便宜得像是在做梦。这里的衣服样式远远比他在西安见过的都好，更想不出来的是，鞋子也有着无数样式。雪白的羊皮鞋，五彩炫目的鞋带，他用手捏捏很柔软，心里就一直赞叹着。他什么都想看，就觉得眼睛不够用了。旁边有人订了六百双鞋，五种样式，那人交了钱，就有人拖着大纸箱子来给他打包。毕成功看到卖鞋的胖子被来往的人挤得一脸汗油，用指头蘸着口水使劲数钱，那些哗啦作响的人民币，被胖子很粗鲁地用蘸着口水的湿漉漉的手指一张张蹂躏了一遍。他嗅到身边全是人民币和货物的味道，看看人们都在买的买、卖的卖，这让他兴奋不已，像是突然被叫醒了一般。可是只有自己和毕成才像是来参观的，毕成功推了把毕成才说，我不能白来！我得进些货回去！

见他一副没见过世面的样儿，毕成才心里暗自得意，小子，开眼了吧！他笑着说，别急，我让你先看看热闹，咱们要开个服装厂，买些样式好的就行了！

毕成功眼睛怎么也离不开胖子手里还没数完的钱。人家数得专心，他看得认真，他对他哥说，哥！别死心眼，这么便宜的衣裳，批发回去就能几倍赚钱，傻子才会去开工厂做衣服呢！

这话毕成才几乎没听进去，他认为他的小兄弟见了花花世界犯迷糊了，第一次来广州，第一眼看到这花花世界里到处都是又漂亮又便宜的货物，就花了眼，迷了心，急得慌了。

他把胳膊搂在毕成功的脖子上，亲亲热热地说，成功，走吧！广州的好东西还多呢，哥领着你去看看，你就不急了！

毕成才说得不错，两个人坐车又到了别的几个商城，也都是一样拥挤繁华。毕成功看到了手表、电子表，稀罕地把那些浅粉浅蓝的塑料表壳轻轻捏一捏打听价格，不等毕成才拉他走，毕成功从怀里贴肉的地方，撕开方美丽给他用针线缝好的暗口袋，掏出一摞钱说，我决定了！要批发一些电子表和衣服带回去！你的服装厂俺不干了，那样来钱太慢！我劝你不如也贩些服装回去！马上见钱！

这是个大变故，毕成才对着兄弟那张又冷静又精明的脸愣着，毕成功却开始让人家去库房给他取表，又掰开一个电子表的塑料表壳看，让人家教他调时间。他一心一意在那些彩色的电子表上，完全没有再去理他哥了。在人家打包的时候，毕成才已经气得脸色发白，连和他说话的劲头也没有了。

哥儿俩是在广州火车站分手的，毕成功把带来的钱几乎全花完了。他身边多了三个巨大的麻包，每个都有一两百斤，里面是他花了三天时间在广州采购来的拷花呢大衣、电子表、手表和一些时新的女式服装。毕成功知道他哥后悔带他来广州了，因为他既没有打算和他哥一起开服装厂，也没把一分钱借给他哥，而且这些大包还是毕成才帮他打好，又一起雇车拉到火车站的。毕成才说他还要在广州停几天，因为他得再寻一些好样式的服装，回去拆了做成样板，批量生产。

离上车时间还早，毕成功坐在大包上，看见他哥匆匆向他摆手要走，他叫道，别弄啥服装厂了！这么便宜的衣裳，等你做好样板、批量生产好了再卖出去，已经过时了！现在和过去不一样了，谁也不想和别人穿得一模一样。

毕成才看着他兄弟坐在大货包上，有些高高在上的意味，他忍了心里的气说，我有技术，有供销的关系，多少国营大商场都认我的账。你不愿意合伙开工厂，我就自己弄！回开封我就找厂房寻工人呀！

毕成才转身就走，很快就混在火车站密密的人群里看不见了。毕成功不在意他哥恨他，只是无声叹气。可是再看看自己屁股底下满满的货物，他的心情立刻就好了。

这批货带回西安，毕成功就立刻开始在西安东大街找柜台，想要卖电子表和服装。因为在电影院门口卖过汽水，毕成功在西安也算是有了些哥们儿朋友，就想到曾经和他一起在电影院门口倒过票、又帮自己卖过冰汽水的小徐，觉得他认识人多，又常在东大街混。毕成功和小徐说想找个能卖电子表和拷花呢大衣的柜台，小徐就有些羡慕地说，哥，真有你的，时兴啥你就弄啥！那得不少本钱呢！

毕成功就说，也不知道行不行，先试试！

小徐说他在东大街见过有人在卖电子表了，一个好几十呢，买的人挺多！

毕成功一听这居然是进价的十倍了，便按捺了心里的狂喜说，所以我想让你帮忙给租两个柜台呀！

依着小徐出的主意，毕成功得租两个地方。服装可以租在华中商店的三楼上，那里刚好空着，他人熟，领去就能谈定。而卖电子表的柜台就得到解放路去租了，因为那儿已经有了这样的店，生意靠聚堆才行呀。

毕成功觉得他说的没错，就让小徐领着先去找了华中商店管事的人，谈定每月一千块钱租下两个柜台。

毕成功从广州带回来的三个大包已经被刘兰草和方美丽按品种分成十多个小包，该熨烫的就熨烫，该挂起来的就挂起来，于是，方美丽就成了毕成功的售货员了，刘兰草自然就一个人在家做饭。这些服装一挂上就吸引了喜欢漂亮的女孩子们，连方美丽也夸他有眼光，进的服装很抢手。其实毕成功并不懂得啥是时新的衣服，但他看到别人进什么，他就也捎上两件，这些衣裳挂在他花一千块钱租来的柜台后面，就一下显得很高档了。

解放路上的柜台却贵，因为是在大街面上，又是最热闹的地段，一个一米多的小柜台每个月就得一千三百块钱租金。毕成功没心疼钱，他算算自己的电子表，又看了好几家别人经营电子表的柜台，心里就完全有数了。小徐一个远房亲戚的儿子被介绍来给毕成功卖电子表，生意就开张了。

过了二十多天，两个地方的货都卖掉了大半，他赚到了钱。毕成功就让方美丽赶紧把钱给他缝在内裤和秋衣里面，他得赶紧去进新货了。

不到一年的时间，毕成功完全弄熟了从广州进货的所有路数，挣钱对他来说简直容易极了。在毕成功眼里，西安就像一个巨大的张着嘴的大兽，啥好东西都能吞下去，无论他带回多少大包的服装、鞋子、电子表，甚至外国来的满是英文的彩色过期杂志，只要放在西安的市场上，很快就像被吸进海绵里的水一样，连痕迹也不留就没了，他手里却真真实实又赚到了一笔钱。他太忙了，也太兴奋了，觉得自己从六七岁起就在琢磨着赚钱的心思，突然得到了自由自在。现在他没法子像以前一样，每天能算清楚今天又赚了多少钱，他只能估计他的利润在成本上是乘了十倍还是八倍，而他的心就也成十倍、八倍在长大！

毕成功的柜台从两个到了五个、十个，直到把华中商店三楼几乎全租了下来。他让小徐给他当经理，他不在的时候由小徐管理这些人和货物。他的售货员也从方美丽一个人增加到了三个、五个，直到十多个。再后来，方美丽不用来站柜台了，她只需要回家给婆婆做好三顿饭就好了。而毕成功的管理越来越有效果，他的电子表生意和服装生意都成了热门。

为了省下火车站的运费，毕成功专门交了几个广州至西安的火车列车员、乘警朋友，他统一了自己货物的蛇皮袋子，在广州站上火车时，就通过熟人把货物用三轮车提前运上车。到西安站下车时，一大半的货都是他的，火车站送货的那些人都认识他，因为除了公家那些货，他算是他们最大的主顾了。毕成功渐渐就在西安有了些名气，进的货多，一个商店不够销售了，他在东大街又寻下好几处商店租下来，有的专门卖各种鞋子，有的专门卖羽绒服，有的专门卖拷花呢大衣。毕成功从来不会拘谨自己做什么不做什么，他完全是凭直觉和运气。碰上什么货才上市，只要他看中，总是八九不离十就能赚钱。当然，也有那么三两次进货时看走了眼，并没什么人买，可他每件衣服和电子表进得都不太多，只图勤买、勤卖、勤进货，力求在西安市领着大家卖衣服和穿衣服的时兴，这样一来，就算积压些也就渐渐消化了。

东大街有家国营商店，过去经营着凭票供应的紧俏货，现在渐渐显不出国营的优势了。但有个南方来的姓张的老板,把这个商店承包了下来，撤下那些陈旧的摆设和商品，在门口立了两个比真人还高的高鼻梁深眼窝红嘴唇的洋女人木头模特，给穿上浅橙色和大红色的羽绒服，这一下就在西安叫了响。毕成功最关注的就是这些了，从张老板租下国营商店，他就几乎天天路过都要看看眉目，很快的，国营老店换了门头改成了"美思琪"，就像一个年老色衰的女人突然又恢复了青春美貌，披挂了时尚轻软的羽绒服，引得人们在这个多年来未曾热闹的商店里挤成了疙瘩。

西安人多年以来在冬天都是穿棉袄棉裤的，也有年轻人要俏，宁可冷着也只穿条毛裤,但棉大衣总得穿的,难免还是不够"洋活儿"。有了羽绒服这个东西后,人们就发现这轻飘飘的衣裳居然比棉袄暖和得多,五彩缤纷的羽绒服便在西安街头着实红火了。穿着被轧成长方形、正方形、大方块、小方块的图案,长可及膝、短才及腰的羽绒服便成了时尚。可时尚只是有钱人能穿,大多数人能买得起的只是人造棉或美其名曰为"太空棉"的外套,虽然外面看着差不多,保暖效果却差得多。

上海来的张老板给西安的服装市场带来的不只是影响,在毕成功来看,这完全是一场地震,他去"美思琪"问过价,一件好羽绒服竟要卖到一千块钱!而且这不仅仅是前两年在西安偶尔能见到的黑、灰、蓝几色羽绒服,大红、深棕、浅橘色、粉红、粉蓝、雪白的,又洋气又轻盈,完全没了棉袄的沉重。而且有的羽绒服还有条华丽的毛茸茸的狐狸皮毛领子,染成和羽绒服一般的颜色,既是装饰又能保暖,这样的奢华和品质让毕成功心痒难耐。依他的经验,这样售价一千的羽绒服,每件利润至少得在五六百块钱,那这个张老板得有多大的赚头呀!

他有种痛心的难受,觉得张老板从自己的口袋挖走了钱一般遗憾。可要是没有张老板这么个店,他一辈子也想不到,老土的西安人会这么喜欢洋气的羽绒服,并且愿意花上千块钱去买来穿,这相当于上班人几个月工资呢!

毕成功心里百味杂陈地在美思琪羽绒服店转悠的时候,他看到,人家不过半个钟头就卖出了两件,再看看买的女人并不是多么财大气粗的样子,毕成功就在心里更加肯定:这世界真的变了!

再回到自己的店里看见那些二十来块钱批发来,又五六十块钱卖掉的服装,毕成功觉得自己真是小儿科,人家一天赚几千块钱,自己赚的却都是小钱,而且自己连个可以在西安市叫响的品牌也没有呢。

毕成功落寞地坐在自己包了一层楼的华中商店三楼的楼梯上,有几个女孩在试衣服,营业员卖力地帮她们挑选,又拉上布帘让她们试。终于有两个女孩掏钱买下自己喜欢的衣服,说笑着从他身边走过,可毕成功一点也没有了平时的高兴。以往只要卖掉东西,不管是一根冰棍还是一锅爆米花,还是件能挣几十块钱的拷花呢大衣,他都是喜出望外的,因为他爱那种赚到钱的感觉。甚至于,目前他的拷花呢大衣已经卖到先交定金,等货到再交余款取衣服的状态了，每天他差不多能卖出二十来件赚到一千块钱，可这一样也不能让他有多高兴，因为这些和他在张老板的美思琪羽绒服店看到的，反差是巨大的。

别人赚到钱，他却赚不上，这是毕成功难以忍受的事情。他四处打听了，知道这样的时装羽绒服大多出自上海和江苏，毕成功思考了好久决定也要开一家这样的店，可是再开在自己原有的华中商店三楼显然是不行了。毕成功开始给自己的朋友们放出话去，他要在美思琪旁边找一个门面房。

跑了广州做了服装生意之后，毕成功已经明白交朋友的意义了，信息对他来说太重要了。如果没有他哥毕成才，他一辈子也不知道广州是那样一个有着无数时新东西的好地方；如果没有小徐，他怎么也不可能轻易拿下华中商店三楼的一层楼。朋友对他来说，就是生财之道上的路标，随时有着惊喜。而且现在毕成功也有了交朋友的资本，他有钱了，他挣钱的方式和思路也是别人同样想要和他交往的原因。所以他把朋友们约在一起吃了几次饭，说了他的打算，大家就开始陆续传来了消息。

毕成功对大家觉得挺不错的门面房没有一点兴趣，他只想离美思琪越近越好。那天老高就来了，给他出主意说，离那里远些价位就会低，因为"美思琪"红火得很，旁边的门面房都涨价了，够开两家服装店的了。

毕成功坚持说，他就是想要美思琪旁边的。他的口气就像一个任性的孩子，认准一个好吃的东西，必须要立刻吃到嘴里。

老高没劝他，沉默了一下就说，好，你要是真想拿，我介绍美思琪的东隔壁刘经理和你认识，不过他们可是国营的，房子和营业员全姓"公"，不见得你能拿下来。

听了这话，给毕成功管商店的小徐说，他愿意和毕成功合伙。

毕成功却从来不打算跟任何人合伙。

他让老高尽快安排他见刘经理。因为美思琪的西隔壁是一家国营药店，再旁边也是经营服装的，毕成功知道这些都是签了好几年租赁合同的，一点机会也没有。

刘经理的东方服装店是国营的，从大街上看进去，店里是阴暗的，营业员和柜台后面挂着的衣服一样，也是灰蒙蒙的，有的衣服成月也没人来试穿，落了些灰尘。店里的柜台很破旧了，玻璃裂缝的地方用止痛膏药贴着，柜台后的服务员坐在板凳上，看着毕成功和老高他们进来，犹豫着要不要抬起屁股。

毕成功看得出来，这和西安所有的国营商店一样，服务员是按月领着工资的，卖一件衣服和卖十件拿一样的钱，既不会多拿一分，也不会少拿一分。为了怕丢衣服，就都挂在柜台后面的墙上，想来买衣服的人们，且不说进了这样阴沉沉的店，见了这样陈旧过时的衣服有没有想试一试的欲望，光是这一张张吊着的没表情的脸，已经完全让人没了买衣服的欲望。

营业员们没理他们，他们也没理她们，只是仰头看了看已经塌烂了一大半的天花板，又低头看看坑洼不平的水泥地面。毕成功打量着柜台后面的墙壁，如果没有挂这些土模土样的衣裳还是非常宽阔平整的。可能是东方服装店久已没有这么多人在说话了，刘经理从二楼上顺着楼梯下来，伸了脑袋张望了叫，老高呀！你们来了，快上楼！

毕成功被老高推在前头，身后跟着小徐，慢慢顺着楼梯往上走。楼梯是木头的，上面的黄漆已经斑驳脱落了，楼梯扶手有着精美的木头雕刻图案，是洋人那样细长的枝蔓和花朵，扶手经多年的摸磨已光溜水滑了。

刘经理是个瘦子，人又高，带着个金丝边的眼镜，看着像是有很多文化的。毕成功就冲他笑了说，刘经理，打扰你了！

刘经理脸上最醒目的是他的一对大眼珠子，黑少白多，人就总有瞪着眼睛在生气的感觉。他请大家在他屋里的人造革沙发上坐下。毕成功的屁股觉出了硬，低头摸摸，人造革上裂着小口子，拉得手生疼。老高之前已经和刘经理说了毕成功想要租东方服装店的事，所以刚一坐下，刘经理就先说，已经给上级领导说了这事，上头给否了。

毕成功问，为啥呢？这不是个好事吗？一楼那么大的地方闲着，营业员的工资都挣不够吧？

刘经理用大白眼珠子看看他说，国家出工资呢！

毕成功就说，这房子要是租给我，能给国家赚钱！

刘经理摇头说，你不是我们体制里的人，没法给国家赚钱！

毕成功的脸色不好看了，老高见刘经理说的没有余地，便对他俩说，美思琪不也是租的公家地方，人家可以你们就不可以？

刘经理叹气说，人家没负担嘛！我们说起来话长，这事儿弄不成！我也想把这不死不活的样子改了，可是难呀！

毕成功说，那你说说看，反正是闲谝嘛！

刘经理喝了口茶水说，我这里是"头大身子小"，干活人少，光退休职工就三十多个。这三十多个人全靠国家给发工资，上面的领导就是在头疼这么多人怎么办？你也看见了，这房子多旧！柜台、货架差不多都是几十年前的，公私合营前是大资本家的私产私业，那时在西安市不知道有多红火！公司合营后就成了供销社，凭票定点经营，那时候也是常排队呢！现在呢？你看从钟楼到大东门有多少商店开着门，光骡马市那么窄细的街巷子就天天人来人往。你们私人做了生意，一不用大小事儿和上面领导打汇报求着他们批示同意，二不用挣上十块钱先给退休工人发八块钱工资，肯定经营得好么！我这里一点奖金也没有，只在这里天天熬日子，没法经营。我不过是守了个烂摊子罢了！叫是个经理，不过是个守摊子的，不是我不愿意租给你，实在是上面的政策难寻！

他说着不住摇头，手指着空中，仿佛他的上级领导就在顶楼上坐着一样。毕成功点头说，我是看重你这个门面房位置好，现在虽然私人服装店也能卖货，可大多数人的观念，买贵重东西还是想去国营大店。要不你再问问领导，说我愿意养着你们那些退休职工，现有的营业员我也能全部安排工作，看看能不能租给我？要是不能租给我，我也能拿出几十万和你们合伙，我出钱你们出房子！

听到几十万，不光是刘经理，连老高也立刻觉得一惊。刘经理没想到，毕成功当场就能和他做这么大的决定，看看他又看看老高，知道不是开玩笑，便说，那成，我再去试试！

第二天刘经理就打电话找毕成功来店里，毕成功立刻放下手里的事儿去找他。刘经理说他的上级领导听了汇报很高兴，正和他们的上级领导汇报，让他再等等消息。毕成功笑着说，不过租个房子，那么大的领导都惊动了！

刘经理瞪着他的大白眼珠子盯住毕成功说，天呀！是你说你要拿钱和公家的房子合作，领导才有兴趣的！你想想全西安这样的合作有几个？谁不得小心？人家南方搞活了经济，咱西安在内地，领导们也想有个起色，才打算支持咱们！我叫你来，一是给你个信，二是想再板上钉个钉子，你真有几十万块钱可以投进来合作？不敢顺嘴说得高兴，真的签合同是上面的头头都要来看的！

毕成功拍拍他，正色说，老刘你放心，我时间也金贵得很，谁有时间放炮打闲杂？你只管和上面谈，越快越好！没见美思琪生意红火成啥了？只要咱签了合同，我一边重新装修着房子，一边拿我投进咱店里的钱去上海进货，你就只等着分钱吧！

虽然刘经理听得云里雾里不敢相信，但他还是把这天上掉下来的大馅饼立刻汇报给了他的领导们。又过了两天，上面的意见少见迅速地下来了，说批准合作！

刘经理这次没有再打电话找毕成功，他径自跑到毕成功的华中商店去找，果然见毕成功正坐在那里给营业员发工资呢。他让人给老刘端个凳子先坐着喝喝茶，又指着桌上一大堆钱说，真不巧，刚好今天发工资，快完了，你先等等。

他的办公室确实小，把大量的地方都留给了营业空间，一个小桌子两把椅子，基本上就没啥家具了，屋里除了毕成功顶多能再待两个人。刘经理退出来说，不急不急，你先忙。

毕成功说，我这里小，不像你们一层楼可以用来办公。你就坐外面等一等！

刘经理见那些卖货的营业员都忙着招呼客人，小徐经理叫到了才到毕成功三楼一角的小办公室里去算账领钱。隔着薄墙，刘经理听到毕成功对领钱的人说这个月卖了多少件，工资多少，奖金多少，实给多少，那人就很快出来了，另一个女孩又进去。刘经理心里震惊道，乖乖！这货果然有本事！一个二十多岁的营业员，工资不过五十多块钱，奖金就有三百多！顶我两个月的工资！

他在心里替毕成功算着账，这样一层楼的柜台和营业员，每月得挣多少钱才能养得住！再想想毕成功说愿意投资几十万合作，他知道绝对是有可能的，就放心下来，却急急地期盼毕成功快点发完工资和他谈定这事。刘经理察觉得出来，自己现在生怕毕成功突然改了主意不再合作了，那么能够拯救东方服装店这个国营老店的救星就没了。而按照老刘的判断，再这样下去，用不了两年，他的国营东方服装店就算不被自身的沉重包袱压垮，也会被西安市越来越搞活开放的商品经济挤垮。

终于给营业员们发完了工资，毕成功和刘经理就坐在他那个小房子里说话。毕成功听了批准两字当然也高兴，但他对刘经理说，他一开始是打算租下东方服装店的，只是出一笔房租而已，现在成了合作的模式，他得拿出更多的钱来，那他是不是也得加些小条件才合理呀？是不是？

这话没错，刘经理点头说，那你说说条件，我大不了再去汇报一次，反正签合同时除了咱俩，上头的头头和领导全要参加的。现在人人都在关注这件事，都想看看公家和私人在现在这个时期咋合作才能成呢！

毕成功的条件有三条：一是他的资金投入和所有利润他得有绝对使用支配权，不用和任何领导上级请示，但他可以每年按比例从利润里上交一些；二是他得给商店重新起个名字，经营的内容也能由他自主决策，这个名字是他的；三是得给他一个国家正式干部的身份，并且任命他为副总经理，总经理当然还是刘经理。

刘经理一一用纸记下了他的要求，毕成功说什么，他就记录什么，既不评价也不说行不行。毕成功继续说，我的承诺是：第一由我来负担原来的三十多个退休职工工资至合作停止；第二现在的营业员也由我全部安排解决工作，劳资办法由我定；第三刘经理作为总经理负责行政、和上级联络及思想工作，不参与经营。

一个礼拜之后这些合作得到了批准，一个月后合同签订，毕成功办理了一系列手续，成了国家正式干部，并被任命为副总经理。又一个月后，老的东方服装店拆掉了门头和柜台货架，楼上楼下全部装修。

开业典礼上，人们看到焕然一新的大商场门上，挂着红底金字的"金达"大招牌，而一身深蓝色西装、穿着黑亮皮鞋的毕成功与市上各级领导一一握手交谈，并和刘经理一起接受了报纸的采访。这一切毕成功都没时间和刘兰草、方美丽说，她俩是在电视上看到他和他的金达的。

当然，刘兰草家的电视早从十四吋的黑白换成二十五吋的大彩电了。

对吃的穿的东西，毕成功总是很随意，或许是他做这些买卖，再多花钱也觉得不值得，但对电视、汽车这些大件的东西，他却有着无限的兴趣。就算很昂贵毕成功也觉得值，因为这些钱花在了明面上，谁都看得见。作为一个生意人，有啥比让人觉得你资金实力雄厚更重要？

这天毕成功少见的天没黑就回来了，刘兰草好不容易逮住和儿子说话的机会，便把心里的担心说了一遍。她怕儿子在电视上报纸上太疯张了，啥时候变天了不就成了把柄？她记得当年公私合营前被定成资本家的那些有钱人，咋样在后来吃了亏。钱挣在了兜里，偷偷花着偷偷买糖吃，自己甜自己美就好了，弄啥非要人人都知道嘞？

毕成功见他娘刘兰草的担心竟有这样一河滩，便笑着说，娘！俺知道恁害怕啥，那个事儿现在不会再有了。现在能挣钱是咱有本事又怕啥？恁放心吧！国家让咱挣钱呢！恁儿子现在是国营商店的大经理呢！

刘兰草还是不依，又怪他一个礼拜到头人也见不上个影子。毕成功苦笑说，俺走时恁还睡着，俺回来时恁又睡了，让俺咋样在恁面前有人影嘛。

刘兰草和他说着，便红了眼圈长声叹息，用手捏了儿子的脸说，咦——！都瘦成啥啦！只有一张脸皮了，挣那些钱还不够？

方美丽从屋里提了个大旅行袋子出来，刘兰草瞪着毕成功说，俺算是明白了，恁又要出门了，怪不得这么早回来！哼！天天去广州恁也不烦！再跑跑恁都不认识恁娘了！

毕成功夸张地大声说，咋能不认识？俺这辈子只有一个娘，就是刘——兰——草！娘，俺那时在沙村说了要让娘吃香的、喝辣的！恁说：俺有冇说白话哄恁？

越是见儿子急切地想听自己说个"冇"字，刘兰草就偏不回答他，却很满意地冲着儿子笑。毕成功受了鼓励又说，娘，恁说，俺给恁带回来的那个羽绒服美不美？

刘兰草抿嘴笑了说，可美！几百块钱嘞，哪能不美？就恁会给俺糊眼药哄高兴！这条街的老婆们哪个穿过羽绒服？她们见也没见过，那天每个人都排队把恁给俺的羽绒服试了一遍，都说可美！可轻！可暖和了！老麻媳妇试了三次，也没狠下心舍得买一件，俺可是长了脸了！可俺跟恁说，恁不管在外面挣多少钱现在都够花了，咱挣钱要挣干净钱，做人要干板硬正！出门在外咱不欺负谁，咱也不惹事，可要是事惹到咱头上，咱也不怕事，咱可不饶他！

毕成功不敢说这话耳朵已经听得长了茧子，只耐了心把他娘又好说歹说劝了一会儿才算罢。回到自己屋里，毕成功把门锁上又拉上窗帘，从床底下摸出个大黑袋子，方美丽知道这是毕成功刚才带回来的，打开看，黑袋子里全是钱，一万块钱就是个大方砖块，略略看了一下竟有十万！

方美丽从来没有操心过毕成功现在挣了多少钱，他也从来没有告诉过她今天把这钱带回来是明天一早要去上海进货，只让她帮着把钱缝进旅行袋里。他这个旅行袋是让方美丽加工过的，里子里衬有薄铁皮，防着小偷用刀割破了袋子，又缝有暗口袋，十来万块钱放进里头，除了沉些，外面看不出来什么。她见毕成功要带这么多钱出门，就心疼道，又是你一个人去，多让人操心！我不想让你去！

毕成功帮她缝着说，多个人多个开销！住店、吃饭来回火车票全是钱。再说能放心谁？鬼都是身边的！出去了还得提防着，我只相信我自己！

方美丽埋怨说，你已经当上国营商店的副总经理了，还这么卖命干啥？省下的也不是你的！

毕成功摇头说，你懂个啥，换汤不换药，我不过是把我下蛋的老母鸡找了个好鸡窝搁进去了，我让鸡下的蛋更多更勤，下了蛋挣了钱还都是我的呀！

方美丽不信地说，哎呀！那么些退休职工想想都头疼，每年还要给他们交20%的利润，他们都指望你呢！

听她总是担心，毕成功说，唉，说了你也不懂，就别瞎操心了。你只想想一个退休工人一个月工资才多钱，全部退休工人一个月的工资卖几件羽绒服就赚回来啦。交20%利润，不是还有80%吗？要是光租房，那样楼上楼下好几百平方米的门面房，又在东大街最好的地段上，怕是50%的利润都得交了房钱了，我现在是国家干部副总经理，你不知道出去谈生意有多好使！

说着他从皮包里取出一盒才印好的小纸片，印着"毕成功"的名字，旁边还印着副总经理的头衔，而"金达"两个字更是金闪闪地醒目。方美丽放下针线，小心地接过来，双手捏着边仔细看了才问，这是啥？

毕成功说，这叫名片呀，南方人都有这！上面有商店地址和主管单位，你看多牛！我明天去上海就用呀，现在再不是个体户了，哼，该他们看我的脸色啦！老子现在也姓"公"啦！

毕成功带着十万块钱去上海是参加羽绒服订货会的。他弄不清楚具体订货会的时间，索性早去几天住着。此时的西安虽然有了几家大大小小的羽绒服店，但消费的人毕竟还是少数，毕成功打算好好了解一下市场。

到了上海出了火车站，既没敢坐车也没敢住店，他把自己当着枕头枕了一天一夜的旅行包抱着，先把钱寻了家银行存起来，又把存单装了个小塑料袋叠好，放进有着暗兜的防盗内裤里，毕成功这才长长松了口气。

毕成功先去订货会的地方打听了，知道四天后才能开会。他在附近找了两家国营旅社打听，都很贵，房子却非常小，三人间、五人间和六人间略微便宜些，可毕成功想想先后要住十来天，和那些陌生人住在一起实在是别扭，便打了个主意，他要去找个澡堂子住。这是毕成才当年和他去广州时，在火车上闲着没事儿讲给他的，说自己为了省下住旅馆的钱，总是想法子住在澡堂子里，只要天还冷，又没什么值钱东西怕丢，真的很划算很暖和。

毕成功想到了他哥便突然想，从上次在广州火车站分手到现在，三年过去了，两个人都没有再联系过。他便一边走一边想，等安顿下来，一定和他哥打个电话问一问，也不知道他的厂子办了没。毕成功就沿小巷走着，打听有没有价钱公道服务优质的澡堂子。

上海的小路很挤，有几个老人家在弄堂里择菜，孩子们在弄堂里追着玩儿，谁家在烧鱼，又腥又香的，让毕成功心里蛮新鲜的。一路走着，头顶全是晾晒的衣服和被单，毕成功低着头小心走路，怕被不平整的石块绊着，又当心别从谁家刚刚悬挂的内裤下面钻过，那是多晦气的事儿！弄堂里的上海人对这个黑黑瘦瘦的年轻男人并不在意，说不上多友好，甚至懒得说一句话跟他，只冲着前方用下巴指一下，便把脸拧到了一边。有个中学生模样的孩子算是帮助了他，领毕成功走了小半条街，把远远的一个大澡堂子指给他看。

上海弄堂里的澡堂真是个好地方，交了八毛钱毕成功就进了门，一大一小两个大澡池子正冒着热气。泡澡的人并不多，想是人们还没有到下班的时间。这是个国营澡堂，经营日夜不停，服务员们并不爱管闲事，毕成功凭着手腕上的号牌把衣服脱下来，和空旅行包一起挂在竹衣架子上，一并交给了服务员。那人用一根细长的竹竿撑了，在头顶的顶棚上找了个勾挂上。毕成功在澡堂子泡了澡，点了盘煮毛豆，又沏了壶最便宜的茶水喝上，就躺在角落的竹躺椅上打起了盹。天渐渐晚了，澡堂子的人也慢慢多起来，可毕成功却实在是困了。出门来上海前多少天都在忙累着，又要装修，又要和东方服装店写合同，昨天在火车上，枕在放了十万块钱的旅行包上，他提着劲，一直都半睡半醒没踏实过。现在就算泡澡的男人们互相聊着天，高声叫着服务员沏开水，或者谁家的小男孩追着玩儿跌倒了哭起来，这些声音都打扰不了毕成功。他沉沉地睡着了，有几次澡堂子里的声音太大了，毕成功就迷糊着张开眼睛，见水汽氤氲的空气里，全是模糊的光裸着的男人走过来走过去。有专门搓澡的服务员起劲地在一张单人竹床上为客人搓背，竹床嘎吱嘎吱地响。毕成功重新闭了眼睛，耳边的竹床声音却不停。他睡着了，那声音就在梦里了。他看见西安的大街上，一家店连着一家店，门头的招牌上都写着"金达"，他高兴地走进每个店里去看，顾客都在试穿交钱。这时只见刘兰草一指头伸过来向他喝道，别睡了！要扫地了！

毕成功醒了，张开眼，见热闹的澡堂子已经冷清，只有不多的人在洗澡。搓澡工人不见了，嘎吱嘎吱的竹床上没了人，都靠墙支着，服务员挥着大笤帚正扫到自己脚下。毕成功醒了神，赶紧起身揭掉盖在身上的白被单，给他让了路。澡堂子的灯渐渐关掉了，只剩下几个小灯泡还昏黄地亮着。毕成功看看自己的衣服和旅行包还挂在自己头顶，而装着存单的防盗内裤就穿在自己身上，他打个哈欠，重新躺下去睡。临闭上眼睛时他在心里数了数，和他一样打算在澡堂子里过夜的人居然有七八个。

第二天一早毕成功打算去外滩逛逛。他的十万块钱存了银行，包就轻了一大半，他背着包等来了一趟汽车，刚买了票站定，就有个中年女人推他说，侬背着这么大个包，把人挤得站也站不住，看把阿拉的小囡撞到啦！

她说得很气很急，一口上海话，毕成功并不听得很懂，便把包从肩上卸下来放在了地上，又往旁边让了让。她瞪了他一眼，另一个中年男人也说，都不知道这些乡巴佬来上海做什么？挤着坐车，怎么不去坐出租车？

谁都知道出租车是贵的！毕成功并不嫌人家骂他是乡巴佬，只是心里暗自笑了，我是来赚钱的，又不是来花钱的！凭什么让我去坐出租，你来省钱？

他重新提起包，换了个地方放下，把脸转向窗外看外面绿绿的树木和那些洋房子。谁知身旁的上海人被他的傲慢态度惹生气了，用上海话纷纷说起来，他一句也听不懂，但他知道那话一定是骂人的，不是什么好话。毕成功脸上热了，觉得他们欺负外地人真是可恶，可他们并没有谁对着他说什么，他又没办法去发作。忍气吞声过了三站路，操着上海话的阿拉们渐渐平息了，毕成功灰头土脸背起包下了车。

在外滩逛了大半天，他被人拉住照相，本来毕成功不打算花这个钱的，可见人家照相时并不用冲洗照片，只从相机里"吐"出张硬卡片来，渐渐地才显出相片上的人影，过一小会儿才完全清晰了。人家说那叫"拍立得"。毕成功是稀罕新鲜玩意儿的，他就站在黄浦江边照了一张，打算回去给大家看。

还有小半天的时间，毕成功就打听上海有名的小洋楼在哪里，也一一去看了。孟寒雨家的孟家大院，是毕成功长这么大见过的最体面的家宅了，大门大户的气派，绝不是只盖个大房子那么简单。按说自己现在盖的房子，比当年见到的孟寒雨家被占领后的小院要大得多，可那样深宅老院的气派却在毕成功心里扎了根，那一盆盆的绿色植物总在他眼前晃着，就算方美丽养的花再多，开得再茂盛，他的心里还是羡慕着孟家那样从容不迫的生活。

现在站在上海随便一处街弄里的花园洋房外面，隔了铁栅栏的门和围墙，毕成功看到园子里被花花草草完全覆盖的小洋楼前面，居然还有一个只在公园里见过的铁秋千，虽然房子也都是旧的，他却震撼地想，天呀！还有比孟寒雨家更阔气的人家！可见人家说大上海十里洋场花花世界果然是不假的！一时间他又想起，风靡了西安的电视剧《上海滩》，不正是几十年前的大上海吗？

毕成功游荡着，多年以来也没有这两天这么清闲，就有些后悔没带上方美丽来玩玩儿，他只当要来进货会很忙乱，谁知竟和个游客差不多！他看到街上的女人果然都很漂亮，身材苗条又穿得洋气，而且很少有胖子，他便发现，不管是穿的衣裳还是眼睛里的那种劲，上海女人都完全是和西安女人不同的。有几次，路上的女人光是背影就很美妙，毕成功忍不住紧走几步赶上她看一眼，只要眉眼清秀，他便心里满意了。

虽然已经入冬，上海却并不是很冷，弄堂里有挑着扁担的老人，在用搪瓷小锅卖馄饨。他就坐在小马扎上喝了一碗，皮薄肉鲜美，又是很浓的骨头汤，毕成功喝着立刻从额上有汗珠冒出来。他又见路边支着卖生煎馒头的炉子，便买了五个，用粗麻纸包了，热乎乎捧着，边走边吃，一路走回澡堂子。临进门时，见门口放着公用电话，毕成功心里一动，想起昨天打算和他哥毕成才打电话的事，就在路边停下，靠在墙上，给毕成才的单位拨了号码。有个中年女人接了电话,听说找毕成才,便说已经辞职了。毕成功并没有意外,因为在广州时,他见他哥的劲头真是很大,还赌着一口气呢。他就问有没有什么可以联系到他哥的方式,那女人有些意外地说,我有他媳妇单位的电话,你打打试试吧。毕成功抄下了电话,可是想想刘玉娟那副样子,就又觉得算了吧。他本来就只想知道他哥到底开了工厂没有,现在打给她又有啥话可说呢?

毕成功收好那电话号码,依旧去交了八毛钱拿号牌存了衣裳和旅行袋,泡起了热水澡。昨天一起在澡堂子混着过夜的几个男人也陆续来了,毕成功看看他们的神气和样貌,不用问也知道,他们一定和毕成才一样,都是跑供销的老江湖。

在上海参加了订货会,毕成功带着他订下的货单和十万块钱的现货坐着火车回到了西安。他连家也没回,就直接雇车把货拉到了金达。

木头模特都准备好了,高档的衣架子也都在雪白的墙边排得整整齐齐,只等着新货进店了。还在上海的时候,毕成功就和刘经理通过电话了,让东方服装店原有的十个职工,和自己服装店的老营业员们今天来店里等着他。现在到了就一起记账登记,挂在衣架上,忙到快半夜,第一批就全布置在店里了。

国营职工们什么时候加过这样的班?都噘嘴吊脸捶着腰不高兴,有两个倒是愿意干活,却懒散惯了,眼里看不见活,并没有帮上什么忙。毕成功并不在意,心知这些人懒散惯了,得用些心思和口舌去调教呢,当务之急是明天开业时能够顺顺当当,能不能战胜美思琪在西安闯出名气,明天开门营业了就知道了。

怕明天一早要准备开业,毕成功不想再折腾回家,就在店里刘经理给自己新布置的办公室里睡了一夜。在上海养精蓄锐了十来天,这一夜毕成功却睡不着了。

算一算来西安十二年了,他毕成功终于挣下了这样一份产业。参加投资合作的四十万块钱是他全部的家当,除了北郊那一院儿房他再没一点产业了。能不能真的如他所想,把自己会生蛋的老母鸡放在国营的大鸡窝里生好蛋,毕成功有七八成的把握。他刻意面上谈笑风生,刘经理和上级领导们放了心,他娘刘兰草和媳妇方美丽也放了心,可要说他心里不使劲,那是骗人的假话。要是他的羽绒服卖不过张老板,他订下的羽绒服就都压在了手里,那他毕成功前十二年的辛苦就全打了水漂！

四十万是他过去没敢想过会拥有的巨款，失去了再挣就难了。而且要是他没了这笔资金，金达并没有生意兴旺，人家凭啥给你个国营干部的身份让你来当这个副总经理呢？

那就全当自己花了四十万块钱买了国营单位的指标吧。这样想着毕成功就想起了孟寒雨，如果不是她，毕成功可能永远不会因为自己是个体户就羞愧不已。"身份"这个问题，毕成功再也没提起过，可他心里很在意了，甚至他有些情结就磕在了这上面。那时他娘刘兰草的身份是反革命分子，他们兄弟四个的身份就是反革命分子的家属，不可教育的子女；回城后，没有西安户口，他的身份就是无业游民，没有粮票可以吃饭，他得在垃圾里拾东西吃；办了个体户的执照后，他算是成了一个个体户，虽然孟寒雨把这当成了可笑的丢人的职业，老方头一家却当他是个人物，方美丽就愿意嫁给他。所以毕成功可以和国营东方服装店谈条件时，他第一个想到的是他的"身份"，他想要一个他渴望已久，甚至根本不太可能的身份——一个国家正式干部的身份。他却意外地得到了，这是在意料之外，又在情理之中。但不管咋说，他毕成功是高兴的，欣喜若狂又忐忑不安，他这么轻易就成了个人上人。干部手续办好到现在，他还是常常不敢相信，他现在是一个国家干部了！管着四五十万资金和五十多号人，他的商店可是一个在西安市响当当的国营大商店嘞。每当心里对投资做这个事没了底的时候，毕成功就把这话来回说着说服自己，这买卖是值得的。而且如果真的生意火爆了，那他毕成功的黄金时代就真的是来了。

金达一开业，就立刻在西安市叫了响，因为装修一新，甚至门口招牌也做好很长时间了，却因为毕成功坚持要在上海订货会上拿到全国最新款、最优惠的羽绒服，硬是空了半个月才开张，这本身就是一个巨大的宣传了。而他带回来的服装确实样式很漂亮，质量又好。这批货差不多是毕成功一件件从人家订货会上的样品里挑出来的。因为他有那样一个"牛逼"的名片，又是财大气粗的现款结算，订货会上最好的货基本上都让他给挑走了。大多数当老板的不可能自己来亲自下苦选货，都是派采购人员来进货，大多数采购员哪会下他这样的功夫？

毕成功没有计划失误，他的黄金时代真的是来了。他从心里对自己说，西安确实是他的福地，是他毕成功的黄金城。

毕成功大获全胜，等他订的货随着火车运来，他的第一批货已经全部售完了。新货随到随抢，人家交了钱回家等着，随他派人电话通知到货的时间，于是，早上商店还没开门，人们就在排队了。这完全是西安市让人目瞪口呆的奇观了。

一个冬天过完，毕成功和刘经理算了账，他俩挣了五十四万块钱，除去给上级划的利润和工资奖金，毕成功的老母鸡在国营的鸡窝里为他生了三十多万块钱的蛋。

不光是这样，毕成功对营业员的管理也令刘经理开了眼，经营和劳资办法一开始就是谈定不要他插手的，刘经理没什么意见。自己手下原来那十几个老职工吃了一辈子大锅饭，基本上是可着劲比谁更懒的。他和他们磨牙斗嘴斗得头疼，巴不得自己依旧坐在经理的位位儿上，只拿着工资享清福。

他看出毕成功是个强人，那就让他折腾去吧。

卖了三四个月，天便渐渐暖了，刘经理意外地看到，金达仿佛是一朵开在废墟上的花，不光是活下来了，还开得有滋有味，越来越美。他手下那些刺头们全变了人样，像是过去的"国营脸"随着柜台货架拉出去丢掉了，变得会笑了，会和顾客们说客气话了，整个商店的精神面貌全变了。

上级领导和系统里的同行开会时总要问问情况，刘经理不敢说毕成功一次也没训过谁，就把这些人拿捏得要方就方要圆就圆。他也不好意思说，过去他一早上进到东方服装店，那些奶奶们连屁股也不抬一下，从柜台里搭他一眼就各自接着聊天了。为此刘经理常在每周五例行的思想会上气得骂：就算我是只苍蝇，你们也得抬抬手轰一轰吧，咋就没看见一样呢？

可现在呢？毕成功并没要求过，可他只要一早出现在店门口，所有正在整货的营业员就会不约而同站起来，有的还会说毕经理好。当然，这是毕成功带来的营业员原有习惯，却很快就降服了老东方服装店的奶奶们。这些奶奶们和年轻的姑娘其实是两种劳动制度的，说白了是两种身份。奶奶们是国营正式职工的身份，有的刚解放就工作了，现在将要退休；姑娘们却是二十来岁，有的有中专文凭，有的高中都没有念完，她们的身份是合同制的工人。毕成功不管这些，在他眼里，全是卖货的，会卖货就是好营业员，销售额才是硬道理。

他让刘经理把写了规章制度的牌子卸了，指着一条条的文字说，老刘呀，这些挂着只是落了灰尘，没啥用，有这地方不如再挂一件羽绒服！

刘经理不甘心却还是让人取了。他说，毕经理，公司常来查呢，要是没有这个会扣分的，年底评比先进啥的咱就吃亏了！

毕成功笑着让人把那玻璃镜框抬到二楼上说，那就挂你屋里，谁想上去看就看两眼，公司检查不也对付了？老刘，这上面写的其实基本是多余：你看看"微笑服务"，咱卖一件羽绒服奖金是十块，她们不微笑能卖出去不？不用咱说，她们恨不得笑出个酒窝来呢！像这条"来有迎声走有送声"，这不是扯淡嘛，咱金达天天顾客挤疙瘩，排着队抢着试羽绒服，营业员同时得对付两三个顾客试衣服，又要开票，又要收钱，又要小心别丢了衣服，哪有时间瞅着人家来了问好！人家走了说送！人家来是想买件称心的衣裳，又不是图咱问候着当大爷，只要真把合适的羽绒服给他们挑出来试好，人家就高兴了，咱又何必玩那些花招呢？

他说这话，刘经理只有听的份。

毕成功说的是实情，金达一早九点开门，十点左右顾客就渐渐多了，到了中午十二点前后形成高潮，直至下午六七点都保持着人来人往每个柜台都有顾客的常态。这就意味着，营业员从一早上班到晚上下班都得高度集中，因为假若丢了一件羽绒服，那营业员就得赔上千块钱了。毕成功把营业员分成两班倒，下午两点交班，营业员只上半天班，精力能集中，而且为了不使中午交班影响店里的生意，他让大家中午两点和三点分两次交班。

这样很有效，一开始怎么也紧张不起来的国营老职工，并没有意识到毕成功的劳资分配方案有什么了不起。她们按工龄拿工资，而合同工的小姑娘们每月基本工资不过几十块钱，只当同工不同酬。谁知道到月底发工资时，小姑娘们拿到的奖金多，最多的女孩居然拿到了一千二百块，这顶得上她们平时所拿工资的几倍了，看着小姑娘们欢喜地数钱，国营老职工们心里不平衡了。按说因为有了些奖金，老职工们每月已经比平时多拿了一二百块，该是很高兴了，但人怕比人呀。老职工在心里盘算了一遍，知道毕成功所言不虚，到了第二个月，不用毕成功说什么，她们把力气全用在了卖货上，恨不得给顾客伺候得再好一些，卖一件羽绒服就多挣十块钱呀。

公司里开小会、中层会、大会，包括年底大会，毕成功一概不参加。他说他坐着难受，那些人一坐下来就掏出十几张稿子开始念，让他去听，真是头大。而且一早上顶多轮上两个领导说完，中午吃过公家的饭，下午接着开会，还是听领导接着念稿子，他说这是刘经理的强项，就次次都让刘经理去。

这个年底，因为金达的盈利是多少年总公司也没有过的，也算是公家和私人合作的试验成功范例，总公司当然就给毕成功的金达评了个市上的先进单位，又给他评了企业带头人的荣誉。颁奖那天，总公司要求刘经理和毕成功务必一起参加会议，毕成功没有办法了，不好再推辞，只好答应。

这个事情得到了毕成功前所未有的重视。

一大早毕成功就起来洗了个冷水澡，又仔细地刮了胡子。方美丽久也没见过他这样在意自己的形象，床上丢着好几件试过的衣裳，可他还是不满意。方美丽问他做啥去，毕成功说到公司当副总经理快半年了，还没在人前露过脸呢，今儿让我去上台领奖，还要发言，发言我不害怕，只是没参加过人家这样正式的会，也不知道该穿正式些还是随便些。穿随便了怕人家笑咱是个体户出身，穿正式又怕人家说咱没见过世面，拾个鸡毛就当令箭！

他说得有理，方美丽也为难起来，就在床上那些衣服里挑。这些大多是毕成功在广州订货时，挑喜欢的给他自己留下的，样式都很好，却并没有能参加会议的。只有一件藏青色的毛料西服能穿，却是前几个月为了金达开业，毕成功刻意去名牌店买下的，这一身就要八百多块钱。方美丽见毕成功刮完了胡须，头发也沾了水全梳得一边倒，便出主意说，你不如把这件淡蓝色羊毛衫穿上，再把你这个黑羽绒服穿上，要是看见人家都穿着开会的衣服，你把羽绒服脱下来，把西装穿上！

毕成功夸说，好主意！我上次看人家领导穿西装都要打领带呢！听说今天还要照相。

方美丽去翻衣柜找了两条领带比画了，选了条暗红色的帮他打成结，毕成功惊奇道，你倒手巧！

难得听他夸一句，方美丽抿嘴笑了说，还是你让我卖衣服时学的呢！快走吧，要迟了！

毕成功看看表果然是时间很紧张了，赶紧穿戴好出了门。

他穿着这身行头坐在公司大会的主席台最边上，还是比谁都要更醒目。大家并没有见过他，却都知道他的传奇，三四个月的时间净赚了三十多万，而且这钱是已经给公司上交过之后全部属于他的。这么阔的人，在公司成立至今的历史上是没有的，这样有本事的人，也是大家在自己身边相识的人里面没见过的。而且他坐在那儿，既没有忙着巴结领导说阿谀奉承的话，也没有板起脸来装大头蒜。他只是面带着略有拘谨的微笑，眼神和谁对上了就赶紧点头微笑示意了，可他显然没有打算和谁认识，大家观察了，便认可了他。女人们私下里讨论更多的是，他身上那件黑色的羽绒大衣得多少钱？要是她们和她们的丈夫去买，能打着公司的名义便宜些吗？

这次会议有一个重要的内容，就是请毕成功介绍经营金达的经验。毕成功早知道人家要他讲这个，便拿过话筒讲起来，可他一共只讲了三分钟，围绕了两个内容，一是天时地利人和，二是货要好。

这算是什么经验呀，大家哗然了。毕成功不动声色冲大家笑笑，把话筒推给刘经理。主持会议的领导冲刘经理说，那你再展开说说！刘经理便硬了头皮把毕成功说的天时地利人和，和金达的具体情况对应着又说了一遍，这个汇报才算是圆满了。

依着惯例毕成功拿了全公司的先进，是要请全公司的领导和公司下属的十来家商店经理一起吃顿饭的。他早听刘经理交代了，便在会后等着大家一起到西安饭庄吃饭。吃着喝着，大家就很快熟悉了，都说要去买羽绒服，让毕经理给打折，毕成功当然一口答应，大家都很高兴，连公司的总经理也觉得，金达的毕经理终于和大家融在一处啦。

其实毕成功介绍的经验都是他真正对商业的理解，可人家觉得他在对付，都是一笑了之啦。他心里明白，看似店里完全是营业员在忙，热热闹闹一天到晚在试衣裳、开票交钱，但最重要的是他订回来的羽绒服样式和质量都是最好的。

过完农历年天暖了，生意就淡了。毕成功不急，依旧去广州订回些时装来销售，又去苏州、杭州订回来些丝绸服装，应对夏天的需要。他还是定位在高档服饰上，价格就贵，买的人就少了，销售收入和营业员工资收入立刻就少了一大截。可毕成功不急，见大家有些不安，便和他们说，农民种地也不能月月收割打粮食是不是？挣钱是不错，老天爷也没让一年十二个月天天下雪！咱也得让生意歇歇劲再来，到了秋天咱的生意就会旺了。

其实还没等到秋天，南方的厂商便主动找到了西安，去年曾经被毕成功上门找着订过货的上海、宁波厂商知道他的销售能力，生怕被别人抢先签下秋冬季的订货合同，居然大夏天就跑来找毕成功了。现在是淡季，毕成功便不再从早到晚泡在金达的店里了，那些南方厂商就亲自找到他的家里，一大早蹲在门口等着，听院里有了动静才来敲门。

方美丽听门外的人说一口难懂的南方话，又听说了毕成功和金达的名字，便知道是找毕成功的。

可他还没起床呢！

正犹豫着要不要开门，刘兰草也闻声出来，便说有事到东大街店里说去吧。厂商赔着笑脸说带了些土特产给毕经理。刘兰草打开门见是两个小伙子，都很年轻精干，年纪小的那个不过十八九岁的样子，长得瘦瘦弱弱的，一看就是个南方人。俩人把手里提的两篓鸭蛋、几盒点心和一大网兜橘子都往刘兰草手里塞，嘴里亲热地叫着，阿姨好！毕经理在家吧！

她哪见过这个，慌着喊，不要不要！这是弄啥嘞？

毕成功在床上听到声响，赶紧让方美丽开了门，自己胡乱洗了脸才和那人坐下来说话，知道是上门让订货的就笑起来。那人被笑得尴尬了说，毕经理去年订了我们的货卖得好，发了财！我们领导怕今年失去你这大主顾，专门让我们来找你的呀。

毕成功就说，只要货好，都好说！可现在找上门的也不止你一家，而且都比你们灵活！

那人紧张地问，怎么个灵活法？

毕成功说，我去年一年能卖二十来万的，今年至少也还得这个数，要和我签合同，必须勤发货，还要发新货！陈旧的式样就算是发来，我也要退回去！他们给我说，可以交十万的货款打给我三十万的货。他们羽绒服质量还行，我嫌样式差了些。你们商量一下，如果可以，我们就可以合作。

那两个人你看我，我看你，不知敢不敢应承。那个年轻的小伙子嗫嚅着说，我们……怕是回去说了，领导不同意，我们连饭碗也保不住了！

毕成功却笑着说，要么你们回去商量一下。我那店你也知道，货下得快，上了柜的羽绒服没有剩下卖不掉的。你俩要是信任，这钱咱一起挣！

他说得很坦然，那俩人便说回去跟领导商量一下。那两人前脚走，刘兰草后脚就坐在那两人坐过的沙发上。毕成功正为自己刚刚谈的合作高兴，不压资金还占了大便宜，并没有看到他娘脸色很不好看。刘兰草拖了长声说，咦——！俺现在算是明白啦，恁这钱是这样挣的，恁不是说恁每件羽绒服都能赚好几百块钱？

毕成功不知道他娘想说啥，就呆头闷脑地说，是呀。

刘兰草不满意地说，那恁又不是没有本钱，进货还为啥不给够人家钱？硬要占人家的便宜恁就高兴啦？恁没看人家两个小伙子多做难！

听她这么说，毕成功无奈地说，娘！谈生意嘛就是这样，往咱心里多谈一谈咱就赚了，他们往他们那里多说一说，他们就赚了。恁儿子那么辛苦跑上海睡到澡堂子里面，谁心疼俺多给俺利润啦？还不是得自己挣？他是给他们厂里挣钱呢，俺是给俺们商店挣钱呢！

刘兰草却不管，只说，俺看呀，世上这钱总共那么多，不过是他从恁口袋挣走，恁又从另个人手里挣回来，来来回回罢啦！一件衣裳恁能挣几百块钱！啧啧！乖乖呀，让俺想，这是多大的利呀，恁还要再拿刀去人家碗里刮他们一些油，俺看做生意要厚道些！钱多少是个够？恁该给人家那两个孩子留个赚头！

毕成功看他娘的犟劲上来了，便开始用他一贯的笑脸说，娘！恁想，俺那商店是国营的，养了那么多退休职工，他们家里都可怜得很，有的一个人挣钱要养活六七口人！恁说可怜不？

他娘点点头说，谁说不可怜嘞！

毕成功继续引导着他娘说，他们过去有的时候连工资只能拿60%，俺现在多争取一点，给商场多赚一点，就能给他们多发一点工资，他们每个人家里都有老人和老婆孩子，全家都高兴！那恁说这好不好？

刘兰草想也没想就说，那当然好！

毕成功又说，俺不多争取些利润，拿啥让他们高兴？

刘兰草犹豫着不知该照顾那两个南方孩子，还是照顾商店的职工了，但她坚持说，恁说的倒也对，可俺还是觉得，恁明明有钱，再逼着给他们只交十万块钱给恁打三十万的货，这不明摆着占人家便宜？

毕成功说，做生意的都不会说真话，谁都说自己赔着呢没赚钱，要是真不赚钱，那他跑来干啥？他就是说一说，肯定赚钱呢！他俩为啥能答应回去商量呢？肯定还是赚钱才会干的！娘，恁就放心吧，外面做生意都是这样，要是都多钱进货多钱卖出，那还赚啥钱呀？

刘兰草不高兴地说，咦！好！好！好！俺老啦！就不该管恁的闲事，恁是国营商店的大——经理！俺是农村没见过世面的老婆子！恁和俺说这么多话，真是屈了恁的身份啦！

毕成功见他娘脸吊得老长，赶紧站起来说，娘呀！咋说着就生气了呢？恁到底是他俩的娘还是俺的娘？恁没见恁儿子去给人家求爷爷告奶奶有多可怜呢！好吧，就冲恁心疼了他俩，到时候他们要是说领导批不下来，俺就再给他们多交点预付款，这总行了吧？

刘兰草这才满意了说，对呀，恁赚多点，让人家也少赚点，这才是正理儿嘛！对那不讲理的人，咱要比他更不讲理！像他们这样的可怜人，恁就厚道些！

过了两三天那两个"可怜人"从上海把长途电话打过来说，领导同意毕成功的建议，说可以这样合作，但希望毕经理只订他们一家的货。毕成功签下这个合同，心里狂喜着，省下的货款恨不得再开一个新店才好，可他及时劝住了自己，那不是白白搭进了房租吗？金达那么大的卖场，多少羽绒服挂上也不嫌多。

当务之急是要让更多的人知道自己的名字。

有了这个念头，毕成功就打算要在电视台打广告了。这想法，刘经理觉得没必要。因为金达这样的地方，全西安市的人只要逛过大街谁不知道？那不是胡花钱吗？

可他没太劝，因为他的理念在毕成功面前总是显得太弱。天天在二楼的办公室里，喝喝茶，看看报纸，月月领着比过去翻了两倍的工资，他又何必多嘴呢？但毕成功让他去跑这事。想想这是合作以来，毕成功第一次给自己派活儿，刘经理就点头同意了。凭着多年当经理的关系，刘经理很快就在电视台谈好了广告的事。这个时期电视台正在演电视剧《神探亨特》，几乎每个有电视机的西安人都在看，剧里的亨特警官和迈克尔警官深入人心。于是电视台每十分钟插播一次金达的广告，六十集一共四万块钱。四万块钱算是个大广告生意，对毕成功来说，花了这笔钱，他的金达和那些漂亮的羽绒服，就立刻长了脚，飞快地跑到千家万户和每个女人的眼睛里了。

  还没到冬天，金达的新货也还没有上架，闻风而来的顾客就已经来订货了。得知一款羽绒服最多只能进四五十件，金达的衣服基本上很难重样，顾客们就放了心。五十件就是放在东大街的人群里也就淹没了，他们担心的是，什么时候能来货？来了货又能不能轮到自己？

  这时刘经理来告诉毕成功，隔壁的美思琪在重新装修门头了。自从毕成功的金达开了张，张老板的美思琪就被压制住了，虽然每天生意也不错，可和金达日进斗金的热闹是不能比的。从春天起，很少露面的张老板从上海来了，就蹲在店里，可还是不行，到了夏天生意更是惨淡。有人说是金达开张前装修的门头比美思琪高了近半米，又伸出了近二十厘米，压了他们的风水。张老板站在街上，把两个招牌打量了一下，可不是自家的店门头让压住了？这可是个大晦气啊！财气让人家给抢走了！

  张老板眼看马上到旺季了，就趁着中秋未到，抓紧找工人拆了门头重新加盖新的，一定要压住金达出一口恶气，争一些好财运回来。

  这事刘经理来说了，营业员们也来说了，毕成功在心里搁了，可他没动声色，只说知道了。

  半个月过去，张老板的新门头装好了，"美思琪"三个字比原来大了一倍，牌匾也比金达高大了许多。毕成功等他的工人们忙完撤出后，对刘经理说，老刘，咱也弄！把门头重做一次，比它狗日的美思琪再大些，再长些！

  刘经理这才知道毕成功心里一直是在意这事儿的，他说隔壁美思琪已经超过了标准，街道办一定会罚他们钱的！咱们不敢再超过了他！

  毕成功第一次没冲他笑，把眼一瞪说，怕啥？他不怕罚，我就怕罚？罚多少钱，我也得比他的门头高，比他的门头伸出去得多！你只管去弄，我认罚！

  刘经理板着脸不说话，毕成功这才笑着说，你是咱的一把手，风水坏了对你也不好呀，你不想今年咱多挣些钱，让你的官再大些？

在总公司干了十几年，刘经理一直没被重用，也没被提拔过。现在毕成功来了，又掌管着经济和劳资，他啥话都说不上，能升官当然是太好了，但他不喜欢毕成功来给他派活。这算啥么，他这个经理咋说也是上面派下来的，倒成了毕成功的小兵卒子了。

可偏偏毕成功说得有理，被他指挥着去做的事总是有效果，这让刘经理心里难受得很。刘经理心里怨言多，毕成功还是劝着催着，让他快去找人把门头拆了，重新装修。按照毕成功的意思，"金达"两个字，一个得有快两米高才行，而门头的尺寸，也是毕成功给的，整整比"美思琪"高了半米，又多伸到街上了三十厘米。这样的门头整个东大街也是少见的，而那突出的部分，离几十米外也能看到。

毕成功满意了，刘经理却担心了，这不是找着让人来罚钱吗？而且十有八九会让勒令拆掉的！

可他见毕成功仿佛一点也不担心，门头刚弄好，上海的新款羽绒服就来了，款式很漂亮，而且样式也很多。金达到了中午人多的时候，简直是疯狂在抢货，顾客们试好了这件，只要不立刻付钱或是紧紧攥在手里就去试另一件，那她可能试完那件，就再也见不到这件了。买的人太多，羽绒服样式也多，哪件被别人看上试了就会买走，这个样式的可能就没了。营业员们又怕丢货，又怕失去主顾，一次只让试两件，都忙得不行，上厕所都没时间去。有个手脚麻利的小伙子很会卖货。屁股底下坐着个木头水果箱，半天卖下来，就有一箱子钱，数一数好几万，他一天的奖金比别的营业员两个月工资还要多。可他的优势别的姑娘学不会，老国营的营业员更是没法子学——他是个帅小伙，又摸透了各种女人的心，只要真是打算来买羽绒服的，几乎没有空手走的。

对来试穿羽绒服的年轻女孩，他会由衷地说，真是太漂亮了，我在这儿卖了这么久，没一个比你穿上更美的了！还是你的气质好呀，这羽绒服就是给你这样的漂亮女孩设计的！

女孩高兴地让男朋友掏钱买下羽绒服了。

中年女人发了胖，对着窄版的羽绒服很中意，可穿上就鼓鼓囊囊，他会果断挑出件合适的款式让她再去试，果然很合体也很好看。他会夸她说，羽绒服本来就是高档货，只有你这样富态的人才能穿出华贵来！看看，多贵气！

对着镜子照照，真是很好，当然也买下了。

女人们喜欢他夸，甚至专门等他介绍，让他帮着给挑更适合自己的羽绒服，卖货的姑娘们只能羡慕，却没一点办法。毕成功看见这场面很高兴，他不眼红营业员拿得多，他们挣得越多，他也就会挣得更多。他平时节约着自己，给营业员们算工资却从来不会含糊。

刘经理不管他们的，只操心着门头的事儿，每天来上班第一件事先看看自家和"美思琪"两块较着劲的门头招牌，他等着街道办的人来找。过了一个礼拜，生意一直进行着，刘经理白天晚上想的都是这件事，终于忍不住问了，毕成功不经意地说，我去给街道办管这事儿的主任送了件羽绒服，又给办公室的人送了几条好烟，罚咱了一千，我也交了，没事儿啦。

这确实是毕成功的黄金时代，西安这个城在他眼里也完全是一城的黄金。

钱像流水一样流进了他的银行账户，电视机里隔十分钟放一遍他的金达，连他的营业员和他那些羽绒服，也被西安市民熟识而习惯了。广告最后总会说刘经理和毕成功的名字，他们的电话号码被广而告之，他俩的笑脸成了西安人熟视的面孔。毕成功接到无数电话，崇拜的、学习经营经验的、羽绒服破损了要来吵架的、自荐着要来找工作的，也有闲得蛋疼来搭讪的，毕成功都不当一回事儿，他已经成了西安市的名人，而且是有钱的名人，随便走到哪儿都有人认识他，有的会上前问，你就是金达的毕成功？更有人会远远看着他。他懂他们心里想啥：这货咋能那么有钱？

因为出了名，也因为金达的位置确实好，时常有些人逛东大街，逛着逛着就到了商店门口，便想起这不是毕成功的金达吗？这些人有孟家大院的老邻居，有皂角巷的老邻居，有芳草巷的老邻居，有电影院那些人，也有过去常吃他烤肉的老顾客，他们亲亲热热叫着他的名字，说着夸赞他羡慕他的话，最后他们大多会说，这么贵的羽绒服，都卖给谁了呀？啧啧！多美！

毕成功就在心里可怜着他们又感谢着他们，因为他们并不是能花得起钱买他羽绒服的人，可他们真心真意在替他高兴。他当然知道他过去住的地方并不是西安有钱人住的区域，可他们说他们买不起的时候，他心里还是会难受一下的。

因为找他的人很多，有的他都几乎忘了是谁了，可人家也要笑着让人把他找出来说句话，他就觉得他们一定是以他为骄傲的。有时毕成功顺着东大街从钟楼往金达走，一路上总会在迎面走来的人群里，见到有人提着金字红底的大纸袋子，那是他设计的手提袋，里面装的是他的羽绒服。有时他会特别有成就感，就留心去数，有时走半条东大街，就有三个或五个提着金达袋子的人，毕成功幸福地想笑。仰脸看天，蓝澄澄的，有一些淡淡的云飘着，他的胸怀里满是意气风发，也有些得意扬扬的劲儿。

他想，咋还不下雪呢，要是一年四季全是要穿羽绒服的冬天就好啦。他现在和当年卖冰棍卖汽水时，恨不得天天都是夏天的心情一模一样。

这样走在西安市东大街上，有好几次毕成功觉得自己好像占领了东大街，有时他会想，也不知道更有钱的人是谁？那起码也就有个标准了。他的《辞海》一直在他床头的小柜子上放着，那里还夹着一些钱，可他已经很少去翻看了。最早在银行办的存折，因为结算不方便，也已经不太用了。在电影院门口卖汽水的时候，他知道有个外国电影叫《百万英镑》，除了那些国营单位和那些南方老板，他没在身边认识的人里面见过比自己更有钱的西安人了，于是毕成功把这一百万当作自己的目标。有时他也觉得这个目标太小了，因为照着眼前这火热的情况，到年底算出了利润，给公司上交20%，他就能赚到五十多万，两年就能实现的目标，又有啥意思？

毕成功一时踌躇满志，一时又有些茫然着急，像是满身的劲头都不知道往哪里使一样。

店里总是拥挤，毕成功不爱像刘经理一样坐在办公室里看报纸，那有啥看的？他觉得报纸上的东西大多是编出来的。要让他窝在家里，他也觉得难受，在家里挣谁的钱呢？所以毕成功喜欢在商店门口转一转，要么没事儿顺着东大街走一走，看看别人店面怎样经营。有时谁认出了他，就小声叫同伴：快看快看，金达的毕成功！

他不在意地继续走，心安理得享受这些崇拜。有时走到钟楼，看看国营商店门口依旧有人排着队在买钟楼小奶糕和冰山汽水，毕成功心里会微微有些震动，掏出钱来买一瓶汽水，慢慢品味着那味道，微微的甜味确实和自己用柠檬酸勾兑出来的不一样呀。但幸好他已经把手洗干净，不再做那个生意了。

靠在街边围栏上喝着汽水，抬眼看看钟楼和围绕着钟楼盘旋飞舞的小燕子，听那嘤嘤叫声，毕成功心里说不出来的惬意。

他现在终于是一个成功的西安人了呀。

有时他会从钟楼再往南走走，就到了城墙边上，总有些外地游客和外国人从南城门楼子下面的城门进去，登上城楼看西安。毕成功也交钱爬上城楼去看了，他立刻就爱上了这里，因为眼前所有的建筑都不高，他能一眼看到很远，还能看到终南山。有一次他在城墙上看着那连绵不断的山影出神，就听旁边有个拿着小旗的导游正对着一群游客介绍说，终南山里多隐士，古代是道家成仙、佛家成佛的修行之地，山里寺院古刹不可计数。所以秦岭北麓自古都是风水宝地，老早就有周秦汉唐四个皇朝在长安建都……

毕成功听了就对远处的终南山有了些敬畏，有时间就想来看看那山。他爱在这里看远远近近的大楼，小火柴盒一般密密麻麻街巷里的房屋，再看看笔直的南大街和正对面的钟楼。他觉得自己站得高了，在这城墙上看到的大街大楼和房屋就全变了，连天天都看惯了的钟楼也因为自己的位置站高了，而有了几乎平起平坐的亲切。

有几次才新下过雨，毕成功能在南边看到清晰的终南山青灰色山顶，像个屏障一样在天边，他不由得想，西安城真是个风水宝地，真的，光这些山就是多好的风水，要不古时候的皇帝为啥要在这里君临天下呢！毕成功心里涌上许多念头，又遗憾地丢下了。唉，念的书太少，一肚子蝴蝶飞不出来，就像茶壶里头放了饺子，有货也倒不出来。

倒是方美丽忙得很，对毕成功的春风得意，她根本没有看到，或者说看是看到了，可她连一点也没在意。她有些急，想要赶紧生个孩子，从毕成功去广州回来开始做了服装生意，刘兰草就开始催他俩，已经从悄悄暗示变成大声说她了，可她的肚子就是没动静。她心里委屈又不敢和毕成功说，她和婆婆都明白，毕成功天天都在忙挣钱，晚上金达不盘点完他不回来，每天回来总到凌晨一点，到家他也是累得头挨枕头就打着呼噜睡着了，这不是和卖烤肉时一样了么？凭她一个人咋能怀上孩子？

所以结婚了好几年，方美丽一直没怀上孩子，差不多成了她和刘兰草的心病。刘兰草没事就念叨说，咦，怕是俺没见过世面？啥时候见谁挣钱挣得连觉也顾不上睡？连孩子都顾不上"做"了？

方美丽听出她婆婆并没有把所有责任都放在她这里，便心里感激了，那她只能把心思全放在最最重要的一天三顿饭上，把婆婆伺候好来报答她。而且毕成功是个孝顺的人，他过去给方美丽说过他娘在沙村受的罪吃的苦，她现在成了他的媳妇，咋说也要把他的娘孝敬好才对。

方美丽每天的生活是这样的，早上六点多起床做早饭。其实毕成功睡到了八点钟才起床，这么早做饭是为了配合刘兰草的起床时间，她必须赶在婆婆之前起床，这是从嫁给毕成功那天她就做到了的。早饭有时简单，她端上小钢精锅出了巷子，过条马路就能在一大排早点摊子上买回来，不管是豆浆、油条、豆沫、菜盒子也好，胡辣汤、油馍头也好，买回来就成。可是大多时候，刘兰草不愿意吃这些，她炸过油条，那些"懒汉们"做的油条咋能吃？豆浆她嫌兑了太多水冇黄豆味，她愿意吃方美丽做的烙油馍、凉调胡萝卜丝，或者小米大枣稀饭和芝麻酱花卷，这些都是方美丽拿手的。在老方头家的时候，方美丽会做饭，却总是烩菜，依着老方头的意思，什么菜都可以烩在一起，而且越剩越香，剩菜热三遍给肉都不换嘛，这是他的口头语。所以他让每顿饭必须多做出来一些，吃不完就剩着，下一顿做饭无论烩啥菜，这些剩菜倒进去就能入味，仿佛是什么百年老店的老汤，然后再一顿还是这样。

方美丽依着这样的方法做了十来年饭，方家人的口味引领了她做饭的理念，以至于每顿饭里都能找到上一顿、再上两顿，乃至上三顿、五顿的菜的痕迹。毕成功把这样的做法叫"乞丐饭"，当然这话他是和方美丽刚结婚时开玩笑说的，这时候方美丽才知道，爷爷教给自己的，是多么不上席面的做法。

偏刘兰草最讨厌的就是剩饭，她不许方美丽做饭没计划，做多了剩下就要吊脸，她啥也不说，方美丽自己心里就已经不好受了。而刘兰草和毕成功的饭量时增时减，并不能精确定量，那方美丽就是个调节器，饭做少了不够吃，她就紧着刘兰草、毕成功吃，如果饭做多了，方美丽就想办法多吃些，总想努力吃完才好，实在吃不下才会心虚一般，边收拾碗筷边提前说明：今儿的饭我做多了，我下午吃！

这样一来刘兰草的要求就算达到了。

几年下来，方美丽竟没有为这个事情挨过刘兰草的训，也算是她自己蛮骄傲的一件事了。方美丽知道刘兰草爱吃烙油馍，而且爱吃夹了些葱花略有咸味的油馍，就在巷子里找人去学。这是河南老人爱吃的吃食，需用开水烫面，和起来醒着，再调制好油酥，切好葱花。油馍做好上了铁锅，火候也很重要，得一直小火烙着，渐渐油馍两面焦脆金黄才算好了。所以从她学会了这个手艺，差不多隔三五天就要一早烙上几张给大家吃，因为这馍凉了就不焦酥了，她就很留心和面、醒面的时间，总要算着在刘兰草起床洗完脸刷完牙的时候，烙好两个油馍端上来才好。这时再盛一碗刚熬好的小米稀饭，端在婆婆面前，连方美丽也看得出来，她婆婆脸上是满意在笑着的。

谁都知道为了博得刘兰草这样的满意，方美丽一早上得准备一个多钟头。可刘兰草吃了就在院里转一转，或是到离家不远的早市去转转，买把小白菜提几棵葱回来，到了八点钟毕成功起床时，她已经又困了，得上床再睡个回笼觉了。所以方美丽和毕成功的早饭是八九点钟的事，她其实这时候已经忙活一早上了。方美丽知道毕成功出了门就只认识钱了，中午饭能按点吃的可能性很小。西安的小吃多，有时只是一碗面或是一碗凉皮他就解决了一顿饭，这是方美丽最不同意的地方。连菜也没有几根有啥营养？可她没办法，她说不动他，就懒得说，反正说了也是白说，就只好在自己做的早饭上下功夫。有时一个早饭就给毕成功调三四个小菜，鸡蛋煎了，炒了，再或者五香茶叶煮了，力求让他肯多吃一个，胡萝卜丝、白萝卜丝、青菜或者莴笋，只要能调成他爱吃的酸辣味，她就都在给刘兰草烙油馍的间隙里细细心心切成丝，用辣椒、花椒炸过的热油泼了，用细白瓷的小碟子装了，红红绿绿摆在面前，毕成功几筷子夹了就要丢下碗，方美丽总要劝着他再多吃两口。

毕成功看出方美丽在家里的勤俭，可他一个字也没夸过她，有啥可说的？这是她的本分呀，就像他自己的本分就是去挣钱，她只在家里做三顿饭洗洗衣服又有啥可夸的？屋里的事他一概不用操心，连买煤的事她也自己买回来弄好了，他不知道煤是她自己搬的，还是和她娘刘兰草一起搬的，他按月给她几百块钱让她记上账，买大买小、买东买西都由她。但账是要记的，一来他们的娘刘兰草就没了指说她的嫌疑，二来记上账总是个好习惯，挣钱的、花钱的都清楚了。他让她拿钱雇人来搬煤，但他也知道她一定不舍得，一定是自己去搬了。

中午饭其实是方美丽最轻松的，因为早饭吃得丰盛，中午毕成功不回来，刘兰草也要早早睡了午觉好下午去打麻将，中午饭就差不多可以随随便便做了吃。方美丽的重点工作是晚饭，因为毕成功有时候回来吃，有时候则不会；有时他会提前一天就告诉她第二天回来不回来，有时到了半夜他才回来。加上一个月到头他总要去南方出差订货十天、八天的，方美丽就很头疼做晚饭的事。她不愿做多了，浪费了可惜，她得吃剩饭。刘兰草不管剩饭的原因是儿子没回来，她只怪方美丽没有计划好。可是让她胡乱对付着做这顿饭，她又觉得对不起毕成功，那么辛苦巴巴在外面挣钱，在西安好歹是个有名气的人物了，奔波一天连个像样的晚饭也吃不了，那她算个啥媳妇？所以精心备了饭菜，能听到毕成功在天快黑的傍晚走进自家的院子，是方美丽一天里最高兴的事。而这高兴在一个月里也不过十来天。大多数时候她觉得很孤独，没有人和她说话。

可这话就算烂在肚子里方美丽也不敢说出来，这样的念头只在最伤心生气的时候才会冒出来一两次。大多数时候她在电视上看着毕成功的广告，听着爱丽来找她时传递的羡慕，或是走在巷子里去买菜时，碰到大妈大嫂子们一连声夸她有福气的话，就足够让她心满意足了。

这个巷子和家里那两口子人，不就是她的全部世界吗？这样不用上班，想吃就吃、想穿就穿的好日子有几个人能过得上呢？

方美丽从心底里觉得自己是非常幸福的。

第九章

说起来，毕成功这辈子最引以为有魄力的事情，就是从1988年到1997年的十年间，他以国营公司副总经理的身份，成了西安颇有名气和实力的商人；而1997年，毕成功在他三十四五岁的时候，主动写了辞职申请，从国营体制的副总经理位置上辞了职，从此"金达"这两个字跟他走，那个大商店和他完全没了关系。毕成功和刘经理分家时，账面上余额是一个亿，按合同约定他带走三千万。多年之后，人们在回顾纪念改革开放三十周年、四十周年的时候，他才知道了那篇著名的南方谈话，便骄傲着他毕成功在当时下海经商，完全是凭着自己的本能的。

1997年之后，毕成功又重新下海成了"个体户"，当然，现在叫"民营企业"。

让毕成功引以为傲的还有一件事，那是他在辞职前花了十二万块钱买下个六十平方米的房子。在许多人眼里，这六十平方米的小平房一点也不起眼，既不是门面房也不宽敞，说难听些完全就是个危房，所以老高也被人请来看过，但他没要这房。说起来这房子的信息，当时还是老高和毕成功、秦教授一起在老孙家吃羊肉泡馍，闲聊时透露给毕成功的。

这房子离金达不远，却在一个四十多米长三米宽的过道里，巷子的顶头只有这两间房，房里只住了个老太婆，九十三岁了却不糊涂，但她只能卧床。来找老高买房子的人，是老太婆的一个侄子和一个外甥，都担心老太婆随时咽了气，这房子不好分配，他们缺钱，不缺房子住。这老太婆解放前是个大资本家的二太太，她没曾生养过，资本家丈夫带着大太太一家逃走时，把细软财产带走了，只有这个大店铺带不走就留给了她。老太婆没再嫁，过继了她哥的儿子来过日子。后来，她让划了个资本家的成分，人们都说，她冤是很冤，可那个大店铺确实很排场，就在东大街最繁华的地段上呢，这么大个产业，西安市也没有几家！

在过去还是一个大店铺时，因为资本家和两房太太都从铺子里进门，然后到了后院再各自进自己的小院，这就是前面一个大铺子后面一个大院子。1952年公私合营，这个店铺被划成了两个店，左边一间经营着鞋子，右边一间卖棉布，中间留出一条三米来宽的过道，一直通到后院。那时老太婆和她侄子还在里面住着呢。公私合营之后，后院全被拆了，只留了过去二太太住的一大一小套间在后面。那两个店被重新盖了，从门面到后墙，竟有四十米，而那个中间留着让二太太进屋的走道也有四十米长，又细又长，被左右店铺的墙围着，黑乎乎的，像是怎么也走不到头一样。

从东大街上走过无数次，老高熟识这条从来没看到过尽头的过道，就算很会拾货茬，可是没有油水可沾他当然不会进去看。他和毕成功说这个事，是开玩笑一样讲的，说毕成功可以去看看，反正离金达不远。谁知毕成功却很在意，就问那门口左右的店铺现在是什么性质的，老高心里没底，含糊地说不清楚，便说，我想是公私合营之后就归了国家吧，要么是国营的，我看现在左边是个药店，右边是个电器行。

第二天毕成功就去了那个过道，又去找人问了工商局，这两个店铺果然是房地局的公房，药店和电器行都给国家交租金，可是租金却非常低，还在实行二十年前的老公租房标准。这个消息让毕成功又意外又激动。他按捺住自己的心，让老高把老太婆侄子的电话给他，说他想给他娘刘兰草买下那个房子，要不婆媳两个人在家里总是吵架，他娘住过来离金达近一些，他也好去照应他娘，还能吃个中午饭。

一切都合情合理，可老高还是提醒了他，那房子太旧了，而且光一个走道就四十米长，要价十二万有点多。

老高给的电话是老太婆侄子的，和毕成功见面的却是两个六十来岁的老人，其中一个是老人的外甥，一个是老人的侄子。多年来他们共同照顾老人，就说好了，房子必须卖十二万，然后一人六万。

毕成功问那老人以后住哪里，那个外甥说，我在乡下有块地，我姨一直想去乡下住，她想土葬，死在城里就得火葬了。

毕成功见人家都想得很周全了，就说好吧，十二万就十二万，能不能做个公证？让老人以赠予方式把房子送给我！少交些税！我给你们的钱也不少，以后公证生效了，咱们各走各路。

两个老人很慎重，说他们得寻个人问问，过三天再见面吧。

三天之后毕成功交了十二万，成了这个房子的合法被赠予者。

之后的事情，便很有策略性了。毕成功把那六十平方米的房子稍稍收拾加固了些，果然就让他娘刘兰草住进来了。老高心眼多，知道毕成功不会做赔本生意，他见刘兰草住进那房后，毕成功就中午回去吃饭，他心里想，倒把这货看高明了，十二万买了这样一个房，太亏了！

刘兰草肯住在这里，绝对不是毕成功对外描述的婆媳不合。方美丽对她从来不敢高声说话的，而她的孙子毕继承，她是一天不见就想得慌呢。但刘兰草是被儿子耳提面命授过机宜的，毕成功教她做的事，对刘兰草来说其实很简单。一开始她不愿意来，但一听说原来住在这里的老人被那两个店铺的人欺负过，便立刻激起了她的正义感，她得教训教训他们。

搬过来没几天，毕成功帮她在自家门口过道里支起个大汽油桶的炉子，弄来兴平上好的干辣椒，放在大铁鳌子里天天从早到晚炒辣子。他怕把他娘呛住，又支起两个大鼓风机对着走道吹，那两个店铺都不过四五米宽，却都是四十来米长。营业员在店里全凭开在过道里的窗户通风透气，现在鼓风机吹来的风又干又呛，辣得简直不能呼吸，营业员们便关上了窗。可是不行，那辣子的味道会钻进来，不光是营业员，就连顾客也是刚一进门就会立刻捂了鼻子，要么响亮地打着喷嚏就走了。

不到半个月，四十来米的店铺就只有门口三五米有人走动，后面连营业员也不愿意去了。两个店的经理都来找过刘兰草，可论起胡搅蛮缠抬斜杠，又有谁是她的对手？

和方美丽关在大门里过日子，刘兰草已经很少有机会能扯开嗓门敞敞快快大声说话了，所以对他们找来说理，她是惊喜的。

大娘！这个辣子能不能换个地方炒？

那恁说换哪儿？

……

大娘！你在这儿炒辣子，影响我们商店营业，都没人进来买东西了！

咦！恁卖恁的东西，俺炒俺的辣子，咋能怪俺？俺还说恁们开商店影响俺炒辣子呢，要不是恁的商店挡着，烟味跑不出去，俺能这么呛呀？没见俺天天都呛得直咳嗽！咳！咳！

那你还炒？

不炒辣子俺饿死去呀，恁们管不管给俺烧纸钱？俺容易嘛俺？恁们还来找碴！

她说着要哭，那两个经理干张着嘴说不出话来了。

过两天再来还是这样。

他们态度强硬一些，刘兰草哭着哭着就一屁股坐在地上，拍着膝盖说一个老太婆让人欺负啦，她得去派出所报案呀。他们好说好劝，刘兰草就眼皮也不抬，挥着小铁铲，在大铁鳌子上有滋有味慢慢翻炒着辣子，火苗很小很小，辣子被焙出了辣味，被鼓风机吹着，光是眼泪流得话也说不全了。刘兰草站在背风地里，戴着毕成功给她不知从哪儿弄来的飞行员专用眼镜，一点也不怕烟熏，她又捂着个双层口罩也不怕呛，一来二去两个商店的经理就都败下阵来。

两三个月过去，商店的生意一跌再跌，而刘兰草的辣面子生意却意外地红火起来，她就在过道口用大红纸请人写上"刘氏兴平辣子面"。

毕成功从心里佩服他娘简直演啥像啥，竟假戏真做把辣面子的生意做到了东大街上，而且头三个月就净挣了好几千块钱。他不知道那两个商店能不能比娘的辣面子挣得更多。虽然他并不常去，却一直派了个小伙子装作买辣子面的人陪着，操心他娘让人欺负了。果然两个商店忍无可忍，就领着营业员来吵架，刘兰草和人家吵着吵着，就骂起来了，骂着骂着就动了手，最后刘兰草被推倒，手在地上蹭破了皮。她的辣子面和铁鏊子被丢在了地上，红艳艳的辣子面被洒了一地，像块红地毯蛮喜庆的，而刘兰草躺在这红地毯上哭着打滚，那辣面子就滚了她一身，便有了些惨烈。

一直在旁边拉着架的小伙子看时机到了，便给毕成功拨了电话。等到毕成功领着警察赶来时，刘兰草已经哭闹了一个回合，而两个商店的营业员却伤得很多，有的被踢了一脚，裤子上有半个鞋印，有的被抓伤了手，有的被她扔了辣子面，洒了一头一身，正使劲扑打着头发把辣子面往外拍。

可毕成功不依他们，想想一个老人被十几个人围攻，走到哪里都是有理的。两个经理没想到，明明有理的事咋变成了这样。毕成功不和他们说理，只让警察处理。他们认得他居然就是大名鼎鼎的毕成功，便讪笑着说，毕总那么大的生意咋让你家属炒辣子面呢？

毕成功不理他们话里的话，只说你妈爱打麻将，他妈可能爱炒股，我妈就这么一个爱炒辣子面的爱好，我当儿子的还不能让她高兴高兴？

电器行经理没好气地说，我三个月都没营业额了！营业员工资也要开不出来了，你娘再高兴俩月，我们都得倒闭！

毕成功说，别的不说，有困难咱再谈，先给我娘看病去！

到了医院做了全面检查花了快两千，两个经理心疼得不行，却又不敢不陪着。毕成功眼也不眨只柔声问，娘，您觉得哪里还不好？

刘兰草长长出口气，用拳头轻轻砸着自己的心口说，气短呀，心口闷，浑身的骨头缝都是疼的，让人欺负啦！唉！

又过了两个月，眼看着两个商店都萧条了下去，毕成功主动约两个经理见了面。他的想法很简单，他出钱把三家的地皮连在一起，重新盖成楼上楼下二层楼房，这样每个商店平白翻修了房子，又平白多了一层房，外租出去，就足够给房地局交当年的公租款了。作为回报，每家商店给他一米宽的门面房。

两个经理说，这得去房地局问问。

毕成功说，你们只操心你们自己同意不？房地局我去办，横竖都是交租金，他们一分钱不会少，收到口袋不就行了？我那一百二十平方米的走道从此也给他们交了门面房的租金，他们平白多了收入，有啥不愿意的？

成交了。

花了三个来月，毕成功把这个楼上楼下一千多平方米的房子盖好了，三个门面房都是高大的门头和宽敞气派的大门。谁都看到毕成功三米宽的过道成了五米宽四十米长的门面房，却谁也找不出茬子在那儿。

这事帮着儿子弄成了，刘兰草不再去炒辣子面了。但很长一段时间，还有人来寻着想买呢，说那个刘氏辣子面真不错，又香又辣，就是老太婆的脾气太干硬了些！

这时毕成功正从金达辞职呢，这样漂漂亮亮挣下的大门面房，不用谁说，他自己想想都很得意，老高知道毕成功把那门面房以四十万的年租金租给了帝华电器商店，而且一气签下了三年的合同，他便心里暗自佩服了。当然老高也有些窝火，这房是自己介绍给毕成功的，他当时装得像个孝子，背后居然有这么大的策略呢！

老高故意约了秦教授去找毕成功，有意想臊他的面子，谁知毕成功见他们来了就说，正要找你呢，我辞职了！刚写了申请，秦教授是大作家，给我看一看！

毕成功最怕的就是写东西，他脑子能飞快算出很复杂的账目，但这一粒一粒的汉字搁在一起，他就觉得很吃力。

可这辞职报告只能自己写，老高接过来看了就笑了，因为这报告写得太短，却全是干货，一个多余字也没有：

领导好，我从1985年加入国营公司，创立了金达，到现在10年了。给公司创造的利润和税收有报表就不细说了。我没上过学，没文化，现在市场经营和过去有巨大变化，我怕给公司造成损失。看到公司有许多年轻人都是大学生，有的是研究生，都没有很好的职务安排，觉得应该把这个副总经理的职位留给他们。我决定辞职，感谢领导们对我的信任，感谢刘经理对我的帮助，感谢营业员们对我的支持。再见。毕成功。

老高和秦教授都笑，毕成功也笑，他说秦教授你给我改改吧。秦教授摇头说，这么诚挚，没改的地方呀，你看这句"给公司创造的利润和税收有报表就不细说了"，多牛！还"再见"！多客气！就怕人家不放你呀。

毕成功看他掏出笔，在自己的报告上画了几个圈，便知道那是错字，他说你直接改好我再抄一遍，明天我送去，后天我就不来了！管他们同意不！老子要下海自由自在游一游！

老高说，早就猜你不会真的要歇业了，听说你鼓捣了那个门面，还忽悠我说给你娘住！要是打算自己干，现在为啥又租给帝华？

毕成功夸张地瞪他说，哥！你啥都知道呀！我从金达出来，再去旁边和老东家抢生意，你当我是啥人？

秦教授摇头说，唉，你们天天袖笼里玩蛇一样，真真假假的，天天说话玩着心眼都不觉累得慌？我走呀！

毕成功赶紧拉住他说，秦教授，我要请你吃饭呀！李记搅团的浆水搅团味道美得很！还有酸菜盒子你肯定爱吃！不是我心眼多，实在是商场如战场！你说，打仗的时候，谁敢把自己的战术公布出来？

被他扯着胳膊走不成，秦教授笑说，那先说好，今天都不许当我面说假话，谁说谁是狗！至少今天这一晌午吃饭的时候你俩能做到吧？

老高说，好吧，我们跟着道德模范在一起，大不了今天不说生意了！

秦教授却不饶他，自顾说，别糟蹋道德模范这个词咧，你的底线才到膝盖那儿，觉得不说假话就是道德模范，让人家那真正有德行的人看，那算啥？

毕成功说，我的在膝盖呢，老高的在脚后跟！

老高便捶他一拳，三个人笑着出门去吃饭了。

不管上面的领导批不批准，反正毕成功离开东大街的商店，是再也没去过了。他很快买了台超豪华的公爵王，他很爱这车，总爱开着跑跑。可城里总是堵车，很难让车跑起来，那这车的优势不就白搭了吗？于是他有空就往西安市的西南方向走，发现这里已经有了建筑规划，有不少高楼拔地而起，在大片荒地里看上去还是挺突兀的。毕成功在地图上对照着看那些楼的位置，他有感觉，不久的将来，这里一定是寸土寸金的好地方。现在的他，拥有的现金是许多企业都不具备的，他得给他的钱和他自己想个未来的方向。

毕成功花了两个来月的时间在西安西南的高新区转着，看那些地和新楼盘，又不断托人去市上找各个部门的领导询问，得到许多准确的好消息，毕成功就决定，他要投资门面房了。

其实毕成功看重的商铺才刚刚出了地平，但二楼和三楼已经被一家证券中心买下了，而他想买的一层就有两千平方米，每平方米九千块，需要一千八百万，这数字差不多是他从金达拿出来的一大半了。可他打定主意要这门面房，就和项目经理谈价钱，一连谈了两天老板都没露面，而每个条件和细节，项目经理都得不断给老板打电话请示，再回头和毕成功说。他猜出老板一定有花样要耍，但这门面房的位置却是他真的看中了的，毕成功就耐着性子让经理去请示，终于，他们说好了价格和所有条件，约定明天一早交钱。

从售楼处出来天已经黑了，项目经理关灯锁门就走了，毕成功却没回家，也不想去吃饭。他站在一片废墟里的工地上，看着不远的地方，有楼正盖了一半的影子，而更远处，二十几栋楼的地基上还是个大坑，连个鬼影也没有。毕成功的心里又紧张又刺激，这明明是一个未来的商业中心，现在却荒凉得让人心里不安，假如他投资投错了，这钱买了个荒地上的两千平方米，那他毕成功就所剩不多了。

他对自己说，要是后悔，现在还来得及！

来西安二十二年了，他第一次面对这样大的抉择。

毕成功蹲在泥土坡上抽烟，一根又一根，嘴里发干发苦，心里也发干发苦，可他不愿意站起来去他的公爵王车里拿水喝。大半包烟被慢慢抽成了灰烬，毕成功的脚边堆了十来根烟头时，他终于站起身，双腿却麻得走不了。他就扬起脸看着天空，让那麻劲儿慢慢过去。这天刚好是个满月，圆圆的大白月亮就在头顶亮着，夜空中到处都是小钻石一般的星星在闪着。毕成功心一松，觉得这是一个好兆头。他迈起步子，绕着自己明天要买的商铺地基边走边看，每走一段路，他就四处打量着，想象未来盖好以后，这里是条主干道，那里是条小街，而自己手里的铺子会比东大街的铺子更值钱。

绕着这地走了两圈，毕成功鞋里灌进虚松的黄土，便一屁股坐在地上脱了鞋倒土，浑身微微出了些汗。他心里有了些底气，掏出手机看看已经凌晨两点多了，想想明天一早八点钟要签合同，便拉开车门上车，放倒座位靠背躺下，又拉过夹克盖好。他要睡在这里等天亮了。

这时他的手机却响了，打开就看到项目经理的信息写道，毕总好！老总有指示：一层门面房现在每平米九千七百元，如果您有异议，明早有其他公司来交定金签合同，您就不用过来了。

毕成功的心一紧。他有些怒了，才过了几个钟头就变卦涨价，再过五六个钟头就要签合同了，鬼才相信他们还会有买家来抬价！

他对着那行字愣着，再打开车前大灯，重新打量了一下面前的地基。他蹲在地上翻着地图又仔细看了看，抓起手机回信息道：我现在就在项目地基上等着，你不用让别人来了。

虽然多花了钱，可毕成功还是拿下了这块地。签了合同之后，他又开车在黄土飞扬的荒地里跑着，绕那土地转了整整一圈。

车子开着，他眯眼看着自己的土地，在心里想，从金达出来重新下海，过去的毕成功过去了，以后新的我再来！我要再创个辉煌，我不用借"国营"这个金字招牌的壳了，从今天起，我自己就是一个金字招牌！

其实还在金达的时候，毕成功就已经着手他再创业的事了。城南有个三星的国营酒店，经营不善处于倒闭状态。毕成功看那里地段不错，每天中午都有不少旅游车停着，有大量外地游客要去登城墙，他便买下来重新修盖了主体大楼和停车场。人们见他把那停车场修得比原先大了三倍，都觉得他还真是有病，以为他徒有虚名了。那时毕成功把酒店租给了自己的集团总公司，每年两百五十万的租金，集团总公司便派了个总经理来管理，据说还是个博士，却连着两年都在亏损。

毕成功离开了金达，除过他买下又租出去的几处商铺不算，这个酒店自然成了他手里唯一的实体，他咋能眼睁睁看着自己一手盖好的酒店赔本呢？

交了辞职书的第二个礼拜，毕成功便去了酒店。他并不声张，一个人先去转了转停车场，见只不过停了十来辆车，再看看远处一排大旅游车依旧在路边占着道，堵得交通都挤成了疙瘩。他又去大堂看，豪华辉煌的前台却冷冷清清，服务员很热情，听他要订长包房便很高兴，立刻打电话叫来部门经理。

毕成功花了两天时间在酒店里看了一遍，第三天便开了他的公爵王去集团总公司敲总经理的门。这是他在金达十年也没敢去过的，那时毕成功是怕着开会要躲领导的。

总经理见他来了，便要去倒茶，毕成功却说，他想把那酒店收回去了。

总经理正在为这事头疼，便说难题还是你给出的，现在你收回去倒是好办。你还回金达吧。人们都说我们用不住人才，连你都辞职了，集团总公司成了啥嘛！

毕成功知道他肯定会说这事，便说我的本事已经用尽了，羽绒服过时了，服装业不是我的主场，让真正能干有本事的人来吧。

总经理见他去意已定，便唉声叹气打电话叫人来和毕成功办手续，又问那酒店的租赁合同几月份到期，毕成功便说，下个月到期。

总经理恍然说，原来你辞职是为了这个酒店呀。

毕成功正色说，那你还真是小看我了！要想开酒店，我何必当初租给集团总公司？我不辞职照样也能去管理酒店。我是见那酒店冷清得让人心疼，可惜那好地段和那好装修了。我去理理顺，等能正常盈利了，还是要请人打理的，我对开酒店这事没啥兴趣。

总经理见他说得把握十足，也知道毕成功本事过人，便叹口气说，我没了你就等于失了良将了。你对酒店没兴趣，那对什么有兴趣？

毕成功冲他一笑说，我对赚大钱有兴趣，开酒店来钱太慢啦！

手续办完了，毕成功站起身要走，总经理握着他的手送到楼梯口，分别时又问，那你有啥建议没？

见他诚心诚意的，毕成功就说，政策越来越好，集团总公司旗下那么多好商铺，只要把方向选对，集团总公司还是西安商界的老大！

总经理微笑着说，借你吉言！

毕成功治理他的酒店只用了两招：一招是调整卖房的政策，退掉所有的长包房，推出钟点房；另一招针对游城墙的外地人，在餐厅开了西安小吃的自助餐，并规定凡是团队来吃饭，停车免费，给司机导游按客人的人头发红包。

人们都认为，长包房是酒店的固定收入，听说毕成功要给长包房客户加钱退房，都以为他有了更大的长包房客户，谁知他让人在酒店门头上挂了横幅写上"酒店5折优惠，每间房150元"，这不是自掉身份吗？

只能做大餐和名贵菜肴的大厨让辞退了好几个，却请来了擅长做油泼面、葫芦鸡、黄桂柿子饼的蓝田县厨师，酒店的几个部门经理不到一个礼拜辞职了一半，原因只有一个，他们是学高级酒店管理的，这样的杂货铺子、街边小旅馆水平的客人，他们不想伺候。毕成功就任他们走，只管招来新经理接着培训，服务员却私下说，真神了！毕总来了，当晚上酒店就快住满了！

其实不仅是客房，餐厅中午的自助餐也得排队了，停车场满满的都是免费停的车，看似好大一片土地白白浪费了似的。可在毕成功眼里，每一辆大车和小车，都是几个几十个的客人呀，而每一个客人，都是几十块几百块的人民币呀。

当月酒店就有了利润，服务员们第一次拿到了奖金。

又过了半年多，酒店每个月的盈利基本上成了稳定上升局势，毕成功便从部门经理中选了个精干小伙叫刘奇的，把酒店的经营交给了他，自己每月只是来看看。又过了一年多，酒店加上了桑拿、台球等业务，愈发红火，毕成功知道刘奇脑子活，就放话说要把酒店包出去了。那刘奇果然拉了个大老板来承包。毕成功便以一年五百万的租金，把酒店又承包给了他。

从一开始，集团总公司的人们都关注着毕成功的这个酒店呢，毕竟前两年是个烂摊子，人家毕成功只用了一个月就能盈利，只用两年时间就能从二百五十万的年租金涨到五百万的年租金。

这不是真本事又是什么？

几乎所有的人都对毕成功服气了，这样能点石成金的人，在每个人心里都成了传奇。毕成功也很得意，他重新下海就是想挑战自己，他要自己有全新的、最好的、最高的配置，他才三十多岁，想挣的大钱想干成的大事还多得很呢。

毕成功的第二桶金和第三桶金就像是雨后拾蘑菇的故事，着实让人叹服！他也很得意自己可以在大多数中国人还傻乎乎站着排队，等大人发小板凳乖乖领馍吃的时候，自己先去厨房抢馍吃了。等他吃饱喝足又装了一口袋馍的时候，那些人才想着要挣钱呀。可他已经把地盘占了，把游戏规则按自己的利益定好了，现在谁想玩都可以，但他已经占尽先机。

老高早就给秦教授安顿好房卡回来了，听他这么说，便啧啧着摇头说，不服都不行！那几年确实是我亲眼看着你做成的，老太太炒辣子面的时候，我还去过几次呢，当时还真是有一肚子疑问，不相信你说是为了去吃饭。我好几次中午去，从来都没见过你，那你吃的哪门子饭嘛！可哪想到你弄了这么大一个空手套白狼的事！后来大家都知道你一口气签了三年，拿了一百二十万的租金，那不等于是在西安市那条街上丢了个炸弹一样吗？这事儿和你后面弄酒店的事儿，对沈天他们这些年轻孩子，都算是教科书一样的经典案例！

沈天一脸崇拜地赶紧点头。

毕成功得意地笑说，是挺经典，不过你家老爷子那个电影院门面房的事是我老师啊！

老高谦虚地笑着说，那不过是底层人的智慧。穷人嘛，为了活着，还不得想想办法！

毕成功并不在意老高当时问过他几次，他都守口如瓶。现在他说出经过当然是在炫耀，他才不管老高怎么想呢。老高也确实没在意，美滋滋听完点评，抬手看看表，已经凌晨一点了，老高和沈天却都没有困的样子。毕成功打着哈欠说，呀，一点了！该睡了，明天一早还要早起赶路呢，约好下午陕北过来几个人和我汇报矿上的事。

老高问，听说你前些年在陕北弄了两个矿，成了煤老板！

毕成功笑说，你才是煤老板！你们全家都是煤老板！我可没去挖矿。弄矿是2012年的事儿了，我其实做的是中间商。明天那些陕北人下来就是和我说说资金的事。

老高吃惊地说，2012年？谁不知道那年的年底煤价暴跌？！陕北一个亿万富豪让批捕了，民间借贷市场一下子崩盘了！你说错时间了吧？！

毕成功却肯定地说，我这人最大本事就是胆子大、记性好，2012年对别人是个小年，对我可是个肥年！

老高却满脸写着不信，他说，老毕，我让你弄蒙啦！

沈天也说，毕叔，您和超人一样！怎么有那么大的精力？现在谁在西安随便开车转转，肯定能看到金达集团的地标性建筑！这还不算，您为啥会在陕北煤炭拐点那年去做煤？其实我最羡慕的就是煤老板了！

老高笑说，你说的倒是实话，谁不羡慕？

毕成功说，这话说起来长了，咱得睡了，哪天你到我公司，我好好给你讲！

沈天高兴了，那太好了！我下礼拜去行吗？

毕成功说，来时先和我约一下！

老高对沈天笑说，到时候我和你一块去！也去听听课！

沈天说，我爸的好几个朋友都是煤老板，毕庆勇让我爸帮他找的能融资的那个老板就是个陕北人。我听我爸说，他们挖煤赚到钱，又不会经营，只有放贷了。

毕成功从桌上抓起手机，站起身往门口走，他说，所以谁说我是煤老板我都不应。他们是命好，挖煤发了财，哪懂什么经营？只有我们这样的才是真正的商人！

老高接口说，这话没错！商人是大海里冲浪，狼群里抢肉，说透了，玩的就是头脑、运气和胆量！

第十章

2012年是中国煤炭业的一个大拐点，中国煤价在连续十年的疯狂之后，终于出现大幅暴跌的局面。这一年也是毕成功人生中的一个大拐点，他积累了大量资金做各种投资，总之不再做实体了。老高所说的那个被批捕的亿万富豪，当时因为非法集资是几乎人人皆知的，民间借贷市场崩盘对毕成功来说是好消息，煤价暴跌更是大大的好消息！那几个月他几乎把所有的精力都用在对能源、煤炭、陕北的研究上了。陕北的煤主要集中在榆林市的神木县和府谷县，煤质是世界顶级水平，中国出口国外的煤炭一半以上来自榆林。

毕成功提前联系了他在神木当地的朋友老马，让他陪自己，说自己要过去办个事。老马是个矮胖子，年龄不过五十多岁却挺着个大肚子，他和毕成功同岁，一开始是跑运输起家的，十来年间专门从神木往外运煤。老马在好几个小煤矿里都有股份，自己也有一个矿，是个身家不小的老板，他听说毕成功要来，在电话里就很兴奋，用他浓重的陕北腔高兴地说，那好么！那好么！你随时来办事么！额们多长时间木有见过面面咧，你来么！额好好陪你办事！你什嘛也不用准备，额这里有车有人！

毕成功在国营公司当副总经理的时候，老马每年冬天总要来几次总公司送煤。那时候因为总公司院子后面是家属院，办公楼和家属楼好几栋楼一个冬天烧暖气靠的就是煤。当然，那时老马还是县上物资公司负责卖煤的国家干部，而那时的煤也不过几十块钱一吨而已。他们见过几次就认识了，后来有一次西安突然下雪，毕成功见他和司机衣服单薄，就给他们三个人一人送了一件羽绒服，三个人又感动又高兴，从那时起他们就成了朋友，每年总要在西安吃顿饭见见面的。

2013年的二月二刚过，西安天气渐渐变暖，而陕北还冷得很呢，可毕成功不管，坐上飞机就到了榆林，有什么能挡住他挣钱呢？老马陪毕成功登上镇子后面的山坡俯视小镇，就看到一条河从镇子中间缓缓流过，这镇子被分成了两半，这边是挖煤者的地盘，街道上一家挨一家的汽修配件、宾馆、饭馆、小烟酒商店。在那条河的另一边却繁华现代，和大城市没什么区别，有一个明显的区域是大煤矿集团的办公楼家属区，还有几个超市、广场、星级酒店和医院。

老马指了镇子说，三十年前，整个镇子也只有几千人，你看现在到处全是人！

顺着他手指的方向，毕成功看到，一辆接一辆拉满煤的大货车正排着长龙一样的队伍，蜿蜒着行驶在没有尽头的公路上。他知道，这些车不是去往河北、山西，就里去往湖北、四川的，中国的北方城市有无数地方正在等待这些优质的黑色金子。毕成功有些兴奋了，他问，煤价不是跌了？拉煤的车咋还这么多？

老马嫌他大惊小怪，他说，这算啥？已经少多咧，额那二十多台大货车，现在活儿都不足，天天总有几个车和司机歇着呢！几年前，几十里的公路一眼看不到边边儿，一满是拉煤车！煤炭市场好的时候，上万辆车来装煤拉煤，哪天不堵上几个小时都出不了神木！那时一吨煤卖到一千块！现在呢？卖到二百八十块一吨就烧高香了，一吨煤除去成本一百九十块只能挣九十来块钱，和额们当年去给西安城里烧煤过冬的单位送煤的利润大不了多少咧！

中午，依着毕成功的愿望，老马帮他约了几个在镇上开煤矿的朋友，一起吃了顿饭。坐在酒店的包间里吃着羊肉，很快屋里便萦绕着特有的烟草味、羊肉腥膻味和烈酒味，这和大家浓重的陕北话一起，给毕成功一种很特别的欢迎感。毕成功和大家聊着，听他们说，从2002年国家取消电煤指导价，煤价渐渐进入市场以后，煤就一直涨价。这些个体煤矿矿主大多都是2003年前后见县上勘探出煤田，就用几万块钱、十几万块钱来这里开一座矿、在那里买一个矿，很随意就成了煤老板的。煤炭价格后来不断在涨，有的管煤矿的领导也一边批矿一边参股，这就形成了又一批煤老板，于是几乎每个好矿都能赚到上千万了。这时许多煤老板将煤矿卖掉，用三分钱、五分钱的利息，让亲朋好友大量入股，再用募集来的钱在另一个地方购置一处煤矿，通过控股之后变成了上亿资产。这样不出几年，他的资产就很快滚雪球一样达到几十个亿。那个时候有的陕北人没经过商，因为钱来得容易，生性也比较豪爽，几十万块钱借给煤老板往往打个白纸条就行了。他们想着孬好人家一个矿值多少万，哪里就会坑自己这点钱？何况利息给得这么高！人人都这么想，就都把钱往出借，看看果然收了高利息就更加放心了，所以有的煤老板能募集到十个亿、二十个亿，但是没有实体企业消化，就完全成了骗局。在座的陕北汉子们几乎都赶上了中国煤矿暴利的黄金十年，但是从去年以来，因为民间放贷被暴露的事情，已经没人敢拿钱出来了，许多煤老板负债累累，连有的做了十几年矿井设备生意的老板，都被煤老板们欠了近百万元也受了影响。大家纷纷说，大型国企通过减产、转变生产方式还能扛过危机，可对他们这些个体煤矿来说，资本崩盘是毁灭性的。

毕成功几乎没动筷子，他听他们说煤矿的发展兴衰，说各自的困难，说面对的问题，仿佛他是一个领导，是来给他们解决问题的，或是一个记者，要给他们写个深度报道。

他看得出来，大家对他怀有期望，但他只是点头在听，偶尔问个问题。很快他就发现，他们果然只懂煤，除了说行情不好、价格低、没销路、愁死了，他们什么建设性计划也没有。于是毕成功说，他手头有笔资金。

大家就都停了筷子，全都盯住毕成功的脸，他却低下头拿起筷子开始吃羊肉，然后慢慢地说，我出每吨二百二十块。

煤老板们都怔了，老马想起早上自己陪他考察时说的成本一百九十块钱的话，什么也说不出来了。毕成功说，我计划能用的钱也有限，哪个老哥有现货就尽快报个数，我大概算一算，用完预算为准。也不是每个人的煤我都能要，我现在还不拉走，得给我用两年储煤仓呢。

之后的几天，毕成功一直在和这些哥们吃饭喝酒杀价格，到了老马送他离开的那天，毕成功在神木以每吨二百四十元的价格囤了十几万吨煤，同时老马成了他在神木的代理经理，负责那里的卖煤业务。

第二年的中秋节前后，煤价突然涨了，起先一吨二百五十多元，慢慢上了三百，有几天突破三百五十元，老马几乎三两天给他打几个电话，让他同意赶紧卖掉。可毕成功不急，他说我觉得还能涨，你要是心急就少卖些。到了年底几乎一天一个价了，煤价涨到六百多元的时候，毕成功又跑了一趟神木，然后他给老马下话，比别人略低一点，每吨五百八十元一次性找几个大买主全部出售。

这一笔生意，让老马彻底成了毕成功的拥趸。从那之后，虽然毕成功坚决不再做煤的生意了，但老马以后无论投资还是倒煤，都一定要听听毕成功的意见。

其实这次毕成功在洛阳给娘上完坟就急着回西安，是老马专门赶来，慌着要让他帮忙处理一个烂摊子的。老马前几年查出了糖尿病，突然身体就差下去了，他心里怕得很，就想要退休治病，以后不再管矿上的事儿了。因为自家的娃娃没一个能顶上用，他前几年就把运输队解散了，只留了个煤层比较好的小煤矿经营着。这两年煤价还是不断下跌，一直低迷，他便自认身边人都没有经营的本事，反正矿的探矿权和采矿权都在自己手里，煤这事情，本来就是地下长的，挖多少卖多少钱才是个够呢？他就放出话去，想把矿包出去或招个管事的经理，他要和媳妇到西安去养病养老了。后来有朋友介绍了个小伙子，叫孙红强，说是很有管理煤矿的本事。他见那人确实样貌端正，很本分精干的样子，说起卖煤挖矿的事头头是道。老马就把自己矿上的情况说了，孙红强说他来之前已经做了准备，对老马的矿有所了解，于是孙红强现场一、二、三、四、五地说了他的想法和建议，居然都说在了点子上，老马大喜过望，当场拍板把自己的矿包给了孙红强。

老马那时在西安曲江有几套房，都是前些年煤矿生意好房价还低的时候买下的。当时他听说有个新小区才建成，绿化特别好，物业管理又很严格细致，老马和他的家人去看了很喜欢，就打算给自己和三个孩子一人买一套。买房的时候，售楼部经理听到老马一家说着陕北话，每个人都一身名牌，当然知道这是大买主，就亲自拿了钥匙陪他到小区里实景看现房。小区树木丰富绿草如茵，又是仲春时节，到处桃红柳绿小鸟啾啾，仿佛世外桃源一般，老马媳妇格外满意。老马只转了半个小区，就看上小区正中间一栋楼，户型大，四周绿地也比别的楼额外多。他便指着东边儿说，就这一排阳光好的，从上往下额买五套。

经理对他竖了大拇指说，您真有眼力！这是我们小区的楼王！房子布局最好！

老马便有些得意地说，额们老两口在这儿住，一个儿子两个姑娘都在曲江别的小区有房。额在这里给他们都买上，几时回来都有房住。

他说了那几个小区的名字，经理知道都是非常贵的楼盘，便夸他说，真好！您多有福气！三个孩子呢，都能孝顺您！

老马仰脸背手打量着楼前一棵正盛开着的白玉兰说，额们小时候在农村住窑洞冬暖夏凉。额前几年就在曲江买了两个别墅，房子太大了，上楼下楼不方便。这次买房，额就想买大平层。额自己住的那个房的楼上，专门买了空着，省得别人住在额头顶弄出声音，影响额睡觉！

售楼经理说，那也可以考虑买顶层呀？

老马把头摇着说，住顶楼不安全，听说小偷从上面能翻进屋里去！再说咧，顶楼太高，楼顶到夏天晒透了，多热！

售楼经理笑说，那这样最好！这栋楼本来楼间距大，设计的时候专门给绿地留的面积大，连小路都离楼比较远，没有声音影响。对了老板，您肯定知道这个楼是一梯两户。

老马没在意，嗯了一声，经理又提醒道，老板，我的意思是说：一部电梯上去一边是您家，一边是别人家，您要是不在意旁边是别人家那就好。有的老板和领导比较讲究隐私和安全，他就把一层的两户全买下，出了电梯再装个防盗门，这一层全是您家的，又安全又气派！

老马听他说得有理，夸他道，你这后生有经验！那就按你说的，一梯两户都买下！买四层，额头顶这层再来一套，一共九套。

房子装修好之后，老马就基本全在西安住着了，日子过得很惬意。没想到，孙红强却不是一盏省油的灯，不到两年的时间，竟打着老马煤矿的名义在镇子里到处赊账、借钱，不知骗了多少人和钱，唯一能确定的是，到上个礼拜为止，他卷了四百多万的现金跑路了。

老马气坏了！他能想到的就是赶紧去矿上看看到底损失有多大，所以一接到法院的电话让他尽快配合调查，他就赶紧和毕成功联系，说要立刻见面，他那里出大事了。

就算是坐在从榆林飞往西安的飞机上，老马还是不敢相信他把孙红强看走了眼！矿上看门的两个人都是他乡下的亲戚，都跟着他好多年了，他们给老马说了这些天全镇子都在传孙红强的事，然后天天都有人去报案说自己也让孙红强骗了什嘛什嘛。听人说光清单都写了好几十张纸！

老马说，咱的损失清单拉了木有？

看门的说，拉了六张纸，都不值钱，就是他背着咱卖的煤没法子细算，大概拿出矿单子和销售账对一对，少说也有上千吨煤让他卖了没入账，粗粗一算这就是几百万了，要不是法院给矿场贴了封条，这几天矿场上堆着的煤堆还会每天都变少。

老马问，如今还有人买煤？

回答说，让人偷偷拉走卖了。

老马心疼如刀割一样，又问，谁偷的？

亲戚嗫嚅着说，要知道是谁还是偷么？

老马忍不住了，破口大骂道，日他妈的孙红强！看不把你个瞎怂逮住抽筋扒皮！他妈的一个大害货！

带着儿子、律师坐在毕成功的办公室，老马说老毕呀，你得给额想想办法，额是倒了霉了！额的锅让孙红强那个王八蛋敲了个大窟窿，一锅粥快漏完咧！他给额惹了一河滩麻烦！他跑咧！额现在才知道，连他的身份证都是假的！

毕成功看看两个律师坐在旁边，就劝他说，不是已经报案了吗？我看你也请了律师了。那其他的你急也没用，杀人案也能破呢，你就等着消息，先把损失降到最低吧！

老马无可奈何了，便压了脾气开始用陕北话列数孙红强这两年在镇上赊到的大大小小物件。他很气，忍不住边列数边开始骂人了，羞他先人的惊！孙红强他刚和额签了合同的头三个月，还踏踏实实卖了不少煤，额看着报表，确实给额赚钱了，后来额又去矿上看过几次，矿上经管得也不错。他和额说，他需要一辆汽车，额那时一高兴，就送他了一辆十几万的丰田。额是想让他多操心矿上的事，谁知道他妈的这个货不要尿眉眼，瞎了心眼眼！他骗了额的信任，摸到额煤矿的公章就胆大得敢去日天，到处去骗！日他妈的孙红强用额煤矿的名义到处赊账，小的赊烟、赊酒、赊饭，大到赊电视、赊空调、赊女人！

毕成功见老马气得开始骂人，知道他急，也不劝他，只听他说到赊女人便问，你们镇子的女人能赊？我咋不知道？

老马的儿子解释说，额大听人家法院的人说，孙红强招了个女业务员，还是北京什嘛名牌大学的研究生，他给人家许了很大的工资！只付了前两个月，第三个月那女子就成了他的秘书，跟他一起住一起吃，往后他就没给那女子再付过工资咧。再后来，他说他和家里的媳妇离婚咧，拿了个离婚证证让那女子看，那女子只当他要和自己结婚，不但帮他干矿上的事，给他洗衣服做饭，还贴钱给他买衣服、买手机、买电脑。两人住了快两年，除了那两个月工资，那女子再没从孙红强那里拿过一分钱。现在孙红强跑了，那女子也去告，人家才知道她也让骗咧。

毕成功摇头说，那他卷走的四五百万，你占了多少？

老马的脸色很难看，小声说，快三百万吧！都是煤款！

老马儿子接口说，这是明的，最烦乱的是他用煤矿的公章赊的那些建材、空调和两台挖掘机，一台挖掘机就值七十多万。

老马补充道，姓孙的跑了才四五天，不知道后面有没有人再报案说让骗了啥！要命的是，公章现在还在他手里。

在一旁坐着的律师终于有机会说话了，他说已经发了公章遗失的公告。

毕成功问，挖掘机呢？能收回来不？

老马忍不住又大骂起来，克他娘的假牙子，他用额送他的汽车做抵押，贷了钱交的首付，买了一台大型挖掘机，租给镇子上的一家施工队，把租金又交了首付，赊了三台大型挖掘机，他又租了一百多万。他在镇子那头租下一片地，盖个楼上楼下二十多间房，日他娘的，他把房子盖的档次还很高，每间房里都有卫生间、空调，然后又租出去，一下子收了三年房租，又是七十多万！全卷走了！盖房和装修的钢筋、水泥、空调全是赊账赊来的！都得额替他付啦！我长这么大，什嘛骗子没见过？还没见过他这号的！羞他先人的！额看他把他先人羞得从坟墓坑坑活跳起来，看见他又气得喝郎一声掉进可！

他说得又快又气急，陕北话就完全听不懂了，但最后一句大家都听明白了，毕成功见老马脸涨得通红，嘴角唾液起着白沫，大肚子鼓得一起一落好大的落差，就强忍了笑说，别生气！别生气！老马，刚才律师说他们已经在走程序了，你得把心安下来，这样子那个货没逮到，你先气死了！

老马说，我能不气？几百万从我口袋里白白骗走了，钱倒是小事情，放在我过去的矿上，也就是十几天的煤钱。但是骗子太可恨，国家应该有条法律，只要是骗子，别管骗啥，全都枪毙！让他们再骗人！他这就是一边给我笑着，一边扇我的脸，再拿走我的钱，太欺负人了！

毕成功劝说，不能怪骗子坏，只能怪咱傻！自古做生意哪个不是低价进高价出？那是本事不算骗。他说的都是你爱听的，你咋就不想想只相信呢？就是因为你有利可图嘛！他不骗你他骗谁？这事就是一个愿打一个愿挨，他当然有他的混蛋地方，但咱得长长心眼，光埋怨人家生闷气，把身体弄坏了更不划算！你不是有几个病在治么？那更不敢生气了！不过几百万块钱，咱哪儿都能挣，法院还在找他呢！现在都啥时代了，他迟早得让逮住！你放心吧！

老马听了这话，觉得不对又想不出句什么话回应他，便依旧气哼哼地说，额在镇上开运输队开煤矿开了十来年，谁不认识额？别人矿上有什嘛事都是找额给调停解决。谁知到额要退休不干的时候，让额挨了这么一个刀戳，额还咋有脸到镇上去活人？日他妈的孙红强！

他转脸对儿子埋怨说，都是你，非要去西安开什嘛歌舞厅又去跟人家炒地做什嘛房地产，忙得都是甚？现在好了！丢人了吧！你要是愿意在矿上看着！额何必去找那个孙红强！

老马儿子小声说，额也提醒过你，那人装得那么巴结那么实诚，额就觉得有问题，让你不敢把公章给他！额早就和你说过：天上哪能掉下羊肉馅饼，只能掉下来一泡牛屎！你不信，硬说他帮你赚了钱，用人不疑，疑人不用！现在出了事倒来埋怨额！那个歌舞厅开的时候是和你商量好的，一直也赚钱着呢。现在煤价一直跌，你让额在矿上待着，你们都知道西安好，我就非得待在镇上？！你的煤矿是生意，我的歌舞厅就不是生意？娃娃上学不得在西安上？额们一家一直分居哪天就得离婚！

老马一拍桌子说，你不想管矿上事，还想要享受舒服，有本事别给额要钱！

毕成功不想再听他爷儿俩吵嘴，便站起来说，现在不是说这个的时候，老马，官司的事肯定律师比咱懂得多，你找我打算让我做什么？

老马刚才一直瞪着他儿子，这才松了劲说，额就是得了病才想休息，才找人来帮额经营，就是不指望再赚钱了。虽然煤价跌，但地下的煤总是值钱的，煤本身又没有成本。只要有赚头，矿上随时就能产出煤，那就只有出煤的人工成本，所以不管怎么样这个矿是值钱的。额现在实实儿再没本事经营这矿了，矿上出这么大的事，额也不敢再找人来管理了，人家差不多都觉得我这儿人傻、钱多，快来！唉，你看能不能把这个矿给你，你看咋样都行，算是给你老哥帮个忙。

毕成功毫不意外他的话，他猜得到他来是这类的意思，但老马这样完全绝望的态度却让他没想到。他给老马杯子里倒了热茶说，老马，我没打算弄煤矿，你也知道，要不早就弄了。但咱俩也是多年的朋友了，你让我想想怎么弄好吧？

老马近乎哀求地说，只要让矿还能产煤，你说做甚就做甚！我当初招来孙红强的时候，矿上那些亲戚都说我不信任他们，明里暗里说凉话给额撂挑子，现在好啦！全都是在看笑话！额看一个也指望不住！

成！我明白你的意思了，我想好尽快给你话！

老马冲律师说，把矿的手续给毕总看看。

毕成功仔细看了说，你把你的期待给我说一下，我好有个参考。

老马沉痛地说，你比额有头脑，额不打算和你谈判，额也谈不过你，你是给额帮忙，你说了算！额想腾出手把孙红强这个烂摊子处理好就退休呀！

毕成功沉默了会儿，大家都看出他在思考，便都静静等着。有那么三五分钟的时间他说，那好，一口价，我给你五百万，你把矿的股份给我80%，探矿权和采矿权还是你的。以后只要矿上挣钱你还有20%的收入。

老马微张了嘴认真想他的话，律师小声说，毕总的意思是不转让这个矿，就不用上交易平台，就不用交税，但他是大股东了。

毕成功赞许地点头说，老朋友了，你这样子着急我想帮你，我找人经营这个矿还是转让你别管了，你只收了五百万等着每年跟我赚那20%吧。

老马儿子见他大不吱声，便小声说，额们矿上过去生意好的时候，十来天产煤就是这个数……

毕成功打断他说，过去的话不要说了，现在也可能明天这矿就哑了挖不到煤了，你们那十年挣的就是运气钱！我拿这五百万可是活钱！赌的也就是个运气！要是觉得亏了就当我没说嘛！

老马赶紧说，不是那个意思！让额们再想想。

毕成功说，现在最关紧的还不是矿，你们得赶紧回去，把那挖掘机、他盖的二十多间房……争取把所有的实物都抢在手里，至少卖了还是钱，能减少多少损失赶紧减少多少损失！

两个律师你看看我，我看看你才说，法院没判呢！

毕成功不屑地说，吓！就知道你们会这么说才专门提醒你！等判了还能轮上你多少？全得给人家还账了！挖掘机得还给挖掘机厂！现在你是最大受害者，你管他是赊的谁，只要是他姓孙的鼓捣到手里的东西，就该先还你那三百万的煤账嘛！你先把东西抢到手里卖成钱，有多少算多少，心里就不急啦！

老马的嘴唇抖着，忽地站起来说，老毕真有你的！快回快回，马上订机票！咋就没想到这个呢？！

第十一章

从十四岁进到西安城,毕成功算一算,已经在这城市生活了四十来年,他一直都把自己认作是西安生西安长的真正本地人。像老马那样在西安买了房住下来的人,毕成功根本没把他们当成西安人。虽然他也知道,从古至今这个城市就包容了许多外来的人,现在又有几个人世世代代就是这个城墙圈里的呢?

毕成功本来是要请老马他们吃顿晚饭的,知道陕北人爱吃羊肉,他已经让人在钟楼的同盛祥泡馍馆订了雅座。可老马坚决不吃,立时三刻就要回神木抢挖掘机,他一分钟也不想在西安停留,更不用说吃羊肉泡馍了。

按说毕成功昨天和老高他们聊到半夜留在洛阳没回家,今天晚上又取消了晚餐,本来可以早早回去的,可他还是待在办公室。说起来毕成功在西安城里是有一处办公室和一处私人会所的,都在他做房地产时建起的楼盘里,他当然会选最好的一层作为自己的办公室,这本身就是一个形象宣传。每次站在办公室的落地大窗户前,俯视着这个城市,一种特别的成就感就会油然而起。而现在,这样高高站在西安高新区地标式的建筑里,他的心和口都没有了当年的饥渴,可他却还是能捕捉到心里藏着的那个茫然。他眼前看到的这些建筑,都是他看着建起来的,这些建筑背后的老板,也大多是他的朋友,他大概都知道那些高楼大厦背后的故事。每一块地拿到批文的来龙去脉,每一块地是什么价格买下,又以什么样的价格出售的,他都知道。这样想着,他就对这些楼有了很多感情,仿佛这些楼都是孩子一般,而这些孩子有的还是自己辛辛苦苦生出来拉扯大的。虽然有的孩子并不是自己生的,那也仿佛是邻居家的孩子,他是见着它们长起来的。从这些楼挖了坑,渐渐都盖起来,长成了现在的西安城,他毕成功都细细心心地看着的。

有时候毕成功从办公室离开得更晚些,晚饭他让秘书去员工餐厅要好送到办公室吃,其实也很简单,往往是一碗面,他一直爱吃面。西安的面食,不管是扯面、臊子面还是油泼面、拉条子,他都爱吃。他喜欢关中白麦面咬在唇齿间那种筋道的感觉,如果是一碗和好揉到又有油泼红辣子的白面条,他宁肯不去吃什么高级饭店的大菜。有次秘书陶敏给他开玩笑说，毕总每天谈的都是大生意，只吃十块钱一碗的面条，我给别人讲，人家都不相信呢。

毕成功才不管别人怎么想呢，他在意的是自己的感觉。就像许多人不相信他没有包养二奶和小三儿小四儿，他总是调侃说，如果只是想喝一杯牛奶，我凭啥要去养一头奶牛？他是有许多女人，也都很漂亮，但没有一个值得他为她去开个奶牛场。

他不太想回家并不是因为那些女人，他主要是和方美丽没话说。

如果哪天有那么一两个小时的时间是空闲的，他不再安排很多事，他宁愿坐在办公室里，看看窗户外面发发呆，他觉得这是最好的享受。他的办公室在全楼的最高一层，要的就是这样君临天下俯视一切的感觉。有时候他就胡乱想，都说西安自古帝王都，有多少皇帝在这里坐过，那过去的皇上看自己的江山也不过是这感觉吧。他敢说，绝大多数西安人都没有像他这么爱这个城市，或者像他这么理解这个城市，看着楼盘之间那些草地，那些长长道路两边绿色的林荫树木，他就喜欢。毕成功记得他刚刚到高新区的时候，这里完全不是这样，眼睛里只是一片荒地。那时这里露着大片的黄土，到处都是脚手架和工地，到处都是挖着的大坑小坑。四十年里，他几乎是静静看着这片地被谁点石成金一般，耸立成这样的高楼林立的新城。这些数不清的楼，不管是住宅还是写字楼，仿佛是一群小树苗，刚刚长起的时候弱小极了，能看得到被太阳晒得龟裂的黄土地，小树苗长得歪歪扭扭不成样子。现在小树苗长成了参天大树，形成了一片树林，就成了眼前这样的高新区和这些楼盘，成了西安的商业中心，毕成功心里认为的黄金之城。

隔着房门，毕成功隐隐听到公司的那些年轻员工都相互告别着下班了，他顺手翻了翻微信朋友圈，先看到女儿宝宝发在他微信里的相片。宝宝已经是个大姑娘了，头上戴了纸叠的王冠，面前一个小生日蛋糕上写着英文又插了好些蜡烛，正摇曳着烛光，女儿甜甜地笑着，旁边围了好几个外国女孩和两个外国女老师，也开心地笑着。他不由得就对着照片笑了，看来女儿在英国上学很开心啊！他闭了眼睛想想女儿今年十三岁了，便点开手机给宝宝转账，他写：宝宝生日快乐！

再回到微信群里，就看见商会群里正热闹呢。他加的群只有那么几个，也很少在群里说话，他点开就看到刘会长在张罗大家去聚会，正给大家发晚餐地址和导航。毕成功往上翻了翻，看到从中午开始好几个人都@了他，问他今晚去不去参加。有的说得让他买单，问他为什么失踪了两天不说话？群里的红妹特意@了他说，他托大家帮他儿子问开公司房租补贴政策，大家都拿出这么多结果了，他倒消失了，可见男人是靠不住的！后面就开始分成两派打起了嘴仗，说女人就靠得住吗？群里的女老板们便一窝蜂地开始回应，也有人回，我偏偏谁也不靠，我只靠墙！

　　这个群里有不少西安的商界精英，会长老刘把他拉进群，是因为毕成功当着商会的副会长。他见群里有不少熟识的朋友，都是非富即贵，他才愿意加在里面。现在他看到大家的谴责和热闹的讨论，便猛地想起去洛阳前，确实在群里和刘会长问了一句，现在年轻人创业有没有什么租办公场所的贴补政策？他听说是有的。好几个朋友都应声说帮他问问。平时，他并没有太多时间去参加这种活动，但是今天号召的人是刘会长，又想老刘上礼拜曾给他打过电话说有个项目想和他谈谈，毕成功看看时间刚好，便决定要去参加这个饭局。

　　他先给红妹发了私信：你今晚上去不？

　　红妹几乎秒回道：你去我就去。

　　毕成功嘴角浮了个笑容，也写：你不去我就不去。

　　红妹发了个害羞的表情。

　　毕成功说，你准备好我现在就去接你。

　　红妹发了个OK的表情。

　　毕成功并不急着走，他点开红妹才更新的头像，只见她含着笑意的一张脸衬着貂皮披肩，粉嫩得连毛孔也没有了，一双眼睛正斜斜向上盯着自己，直勾勾的。毕成功便想，这样的相片，面前一定得有个男人给她拍，才能照出这样活灵活现的诱惑。这样想着，他便笑着打开商会的群，和大家一一打个招呼，又说自己下午一直在谈事，才看了手机，很抱歉没及时回复，为弥补大家的感情损失，今天晚上的饭由他来买单。仿佛在平静的水面里丢了个新鲜鱼饵，群里迅速热血沸腾了，大家抢着给他发点赞表情。有人便发了红包，大家迅速去抢，就有人发出更多的红包，红妹也发了红包，写着"悬赏找人：毕成功"。毕成功看到便也发了一个红包给群里的大家，又@红妹后写：投案自首！

他看到宝宝给他回复了，便点开看，只见女儿已经收了转账，写：谢谢爸爸！你肯定忘了今天我过生日！罚你和我妈下个月来看我！行不行？

虽然女儿并没在面前，但他就笑了，回复道，才去看过你两个月呀！

宝宝立刻回道：可人家想我妈了嘛！

毕成功对这个女儿永远是言听计从的，赶紧回复，我尽量！生日快乐！

宝宝这才发了个笑脸，又一连发了好多个表情过来，都是亲亲、宝贝的图片，然后又用语音加了一句：你不要惹我妈不高兴！要不我就不理你了！

听了女儿霸道的音调，毕成功边摇头边笑着回了语音：我明白！

然后毕成功给司机打电话，让他从车库开车出来到大厦门口等他。

司机只开出了两个路口，就到了红妹的公司楼下，毕成功远远看见穿了大红色长裙的红妹，便冲司机说，前边路边停下！

司机当然认得那个身材窈窕的女人是毕总要接的人，他点头嗯了声，依旧保持着沉默，慢慢把车停在红妹旁边。红妹拉开车门，见毕成功正坐在司机后面的座位上冲自己笑，她一边风情万种地上车落座，一边嗔笑道，那天早上你走了都没叫我，居然失踪一样，要不是你今天来接我，我就不理你了！哼！这算什么嘛！

毕成功只笑不答，用手在司机椅背后面轻轻指了指司机，她便明白了，旋即笑道，刘会长中午就让大家报名要请客呢，你也不回复。你给儿子问创业贴补？还差那点钱？

毕成功笑说，我是想锻炼我儿子，让他知道创业不容易，不能他拿嘴给我说个预算，就要我掏钱！他得学会向国家要钱！

她知道毕成功曾经说过，他媳妇简直管不住他们的儿子，而儿子的培养是让他很头痛的事。红妹便说了自己许多教育孩子的心得，又说虽然自己的女儿在英国读书，但和她感情却是最好的，听她的话，又很爱她，逢年过节和她的生日总要给她买花买礼物。她愉快地说着自己的女儿，毕成功就听，眼看快到了吃饭的地方，红妹还想说什么，他扭头看她说，奇怪！你穿红颜色也这么好看，真的，你今天比哪天都好看！昨天洛阳还下了雪呢，你穿这么少冷不冷？

她便果然住了嘴，轻咬了嘴唇笑着，又迎了他的眼睛说，好看算什么，你也没天天来看我！

毕成功说，那我现在不是来看你了？不是你，我才没时间和他们吃饭呢！你知道，我一个没用的人也不见，一顿没用的饭也不吃的！

她点头，表示她明白，眼瞅瞅车子已经驶上了酒店的停车道，她伸了根指头在他膝上轻轻划拉，眼睛水汪汪只盯着他却并不说话，毕成功赶紧把手覆了她的手，重重捏了下说，马上到了！准备下车吧！

包间很大，餐桌也很大，屋里已经有了不少人，所以毕成功和红妹进来后大家就叫着，这下好了，最后两位到了就可以上桌了！刘会长打趣笑道，红妹是去把毕总押来的吗？

红妹却不笑，故意点头说，我怕今晚他继续玩失踪，这单就得我买了！

大家笑着说她给大家干了件大快人心事，李姐作势和她抱了抱，红妹的眼睛却睇了下毕成功，他笑着接了那眼神。十二位客人就热热闹闹地边说笑着边在刘会长的安排下入座，偏红妹说她要挨着毕成功，又自由组合地调整着换了座位，大家这才全都落了座。红妹的左边是毕成功，右边却是一位不认识的中年男人，她问，您在商会群里吗，我怎么没见过您？

那人说，我没在群里。

有个开酒店的方总在点菜，红妹和桌上每个人都要说话，又要对着方总指挥点菜，便敷衍着冲那人说，幸会啊。

刘会长自己先提了第一杯酒，大家都相互寒暄着举杯喝下了。菜渐渐上着，大家天天在群里聊天的，都相熟得很，酒桌的气氛很快就热火起来。刘会长让毕成功和方总各自提酒和大家共同碰杯之后，酒桌上更热闹了，纷纷进入自由敬酒各自培养感情阶段。男人们纷纷左手握了分酒器，右手捏个小酒杯，离了自己的座位去挨个敬酒，仿佛提了枪和子弹要上战场一样。他们在每个座位前流连着，反复说着联络感情的话。女人们要么豪爽得和他们称兄道弟，要么万般斗嘴却决不轻易让滴酒沾唇。相熟的老朋友亲热地开着玩笑，不熟的朋友碰着杯喝了酒，就推心置腹很快成了老朋友。毕成功并不离座，谁来敬酒他便和那人热热乎乎地聊着。在间隙里，他起身给刘会长敬酒，说了他们电话里提到的项目，却听说主管这事的领导才让双规了，现在一大群人都在接受调查，这个项目已经停了。

大家说得热闹，方总却在看手机，赵总不满意了，便跑过去要没收他的手机罚他的酒。这一下，大家有了共同的敌人都高兴了，纷纷嚷嚷着表示这是必须的。方总爽快地站起就喝，放下酒杯说，这两天朋友圈刷屏了，都在说任正非的华为呢！

赵总给方总倒满酒说，科技产业投入太大了，他还真是有魄力！

刘会长说，现在大多数中国商人的本能思维方式就是，刀底下见菜。他居然打那么长的线搞研发，思维超人！

红妹旁边的中年男人说，都说科技兴国，华为确实是中国高科技企业中的典范……可惜在中国，这样的企业太少了。

方总说，中国人都能吃苦受累，不管大商人还是小商贩，大多数缺的就是任正非这样的大格局。想想都惭愧，比起那些大企业家，咱还是不够聪明太闷了，不够勤奋太懒了！

毕成功却不以为然，他们不比咱聪明多少，是他们遇上了好的机遇！

赵总笑一笑，自嘲说，咱确实比不上人家勤奋！我就太贪玩了，要是咱和人家一样，把事也干得人家一样大了！咱们都知道，万达的王健林早上七点半就会准时到达办公室。李嘉诚是不论几点睡觉，一定会在清晨五点五十九分闹铃响后起床。这种勤奋和自律不是咱们能做到的吧。华为总裁任正非也是个典型的工作狂，每天工作超过十六小时。巨人网络董事长史玉柱的习惯是夜里三四点钟睡觉，如果想到任何问题，马上通知相关人员开会解决。看看人家！谁敢和人家比？

毕成功偏不服气，说，谁不比他们勤？咱没人家事干得大，是运气好坏机会大小的问题，我敢说我休息的时间没他们多！

这话倒是真的，大家都说，谁不知道毕总精力超人，头脑过人？！

刘会长又说起了芯片，说这也算是个好事，至少激发中国人的斗志了，过去那么穷中国都敢发展核，现在还不敢挑战一个小小的芯片？

毕成功说，我看有志气的中国企业要趁势开发芯片呢！

大家说得愤愤不平，又满肚子主意，但都遗憾自己对科技不懂，他们大多是做房地产或煤矿发家的。

红妹笑着说，"万众一芯"这几天成了热词，我看好多家企业都发声要投入自主芯片研发。我就想，等我女儿长大就让她学这个！我去年刚把女儿送到英国去读书，那边的教育虽然贵点儿但是真好！我女儿一去就穿的是印有皇家标志的校服，等会拿手机给你们看照片！幸好我女儿去之前我给她专门请了高价的家教，一对一，她的英语不是问题！

李姐夸道，女儿真有出息！让她研究芯片，她对科研有兴趣吗？

红妹笑着说，什么呀！现在是科技领域挣钱，芯片这么热门，我想叫女儿学管理，让女儿把国外这些贸易的东西弄清楚，别犯规，咱得去挣老外的钱啊！搞科研，我们家三辈儿也没那基因！你看那些两弹一星的老科学家，挺让人感动的，给国家做多大贡献！几十年隐姓埋名在那里搞研究，八九十岁了才宣传那么一下，过后谁还记得你？再说记得你又怎么样？还是挣钱实惠，我才不让女儿干那些苦巴巴的事呢。

刘会长说，你不要包办，得看你女儿自己喜欢啥！你喜欢做贸易，说不定她自己喜欢做科研。

红妹说，我女儿她呀，从小数学都没及格过，喜欢什么芯片呢！她自己特别想当个明星！她出国前满房子墙上都是她崇拜的那些韩国明星，我就说有些男孩子看着怎么都那么娘呢！

她说着咯咯笑了，大家也都被逗笑了。

赵总说，好多明星演一场戏挣上亿的钱，这真是时代的悲哀。

他是一贯对许多事情有意见的，大家都没当事，也没人回应他。红妹捂着嘴笑说，我女儿长得还不错，她就想当个明星挣大钱！她自己说那些明星出门总有多少粉丝围着，和过去皇上一样，一呼百应！可不管咋样，我还是打算让她学金融管理，我的红运集团才在深圳和杭州开了分公司，还指着她做成百年老店呢！你们说是吧？

大家就都说，还是得看孩子的，现在的孩子像她女儿这么听话的不多了。李姐就说起自己的女儿，又漂亮又懂事，还是海归，现在还没个对象，急死人了！

大家就开始劝她，又给她出主意，趁着人声喧杂，红妹用胳膊肘轻轻碰了毕成功，他侧头看她，红妹便小声说，晚上你要回别墅住吗？

毕成功点头说，回。

她还想说什么，不防右边的中年男人问她，你女儿在英国那个学校？听说英国的留学费用贵得很！

红妹心还都系在毕成功说的那个"回"字上，便说了学校的名字。那人却有兴趣地说，红运集团是您的呀！

她听他的口气是佩服的，便放下对毕成功的不满，转头对他说，是呀！算是我爸的企业，现在他上了年纪，交给我管了。

那人很有兴趣的样子又问，那红福集团也是您的了？

红妹警觉地看他一眼说，对呀，你知道红福？

中年男人说，我过去管过一段时期银行不良资产剥离，刚好红福集团那笔两千万的呆账贷款就在我手里。听说你们现在搬了公司，和银行不联系了，连利息也停付了？

红妹脸一沉小声说，红福是我爸的公司，和我没关系。要是聊天呢，咱就说几句，要是说还贷款，对不起，我啥也不知道，一分钱也没有！

想是中年男人不止一次受过这样的冷遇，他毫不在意地小声说，好，我们明天找你。

红妹仿佛没事人一样举了酒杯起身到刘会长那里去敬酒，毕成功一字不漏听了她和那人的话，只低头吃着一小碗小米辽参，并不抬头。

红妹回到自己的座位，却再也无心吃饭，偏这时毕成功拿起电话给儿子拨了电话，让他详详细细给自己说说他找门面房和公司办公楼的进展。他的声音很大，红妹的心更乱了，幸亏饭局已经到了尾声。

大家在刘会长的倡议下举杯各扫门前雪，喝干了所有的酒，这才心满意足地收拾东西告别了。刘会长笑着说，中国的酒文化真不得了，不知道谁定的规矩，每次喝酒，不管多少人，总要把整瓶的酒喝完才行！

大家想想确实是这么回事，就夸他挺会观察的呢，人们一边讨论着芯片和健康，一边聊着天出了包间，到酒店大门口去等车。因为禁酒驾，除了李姐不吃饭不喝酒是自己驾车来的，大家都有司机在停车场等着，这会儿便鱼贯着开来，谁的车到了就只管和大家告别着上了自己的车。谁也没注意红妹的司机没来，她也没开车，红妹有意走在大家后面，她迫切需要和毕成功说说话，而且她没开自己的车来，也需要他送她回家。可是大家纷纷上了自己的车离开了，她一直看着他边往酒店门口走，边和他儿子大声打着电话，很气很急的样子，直至他的司机把车开过来，他拉开车门坐上去又啪地关了车门，都没有看到她。车缓缓开动，车窗摇下，毕成功一边举了电话给大家示意，一边冲大家和她说，不好意思啊各位，儿子的电话，有个急事！我得先走一步啦！

刘会长的车来了，他问红妹，咦，你司机没在？那坐我车回去？

她冲他笑了摇头说，等下司机就到了！你们先走！

酒店大堂门口只剩下红妹，旁边有一个酒店的门迎，这时有个老外从里面出来，他赶紧去接那人的箱子。

身边再无一人时，红妹对着天恨声说，好！我算是知道了！

却没人听见。这时她看看李姐的车渐渐开到跟前，赶紧小跑几步上前，李姐停了车，红妹咯咯笑着说，这些男人都是靠不住的，都顾着回家，差点连个车也搭不上！

李姐说，我只当你搭毕总的车呢！

红妹不当事地说，我和他不是一路的！

第十二章

已经深夜十一点多了，毕成功在车上出着神。车子平稳地从满是高楼大厦霓虹灯的城区，渐渐开到只有路灯没有车辆行人的寂静大路上。在静谧的夜里前行，从车窗可以看到天边又大又圆的月亮，他觉得自己仿佛正从嘈杂的没着没落的云里雾里渐渐踩着了地，心里就踏实了。这时，他便觉得自己确实很困了，他需要一张家里的床。

来到西安的四十多年里，毕成功的房子不断升级着配置。从攒钱在北郊几千块钱买下的小院子，到城里的楼房，当了国营公司副总经理的时候又从城里搬到了城南的高层建筑。儿子上了贵族学校，他就住进高新区豪华的复式跃层洋房，再到现在价值千万的花园别墅。中国楼市流行什么样的房，他就买什么样的房，流行什么样的装饰，他也一定装饰成最时兴的样子。

现在这个家应该算是毕成功在西安住过的第七个家了，虽然离城远，但毕成功喜欢这里。他觉得这个城市和他的办公室，还有那些饭局都是他的主战场，他离不开这些，但不管踢多久总得下场休息一下吧，仿佛他在有着聚光灯的舞台上待太久了，就想在黑暗里静静歇歇，定一定神。所以，虽然他在西安城里有五六套大房子，毕成功还是觉得，只有回到接着地气的院子里，才能压得住他心里的烦乱。他有时候就很清楚，他想的是这个院子，是一小块土地，好像并不是想这个家，因为他和方美丽没话说。而这个有着大游泳池和三层独栋别墅的大院子，就算有着一千多平方米的面积，有着四面绿色的视野，他还是觉得只有他自己一个人。方美丽只是这个家里一个重要的物件，或者说是最重要的物件。有时候他就觉得自己根本就想不清楚，他和她光认识也有三十多年，在一个床上睡了那么多个黑夜，还生养了一个儿子一个女儿，他怎么就觉得现在啥也不想和她说呢？

方美丽不知道毕成功心里面这些弯弯道道，但她知道毕成功确实是不想回家，不爱在家待着的。他说过他在家里待不住，他也说，如果他是个什么动物，就一定不是圈养的，而是野生的！方美丽觉得这话说得不错，毕成功的身上有一种野性，即使他穿着西装打着领带，穿着擦得锃亮的皮鞋，她也能感觉到那文明而高档的衣服里面，是一个野生的、充满活力又野心勃勃的生命。这种生命力让方美丽着迷，也经常让她害怕，就算他从来没给她说过一次他的人生计划，和他正在进行的投资项目，她也知道他的脑子里，正孕育着巨大、复杂且和钱有关的规划。

但这和她方美丽完全无关。

听到院里电动遥控大铁门打开的声音，方美丽不由得赶紧在床边坐直，她侧耳听着司机把车开进车库，听着毕成功打开房门进了一楼的客厅。如果司机哪天太晚送毕成功回来，就会在别墅一楼的房间住一晚，那房门是开在院子里的。那房间旁边的另一个房子，住着看门的老田两口子，他们都住在不占主体的房间里，实际上这个三层独栋别墅里有十来间房子，住着的只有毕成功他们夫妻俩。老田平时负责修剪花木、修修水电线路什么的杂活，田嫂则做得一手好饭，他们都是附近村子的村民。关中人爱吃的面食田嫂都做得很好，所以平时方美丽的饭由她做，而毕成功的饭，全由方美丽做，她觉得自己唯一重要的价值就是这个了。

毕成功顺着楼梯踩着地毯上了二楼。他们从几年前住进这个别墅就各自睡一个房间了，大多数他回来时她都会在客厅看电视等着他，然后一起上楼各自进自己房间睡觉。很偶尔的几个晚上，他回来实在太晚了，方美丽熬不住就睡了，那她只能第二天早上和他见一面。现在方美丽听着毕成功踩在长毛地毯上窸窸窣窣的轻轻脚步声，仿佛看到十几岁的自己，在竹门帘后面站着，偷偷看提了一桶水的毕成功，那时的她和现在的她一样紧张，心扑通扑通跳着，犹豫着要不要打开房门和他说话。

终于，方美丽听到他已经到了他的门口，她拉开门，果然他就站在他的房门口，她问，你回来了？还吃不吃了？

因为有时候他回来说，晚上的饭局上吃的全是海鲜，几乎没动筷子，他饿得很，想要吃碗面。可今天毕成功吃得很好，他说，你还没睡？我刚吃过了，就直接睡吧！

方美丽说，昨天晚上你没回来，我怕你忙得顾不上吃饭。

毕成功推开自己的门，又回头说，我昨天去洛阳给我娘上坟了，结果下了雪，高速路关了不让走，我就在洛阳住了一夜。家里没啥事吧？

方美丽说，没有。

毕成功打了哈欠说，今天早上六点多就起来了，跑了一上午，开了五六个小时的车从洛阳赶回来，我从中午一直忙到现在，真是瞌睡了！

方美丽边帮他拉上门边说，那你睡吧！

见他关了房门，方美丽也回身轻轻关门，默默回到自己屋里坐在床边，仿佛干了很重的体力活，觉得双腿和腰都累得不行。她现在才发现，人与人之间不一定要有感情，只要有利益关系，只要能互惠互利，说不定比感情还来得实在。她恨自己没有一个能和毕成功交易的东西。

她突然想，这样的日子算是什么呀。

方美丽刚刚嫁给毕成功的时候，从来没想过，他俩会过成现在的样子。可那时候他们都在做什么呢？她皱着眉头苦苦回想着，每次想到那一天，方美丽就必须先想到冰糖葫芦，而且她只要想起她和毕成功过去的事，那肯定得有她的婆婆刘兰草。

她到现在还都记得那天阳光特别好。

那天她穿着件线衣，是自己拆了好多双劳保手套染了玫瑰红色，才学着手织的。她给线衣外面套了件浅黄色带小圆点的薄棉袄，腿上是一条灰色长裤，裤腿微微有些小喇叭，那是她自己偷偷借邻居家的缝纫机，自己照着最时兴的样子改的。之所以记得那件线衣，是因为光是央求人攒白色的劳保手套就攒了很久，她的手又实在不是很巧，能一针一针织成线衣连她自己都觉得很意外。那天是她穿新线衣的第一天，而大多数人那个季节都还穿着臃肿的棉衣，没有身段，人人和人人都一样的罩棉袄裙子，也大多是蓝、灰、黑色。其实她那天没什么事的，可她实在想上街走走，于是就和她爷老方头要了五块钱，说是去买酱油和盐。巷口的向阳副食店就有酱油和盐，可她出了巷子，连那个副食店看也没看就往城门方向走了。她住的皂角巷外只有一个副食店、一个杂货店和一个小食堂，那里的售货员永远都是那几个四五十岁的人，和他们柜台里的东西一样陈旧，她不想去。方美丽想去钟楼，这么好看的玫瑰红线衣必须要去大地方显显的，她能知道的大地方就是西安市中心的钟楼了，即使只在那大街道上走上一走，她也觉得满意了。可她刚刚走到北大街，就看到电影院门口正拿了一把冰糖葫芦的毕成功。虽然在那之前，她已经无数次和他打过照面，可是今天一看到他，方美丽的心立刻就猛然多跳了两下，而她的脸也迅速热乎乎的了。

说到冰糖葫芦的事，还是婆婆刘兰草后来告诉方美丽的，她们都觉得真是惊心动魄。刘兰草那时总在家里做准备，除了在家门口支了个小油条摊，她很少上街，也很少见儿子咋样把山一样的东西弄出去，又换成钱回来。但她见儿子少有失手，便很少干涉儿子该卖什么，不该卖什么。所以当毕成功专门去山西批发来几千斤山楂时，刘兰草心里打着鼓担着心，却没说一个字。她见毕成功没费多少功夫，便把一多半山楂根本没从货车上卸下来就已经卖掉了，心就放下了，知道儿子已经赚钱了。

有人还要来买山楂，毕成功却不卖了。他对刘兰草说，他要让全西安市的人都来买他的冰糖葫芦，所以他的山楂没卖给任何西安批发商。

可这次他却失算了，因为刘兰草和他都没熬过糖汁，所以第一次做冰糖葫芦简直是一塌糊涂。偏他自信，从来卖什么吃货都是有多少卖多少，他就硬是串了几大箱山楂，熬了糖，把每串山楂蘸了糖汁，也没等冻硬晾干，就一个挨一个全放纸箱里了。他完全没有在意，别人的冰糖葫芦是插在草把子上的，一个也不敢碰着一个。结果，在电影院门口，捏着两百张电影票的毕成功，对着好几箱稀糊糊黏着糖汁的冰糖葫芦，简直要哭出来了。他不敢耽误了卖电影票，等开演了，还没卖出票，他赔得就更大了。

就算他已经不打算卖这些倒霉的玩意儿了，可事情完全不是他能控制的了。整条街也没有一个卖冰糖葫芦的，想吃冰糖葫芦的人买了票不肯走，非得买一根尝尝，于是毕成功还得腾出手，从箱子里拽出根扯着糖丝，甚至黏掉了一粒山楂果子的冰糖葫芦递给人家。他狼狈得不行，差不多每张电影票和每张钱上都黏着糖汁，可是买的人却挤了好几层，等不及的人把钱塞到他的手里，就自己动手去箱子里拽。这样拉着黏还千丝万缕的山楂果子不正是最新鲜的吗？人们见惯了冻得硬实发亮的冰糖葫芦，不稀罕了，这样鲜得流汁的却还是第一遭碰上。女孩儿们顾不上讲究卫生了，把黏了糖的手指放在嘴里吮，谁的竹签上少了两粒山楂，看清楚是黏在别人的冰糖葫芦上了，会毫不客气地拽回来塞进嘴里，被拽的人当然也不会生气，大家嘻嘻哈哈吃着，一路小跑去看电影了。

毕成功压根没想到，他居然在这样的混乱中遇上个帮手，一塌糊涂的冰糖葫芦居然一根也没有砸在他手里。因为方美丽恰好路过了。

毕成功知道方美丽住在他租住的皂角巷10号，是房东老方头的孙女，从某种意义上说，也算是毕成功的房东。方美丽并没有很美丽，却很耐看。她不爱说话，所以就算毕成功搬进她家院子两三年，两人见了无数次，却一次也没说过话。其实在毕成功的眼里，满皂角巷除了孟寒雨就再也没谁了，就算整个西安市的女孩儿全排队放在他面前，他也一定只觉得孟寒雨最好。

方美丽却不是这样，她很早就悄悄注意到了毕成功，因为她爷老方头时常要说毕成功咋样咋样了。

在老方头的家里，谁都知道毕成功，不仅仅他把老方头堆着破烂柴火的地方变成了棚户，也不仅仅他从每个月两块到每月二十块，按月给老方头付房租。他们都熟知毕成功，是因为老方头总说自己的眼睛很毒，他一辈子也没看差过一个人，以他的判断，毕成功以后一定是个干大事的人。他的依据是，大丈夫能屈能伸，毕成功和他娘能住在一个五六平方米的棚户里，没有一天不干活出摊，没有一天不挣着钱回家，这不是成大事的标志是啥？再者能成大事的人一得聪明，二得能下苦，毕成功也全具备，谁敢说这个黑瘦的小伙子将来干不出个大事业？还有一样是孝顺，没本事的人才给爹娘老子发脾气，人家毕成功对他娘那是服帖得和小猫小狗一样呀，这样的人不发达，那真是没有天理啦！

老方头三天两头这样说，家里谁都不爱听，因为他这样说的目的，是为了在后面骂人，他会骂他两个儿子不孝顺，太懒不上进。

方美丽她爸是方家的老大，和方美丽的妈在青海工作，一年也难得回来一趟。老方头骂的是二儿子，也就是方美丽的叔叔，他在火车站当工人，除了挣那干巴巴的工资，多一分钱的活也不肯干。老方头夸毕成功太多，儿子和媳妇都烦了，说再提那小子就把他撵走，我们都是国营单位的职工，就算是工人也是国字号的，他是啥身份？跟俺们没法比！

狠话也只是说说，谁也不可能做那傻事。他们一个月工资不过三十六块五，一个烂棚户，说白了就是个破烂堆，月月租人家二十块钱，不是顶了半个人在上班？所以谁也没勇气撵毕成功走人，相反，他们心里倒都盼着那小子能一直住在这里才好。谁都知道他每天一早四点起来炸油条，晚上十点才从电影院卖完花生回来，谁都不敢想他到底攒了多少钱，这样的钱包谁舍得往出撵呀。

方美丽早早便知道了毕成功的了不起，爷爷老方头感兴趣的是人家的钱，她却觉得毕成功脸上的精明劲更吸引人。她的同学们比毕成功小不了两岁，却都呆头呆脑只知道念书呢。就算她有个暗自喜欢的同学，可她念完初中没考上高中就成了个待业青年，自然和她的同学也就断了联系。方美丽按政策只能到集体制的小工厂当个女工，可是还得等一年的招工指标。闲着也是闲着，方美丽的二婶在工艺厂当车间主任，便给她领了些在家里就可以加工的活儿，然后交回厂里，挣一个两毛五的手工钱。她叔她婶都觉得她有点吃闲饭，可她爷老方头却说她迟早要找个婆家嫁出去的，只要人家男方愿意就好。

谁都看得出来，方美丽她爷有些偏向她。

方美丽曾在很多个早上，看见毕成功目不斜视送来两根热酥焦脆的大油条，然后就大步噔噔走了，就像完全没看见她一样。那时候方美丽还完全没明白，毕成功这样的男人其实就是为了挣钱而生的。他来送油条是为了能继续租房子，租房子是为了能炸油条，炸油条是为了多赚钱，所以他每天坚持给老方头送油条，然后几乎一路跑回自己的屋里继续炸油条，后面一天的活都还等着他去干呢，卖油条、卖花生的钱等他一点点赚回来呢！他才没时间，也没心思注意一直盯着他，偷偷打量着他的方美丽呢。

所以，当毕成功对着身边的上百号人，却腾不出手去卖冰糖葫芦的时候，路过的方美丽自然而然走到他身边说，我帮你撕票吧。

毕成功立刻点头同意了。他认识方美丽，知道她是老方头的孙女，知道她一定常常吃他的油条。方美丽算数不太好，可是她撕票还行，因为她的手上还没黏上该死的糖汁。急着看电影的人很快就一手捏着票，一手捏着挂了糖丝的冰糖葫芦，高高兴兴从毕成功身边一个个离开了。最后当装冰糖葫芦的箱子全空了的时候，毕成功冲方美丽明朗地笑了，发自内心地说，多亏你！

方美丽也抿嘴笑了。毕成功忽然就有些愣，除了孟寒雨捂着嘴笑的样子，他还没有见哪个女孩儿笑得这样好看呢。而且他看着方美丽从扎着两个硬刷刷羊角辫的小女孩儿，长成现在这样扎两条长辫子的大女孩儿，却从没注意到方美丽真是挺好看的。

方美丽见毕成功第一次在看自己，便有了异样的感觉，心里羞了，垂了眼睛，脸就红了。毕成功看她的耳朵也红通通的，当她挤进人群大大方方冲他说她帮他撕票的时候，他可没觉出她这样害羞呀。他永远也不会知道，如果不是方美丽穿了那件玫瑰红色的线衣，她是根本不会有自信到他面前来说那句话的，尽管那线衣只在罩衣的领口露出了巴掌大一小片。

毕成功说，我得谢谢你。

方美丽鼓了勇气说，那怎么谢呢？电影都开演了！

毕成功听出她是想看电影的，就呵呵笑了，寻了条湿毛巾使劲擦着手上的糖汁，一边用下巴指指电影院说，走吧，我让人家送你进去看，算我谢你！

方美丽有些惊喜，却还不信地说，你明明已经没有票了呀。

毕成功伸出擦干净的手，拉了方美丽的手说，快走，要不来不及了，我让人家给你在后面加个凳子！

他的手一拉，方美丽的心便呼地飞到了天上，她简直不敢相信，第一次和毕成功说上话，他居然拉她的手去看电影！她慌乱着赶紧跟上他的步子，她不知道他是不是有意来拉她的手，可她的手从被拉的地方到胳膊肘就全硬住了，全身热烫得不行，尤其是脸和耳朵，简直热辣辣得要冒火了。她舍不得抽回手，只一步一步低头跟着毕成功走，上台阶，下台阶，然后拐弯、进门，方美丽完全没有看路，她只感觉到他在她的右边，而她右边的半个身子就一直是滚烫的。

毕成功和电影院所有的人都很熟，他领她到了最后一排，冲着旁边小房子里说他要个椅子，里面的人递来个凳子。他不接，说一场电影一个多钟头还不给个带靠背的，人家便看着方美丽笑，说请女朋友看电影也不舍得留张票呀！

幸亏电影院很黑，方美丽估计人家看不清自己，要不她就会羞死了。毕成功却笑了说，快去拿个带靠背的椅子。那人从黑暗中拉出个椅子递给毕成功，他便替方美丽支在靠墙的地方，方美丽看书少，眼睛不近视，刚好看得清银幕。这时八一电影制片厂片头金光闪闪的光芒已经开始四射了，激动人心的音乐也响起来了，毕成功看方美丽坐下了，便冲她示意着摆摆手走了。这便让方美丽一下子清醒了，他这算什么呀？真的只是谢谢她呀！她心里不是滋味了。她并不是来看电影的，让方美丽向往的是和毕成功在一起，被他拉着也好，领着走路也好，她都觉得很美。可他随意把她安排了就走，这让一直沉醉在被拉了手的幸福中的方美丽一下明白了，他就是拉了她而已，不过是为了让她走快点，别摔倒。

方美丽心里乱七八糟，一点也看不进去电影。她后悔了，不是后悔帮毕成功卖电影票，而是后悔不该跟他一起来看电影，多傻呀，像是多爱占小便宜似的，他一定认为她不舍得买电影票，才愿意坐着椅子看电影的。往这儿一想，方美丽更难受了，她想站起来就走，又怕一出门碰上毕成功。她默默垂着眼泪，突然可怜起自己了。她一心一意想着，完全没心思看电影，电影演的啥，她一点也不知道。正难受着，毕成功重新又进了电影院，摸黑给她手里塞了个大号铝饭盒，方美丽回了神，几乎吓得叫出了声。毕成功凑近她小声说，这是箱子里没串棍的冰糖葫芦，你拿勺子吃吧，干净的。

她接了那饭盒，又接了一把小铝勺。她见他要走，就在心里下了决心，猛地站起身说，别走！一块看电影吧！

毕成功听得很清楚，因为方美丽的声音挺大，最后排的人也回头来看他们，他立刻明白了她的意思。方美丽重新坐下，心扑通扑通跳着。毕成功只犹豫了一下，就冲黑暗里的小房子说，再给我递张椅子。

两张椅子并排摆着，毕成功和方美丽坐得很近，胳膊挨着胳膊，谁也没有挪开，谁也没再动一下。他俩谁也没太看懂电影。毕成功突然小声说，这还是我第一次看电影呢。

方美丽迟疑了一下也压低声音说，我今天真的不是来看电影的。我爷让我去钟楼买东西，我是路过的。

毕成功说，吃个冰糖葫芦吧。能看清不？要不要我帮你舀一个？

方美丽赶紧借着电影银幕的光线，自己用勺子舀了一个放在嘴里。她立刻就后悔了，那一枚冰糖葫芦太大了，含在嘴里就完全倒不过来个儿，她不知是该张大嘴使劲嚼了吞下去，还是吐出来再小口咬着吃掉。

毕成功偏过脸打量方美丽说，明天你要能来，我专门请你看场好电影，我给你挑一张电影院里最好的票！

方美丽知道他在看自己，心里又羞了，却庆幸电影院毕竟是黑的，她只好含着大山楂摇摇头。毕成功转脸去看电影，方美丽赶紧开始嚼，努力别出声。他又扭头看她小声说，明天电影好，王心刚演的！你真的不来看？

嘴里的山楂籽一共有五粒，方美丽纠结着怎么当着他的面吐出来，他会不会觉得她多不文明呀？但是他在等着她的回答呢！

方美丽心一横，把那五粒山楂籽吞下去，小声说，王心刚呀！可我不想一个人看。

毕成功说，那我就陪你。

在皂角巷10号院，方美丽和毕成功几乎天天都能见到面，一切都没有太大的变化，所以方美丽的爷爷没有看出来他俩已经恋爱了。毕成功依旧一早四点起床，和面炸油条，中午去电影院卖东西。

方美丽从小没和父母在一起，上完初中她没考上高中，就回家吃闲饭了，就算是老方头疼着她，却还得听她叔她婶的安排，做些活儿挣点钱。她的手算不上笨，却也不算是特别麻利，一个月勉勉强强挣上十几块钱。按着她婶的安排，还得给家里交十块，因为都已经十八九岁的大闺女了，谁也不能养她一辈子。冲这话方美丽憋得挺难受，自己偷偷哭了两场，毕成功看出她心里不得劲就问她咋了，方美丽红着眼圈把她婶的话说了一遍。说这话时，他俩正在棚户的门口，给削好的竹签子上穿山楂。方美丽的叔和婶都上班去了，他俩的闺女爱丽也上学去了，她爷倒是在屋里，可他的午睡长得很，要睡三个多钟头。

家里没人，院儿里也没人，方美丽就不想再做那些毛茸茸的玩具了，她爱和毕成功一起干活。院子很静，他俩坐在树下，有话了就说一句，没话了就都不吭气。毕成功削好竹签，她便对着一大盆洗干净的山楂挑出来穿成一串，从大到小排列。毕成功卖油炸大豆，用调料水浸泡好又晾得半干的蚕豆盛在大盆里，得用小锯条给每个蚕豆划个口子，然后油炸了洒上五香粉、辣椒、盐，一毛钱一小勺，一晚上就能卖一大盆。方美丽也愿意跟他一起寻个小板凳坐着，学着他的样子，用小锯条给每个蚕豆划上一刀，然后丢在另一个大盆里。只要和他在一起，她就很高兴，干啥并不重要。

她见毕成功支油锅要炸那些蚕豆，就问他为啥要炸？

毕成功说，香啊，多加些调料，买的人就多，我拉出去，天天有多少卖多少！

听他说得这样自信，她也是高兴的。毕成功很少说自己的事，倒是很不爱说话的方美丽总忍不住想告诉他自己的一切。没过几个月的工夫，方美丽从记事起的大大小小的事情，几乎全告诉给毕成功了：她上学有谁和她关系好；前后桌同学的名字；她曾经追求过她的班长，可人家一直没回应她；老师的眼镜有一个腿断了，是用胶布粘住的……所有的一切，毕成功都在穿着山楂、划着蚕豆的时候记住了，只有在方美丽第二次提起她的那个高个子班长时，毕成功才问了句为什么？其他时候他几乎没有打断过她，当时方美丽很意外地睁大眼睛说，为什么？因为我没和他说呀。

刘兰草的腿在沙村挨批斗时落下了病根，就总是觉得疼，也看过病、试过偏方却总不见好。遇上阴天下雨，她卖完油条就把被褥重新铺好，一直到晚上她都不想下床，只愿意盖得厚一些，只愿意躺着。毕成功在鬼市买了个旧的小铜暖壶给她暖腿，刘兰草才觉得好受些。儿子和方美丽在院里说着悄悄话，刘兰草虽然一个字也听不见，但她当然知道两个年轻人好上啦。她很高兴，挺中意方美丽，比当年在沙村知道刘玉娟时更中意，儿子一开始不愿意和方美丽谈对象，也不愿意去和人家热情热情，让刘兰草很着急。现在好了，儿子好像开了窍，他俩在院里小声说着话，干着活，也不耽误挣钱，这有多好！刘兰草寻了个机会，问儿子要不要去提亲，毕成功却摇头说，咋提亲呀？连这个棚户也是租人家的，老方头是个财迷，方美丽她叔她婶也不是省油的灯，俺想再等等！

刘兰草问他，等啥？

毕成功说，等俺多挣到钱呀！买个房子住，那时候就是真正的西安人了。他们那时同意了就认成亲戚，不同意就拉倒，只要方美丽愿意跟俺走就行。

听儿子说得这样有底气，刘兰草便放宽了心。她见儿子并不像老大成才、老二成钢那样把媳妇捧在了天上，她就暗暗高兴。两人好上之后，她对方美丽的中意就一个字也不说出来了，在她看来，儿子是自己养大的，现在他却要去养另一个女人了，要是他再低三下四的，那她一定不答应他。

和毕成功谈了恋爱，方美丽觉得很自然，就像是渴了要喝水，饿了要吃饭那么自然。她也盼着，他啥时候和自己说句温存话，哪怕是电影里看过的话也行，可毕成功心里仿佛只有"钱"这一个字，这让方美丽就暗暗有些遗憾了。但这些不满意方美丽自己就先消化了，从小寄养在爷爷和叔叔婶婶的大家庭里，长到十八岁也从没有过倾诉和依赖，能遇上毕成功，她觉得还是很满足的。在她看来，毕成功不会说动听的话，却舍得给她买吃买喝呢，而他也往往不舍得给他自己买，方美丽看出他是真的对自己好。特别是毕成功突然说要买个房子，让她一起去看看，她便心里更高兴了。方美丽当然看得出来，只要和钱有关系的事情，毕成功都是一个人就决定了，和刘兰草也很少商量什么。买房子这样的事，他也一样觉得用不着和自己商量，买不买、在哪买、买多大的，这些问题在他心里都盘算过了，反正钱是他自己赚的，能和自己说，是因为他已经把她方美丽当成他自家的人了。

那时候俩人虽然一次也没说过"结婚"这两个字，可心里都知道他俩一定是要结婚了，要不方美丽为啥要天天去帮他穿山楂、划蚕豆，毕成功买房又何必要跟她说呢？她对他没有什么要求，而他对她只有一个要求，他说他娘过去是个害羞、腼腆、胆小怕事的人，被遣返农村时受了大罪，所以他要对他娘好，她以后也必须对他娘好。

方美丽听了就赶紧点头了。

住在一个院儿里，方美丽却几乎没有见过毕成功说的那个"害羞、腼腆、胆小怕事"的娘。因为从沙村重新回到西安市，刘兰草还像在沙村一样大声嚷嚷着说话，随时就开始骂人了，这让对毕成功有着好印象的街坊们都很讨厌她。老方头尤其烦刘兰草，他把儿子、儿媳妇、两个孙女都训斥惯了，在这个家谁也没有他的声音大。现在好了，不光是他的家，连他院子里六户人家的二三十口子的人，从早到晚竟都只能听到刘兰草的声音了。因为讨厌刘兰草，老方头便有意无意地反省自己不分时间大声嚷嚷有多烦人，他便收敛克制了自己。这一下，皂角巷10号院最张狂的便是租住着棚户的刘兰草了。

毕成功知道娘的毛病是改不掉了，在沙村的那些年，每天都是阶级斗争批斗和家庭矛盾斗争，已经彻底让温良恭俭让的刘兰草成了个大刺头。如果她没被改变成现在这个样子，那才是奇怪的事，要是她还和过去一样不说话，毕成功猜只有两种可能：要么他娘那时被逼疯了，要么他娘自杀了。可坚强的刘兰草一没疯，二没死，她让琢磨她的人大吃了一惊，从被人折磨到会折磨人，她只用了几年时间。可是以后的一辈子时间，她的孝顺儿子毕成功都得默默忍受他娘的坏脾气了。

按说一早四点开始起床和面炸油条，又困又累，娘儿俩又有啥话非得大喊大叫的呢？

刘兰草不管，用她的话来说，气上来由不得她自己了，哪儿还管得上别人在睡觉！毕成功给炉子里添煤添多了她要吆喝，添太少了她要唠叨，给锅里倒油太多她有话说，把油条炸得太大、太小她都不满意。有时院里人就来求老方头：老方叔呀，你能不能开开恩，把炸油条的老婆子撵走呀，哪怕我们几家给你把房租补上呢！天天都让她的吆喝声喊醒，真是受不了呀！

方美丽听过人们来哀求毕成功，也见过人们来吵架，而他只能赔笑脸说好话。人家理解他娘是在"文革"里受了刺激，脑子出了毛病管不住自己的嘴，便忍了算了，慢慢就习惯了。可是毕成功一直不放心，他娘单独一个人卖油条的时候，要是人家不让着她，那吃亏的肯定是她呀，因为刘兰草和买油条的人吵架干仗已经不下十次八次了。

她听到他低声细气劝说他娘的话,便觉得毕成功真是孝顺,她再没见过比他更能忍耐自己母亲发泼的儿子了。

方美丽还记得婆婆刘兰草闹得最厉害的一次,居然和隔壁摊位卖豆腐脑的小媳妇打了起来,连派出所的人都来了,刘兰草竟然眼睛都没眨,把半桶油提起来就往人家身上泼,嘴里还骂,小鳖孙娘们,看恁那鸡窝头俺就来气!耳朵上的铁丝圈晃得人头晕,恁当恁是牛魔王嘞!恁才从恁娘的腿缝缝里头钻出来,也敢来欺负老娘!当俺是反革命吗?当俺是投机倒把吗?老娘是办了执照的个体户呀!恁敢骂俺是老神经病,恁一家子都是神经病!

她哭闹着要和人家死在一堆,卖豆腐脑的媳妇一开始还撑着和她骂仗,听她越来越发疯就让吓哭了,见了她的油桶是真的往自己身上泼,立刻败下阵来转身就跑,边跑边喊,俺不敢了!俺错了!你饶了俺吧!

比这离谱的闹仗,一个月总有三两次,方美丽就当成了平常,可刘兰草的油条摊生意却一直很好。她看得出毕成功最怕别人来和他讲他娘的事迹,来告状的他赔笑赔礼,来骂人的他还得赔笑赔礼,他没有一点办法。他也曾想过不让刘兰草再去卖油条了,可她却坚决得很,说人人都爱吃她的油条,好些人一早跑半个小时的路来买,她可不能轻易就不干了。她说只要爬得起来,就会把油条一直炸下去!

因为刘兰草的脾气,方美丽那时就算很想来安慰毕成功,却连门也不敢进,因为她已经听到刘兰草和儿子差不多三五天就闹一仗了。有一次原因很简单,刘兰草怪儿子不该把三千块钱给毕成钢去结婚。她骂毕成钢是没良心的狼羔子,方美丽听她这样骂时,正在自己家的牛毛毡简易灶房里洗碗。她立刻就给逗笑了,只听过叫狼崽子,没听过叫狼羔子的,可她很快不笑了,因为她听出刘兰草真是气坏了,声音比哪天都大,骂的话更难听了。

刘兰草狠狠地骂毕成钢为了个臭娘们像个白眼狼一样,一脚就把她给踹开了。她大声大气地说,天爷呀,世上所有的儿子有了媳妇就变成了混蛋,变成了狼!这话让方美丽一下就愣住了,刘兰草骂毕成功不该把买房的钱给了那个忤逆子,要是她住在新房里,这院的傻屌们就得眼红死,谁也不敢再欺负她了。

说到欺负的事，方美丽当然知道刘兰草为啥这样着急上火：昨天刘兰草和院里的一个老太婆，为了抢着在公用水龙头底下先接水闹了仗，谁也不让谁，老太婆说你当你泼我可不怕你！

这话却点着了刘兰草的火，她说人家欺负她没有这个院里的房，就不能接水。刘兰草示弱地哭了说，好吧，俺只是个租房的，连房也没有，有啥资格去喝水？让俺渴死好啦！恁有这院里的房，恁就该不排队先接？好吧，好吧，让恁接水吧！恁就欺负俺，就抢俺的水，恁提回去能咽下去？让恁家谁喝了谁倒霉！

气得老太婆提了桶，把一桶水全倒了，气狠狠提着空桶回了家。刘兰草把自己的桶放在水龙头底下接水，嘴里还不饶人说，咦！浪费了这么些水也不怕遭报应，糟蹋了啥就报应啥，看谁将来得渴死！

这事明明刘兰草占了上风，可她还说被欺负了，方美丽忍不住就摇了摇头。这时，棚户里的刘兰草骂声更大了，恨儿子毕成钢把媳妇太当回事了。

她说，呸！啥样的媳妇还不都是个女人？还要三千块钱！她就比别的女人值钱？她那里是镶了金边的吗？值顾不值顾当奶奶一样供着敬着？俺看人家将来一定会坐在他毕成钢头上拉屎呀！恁倒把钱借给他，恁想过恁娘天天住在这棺材一样没窗户的小黑棚里不？恁想让恁娘炸油条炸到死呀？咦！俺咋这么命苦，四个儿子没一个孝顺的！

听刘兰草把床沿拍得咣咣响，在自家屋里做毛绒玩具的方美丽赶紧坐直，心想，太不讲理了呀，明明是她坚持要炸油条，炸到她爬也爬不起来的时候呢！

方美丽心里为毕成功辩护着，她竖了耳朵想听他说了啥，却只听刘兰草擤了把鼻涕，继续数落儿子的不孝。毕成功一声也不吭。

刘兰草又说，媳妇是个啥？值得花三千块钱？

方美丽心里一紧，停了手听刘兰草骂，恁要和他们一样把媳妇当成命根，想当个白眼狼，那就趁早把俺送回沙村，俺见不得恁们丢人现眼，八辈子打光棍一样没见过媳妇！

她听到毕成功低低地劝，娘，别生气了，俺也没说啥，成钢眼看结婚只差这三千块，给了他，婚就结了，要不咋办？他不是难得没路才来找咱吗？

刘兰草像是想了想又说，那恁挣钱挣得容易？现在电影院门口在整顿，恁以后咋着落？天天窝家里啥时候能挣钱买房？

方美丽只当她终于为了毕成功的婚事着急了，心里就期待着等她说，只听刘兰草像是把啥东西丢在地上，气狠狠地说，俺可告诉恁，恁有的是时间慢慢攒钱，别以为让俺等不及熬死了，恁就和她轻省了，俺可不死呢！看恁敢咋样！恁也不好好想一想，恁几天不挣钱，她就一天没来找过恁，恁说女人靠得住吗？恁娘啥时候嫌弃过恁呀，俺可是有退休工资的。

退休工资也是刘兰草和儿子吵起来就要提起来的。

毕成功说啥方美丽没听清，她没察觉自己的眼泪忽地流下来，她只觉出了绝望，却茫然得一点办法也没有。

这种绝望，很多年来一直陪伴着方美丽，就算现在她在这别墅里住了好多年，就算去年婆婆刘兰草去世了，这种感觉也一直没有停止过。

这是怎么回事呢？她便反思是不是自己出了问题，如果说她现在是闲得慌，靠毕成功养着才会失落绝望，那她在毕成功摆摊卖烤肉串的时候也是这样呀。那时她已经嫁给了他，可她依然是没着没落的，即使那时她每天很累很累，总是觉得随时就能睡着，她要从早到晚给烤肉的签子上穿肉，又要摆摊收钱，每天都到夜里两三点才睡觉，可她依然没有觉得自己辛苦赚钱就有了什么底气，她依然觉得自己是依赖着毕成功的。

现在想来，这种感觉糟透了。

要说毕成功对她不好，肯定也是不对的。她知道他心里是有她的，过去卖烤肉刚有点钱，他就愿意花钱给她买成套的金首饰，这些她心里都明白。

那个时候，她和婆婆都只是跟着毕成功在忙碌，白天休息准备夜市上要用的肉串和调料、木炭，晚上精神抖擞地支起摊子挣钱。一家只有三口人，加上那四个伙计，每个人都累得不堪，天天都不得休息，连一天放松也是不可能的，因为下雨天来夜市吃饭的人也还是有的。毕成功不舍得早早收摊，连刘兰草也对方美丽抱怨了，在农村的时候，谁敢想着能这样赚钱？现在的人真是懒了，钱也真是好挣了，女人们都不在家里做饭，天天跑出来吃，太不会过日子啦！男女平等有啥好？

方美丽虽然没有在农村待过，婆婆和男人在沙村受的罪，她却听刘兰草没事絮叨就全知道了。她的同学也有来吃烤肉时认出她的，都羡慕得不行，因为她们有一个正式的工作，听着很好，可一个月工资不过一百多块钱。方美丽一想这巨大的差距总是又骄傲又庆幸，这样会赚钱的男人竟让自己给撞到啦。

她和刘兰草一样，从来没有在意过毕成功完全掌握着所有的钱，她记得清楚的是他挣钱后的愉快心情。那时每天收摊后，钱匣子由毕成功抱进屋，然后锁上门。数钱之前他总要在床上铺上报纸，再把钱全部倒在上面，他会把十块的大票子先挑出来，在左手里攥上厚厚的一大摞，然后五块一摞的也挑出来，这才吐几星唾沫在手指上，开始一张一张数起来。这时方美丽已经和伙计们把桌子、凳子和烤肉炉子搬回院子了，刘兰草也把自己经管的汽水箱子全搬回自己睡觉的屋里了。方美丽洗脸刷牙完毕，回到自己和毕成功的房子门口，她敲敲门，毕成功就嗯一声，她知道他正数着钱呢。

她就叫，成功！

毕成功边数边去打开门，方美丽进屋锁了门，累得躺在床上没铺报纸的另一边，他只管手里的钱，眼皮也不会抬起看她一眼。她看着毕成功脱了鞋，盘腿对着那堆钱接着数，活像一个大财迷。一般这个时候，数钱差不多已经到了尾声。对一块以下的钱，毕成功基本上是不数的，估一估也就差不多知道有多少了，加上手里的整钱，他心里有个数，这才会抬眼看看自己的媳妇。方美丽总是累得已经散了架一般，眼睛也睁不开了，只等他说一句话，果然毕成功用每天都一样的欢快语调说，美丽！今天卖得不错！

方美丽就会说，那好，快睡吧，都快两点了！

卖到多少钱是不错，方美丽从来没关心过。对她来说，她是他的媳妇儿，他在烤肉，那自己就手脚不停地串肉、数签子、收钱，然后再交给毕成功，他们是一个流水线上的两个工序。

在芳草巷摆夜市的第三个月之后，毕成功再也没有和他娘刘兰草、他媳妇方美丽提过关于一个月赚多少钱的话。她们也都没有问过。他最早答应要给方美丽买整套金项链、金戒指、金耳环，已经有足够的钱可以实现了。

想起那套金首饰，方美丽就记得那天下了点小雨，毕成功晌午睡起来吃完饭就和方美丽说，走吧，去给你买个金戒指。

方美丽没多问就去收拾手里的活儿，她洗了头发又洗了脸，学着总来吃饭的年轻女孩们一样在嘴上擦了些口红，使劲抿了。她跑到院里看毕成功正在院儿里，就蹦跳到他的身边，一把挎着他的胳膊说，买好戒指我还要买个蝙蝠衫！还要买个牛仔裤和白旅游鞋，红鞋带的那种！

方美丽一早起来就喜滋滋的，一贯扎在脑后的头发，湿漉漉地披散着，耳边还别了个镶了不少假钻石的小卡子，一件短得盖不住腰的牛仔衣上面钉着铜纽扣，裤子也是牛仔的，紧紧包着屁股和双腿，腰就微微露出一小截，这是眼下西安时髦女孩儿们最爱的打扮。可是方美丽没再穿平时的衣裳裤子，也穿戴着打扮成那些女孩的样子，刘兰草心里就不舒服了。最让她看不惯的是方美丽的牛仔裤，还有她脚上比棉鞋还要厚的高帮旅游鞋，到底是冷是热呢？衣服短得盖不住腰，鞋却厚得要过冬天了。要命的是，这鞋是雪白的颜色，这不是过去家里死了人办丧事才穿的孝鞋吗？多晦气！刘兰草努力劝自己别说什么，既是别的闺女都这样穿的，方美丽这样自以为美滋滋的，她就少说两句吧。她低头锁门，眼前却一直晃着方美丽雪白耀眼的高帮旅游鞋和圆滚滚的屁股，心想，穿白鞋，多不吉利！还有这个屁股，也太大了吧，咋好意思被劳动布裤子绷得紧紧的全露在外面？

她一直当那牛仔裤是劳动布做的，过去在建筑公司当工人，那是发的劳保福利，为了耐磨。她不明白，咋就成了时髦？

刘兰草见她和儿子在门口等着，再看看方美丽的脸，还是没忍住，就问她，一大早恁哭个啥呀？

毕成功也看方美丽，只见她的脸颊和眼皮上果然是微微发着红肿的。方美丽就低下眼皮，羞涩地说，爱丽给我买了盒化妆品，放着也是可惜，我画着玩儿呢！

刘兰草啥也没说，转头出了院子，方美丽就别扭着停了脚，偏毕成功拉了她的手说，快点，别耽误了，下午五点要支摊子呢！

对买金货这事，刘兰草坚持一定要去国营大商店，毕成功便和她俩坐了公交车到了钟楼。因为西安市像样的大商店基本上都在钟楼和东大街，这条街就比较热闹。天上零零星星飘着雨，毕成功却不愿意打伞，让他娘和方美丽打一把伞,方美丽只好一手撑伞,一手扶着婆婆,她就一句多余的话也没法子和毕成功说了。基本上是直奔主题,毕成功直接到了东大街最大商场的黄金饰品专柜,柜台里各样的首饰不少,可是方美丽却不称心如意,因为刘兰草总是嫌贵。

毕成功说,娘!俺带着钱呢!

刘兰草却摇头说,不值顾!不买!

她说不买,方美丽却想要,这是毕成功答应她的结婚礼物呀!那时她没舍得让他为难,现在他有钱了,还不能买几件好看的金首饰?可刘兰草说都不好看。方美丽指了几样项链,售货员还没拿出来,刘兰草已经趴在柜台上仔细看过了,头也不抬就说,多难看!上面那个疙瘩像个肚脐眼。

售货员脸色不好看了,另一件项链刘兰草又说像一节节的牛尾巴骨头,方美丽看了果然有些像,她几乎要哭了。毕成功鼓励她说,再挑挑!先买了!哪怕以后不喜欢再来打成别的样子呢!

售货员点头说,经常有人把不喜欢的金货拿来重新打成新款式。

刘兰草却说,那不是吃饱了撑的啦?人家肯定是要偷金子的!美丽,这么贵的东西怎咋舍得天天戴?不如只买个戒指吧?

听她的口气完全是要决定了,方美丽赌气把金项链、金戒指、金挂件、金耳环全推到毕成功面前说,我都要!

毕成功从兜里摸钱,刘兰草急了,她瞪了眼睛对方美丽大声说,咦!恁可真舍得,全都买?!

方美丽看着她使劲点了一下头,刘兰草又转头看了看儿子,他在对自己笑,刘兰草一口气冲上来转头就走,边走边说,好!恁挣的钱给恁媳妇花吧,俺本来就是多余的人,恁就不该叫俺来!

方美丽见毕成功要去撑他娘,一把拽住他,气急地问,那还买不买了?

毕成功把手里的钱数出一半递给她说,你买吧,我去找我娘!

等毕成功在商场门口找到他娘时,刘兰草正站在雨里,她没有哭,却坚决不肯站在商场的门檐下面。毕成功一边叫着娘一边拉她,刘兰草被拉急了,大声叫道,就让俺淋死吧!俺儿子眼里只有媳妇,俺当娘的就该等儿子有了媳妇马上去死!

躲雨的人都看他俩拉扯，指指点点着毕成功。他气得不行，又不敢转身就走。他娘又喊，咦！天爷呀！俺咋还不死？儿子娶了媳妇住了新房子，又挣下钱了，俺还巴巴在人家眼前讨厌！快让俺死了吧！恁媳妇就满意了，恁把商店给她搬回家也没人说一个字了！

毕成功劝道，娘！方美丽到了咱家一分钱也没要过，现在有钱买这些东西也是正理，谁家媳妇没有这些？

刘兰草气道，俺跟恁爸成亲谁买过一粒金芝麻给俺？

毕成功叹气道，那俺现在不是也在给恁买嘛？

刘兰草恨声说，不买！不买！太贵了！恁那时一个冰棍五厘钱地赚，晒得黑泥鳅一样，一天蹬个自行车跑几圈县城，俺咋忍心买？她倒舍得！那时她在哪？

听娘突然提到过去，毕成功眼里突然有了眼泪，见人们围着看热闹，便使劲把娘拉到商场里找了个角落说，娘，俺永远忘不了那时候，可美丽现在一天到晚也是起早贪黑地干呀！俺也没给过她一分钱的工资，这样的媳妇，俺答应过她咋能不买？

他见娘不说话又小声说，这些金货只会越来越贵，不会跌价！她是个仔细人，又不会乱丢，说是买给她，其实还是咱家的钱，她高兴了，不是干活也带劲？咱每天都赚着钱，何必为这事生气？

毕成功领着他娘重新回到黄金柜台，方美丽已经把东西买好在等着他们了。三个人一路往回走，谁也没太说话。让刘兰草意外的是，回到自家院子，毕成功就慌着张罗支摊子了，方美丽居然把一个粉红色绸缎小包包递到她手里说，娘，我给你挑了个戒指。

小绸缎包不过一块豆腐干那么大，有着柔和的光泽，四周滚了粉绿色的边儿，有个白色的小圆珠子扣着。这样粉红粉绿的东西放在手心，刘兰草就被这份细致弄得说不出话来了。方美丽帮她打开那扣子说，娘，你看看好不好看？

这个金戒指几乎没什么图案，却很粗大，刘兰草刚才对着一柜台的金戒指都没感觉，手里这个却让她喜欢上了。她咧嘴笑了说，呀！这么大，俺咋戴呀！

和刘兰草说的一样，这辈子她没戴过金戒指，她耳朵上扎过眼，唯一算是件首饰的是年轻时戴过的黄铜耳环，那也是她奶奶给的。被遣返回农村时，她怕人家揪头发批斗时撕扯了耳朵，就把那对铜耳环取下来了，又怕耳朵眼长住，寻了对茶叶梗塞着。现在见方美丽捧了这个戒指，明晃晃金闪闪地递到手里，说是给自己买的，刘兰草的心一下就酥软了。

方美丽见婆婆居然笑着伸了下舌头，她的心头突然暖着，有了些辛酸，她把那戒指拿了叫，成功！成功！快来帮咱娘把戒指戴上！

毕成功正端了调料往门外走，不当事地说，没看俺手占着！

他一抬头，看见她娘的脸笑着，比平时哪天都光展，又见她伸着手似乎在等方美丽给她把戒指戴上。

方美丽催道，快呀！

毕成功心头一震，便把调料盘放在桌上，从方美丽手中接过那戒指，一边往他娘左手的无名指上戴，一边笑着说，哎呀，这么粗又这么沉呢！拿不动呀！

刘兰草对着自己的指头端详着，抬头看看儿子，又看看方美丽，就抿嘴笑了。方美丽被婆婆感染了，只见刘兰草用两根指头捏着戒指在手指上转动，调整到最合适的位置，然后伸直胳膊，远远地打量自己的手指。

刘兰草终于说，还真是好看！俺得用红线缠一缠！

她的手指已经干枯了，骨节就突兀地鼓起来。方美丽劝道，金戒指可以调成更小的圈，刘兰草却一定要寻来根红线缠了戒指接口的地方，说金子软，这样才不会轻易从接口那里拉开。而且，缠过线的戒指和指头贴得更紧了，就算手上沾了水，打了肥皂也不会滑脱掉。方美丽见不少女人的金戒指都用红线缠过，时间久了，那线都成了暗褐色了。偏刘兰草从心里高兴方美丽给她买了戒指，不光自己的要缠，儿媳妇的也一定要帮她缠上。方美丽不敢说她不想缠，也不敢说她还没把那几个宝贝再仔细看过一遍呢。她只好不舍地把自己那四样东西也交给了婆婆，这时毕成功却叫，你俩快点帮忙呀，咋都不出来呢？

刘兰草才刚刚给自己的戒指缠好戴上，方美丽见她慌着要出去干活了，赶紧把自己的首饰拿回到手里，刘兰草却说，恁得藏好，小心他们！

她指指屋外，方美丽知道她说的是那四个雇来干活的伙计，便应了声，把四个小绸缎包用手紧紧攥了，回了自己和毕成功的房子。

可是藏在什么地方好呢？屋子里没有一样东西是上锁的，连晚上收摊卖的钱，毕成功也是用报纸包了扔在床底下的，反正屋里永远都有人。方美丽便跪在床边撩起床单，见床底下还有一小包报纸包好的钱。在她眼里，她并不觉得那是真正的钱,反正这是由毕成功管着的,手里的这四个小包包才是真正的宝贝。她把头塞到床底下,把搪瓷尿盆拉出来,又拉出放鞋的纸箱子,她寻了一双毕成功的棉鞋,底子已经磨得只有一半了。方美丽把那小绸缎包放在鞋窝里,把那箱子依旧推进去,搪瓷尿盆依然推着挡住了纸箱。她站起身,拉好床单,心想看谁能猜出我把戒指居然藏在了这里!

  天还亮着,毕成功的摊子前已经有好几个人等着吃烤肉了。因为从城里回来晚了,摊子还没有撑好,一个小伙子忙着支桌子板凳,另外一个在帮着毕成功用扇子扇炉子里的炭火。白发白须的回族老人已经坐下了,刘兰草的汽水正一箱一箱由两个小伙子搬出来垒好,大家都在等方美丽把穿好的肉串拿出来。听着毕成功声音已经焦急了,方美丽不敢耽误,使劲锁上房门又推了推,这才出来,跑到厨房把放肉的大托盘抱出来。毕成功专心用刷子蘸了油淋在羊肉串上,又用手指捏了孜然、五香粉和盐粒慢慢撒在上面,油脂从肉上滴到炉子里的炭火上吱吱响着,等着吃的姑娘和小伙子们耸动鼻子嗅着说,真香!还没烤好呀!

  有一个小伙子开玩笑说,馋死我了,快点吧!要不我就吃生肉呀!

  毕成功微笑着把手里的一把签子翻个面,方美丽看见炉子里的炭火轻轻飞扬起来,觉得自己的心也轻轻地吱吱响着。多美呀,和做梦一样,她居然有了那么多金首饰了!

  而且他很高兴地赚了钱就买给她了,并没有怕他娘不高兴哩。

  终于那把烤肉熟了,被毕成功递到了小伙子手里,他们争抢着往小桌子边走了。趁着炉子前面没人了,方美丽凑在毕成功耳边小声说,成功!我高兴死了!

  毕成功笑着并不说话,方美丽得意地说,你绝对猜不出来我把那些宝贝藏哪儿啦!

  毕成功小声说,我猜你藏在床底下了!

  他看看她的脸又说,放鞋的纸箱子里吧?

  方美丽睁大眼睛,把手里的托盘丢在桌上转身就跑。她用钥匙打开房门,打开灯拉上窗帘,又锁上门,重新跪下把那纸箱子拉出来,找出刚才那只鞋,摸出自己才放进去的四个绸缎包。隔着柔软的绸缎,她能摸到里面疙疙瘩瘩的戒指和耳环,站在屋中间环视了四周,方美丽发现竟然没有一个地方,能安全地让她把自己的宝贝藏起来！最后，她打开了衣柜，翻出一件自己的旧棉袄，她记得这棉袄的里子在胳肢窝的地方有个烂洞。方美丽找到那个洞，把自己的宝贝一个一个塞进去，再把棉袄叠好，依旧塞在最不起眼的地方才算放了心。

方美丽的忙活刘兰草没看到，她只一心在自己的手指头上操心呢。开汽水瓶盖时，她的余光盯着金戒指，收钱找钱时，她觉得戒指比手里拿着的一沓钱更引人注目。她猜所有人都在看她的金戒指了。天黑下来时，几个大灯泡都亮了，刘兰草立刻发现手上的金戒指比灯光更璀璨，简直光彩夺目。

方美丽突然想到，毕成功只专心烤着肉，只有他啥也没买。她心里特别幸福，毕成功在这世上最在意的就是他娘和他的钱了，现在为了她，他既不怕他娘生气，也舍得花钱给她买那么多的金货，这不是真正的爱情是什么？

所以那个时候，方美丽从来没有怀疑过毕成功是不是爱她。

那个时候，方美丽的堂妹爱丽是方家唯一还和她有联系的人，她才分配到织袜厂去工作，有时会带几个单位的女孩子来吃烤肉串。毕成功在方家棚户住的时候，天天也见她背着书包来来去去，自然不肯收她的钱。爱丽见方美丽忙着收钱，就叫她富婆，她并不知道这钱收到方美丽的手里，晚上统一要交给毕成功的。她总是带来一些方家的消息，比如方美丽的父母知道方美丽结婚的消息，她妈哭了，说没想到她女儿连说也不跟她说一声。

而爱丽的爸爸妈妈骂方美丽是个喂不熟的狗，以后就等着看她吃亏倒霉吧，有哪个女人像她这样急着上赶着嫁男人呢？

最重要的是，老方头记性越来越差了，但对方美丽的仇却记得很清楚。他把方美丽托爱丽带回去的羽绒服和鞋子扔到床上，让谁爱穿就穿去，他绝不要！

方美丽把她爸她妈、她叔她婶的所有表现与言论都可忽略不计，他们从来没有当她是个什么亲人，她也从没想过要听他们说句什么祝福的话，只有老方头让方美丽真的吃惊，并且心里难受了。她从来不知道她爷这么在乎她。爱丽说爷爷丢在床上的那件羽绒服，当时就被她爸拿起来穿上了。爱丽对方美丽说，你真舍得！我仔细看了，那可是真的羽绒啊，不是什么太空棉，得好几百块吧？

她对爱丽说，咱爷恨我呢！

她的声音有些抖，却被吃着喝着的人们的热闹气氛全淹没了。爱丽双手抓了一大把烤肉，大口撕咬着，没听清她姐说啥。她边嚼边说，姐！我没想到你能跟他走，现在全院子的人都说：别看美丽不吭不哈的，倒真是个有主意的！能跟上毕成功就等着吃香的喝辣的了！姐，他们猜你们已经是万元户了吧？

这话让方美丽一愣，她不知道毕成功现在赚了多少钱。

爱丽嘻嘻笑着说，姐，我下个月上大学了，你和姐夫打算给我送个啥？

方美丽当然是要送给她一样好礼物的，她把这话和毕成功说了，他就问，她上大学了？真快呀！她上哪儿的大学了？

方美丽说，还在西安。

毕成功说，那你看，要么给她二百块钱，要么是买个啥东西，总算是皂角巷出了个大学生！

方美丽说，是呀！皂角巷居然能出大学生也不容易！爱丽从小就志气大，说她一定要上大学！她把孟家大院的孟寒雨当榜样一样，我就说她别太心高，人家是啥样的人物？上的可是北京的大学呢！没想到还真让她给考上啦！

她只顾说着，没看到毕成功的脸让烤肉炉子的火光映着，突然就不自在了。他听到"孟寒雨"三个字就不敢说话了，生怕自己被她发现了什么。方美丽却高高兴兴从钱匣子里数了二百块钱，让他看了看，转身去给爱丽送去。

隔了几天方美丽挑了叔叔婶婶上班的时间回去看老方头。老方头只听她叫了声爷爷，就从吱吱嘎嘎的破竹椅上站起来，仰着脸进屋了。他回手把卷着的竹门帘里插着的那枚老康熙钱拉出来，门帘就哗啦垂下来，挂在细麻绳上的铜钱兀自悠着晃着，然后贴在了门帘上。隔着门帘方美丽站着，手里的提兜很沉，是麦乳精和蜂王浆，还有煮好的羊肉，那是她从毕成功买回来的羊肉里，挑了最好的后腿切下来的两块。

方美丽鼻子酸了，有些委屈，她知道竹门帘垂着，她的一举一动爷爷都看得清楚，她却看不到屋里去。她已经不是这屋里的人了。没和毕成功结婚离开小院的时候，她几乎每天都在这竹帘子后面看着毕成功，她坐着小板凳，看毕成功一句话也不说，只是手脚不闲地干活，像是个被惩罚的犯人。晚上他脱成光脊梁，在自来水龙头下洗了冷水澡，一边拨拉着湿头发，一边端着搪瓷盆往家走。那时夜里黑，屋里也没开灯，方美丽只看到帘子外面走过一个黑影子，凭着嗵嗵的脚步声，她知道那是毕成功。每次见他，她的心就会多跳几下。

终于她和这个男人早晚可以在一起生活、睡在一张床上了，她却不能再回她自己的这个家了。一个门帘子隔着，她不敢挑开门帘进去，老方头真真正正在恨她呢。方美丽把那些麦乳精什么的放在老方头的门口，一路哭着往家走，到了芳草巷口，她就止了眼泪，用袖子擦抹了脸上和眼角的泪水，深深呼吸着进了自家的小院。

这时毕成功正在收拾炉子里的炭，并没有多看她一眼。方美丽松了口气，走到厨房洗了手，在伙计们正串肉的小桌边坐下，捏了切好的羊肉，一片一片串起来。

后来又有几次，趁着婆婆睡午觉，方美丽加紧干活把饭菜准备得差不多，就去看爷爷。也不知为什么，刘兰草仿佛有未卜先知的本事，但凡她快去快回看了她爷爷提心吊胆回来，她那一脸不高兴的婆婆，总是十有八九会睡醒起来在大院子门口等她了。刘兰草吊着脸，方美丽也不敢解释什么，只好做了贼被逮住一样，慌慌忙忙掏出钥匙开门换衣服，赶紧钻进厨房去做饭算了。有时她也鼓励自己大大方方去和她婆婆说她要回娘家，她准备了好久怎么说，怎么回应婆婆的利口，可次次被刘兰草三句两句就训斥着先败下阵来：恁要想恁爷爷，不如干脆回家去住吧，省得来回跑着多辛苦！不知道的，还以为俺们欺负恁了呢！

这是客气的话，要是她心情不好，方美丽会听到她说：恁爷养恁这个孙女真是捞着了，从恁嫁给了毕成功，估计他再也不用花一分钱了，啥都有恁买给他了。想拿啥回去，一次找车拉，省得恁三天两头零打细敲多费事！

要么她会说，唉，成功可怜呀，他是个挣钱的好耙子，恁可是个漏钱的烂匣子！

次次方美丽都要提醒自己别哭、别哭，可她次次都忍不住就哭了。一有眼泪她的气势就完全让压下去了，再说啥也是申辩，完全没了意思。

她哭着说，我拿啥回去了？连买菜的钱也是你儿子隔几天给我一点，你还要让我记上账，你看账上少一分钱了没？

她说得很委屈，刘兰草丝毫不动心，依旧说，那恁勤着回去做啥？看个两眼饱？过去恁急着嫁给毕成功的时候咋不想着恁爷，在俺家吃饭倒去恁爷家消食，有这么样的好媳妇？

每次说她"急着嫁给毕成功"的时候，刘兰草都得意扬扬的，这是方美丽的软肋，最怕她说的，只要这话说了以后，这场争吵也就见了分晓。

方美丽彻底败下阵，放声哭着回到自己的房子，不再提回娘家看老方头的话了。

后来老方头去世了，还是爱丽告诉方美丽的，但已经是在葬礼过后一个礼拜了。因为老方头非常坚决地和家里人交代，不许方美丽参加他的葬礼，爱丽就没敢告诉她。方美丽从接了电话就一直哭，她问了埋葬的地方，让毕成功带她去上坟烧纸。

跪在爷爷的坟头，方美丽哭着说，爷，要是知道你这么恨我，我绝对不会自己拿着户口本和毕成功去登记结婚的！你原谅我吧！爷爷！你就原谅我吧！

她说这话的时候哭得上气不接下气，毕成功就耷拉着脑袋蹲在她旁边，只是闷着头往火堆里放烧纸，啥话也没有。

现在想起每天又困又累卖烤肉的那两年，倒是这辈子最好的时光，就算是她爷爷去世了，毕成功也都一直陪着她呢。方美丽想，她现在知道了，那时看一朵花开了也觉得快活，吃一顿饭也觉得香，毕成功给她买个金戒指，她就恨不得让所有人知道，那不全是因为花开得好，或者菜合口味，他买的戒指就多么金贵，主要因为那时自己的心里简单，没有疙瘩。

连着几天都在忙，这个晚上是毕成功近来睡得最好的一次。早上七点多自然醒来，他没有着急着起床，闭着眼睛伸了个懒腰，他翻了个身儿继续躺在那里。一般每天的这个时候，是毕成功做规划的时间，不仅仅是今天要做什么，和哪些人见面，有哪些事儿要办。更重要的是，他几乎每天都在调整他的方向，毕成功绝不允许自己被淘汰，无论是自己的事业还是自己的思想，他都要保持最新的。

但他经常也会感觉到力不从心了，当一些很优秀的年轻人和他面对面侃侃而谈的时候,他惊讶于他们思想的锐利。有时毕成功就会默默想,如果自己当年和他们一样也上过大学,留过洋见过世面,或者他也像他们一样,有个有本事的爹,那他毕成功现在不知把事情弄多大了!没有上过什么学,既是他最骄傲的地方,也是他最自卑的地方。他对有些人炫耀他天生的商业能力,又对某些人叹息他没生在一个好时候。有时候毕成功觉得他碰上一个最好的时代,如果不是这个时代,完全不可能有他今天这样辉煌的成就;有时候他又觉得他碰上了最坏的时代,那样的饥饿贫穷和绝望,回想起来就会后怕。为了摆脱这种无助后怕,他一天也不敢懈怠地奋斗着,这多少有点累。

然后毕成功就不得不想起他的儿子毕继承了。

别人在人前人后说他是"人生赢家",毕成功总是得意的,他觉得他确实是个大赢家。而儿子,恐怕是他目前对自己唯一不满意的地方。他说不清这孩子像他,还是不像他,因为他长得跟自己几乎是一个模子倒出来的,很多男孩儿都会像妈妈,他却不,皮肤黝黑,脸颊瘦削,一双单眼皮的眼睛特别明亮,这都完全和毕成功一样。在毕继承还小的时候,听到他爸对他妈说,她和家里的一切全靠他养着的时候,毕继承就经常说,爸,你别能!我一定长大要超过你!

那时毕成功很震惊也很高兴,虽然他俩都没有说,但心里都明白,他们说的是财富的数字。再后来,他发现这孩子的远大理想和实际能做的事情相差了十万八千里,他就非常沮丧,他知道他给儿子的教育是有失误的。因为毕成功自己到现在都没有想清楚,是该让儿子从小接受磨炼,让他像自己这样在坎坷中成长,具有求生的欲望和能力,还是该让他和当下那些90后的孩子一样,接受最好的应试教育?显然,未来的时代是科技和头脑的时代,他自己的这一套已经不可能再复制出来了。但令他绝望的是,毕继承从小就不是一块学习的料,无论他把儿子送到怎样的贵族学校,也无论他花多少钱请怎样的高级家教,结果全都一样:他的儿子压根就不学习。

毕成功只能眼睁睁看着儿子无所事事地长大,定型成一个他最看不上的伸手一族。他把这一切都归罪于方美丽和刘兰草。所以,沈天说毕庆勇正在做智能机器人的生意,他便想,如果他能让侄子带着儿子去创业奋斗,而他在背后给他们做指导,可能是最好的一条路,不管咋说都是老毕家的人。这样想着,毕成功开始期盼和毕庆勇见面，他得先和那孩子见一见，听听他怎么说。

毕成功慢慢坐起身，到房子套间的卫生间去刷牙，又冲了个冷水澡，这才一边用干毛巾擦着湿头发，一边打开房门顺着楼梯到一楼大客厅去。

因为是复式结构，这个大客厅就有七米多高，客厅通往院子的门大开着，新鲜清冷的空气迎面扑来。田嫂正在擦玻璃门，见他下楼，就笑着跟他打招呼说，起床啦。毕成功冲她笑了笑，算作回应。

毕成功把潮湿的毛巾丢在沙发上，双手使劲拨拉着自己的头发，想让它们快些干。他一路往餐厅走，眼睛却还看着外面花园的绿色。才初春，树木都才长了嫩绿的叶芽，有棵白色的玉兰，树枝光秃秃的，花苞里却正露出一点雪白的花瓣，他很满意这样的早晨。毕成功像往常一样坐在餐桌旁边，桌上已经摆了他喜欢吃的，一碟凉调海带丝，一个煎了七成熟的鸡蛋，一碟红萝卜丝，一碟煮黄豆炒的绿辣子和玫瑰咸菜。他抓起一个刚刚馏好的热馒头，掰开夹了些玫瑰咸菜和绿辣子，又夹进那个鸡蛋，这便是一个加厚的大馍了。毕成功张大嘴用力咬了一口，起劲地嚼着。他的口味一直没有变，喜欢吃面食，喜欢吃咸的，喜欢吃油炒的东西。方美丽端了碗绿豆小米粥放在毕成功的面前，然后自己双手捧着另一碗，却不喝，只对毕成功那碗看着说，今天熬得晚了点，有点烫吧！

毕成功看看那粥，熬得黏黏稠稠的样子，便说，那你给我倒杯水吧。

方美丽懊悔地说，我拿个凉碗给你倒一倒，很快就凉了！早上还是喝点粥对胃好！

毕成功低头夹菜吃，方美丽见他不说话，便放下自己的碗，端了毕成功的热粥回到厨房。等她端着温热的小米粥回到餐桌边的时候，毕成功的早餐差不多已经吃完了，他接过那碗粥三两口就喝掉了。方美丽静静坐着，毕成功把空碗放在桌上的同时就站起了身子，他说，今天没啥事儿吧？

方美丽说，没事儿。

可能这辈子毕成功跟方美丽说的最多的话就是这句了，平均一天说两次吧。如果他在家里住的话，早晨离开的时候他就这样问一句，算是把今天家里的事情全概括了，晚上他回来时还是这句话再问一次，那便是对今天做了个总结。

可是家里能有什么事儿呢？只有她一个人。儿子毕继承从部队复员回来的时候，就打算在西安城里开个最大规模的网吧了。儿子那时坚决要求在高新区的房子住，所以毕成功和方美丽搬过来的时候，他就没有搬。毕继承说，住在别墅连一个朋友都没有，他会急死的。方美丽永远不会急死的。她只会孤单。

看着毕成功顺着台阶到了后院，司机已经吃过早饭，正在车前面一边擦车一边在等毕成功了。方美丽鼓了一下勇气，看见田嫂端着花盆往院里走，她就只好松了气。她猜他们大家都知道自己的处境，可她还是没有勇气当着他们的面和毕成功说她想说的话。田嫂把那盆兰花放在院子里晒太阳又进了屋，毕成功还没有走到汽车旁边，方美丽紧跑两步说，成功，跟你说句话！

毕成功回头问，啥事儿？

方美丽用余光扫了眼司机，小代正低头擦车。她说，成功，有个话我憋了好几年了，你是不是还和孟寒雨来往着？要是因为她你不想回来，那就让我搬到城里去住吧。不管是和继承住在高新，还是原来咱们的任何一个房子，你也不用这样辛苦来回跑。我一个人在这里待着，难受得很……一天也见不上一个人……

她越说声音越低，最后就几乎全带着哭音了。毕成功低头看着她的眼泪慢慢涌满了眼眶，又慢慢在眼睛上结了层泪水，然后顺着脸庞流下来。他惊讶的是，他心里却并没有心疼的感觉，只是辨认着这个一口气说了这么多话的人是方美丽吗？啥时候变得这么陌生！在早晨的阳光里，他这么近地看到，她的眼睛是浮肿的，脸上和鼻子上粗大的毛孔那么清晰，嘴角和腮帮子下垂着完全呈了老态，可她却又像个十八岁的小姑娘一样，委屈得一直在流着眼泪。

方美丽等着他说话，毕成功沉默着，她用手迅速抹了一下眼泪，抬眼看他说，我真的不想给你添麻烦，我知道你恨我，可我想让你们高兴，现在这个样子，我觉得就像是在……在坐监狱！我想宝宝都要想死了！我一天都和人说不上一句话，只能和宝宝发发信息。我都快疯了！你根本不……

毕成功突然压了声音狠狠地打断她说，好了吧！我看你是电视剧看多了，太闲得慌了！你嫌没人说话还可以去找你班长来鬼混呀！

方美丽抬高声音说，你！别冤枉我！

毕成功依旧压着声音说，大清早你又在这编故事，把宝宝送去英国上学，还不是因为你没本事教育好她？承承是不是你管大的？他现在成了啥样子，我咋可能把宝宝耽误到你手里？我天天在外面做生意有多累，你知道不？

方美丽愣了神，不知该怎么回应他，毕成功三两步走到车旁边，气冲冲拉开车门坐进去。方美丽就盯着车窗，她以为毕成功会按下车窗和她挥手再见，谁知他没有。司机小代听到车门响就赶紧开门上车，黑亮的汽车便顺着宽敞的路向院门开去。老田已经在那里等了很久，忙按下电动开关，两扇高大的黑色铁艺大门缓缓向左右打开，汽车便顺着那门沿着别墅区往大路开去。

坐在车里的毕成功努力压着气，觉得他简直无法理解方美丽。他也惊讶自己为什么听她说起孟寒雨的名字，就突然失控了，他很少和方美丽争吵，她也从来没和他说起过这个名字。

今天猛然听到了这个名字，一张美丽的脸就浮现在眼前，突然他的心就一疼。

第十三章

毕成功和孟寒雨一起生活的时候，方美丽还没有怀上毕继承呢，孟寒雨离开他没多久，儿子毕继承出生了。

对毕成功来说，他这辈子所有的感情，在那两年里差不多全部燃烧了。即使到了现在，每当走到那时候他和孟寒雨曾经走过的任何一条路上，经过他们看过电影的任何一个电影院、任何一家吃过饭的餐厅，或是听到邓丽君的歌声，毕成功都会猛然想起孟寒雨，那种感觉很妙不可言，又有猛然一下的心疼。他习惯了这个感觉，便深深依赖上了，永远都不想忘记。仿佛在他的心里有一块糖，永远放在那里，什么时候他轻轻舔一下，那甜味永远不变。这样的甜味，在他毕成功后来遇到的所有女人身上再也没有尝到过，那他就不想让这糖被吃完，他得经常回味，让过去的所有细节成为他的私有财产。

刚才方美丽和他面对面站在早晨的阳光下，毕成功就突然纳闷，自己似乎也想不清，为什么一定要和这个女人在一起，而且是一辈子？结婚证这个事情真他妈是个扯淡的事！谁规定一结婚就得一辈子在一起？碰上更爱的还不能换？他纳闷的是自己。他和方美丽也确实是自己谈的恋爱，自己要结的婚，自己要生的孩子,包括每一次搬家,他清楚地知道,确实是这个叫方美丽的女人陪伴他走过了这么多年。出于亲情和道德,他不能把一个五十多岁的、没有过错的女人丢下。

可是她没有错,那他就错了吗?

为什么孟寒雨已经离开他二十多年了,他听到她的名字还会激动失控?为什么他记得清她的脸、她的眼睛和她的身体,记得她拉小提琴时半闭了眼睛的样子,却对着方美丽的脸觉得陌生?甚至他觉得,他和方美丽大半辈子里发生过的所有事情,都远不如他和孟寒雨在那两三年时间里发生的多。

1991年,如果毕成功没有再次遇到孟寒雨,可能他这辈子都不会知道什么是爱情。他经常这样感慨,心里又庆幸又骄傲,更重要的是,他享受了这难得的感情,却依然保存了现在这样一个别人眼里完整的家庭。他听过一些朋友开玩笑说,妻不如妾,妾不如偷。

那孟寒雨是什么呢?他觉得,她那么美,却不俗气不贪财,她读过那么多书,比大学教授也不差什么的,可是偏这么少有的女人对他毕成功动了情,把心放在他一个人身上,却没有个好下场。

他只能说,自己确实有福,孟寒雨是老天爷特意奖励给他的吧。他欠她的,这辈子也没办法还了,但毕成功永远都清楚,他这辈子唯一爱过的女人就是孟寒雨了。

那天毕成功从金达出来,顺着东大街往钟楼方向走,到了华中商店门口,见三三两两倒外汇券的人在那里聚着。他绕过他们,就听见一个女人说,八块呀,别人比你给的多呢。

毕成功对那声音望去,果然见孟寒雨正和两个小伙子搞价,他心口被捶了一拳似的,猛跳两下。毕成功站住脚并不说话,只静静看着一头披肩长发的孟寒雨的半侧脸,多好的头发,又密又黑。他有种想用手抚摸这光洁头发的冲动,他控制着自己,紧紧盯着她,看她淡淡而弯弯的眉毛,黑亮亮的眼睛,说起话来那种漫不经心的轻巧和漂亮女人特有的优越感。毕成功用眼睛把孟寒雨从上到下抚摸了一遍,她都只顾着和两个小伙子说价钱,目不斜视专心专意的。毕成功看出两个小伙子不图把生意谈成,只享受着你来我往和孟寒雨耍贫嘴。

才两毛钱你还搞价,上个礼拜是上个礼拜的价,你今天和上礼拜穿的衣服还不一样呢!

另一个人接口道,你比上次来的时候漂亮,真的!

孟寒雨笑着说,八块五,不行就算了!

要搁别人,这就该行了,可这样一个漂亮女人站在身边和你笑着聊天一样搞着价钱,谁会速战速决就同意成交呢?毕成功耐心看着孟寒雨,她有了多大的变化呀,过去她多金贵自己的话,板着小脸,任他跟在后面护送着她,到了城墙边她就开始大声读书,什么时候她也没像今天和这两个倒外汇券的小伙子这样对他笑过。

毕成功心里不是滋味了,可他还是忍着。终于孟寒雨装着要走的样子说,那就算了,不换了!

她装得很假,两个小伙子就笑着互相看了一眼,一把拉住她的胳膊说,好吧,八块三,这价钱不低了!

毕成功不等孟寒雨说话,向前一步就和她挨得很近了,孟寒雨转脸看了他一眼,挑起眉毛叫道,毕成功!

他拨拉开那小伙子拉住孟寒雨的手说,是我。

看得出来,在西安街头遇上毕成功,孟寒雨很高兴,用她欢快的声音说,真是你呀!快说说你现在干什么呢,我在电视上看到你的名字了,那是你吗?

她转向毕成功不再去管什么兑换了,毕成功点了头,见路上的人和那两个小伙子在看他们,便转身指了指钟楼方向说,走着说吧!

孟寒雨冲那两个小伙子挥手说,改天再换吧!

回过头她撒娇一样问,是你吗?是你吗?我在电视上还没看清楚就没了!

毕成功笑着点头,她便惊讶着说,天呀,你真厉害!

两人并肩走着,孟寒雨侧头打量他,又低头边走边笑,毕成功心里热乎乎的、乱乱的,又有点激动,就让她随便看。孟寒雨用孩子气的声调说,你长这么高了,我记得你那时才这么高,她用手在空中比画着。

走了走,她又说,你像个小屁孩一样只会跟着我,现在你竟成了西安市的名人了!那次你说当了个体户我都没顾上和你说话呢!

毕成功微笑着，觉得她边说边比画肩膀，便和自己身体撞到了一处。而她黑黑的长头发飘飞着从他脸边掠过，有些淡淡的香味，很特别。孟寒雨开开心心说着，见他不回应，便停下脚说，你怎么不说话！

毕成功有了异样的感觉，胸口里像是有什么东西慢慢地出了土，在颤抖着，蓬勃着。那样微微小小的振动却很清晰，连毕成功自己都听到了，他想捂住胸口。

她说，你的脸红了！

她似乎是要揭穿他所有的镇定，他不知道她是故意这样，还是她本来就这样。在他的记忆里，她高高在上的时候，是不管他在意不在意的。

毕成功说，我经常从南门城墙上去看西安。

他的话有些没头没脑，为什么突然冒出这一句，连他也不明白。而孟寒雨却懂了，她往南门的方向望了，眼睛就微微眯起来一些，毕成功看着她脸上的每一个细小的变化。

她问，你现在想去吗？

两个人就往南门城墙上走。

正是下班的时间，街上有无数的自行车拥挤着，丁零丁零响成了一片。路上的行人却不急，东张西望往家走。孟寒雨看着那些骑着自行车的人说，看那个小娃娃，我还不会骑自行车呢！

毕成功顺着她的眼睛看到，一个年轻女子骑着自行车，后座上有个小男孩正把一块饼干往嘴里放。孟寒雨被那孩子胖胖的可爱样子吸引住了，走着路还回头去看。毕成功立刻判断出来，她一定还没有生过孩子，可是算起来她已经三十岁了吧？

到了城门楼子下面却已经下班了，毕成功有些过意不去地说，呀，怎么这么早就关门了！

这么说着，突然毕成功就明白了，为什么自己那么喜欢上城墙，因为他十四五岁陪着她去城墙根读过书啊。是了，从那时起他就迷上了城墙。

孟寒雨并不失望地笑着说，我们可以去那边的城墙根坐会儿呀，我走累了！

她一只手随意地搭在他的臂弯，抬起脚弯腰去摸，毕成功看她揉自己的脚，也顺带着看了她的细高跟皮鞋。这样的款式是很时新的，天已经这么冷了，她还穿着薄薄的细丝袜，脚背和脚脖纤细而精致，让毕成功突然生起了怜惜的心情。

他左右看了说，找个地方我请你吃饭吧，城墙根阴冷，石头路也不平整，你就别去了。

孟寒雨同意了，见街边有个电影院便说，你请我看电影吧。

毕成功说，那你不饿吗？

孟寒雨俏皮地说，看完再吃不行呀？

毕成功就笑着去买了票。离电影开场的时间还早，两个人一起站在路边等着，路边有个河南老头在汽油桶改制的炉子里烤红薯，孟寒雨看了一眼，毕成功就上前去挑了一个，双手捧着，把那烤得焦黄的红薯递到她手里。孟寒雨立刻笑了，高兴得像个孩子。

她很好看，路过的人或多或少都要转头多看她一眼。毕成功就挺着胸，感觉很骄傲。两个人差不多同时想起上次在电影院门口见过面的事，毕成功双手放在裤兜里看着她吃，孟寒雨享受着他的专注，并不在意自己的吃相，手指沾上些红薯皮上的焦黄糖汁，便放在嘴里吮一下。毕成功看着她的动作，怎么看怎么好。他站在下午六七点钟的西安市南大街街头，和他十四五岁就喜欢的女人一起等着看电影，觉得像是在做梦。

这是他这辈子第二次看电影。上一次和方美丽看的那一场多潦草呀，而现在他悠然欣喜的心情，连自己也觉得真是美好。现在他不再是金达的毕经理了，也不再能想起方美丽了，他娘刘兰草也不存在了。他又重新回到当年那个巴结兮兮的小男孩毕成功，她肯和他说话，愿意吃他买给她的烤红薯，又能和她一起看电影，他就完全沉浸在这莫大的幸福里，当什么都不存在了。路边的人走过来又走过去，都和他没关系。谁看他一眼，或者没有看他一眼就走过去，都和他没关系。他的眼睛和他的心全被这个比他自己还要大两岁，却依然像个孩子一般纯真的孟寒雨给吸引住了。

电影已经上映了好几天了，看的人不太多，电影院里的一大半座位空着。毕成功看那座位是带了帆布座套的，就用手摸了座椅说，真高级呀，过去电影院可是光板椅子！

孟寒雨坐下说，凭这话就知道，你一定很久没看过电影了！

毕成功笑了说，太忙了没时间。

她便想起刚见面时问他的问题，你还没跟我说呢，你怎么突然开了家那么有名的金达，我去逛过好几次！

毕成功接口说，是吗？

她说着便停住了，有些不好意思地说，你的羽绒服太贵了，我没买，但我试过两次！

她说得很随随便便，有些埋怨，又有些撒娇。毕成功就说，那你明天过去，我送你一件！

孟寒雨睁大眼睛看着他，毕成功点点头又说，明天也行，后天也行，你有时间就来，我帮你挑一件送给你。

孟寒雨的脸上现出一丝严肃的神情，这是她从下午见到毕成功之后，一直到坐在这里等着看电影，第一次不再是小姑娘的神态了。如果之前她整个人都有着不真实的装假，在和毕成功假模假样地亲密，那现在渐渐从微笑转为严肃的孟寒雨，反而和他迅速面对面没了距离，仿佛她脱掉了假装的亲热，露出了本来面目。毕成功平静地看着她，和刚才一路看她故作纯真一样平静。然后他看到她挑起眉毛，用黑润润的眼睛深深盯着他说，我今天就想要，行吗？

毕成功唇边涌起笑意，点头说，行啊，我真没想到你这么喜欢羽绒服！

孟寒雨却不笑，她说，我是怕错过别人对我好的念头，这世界好东西稍纵即逝。

她说得很苦涩，甚至语调里有些凝重，毕成功心里一疼。从他见到她的第一眼起，就感觉到她这几年过得并不如意，虽然她的脸上一直像花朵一样笑着，她穿的也非常精致，算是在街上很醒目的时尚女人，可他就是觉得到她的委屈。那他就从心里疼惜着她。

他在自己内心深处搜索着，想说句什么话来应对她，表示他完全懂得她寂寥的心，表示他不光是懂她也很心疼她的。可是一句像样的话他也找不出来，他过去学过的所有的字加在一起，也连接不起一句话来。他看见她的手就搭在他俩之间的扶手上，手指圆润着，指甲修剪得很精巧，他把自己的手小心翼翼轻轻放在那扶手上，就完全覆盖住了她的手。

毕成功说，多凉呀你的手！

孟寒雨眼里终于蓄了一点泪水，在灯光下剔透着，她在他的注视下垂了双眼，那眼泪便滑落下来，在脸上打出两道浅浅的泪痕。影院的灯光恰到好处地关灭了，银幕上出现了八一电影制片厂金光闪闪的工农兵形象，振奋人心。孟寒雨轻声饮泣起来。毕成功把她的手从扶手上抓起来重重地握了，他的手很温暖，她侧过来在他耳边小声说，谢谢你，我不要你的羽绒服，但我谢谢你！

毕成功小声问为什么，她的脸并没有离开，他的嘴唇便轻轻触在了她的脸颊上，他俩都感觉到了，却谁也没退让，她看看被他握着的手没有回答他。

这场电影不精彩，看了半个小时就已经有忍耐不住的人离开了。毕成功在心里犹豫了好久说，你喜欢看这个电影吗？

孟寒雨的双眼在黑暗里闪亮亮的，她微笑着摇头说，不喜欢，没意思。

毕成功便拉了她的手往门口走，她摸黑跟着他，走得很小心，有几下绊在别人伸出的脚上，就赶紧说对不起。幸好他一直在前面引着她，她便挎着他的胳膊，小心地出了影院。

天已经完全黑了，街上很多灯亮了，橙黄色的灯光在路上照出一个又一个的光影。商店大多还没关门，从一间间商店门口投出的灯光也洒在道路上。孟寒雨挎着毕成功的胳膊，漫不经心走着，他的胳膊就一直保持着微曲的动作。他几乎从来没有和方美丽这样在大街上走过，她也从来不会想要挎着他，所以这算是他第一次在街上被女人这样挎着胳膊走路。他很珍惜这个感觉，走得很慢，腰却挺得很直。他的心里许多莫不相干的杂七杂八念头不断生起，又像什么也没想，只一心走着路，体会着刚刚才见面了几个钟头的孟寒雨。

是了，他和方美丽就算在一起了十来年，可他们是两个人，各是各的。而他和孟寒雨从认识到现在，虽然加起来的时间也没多少，可他俩就像是一个人，他天生就是想要保护着她的。是了，一定是这样！毕成功在心里肯定地想。

默默走了小半条街。孟寒雨低声问，去哪儿呀？

毕成功低头看她一眼，见她并没有看自己，便说去金达吧，我给你挑一件羽绒服。孟寒雨立刻停了步子，手从他的胳膊弯里滑出来，她理理自己脸边的头发说，我说了不要！我要回家了！

毕成功看她果然站在那里，随心说了再见就要转身走了，他心里一紧，就急了，小声说，别走！

她有些意外，见他双手搓着不知所措的样子，只在那里站着。孟寒雨说，我真的不要，太贵了！

毕成功说，随时想要了你就来找我！你还没吃饭呢，我说好要请你的！

孟寒雨笑了，摇摇头说，那是玩笑话，我妈还在家等着我呢！

毕成功有些激动地说，你一直没结婚呀！

她说，我离婚了。

说了这话像是放下块大石头似的，孟寒雨又恢复了轻松，她笑着说，愣什么？你结婚了吗？

毕成功摇头说没有。他不知道自己为什么连想也没想就这样摇头了，他甚至没想到方美丽。

孟寒雨说，我女儿刚两岁。

两个人默着顺路往北走，影子就在路灯下拉长又缩短，渐渐消失在脚下，然后又拉长，又缩短。孟寒雨专心走路，仔细观察着地上的影子。毕成功说，让我送你回家吧！

他怕她会拒绝，就用很坚决的口气说，如果你不让，我就一直跟着你，看你到你家！

他俩就都想起他陪她背书时的情景，多少次她都是爱理不理的，也就是现在这个情形。孟寒雨说好吧，可是要走回去就太远了，好几站路呢，我的脚疼，这鞋有些磨脚。

她把手伸给毕成功，他就握住，她摇摇晃晃脱下左脚的鞋，再看看脚后跟的地方，磨得红肿，眼看要破了。孟寒雨咝咝吸着气，抬眼看看毕成功自嘲了笑说，你看女人为了漂亮得受多大罪呀！

他就自责地说，都怪我拉你去看城墙！

她并不安慰他，把鞋丢在脚边刚要穿上，毕成功却蹲下拾起那鞋说，让我背你吧！

孟寒雨一只脚撑不住，左摇右晃，光着的左脚就落了地，她哈哈大笑起来，在他肩上打了一下说，快把鞋还给我，谁让你背啊！

毕成功也笑了，却不给她，把她扶到路边的围栏边说，等等！我去给你买双平底鞋！他转身就跑，手里握了那只细高跟的鞋子。孟寒雨笑得站也站不住地大叫，这么晚啦，你是个疯子呀，哪儿去买？快把鞋还给我！

没过多久毕成功就跑了回来，手里真的提了双平底鞋，杏黄色的，结了小小的蝴蝶结，和她的长裤很搭配。孟寒雨被他扶着换鞋，惊讶地说，你真行呀，这么快就买回来了，刚刚合适！

毕成功蹲下看她的脚后跟，见被磨红肿的地方刚好露在鞋帮外面了，就满意地说，那还用说？我天天在这几条大街上，哪个商店有什么样的货色，我还能不知道？

孟寒雨满意极了，双脚在地上来回蹬踏着，低头边看边说，那你送我回去吧，这么舒服的鞋，我都能参加万里长征了。

毕成功听她说了地址，居然还是在孟家大院，就问她一直住娘家吗？

孟寒雨淡淡地说，这次回来看我妈，我在北京的一个学校当老师呢。

毕成功不知该说什么好，而她仿佛并不要他说话，只要他陪着就行。眼看出了北门，离皂角巷很近了，毕成功听她默着，便问那以后有什么打算？

孟寒雨说，我要去美国。办离婚时我想美国教育好条件好，为了女儿前途，我一狠心就答应他了，现在我都一年没见过女儿了！我想她想得不行了！要是我去了那边就能见孩子！

孟寒雨挺黯然的，毕成功问，你能去吗？

孟寒雨凝视着远处十字路口的红绿灯，和路上渐行渐少的自行车，摇摇头说，那时候我一门心思就想着到北京念书，想等他读完研究生跟他出国。结果我们去了，他可有了别人，和人家一起比翼双飞了。他图人家能帮他留下发展……现在我就想我也得出国，这口气出不来，我会憋死的！我得把我的女儿要回来！可总是签证过不了……气死了！

她说着要气死了，声音却带着笑意。毕成功借着路灯看了看，她果然脸上有笑容，却是无奈的。他鼓了很大勇气，俯身在她的嘴边亲了一下，她没动也没推开他，毕成功就双手搂了她的身子，在她耳边说，你别走，你去了你妈怎么办？

她轻轻推开他。

毕成功问，去了美国又能怎么样？你外语再好也没个人照顾！

孟寒雨说，就是不想让人见到我！那么招摇到了北京上大学，整个皂角巷，连路边的花呀草呀都知道，我考到北京又嫁了个高才生，我的同学、亲戚都把我当作光宗耀祖的人物，谁知道我过成了这般田地！我可以装作我在北京过得很好呀，他们当我在大学里当老师，其实我只不过教子校的初中英语。他们认为我春风得意，其实我已经离婚了。我可以省下钱，装作有钱人，给他们送礼物，可我变不出丈夫和女儿来给他们看。去年我爸去世，我一个人回来办的丧事。我猜他们都在说闲话吧。我在单位里也不顺心，人人都知道我要去美国，什么事情也轮不上我，我必须离开了。我走呀，再也不想回来了，没有一点值得我留恋的。

那我呢？

毕成功这话刚一说出来，孟寒雨和毕成功心里就豁地亮堂了。毕成功心里一直是有她孟寒雨的，她走了，又回来了，他一如既往惦记着她，就算她一直没把他当过一回事。从下午走到了晚上，来来回回说了那么多，这一句"那我呢？"就把两个人不敢说不敢想，却在心里模模糊糊的意思说出来了。

孟寒雨推开他继续走，毕成功默默跟上她。

孟寒雨说，我不喜欢你这样的。

毕成功一直把孟寒雨送到了孟家大院门口都没有再说一句话。孟寒雨往大门里走，回头看看他，见他落寞地站在那里看着自己，她就笑起来说，我咋觉得又回到了高考前那一个多月，你总是把我送到这里。

毕成功说，那时候你一次也没有回过头，跨过大门就进去了！

孟寒雨辩解说，这么高的门槛，要是不看着脚底下绊倒了怎么办？你别这么吊着脸。

毕成功不笑，对着她在门道里影影乎乎的身影说，明天到我店里来选件羽绒服好吗？北京冷，你用得着！

孟寒雨不置可否地摆摆手就进了院子。

大门还是那扇厚木头的，开关还是吱嘎有声的，毕成功仿佛看到多年前的自己，随着门声赶紧从地上爬起来。

孟寒雨从里面闩上了门，脚步越走越远，毕成功走进门道，路灯就照不进来了，黑乎乎的。他仔细辨认了自己睡过的地方，抬头看到墙上自己当年钉下挂被褥的大铁钉子还在。他蹬着门框边的墙，扒着门边爬上去，使劲摇晃着那枚铁钉把它拔了出来。

毕成功攥着铁钉一路走着回到了自己的家，已经半夜了。

第二天，毕成功从早到晚守在店里不敢出门，怕错过了孟寒雨来店里，他也不敢在二楼的办公室里待，担心她来了看不到他。他就在店里打着转转，到了中午顾客多了，他嫌太闹得慌，就到门口去站着，可还是没有等到她。

这样在心里揣了个人，却又说不出来的感觉真是难受。

毕成功后悔昨天没有留个孟寒雨娘家的电话，要不就能打电话问问她了。煎熬了一天，毕成功也没有等到孟寒雨。他怕营业员把自己取出来的羽绒服卖掉，就打了条子，按着她的身材留了好几件放在库房等着她来挑。

晚上下班的时候，毕成功没有坐车，他顺着北城门走，到了皂角巷又来到孟家大院门口。院里已经很热闹了，做饭的、洗菜的、围着公用水龙头说闲话的人们，都没在意他在看着院子里的一切。学生们陆续回来了，大人们也推着自行车扛过木门槛进了院子，毕成功远远看着孟家大院，透过不大的门口，可以看到院里的人们今年和去年一样，明天和今天一样，都在忙着生活。而他一直就是个外人，永远在院门之外，守着，候着，牵挂着，他抽完了一支烟，把烟头踩在脚下，还是没勇气穿过这样一大群人进到后院去找孟寒雨。

在天气渐暗的时候，毕成功又点起了一支烟，转身往巷口走去。

这个礼拜是毕成功多年以来最难受的几天，他过得不好，什么事都提不起劲来，心里有事，吃饭也没了平时的饭量。方美丽以为他太累了，劝他早点回家，别总是忙到了后半夜。毕成功默许了，可碗里的饭还是只扒拉了大半碗，就实在吃不下去了。方美丽嫌丢掉浪费了，接了他的碗把那小半碗饭吃了。刘兰草打麻将回来就开了电视机看，毕成功给她屋里买了个彩色电视机，她就一集不落地看《射雕英雄传》、看《神探亨特》，对每十分钟就能看到儿子的广告和毕成功的大名，她已经习惯了，吸引她的是电视剧本身。

刘兰草就是为了每天能跟得上看电视剧才按时回家的，饭是方美丽做好的，吃了就可以去看电视，她完全过上了理想的阔人的日子。

孟寒雨在西安又停留了两三天就回北京去了。等毕成功鼓了勇气再来找她，孟寒雨已经走了好几天，她妈还记得他，便问，还是你找她！她回北京了，你有事儿吗？

毕成功支吾着说了谢谢就往门口走，他希望她没有看过电视，不知道他的名字。

就像一个美丽的梦，毕成功已经看到了，并且已经伸出手摸到了，可又在面前打了一个忽闪，再睁开眼就什么都没了。他第二次尝试到失去和离别的难受，而且是为了同一个人。在毕成功二十八岁的生命里，活着就是挣钱，就连和方美丽结婚也是按部就班水到渠成的。他从来没有过要恋爱、要呵护谁的念头，那些风花雪月离他很遥远，再浪漫的事和亲密的话，都不曾在他的脑海里出现过，更不用说是从他的嘴里说给一个人听了。在他的眼里，这些远远没有比挣到大笔的钱更令他兴奋。可是为了孟寒雨，他却理所当然地拉着她的手带她看电影，提着她的高跟鞋去买平底鞋给她。他陪她看了半场电影，而且他亲了她，这一切都只发生在做梦般的几个钟头里。看着孟寒雨走进黑乎乎的大门里，他就像又退回到他的世界里，他再也找不到她了。

毕成功苦苦地把他和孟寒雨见面的那个下午和晚上，在心里一遍一遍复习着，连他自己都承认，能让他这般痛苦无奈的只有孟寒雨了。

挣钱这件事对毕成功来说没什么难的，他估计这个冬天过完，再到明年冬天，就一定能实现他的百万梦想。然后呢？毕成功像走到了河边一样，没路了，眼前只有一片茫茫然。

过完年金达羽绒服生意的红火也就渐渐降温了，毕成功终于有了些时间，跑了趟南方去订了春夏的时装。在往西安走的火车上，他特别想念孟寒雨，重新在心里回味着孟寒雨的面孔和声音，越发煎熬得不行，只一下他就决定，从西安直接买票去北京，他要去找她！

毕成功记得她说过，她在一所大学的附属中学当英语老师。他到了北京就去寻找，果然在离那所大学不远的地方有个附中，去打听了，学校传达室的人给指了教学楼，说学校大老师多，不知道他说的是谁，去学校自己找吧。

他在九栋楼里来回转着找，终于打听到孟寒雨并没有在办公室，毕成功很客气地向一个中年女老师打听孟寒雨，果然那人说她没在。毕成功便说他从西安来，好不容易才找到这里，那中年老师打量了他，然后抓起电话说，我给她说说，你等着！

他听她的同事当他的面给孟寒雨打电话说，有个西安来的毕先生找你！对！等着你呢！

孟寒雨立刻就猜出是毕成功，让他等着，说她马上就来。

毕成功站在教学楼前的小路上，看着花圃里的花草才刚刚露了点绿芽儿，北京风大，他裹紧身上的皮夹克。因为是到南方出差，他没带多少厚衣服，来找孟寒雨是一时决定的，他把所有的衣服都穿上了还是冷，可他不愿意花时间去买，这几个月煎熬得实在太难受了，他急着想见她。毕成功不敢在办公室里等她，怕她在同事面前尴尬。他一直都知道，孟寒雨比谁都爱面子，他有些紧张，不知道她见了自己会是怎样。

正想着，他看到孟寒雨骑着个小轱辘的自行车，腰挺得直直的，从远处拐了个弯，静静地骑过来了。她的头发被风吹得飞到了脑后，光洁的脑门全露了出来，大红色的羽绒服短到了腰上，脚蹬一双雪白的高跟短靴，就鲜艳得醒目。孟寒雨飞快地蹬着自行车到了近前，伸了条腿支在马路牙子上，没说话就先笑了，你咋来了？！

她没戴口罩也没戴手套，脸和手都冻得发红，显得人兴冲冲的。她把双手举在嘴边哈着气，一团白雾气就笼着。她清脆地笑了说，也不提前说一声，突然就来了，我慌着赶过来手套也忘带了，冻死啦！

毕成功突然想哭，可他拼命挣扎着对她笑。他把她的手捧在自己嘴边哈着热气，又拉开皮夹克的拉链把她的手全塞进去。她没有意外，却小声说别让学生们看见了！

他说他们都放学走了，我刚看见的！

她使劲把手抽出来，从自行车上下来，毕成功发现她穿着紧绷绷的黑牛仔裤，她的双腿那么笔直修长，而以前他竟从来没有注意过。

孟寒雨把手全缩在袖子里，只露了两根指头支在车把上说，老师们看见了更不好！我正在打报告请长假呢，只等签证一通过就去美国呀！

听了这话毕成功刚才还热乎乎地心就刺啦一下凉了，他艰难地说，你非得去美国？为啥呀？不想让人们找到你，办法多得很呢！

孟寒雨摇头说，为了女儿呀！你知道，美国好挣钱，我好几个同学在美国挣的是dollar，美金呀，去年他们当导游带中国出国访问团，一个月能赚一两千美金！

毕成功听了"钱"这个字，就有了自信，他说，我给你钱你不去行不？

孟寒雨不高兴了，她低下头说，别胡扯了！我请你吃顿饭吧，然后你就走吧！我晚上还要带个家教呢！

毕成功低头把自行车从她手里接过来，孟寒雨就把双手放在自己牛仔裤后面的口袋里暖着。她埋头跟着他只是走，有些过意不去地说，我不知道你来，这个家教是每周固定三次的，我多赚点钱办了签证去美国时用得上！

他还是不说话，心里别别扭扭有些委屈，鼻子酸着想哭。他以为她会高兴或者生气，至少那还代表她在意着，但他没想到孟寒雨这么平平常常就要打发他走，当他是个普通朋友而已。他无声叹口气，孟寒雨看见了就问，你想吃什么？

已经走到了校门口，毕成功把自行车停在路边说，我不耽误你的时间了，你自己吃了饭去带家教吧。我回旅馆了！

他说完就走，孟寒雨过意不去了叫道，毕成功，别走呀！

毕成功回了头，见孟寒雨被风吹得头发纷乱着。她说，要不你回去，我明天去找你，你来北京出差办事吧！你待几天？

毕成功好受了点说，好几天呢，你忙去吧！

他走了几步想想又觉得不放心，回头说，你上完课多晚了，我送你去吧！

这次孟寒雨没再拒绝，毕成功陪着她去了她带家教的地方。那院子外面有条胡同，支了几个三轮车点着汽灯，卖着爆肚、馄饨之类的吃食。天渐渐黑了，胡同里却热闹了，三轮车们靠墙支着，上面放着炉子安着锅，案板、调料都排得满满腾腾的，那胡同的路就让占了一半还多，剩下的路只能一个人通过。

孟寒雨把自行车停在胡同口，给一个坐在墙根儿的老太太一毛钱，让她操心看住自己的车子，老太婆就摆手让她走吧，自己过去用麻绳把孟寒雨的自行车串起来，而她的旁边，串蚂蚱一般已经串了十几辆自行车了，连成好大一片。

毕成功看出孟寒雨是常来这里吃饭的，她在前面带路，他便在她身后，她的头发长长地披着，浓密地一垂到腰，他看到她的黑色牛仔裤紧紧裹着双腿，屁股被绷得又圆又翘，屁股上缝的两个口袋被完美地撑成两个心形，他努力控制着自己不要用手去摸那口袋。她转身带了些豪爽的劲头对毕成功说，想吃什么随便点，我请客！

他要了碗馄饨，又要了碗爆肚，走到胡同尽头，有个河北香河肉饼的小铺子，门口排了许多人，生意很红火。她就安排着毕成功去排队，自己等馄饨。毕成功听那些排队买肉饼的人有说东北话的，有说山东话的，也有说天津话的，他便想，要是那年从沙村一路坐火车跑到北京，那现在也成了这些人里的一个了，也不知道还能不能开起金达了？

想到那个店，他心里猛一醒神儿，只顾着到北京来找孟寒雨，完全沉浸在满身心的期待和失望里，他差不多有一两天没想过金达了！而这样不念念想着生意，对他毕成功是多么少见的事儿呀！可即使这样，眼前的女人却丝毫没有领情，他还没有她一节课几十块钱的家教费重要呢。

孟寒雨小心地端了两个冒着热气的碗，顺着拥挤的胡同走过来，走到一半她几乎贴在了墙上给别人让路了，头发就垂在脸边，那小小的脸和垂下的睫毛，使她显得专心极了。毕成功有些心疼而无奈地看着她在肉饼铺子寻了个座位，放下了两个碗，他想，为什么我对这个女人没一点办法呢？

吃完饭孟寒雨就赶着要去对面的院子上课了，毕成功帮她从那麻绳串里取了自行车送她到门口，孟寒雨问了他住的地方说明天去找他。毕成功知道孟寒雨的家教是三个钟头，上完就已经十点半了，他想既然自己就在北京，不如去接她回家，要不回去也睡不安心。毕成功找了个商店买了双羊皮手套，又在街上转悠了一会儿，因为太冷，街上没什么行人了，渐渐的，顶着空车灯的黄色出租车也越来越多了。他跺着脚取暖，鼻子尖上没有知觉地吊下了两条长长的清鼻涕，赶紧又去买了包餐巾纸，在那小商店磨蹭着待了二十来分钟，才算是暖和过来。他便重新出来，在看自行车的老太婆旁边找了个地方坐下，旁边就是个烤红薯的大汽油炉子，有热量传过来挺暖和的。

卖红薯的老人和看自行车的老太太是老两口，闲着没事儿就有一句没一句和毕成功拉话聊天。他看看表还有十分钟就到十点半了，便问老头几点收摊，老头乐呵呵地操着河南话说，那边还有人吃饭嘞，等这几个卖完就回去！

毕成功看到炉膛边煨了六个红薯，就让全给他称了，老头儿见他一直坐着等人，现在要全部买下来，便感激地说，听你也说河南话，是老乡呀！

老太婆过来帮他把红薯装进袋子里。毕成功笑着说，多年有说不标准啦！快回去休息吧！

两个老人千恩万谢地收拾了炉子，拉着平板小车一前一后走了。毕成功怕那些红薯让风吹凉了，便拉开皮夹克都捂在怀里，胸口就热乎乎的。他看着两个老人的背影，听着那哗啦哗啦拉平板小车的声音，突然就觉得了感动，如果他老了也能和孟寒雨这样有多好！

他过了马路，站在院子门口等着，果然不多时候就见孟寒雨骑着自行车出来了，他远远看见她惊讶的脸就忍不住得意地笑了。孟寒雨赶紧用脚支着停下来，又仔细打量他的脸说，你咋和小时候一样犟？不是让你回去了吗！你冻傻了吧！

毕成功没说话，从怀里捧出那一包红薯，她接过来立刻欢呼道，这么多，还热乎着呢！

接着她又很警惕地说，我自己回去啊！

毕成功说，这么黑的天，路上没有人，我得送你！

孟寒雨说，那我也不会让你上楼，我住的是单位宿舍，不想别人说闲话，去年单位管人事的干部喝多了，告诉大家我是离过婚的，人人都知道我的事儿，所以我才想去美国，不想再生事让别人看笑话！

毕成功点头说行，接过车子自己骑上说，让我带上你回去吧！

孟寒雨便一手捧了红薯在怀里，一手搂着他的腰让他一直骑到路口，拐两个弯就到她的宿舍了。

毕成功问，你不是说你不会骑自行车吗？

她说，我觉得骑自行车不难，就买了个二手车子，我一个钟头就学会了！

听她说得很骄傲，毕成功就说，我不上楼，看着你上去就走了，你能把自行车借给我不，我想明天骑上来找你！

毕成功果然把孟寒雨送到楼下就走了。第二天、第三天一早，他带着热乎的煎饼果子和豆浆来接她去上班，到了傍晚时再去找她，晚上送她回家就自己回旅馆休息。第四天的时候他说他要回西安了，他想和孟寒雨好好谈一谈。

他知道孟寒雨下周又要去过一次签证面试了，他说，如果这次还没过，能不能给我打个电话？

孟寒雨生气了，嫌他不吉利，仿佛她一定会通不过一样。

他就笑着说，你已经四次没通过了，光介绍费也花了好多，还在意我这一句话？说实话吧，我根本不希望你通过！

孟寒雨把脸埋在手心里，好一会儿他才听出来她哭了，他赶紧搂着她的肩膀哄她，孟寒雨扭着身子不让他搂。她哭着说，你真讨厌！人人都知道我想去美国，我的同学只一次就被签过了，为什么偏偏我不行？学校因为知道我随时会走，连课也给我排在普通班，评先进、讲公开课都轮不到我，人人都知道我让小林给甩了！正经的男人碰不着，都是你这样的男人来纠缠，给我开价码，一想到女儿给那个女人叫妈，都不知道过得怎么样，天天还让你们缠着，我都要疯了！呜呜……毕成功，你那么成功了，别来找我逗乐子了，我烦透了！

她说得越来越大声，呜呜哭起来，双手放下来，泪水就汹涌地流淌下来，她大声说，为什么我嫁错一个人，什么都不对劲了呢！

毕成功没想到她会这么把她的委屈大喊大叫出来，也没想到她把自己归类在纠缠她的那些男人里，他重新把她搂在怀里，怜惜地轻轻拍着她的背说，我都知道了，你别急！你有我呢！你想去美国，我来帮你！

孟寒雨把他推开一些，好使自己看他看得清楚一些，她含了重重的哭音说，你啥也不懂！你怎么帮？中国人不顶用，是美国人在签！

她说着又要哭了，像一个没拿到心爱玩具的娃娃在父亲面前撒娇。毕成功说，这几天我跑了很多地方，打听了不少办法，你想听不？

孟寒雨赶紧点头，她说她也打听好几年了，可没办法，就是通不过。毕成功说，听人说年轻的女孩想签过确实很难，像你这样的情况，最方便的办法就是假结婚！

这话让她愣住了，他对她的感情，孟寒雨从一开始就一目了然，可他有大事业要做，她不喜欢他就不想和他纠缠什么。这么一个喜欢着自己的男人，出主意让她通过结婚方式出国，还是让她太意外了，小林不就是怀着这样的心意才和自己离婚找了那个女人吗？毕成功轻声说，假结婚呀，给对方钱！你在那边自己生活，连面也不用见，一年两年就可以再办离婚手续，一切就好了！

孟寒雨苦笑着说，真是谢谢你了，我也听过这法子，听说那样的话，得给介绍人二三十万人民币才行，我要有那些钱还去美国干啥？

毕成功知道马上就到重点了，使劲握了她的手说，所以！我给你这笔钱！然后你面前就有两条路：一条是拿了这钱去找人假结婚，去美国！一条是我给了你这笔钱，你留在中国，最好是在西安，谁也不知道你离过婚的事，我可以常常看到你。

孟寒雨凝视他的眼睛，他觉得她简直要看到他心里去了，他不躲开就让她看。然后她说，你为什么对我这样好，这算是咱俩的交易吗？

毕成功说，你真的不知道？

几乎没有想一下，孟寒雨就把脸扭开说，你不是我喜欢的那种人。

毕成功说，我不在乎！

孟寒雨说，可我在乎！我不想！

毕成功哀求说，算是你借的行吗？等你去美国发了财还给我就是了！

孟寒雨摇头说，这办法不好，你走吧，谢谢你。

毕成功说，你再想想行不？

她还是摇摇头。

毕成功回到了西安，到了面签当天晚上，他给孟寒雨传呼发了个留言问：你通过了吗，我的建议永远都有效。我等着你回复！

毕成功等了一夜。他睡不踏实，猛然就醒了，拿着传呼机看看屏幕，没有任何留言。方美丽被他的动静弄醒了好几次，埋怨道，你还让不让人睡觉了？

毕成功把传呼机调到振动，贴肉放在胸口上才慢慢睡着了，传呼机却一夜没振，他没等到消息。好不容易等到了早上九点，他给孟寒雨单位打了电话，对方说她一直请假没来上班。就在毕成功打算再去趟北京的时候，他的传呼突然接到孟寒雨的留言：我又没通过，我想接受第二种方式，但你记好，我以后也不会和你结婚。

毕成功激动得把传呼机高高举过头顶，心里狂喜着，真想狂喊几声！

依着孟寒雨的意思，毕成功在西安市的南郊看中了一个小院子，小院子非常小，不过二十来平方米，院里只有两间房。孟寒雨并没有打算让毕成功买下,她打的计划是很短的,是暂时的。而毕成功却希望留住她的时间越长越好,他一定要买下这个房子,和她说房子并不贵,不过十多万块钱。毕成功执意写上了孟寒雨的名字,他说你在西安就有自己的家啦。

这话让孟寒雨的眼圈立刻红了。毕成功说买了房子手头有些紧,两年之间,他会把二十万分三次打给她,孟寒雨没说话,算是默许了。毕成功心里有些激动,又有些微微的伤感,她毕竟还是为了和他做一个交易才来找他的,他不愿意一次性付钱给她,其实就是怕她哪天就走了。可不管怎么样,他算是和她厮守在一处了,什么时候他想她了,就可以来看她,不想走就住几天,和方美丽说出差就好了。她闷了,他就会在傍晚的时候带她去逛逛大街,看看电影,于是毕成功几乎看过了那个时候所有电影院正在演的电影。他完全是为了陪她,只想让她高兴。这样的生活过了两个月,孟寒雨明显气色好多了,就说闲得难受,她想带几个学生,毕成功以为她要教英语,她却笑着说,谁愿意弄那些,我把我的琴拿来了,你没在的时候拉着又找到些感觉。听说少年官招小提琴老师呢,我去了人家就让我去教琴,我嫌人多嘴杂,想找几个孩子在家里,你看行吗?

从她和毕成功住在一起,孟寒雨就明显客气了,第一笔五万块钱打进她存折的时候,她哭了一场,没头没脑对毕成功说,我成了个妓女!收了你的钱和你睡觉。

毕成功觉得这话太刺耳,用手捂了她的嘴,又用嘴亲着她的眼睛说,我爱你呀,才想让你高兴!

孟寒雨叹口气不说话了,双手环着搂住毕成功的脖子,把头埋在他的肩上,紧紧贴着他的脖子。毕成功便闭上眼睛说,寒雨你知道啥是幸福不?

她没说话,他陶醉着说,现在就是了!你这样贴着我,我觉得我和你本来就是一个人,分开那么多年,今天终于又贴成了一个,这就是幸福。

孟寒雨惊讶没怎么读过书的毕成功会说出这样浪漫的话,他却不当事儿地说,这不过是他心里想的罢了。

她去寻来外国诗集给他看,又给他念了和这个意思差不多的一句,他说,天呀,我也这么想,原来我可以当一个诗人!

只要孟寒雨在屋里拉小提琴,他就会看得入迷,她自管拉着,他眼也不眨一样，只是看。孟寒雨拉完琴冲他埋怨说，你这样瞪着人家看，哪里是听琴，人都没法拉了！

她却见毕成功眼角有着一点眼泪，他偎着她坐下说，那时候在你家门道里睡着，有时听见你拉琴的声音一点点从院子里传出来，恍恍惚惚的，我没听过这么好听的声音，就问老关奶奶，说是你在拉琴。那时候我想，什么是拉琴？怎么这么好听！现在我能听你给我一个人拉琴，你说我多有福！

她腻在他的怀里，头发被他亲得很乱，就咯咯笑着说，你傻了吧，我哪是拉琴给你听，我是在给我自己拉琴呢！

这真是孟寒雨的心里话，她永远也不说哄人高兴的假话，而且她讨厌别人和她说假话。她对毕成功说，我现在有些喜欢你啦！知道为什么吗？

毕成功摇摇头，心里有些不安，孟寒雨盯着他的眼睛说，因为我看你的眼睛很真诚，这个世上说假话骗人的太多了，让人心累。

毕成功不敢说话，努力坚持着继续看她的眼睛。

他想让她一直这样认为下去，他知道她一直当他是没有结过婚的单身。有一次她问他有没有谈过女朋友，他便斟酌着字句说，有的。

她问他什么时候分手的？

毕成功又犹豫了说，也不算谈恋爱吧，她从小没有父母和她爷爷长大，我娘可怜她，就一直当女儿一样照顾她。现在她和我娘住在一起。

这话说完就完了，孟寒雨才不会想到他说的那个可怜女人是他毕成功领过结婚证的妻子。毕成功庆幸孟寒雨很长时间都没再提过这个话题。他买房子给她，给她钱，甚至知道她攒了那笔钱还是可以随时走开去美国，他也一样愿意对她好。就算毕成功这样，孟寒雨还是没法子说出违心的话，她没法把他当成自己喜欢的男人那样爱他。她从小读的古书，拉的洋琴，上过的大学，又在"文革"中受到必须缩头缩脑的教育，这让她向往的男人必须是儒雅又洋派的，能够爱她、疼她、保护她，这个人必须高大、博学、会享受生活，而毕成功一条也不具备。他甚至不认识多少字，除了看电影、逛大街、给她买东西，他想不出任何浪漫的东西来给她。他要给她买一套纯金的首饰，她却不要，她说她不戴那些，毕成功和她说不出保值和升值的话，就只好做罢了。而电影他也只是为了陪她，他只爱看从头打到尾的电影，有时出了影院她说起刚才的电影,才发现他连好人坏人都没分清,他只是看热闹,一点点脑子也不想动。要是碰上文艺片他就会搂着她睡着了,她为剧情哭得伤心时,他会迷迷糊糊从兜里掏出纸让她擦眼泪,却从没感动过。她有次说他,这么悲惨的剧情你居然能睡着?他便笑了说,就是剧情太可怜了,我实在不忍心看了呀。

除了这些哄人开心的话,毕成功能拿出来的只有钱,而这是孟寒雨最最看不上又最最迫切需要的东西。

她问过他,他俩这样有期限吗?

他说没有,你随时可以走,但我希望是永远别走。

他看透了她,强留是不行的。小林是洋派的,喝咖啡、懂音乐、玩艺术,长得很高大,又在搞科研,可他的责任心却很瘦小。他背叛她和她怀在肚子里的孩子,为了留在美国就和别的女人结婚,这样的男人让孟寒雨的梦想瞬间破灭。在中学里被指指点点的日子让她几乎崩溃,可孟寒雨没法子再找另一个工作,流言往往比她的绝望走得更快。她才三十一岁,却连个结婚的对象也找不到。大多数女孩都是靠人介绍对象嫁出去的,像她这样离过婚又生过孩子的女人,再优秀再漂亮,她的过去也是语焉不详的,优秀的男人放着那么些优秀的未婚大姑娘不找,怎么会有人想要娶她?

毕成功一直都知道,孟寒雨被她那个失败的婚姻弄得身心疲惫。他心疼她,可有时他也庆幸着她的不幸,要不她怎么会愿意理他?

当年和小林意气风发到了美国的时候,孟寒雨以为她拥有了整个世界!从西安到北京,又到了美国,她是多少人眼里羡慕的对象,整个家族的人、整个皂角巷的街坊,大学里整个系的老师和同学谁不知道:优秀的小林娶了孟寒雨,或者说,优秀的孟寒雨嫁给了小林。就是到了现在,孟寒雨再恨小林也必须承认,小林确实太优秀了!他长得帅,人很儒雅,又很阳光,他俩在一起的时候,无论是走在校园里,还是在什么餐馆吃饭,几乎永远会有人注视,他是女人眼里的挺拔,而她则是男人心里的惊艳。那时,中国哪个好大学的学生不想去美国深造?竞争那么激烈,可他居然就申请到了美国名牌大学的全额奖学金,可以带她到美国攻读博士学位。当未来的科学家小林,带着他美丽的妻子孟寒雨,揣着他们全部家当的七十美元登上去美国求学的飞机时,他就搂着他的妻子说：小雨，咱俩一定要想办法留在美国！无论如何，咱俩不惜代价也要留在美国！

飞机降落的时候，孟寒雨看到小林的眼睛里含着眼泪，他看到她在看他，便在她的耳边用英语小声说，亲爱的！我要把我最美好的东西都献给你！你想，在大洋彼岸的那个中国，有几个人坐过飞机？咱们的同学和老师，能到美国看一看就是他们毕生的梦想，可是他们谁有咱们这么幸运？！在你出生的西安，有多少人根本还不知道美国是什么呢！

他的语气很激动，又是贴在孟寒雨耳边说的，带着呼吸的温热，这种感觉让孟寒雨陶醉，她想反驳他，但是在他炙热的亲吻中，就咽下了。可是，当时的情景和他的声音全都深深印在她心里了，之后的每一次，她回忆起他就会想起这一幕。她会突然就想哭出来了，自己那么心爱的一个男人，为了他认为的美好就把她狠心抛弃了。再后来，她才明白，小林所说的"亲爱的"，不是她，是美国。

可惜刚到美国的孟寒雨还没明白这个。那时小林凭借出色的才华，很快得到导师的器重，开始参加导师主持的学术研究小组，还有了薪水。而孟寒雨却只能越来越依靠着他了，她的大学毕业证对她找工作没有任何用，她的英语优势在美国不值一提，而小提琴呢，就算是拉得再好，她也没法子找到工作。所幸孟寒雨歌唱得好，小林不介意她去唐人街餐厅唱歌赚钱，可孟寒雨去唱了两天就坚决不肯去了，她认定，只有下三流的女人才会去卖唱，她宁愿给到美国出差参观学习的中国人当导游。可这事有一下没一下的，没有中国参观团的时候，她就连生活也只能勉强维持。小林天天在学校的试验室里忙，有时一周也想不起来给她送生活费。那时许多中国人都疯狂地要到美国来淘金，他们想赚钱，想要宣传自己的产品卖出去，或者想要留下来，就找一切能干的工作。他们大多数人英语都不好，孟寒雨就帮他们做产品翻译，帮他们写英文简历，或是陪他们去和美国人谈判。她在中国人的圈子里渐渐有了些名气，收入也多了，可是她却怀孕了，反应很大，一直在吐，连门也出不去了。小林却在这时面临了很大的诱惑，他想要正式留在导师的研究室工作，可导师在四个学生里选一个留下时，并没有选他这个中国人。小林很苦闷，他的同学朱丽告诉小林，她的舅舅也是这个专业的著名学者，他的研究室也在招助手，她能够帮助他。小林和孟寒雨都知道，朱丽一直都狂热地喜欢着这个中国男人，甚至主动打电话告诉孟寒雨，她希望孟寒雨签证到期就不能继续待在美国，那她一定会让小林爱上自己的。孟寒雨气得和小林谈，自己的签证快到期了，希望他一起回国，要么不要再理朱丽了。让她没想到的是，为了留在美国，小林居然提出和她离婚。那时，孟寒雨刚刚生下女儿不久，她以为自己还是过去那个骄傲的女人，虽然气愤得不行，却立刻答应了。知道她要回国了，在美国的那些朋友们就劝她，多考虑一下女儿的未来，她又忍痛把孩子留给了小林，一个人回了国。还在飞往北京的飞机上，孟寒雨就后悔了，她几乎是哭了个全程，她想女儿，想得恨不得从飞机上跳下去。但世上却没有后悔药，她从此陷入深深的痛苦之中。

临来西安前的一年里，也有不少朋友来找她，说要介绍对象给她，却大多都是死了妻子或才离异不久的男人。孟寒雨不敢拒绝，谁知别别扭扭见了面更是让她震惊，他们大多猥琐木讷，连话也说不好，要么干脆是根老油条。还有个什么单位的局长更可怕，第一次见面就想和她去开房，她刚一拒绝，他就搂着她的肩膀吓唬她说，哎哟唏！我最喜欢故作姿态的娘儿们了！你他妈也是离过婚的，还和我装什么纯洁呀！

她回来和介绍的朋友说，简直是社会渣滓！流氓！他们哪儿是想找媳妇结婚？简直是从动物园里放出来的发情动物！

她气得发抖，可就是找不出个什么话可以解恨。

朋友和她是大学同学，略知道些她和小林的事儿，便叹气说，现在这社会，还有谁像您这么郑重其事地非要嫁个两情相悦的？不就过日子嘛！您还眼睛不揉沙子的？我见的女人多了，遇上小林那样的，不都忍辱负重了嘛？我要是您呀，我就是不和他离婚，看他咋样和那女人结婚？您看过去的公主，嫁了驸马还得忍着人家养前妻呢！您呀，活得太纯粹了！什么时代了，又不是古时候了。

孟寒雨愤恨地想骂人，可我是个人，我就偏不忍！

可她连骂人也不会，客客气气送走人家，孟寒雨总要扑在床上哭湿半条枕巾，爬起床来，除了肿成了一条缝的眼睛，她啥也没想明白。

美国，算是孟寒雨又恨又爱的情人了，为了美国，她失去了她的第一个男人，而第二个男人用美国作为条件与她达成了交易。如果说对小林，孟寒雨已经付出了真正的爱和真正的恨，但至少还有些骄傲和喜欢，那毕成功离她的理想就差太多了。所以孟寒雨对毕成功说她成了个妓女了，收他的钱和他睡觉，她的委屈全在这话里。毕成功听到了却没懂她，或者说他不愿意自己懂。他对她永远是巴结和小心的，她又怎么会想到她居然看走了眼，他对她说他没结婚的谎话，孟寒雨连警惕也没警惕就相信了。

  孟寒雨住在毕成功买给她的房子里，每两个月回去陪她妈几天，总要大包小包给她妈买点礼物，装作从北京休假回来的样子。平时她没事就给院里抱回一两盆花草，不大的小院很快就顺着墙摆了一排，充满了绿意。孟寒雨爱唱歌，也唱得非常好，而且她的声音和他喜欢的一个歌星很像，这让毕成功颇为惊喜。毕成功见她买了许多那个歌星的录音磁带，经常用她从北京带回来的那个单卡录音机听。他早些年去广州的时候就知道那歌星叫邓丽君，他没想到他喜欢的女人居然有着和邓丽君很像的声音。她爱看书，懂得很多，有时她说对社会的看法、对国家的看法，毕成功就觉得很佩服，她说的和秦教授、老高他们一样高明呢，虽然她是个女人。但他不敢让她和他们多见面，因为他觉得所有的男人看到孟寒雨都会爱上她，而她目前的处境，哪个男人会不打她的主意呢？再说，她懂的也全是书本上的东西，对社会和男人，她那么单纯，他绝不想让任何男人再欺负了她。

  孟寒雨的书越来越多，她一个人喜欢去逛书店，几乎没有空手回来过。有时候毕成功陪她去，那她就会让他开车带她去远些的地方，去寻找她想要的一本什么书，或是想听的什么歌。不管是陪她在书店挑书，还是花几个钟头陪她蹲在地摊上挑那些光碟，毕成功心里都是很高兴的，从来没觉得浪费了时间。他觉得她置办的东西越多，不就说明她愿意多住在这里了吗？他见她又买了两个竹子书架靠墙搁着，支着小小的方桌在院里，下午坐着看看书，或者在屋里拉拉琴，晚上有学小提琴的孩子被家长送来，屋里就会传出琴声，他觉得全西安城里过得最滋润的就是他毕成功了。

  毕成功大多在这个时间不会出现，很偶尔的，他突然回来却并不进屋，只在院里摸黑坐着。孟寒雨猜他担心有别的男人来找她，又想他从十几岁就开始为自己担心，这样的行为也不足以为怪了。

幸亏世上有拉小提琴这件事，要不这辈子怎么熬过去呀。孟寒雨时常这样感叹，毕成功听她说这话的时候，不仅仅是感慨，还有些许满足。多好！他努力把她从北京弄回来了，不就是想让她有这样的满足吗？

于是他也就满足了。

在西安南郊的小院里生活了一年多，孟寒雨已经完全把自己当成了毕成功的媳妇。其实除了那本红色的结婚证之外，他们又和两口子有什么区别呢？甚至他现在回去陪娘的时间也远远不如他俩待的多呢，她已经习惯他隔三岔五回来吃饭。她也说过几次让他搬过来住吧，他就说他娘年纪大了身体不好，他不放心他娘在家。

孟寒雨就说，不是有方美丽在家陪她吗？

她说方美丽名字的时候，毕成功的心就一惊，但他很平静地说，那你觉得我这个当儿子的搬出来不在家住，我娘会怎么样想？她一直盼着我结婚呢！

孟寒雨听他说到"结婚"这个词，就垂了眼皮不再说话了。

毕成功却轻描淡写补了一句，我娘一直想让我娶方美丽。

孟寒雨抬眼看他说，她愿意吗？

他低头说，她当然愿意，可我不愿意。我每天忙做生意，没时间照顾我娘，她和我娘天天在一起我也放心些。唉！我又想有些时间陪你，又想能稍微陪陪我娘，为难死了。

孟寒雨只当他是想催自己结婚，便说，那你就多回家吧，什么时候有时间了你就回这里好了。要是……你有了合适的人，你就结婚吧！

虽然毕成功是在和她一步步摊出方美丽这张牌，可听到孟寒雨这么说他还是黯然了好多天。

他喜欢吃的扯面、饺子和馄饨，孟寒雨早就会做了，她费了心思想让他吃得更好些。他看出来后就配合着她。现在毕成功的心已经被扯做了三份，金达生意那么火，靠刘经理肯定不行，毕成功的心就一天也不敢放松；家里虽然有方美丽管着一家人吃喝不用愁，可老娘总是难以伺候；想来想去只有孟寒雨这里没有烦恼，所以就算再忙，毕成功也要想着法子挤出时间去陪她，出差的事儿他就尽量不想去了，想多腾出时间和孟寒雨待几天。

在初秋的时候，毕成功给孟寒雨打了第二笔钱，加上第一笔，她的存款已经有了十二万，孟寒雨让他别再打了。毕成功不知道她是放弃了去美国的愿望，还是愿意和自己这样过下去了。总之他很高兴，却并不是为了省钱，只是觉得她终于被他感动了，和他过成了一心一意，他只说他再存些钱就给她。到了秋天，毕成功就忙起来了。生意已经上了正轨，按说不用再由他去上门订货了，可他谨慎得很，一定要把每批货都亲自看了样品和款式才敢签合同。他去上海跑了一个礼拜，回来就先到了孟寒雨那里，把他给她挑的一件貂皮大衣送给她。这样昂贵的衣服，本来是应该作为镇店之宝穿在金达一进门的那个模特身上的，一个销售旺季过去也不可能卖掉两三件。不仅仅是因为太贵，是因为女人们在西安没有一个合适的场合能穿这样豪华气派的皮草。给孟寒雨的这件，是毕成功精心挑选的，能用财富和眼光把自己的女人打扮得更漂亮，是毕成功乐于享受的，虽然在其他事情上他非常节约，不舍得乱花一分钱。

　　孟寒雨在他面前试穿了，毕成功觉得气质这东西真是奇妙，同样的大衣，别人怎么穿怎么试也没有孟寒雨穿出的这种贵气，可孟寒雨不要，让他拿去卖掉吧。毕成功亲着她脸说，全西安市谁也不配穿这件大衣。这可是他按照孟寒雨的身材用心在上海的样品里选出来的！

　　孟寒雨却硬是没要，说太贵了，她没机会穿，放着太可惜，他挣钱不容易。

　　想着他也给方美丽买过一件，她一次没穿就挂衣柜里了，一年到头不停地放樟脑丸，怕被虫子蛀了，可她却没有像孟寒雨这样体贴懂事儿，毕成功这样想着，便把对孟寒雨的疼爱又多了几分。

　　不管在哪里，他每天总要给她打两三个电话。要是他来吃饭，就尽量早早说，让她有个准备饭菜的时间。他喜欢吃饺子，她要和面、买肉、剁馅，怎么也得两三个钟头的时间吧，他不舍得她忙乱慌张，就要提前说晚上来吃饭。要是他不能来，就会多聊会儿，也无非是，几号回你妈家？或者问来上琴课的孩子们学得怎么样了。

　　她见他替自己把时间安排得很满，也知道他怕自己有了男朋友，就顺着他的心情一样样说给他听。要是他能来住着过上一夜，或能住上三五天，孟寒雨就知道他一定和他娘说出差了，那毕成功会在电话里平静地说，我想你了，晚上别出去呀。

　　这样的时候，每个月总有那么三五次。

毕成功说想你了的时候，心里是甜蜜的，孟寒雨立刻懂得他的意思，便笑着无语，他在电话那边也微微笑着，她轻声说好吧，你忙完就来吧。

有一个女人在西安城里的一个地方等着你，而且这个女人的心里和身边只有你一个人，她那么美好，能搂着她一觉睡到天亮的男人却只有自己。这样想着毕成功总是按捺不住有些骄傲和激动，恨不得昭告天下，但他当然是理智地忍住了。他总想着立刻去找孟寒雨，这会儿她该是收拾好饭菜已经洗了澡，在看着书等自己了吧。有时就算已经睡在孟寒雨的身边了，毕成功还是会常常有后怕的感觉，要是那次没跑去北京找她，那现在可能再也见不到她了，他就更珍惜，就更小心翼翼抱紧她。

可他做爱却很疯狂，用尽全力，看着她半闭着眼睛的脸，说不清的迷醉和痛苦，他冲动得真想一口吞下她。

他一遍一遍地叫着，孟寒雨！孟寒雨！求求你，孟寒雨你可不能离开我！我会死的！

毕成功无助极了，他几乎次次都会在这样的满足之后哀求她，在孟寒雨听来，他的声音就算是再无力，他的威胁却一点都没有少。不知躺了多久，意识渐渐回到了她的头脑里，毕成功依旧会在她的身上，伸手拉了被子盖住他们。此时的他无论如何是不舍得离开她的，两个人热乎乎地被汗水紧紧黏黏贴成了连体人。

孟寒雨声音微微哑了，轻声说，你像个野人，也不洗澡，也不吃饭。

毕成功叹息道，我也不知道怎么了，一想你会离开我，我就怕死了！他说得很伤感，孟寒雨突然紧紧搂了他的脖子说，那你娶我吧，我一辈子就陪着你！

毕成功猛地就醒了，却还是闭着眼睛不说话，他一下子就想到方美丽挺着的肚子，他记得她和娘说过，再过一个月就要生了。孟寒雨等着，几乎有十多秒过去了，她能感觉到他胸口里的心脏在有力跳动，可他依旧默着。她突然就明白了，她一直以为，他是永远会爱她等着要娶她的，只需要她说愿不愿意，她以为他听了这话会惊喜的，谁知道他却是不肯的！

她为这意外震惊而羞耻了。她慢慢流了眼泪，使劲把他从身上推下去，他的脸依旧和她贴着，立刻感觉到热而湿的眼泪流在自己的脸边，毕成功小声说，不说这事行不？

孟寒雨问，为什么不说？我可以把钱全退给你。

毕成功摇摇头，孟寒雨又问，为什么？

毕成功抬高了声音说，不为什么，是不能！

孟寒雨猛然说，是因为方美丽？

毕成功闭上眼睛。孟寒雨崩溃一般突然哭起来，毕成功慢慢坐起身，用被子给她盖好，用怜惜的口气说别哭了，我去给你煮饺子。

他穿上衣服到卫生间去冲了澡，又到厨房去，拖鞋在地上踢踏着，孟寒雨听着他的脚步，在被子下面哭着哭着就觉得自己无趣了。呆了一会，她拉过枕巾擦了眼睛和脸上的眼泪，呆呆躺着，瞪着天花板愣着神，毕成功走过来蹲在床边，亲昵地用手摸摸她的脸说，饺子快好了，你起来吃吧。

孟寒雨不动，他低头来亲她，孟寒雨转过脸说，你吃吧，我不想起床。

毕成功笑着说，你好歹穿件什么，我把饺子给你端到床头，一个一个喂你吃。

他又跑去煮饺子，孟寒雨静静躺着，心里翻滚着难受。

完了，她爱上他了！这样的男人从里到外征服了她，而她却拿他一点办法也没有，她太高估了自己的心。她以为只要自己能扭过自己心里的弯就可以嫁给他了，可他居然从来没打算娶她！她发着愣不敢相信，心疼难忍，因为她立刻就想到他会和方美丽在一起了。毕成功端来饺子放在床头柜上，一手搂起孟寒雨帮她穿上件睡衣，又让她靠在自己怀里，然后用筷子夹起饺子轻轻沾了油泼辣子醋水递到孟寒雨嘴边，她扭头不吃，说太大了。毕成功就自己凑上去咬下一半，孟寒雨嗔恨地看他一眼，他没心没肺地笑着，她便张开了嘴，毕成功把饺子喂给她。

本来这样的时候，毕成功是愿意和孟寒雨窝在家里，躺在床上看看电视聊聊天早早睡了的，可是他怕吃完了饺子又重新提起那尴尬的话题，他一边端了盘子去洗，一边问孟寒雨想不想去看场电影。孟寒雨也在劝自己，别煞了风景，毕成功在外面忙一天，杂七杂八的事缠着，硬腾出时间来陪她，别让他太心烦了。她说她也想出门透透气，就起床梳洗了，又换了身素淡的衣裳，挎了毕成功出门去了。

他们住的地方不远处就是电影院，这样挎着胳膊走路是孟寒雨的习惯，而毕成功却恰恰最喜欢她这样紧贴着他，显得无依无靠似的，他愿意当她身边的依靠。出门时天已经晚了，他俩便都没在意有谁会看到。在西安市没几个人认识孟寒雨，而毕成功就算是再多人认识他，他也是不怕的，孟寒雨是多么能拿得出手，放在台面上让人羡慕的呀。而毕成功没想到，他们刚走到南门城门洞的时候，爱丽却看见了他们，她没叫他，只远远看着他俩到了电影院门口。在她等着他去买票的时候，爱丽看到了孟寒雨的脸，又漂亮又风情，有点淡淡的高傲，而毕成功捧了包糖炒板栗走过来，手里已经剥好了一枚，就放在她的嘴里，两个人相挽着上了台阶。

爱丽看着他俩相偎着进了电影院。

她想，方美丽多可怜！她还怀着孩子呢！可孟寒雨怎么能和毕成功在一起呢？

这事在爱丽的心里纠缠了两天，最后她还是决定告诉方美丽。

毕成功那天正在总公司开会，桌上的手机突然响起来，他看看是方美丽的，这是非常少见的，她几乎从来没给他打过电话。毕成功不管领导正在讲话，抓起电话就出了会议室，在安静而狭长的过道里，他听到方美丽说，你昨天和谁看电影去了，你天天都不回来！是不是和孟寒雨在一起？

他听到电话那边方美丽哭得上不来气，而刘兰草的声音猛地叫道，恁给俺赶紧回来，要不俺去金达找恁呀！

等毕成功心慌意乱赶回去时，刘兰草坐在院子中间，正一脸气愤地瞪着他，方美丽却关着门在屋里哭。

毕成功搓着手说，娘！

方美丽的声音骤然大了，刘兰草冲着房门没好气地说，哭顶个啥用？他回来了，恁要问就问，要说就说吧！

方美丽只是哭，那门就闭着，毕成功站了一会，突然觉得全身无力双腿沉重，就拉了小板凳坐下，刘兰草盯住他酝酿着。

毕成功早就知道会有这一天，甚至有很多次他是盼着把牌推倒，大家也就清楚轻松了。可方美丽这样的哭，让他却没了办法。当着他娘刘兰草的面，哄她劝她的软话他说不出口，训她讲条件的硬话他也说不出口。刘兰草见方美丽没有停住的意思，就先忍耐不住了，她过去敲敲方美丽的门，叫道，快出来！

就算恁是孟姜女能把长城哭倒！也得出来说清楚吧！

方美丽在里面窸窸窣窣了一会，又使劲擤了鼻涕，才打开门出来了，腰腹臃肿着好不艰难。毕成功没回头看她，可他知道她一直在瞪着自己。

终于她说，你为啥背着我去找别人？

毕成功埋头盯着自己的鞋沉默着，方美丽就等着，停了一会又问，你还要不要这个家？

毕成功小声说，要。

他刚说了这个字，方美丽突然又放声哭起来说，那你还去找孟寒雨！天天不回家？

见她总说不到点子上，刘兰草急了，对她埋怨道，总说这话有啥用？恁该让他保证，以后不许去见那贱货！

她说着就瞪住儿子，毕成功只是埋头叹气，刘兰草气得说，恁自己在外面干那没名堂的事，还有脸叹气？恁说以后能不能不见那女人？

她的指头在空中挥着，几乎点到了他的头上，方美丽含着眼泪紧张地盯着他，盼着他能答应。毕成功被她俩逼着，小声而肯定地说，不能！

啥？恁要气死俺？！

刘兰草突然哭起来。她的儿子娶了方美丽的时候，她的心情和今天一样难受，觉得儿子被别的女人抢走了。她的毕成功是她最骄傲的儿子，她和他算是共同患过难的，他辛苦挣钱也好，对她孝顺伺候也好，刘兰草都心安理得，这是她该享受的，她的儿子就该这么能干，就该对自己好。刘兰草当毕成功是自己的，方美丽被娶来的时候，她花了很长时间才在心里平静了，告诉自己，男人总得娶个媳妇，儿子长大了该有个过日子的人了。刘兰草和方美丽，比儿子和方美丽在一起的时间还多，刘兰草渐渐就认可了她承认了她。可现在另一个女人出现了，而且是那个孟家大院的大小姐，刘兰草就愤怒了，她比方美丽还不能接受这个现实。方美丽对着自己的丈夫气得说不出话来，刘兰草来替她说，于是毕成功听着他娘开始数落他，自从西安去了河南说起，在沙村的绝望、回到西安时的艰难，他现在有了钱，有了名气，竟然学坏了，有个老婆还不知足，又找了个野女人在外面。

毕成功和方美丽耐心听刘兰草哭诉了一遍，足足有一个钟头。方美丽已经止了哭，而毕成功已经在小板凳上坐累了，站起来在院子里对着墙站着，他的背影很沉重，刘兰草却恨不得让自己的话把儿子拉回头，让他说一句他再也不会和那个女人来往了。刘兰草终于说到了当下，她问，成功！那您说咋办？

毕成功说，您说咋办？是谁和您说的这事？

方美丽并没有想好咋办，她从认识他起，所有大小的主意都是由他来拿，没想过会出现这事。如果这是她和别人发生的，她也一样会问毕成功怎么办。她只想他能说不再和那女人来往就好，能回到以前的生活是方美丽唯一的愿望。刘兰草见儿子问是谁说的，便气得骂，不要脸呀不要脸！不想想您自己咋办？倒去操心这个？

谁知毕成功也气得说，这人是谁？这么爱传别人是非，我要见了这人绝不饶！

挺着肚子的方美丽拽着他胳膊又哭了说，你这么心狠！我在家给你做饭洗衣服伺候你娘！又没有亏待你，你说我咋错了？

就算毕成功再怎样犟，对着方美丽这样的质问，他也没法子不说句公道话，他不去看她的肚子，把脸转到一边说，这事不怪你。

刘兰草抢着说，那怪谁？是那女人勾引了您？您有钱了，谁都往您身上贴。您要是不理，她们就是苍蝇也叮没缝的蛋，可您就是个臭鸡蛋！您过去找她，人家咋不理您呢？嫌您是个体户，您都忘了？现在她倒愿意了，还不是知道您有钱了！

听到"个体户"这三个字，毕成功心烦地说，娘，这事全怪俺，也不关她的事。

这句话是他对着她俩哭诉逼问最直接的回答，方美丽嘴唇哆嗦起来了，她说不成句了，那，那是你主动的，你还护着她？

不等她说完，毕成功大声叫道！行了行了！是我主动的！别逼我了，没见一天到晚有多累，还在逼我！我对你的好少了没？有啥关系呀！你过的日子和过去有没有不一样？听人家说说就来闹人，我就该从早到晚只知道挣钱挣钱！我就是个驴也想卸下磨子歇一歇，不行吗？不行吗？

他说得有理，声音又大，方美丽就被问住了。刘兰草看看他又看看方美丽，突然觉得自己对这个儿子连一点办法也没有。她说，您要美丽咋办？

毕成功说，又没说不和美丽过了，不是她在闹吗？本来不是都好好的，我说过会养着美丽，就不会不管她。以后少管我的事！别人抽大烟的、赌钱的，我呢？你们只当我出去玩牌了吧。

刘兰草气得张着嘴直喘气，突然抓起地上的小板凳丢过去骂道，恁个不要脸的，说得轻松！做这不是人的畜生事，都不怕遭报应？看俺不去砸了恁的商店，非让恁和那女人断了不可！

毕成功摇头说，不行！

刘兰草说，恁还认俺这个娘不？

毕成功轻轻地说，娘，别逼俺了，这事恁别管，这是俺和美丽的事。

刘兰草暴跳如雷地跳起脚骂，屁话！恁不是俺生的就和俺没关系。美丽！恁这窝囊女人！男人眼看让别的女人勾走了，恁还在这肉呢！不为自己想，恁也不想想肚里的孩子？！

谁知方美丽泄了气一样靠在墙上，软瘫着溜下去坐在地上，抽泣着说，那我能咋办？他要去找别人，他给人家剥着栗子喂到嘴里，啥时候他这样对过我？

毕成功转身看她，小声说，别哭了，我还开会呢，我先走了。

方美丽呆住了，刘兰草一把抱住儿子说，恁还记得开会！要出人命啦！

说着刘兰草就坐在地上大哭大叫起来，天爷呀，这儿子中了魔了，那是个狐狸精还是个妖精，就把恁迷成这样？娘也不要了，媳妇也不要了！恁媳妇这里是两条人命呀！

她又冲方美丽气哼哼地说，都是恁冇本事，都啥时候了，还说那冇用的屁话！他这一走，挣下的钱都是那女人的了，恁肚里的孩子将来一毛钱遗产也指望不住啦。

毕成功只好蹲下来扶住他娘，没防住刘兰草挥手就扇了他两记耳光。毕成功脸憋得通红，他娘却挣扎着，一把抱着他的腿躺在地上大叫道，儿子连娘也要掐死了，俺多大的罪呀！养下这么个好儿子！

毕成功叫着，娘！别闹了！

刘兰草气着一瞪眼说，咦！恁娘要气死了！恁还说俺闹！等会俺去电视台呀，让人家在恁那广告后面加上一句：毕成功在外面玩女人！把他娘、他媳妇、他孩子都甩了不要啦！

毕成功没想到方美丽倒没闹出个什么名堂，他娘却揪着他不放了。方美丽突然站起往门外走，毕成功喝道，站住！你去哪儿？

刘兰草高兴了说，傻媳妇，恁算是开窍了，恁就走吧！他不答应和那女人断了关系，恁就怀着大肚子去跑，让他找不着恁！让他着急！恁就去告他！把他搞臭！和他离婚！

方美丽用手背擦脸上的泪，用手捶了自己的腰说，他自己看着办吧！我管不了他，我去爱丽家住呀！

这事最后以毕成功死咬着牙关，没有答应和孟寒雨断绝来往而告终。可是事情正在紧迫上，他不敢再去孟寒雨那里过夜了，只好打电话和她说要去上海出差一个礼拜，回来再去看她。孟寒雨便说，她想去北京几天。毕成功不怕孟寒雨在西安和谁见面，却最怕她提北京和美国，他私心里有个隐隐的担心，西安这地方的男人，孟寒雨大多看不上，可是北京却不一样，他觉得啥样男人都会对孟寒雨动心。万一她有了别人，那他不是要死一样的难受吗？他便不安起来，劝她说，他很快要回来了，说不定只要三四天，让她别走。孟寒雨也只是想散散心，就答应了毕成功。

这之后的毕成功就规规矩矩每天傍晚回家吃饭，刘兰草没有好气对他，方美丽却心里算是有了些安慰，三个人像约好了一样，谁也不提那件事，只是闷头吃饭。只有一个晚上，刘兰草见方美丽笨着身子收拾了碗筷去厨房洗，把毕成功叫到自己屋里，关着房门才说，老实和恁娘说实话，不要和俺胡毛叨，恁俩多长时间了？恁没和那女人生孩子吧？现在这些女人都是冲着钱来的。

毕成功说，娘恁别管这事，俺心里有数。

刘兰草强按了怒火说，有个屁数！一见女人就糊涂得迷三倒四了，听说恁那么巴结她哄她高兴，俺听了恨得牙痒。美丽在家守着，下个月就生了，她咋办？俺看她天天在哭，心里也不好受。

毕成功趁他娘还没有彻底发作起来，装出笑容说，好了，娘，俺自己去和美丽说一说。

刘兰草压低声音冲儿子的背影叫，小心恁的钱，就算恁和那女人来往，也别给她钱!

　　方美丽没听到婆婆的交代,她洗着碗,机械而木然地用抹布在碗上反反复复擦拭着,咋办呀,他竟然有了别的女人,怎么从来没有想过呢?

　　这样一想她就悲从心起了,又委屈地流了泪,这样沉溺在伤心痛苦里,一天之中几乎是一直连续的。毕成功在院里看着方美丽的侧脸,厨房开着灯,院里是黑的,他能看到她恍惚地把一个碗洗了足足五分钟的所有细节。她的眼睛垂着,眼泪却簌簌地顺着脸流,好几天的煎熬,她的脸就全是肿胀的了。突然毕成功心里受了重重的震动,他心里愧了,把这么一个简单得啥也不会想的女人弄成了这个样子,他没法子平平静静了。毕成功走到方美丽身旁,从她手里拿过那碗说,别洗了,让我来吧!

　　方美丽手里空了,人却突然回了神,她看眼毕成功,把碗重新拿回来说,从来没让你洗过碗,你是在人家那里伺候人学勤快了吧。

　　毕成功重重叹口气,呆呆地站了站,把碗搁案板上,转身回了屋。方美丽咬着嘴唇后悔了,怎么也不想一想就把心里的话说出来了呢。

　　可是现在去找孟寒雨,他们也再没有原先的平静悠闲了,他们几乎总得说到方美丽。后来有一次,因为孟寒雨坚持,毕成功只好给她看了方美丽的照片。她看到那女人长得很一般,但他走了以后,她能想象的内容就具体了,毕成功和方美丽的面目如此清晰,不管他们是在吃饭,还是在说话,或是在做爱,她想想就很痛苦。孟寒雨劝说自己,这不过是个交易,管他和谁又在做什么?这样想了,孟寒雨却简直要痛苦死了。她恨着自己居然爱上了毕成功,对他和方美丽的憎恶就无可限制地蔓延着,更让她绝望的是,这样的痛苦根本停不下来。毕成功担心着她会离开的同时,孟寒雨也开始暗自担心,他哪天会突然对自己失去了兴趣,回头和方美丽过日子去了,那她该怎么办。

　　疼爱和呵护是上瘾的,人是多有意思的动物呀!孟寒雨想,没有人疼爱时还没什么,有人爱着你想着你为你痴狂,你就渐渐上瘾了习惯了,爱情只能增不能减,只要哪天间断一会儿,你就会惊醒一样发现,就算一开始你并没有打算投入,但现在你已经沉溺在没有岸边也没有人能够拯救的温水里了。水浸泡着你的身体,你就一直享受着沉浸着,完全没有自拔和思考的余地。当你满足着完全把这爱情当成生存下去的全部勇气和空气，然后你就完了！

孟寒雨在心里对方美丽有时是愧疚不安的，有时又是嫉妒厌恶的。

又有一次，毕成功告诉孟寒雨，他对方美丽说过会对她和她肚里的孩子负责任，当时她心里咯噔一声，原来他的好和疼爱并不仅仅给了自己，也以另一种形式给方美丽了。孟寒雨想着想着就委屈得不行，世上并没有一个男人对自己这般有过责任的。毕成功对她只有权利和义务，他的责任只对他的妻子。现在毕成功不再隐瞒他和方美丽的真实情况了，他没有想到，这话让孟寒雨更加伤心，他的坦荡背后是一个真相：他是自信已经牢牢吃定了她，或占到了她的便宜，就不在乎会不会失去她了。

只能白天和孟寒雨打打电话，毕成功心里就很急，有时刚挂掉电话，他又想再打过去。因为他觉得，孟寒雨仿佛心不在焉，又仿佛并没有用心说话，只是想挂掉的样子。这是为什么？毕成功不敢往下想，他已经说了自己出差在外，她肯定当他不在西安，于是毕成功就决定，他无论如何要去看看孟寒雨。突然袭击，也好知道她近来这么冷淡是为了什么，毕成功不敢像以往一样，不打招呼就不回去了，他给方美丽打了电话说，晚上在外面吃饭，让她别准备晚饭了。

方美丽不说话，毕成功等了等又说，挂了啊。

方美丽说，你去找她吗？

毕成功恼羞成怒地说，胡说啥，别没事找事！

挂了电话，毕成功揉着额头，觉得真累。可他已经五天没见过孟寒雨了。他一定得去看看她。晚上他去了，孟寒雨却是一个人病了，脸烧得发红在床上躺着，床头柜上一堆药，见了他就怔着说，你出差回来了，谢天谢地你来了，我渴死了，全身疼得下不了床，快倒点水给我！

毕成功赶紧去厨房倒水，见水盆里泡着一堆脏碗，锅里的剩饭已经馊了，想是她病了两三天，这乱七八糟就一直没劲收拾。暖水瓶里是空的，毕成功打开液化石油气烧上一壶水，回头来摸摸她的额头说，我得带你去打针！

孟寒雨闭眼说，我只想躺着。

毕成功问她饿不，孟寒雨闭着眼睛想了想说，有两天没吃饭了，发烧头疼不想吃。

毕成功心疼得不行,把毛巾在冷水里拧了,把她抱在怀里用毛巾敷在她额头上说,等你喝了水我就带你去医院!

孟寒雨难受地眼睛也睁不开,却清清楚楚对他说,成功,你那么忙还要操心我。这两天我都想着,不如我去北京再弄弄签证的事,我去了美国你也就不牵挂我了。

听了这话毕成功吓得使劲抱紧她说,不行,我不许你走!你要了我的命吧!

孟寒雨把头埋在他怀里说,你有你的生意,有好几十个营业员要操心,还有你娘、方美丽。我呢,只一个人守着空房子等你,我妈离得并不远,都不敢住一起,生了病连个人也看不到,要是我死在这屋里都没人知道。

她说得心酸,毕成功就流了眼泪说,你怎么不在电话里说病了!

孟寒雨说,你出差在外面,不想让你担心呀。

水开了,毕成功不再和她讨论这事,自己去倒了水,水太烫,他在两个碗里来回倒着吹着,水温了些就喂孟寒雨喝。他摸摸她的额头还是烫,就不管她怎么不愿意去,硬是扶她起来穿上外套带她去看了病。

输完液回到家已经半夜了,毕成功在心里犹豫了,还是没舍得离开她,就陪她睡了。手机是早在医院就关了的,方美丽曾经打了电话来问他,毕成功怕孟寒雨听见,小声说晚上不回去了,又说电话没电了,便关了手机。

但孟寒雨这些天一直是陷在痛苦里的,因为毕成功从说了不能娶她之后,就几乎不再来看她了。就算来了,也总是心神不宁,要么悄悄看看手机,要么看看表,而且他再也不在这里过夜了。

终于孟寒雨睁了黑润润的大眼睛问他,你和方美丽打算啥时候结婚?

毕成功嗫嚅地说,要说结婚,几年前我和她已经请了十来个人的客吃了顿饭,不知道算不算?寒雨……我可能有些时间不能来看你了,她下个月要生孩子了……

房间里静着,毕成功抬头看了眼孟寒雨,她突然从床上跳下来一巴掌就扇在他的脸上,骂道:你个畜生!从头到尾在骗我!你一直和我在一起,她怎么能怀孕?

毕成功不敢躲，只微微缩了脖子，孟寒雨忽地扑上去紧握了拳头，在他脸上没头没脑一顿狂砸，他便用力闭了眼承受着，耳边只有她急促的鼻息喘气，一记记疼痛胡乱砸在头上，他就迅速觉出了疼和酸热。

他不挡，她也不停，毕成功终于疼得大喊，够了没？

孟寒雨却不说话，只管咬了牙没命地打。他一把抓了她的手，孟寒雨挣扎不过就急了，拼了命地开始一脚脚踹他，毕成功没想到孟寒雨性子这么烈，赶紧松了手来挡，却依旧被她重重踹在腿上肚子上，他就疼得弯了腰，大叫道，你听我解释呀！

孟寒雨大喘着停了，他只当她住了手，刚一抬头，便见孟寒雨刮风一样从厨房冲出来，手里抢着菜刀，依旧不说话，却满面都是眼泪，咬着牙，涨红了脸，那刀几乎带着风声就冲毕成功的头砍来！

毕成功吓得赶紧一歪身扑倒在地，孟寒雨啪的一刀砍在椅背上，他想，完了，孟寒雨是要和他拼命的！

他就势跪起身，双手死死握住她手腕叫道，我啥都听你的，你说你要我咋样！

她毕竟是没有他劲大的，孟寒雨剧烈喘息着只是流泪，他趁势抢过她的刀远远丢在墙根，这才扑到她脚下，捣蒜一般用头在地上磕，发出嗵嗵闷响。他起身抱住她哭着说，寒雨，我那么爱你，你该知道是真的吧？我如果不说假话，你那时连看也不会看我的！你说我该咋办？

孟寒雨被他紧紧抱着挣不开，听他这么说，从茶几上抓起一个电视遥控器，在他头上一下一下没命地砸着，那里面的电池就崩散得飞了一地。她发泄一般哭喊道，让你骗我！骗我！骗我！你居然和小林一样把个女人弄怀孕了来逼我，要么我忍了，让你满意！要么我不忍，反正被你玩过了我自己会消失！毕成功，你知道我恨人骗我，为什么要给我弄个一模一样的剧情？！为什么？我这辈子就一定是要被逼着当小三的？

毕成功早就被她打得满脸血肉模糊，呻吟着用手抱头缩成一团。她终于累了，看见雪白的遥控器上全是血，这才泄了气双腿一软向地上倒去。毕成功连忙用力想托住她，两个人便重重摔倒在地上。毕成功的鼻子和眼眶涌出血来，从茶几上抓了一把餐巾纸使劲捂住鼻子，又附下身去看孟寒雨，只见她大睁双眼瞪着天花板只是流泪,他哭着叫道,你哭出来吧!别吓我!我娘天天逼我要生个孩子,方美丽就像我娘的保姆一样,我们也没有感情,你就容下她吧!咱俩不是一样开开心心的嘛?你为啥非要在乎这个结婚证呢?

孟寒雨转头看着毕成功的眼睛,他以为她理解了他,便继续说,你怪我骗了你,可我说的那些话都是你想要听的呀!你一开始就说不会和我结婚,那还不允许我有一个装样子的婚姻?我这么大的产业,难道不该有个孩子来继承?你那么善良,怎么会这么自私?

他迫切地盯着孟寒雨,等着她的回答。孟寒雨挣着支起点身子,对他的脸用力吐了一口说,骗子!你后面说的这些全都没错,都是你该有的!如果你一开始告诉我,你和她是结过婚的,我连碰也不会碰你!我恨你骗着我、把我拖到这么个处境上!

她的唾沫和毕成功脸上的血混合了流淌到地上,毕成功慢慢坐起来。他在电视柜上镶的镜子里看到,自己的脸完全失了人形,一只眼眶裂了口子,露出鲜红的肉来,另一只眼睛却肿鼓得有鸡蛋那么大,眼睛只有一条缝了。他的额头和脸颊红紫着渗着血,头发里有细细的血在流下来。他呻吟了低声说,你解恨了吧!我长这么大,从来没有人把我打成这样,被批斗的时候我都没流血,你别恨我了吧,你饶过我这一次,忍了这个伤心,我用这辈子来报答你!

孟寒雨转过头冷冷地说,我不忍。我被你骗了整整两年,按约定一年十万,你只付了十二万,还欠我八万,你啥时候给我?

毕成功悲哀地说,你知道我多爱你不?

孟寒雨流着泪咬牙说,只说交易,啥时候把钱给我?

毕成功呻吟着擦掉鼻血说,随时。

孟寒雨说,那你明天早上给我,现在滚吧!

毕成功哀求道,寒雨!

她说,滚。

事后毕成功也不知道,刘兰草和方美丽第二天一早是怎么找到孟寒雨的院子的。

毕成功被孟寒雨半夜撵了出来,脸上血流不止,满头的神经都在怦怦地跳着疼，他没敢回家，直接到医院挂急诊先检查了伤口，其他都没有大碍，额头却要缝上几针。他心里乱糟糟的，就交了钱让缝针，折腾到凌晨四五点才弄完，护士给他安排了病床输液，他就昏头涨脑地睡着了。三瓶液体输完，毕成功一口气睡到了早上九点才醒，打开手机正要给孟寒雨打个电话问问情况，居然孟寒雨的电话打来了。他心里一暖，接了电话就听孟寒雨哀哀地说，毕成功！你娘和你媳妇在我这里！

毕成功的心一下悬起来，孟寒雨又说，你今天必须给我一个准话，你要是愿意娶我，我就等着你。要是不娶，我现在就走呀。你欠我的就欠着吧。我的东西都收拾好在箱子里了，只等你一句话。

毕成功睁大眼睛，听得到自己怦怦的心跳声。

他说，别走，我娶你！

孟寒雨的声音没有一丝喜悦，她说，那好，你和你妈、你媳妇说。

这是毕成功绝对没想到的，刘兰草在电话那边叫道：恁再说一遍，俺就碰死在这里！

他听到电话里方美丽突然尖叫着喊，娘！

然后电话砰的一声掉在地上。

毕成功茫然听着那边的混乱，什么东西在墙上磕得直响，方美丽的尖叫声一直不停，他却听不到孟寒雨的声音。好一会，方美丽拾了电话哭着说，毕成功！俺也等恁一句话！

毕成功突然吼道，谁让你跑去胡闹，你等我什么话？我不是早告诉你了！

方美丽冤枉地哭道，你只敢训我，咱娘非要来的！你不把话说清楚，咱娘就要寻死！你买了这房子送给她，咱娘都知道了，都快要气死了！

毕成功刚要说话，刘兰草抢过电话说，恁只要说恁娶她，俺就先死在这屋里，俺和她拼命呀！要死就死一堆儿才好！恁说恁说！

被逼得没一丝透气的机会了，毕成功痛苦地一把扯去手上输液的针管，拼命用头往墙上撞，护士闻声来看，只见一脸鲜血的毕成功摇晃着站起来，对着电话疯了一样嘶叫，不娶了，不娶了！都听恁的行了吧！娘！恁逼死俺吧！

从医院出来，他自己到了孟寒雨的家。果然门锁着，毕成功的心立刻凉了。哆嗦着手掏出钥匙打开门，屋里一个人也没有，床上的被子叠过了，床头柜上的药一样也没了。再看看厨房都干干净净的，锅盖半掩着，他昨晚熬的稀饭还在。打开衣柜，孟寒雨的衣服一件也没了，小书架上的书都没了，就光溜溜的，仿佛那里从来没有放过书一样。地上有碗和盘子的碎片，墙上有指甲刮过的道道、鞋尖踢过的鞋印。墙角有一缕头发，他蹲下去看，是孟寒雨的。毕成功一屁股坐在地上，对着那缕黑黑的长头发瞪着眼睛说不出话来。好一会儿，他用指头捏起那头发，想起好多次在风里，孟寒雨的披肩长发被吹在自己的脸上，路上的人总要回头看她的。

毕成功呜咽着掏出手机，就坐在地上靠着墙给孟寒雨打电话，铃声却在枕头底下响了起来，他跪着爬到床边，丢开枕头，看见孟寒雨的电话正压在那里。

毕成功把那手机双手捧了紧紧握住，撕心一样哭起来。孟寒雨连一句话也不愿意说了。毕成功眼前便出现了他娘在沙村被押在戏台子上批斗时的情形，他又仿佛看见他娘在那里扫地，而自己努力地举着马灯去照着路，胳膊又困又疼也不敢放松。他现在和他的自行车一样，全成了被砸坏的一地破烂零碎，他完了。

他躺在地上闭了眼哭，他怎么生生走到了这左右为难里？

之后的几天，毕成功去找了少年宫、皂角巷孟家大院，却再也没孟寒雨的一点消息，她完全消失了。毕成功失了魂一样游荡在街上，有时坐在他们常去的电影院门口，一坐就是好几个钟头。他头上勒着白纱布，为了遮掩肿烂得不成样儿的眼睛，他戴了墨镜，就引得更多人看他，可他根本不管。他的脸上是红肿一片，那是他一想起孟寒雨，就自己拼命抽自己的脸扇的。他回到家，刘兰草还是寻死寻活，毕成功就瞪大眼睛看着他娘又哭又闹地发疯，他不劝了也不说了，只看着。可他娘一直骂个不停，他便摘下墨镜，他娘和媳妇就看到他的表情很可怕，方美丽不敢和他说话，刘兰草瞪大眼睛，用手抖抖地指了他说，恁……恁这脸上！还有眼睛！咋弄的？

毕成功不说话，把脸转到一边。他娘突然说，是那个女人？她不是已经走了？恁又去找她了？

毕成功从桌上顺手摸了个杯子，一声不吭使劲砸在自己头上，他用的力道很大，玻璃杯砸在厚厚的纱布上却没碎，落在地上，发出声闷响。

刘兰草就懂了，也不吭声，只瞪着她满头满手缠着白纱布的儿子，等他转身进了屋，又啪的关了门，她才小声咕哝道，玩女人！作孽了！报应了！

晚上毕成功抱了被子去睡沙发，方美丽就捂着大肚子呜呜地哭，断断续续。

突然毕成功爆发了，大吼道，别哭了！再哭就滚！

他丢一个杯子在地上，啪一声脆响，这次杯子终于碎了。方美丽立刻咽下了哭。

毕成功一头扑进院子，对着天空狼一样嚎叫起来。

邻居们经常听到他家砸东西摔东西的声音，有时是暖水瓶，有时是一个碗，随时就有毕成功大吼大叫的声音和方美丽的哭声。他们都是眼看着毕成功发家当了大经理的，就小声议论道，人有了钱就再没太平日子啦，过去卖烤肉拉汽水的时候，他俩过得多好！唉，钱呀，是个害货！

刘兰草听了人们的闲话，可她没再大声嚷嚷。她的儿子整天躺在床上，没了去挣钱的心劲，这是她在他身上从没见过的。他有时一天也默着不说话，有时却会自己抽着自己耳光流眼泪，她有些怕毕成功真的发了神经，那可咋办？那还不如让他和孟寒雨鬼混呢，至少他那时天天都是乐呵呵的。

现在想来，那时一家人的日子还真是很不错。

等他终于能够渐渐平静了，已经过了大半个月。

终于，他说他要去单位看看，这些天都是刘经理派人来家里送东西找他签字的。刘兰草怕他再去找孟寒雨，便在门口叫住他说，成功，听娘劝，恁别再想着那个女人了，房产证俺拿回来了，她签了字不要那房子了。她没一点图头咋能会再理你，恁就好好和方美丽过日子吧！俺看她再过几天就要生了！

毕成功震惊地不敢相信，他悲哀地说，娘，恁不如把俺杀了！

刘兰草见他眼里有可怕的东西，便又怒又怕地退后一步说，她自己把房产证拿出来说要走的，又不是俺问她要的！俺没想到恁能又去找那个孟家大院的女人！从小到大，恁都一直惦记着她是吧。

毕成功咬着牙一字一顿地说，是！俺一直惦记着她！这辈子到死俺也会惦记着她！娘，俺的事你不懂，恁已经把她弄走了，以后就当俺死了，别提这事！恁做的这事，俺只有认命！要是别人，俺杀了她！

他大踏步地出了院子，眼泪从眼里崩出来，他的心口剧烈疼痛。他伤心而清楚地知道，他人生最大的幸福死去了。

第十四章

住了别墅之后，方美丽就喜欢坐在花园里，一坐几个钟头都不想起身。对着那些花花草草她心里轻松些。可花草全是老田种的，很齐整又很茂盛，却有些假，和这房子里的人一样，有种假模假样整整齐齐的感觉。她更喜欢她在之前的小院和楼里种过的那些花草，可惜毕成功不让她带到新房子里来，因为花盆和花都跟新家很不配套，方美丽只能对着那些花盆里的花红叶绿绝了心念。她能做的就是把这些从一寸来长的苗苗养成半人高的花草都送给邻居。她和他搬过六次家，花盆和植物的名贵程度也随着毕成功财富积累的程度而不断升级，几乎每次搬家，方美丽的邻居们都会收到她送来的花草。连刘兰草也看得出来，之后的好多天，她都会不得劲，可毕成功看不出来，他啥也看不出来，除了钱，还有和钱有关的事，他什么也不想关心了。方美丽根本决定不了这些花草的命运。

她猜他可能是故意不让她拥有自己喜欢的东西吧，从她和婆婆去找孟寒雨闹过之后，这些年，他就再也没有好好和自己说过一句话了。她知道他恨了她，有时还有些烦她，这让她很委屈也很绝望。更绝望的是，她知道他爱的是谁，这是最糟糕又最无可奈何的。

方美丽发现，不知道从什么时候开始，婆婆大声吵闹的时候少了，声音也小了，甚至毕成功坚持要把十岁的毕继承送到贵族寄宿学校去，她以为婆婆一定会因为不舍得而吵他的，但毕成功只劝了劝，婆婆就没再坚持，勉强同意让孙子去了。她不知道这是不是也和孟寒雨有关，但婆婆确实是从那个时候渐渐变得不再大声和毕成功吵架了。

其实每次买房子的事，方美丽是完全不知情的。她被告知下个礼拜去买材料准备装修的时候，往往毕成功已经把新房子买好了。头两次搬家她还对装修成什么风格有些想法，刘兰草也会热心地想加些意见，后来她俩便完全放弃了，毕成功并不想知道，也不会理她们的想法。他做好了计划，什么都定好了，方美丽的工作就是在那里盯着工人，然后在装饰的时候，买一些她喜欢的小物件。而刘兰草只跟着他俩搬过两次家，就不肯再动了，她嫌住到新的小区房子越大，院子越空，人却少得多了，就没了人气。

刘兰草说，恁硬把俺承承送去上贵族学校！也不听俺的，俺有文化，也有啥用处，俺走呀！

毕成功就劝他娘，这是为了承承的前途好，娘咋会没用处呢？俺还指望娘没事说说俺，给俺紧紧螺丝，要不社会这么乱，很容易学坏啦！

刘兰草却不上当，她摇头说，恁的儿子恁做主，俺想开啦，不急着见承承啦。俺住这里不得劲，要是出门没有热热闹闹挤着人疙瘩的菜市场，也没有老街坊邻居可以热热闹闹打麻将，那活个啥劲哩？动物园的老虎狮子都用笼关着，活得多恓惶，哪有野地里跑着自在？

毕成功很懂他娘爱自由的心，就同意说，娘，咱是野生的，不是家养的！

刘兰草对方美丽说，恁们都爱那干干净净的小区，俺可不爱，现在恁们又要搬？买个东西得走几站路到超市，楼上楼下街坊邻居谁跟谁都不认识，一辈子连个话都不说。俺可住不惯！就说现在咱住的这房子，灶房太干净，也没个茅坑，上茅房就和坐在井上一样，咦！俺还是觉着蹲在地上两个脚能使上劲儿！

毕成功听了就笑说，好嘛娘，给恁把厕所改一下，改成蹲坑的！

刘兰草却说，俺就是想回芳草巷住！就住原来那个老院儿，从搬到这里，一场麻将都没打过，急死俺了！还有那些猫和狗，根本没法喂，小区不让养，俺猜他们趁俺不在的时候把流浪猫打死了！好几只猫和一只黄狗都不见了。可恨他们这些不怕报应的货！

她说得一字一顿满是愤恨，毕成功劝她说，恁在小区里搭棚子养那些猫和狗，人家业主都投诉呢！小区物业也没办法呀！就算他们拆了恁搭的棚子，恁不是也还天天喂着十几只呢？

二十四只！

刘兰草纠正道。

毕成功冲他娘伸了大拇指说，娘，恁最牛！小区物业经理见俺就说，恁把咱们小区旁边那几个小区的流浪猫都吸引来了！人家业主们都叫恁猫司令呢！娘，人家都知道恁和俺们一起住，恁现在要一个人住回去，人家都会说闲话，以为俺不孝顺恁呢！

刘兰草才不管他说正话反话，她只想让那些猫或狗有地方睡有饭吃，便不当事地说，管他们咋想！有人说了，俺就和他们说，是俺儿子孝顺俺，俺非得要住老院子，他才让俺回来的！现在承承上了贵族学校，一个礼拜才回来一次，俺反正也见不上他，不如回去住，要不俺还继续在小区喂猫！

见娘执意要回，毕成功便说，那房子太旧了，水电线都不太好了。

刘兰草说，那恁不会找人修一修？住在这儿，恁出去忙一天不觉得，俺一天到头都没有人说话，多憋屈！

毕成功说，美丽可以和你说嘛！

刘兰草看看方美丽说，她是个没嘴的葫芦，俺娘儿俩一块过了这么多年日子，啥都知道了，天天还有个啥说嘞？过去的老院子，借个东西、打个麻将也方便。就说咱前面那个早市儿，天不亮农民就把洋柿子、青菜带着露水拉来堆在路边卖，俺从心里就爱那一堆一堆的新鲜菜，每天起个大早去逛一逛早上的菜市场，和这个街坊打个招呼，和那个邻居喷喷（聊）闲话，这一天心里多舒畅！过去喂那些流浪猫狗也方便，冇谁管闲事。可恁看现在嘛！天天关在这屋里，出门要坐电梯，买个菜都要到超市，蔫巴巴的菜拿小绳捆得整整齐齐放在那儿，倒比早市贵好几倍！这哪像是在过日子嘞？倒像是在玩过家家！

但毕成功就是不同意。

可刘兰草也不是个轻易放弃的人，这样的话她只要逮着毕成功回家，就一定要说一遍，有时她还会掉几滴眼泪，有时又扬言她决定了，不管他同意不同意，她必须要回去啦！她明天就走！

毕成功不舍得他娘一个人回芳草巷的小院里住，他劝说，娘，咱在沙村的时候，老大要跟咱分家，咱心里就很生气！恁现在要闹分家，俺心里也很难受！

刘兰草说，咦！咱明明是日子过好了才分家嘞！恁现在这么能干，又挣了那么多钱，恁和美丽好好过日子俺就放心了。要说娘有啥不放心的，就只有两件：一是恁千万别去找外边的女人；二是恁做生意不要昧良心，给人家留些赚头，要知足嘞！

其实方美丽是一直从心里佩服婆婆刘兰草的，她一直旁观着婆婆怎样和毕成功要求她的愿望。她很惊讶地看到婆婆真是个很有策略的人，而并不是一味地闹，虽然现在刘兰草大喊大叫的时候并不多，但她要干成一件事儿的劲头却一点也没变。方美丽看到刘兰草和她儿子说她想回去住老院子，就像哄孩子一样，有时候她打几巴掌，再揉一揉；有时候给个甜枣吃，再哄哄他。虽然毕成功也是一个有策略的人，但他们娘儿俩就这样你来我去地磨着，直到有一天，因为那些流浪猫和流浪狗，刘兰草终于把事给弄成了，毕成功只好答应了她。

那天，小区物业经理又给毕成功打电话，说，毕总实在不好意思，好多业主都投诉呢，你妈把小区的凉亭给占了，每天固定时间在那里喂流浪猫和流浪狗！

毕成功当然知道，他家的保姆每天要煮两大锅猫食，他娘为了让猫吃得有营养，让方美丽隔三岔五买鱼，又到北广济街买牛肝牛肺在家里煮，还要拌白面软馍剁碎，屋里永远都是回民街上牛肝牛肺的膻味儿，他咋能不知道呢。

但他说，不清楚。不过我妈确实是个有爱心的老人！估计因为她，小区都没闹过老鼠吧！

小区物业经理很客气，但一听就知道他已经气得够呛了，他说，那个凉亭本来是让业主们休息的，现在大家都得绕着走！保洁员谁都闹意见不愿意扫那个地方。我们领导让我们把流浪猫都捕捉了送到野外，小区业主们投诉得太厉害，我们都很头疼！

毕成功说，那行呀！

小区物业经理说，因为我们的保安和你妈在凉亭那儿发生过争执，所以想请你提前劝一下她……我们不想让老人生气！

毕成功放下手里的事回到小区凉亭的时候，刘兰草正在小区的凉亭里忙着给一群流浪猫喂食，她只顾上和儿子打了个招呼。二十多只猫围着她，她却不慌不忙地嘴里念念叨叨，要排队呀！知道不？恁要守规矩！恁看看它们，再看看恁，咋和个土匪一样？再不听话今天就取消恁的分配！

毕成功听他娘说"分配"，就知道她还是在沙村时候的说话习惯。只见刘兰草用一根超长的带着铁丝钩的竹竿，把盛满了猫食的不锈钢碗叉起来，放在每个猫的面前。那个被教育着的大黑猫已经被她在面前放了碗，开始呼噜呼噜地狂吃起来。毕成功看到她调教得每只猫只许吃自己碗里的东西，但凡有不懂规矩的猫，把头扎在别的碗里吃，刘兰草一定毫不客气地用竹竿上的铁丝钩打它。那些猫们便都乖乖接受娘的规矩，发到碗的就专心吃，没发到碗的虽然急得喵喵叫，却都不敢乱吃。所幸刘兰草很麻利，很快那些猫都各自守了自己的碗，这便形成了兵阵一般的整齐壮观。

毕成功看了不由夸道，娘，恁要是放在个什么大公司，肯定是个好主管！连话都听不懂的猫，恁也能管得这么听话！

刘兰草却叹口气说，人家保安和俺说，明天要把这些猫都逮住放农村呢，那不是就全饿死了？俺和他们吵了一架，也有顶用！好些住户都帮他们和俺吵！这么小的猫咋能咬到人？除非他们欺负了猫！咦！老可怜呀！

毕成功见娘说着抹了眼泪，也觉得可怜，却不敢说一个字。按他对娘的了解，她该是已经认卯了。

刘兰草却说，成功，恁能不能在农村开个收留流浪猫流浪狗的地方？听小区里那几个也爱猫爱狗的人说，要是有个收容站就好了！咱把它们都放那里不就行了？恁想想恁当年想养那小黑狗，俺咋样成全了恁？现在娘求恁，恁就给娘帮帮忙吧！

虽然娘说得可怜，又第一次提到了黑将军，毕成功还是坚决地说，娘！现在是条件不允许了呀！俺敢说，真要开个收容站，不出一年就会有几百只流浪猫和流浪狗了！先不说花多少钱！光是动物疫病检查就麻烦得很，早晚得让人家处置了，那会更惨！再说，每天得喂呢！能放哪儿？就算是找个农村，人家农村人也不会答应！

刘兰草不说话了，毕成功看出她娘不过是突然才有的一个想法，便松了口气放了心。他又说，娘，刚才人家小区物业经理打电话让俺回来劝恁，他们要来逮猫了，恁可不要和人家吵架呀！

没想到刘兰草却猛地哭起来说，呜……这不是明摆着欺负人吗？他们只敢欺负不会说话的猫和狗！没有人喂，到处都是水泥地，没有小虫老鼠，它们吃啥？一定会全死啦！太可怜了！

突然她说，成功，恁让俺回老院子住吧！俺把这些猫和那两只流浪狗带回去，它们不就有救了么？

毕成功看着他娘激动的脸，看到她的眼睛里闪着亮，那满脸的皱纹都展开了一样，全在鼻子那里积成了个花。她说，恁要真是孝顺娘，就让娘回去住吧！恁想想咱在沙村的那个黑狗……

听了这话，毕成功就终于下了决心，答应把娘送回去，他要抓紧把那老院子老房子重新收拾一下，换个大铁门，再重新走一下水电线路，帮娘雇个中年女人陪她，帮她做饭。

没几天刘兰草就被高高兴兴送回了芳草巷，她的那些流浪猫和流浪狗也让小区物业经理找车送了来。

这事被刘兰草添油加醋给毕继承讲了一遍之后，他就不住夸他奶奶真是个英雄，这让刘兰草很骄傲。她在老院子喂养的流浪猫和流浪狗迅速就有四十来只了。所幸它们只在她喂食的时候才来，其他时候人们会看到猫们悠闲地在城墙根或谁家屋顶上躺着晒太阳，芳草巷的街坊邻居从来没有人说起过这事。而那几只流浪狗就卧在刘兰草的院儿门口，几乎算是家养的了。于是，方美丽从心里羡慕着婆婆刘兰草，可惜她一辈子也成不了婆婆那样的女人，儿子留不住，女儿留不住，连盆花草也不由她做主。

刚回去那些天，毕成功经常回去看他娘，刘兰草就说，恁俩的日子自己过吧，俺将来就打算死在这屋里啦！

她的语气很欢愉，但是话很硬，毕成功就心里揣测着他娘话里的意思，笑着说，娘！恁身体这么好，俺看恁能活一百岁呢！

刘兰草点头说，俺也觉得俺能活大岁数！俺才不像他们那些老婆呢，性子太瓢，一天只在肚皮里面做文章，自己怄自己。俺呢，只要有啥不高兴，就喊出来，管他们鳖孙儿们咋样想！

毕成功听他娘这样说，便苦笑了说，是呀，娘在沙村就是这样，要不早让他们欺负死了！

他娘就昂了头，花白的头发被她才去剪成很短的发型，就显得很年轻，她骄傲地笑了说，俺才不死，得等他们那些批斗咱的人死净了俺才死呢！到时候在阎王殿里见了他们，俺还要问他们：恁们那么欺负俺，愧不愧呀？恁们落了

343

啥好处？遭没遭报应？

毕成功犹豫了说，娘，昨天俺接了三哥的电话……

刘兰草显然一时没反应过来他三哥是谁，便唔了一声。

毕成功说，三哥说他死了，问俺回去不，俺说俺不回。

刘兰草的脸上就浮现出微笑，她夸奖他说，好，恁是俺的好儿子！俺没对不起他们沙村任何一个人，俺得好好活着，活够本儿了才死呢！

毕成功松了口气说，娘，恁说俺要不要给三哥汇些钱回去？人不回去给些钱，也算是给他们帮忙办个丧事。

刘兰草立刻说，老三不是要给他当孝子么？那他继承了财产就让他办丧事吧。恁给他汇二十块钱就中啦！就说十块钱是俺的，十块钱是恁的，再多就没有了。

毕成功不懂了，娘，寄二十块钱？

她笑着说，俺只给他买一捆黄表烧纸。俺可给恁说，等俺死了，恁不许给老三说！俺有他那个儿子。哎呀，恁小时候就破四旧了，俺都没有带恁去给老人上过坟，肯定不知道烧纸这个事很重要！

她说得很郑重，毕成功便说，恁原来说过，放心吧，俺将来一定会给恁烧很多的纸！

刘兰草满意地说，恁记得就好，恁现在孝顺俺大家都知道，将来恁孝顺俺，就是要给俺烧纸送钱，再让和尚来念经给俺做超度。俺记得小时候俺奶奶去世的时候，俺爹请了十几个和尚念了好几天经，俺晚上就梦见俺奶奶跟俺说，草儿啊！俺要到好地方去了！成功，恁都没有烧过纸，可要记得，将来等俺死了，给俺烧纸的时候，那纸一定要烧成整张的灰，千万不要拿棍儿去弄碎了，那俺就收不到了！

毕成功很少见他娘这么迷信，便笑着说，娘，恁真相信烧点儿纸，死人能当钱用？

刘兰草使劲儿点头说，当然呀！当然呀！这辈子俺最敬重的人就是俺爹，恁姥爷在世的时候过年是一定要祭神的，逢清明、十月一就一定要给老人们烧纸的。俺们小时候在农村，过清明一个族很多人都必须要去给老先人烧纸！现在城里也不让烧，恁可将来一定要找个好地方给俺烧纸！要是俺在那边过得不好,就像在沙村也没吃没喝可咋办!

毕成功见他娘声音有点伤感便说,娘,您放心,要是烧纸真的顶用,俺将来一定让您在那边当个大财主!

这样的话刘兰草也和方美丽说过几次,她也总说她记下了,刘兰草就会说,那就好,俺是怕成功一到挣钱的事上就啥都忘了,您要提醒他!

方美丽每周固定要去看看婆婆刘兰草,有时会带着毕继承。她去的时候大多选婆婆午睡起床之后,还没有开始打下午第二场麻将之前的时间,要不婆婆准没工夫在麻将桌上理她。平时刘兰草和她并不多说什么,她也只是帮着收拾收拾房子,和保姆聊聊天,问问婆婆这两天的情况,有时帮刘兰草给那些流浪猫狗喂食物。她婉转地告诉保姆,如果婆婆训斥了她,一定别太在意,婆婆脾气差些心却是很好的。保姆有些吃惊地说,大妈对我特别好!都没大声说过我呀,那天我光顾着看电视把粥熬糊了,我吓得不行,老太太打完麻将回来就把糊粥喝了!一句也没说我,我去和她承认错误,她只说下次小心点。

方美丽听了也很惊讶,她以为,婆婆会按她的坏脾气一路吵下去的,谁知她到了七十岁,竟然变成了一个最慈祥明理的老人!

保姆笑着说,大妈说,让我早睡觉不要熬夜,还说生气发脾气会得病!我觉得大妈特别好!她给我讲她七八岁从河南老家一路逃荒来西安的事,光路上就见了不少死人!她受过大罪了,我一定好好伺候她!

不知道从什么时候起,方美丽看到刘兰草的房子里开始堆满整盒整盒的保健品、养生液、理疗仪、艾灸盒,而她婆婆床边的小桌子上总有那么一大摞不同营养品的宣传单,有的宣传册非常精美,她随手翻一翻,那小小一瓶长寿液或延生酒竟要好几千块!她不敢说什么,因为她知道婆婆刘兰草现在最大的兴趣,除了打麻将、喂流浪猫狗就是买营养品了,而婆婆花的是她自己的钱,或她儿子给她的钱,轮上媳妇说什么呢?有一次她和刘兰草坐着闲聊,刘兰草让她帮着念一个宣传册上的字,她才轻描淡写地说,娘,你也不识字,要这么多宣传册做啥?

刘兰草一脸认真地说,那上面有电话号码嘞,俺得记清楚,要是哪个吃了有效果,俺就打电话给您和成功买!这个可划算啦,他们定期返利息呢!方美丽没听懂,就拿过宣传册仔细研究了,果然上面写每消费一万元以上的,按年

345

按月一共返回红利五十元。她便苦笑了，可她不敢说娘被骗了，只敢回去和毕成功说。毕成功说，花钱倒不怕，不过是些小钱，只是不敢让老太太被吃坏了才好！你要去挡住她！

方美丽说，我哪敢挡她？我把她的宣传册多看了两眼，她就一把从我手上抢了，说哪天让成功跟俺去南门，那有个大厦里面卖理疗仪，俺得让他给俺买一个，现在做活动，买一赠一呢，给成功赠一个，他现在最需要养生！咱娘还说，美丽，现在钱呀房子呀都不重要！命最重要！健康才是真的！

于是，方美丽不但没完成毕成功交给她的任务，倒是又带回来一个任务。而且，每次她看完婆婆回家的时候，刘兰草总要给她几盒不同的药让她带回家，那是她自己目前正在吃的，或者正在用的保健品。方美丽不敢不要，有一次她推说上次的还没吃完，刘兰草就瞪大眼睛，露出眼白说，咦！恁咋不按时吃呢？俺就说恁这人肉得很！干啥事情都要认真！想要活得长，想要健康！连这点事情也不坚持？恁不光是自己要坚持，还得监督着让成功也吃呢！像恁这样有一下没一下，咋能够青春焕发呢？

听娘居然说青春焕发，方美丽心里就想笑，她本想问问是不是卖药的人这么说的，但她看娘很认真，就赶紧保证说，回家一定认真吃。

方美丽把这话找机会给毕成功说了一遍，毕成功就说，也不知道是不是娘的药真的顶用，还是心理安慰作用，娘确实越来越年轻了！哪像个七十岁的人？俺要给她过个七十大寿，她非说过寿其实是减寿，那是给阎王爷提了醒！老二成钢也给我打电话说想要给娘过寿，可她坚决不过寿！你下回去再劝劝她！不管咋说，娘有个事天天操心着，又花不了多少钱，你就配合着，也哄哄她高兴。

于是，方美丽在别墅里专门用一个房子放那些产品，渐渐也越堆越多了，毕成功有时去见朋友送礼，就在里面挑几样，就说他娘倒给他帮了忙了。

除了这个充当了保健品库房的房间，毕成功的别墅还有很多与众不同的地方。因为他自己对黄金有着特殊的嗜好，这几年就越来越喜欢把真的黄金或镀金的东西，穿在自己身上，或布置在他能布置的所有地方。所以家里每个物件一定尽可能是镀金的或金色的，大吊灯是镀金带水晶球的，茶几是大理石面，下面的四条腿就得实木包金边儿。电视、冰箱、洗衣机是金色的，包括电灯的开关、插电板也全是金色的，花瓶是金色的，水杯是杯口镶金边的，以至于方美丽买每一样东西都会选金色的，但她从来没有想过那是毕成功喜欢的颜色。而她自己喜欢的一种肉粉色，是毕成功讨厌和禁止的，她没敢去批评毕成功的审美，就把自己的喜欢换成了他的喜欢。

别墅客厅门口有一对儿七米多高的罗马柱，搬运进来的时候费了不少功夫，毕成功让人专门喷上了金粉。而他的防盗大门是对开的，门框比较窄，过年的时候，毕成功让他的秘书去城隍庙，买回一对儿特别大号的金字红纸的春联贴在罗马柱上。这奇异的景象方美丽没有评价，她只盼着年早些过完可以把它揭下来，再就是盼着家里过年时，不要来太多人看到这样的搭配。与之遥相辉映的是，毕成功在他欧式带着罗马文字图案浮雕的墙前，放了一对两米来高的石狮子，脖子上用大红色的绸带绑着好大的绸花结。方美丽和毕成功说这不搭配，只有银行才这样放，他不当事地说，我的门口我想放啥就放啥，我敢说老外那儿也有狮子！我就是银行！

方美丽遗憾的是，石狮子不能像春联一样过完年就揭下来，这对石狮子得一直站在有着罗马字的浮雕墙前边。

他什么也不肯听她的，比较好的是，过去他不听还愿意和她争执为什么不听，现在他连解释也没有，只是维持原判罢了。有时偶尔他俩睡在一张床上，方美丽在黑暗中看着毕成功，会突然很害怕，因为身边这男人让她觉得很陌生。她很害怕他俩的这种陌生感，他从不管她想什么，也不管她说什么，也不听她说什么。而且从孟寒雨离开之后的这二十多年，毕成功对她很凉，用各种方式让她明白：你把我喜欢的人弄走了，那我也没好心情对你。我在养着你，那你就什么也别说，什么也别问，就好好在家待着。

她就时常想念着过去他俩还热热火火说话的时候，她惦记着让他多吃点好东西，他呢，还有个笑脸。现在想来，他的笑脸已经很久没见过了。

毕成功的事业越来越大，忙得整夜也回不了家，有时中午在外办事就在车里睡一觉。但是并不爱回家的毕成功却很喜欢邀请朋友们来家里玩，方美丽明白，这是毕成功让别人见证他美好高配生活的绝好方式。没有人不羡慕他所拥有的汽车和豪宅，毕成功享受的正是这样的羡慕。他见惯了那些有头有脸又有钱有势的人,面对他样板间一样精美奢华的房间,瞬间流露出来的复杂丰富表情。毕成功知道他们突然的沉默之后,是比羡慕更痛苦的嫉妒,而当他们按捺住自己的情绪开始不吝美誉地夸赞他的家时,他就知道,这是他们在努力显示自己见多识广和无所谓。

方美丽很熟悉,往往这时毕成功就要开始介绍细节了,这算得上是第二轮轰炸。他轻描淡写地介绍,这个皮沙发是从哪个国家定制来的——他娘的洋人太认真,说手工制作得一年,果然让我等了一年。又说那个水晶大吊灯,光安装就花了好几天,工人都累得快要抽风了,水晶球太多!要一个一个装上去呢!他的地板是南非的,大理石是从云南买的,客人们便随他的指点,一会抬头看灯,一会低头看地。方美丽只负责给客人们倒茶。这茶也是有说道的,若是龙井,必定是真正的限量版十八棵树的明前好龙井。

这是让方美丽很难受的事,因为这时她就看到了她平时难得见到的、说着笑话又亲切微笑的毕成功,这些亲切与幽默都是给别人看的。和他认识了快四十年,她很少见到这样的他。她必须穿得体体面面的,给大家倒着茶,领着客人的孩子上卫生间,或者带着大家参观露天游泳池,这让方美丽觉得,她就是毕成功雇来的服务员。这个布置了豪华家具的大房子,和种植了整整齐齐绿色植物的大花园,都是他要推荐给大家的商品,唯一不同的是,这商品不是用来住的,而是用来让大家赞叹、羡慕、巴结、夸奖的。

几乎所有人看到这个商品,都要对方美丽说,你真有福气,有个这么有本事的丈夫!还有一儿一女!那是活神仙呀!

也有人说毕成功是人生赢家,他就很满意地笑着接受了,开始讲女儿在英国的事,让大家在他手机里看宝宝用英文在学校背课文的视频,这便会赢得更大一堆羡慕!

方美丽会浅浅笑着点头,这是恰到好处的,她对着镜子练习过。既然她帮他扮演一个成功男人的完美妻子,她就要想法子演好。客人们参观着赞叹完,就要坐在宽大的手工小牛皮沙发里开始聊天,就没人再注意她了,因为在大家热烈地说这说那开玩笑的时候,她没啥能说的。

毕成功爱请别人来别墅里做周末聚会,有时还要在院里烧烤,他当年在芳草巷卖烤肉的手艺就全用上了。烤肉味道真是不错,大家围着他边吃边听,他才不会忌讳自己当年是卖烤肉发家的,他意趣颇浓地给大家讲他的创业史,讲他卖烤肉卖假汽水的智慧。大家都很配合他,听得一下赞叹一下佩服的,毕成功便满足了。

方美丽后来猜到,毕成功当年让她和婆婆做的是假汽水,她记得他那时候和她们说的那些假话,但她没怪过他。可她听他现在一边烤肉,一边在一大群非富即贵的朋友们面前,得意扬扬地讲他怎么勾兑汽水,怎样炒着辣面子智取门面房,她还是羞愧了。她希望他们不要知道她和婆婆都参加了。她知道毕成功烤的肉串有多好吃,她也知道毕继承有多爱吃烤肉多馋这一口,可毕成功每次在别墅请大家吃烧烤,从来没有想着放在儿子放假在家的时候。她没办法提前通报给儿子,因为啥时候请啥人来家里吃饭,她完全是不知道的,都是几车人快到家门口的时候,毕成功才打电话说让她换件衣裳,等下有人来家里吃饭。有时方美丽见老田在后院里安置那个大铁烤肉炉子,或是和他媳妇忙着烧炭,她便知道今天毕成功会有朋友来了,这些年她习惯了自己不受重视的地位,也就从来没把这些往心里搁过。

方美丽见过毕成功带回家里的客人中有女人,有的女人是朋友的妻子,有的女人是朋友的情人或秘书。方美丽总是仔细揣摩了她们,虽然她和谁都微笑着,心里却总是感慨万分。那些做妻子的大多和自己一样,穿着很贵的名牌服饰,那气质也是努力想要雍容华贵和善些的,可眼里话里总是不知不觉地透露出很多不甘心不满意;而那些当秘书的,总是要穿着剪裁线条十分得体的套装,又干练又好看。看着她们机敏智慧地向自己的老板请示汇报,又和别的客人打趣讨好,方美丽便在心里佩服着,这一套她一辈子也学不会。当然更多的时候,她有些可怜她们,心太累了,和男人一样奔波算计,还要比女人更美丽,太不容易啦。

想想她们这些年轻又有学历的女人,要么成长为有钱有势的女老板,要么成为男人的妻子或情人,她会在心里为她们不公平。

有时候家里来了女老板,方美丽就从心里又敬佩又暗自讨厌。她们在男人堆里抢生意混久了,便都看不起女人,而且她们不屑去打扮自己,也不屑让男人觉得她好看,当然也有那么几个女老板,反而更温柔美丽,这些都是最厉害的主。大多数的女老板已经完全不化妆了,口红也不涂,头发任其自然,衣服大约是最昂贵的，只是身材完全走了形。当然方美丽也见过她们突然有那么一两次来家里，却是很精细的妆容，头发要么盘了高高的髻，或做了大波浪卷。那些电夹子夹好的大卷，在空中一走一弹，和她们本人一样夸张霸道。

不用问方美丽也知道，她们一定是才参加了什么重要的活动。这样特别不修边幅和特别精致之后，方美丽便看懂了一个众人眼里成功女人的无奈。

能被带到毕成功家的朋友都是非富即贵的，大多不会带自己的情人来。很偶尔的，方美丽也见过这样的女人，她就惊讶于她们可以这么美丽，或者说为了美丽做那么多努力！她们只吃一点点东西，却能保证吃完之后，与刚刚出现在大家面前一样，口红绝对不会花掉，长睫毛上的睫毛膏，和大商场海报上刷的一样专业，根根纤长分明。方美丽不知道，她们怎么学会把自己弄得这样又好看又养眼，更不知道她们和这些有钱有势的朋友，是怎样认识联系上的。显然，如果她们是昂贵的商品，那他们就是唯一能够消费的主顾了。看到这些多姿多彩的女人们，方美丽对毕成功非但没有了控制和了解的欲望，她更感谢他让她可以自然生长，不必和她们一样。有时她想，毕成功出了门以后，一定有许多这一类的美丽女人和他在一起吧。

自从知道了毕成功的女人里有孟寒雨，她就觉得，毕成功的品味真的很高。孟寒雨和她们都不一样，既然孟寒雨都可以从他的生活中烟消云散，那什么人也都随她们来随她们去吧。有时候，她有意无意又发现毕成功外面有了其他女人，而且并不是一个两个的时候，她就猜，说不定孟寒雨和他一直来往着呢？她就从头到脚一阵寒意，但她问也不敢问，生怕他就承认了，那她怎么办？每当这个时候，她就庆幸婆婆一直在芳草巷喂猫喂狗打麻将，不用面对这样一个华丽的烂摊子。

有时她又遗憾，要是婆婆和他们住一起，毕成功还会这样吗？

但无论如何方美丽是不会和刘兰草说一个字了。

今天早上和毕成功在院里说的那些话，差不多是方美丽用了好几个月时间想来想去才想好的，又犹犹豫豫好几天才决定和他说的，没想到竟被毕成功三两句就抢白了。

方美丽被他丢在院里，眼睁睁看着男人坐上车走了，虽然她心里早就明白，这辈子不管自己说什么做什么，都再也不可能让他在意了，可她还是很难受。方美丽在院里早晨的阳光里站了好一会，她背对着房子看着自己的影子在地上拉得很长很长。她猜老田和田嫂一定都看到了刚才的所有情形，方美丽觉得没脸当他们的面进屋，可是她连可以去的地方都没有，于是她的眼泪就又流了出来。她没有伸手去擦，希望老田两口子看到她背影不知道她在哭，她静静地流了好一会儿眼泪，院里有风，泪水就把脸浸泡得涩涩地疼，渐渐有的地方风干了。方美丽突然觉得这样哭下去很没趣，便慢慢顺着旁边的小路到花园里走走。

她一直都明白，孟寒雨的事让毕成功不再和她亲近了，而她和她班长的事才让他彻底恨了她。今天早上他又说，你嫌没人说话那就还去找你班长鬼混！这事儿竟成了她这辈子在他毕成功面前的短处了，虽然已经过去了好多年，他却当了顺手的武器一样，随时就给她一下。

一个人这一辈子，总是要做下几件傻事的，方美丽经常在心里把过去的事儿翻来覆去思量一遍，有时就会心里难受哭一会儿。有时她想，如果世上能有后悔药可以吃，她第一桩要后悔的事情倒不是嫁给了毕成功，因为那是她命中注定的男人。她只恨自己没头脑，同意让儿子去上了贵族学校，现在儿子和她疏远得没话说。她又恨自己生了女儿宝宝之后，竟糊里糊涂让毕成功抓了把柄，丧失了可以陪伴女儿长大的权利。宝宝多么可爱乖巧啊！那是她冒着生命危险生下来的女儿，现在却只能隔着电话和她说话。

如果可以每天照顾宝宝，方美丽宁愿永远被关在这个家里。

多少年来，方美丽每天都当毕成功晚上要回来吃晚饭的，大多数过了傍晚七八点，她便开始自己吃饭，把给毕成功留的饭菜放到桌上。到了十点半以后，如果他还没有回来，她才会放进冰箱，这就是她第二天中午的饭了。所以田嫂给方美丽做的中午饭里总要搭配一点剩饭。吃完午饭洗了碗，方美丽会去睡午觉，这个觉对她来说是最重要的了。她长年都失眠，一晚上只能睡两三个钟头，一上午补觉也总是睡不着的，她完全要靠这一下午的觉来补充体力，所以方美丽对她的午睡是很郑重的。她要把手机调到静音，虽然没什么人打给她。有时一早上也懒得拉开窗帘，她就免得再拉上了，要是哪天她心情好一些，拉开了窗帘，她就得重新拉上，这一切都弄停当，方美丽才郑重地午睡。她这一觉往往要从两点睡到五点，等自然醒了再睁开眼睛，她才觉得，活着还是有些好的。

记得班长赵庆联系她的那天，也是一个下午，方美丽午睡醒来，就在手机里看到三个未接来电，而且是同一个号码。这是过去几乎没有过的，只愣了一下，她就有些欣喜地打过去，却是一个男人的声音，他说，喂？方美丽吗？

方美丽心里一跳，嗓子眼却紧得说不出话，只好嗯了声。

她的头脑里记不得有这样一个相熟的人，她的亲戚都老了，这是一个中年男人。他说，方美丽，我是赵庆！你还记得吗？我们上中学时是同桌！

他的声音有些激动，而她一下就像被打开的灯光照耀到了一般，心里亮堂堂地出现了一个瘦且高的男学生，那是她上中学时的同桌，又是他们班的班长。她记得，她和毕成功提起过他。

方美丽被他的声音感染着，就笑着嚷道，是你呀，你咋知道我的电话！

赵庆很高兴，她记得他呀，他也就大声嚷着说，后天同学要聚会，大家都联系不上你，还是马美茹跑到你妹妹爱丽单位问到你的电话！只剩你没有通知到了，这下可好了！

方美丽从来没被人当作过这么重要的人，她笑着不说话，心里温暖着，那边却一连声说，喂？喂？方美丽，你在听吗？

她欣喜地说，赵庆，我在听！

他问，你能来不？后天下午一起吃顿饭，然后去唱歌。大家都想见见你呢！

方美丽不住点头说，能来能来！我能来！

挂了电话，方美丽几乎想跳起来，太好了，居然有那么一大帮同学想她呢。最让她激动的是，赵庆当时是个多么品学兼优的学生，他当着班长，多少女同学偷偷喜欢他，可他谁也不理呢。当然方美丽那时也喜欢过他，虽然坐在同一张桌子边，却谁也没提起过。

重新再照照镜子，方美丽便有些急了，眼睛比中午时更浮肿了，她用手按按，眼角的皱纹便堆了起来，脸上也油光光的。对着镜子仔细看，她看到鼻子上有几粒黑头在粗大的毛孔里。头发是凌乱的，她细心想梳出发型师给她刚做好发型时的样子,却发现怎么也不是一回事,这个样子怎么去见同学们!她听赵庆提到了马美茹,虽然已经好多年没见了,可她还依稀想得起来,人家是很好看的,尤其是皮肤非常白嫩,自己这样子不是要惹人笑话了吗?

如果不是有这么个同学聚会,方美丽可能从来不会为自己的发型和皮肤着急。她不知道外面在时兴什么,心里就埋怨赵庆,后天就见面怎么今天才通知!她连一点准备的时间都没有。

方美丽推开窗户,见外面已经下了雨,天地一片灰沉沉的,她便心里更沉重了,这样的天气到后天能晴不?她该穿什么去参加同学聚会呢?拉开柜子里面衣服不少,可方美丽大多数是在小商店随便买衣服的,她不舍得乱花钱,也没有规划过,再说超出五百块钱的衣服,对她来说都觉得可惜——又不出门见人,又不出去上班,不是白白浪费了吗?

现在要是冬天就好了,那她有一件很珍贵的貂皮大衣可以穿。这是毕成功还在金达时买给她的,至今她也没有机会穿,只是很偶尔试一试,在家里走来走去,照照镜子拍拍照片罢了。可是明明才初秋。她翻出件薄风衣,样式还不错,但是穿了就显得平常了些,大家会不会都很讲究呢?

想想吧,好多年没见面,穿这样两百来块钱的衣服显得多不重视呀。

再正式的衣服方美丽却没了。

她想,明天无论如何得去美容院做做皮肤护理,再去修剪一下头发了,衣服也是一定得买的。逛大街对她来说是件很不喜欢的事,而且,她连个相好的女朋友也没有,想去做头发买衣服也没个合适的伴儿呢,这样想着,方美丽的心里忽然就黯然了。方美丽有美容院的卡,那是她一时心血来潮办的,到现在还没去过几次,明天去做就是了。她已经许久没有买东西的打算了,就先翻一翻钱包,果然只有几百块钱,便庆幸自己先看了,要不明天一早忘记和毕成功要钱,什么计划也完不成了。从当了毕成功的媳妇起,方美丽就一直是由毕成功按月给她钱花的,因为当初买房时,房东老婆坚持一分钱不欠,让那个房子泡了汤,毕成功就窝了口气,让方美丽记好:钱是男人挣下的,怎么花也该男人说了算!

这话方美丽一直没忘记,连毕成功当时愤愤的表情,她也记得清楚,所以她手里永远不会有超过三千块以上的钱。

这个数是儿子毕继承上了幼儿园之后，毕成功每月给她的全家开销，当然多出来没花完的，账本上记着呢，方美丽会在下个月少要些。偶尔没花到月底就没钱了，毕成功会要过她的记账本仔细看一看，大多数他是不会说什么的。有时他指着那账本说，给孩子买双鞋就花了快二百，太浪费了！那下次方美丽就会尽量注意着，别让钱不够花。毕成功没念过多少书，他一定没想过，"勤俭持家"这个祖训里的"勤"与"俭"，在他家无意之中和古人一样了。他调教着方美丽，"温良恭俭让"那么完美地体现在方美丽身上，他比任何人都勤勉地去工作挣钱，而她就配合了他节俭持家，他俩配合得很默契。只有时常来他家玩的客人才会注意到，毕成功的硬件设施都是奢华的品牌，这是给别人看的，也是给别人用的。而他们日常使用的物品，大多是在超市买的，和大多数人家并没有什么不一样，往往他或她的一件外套，还不及他的一把高档红木椅子的零头。

这个晚上方美丽比任何时候都盼着毕成功早些回来，她比以往每天心情都好，隔着玻璃窗，她看到了花园的蔷薇花倒了一大片。风还刮着，雨还下着，方美丽想，明天一定叫老田来给她收拾好。她拉了椅子在窗前看着风景，并不觉得外面的阴雨影响了心情，她把两肘支在窗台上哼着歌。一想到要和同学们见面了，又回想着大家上中学时的情形她就有些喜滋滋的。

那天毕成功回来时已经到了半夜，方美丽见他很累的样子，就咽下准备了一下午的话，让他先睡觉了。

第二天一大早，她去厨房熬小米粥，烙葱油饼，毕成功在卫生间洗漱。方美丽把那些小碗小碟子一样样摆在桌上，见毕成功冲着餐桌走过来，她按捺不住自己的激动说，成功，明天我们同学聚会呢，他们好不容易才找到我的！

毕成功久没有见过她这么高兴，咬了口热酥酥的饼说，那多好呀。

方美丽兴奋地说，好多年没见了！我得去买件好衣服！

毕成功说，你啥时候去？我让司机来接你！

方美丽说，过会儿就去。我还要去做做脸理理头发，成功，我钱不够用。

毕成功便用下巴指了自己的包说，那你去拿上三千块钱吧。

怀揣了三千块钱，方美丽给爱丽打了电话说要去买衣服的话，爱丽就爽快地答应在钟楼见面。方美丽搭毕成功的车进了城，爱丽见她就说，姐，你咋又胖了！

方美丽便笑说，怕是这衣服没穿合适。

爱丽坚持说，明明是胖了，看你这腰上下一般粗，腮帮子也耷拉了！你可别总在家里吃太多，尤其是晚上！我们单位那些女的晚上都不太吃饭！

可晚上是要等毕成功吃饭的呀，这是方美丽一天最精心的一顿饭了。

她看看爱丽，头发挑染成红色和金色的，画着淡淡的精致的妆，腰身显然是有些凸凹线条的，心里便不自在地说，那咋办，现在不吃也来不及了！

爱丽懂她的心思，就笑了说，我是对你要求高！你还是比你同学好看，我见过她们几个，比你老得多！听说好几个在集体厂子当工人，那脸那手粗得没法看。你等会儿去弄弄头发，保证还是班花！

听她这么说方美丽就受用了，笑说，就想着一天要办的事多呢，才让你来陪着买衣服，你会穿，也会参谋，我怕胡逛一天买不合适，倒把时间耽误了。

俩人便商量着去哪儿买，世纪金花就在眼前。依着方美丽的主意，想去买件高档的好衣服，因为她的柜子里并没有几件像样的品牌货，可方爱丽听说她只有三千块钱，便撇嘴说，毕成功太抠了，那么大的老板，全西安市谁不知道他有钱，住着别墅，买衣服只给三千块，够鞋也不够衣服的，还想买啥品牌货？！

方美丽赶紧对爱丽说，是我自己不想多要钱，我看毕成功撅着屁股一毛钱一毛钱挣成现在这样子，他要拿钱去干大事，我不舍得胡花！三千块钱还买不上好衣服？

爱丽挎着她的胳膊说，当然能，你这么贴心懂事，当心毕成功把钱省下花给了别人。

这话一下子让方美丽又想到了孟寒雨。那时孟寒雨的披肩发和牛仔喇叭裤都是非常时髦的，而她的人还那么雅致，方美丽自己知道和人家比不上。最关键的是，孟寒雨的事情是爱丽告诉她的，她就有些后悔约爱丽出来了，她这个妹妹永远比谁都精明，又比谁都爱说。从她来找自己说了孟寒雨和毕成功看电影的事，闹了那么大一场，毕成功对自己就变凉了，有很多时候方美丽甚至后悔自己把这件事情告诉刘兰草，要是她俩不去找孟寒雨大闹，说不定她和毕成功一直偷偷相好着，毕成功回家的脸色会和那时一样快乐轻松。虽然毕成功心里有了别人，但也没打算不要自己，那也总比这些年他和自己这样不冷不热强呀。至今方美丽还记得，毕成功在那个时期回家比平时都勤，脸上也总是有笑容的。也可能是内心有愧疚，他总是主动在深夜里来亲吻她，与她做爱。而现在因为忙，也因为他的心思总是深藏不露，一切都疏远了，就连做爱也是两三年都没有过了。

爱丽哪里知道方美丽心里的坑坑洼洼，她只是挎着方美丽的胳膊一路说说笑笑去逛商店，到了中午就帮方美丽买了件米黄色长袖及膝的连衣裙，外面搭了一件烟灰色的真丝风衣，脚上却帮她配了一双刚过脚踝的乳白色小牛皮高跟短靴。方美丽不太习惯穿着裙子穿短靴，可爱丽非让她试，说这是流行，果然方美丽试了非常好看。爱丽见她对着镜子来回看着，便得意道，姐！我的眼光你就放心吧。你得再配条颜色鲜亮些的好丝巾，把你的脸色提一提就更好了！要不太黄太不精神！

这次方美丽没生气，服务员赶紧从挂饰架上取了三四条丝巾帮她试，她听说一条好丝巾就要上千块钱，便打量着镜子里的自己说，不买了，不花那钱！我有不少丝巾呢，都是毕成功那时去广州进服装时带回来的，啥颜色都有，我回去找找，一条条配着试试总有能搭上的。

等方美丽穿戴着她这套衣服，又做了新发型，并在刘海上挑染了几缕暗红色头发之后，爱丽便说，姐！你的底版真不错，我看你能把你们同学都震住！

方美丽当然也很惊奇自己出色的变化，对着镜子左右照了说，谁为了震住他们呀，我是怕太邋遢丢了面子，只要不显得太不重视就好。

她和爱丽站在街上说了会儿话，等毕成功的司机来接，谁知等了半个钟头，开着黑亮亮大奔驰来的却是毕成功自己。方美丽有些意外地说，你怎么来了？

毕成功早就远远看到方美丽了，他久没见过她打扮得这么好看，心里很高兴，又当着爱丽的面，就亲昵地说，我今儿没事，来接你回家！爱丽，我先送你回去吧。

爱丽并不知道他这样的笑容，是方美丽平时也很少看到的，就笑着说，哥，你这车这么高级，坐在里面这么空荡呀！

毕成功笑着不说话，爱丽又说，姐，你太幸福了，这么一个大款，居然天天接送给你当司机呢。

方美丽不吭声，也只是笑。方美丽和爱丽坐在车上，毕成功开着车，爱丽却突然不敢说话了，因为毕成功车开得很猛也很快，好几次她看到几乎要和别人的车撞上了。那些车就赶紧减了速度，毕成功便超越着前行，方美丽已经习惯毕成功这样了，只是用手使劲扶着前面座位的靠背。那车平稳极了，爱丽却瞪大眼睛一手捂住胸口，一手紧紧抓住车门上的把手。她很快就看出来，毕成功是享受着在车流里见缝就冲迅速穿越的刺激，本来爱丽有话想再聊聊的，可是她觉得心要从嘴里跳出来了，吓得一句话也说不出来。她想毕成功一定有急事要办，而自己搭上了他的车，一定是耽误了他的时间。

爱丽看着车窗外，因为毕成功的车开得霸道，车子本身也豪华，几乎所有的汽车都会不自觉给他让路。车开到了一个十字路口，是红灯，毕成功不得不停了车候着，爱丽这才有了机会说，成功哥，你的车技真好！我看人家的车都给你让路呢！

毕成功笑着说，他们刮了我的车赔也赔不起！再说他们急着能有啥事？

爱丽让他给噎了，方美丽有些难堪，便笑着说，你哥在开玩笑，他事多，总是要赶时间。

爱丽说，我常在报纸上看见我哥公司的名字，听说在高新区又盖了个大楼盘。有朋友托我找你呢，问买房子有没有优惠。

毕成功说，有优惠，你让他们到售楼部来，我让人给他们打折！

方美丽见爱丽高兴地笑着，心里也高兴了。

爱丽说，我姐今天打扮得这么好看，你也不夸夸！

毕成功回头又重新打量了方美丽说，是好看，这颜色挺衬你的！

方美丽难得受了他的表扬，有些激动地说，真的呀？

绿灯亮了，毕成功排在了第一位，便迅速起步冲了出去，他的车好，轻松就提速了，旁边的车子都被他甩在身后，他用余光打量了身后两旁的汽车说，为了你班那些同学，犯得着费这么大劲，还染个红头发！上次省上领导来咱家你也没这么上劲过！

方美丽看他一眼说，领导冲你来的，我有啥必要打扮？明天要和同学们吃饭，然后要唱歌呢。听班长说，每人交两百块钱，AA制！我都不知道还认不认识他们了!

听她声音里完全是激动和盼望,毕成功微微摇头说,唉,还AA制,那见了面又能弄啥?只有你这么上心。

爱丽见方美丽被他噎得说不出来话,有些可怜她,便替她说,我姐当年可是班花呢,追她的人那么多,你就不担心?

毕成功笑着说,是吗?我咋没听说过,吃那没名堂的饭,有啥可担心的。

方美丽小声说,爱丽,你哥去吃的饭都是有挣钱的生意在谈,吃饭的全是有用的人,我们这样纯吃顿饭,他只觉得浪费了时间和钱。成功,我说得没错吧。

毕成功直视前方说,是,没错。

在这个同学聚会上,方美丽出人意料地成了大家羡慕的中心,而她比班上许多女同学都显得年轻漂亮。大家当场把各自的电话号码留在了一张纸上,说好要马美茹整理好用QQ发给大家。方美丽这才知道,大家一直是联络着的,而他们每个人都有个QQ号。虽然大多数人,特别是男同学并没有经常上网,可大家通过这个空间可以群聊,也可以单独聊天。方美丽见到许多似曾相识的面目,便拼命想着对方的名字,居然都叫出来了。大家很高兴方美丽记得他们,她也很高兴同学们这么在乎她。有人问了毕成功的事,方美丽才知道,其实大家都知道她嫁给了大款,这让她的心情多少有些打折。有几个男同学或真或假说一直想着她,或上学时暗恋过她,这让方美丽有些脸红心跳。听大家都在笑,她才明白,这是他们惯常开的玩笑,而她却很少和大家聚会,把这都当了真。

饭吃了很久,桌上乱成了一片,女生们拼命开着玩笑要灌男生们喝酒,方美丽被大家的尖叫声围绕,头有些发蒙了。这样热闹狂欢的场面是她很少见识过的,她又兴奋又激动,还有些不知所措,被这几个人拉起来碰杯,方美丽就赶紧和每个人碰,然后学着他们的样子喝下去。她又被那几个人拽着去给别人敬酒,其实是去灌那人喝酒,她便也随着大家去,然后大笑着,看着那人被女同学们搂着脖子拽着胳膊,甚至把鼻子都捏住,把整杯酒给他灌下去。

她的崭新的白短靴被踩了好几个脚印,飘逸的长丝巾,被拉在了地上沾上了啤酒。大家仿佛久别重逢的亲人,又像是马上就要永别,尽情开心地聊着喝着。有人来和方美丽叙旧说过去的事，有人问毕成功到底开了多少个楼盘，他妈的，他们连一套房子的首付都付不起。方美丽不知道该说什么好，其实从一见面她就看出来了，大家都和爱丽说得一样，混得不怎么样，大多数在工厂工作，有的已经下岗，有的开着小商店卖些烟酒杂货，有的在骡马市摆摊卖衣服，有的在单位上班。听大家说有两个以前不起眼的同学，算是混得最牛的了，一个在工商局当科长，一个当了老板，拥有五六台挖掘机，专门给房地产商做土建。

方美丽不想讨论这些，她只想有人可以说说话，特别是说说过去的事。马美茹现在也从工厂下岗了，她和方美丽的关系不错，便比别人更亲近些，而他们的班长赵庆现在是个出租车司机，从头到尾他一直和大家一样笑着说着，在角落里坐着，被人拉得不行才喝上一杯。

自然而然的，当年的同桌现在又坐在一起聊起来，方美丽看到他比当年老得多了，发际线已经很高，头发也不是那么浓密了，人却比当年胖了许多。因为人高，眼睛也还有那么一些神采，所以还是同学里最帅气的。

她已经听马美茹小声说了，班里有六个同学离婚了，而赵庆就是其中一个。

方美丽问，为啥？

马美茹说，还不是嫌他没本事！开出租车一个月也就几千块钱，老赵他媳妇在酒店工作，见的都是有钱人，就把他给甩了，丢下闺女去了深圳。

大家把赵庆叫老赵，他就应了，却还是有些落魄书生的感觉。方美丽看他们喝着，突然有些心酸，钱是个什么东西，可以把这样一个男人变成这样，也可以把毕成功那样的男人变成那样。

从这次聚会以后，方美丽和同学们有了联系，毕继承留在家的电脑就几乎天天开着了。方美丽和大家群聊着，和马美茹、赵庆聊得最多。后来连她自己也明白，她和大家聊还是为了打听更多赵庆的消息。不知为什么，那个热闹的聚会之后，赵庆落寞的身影和他上中学时品学兼优的身影，就总是在她面前晃。而有时候，这身影就和毕成功那时住在她家棚户时的瘦身影重合了。那时才十几岁的方美丽，总在竹帘子的后面看毕成功默默干活，永不停歇一样。

有时候一个人对着花园开得落寞的花草和一地金黄色的秋叶，方美丽会突然有一个念头，如果那时没有毕成功在她心里，那她一定会爱上她的同桌老赵，并和他在一起的。

这个念头立刻把一切都照亮了。

方美丽有些害怕又有些惊喜。她回味和赵庆在聚会时的所有细节，于是所有的话和动作都突然有了特别意义。包括每一次对视，包括他那天下午又激动又高兴地说"可找着你啦"的声音，都让方美丽心动。

让毕成功意外的是，自从方美丽参加了那次同学聚会，她就开始有了变化，她要出门活动的次数越来越多了。他听过马美茹给方美丽打电话，知道她是和女同学在一起。可是一个月总有几天她要出去，而且出门也不要他的司机接送，毕成功便在心里暗暗关注了她。方美丽不会开车，他也没给她买车，别墅区基本没什么公交车，出租车来得也很少，所以要出门非常不方便，那她是怎么出门的呢？

他装作无意问她，马美茹会开车吗？

方美丽说不会。

又问她怎么进城，她说坐出租车。

她咋在只有私家车进入的高级别墅区里打到车的？毕成功看得出，方美丽比过去任何一个时候都讲究穿衣服和鞋子了，头发修剪得也比过去勤得多。更让他不安的是，她的脸上不知什么时候起，没了那种没精打采的劲儿，总是有着笑意。这一切都和同学聚会有关。

毕成功是个多么聪明的人，没有多长时间便在小区保安那里打听到，每次来接方美丽的确实是个出租车，而且像是同一辆车。他又查了家里电话的通话记录，就锁定了一个电话号码，没费什么劲，毕成功用公用电话和那个电话通了话，对方是个男的，随便说了两句他就知道了，那人果然是个开出租车的。这是和方美丽结婚以来毕成功第一次为她心慌意乱了。对着那频繁的、日益增长的电话通话记录，毕成功发着呆，他从来没有想过她会和别人聊天聊得这样投入。这一切都从同学聚会那天开始，渐渐她和那个司机的通话就增加了次数和长度，近几天，几乎每天都是一直黏着的。他看到大多数都是方美丽打过去的，有时可能是因为电话断掉了，他们又会你来我往互相拨打，毕成功看得面上越冷静，心里就越是乱糟糟的，像塞了把草。他以为，让毕继承上了寄宿学校是为了培养一个贵族式的儿子，没想到倒让方美丽和她中学同学勾搭上了，而且还是个出租车司机！

毕成功羞愤地用手指使劲按住自己的太阳穴，那里嗵嗵嗵跳着，咋办？毕成功已经多年没有碰到这么让他焦急生气又无可奈何的问题了。一连几天毕成功都观察着方美丽，想看出她和那个同学发展到了什么阶段，如果她和他已经上过了床，那她会迫不及待必须要去见那人的。

他不敢冒险尝试，决定放下手里的所有事情，带她离开西安去外地玩一玩。他不想把事情揭开说透，万一撕破了面子她没了退路就不好了。毕成功不想和方美丽离婚，而且出去一趟，可以看出她和她同学到底有没有实质性的事情发生过。于是心事重重的毕成功带着方美丽去了杭州，反正儿子在上寄宿，一周才回家一次。

杭州是方美丽多年以来一直想要去的地方，那时他一直抽不出时间来。可他记得方美丽说过，现在便很快处理了手里的工作，买了机票和她到了杭州。毕成功能放下挣钱的事来闲游，这是方美丽做梦也没想到的，一开始她以为他是来办公事的，只不过带上了她。后来见他真的一门心思陪她去灵隐寺，去西湖边的花港去观鱼，又天天拿着地图找着去吃楼外楼、味庄，她便真的相信也真的感动了。毕成功的时间多金贵呀，每个小时都是钱呀，可是为了陪她竟都闲逛了！

她问他，他只是笑着。到了晚上，提着大包小包丝绸时装回到酒店，毕成功和方美丽洗了澡躺在床上，他便把她揽在怀里轻轻亲吻，这让方美丽立刻就软在了他的怀里，只是喃喃地叫着，成功！成功！

这是她不熟悉的毕成功了，也是让她迷醉的。在毕成功进入她身体的一瞬间，突然便想起她和她同学不会真的也这样做过了吧？他心一疼，动作便凶狠起来，方美丽却陶醉地叫出了声音，毕成功咬牙问，你想啥呢？想啥？！

方美丽便睁开眼睛羞涩地只是看了他一眼又重新闭上眼睛，毕成功几乎是竭尽全力地边喊边动作着，你是我的！记住！你是我的！

这样的疯狂过后，两个人便躺在床上轻轻喘息着，毕成功盯着天花板上的什么地方出了神。方美丽其实靠看表情也能猜出他有心思了，她小声说，好多年没这样了！

毕成功收回眼神看着她问，喜欢不？

方美丽点点头，毕成功说，你觉得我对你好不？

他看着她等着回答，方美丽把脸贴在他的胳膊上，突然就轻轻抽泣起来，成功，你对我好，是我不好！在家闲着，总想跟我同学打电话聊天，幸亏你带我出来了，要不我还要和他们当驴友爬山在山里过夜呢！

毕成功心里松了口气说，你在别墅住着，还当什么驴友，好了！没出事就好，睡吧。

方美丽依旧哭着说，可我很孤单，从早到晚一个人很难受。她又絮絮说着自己这几年心里的难受，却不见他回应，转头看时，他已经睡着了。

从杭州回到了西安，毕成功就不许方美丽出门了，她和他闹了几次，也就只好算了。毕成功看到她的通话记录，并没有和谁有特别来往，就放了心，庆幸他及时发现并制止了。又过了一个月，方美丽却惊慌地给他打电话说，她居然怀孕了！

毕成功心里暗喜地说，慌啥？怀上就生吧！

方美丽却哭了说，我都快四十了，大夫说我有高血压，心脏也不好，现在生孩子太危险！

毕成功却说，只要有钱，到时候住最好的医院，保证啥危险也不会有！

他挂上电话忙去了。

方美丽满肚子话没人可说，犹豫着给老赵打了个电话，却胡聊了一些别的。到底敢不敢生孩子呢？她没个可以商量的人，便想，要是和婆婆说，她会笑话我吧，当年结婚好几年咋也怀不上，听她说了不少难听话。现在快四十岁了，倒去问她要不要生孩子？我要是她就好了，她是个多有主意的女人呀！成功说得没错，他让生就生吧。

想想在杭州的那天晚上，方美丽突然有了些疑心，他那天明明是用了安全套的，怎么会怀孕呢？

可是念头只一瞬间便过去了。

方美丽的高血压和心脏病都挺重，她的气喘难受很快就成了常态，可是孩子在肚子已经好几个月，她也不舍得打掉，左右为难中，日子在一天一天慢慢过去。为了担心她一个人在家里时犯了病没人照应，又离医院太远，毕成功便把她接回城里的花园洋房住。现在的毕成功不再担心方美丽会有什么可能与她的同学老赵见面了，一个年近四十还怀着孕的女人，有几个男人会对她有兴趣？他安排好了方美丽，重新投入自己的事情里。

方美丽从一开始怀孕，就比常人辛苦得厉害。她的高血压和心脏病是家族性的，每天一早必须先喝两片药，一天的血压才能保持正常。

在她刚怀孕的时候，毕成功一直忙着，天天又乏又忙连家也顾不上回，就算偶尔回来，也是半躺半靠在巨大的沙发里发着呆出着神。好不容易毕成功这个时期的生意算是轻松了些，方美丽孕期的难受和煎熬却到了顶点。她怀孕五个来月，全身浮肿，肚子却大得像快生的样子，行动很艰难，坐下必须斜靠着，躺下也得背后靠两个枕头才行，要不她会心脏剧烈跳动，憋得气也上不来。可这一切毕成功都仿佛看不见，他还是平时顾不得回家，回家也顾不得理她。方美丽习惯于大小事不打扰他，就只好自己忍着，天天数着天数，期盼早些到了生产的日期。

这时的方美丽，唯一能消解苦闷的只有一个办法，那就是在QQ上和她的那些同学聊天。她的高兴和不高兴，毕成功当然不会知道，但让方美丽没有想到的是，她和老赵的聊天记录是她儿子毕继承发现的。

那时毕继承到了贵族学校，比任何一个同学都更开心自由，除了不能上网玩游戏，他觉得啥都比家里都好。从小他就不喜欢由他奶奶和妈妈构成的那个无趣的家，她俩的照顾太细致，要吃这个，不能吃那个，约束太多。而且她们各自守一台电视就能把一天的日子打发了，那他被锁在院子里，不和做牢一样么？

所以毕继承在贵族学校并不打算好好读书，他只是想有个能离开那个家，能有很多朋友共同生活玩耍的地方。上学的时间他坐在教室里也挺烦，毕继承一直很讨厌听老师们讲课，他觉得他们根本不懂教育。依着毕继承的想法，既然将来他一定要继承了他爸的职业去当一个企业家，那就直接教他怎么谈判找项目，签合同投资好了。而现在这样的美事没有，他得去学枯燥的数理化，背烦人的英语和语文，唯一让他喜欢的是历史课。每次听到秦始皇、刘邦、成吉思汗的帝国故事，他心里头就冲动地想，要是他也生在古代就好了，那他一定去打仗了，一定也能够揭竿而起，有一帮的兄弟们跟随着他成就一番霸业！他一定不比他爸差,乱世出英雄嘛,这个他心里是有谱的。而现在英雄都得坐在教室背英语,咋能用这个标准来衡量全中国的学生呢?

他爸要是没有在80年代和各路草莽英雄混战赚到钱,又趁水浑摸到了大鱼,那他搁在当下也一样白搭。所以在毕继承的心里,他爸毕成功是个乱世草莽英雄,而他自己却多么生不逢时呀,他经常遗憾,要是自己生在一个战乱年代多好呀,实在不行,哪怕是上海滩时期也行呀!

周末时,毕继承总是要回家的,有时有司机来接他,那他妈大多数会在车里等他。毕继承从来不会问他爸在忙啥的傻话,因为他妈是不会知道的。大多时候方美丽会带着他去吃好吃的,也无非是肯德基、麦当劳之类,他在学校憋了一个礼拜,现在仿佛是出了监牢放松透气的心情,吃是唯一能补偿和犒劳他自己的。不管在学校里是打了架还是挨了训,他都一概和他爸一样不会和方美丽说,因为说了也没用,挨的打也挨了,打了别人的也被训了,被她大惊小怪地问东问西更烦,不如什么也不说倒落个清爽。吃完好东西,毕继承就和他妈回家了,然后直到周一早晨上学,他都会一头扑进自己的电脑世界,因为那里的网络游戏吸引着他。依着他的性子可以两天两夜不吃不睡玩个爽快,只有方美丽每次来催着他吃东西睡觉的时候,他才会停止一下。

现在每周回家,毕继承都看到他妈的肚子在渐渐变大,方美丽告诉他,她要给他生个弟弟或者妹妹,他说最好是个弟弟,我们哥儿俩一块打天下。

方美丽喜欢儿子的豪迈和雄心,就说要是有个妹妹就更好了,我就不孤单了,你和你爸去忙大事,谁也顾不上我。

这是方美丽的心里话,她没机会和毕成功说这话,只给儿子和老赵说了这愿望。方美丽和老赵的交往已经时断时续了,从她和毕成功去了趟杭州就觉得不妥了,怀了第二个孩子之后,她和他联络的就更少了。打电话有毕成功监控着,QQ是要用电脑上网的,她又怕电脑辐射对胎儿有影响,可她要是给老赵留句什么话,他交了车收了工总会回应她,写很多字,问暖问冷,问她血压高了没,今天吃饭还好吧……

这让方美丽时时觉得很甜蜜。

正是在电脑上这些藕断丝连的聊天记录,让每周都要回来玩两天电脑游戏的毕继承发现了他妈方美丽和老赵若隐若现的恋情。

花了好几个钟头，毕继承把他俩的对话全部看了一遍，他仿佛看了一个怀旧版的爱情故事，而且他第一次发现，他妈方美丽的文笔真是不错，居然很文艺呢。可毕继承随即陷入了矛盾纠结之中，怎么办呢？他是该和他爸说说这事，把他妈和老赵的恋情掐死呢，还是和他妈谈谈，让她赶紧清醒过来，好好做回那个相夫教子的阔太太呢？

毕继承想不出个办法，情况太复杂，形势太严峻，一不小心他会害了他妈方美丽，在这个时候他当然是站在方美丽这个阵营里的。

整个礼拜毕继承在贵族学校都没和人打架，也没惹事扰乱，他很安静，这让老师们都很高兴。事实上他在纠结一件事，他该怎么办。他在方美丽的QQ里看到了许多火热而文艺、悲伤而无奈的文字，那是一个对他来说又陌生又刺激的事件，而这一切是他妈对另外一个男人的倾诉。她大量写到了他爸毕成功，而且全是她的委屈和痛苦，在毕继承看来，有些还有点无病呻吟。但他妈说得一点不错，他爸毕成功确实是这样一个人，说毕成功冷酷、自私也不对，为了挣钱他几乎没有什么享受和娱乐，挣的钱除了进行更大的投资博弈，就是让家里每个人都享受着他的奋斗成果。毕继承知道，他家的房子和他妈不用去工作的状态，就算是他在贵族学校的同学们也有许多人家达不到。说毕成功无趣吧，也不对。他爸喜欢请人来别墅里做客，在花园里聚会烧烤，他参加过的，那时的毕成功所表现的热情、微笑和周到是连他这个儿子也意外和喜欢的。可是他平时见到的却是另外一个人，他所害怕又讨厌的父亲，永远忙碌到连话也顾不得说，而且严肃冷漠。

毕继承觉得自己看了他妈和老赵的聊天记录之后突然长大了，开始珍惜他们一家三口之间的关系，想来想去，毕继承就看出自己的家和别人的家有多么不同，而所有的不同都是由一个东西造成的，那就是钱。

于是他下了决心，把自己看到的东西永远锁在心里，谁也别惊动。他妈那么可怜，终于找到了个愿意听她说话的人，他不能弄坏了她唯一的快乐，他甚至有些感谢那个叫赵庆的男人，代替他和他爸陪他妈说话。而且毕继承更坚定了一个信念，为了给自己和方美丽挣到一份尊严，他必须比他爸更优秀，更有钱，然后他才能和他妈一起，在他爸拥有绝对尊严和权力的家里，和他爸平起平坐。

方美丽却完全不知道她儿子的痛苦纠结。她QQ聊得越来越少，因为孕期的反应太大，已经坐卧不宁了。

她记得，发病的那个中午她一直没睡着，觉得头晕眼花得厉害，测了血压，高压竟有一百八。方美丽赶紧吃了片降压药，半闭了眼睛想要睡一会，却觉得坐在浪尖上一样颠簸着头晕，只好睁开眼睛。她想等着那难受劲快点过去，可是心跳得飞快，方美丽怕胎儿有事，只好穿上衣服自己出门去了医院。

幸好那时她住在城里高新区的复式花园洋房里，医院离家并不远，她的孕期检查一直在这个医院做，所以医生问了她的情况又测了胎心和血压，便说情况不太好，还是住院观察吧。

方美丽说她不能住院。医生便坦言说，那你在家出了事就来不及啦！

方美丽为难地说，我爱人很忙，我住院了也没人来送饭，他顾不上我，而且我还得给他做饭呢。

医生叹息说，你这年龄本来就是高危产妇了，我劝你少想想别人多想想自己吧，你现在是两条命呢，拎不清轻重！

方美丽听了两条命的话，心里才知道怕了。医生又说，病床紧得很，一般人想住都劝他们回家观察，你要是担心没人送饭就让护士帮帮你。

于是方美丽同意住院了。可是要交五千块钱办住院手续，而她没有这么多。她就给毕成功打了电话，说她要住院了。

那几天毕成功依旧是忙，却非常高兴，因为他在金达做得很顺手，赚了不少钱，就开始投资地皮了。他在高新区买下了一块地，没几年就明确地被规划在商业圈的规划里，而且还在非常中心的重要位置，这就等于说毕成功对这个投资的判断完全正确。他在一片荒地里看中这块地，现在他只不过是等了几年，这地就已经升值有了很大收益了。那时秦教授和几个专家学者被他请来做个文化规划方案，秦教授说，你真是福大报大造化大，这块地放在别人手里没人敢要。现在好了，它姓了毕，你已经赚钱啦。

毕成功知道秦教授说得确实不假。

他得意着自己有头脑有眼光，他一直是张开着所有的触觉和视力听力的，就更喜欢独乘一条大船，在风平浪静的时候求生机，在大风大浪里头博弈着求发财。这样精准的惊心动魄的过程，和独特的财富积累之路才是他毕成功最为骄傲的。秦教授被毕成功要求着，给他介绍了几个做规划的北京高人，约好一起聊聊，给那块地规划一下。

当方美丽给他打来电话的时候，毕成功正和秦教授坐在车上准备去见那几个朋友。他听方美丽说要住院，立刻以为她要生孩子了，便问她说，大夫没说你今天生还是明天生？

方美丽见他连自己怀了多久，预产期是什么时候也不知道，便带了些怨气说，才怀了六个月，离生孩子还早呢！我血压太高了，心慌头晕得难受，大夫让我必须住院观察，你先送五千块钱，我在高新区的医院等着住院呢！

毕成功便应了，拉着秦教授去送钱。快到医院时，他远远见医院门口要过去的汽车排了长队，便给方美丽打电话，让她到大门口来取钱，他赶时间，不想耽误着排队了。

秦教授已经熟知毕成功开车最讨厌堵车，等红灯几乎是毕成功最不高兴的事。见他对电话里的女人没有多大关心，只是来送钱，以为这女人是毕成功在外面的什么女人。他见过不少老板都有小三、小四，便当作不知道，只坐在副驾驶的位置上不说话。谁知从医院出来的却是个四十来岁的中年妇女，穿了件驼色大衣挺着大肚子，出了大门就冲毕成功的车来了，他便立刻认出来，那是毕成功的正牌老婆方美丽！这时毕成功已经准备好了钱，摇下车窗递出去说，晚上我不回家吃饭了，你住院不在家，我给学校打个电话，让儿子这个周末别回家。要不让爱丽来陪陪你？

秦教授见她冲着自己勉强笑了笑，便有些不安地叫，好久没见，都还好吧！

说了他便后悔了，明明人家来住院，肯定是身体不太好。方美丽小声说，是秦教授啊！我还好！

他见方美丽接了钱想说什么，却看看自己就咽下去了。方美丽和毕成功告了别，转身往医院走，边走边很快地抹了一下眼睛。秦教授犹豫再三就于心不忍了，他说，老毕，我看你媳妇哭了，她怀着孩子办住院不容易，不如咱打电话取消下午的见面。或者我替你先去，等你忙完再来？

毕成功专心地调转车头说，说好了见面怎么能让人家白等？我从来不失约。

秦教授默了一会说，那她明明都哭了。

毕成功也默了会儿说，她能行，又不是生孩子，就是高血压嘛，她好多年了。

俩人都不说话，毕成功缓缓开动车子，行出一百多米，秦教授猛地叹口气，毕成功想想，便把车停在路边说，那你在车上等会儿，我去看看她住院手续办得怎么样。

方美丽果然是哭着的，她平时从来不要毕成功给她帮什么忙，除了钱，他对家里大小事都不用操心。可是看看妇产科等着看病的女人们，数自己年纪大，却连个陪人也没有，许多年轻的女孩子偎在丈夫怀里又是撒娇又是埋怨，男人们手里拿着各种吃吃喝喝的东西和化验单住院单，小声呵护着自己的老婆。这样热乎乎的场面，让方美丽的心被扎了无数大头针一样，到处都在密密麻麻地疼。

毕成功让她在医院门口取钱，她已经是眼窝子发酸了，可他车上有个朋友，她便一如既往那样懂事，咽下了。刚一转身，方美丽就哭出了声音，她真真实实后悔冒着生命危险生这个孩子了。这时毕成功来了，他还没到妇产科的住院部就撵上了方美丽，他叫她的名字让她等等。

方美丽见着他，就一手抹掉眼泪问，你不是急着去办事，咋舍得花时间来找我？

说是这样说，她的脸上确实有些惊喜的。

毕成功笑着说，不放心你办手续一个人上下跑。

方美丽的鼻子一酸，便抱怨说，来了一上午又是排队又是挂号，腰疼得不行，住院和门诊还在两个楼呢，一步也走不动了。

毕成功扶她坐下，去办住院手续的窗口排队，回头看看方美丽正瞅着他的背影，他看见她的眼泪流下来，心里便有些后悔了，该让秦教授先去见面，自己忙完再去的。

方美丽等他办完手续，便又重新拉着他的胳膊去病房。护士给他安排着领来干净被褥，指挥毕成功帮她铺床，又指挥他去二楼交钱拿药，因为方美丽需得马上卧床输液才行了。听了护士交代注意事项，毕成功这才知道，方美丽真的是个高危病人，便说，你到生孩子之前都别出院了，在家也没人陪着，在这多安全，不就是住院费嘛。

护士却训他说，多少危急病人都等着住院呢，过一个礼拜你媳妇儿脱离危险就得出院了，有钱也不能占着病床呀。

方美丽赔笑说，我爱人不太懂医院的事。

毕成功让噎得没话说了，见护士走了就小声说，把我惹急了老子也开个医院呀，这个医院本来就是个朋友开的！

从他交完费，方美丽就紧紧地挎住他的胳膊，连毕成功也意识到，她有故意炫耀的意思，这在过去也是从来没有过的。终于毕成功给方美丽把床也铺好了，把她扶着躺下了，又把那些费用都交清之后，他有些过意不去地说，我真得走了，好几个人从外地赶过来等我呢！

方美丽笑着点头，幸福地说，成功，你从来没给我铺过床，我今天真是感动了！

毕成功没想到她会这么说，便说，我明天去公司找个财务上的大姐来照顾你。

方美丽愉快地说，我一个人能行！别给人家添麻烦，见我这么大年纪还怀孕，我怕人家笑话我！

她又凑在他耳边说，我怕护士们以为我是个不正经的女人，怀了孕也没人管没人陪，你来了人家都知道我是有男人的女人，这就好了。你放心去吧，我有事再打电话给你。

直到出院方美丽也没给毕成功打过电话，在她心里，他能来照顾她，帮她铺床，甚至为了她还挨护士的训斥，她就从来没有这么感激他。

后来方美丽如愿以偿生下了一个女儿。毕成功也很高兴，他亲着女儿的小脸说，我有一件贴心小棉袄了，我的女儿将来要当个拉小提琴的音乐家，穿长纱裙，要多美就有多美！

半躺在床上的方美丽只是笑着，一点也没想起孟寒雨就是个拉小提琴的，而毕成功这样一个连一场音乐会也没有看过的人，怎么会有这样一个洋愿望。

听说方美丽生了个小闺女儿，刘兰草很高兴，带着她的保姆来看，还带了一保温桶的鸡汤。她忙忙叨叨地非要亲手给她倒到碗里，又说，这是俺昨个夜里就小火炖上的，恁可要喝得一滴儿不剩才中！

方美丽便让她看那孩子，刘兰草喜得说，咦，小闺女儿长得多排场！俺看像恁！

她见保姆出门去倒水，就笑着，压小声音对方美丽说，那时候恁和成功结过婚成几年都不怀孩子，俺急得呀，只当恁生不了啦，没想到恁现在倒又怀上啦！

她冲儿媳妇伸了大拇指说，你有功！俺没想到，你给俺又添个孙女！

还有啥比刘兰草这些话更让方美丽高兴的呢？她鼻子就酸了，刘兰草慌着说，憨子，昨天才生了闺女儿今天不敢哭！要落病根嘞！

方美丽见毕成功走进病房，赶紧笑了说，娘，俺是赌着命才生下这个闺女儿呀！

这话不错，连医生和护士也都这么说。为了奖励她，毕成功就给女儿取名叫宝宝，大名叫毕爱美。

本来方美丽是从来不会去想，她怎么会在近四十岁的时候怀上宝贝女儿的。但是，从她生了女儿起，毕成功就已经打好了主意，开始联系宝宝出国上学的事儿，而且不是全家一起出国，只有宝宝一个人去上国外的贵族学校。这让她心里又害怕又愤恨的，总觉得哪里不对劲。但她根本挡不住，经过许多高人指点的毕成功说，他必须让他的女儿一到了上学年龄就得到最好的教育。中国的教育他觉得落后，方美丽的教育更落后，他自己肯定是没有时间的，所以出国是最好的选择。他怕如果把宝宝留在她手里，只会再培养出来又一个毕继承。

说这话的时候，毕成功从来不会避着方美丽和毕继承，他认为，他的一切都是最高配置了，那他一定让女儿越早离开落后越好！

方美丽的月子坐得很艰难。因为她怀孕的时候反应大，没足月婴儿就脐带绕颈，谁也不敢冒险，只好提前剖宫产。谁知她的伤口太大，失血又太多，身体就一下子虚弱下去了。毕成功花大价钱请了个月嫂照顾方美丽和宝宝，出院后月嫂依旧跟着住进了他们家。

月嫂姓刘，五十来岁，是个很精干麻利的人。她经验很丰富，已经陪护了十几个月子婆娘了，所以她敢要一个月好几千块钱的工资。方美丽很信任她，见她把女儿宝宝看护得很好，便对她放了心。

转眼宝宝一岁了，毕成功突然有天说要跟她谈谈。她没有想到，刘嫂其实一直在监视着她呢。表面上看，刘嫂对她很客气，一天三顿饭做得很可口，偶尔马美茹、爱丽她们来家里看自己和宝宝，刘嫂都会及时告诉毕成功。而老赵来了几次，每次说了什么，坐在沙发的什么位置，刘嫂也会一一汇报给毕成功的。

这些对毕成功来说却是个坏消息，他压根儿没想到方美丽居然一直和老赵有着联系，他再也按捺不住自己和方美丽大吵了一场。方美丽却不认账，说你有那么多朋友，我就不能和朋友同学来往说说话？

毕成功说，他一个月来咱家两三次，有啥话非得见面说？而且你把宝宝放在屋里和他跑到花园里说了两个钟头话，你配当妈吗？

方美丽立刻看了一眼刘嫂，她却若无其事领着宝宝到客厅去玩，临出卧室，她还细心地把门拉上了。方美丽说，我这次生下宝宝，命都差点搭上，我又不是你的犯人，咋能连话也不许和男人说？何况还当着你"卧底"的面！

毕成功冷笑说，你和老赵的事别以为我不知道，要不是咱们去杭州你俩早就玩疯了！

方美丽急了说，我主动承认不是想让你抓住不放的。

毕成功气愤地说，我以为让你生个孩子就把你的心收住了，谁知还是这么放浪。

方美丽恍然道，我就说那次明明戴了安全套怎么会怀孕，原来你故意让我怀孕的！

毕成功并不否认，气哼哼地说，谁知道宝宝也没有拴住你的心，我告诉你，我已经打听好宝宝办出国上学的事了，等她七岁就送她出去！因为你没本事教育好她！

方美丽叫道，你敢！

毕成功说，你真的那么爱宝宝，怎么能把一岁的她放家里去和你班长鬼混？不是为了把你捆住，我为啥非要再生一个？

方美丽的眼里崩出了眼泪，一步步走到他面前说，在花园说个话就叫鬼混？真的？你真的是故意让我怀上的？你不知道我有心脏病和高血压？你不知道我这么大年纪生孩子可能会死的？

毕成功大声说，少来吓唬我，女人就是用来生孩子的，哪有女人这么娇气？你现在不是好好的嘛？！你只说，你以后还和那姓赵的来往不？

方美丽急了说，我受你安排这么多年，你从来没想过我也是个人？需要和人说话，需要别人对我好！我凭啥要听你的？

毕成功气得一拍桌子说，昧着良心说话？我对你不够好？你吃我的、住我的，我挣钱养了你二十多年，你还嫌我没听你说话？我和你说话谁去挣钱？你再跟他来往我就剁了他！

方美丽拼命放大声音说，你把我也剁了吧！你根本不知道我要啥，你把所有的一切都换算成钱来衡量，可我想要的和钱没关系！你那么强大，还怕我爱上别人，因为我需要的不是你的强大，我想要的哪怕是一句关心的话！可是都没有！

她以为她终于说清楚了她的意思，毕成功用不可理喻的神气瞪了她一会儿，大声说，我看你是吃饱了撑的了！没有钱，你能躺在床上悠悠闲闲和老赵说闲话？

他摔了门就走，方美丽崩溃一样倒在床上哭起来，毕成功又猛地一把推开门说，从今天起，他再来我一定剁了他！你再要见他和他打电话，我一定和你离婚！

"离婚"这个词是从来没有进入过方美丽大脑的，就算对毕成功多怨恨，她也没想过要离开他，而老赵不过是她情感上需要发泄的时候，愿意听她说话的一个人而已。方美丽深吸了口气，好一会儿才发现自己的双膝在发抖。

离婚却是毕成功从第一次发现方美丽和老赵打电话聊天就有了的念头，他很愤恨。他这样成功又这样出色，她居然会和一个开出租车的人聊出了感情，简直是疯了。

"离婚"这个词，只要说了第一次，他俩就开始越来越经常地说起了。

终于有一次，毕继承从贵族学校放假回家，听到他妈他爸说要离婚的事，两个人闹得不可开交，当着他的面你来我往地吵。毕继承二话没说拍了桌子说，你俩要是再在我面前说离婚的事，我就离开这个家，我谁都不要了。

毕成功恶狠狠地说，那你现在就滚。

毕继承瞪着他爸足有一分钟，他摔上门，转身就走。

方美丽就叫，继承，继承，你去哪？

他俩都没有想到，毕继承居然跑到了电视塔，给他俩发了信息说：我现在就在电视塔塔尖上站着，如果你俩还要离婚，不管是偷偷摸摸还是光明正大，我就跳下去，让全西安市的人都知道，毕成功和方美丽一人找了个小三，他俩离婚了。

说起来毕成功和方美丽的婚姻，还是他的儿子和女儿给拯救的。

毕成功对女儿宝宝的喜欢远远超过了儿子，因为儿子很让他头疼，而女儿却很可爱。所以他稍有点时间，就会给家里打个电话，宝宝已经很会说话了，小大人一样，他的电话来了，她就能和她爸哇啦哇啦说东说西说好久。小丫头叫爸爸，又脆生又亲密。毕成功不管是坐在办公室里还是开着车，立刻就咧开嘴笑了。方美丽也没想到，铁板一块的毕成功在四十二岁这年有了女儿宝宝后，就成了一个愿意对着电话一聊十来分钟，甚至对着话筒虚拟亲吻得啪啪作响的人。

毕成功现在会说他最鄙视的车轱辘话了，这连毕继承也觉得惊奇。

爸爸！

宝宝！

爸爸想宝宝了吗？

想了！

宝宝想爸爸了吗？

想了！

亲一个！

不亲！

不亲就不爱你了！

不爱就不亲你了！

嗯，亲一个吧。

两个人你来我往亲密好久之后，宝宝总还记得她妈方美丽最后教她的话，我妈今天包饺子，让你回来吃。

毕成功果然晚上就回来了。

这让方美丽感慨万分，对儿子毕继承说，世上真是一物降一物，你爸居然天生是由宝宝来降服的。

他俩似乎有些缓解，毕成功却不以为然，他对宝宝的规划只有一个方向，他要把自己的宝贝女儿培养得有修养有气质，像孟寒雨一样美丽又雅致，而且一定得会拉小提琴。中国的教育配不上他的女儿了，他只等着女儿七岁就可以把她送出去了，而他自己当然未来也要过去的。每次只要方美丽提出，她不舍得离开宝宝，毕成功就会有两句话在等着她了：你真的那么爱宝宝，她才一岁你就把她放家里和你班长去花园鬼混？你看看你把毕继承教育成了什么样子？

方美丽觉得这个事情她是再也说不清楚了！

毕成功给宝宝的规划很明确，女儿要富养，所以比起对儿子毕继承的魔鬼式训练，他对宝宝是百依百顺的。毕继承只有几件名牌衣服，而宝宝的衣服必须全是从品牌店买的。朋友们知道了他的宏大计划都调侃他，你自己也要升级呢，要不你女子将来拉再好的琴你也听不懂，恐怕还要埋怨没有弹棉花好听呢！

这是玩笑话，可毕成功一笑过后心里就使劲了。他想了想，孟寒雨那时总爱用她那个单卡录音机听音乐，好像有个什么曲子叫《梁祝》，她爱听那个，有几次还哭了，虽然他自己并没觉得值得哭，可他很喜欢她这么细致。后来他托人从香港给她买了个当时最流行的CD随身听，她很惊喜，说音质特别好，能听到邓丽君唱歌时的每一下轻轻换气呢！她自己喜欢听着邓丽君的那些歌一句句学着唱，他怕扰了她只敢默默地听，有时他听孟寒雨跟着单卡录音机轻轻唱着，几乎分不清哪个声音是她的。她走时没拿什么他送的东西，唯一拿走的只有那个CD随身听，他就猜，是她对他还有些感情才想留个念想吧？要么是她太恨自己了，知道他喜欢她和邓丽君的声音很像，那她就故意断了他的念想？

于是毕成功立刻决定，他一定要让宝宝现在就听孟寒雨听过的好东西，而他自己也一定要买个随身听，专门听邓丽君的歌！他没有犹豫，立刻穿上外套开车去买音乐CD，可是他跑了当年和孟寒雨常去的几个外文书店、咖啡书店，却发现别说书店，连那条街也都没有了。有个大书店还在，他去找，却只有教辅和英语学习的CD了，店员说流行音乐类的不好卖，现在网上什么音乐都能下载，谁还会花钱去买CD？毕成功平时最讨厌谁说版权这个事，可他突然就觉得过去和孟寒雨一起逛着书店找一本书，或是去大学城的小咖啡店里淘哪个歌的CD，是多奢侈浪漫的事儿呀，他当时怎么没珍惜呢？

他去了大商场，打听到早就没有CD随身听这个东西了，人家说现在都用插耳机听音乐的NANO，他就让买个金色的。可他对那小小的东西有着疑心，便问，这里能放下邓丽君所有的歌？

帮他下载音乐的店员是个小伙子，一边找歌一边笑了说，这个内存大呢，放再多也行！你先听听效果？随便试个歌？

毕成功说，有个歌你先找找！我不知道名字，可我记得歌词：在哪里，在哪里见过你……

他还没说完，小伙子便说，《甜蜜蜜》呀，这是邓丽君最火的歌！

毕成功把耳机塞在耳朵里，果然是那个熟悉的旋律，邓丽君的声音刚一唱起，他的心被捏住一般，立刻屏住了呼吸。商场人很多，在旁边走来走去的，可他仿佛在一个没人的地方，猛然听到孟寒雨正对着自己唱歌。听着那歌，他发现他居然记得每一句歌词也记得每一句音调，更让他激动的是，他的眼前还浮现了孟寒雨唱歌时的表情。他沉醉地半闭了眼睛，赶紧用手紧紧按住耳朵里的耳机，生怕随时停止了对孟寒雨这难得的回味。

从此毕成功就成了个音乐发烧友，家里和公司都装上了最昂贵的音响，除了小提琴音乐外，他只有邓丽君这一个歌星的所有CD，当然，大多都是他托人从香港甚至日本买的正版货。他的车上也永远只放邓丽君的歌，那他听的时候就会觉得孟寒雨一直在陪着他。开始他只固定循环放《甜蜜蜜》，有一天他买到邓丽君的专辑《人面桃花》，便放在车里边开边听，有首歌立刻吸引了他：

【男声】我没有骗你

没有骗你

离开你万分不得已

既然不能够在一起

不如早一点分离

你忘了我

我也忘了你

把我俩的过去

丢进河里

埋在土里

让我俩永远永远地忘记

【女声】我实在爱你

实在爱你

为了你牺牲我自己

虽然我没有得到你

你曾给我甜蜜

你忘了我

我也忘了你

把我俩的过去

丢进河里

埋在土里

让我俩永远永远地忘记

【对唱】我为你流泪

我也哭泣

要分离实在不得已

今生不能够在一起

来世我俩再团聚

你忘了我

我也忘了你

把我俩的过去

丢进河里

埋在土里

让我俩永远永远地忘记

毕成功震惊得如同被雷轰了一般，他不知道他怎么找到个停车位把车停下的，他只是急慌慌打开CD盒子里的歌词，那歌名字就叫《我没有骗你》！天呀，这么多年了，这是上天在可怜他吗？老天知道这歌全是他心里的话，可再没机会说给孟寒雨了，就让邓丽君替他唱给孟寒雨听？他知道她现在不管在哪儿，一定和他一样，一张不落地买邓丽君的新专辑，那她肯定能听到他心里的话呀！

他激动地把那歌词高高举起，双手就碰到了车顶，他又把歌词紧紧按在心窝，仿佛那里正依偎着孟寒雨。他觉得自己的冤枉和委屈都要被孟寒雨知道了，就有了昭雪解脱的幸福。突然，毕成功不可控制地鼻子酸楚，他抽泣着叹息，终于号啕着哭起来。他的歌词被揉成一大团，完全让眼泪弄湿了，那歌词就都一片模糊了。

在宝宝五岁的时候，毕成功果然要让她学小提琴了。方美丽不知道他为啥对小提琴这么上心，宝宝不懂得什么，她爸要带她去音乐学院找老师，她高高兴兴伸了胳膊搂着她爸爸的脖子说，要学小提琴喽。

小提琴的事，算得上是毕成功的情结。他不愿意带宝宝去少年宫之类的地方，音乐学院有他的朋友，是教声乐的教授，他总能给女儿介绍个合适的老师吧？于是毕成功和人家约好了，就带着宝宝去了音乐学院。

那位朋友见宝宝不过五六岁，就说带她去少年培训学院报个名，从基础学起。毕成功一听二十个孩子一个班，便摇头说，我不想让女儿上那些班，我想请个真正的音乐家教她拉琴。

可是一个专业小提琴家很少会有时间给这么小的孩子教琴呀。

毕成功看出朋友说得是实情，可他还是说，学费再贵也不是问题，我想请老师只给我女儿一个人教！

那个朋友说，这样的专业小提琴家即使找到了，也愿意只给你女儿一个人教，平时练琴怎么办？人家也不可能天天去看你女儿练琴，不过倒是可以找个水平好的大学生去陪着看孩子练琴，隔些天请教授看看。

毕成功觉得这是个好办法，宝宝见她爸高兴，就说我要练琴了！

因为之前毕成功给女儿看过一张小女孩拉小提琴的照片，宝宝是有印象的，所以她很兴奋。那个朋友说，毕总，不如我带你去他们的教学楼，帮你找教授问问，也顺便让人家给咱推荐个学生当陪练老师，器乐主要是靠练。

毕成功便催他到另一栋楼，上到三楼迎面下来一群学生，有男生有女生，都提着小提琴箱子有说有笑正下楼。毕成功抱着宝宝猛地就愣住了，他的朋友顺着他的目光看看那群学生，就笑着说，都是拉琴的孩子！

那些学生们冲着他的朋友叫张教授好，他的朋友也给大家一一打了招呼。

毕成功却慢慢转过身，盯着他们看，学生里有个穿着背带牛仔裤，披着长发的女孩正说笑着下楼梯，只一瞬间毕成功就在心里叫出了声音，孟寒雨！

这个面孔白皙气质纯净的女孩却是个杭州人，妈妈爸爸都是大学老师。毕成功有些激动地对他的朋友说，你认识她呀，那你一定帮我问问那个学生愿不愿意教我女儿！

教授叫她的名字，问她现在有时间带家教没，那女孩儿就冲毕成功笑了说，谢谢叔叔，我推荐我的同学去给小妹妹教琴吧。

毕成功看着她明媚的笑容，心里说不清是激动还是难过。

他努力平静着自己问，为什么？我可以送我女儿来，不用你出学校！

她微微挑了眉毛说，我才通过雅思，要去上学了呢，下个月我就走了！

毕成功呆看着她和同学们转身下楼，突然带了些绝望问，你认识孟寒雨吧？

她回头看看他又笑说，我不认识，是个明星吗？

有个学生小声说，他说的好像是声乐系那个学妹？

那天毕成功几乎是恍惚着开车带宝宝回家的，但他从此更是铁了心要把女儿送出国了。

虽然方美丽知道她的宝宝迟早要离开自己去英国"独立"的，但她被找了这么个把柄让毕成功收走了和宝宝生活在一起的机会，总是一想起来就又伤心又绝望。

第十五章

对毕成功是他四叔的事，毕庆勇在很小的时候就知道，因为那时电视机里经常会有金达的广告，而他妈刘玉娟总会说，没想到毕成功现在生意做得这么大，估计他有几百万了吧？而他爸毕成才也总会气哼哼地回她，他从小就会投机倒把！算啥本事？！

毕庆勇知道，那时他爸毕成才被许多人羡慕地称作"毕百万"的，那他叔叔有几百万，得是多有钱的人呀！

但他也知道他这个叔和他爸一样，对钱有着特殊的感情，所以就算是毕庆勇很多次面对财务危机，或者想要得到投资让产业升级，他都从来没有一次动过念头，想要让他叔毕成功来投资。在他的眼里，哪怕只有一线希望，全世界的人都值得他拉下脸去求投资，那么唯二的例外就是他爸和他叔了，因为这两位算是钻石级的铁公鸡。他公司现在研发的智能机器人急需要投资上台阶，他四处发布想要融资的消息，有不少人有兴趣和他谈，却几乎没有实质性进展，因为他们对他想做的事情不敢想，更不敢相信他这样年纪的人，能在一个小公司做成智能机器人。

当沈天告诉他，毕成功要见他，并且让他思考三个问题的时候，他又意外又惊喜。因为沈天说，从毕成功当时的态度上看，他想投资的兴趣非常大，所以，从广州回到西安，毕庆勇第一时间就和他叔打了电话，约好和沈天一起去见他。谁知在他和沈天出发的三个小时前，毕成功却专门给沈天打了电话，让他下次再来，说他和侄子好多年没见面了，又说两家人完全没有联系，他奶奶去世他们家人现在都不知道，他们见面肯定要谈大量家里的事情，让沈天暂时回避一下，以后再来。

按着他叔发来的地址，毕庆勇很快就到了国际大厦，从顶层的电梯出来就到会所里面了。他看到地面铺着淡灰蓝色地毯，迎面是一个巨大的鱼缸，完全遮盖了整面墙。鱼缸里一只一米多长的灰色鲨鱼正在水里翻滚，毕庆勇使劲睁大眼睛，没错，确实是只鲨鱼！他当然知道毕成功把鲨鱼放在这里，就是想要这种让人猛然被震慑住的效果。许多人总是希望自己的财富能够让别人羡慕，自己拥有的东西能让别人惊讶，别人在他面前越是显得没见过世面，他就越是惊喜得意。在路上毕庆勇就想好他偏不让他叔得意，可让他惭愧的是，从电梯里刚出来，还没有见到毕成功的面，他对着这只鲨鱼就已经露怯了。

一个化着淡妆、穿着象牙色西装套裙的年轻女孩浅笑着迎向他说，您好！我是毕总的秘书陶敏！

毕庆勇对她微笑说，你好！

她便侧身站在一旁，这时就露出她身后的毕成功。

毕庆勇没想到他四叔这么年轻，就赶紧叫，四叔！

毕成功笑着说，庆勇，长这么大了！快进来说话！

毕庆勇感到房间里充足的暖气，一边拉下脖子上的围巾一边说，听说西安今年倒春寒，又下了雪，我特意穿多了些。

毕成功只仔细看了他一眼，便转头让陶敏给他俩先榨杯果汁，但他已经把侄子全看进了眼里，让他略有失望的是，毕庆勇很像他妈刘玉娟，他没有毕家人那样的单眼皮，也比毕家人都皮肤白，而且他个头不高还戴了眼镜，倒像个银行的会计。毕成功笑着说，你在南方，今天这暖气专门为你开得大！我从小不怕冷，大冬天也一样洗凉水澡呢！

跟着他叔走过贴了金花壁纸、悬了白瓷金边大吊灯、挂了一墙油画的长廊，仿佛从罗浮宫宫殿走过一般，在走道尽头左拐，毕庆勇眼前豁然开阔，一个两百多平方米长方形大客厅的最里面，是一张沉香木大长书案，书案旁边的地上，有一个硕大的景泰蓝地球仪，镀金的支架正闪着亮。

正对面的落地大窗前，是欧式的褐色真皮沙发，浅米色大理石茶几上，金色大花瓶里插了几枝新鲜的香水百合，浓郁的香味弥漫了整个房间。

毕成功说，怎么样？叔的会所装修得怎么样？才弄好用了不到三个月！

毕庆勇四顾了说，真是挺豪华的！到处都金光闪闪的！

毕成功迈着四方步，在宽阔的客厅里散步一般慢慢踱着说，当时我找了好几个装修公司来给我报价出设计图，我给他们说，我只有四个字的要求：金碧辉煌！

他的侄子笑了说，确实是这四个字！是金碧辉煌！有点像法国的皇宫！

毕成功有些意外惊喜，他瞄了眼侄子，看他脸上确实是诚心诚意的表情，便高兴了，快步走到大沙发前坐下，又想起什么似的迅速站起说，对了，我还没有带你到我的会所里参观一下呢！

从这间欧式客厅回到刚才进门时的大鲨鱼那里，毕庆勇看到陶敏正指挥一个穿着白大褂的厨师，端了一盆切成碎块的鱼给那只鲨鱼喂食。毕庆勇闻到了血腥味，毕成功像夸自己亲孙子吃饭乖一样，满心都是高兴地说，看这鲨鱼！

每次吃东西它都是这么霸气！叔现在做的资本生意，手里抵押了不少房折子和地皮项目，有时候要不回来账就得找讨债公司，效果不怎么好。我找了个高人指点，他说做这个生意就得有霸气，让我养只鲨鱼调调风水。你猜怎么样？

怎么样？

嗨！这俩月收账收得特别好！

毕成功哈哈笑着，领他往另一个方向走。走过长廊看到的房间和刚才欧式风格的客厅完全对称，却是纯中式的装修风格了。家具都是金丝楠木的，靠墙一排是书架，并没有放多少书，倒是放了不少毕成功的照片，大多是和大领导们的合影。毕成功的一张巨幅照片摆在书架最上一层，毕庆勇不由得多看两眼，毕成功便顺着他的眼睛看了那照片说，那是我资产刚刚过亿的时候，专门去西安照相馆找特级摄影师拍的，看我那时多年轻，头发比现在多得多！

毕庆勇欣赏着那个白衬衣的毕成功说，叔，你确实很年轻，我看你现在咋都是四十出头的样子！

毕成功笑着说，别逗你叔了，都奔六的人啦！

毕庆勇看到房间的东头横摆了个大桌子，桌面是整棵树一分为二，竟有两米来宽五米来长，桌后是一把高大的太师椅，看得出来，那是毕成功的座位。大桌子的左右两边各摆了十来张略矮一些的太师椅，顺着十多米长的客厅整整齐齐一直摆到尽头，每张太师椅之间还有一个小小的方形茶几。

毕庆勇说，叔，我看这里比刚才那房间好！

毕成功便问，你喜欢中式风格？

毕庆勇笑着摇头说，你坐在这里，要是这两边都坐满人，那就和过去皇上上朝一样，真够气派的！

说着，他走过去坐在这排椅子最顶头的那张，回头对他叔说，你看，我要是坐这里，算不算你的宰相？

毕成功得意地笑了。他觉得自己很喜欢这个聪明的侄子了。如果他像毕继承那样怕自己，什么话也不敢说，或者是不想说，只是来要钱投资，那他就真的很失望了。可他这个侄子不管之前见没见过这些气派，都不卑不亢的，这才是干大事的人应该有的素质。

他没有回答毕庆勇算不算是宰相的话，一路走过长长的客厅，绕过博古架,毕庆勇看到那里有个门,毕成功说,这里太大了,咱爷儿俩到小客厅好好"喷"一伙!

小客厅依旧是欧式的,却只有不到二十个平方米,布置得很紧凑精致。毕庆勇就明白了,他叔的那两间大客厅,就是用来镇住那些和他谈生意的人的。而这个有着私密感的小客厅,一大两小的沙发上放着厚厚的坐垫,茶几上没有放花,却有一大盘小点心,这才是真正要让自己舒服的地方,完全不像刚才那个皇上君临天下一般的大堂。毕庆勇不相信他叔会喜欢坐那些硬邦邦的太师椅。果然,毕成功给他指了小沙发,然后自己一屁股坐在大沙发上,脱掉了鞋,便舒舒服服盘腿窝在沙发里。就这样一个动作,毕庆勇心里有数了,今天来谈投资的事儿有戏!刚才他四叔叫他爷儿俩,现在又和他在这个私密的地方来聊天儿,这不是认亲还是啥?

毕庆勇心里突然有些激动,也有些狂喜,他的机器人有希望了。他把装了整套公司未来发展文案的包包放在膝盖上,拉开拉链。

陶敏端了两杯刚榨好的果汁进来给他俩放在桌上,毕成功说,你去把门儿关好,不叫你就不用再过来了。

陶敏应声出门,又回身把门轻轻关好。毕成功问,你奶奶去年去世了,你知道不?

毕庆勇停了捏着拉链的手,说他已经听沈天告诉他了。

他和他的奶奶刘兰草一共只见过那么几面,还是在他十来岁的时候,虽然他对奶奶有记忆,但感情却是很淡很淡的,淡到他几乎没想到他四叔会在谈投资之前,要先和他谈谈奶奶。所以他不知道是该做出很沉痛的样子,还是说他心里的话,他根本对奶奶的死没什么感觉。见他迟疑着,毕成功说,我猜你把你奶奶的样子都记不得了吧。

毕庆勇反驳说,怎么记不得?我去家里看过她!我奶奶是得病走的?

毕成功点头说,你奶奶是个有福的人,以前在农村她受了罪,那时落下的腰腿疼、头疼病全靠止疼粉就能治住。二十多年前你奶奶开始注意养生了,我看她比一般老人都身体好精神大!去年,你奶奶有过心绞痛,我还陪她看过大夫,没想到她走的时候还是因为冠心病……送医院只抢救了一天人就走了……

毕庆勇说,四叔,你是大孝子,比我爸强!

毕成功哼了声说，世上人和他比都能算是孝子！

毕庆勇只好点头同意，他说，估计我妈我爸也不知道吧！四叔，哪天你给我说一下地方，我去给我奶奶上坟烧点纸。

毕成功心里得到些安慰，便点头说，等过些天闲了我带你去。

见毕庆勇还沉浸在悲伤里，毕成功劝说道，老太太也算是跟着我享了些福吧。那天我听沈天说，你爸你妈现在情况不太好？

毕庆勇说，我回来先去看了我妈，这次还不错！情绪也稳定，她说她已经想开了。有个小服装厂让她去管车间，我知道她想多挣些钱，可她都六十岁的人了，我实在不忍心她再去给别人打工，可我又劝不住她，唉！

毕成功说，你生意怎么样？有钱了多给他们点，她有了钱就不急了。

毕庆勇说，一直给他们钱呢。我妈不要，就是要了也是存着，还是不舍得花。我爸和我妈不一样，他有一次说，我一个月才给他一千块太少了，说物价涨得快，让我好好体验体验生活，了解一下西安一斤肉多少钱。我爸爱吃肉！他把所有的东西都换算成猪肉来判断。

毕成功说，按说你家的工厂那个时候在西安也是有些名气的，加工的服装虽然土气了点，但是批量生产做劳保服装，也很赚钱，怎么弄成现在这样？

提到他爸，毕庆勇满肚子话都涌到了嘴边，我有时候觉得我爸是不是在"文革"的时候脑子受刺激了？有时候又觉得他天生就是这样的一个人，太自私了，又特别冷酷。我那年带着媳妇女儿回西安，他在电脑上下象棋，从我们去到走，他连屁股都没抬，也没理我们。我女儿给他叫爷爷，他只嗯了一声，连话都不说。他太冷淡了。

听他说到毕成才，毕成功就来了气说，你爸那德性我知道！我就纳闷儿，他赚了那么多钱，怎么现在过成这样了？我猜是不是故意装穷呢？我有个有钱的朋友，他想试验他的孩子对他是真好呢还是为了他的钱对他假好。他装成生意赔钱了的样子，结果他那两个孩子对他恶劣得很，他就幸亏早早认识了他们的面目。

毕庆勇一个劲摇头说，不是不是！我十五岁让我爸撵出来的时候，他就是这样的人了，我现在三十多岁了，他变得更可怕了！

他有些激动地搓着手斟酌字句，眼睛凝视着空中，仿佛他爸毕成才就在半空里坐着。

　　1983年，对毕庆勇他爸毕成才来说是重要的一年。这一年里，他媳妇刘玉娟给他生了个儿子，而他自己和他兄弟毕成功在广州火车站分手之后，便回到了开封和刘玉娟说，他必须要自己单干开工厂了，因为他觉得本来是他的钱都要被别人挣光了。

　　他急得很。

　　刘玉娟对毕成才丢掉工龄和正式工作去开工厂一直不同意。毕成才就说起他在西安找刘兰草时受的种种窝囊气，说她骂他骂了十个钟头也没认他这个儿子，而毕成功完全利用了他，本来说好要考察服装市场，可到了广州就批了服装要回去开商店了。他捂着脑袋对刘玉娟说，唉，说来说去还是因为咱没本钱，人家才会欺负咱！

　　看毕成才说得流了眼泪又流了鼻涕，而且那鼻涕长长地挂在他的鼻尖上，来回打着滴溜，他自己浑然不觉只是哭，刘玉娟心软了。男人想挣钱不是坏事，让刘玉娟纠结的核心问题是毕成才的工龄，集体制工厂的供销科长虽然不是多大的官儿，也算不上是铁饭碗，可也是个饿不着的差事呀，咋能说丢就丢？她只管在心里纠结着，小半年时间过去了，毕成才消瘦了，睡眠不好了，每次给厂里奔波着签了大合同，人人都很高兴，他心里悲喜交加，心疼这笔生意要是搁在自己小厂的锅里该有多么好啊！时间长了，毕成才没了工作的劲头，连生活的劲头也没了，胡子总是老长也不愿意花时间剃，两眼再也没了光彩。看看男人这个样子，刘玉娟终于下了狠心，同意他先在厂里办个停薪留职手续，悄悄开个小厂子经营着，边干边看，至少别一下扑通跳到海里，一旦淹着了，想上岸可就来不及啦。

　　这生意对毕成才算是救命的稻草。

　　在西安受到刘兰草和毕成功给的种种窝囊气，成了激励毕成才一定要干出名堂的最大动力。他不相信毕成功说商业比工业挣钱的鬼话，那是他小子压根没干过工厂，不知道这样的实体比打游击一样倒腾商品有更大的利润。在他想来，有他维护了十几年的材料供应和商品销售关系，又有生产的技术实力，挣钱是刀底下见菜的顺当事儿。

思来想去，毕成才决定把他的小厂开在西安。因为他在西安有销售关系，好几家国营大商场都是他原先固定的关系，另一个原因是毕成功和刘兰草对他不愿意搭理，反而毕成钢还愿意认他这个大哥，留下他的样品，把那些劳保服装和劳保手套放在自己那里，答应给他在单位推销。后来毕成钢果然联系了一些业务。毕成才就有了把厂子搁在西安的念头，他和刘玉娟商量了，觉得是个好办法。虽然从开封到西安奔波着辛苦了些，可被原单位知道的可能性就小了，假如将来厂子没开出名堂，还有个退路，也不至于引人笑话。

毕成才的服装厂完全是靠东拼西凑的旧机器设备成立起来的，因为两口子实在没什么钱。

他办妥了停薪留职手续的时候，刘玉娟也请了长病假，两口子捏着仅有的两万块钱积蓄开始在西安招兵买马。前几年开封有家大国营服装厂上马新设备和产品，旧的电动缝纫机、锁边机都以很低的价钱卖掉处理，那时候毕成才已经早有了要单干的念头，就用很少的钱买下来。他没敢和刘玉娟说实话，拉回去放在刘玉娟娘家闲置的房子里没敢提起，现在这些设备都拉到西安顶上了用场。毕成才用他的经验看，国营大厂淘汰的东西又便宜又不耽误用。

为了节省宝贵的资金，毕成才没敢在西安市区寻地方建厂子，想着西安北郊房子最便宜，离西安火车东站西站都近，进城运货两便利，他和刘玉娟蹬着买来的二手自行车去转悠，出了北门往北走，越往北走越偏僻，房子也就越便宜。两口子为了省房租，就越走越远，到了离北门十多公里的地方，他们寻到了一大片荒地，这算是已经进了人家村子了。人家听说开服装厂，先请示了村长，然后村长开了村委会，又征求了村民们的意见才答应租给他。刘玉娟担心这个厂子基本开在了荒地里，虽然年租金不过两千块钱，可离西安太远了。毕成才却乐观得很，说这下子招工人也好招了，方圆多少里都是村子，那些农村闺女们不用进城就能在家门口当上工人，省了多少事！要不光给厂子建宿舍、修大食堂也是个麻烦呢！

刘玉娟不由得对毕成才佩服了。毕成才说，我们毕家天生都是生意精，别看毕成功弄得好，两三年时间咱的服装厂一定也得火！

刘玉娟便知道，他的劲全撺在他娘和他兄弟的身上了。

厂子果然没有为雇用工人做活费过心思。毕成才从开封请了几个技师，手把手教女工们学习踏电动缝纫机，请来开封的退休老技师来下料。他让刘玉娟管着账目和钱，自己天天泡在西安市，不是和商场拉关系，就是到大大小小的建筑公司跑销路。毕成才可着兄弟毕成钢的关系，把劳保服装和手套作为自己厂子的主打产品，渐渐就形成了气候，有人开始要他们的货了。头几个月两口子用自行车后座捆上劳保服装去送货，有时捆得比人还高。毕成才人灵活，关系又多，往往能送到货就拿到货款。这是少有的，别人的货，国营大商场总要拖上一个多月才能结一次账。

　　不长时间毕成才手里就有了很可观的一笔钱。刘玉娟管着账，两个人累得要死要活，可毕竟没有干砸锅，天天都能赚着钱，这是最激励人的。除了跑跑银行和税务局，月底再做做账，刘玉娟就去车间学做活儿，渐渐地大大小小的活儿也难不住她了。毕成才就和她商量，天天送货靠自行车和三轮车总不是个办法，咱赚上的钱差不多够买个小客货车，要不买车就刚够买些好料子做羽绒服，你不知道现在羽绒服在南方销售得有多火！利润也大，一件成衣除去面料、衬里，还有羽绒这些辅料，能挣二百多，不比劳保服装和手套挣得划算？

　　两人商量了一回，觉得来日方长呢，眼下劳保服装在西安大小市场都有了名气，也站住了脚跟，还有人上门来订货，买一辆能拉货的汽车是眼前最重要的。俩人抽空去看了车，可手里的钱要买辆客货两用车还要差一些，两口子又鼓着劲努力了几个月，终于把汽车的钱挣回来了。

　　毕成才没有雇司机来开这车，一来嫌请个司机至少得七八百块钱工资，他不舍得；二来人家是外人，并不会像自己一样爱惜，新汽车是个哑巴孩子，又不会说话，不好好保养，开得不爱惜，汽车就会白白磨损得减少了使用寿命。有了这个心思，刘玉娟也支持毕成才自己学开车。毕成才请了个公交汽车公司开教练车的伙计来了三四天，就在开工厂的村子打麦场上学会了开汽车。他很高兴一分钱也没花，刘玉娟做了三天饭招待那人，这事就算结了。

　　见毕成才学会了开汽车，刘玉娟从心里承认丈夫真是一个了不起的人，硬是用两万块钱就在西安的郊区开了工厂。

　　两三年的时间里，毕成才的业务不断扩大，工人也不断增加，从一开始三五个女工，渐渐到十来个，又到了二十来个，每个月的营业额从三五百块钱，到三五千块钱，又稳打稳扎固定在一万多块钱上。刘玉娟知道，这个数字对毕成才来说才是个开始。可他的心有多大她还真不知道，因为毕成才的心是随着他兄弟毕成功走的，水涨船高，再怎么经营有方，比不上毕成功就算不上是成功了。刘玉娟知道现在毕成才想做成的事儿很多，她听过他给她详细说过毕成功买下的院子有多大：小二楼的楼梯是带着扶手的，院里空的地方能停一辆小汽车。而那一砖到顶、上着楼板的一院儿房子，是毕成才最最渴望拥有的。

毕成才为了这个目标每天都急得很。

他是在工厂干活儿出身的，总想事事过问，而他最怕的就是工人偷懒和浪费。有时在车间走走，他就觉得工人们的浪费简直吓死人，没用完就丢掉的缝纫机线，明明可以裁剪成口袋布或者领子贴条使用的大片布料，可都丢在垃圾里了。为了这些事毕成才每次从外面回来，总是连水也顾不上喝，甚至厕所也顾不得上，就要先到车间里去看看他的工人们有没有浪费，有没有嘻嘻哈哈说闲话，有没有关着门在厕所里一上就是十几分钟。在他看来，只有不出次品，不浪费材料，不上班时间乱说乱聊，下了班还能随时加班的工人才是合格的工人。可惜这些在乡村里长大，只念了初中一年级、二年级就辍学回来务农的孩子们很难让他满意。尤其是女孩子们，停了学回家应该是帮着家里收拾家务，农忙时去地里帮帮忙就好了的，她们觉得能来离家门口不远的工厂学学做工也不错，挣出些零花钱三两年就到了出嫁的时候，虽然将来嫁到哪里还没有眉目，可大家都确定，谁也不会结婚之后再来做工了。正因为这样，毕成才的厂里大多数招来的都是这些没见识过什么叫作工厂的乡下孩子，他们也没有多大的愿望和梦想，只是满足于每天上班下班，按月挣一点工资，几乎没几个孩子把当工人看成长远的事情。毕成才的苦恼就一直没有间断过，他是经过"文革"的人，在沙村得对队长事事服从，干啥事都必须认真做好。厂里的孩子们根本不理他那一套，说烦了就哭，要么第二天连招呼不打就不来了，再到月底开工资时，人家领着父母来结算工资，才不管什么纪律。反正不干了，也反正要把做过的活儿领了工资的。

他和刘玉娟都很头疼这些工人。

毕成功在东大街和国营老东方服装店合作的事，毕成才很早就知道了，那里其实也是他在西安的老关系户，过去开封光华服装二厂的许多紧俏货他都销售给了这里，所以他和刘经理算是老相识了。当毕成功成了金达的毕经理的时候，毕成才心里难过了，而且难受了好久缓不过来。这样的国营干部指标都能弄来，他感慨老天太不公平了，这辈子他是坐着飞机也赶不上了，而且他知道毕成功是带着四十万的投资以合作者的身份进驻老东方服装店的。

乖乖呀！四十万！

他对那巨额的钱数久久不能释怀。他知道他兄弟干了挣钱的事儿，可他不知道毕成功竟能干到这么大的事儿。而当时在广州火车站分手的时候，毕成功坐在小山似的大包上，笑着让他别做工厂，说做工厂没有经商赚得多的话就在耳边响着。

难道自己真是选错了？毕成才赶紧在心里摇摇头，六亩地的工厂五六十个工人，新买的小客货车，银行账上好几万块钱，月月都在增加的业务关系，他怎么会错？他立刻为自己没有开着小客货车去找毕成功刘兰草炫耀而庆幸了，人家四十万，得买多少这样的小客货车？他努力劝说着自己，别想毕成功了，日子长呢！只要是厂子每天开着工，钱就赚着呢！

可是毕成功的广告是处处可见的，刘玉娟怕刺激了他，轻易不看电视。儿子毕庆勇却不行，《神探亨特》是多精彩的电视剧，他一集也不能错过，而且毕成功是他四叔，虽然没见过面，毕庆勇也忍不住每次都要得意好一会儿。

往往毕成才听了金达和毕成功，总要站起来就走，他气得不轻。毕成才给刘经理打过两次电话，说是拉关系闲聊，其实也是想摸摸毕成功的底儿，听刘经理感慨万分地说出金达一天的营业额，毕成才几乎要哭出来了。他被逼到了绝境，怎么也摆脱不了毕成功的阴影。刘玉娟自然也看了毕成功每天在仅有的两个电视频道里，轰炸一般的广告，她却开了些思路，对毕成才说，其实咱们厂子也能做羽绒服的，那会儿想买车，现在车也买了，劳保服装、手套的生意也稳定了，月月都能增加销售额，我看可以试试！

毕成才对媳妇伸了大拇指，说他也有此意。他知道毕成功的羽绒服是从哪里进来的，一心想去看看样式，又担心撞上兄弟，那时是说话还是不说话呢？

他对毕成功现在是仇恨远远大过了亲情，不像对毕成钢，毕成才当他是个亲兄弟，为了感谢毕成钢帮忙给自己介绍了销路，先先后后把上万块钱打给了他。他觉得这钱花得值，一年到头连双像样的好鞋也不舍得买的毕成才，从来都没后悔过。毕成才要在厂里做羽绒服，依他的实力和规模，光是设计这一关就过不去，更别说羽绒服材料很贵，材质工艺比劳保布料要难得多，一旦积压损失就会很大。光是制作这一块，目前厂里的工人都不具备技术，有填充羽绒经验的工人，他厂里连一个都没有。他能做的只是把款式好的羽绒服拆成片，套版制成大、中、小号的样板，然后再做成羽绒服。当然，他明白，这其实就是假货。难是很难，可毕成才草草算一算利润确实太大了，太诱惑了。他和刘玉娟商量了，毕成功不是有钱吗？让他烧包！让他去挣有钱人的钱吧！大投资大回报嘛！咱不眼红他，咱们稳稳当当挣大多数老百姓的钱吧！金达一件羽绒服卖一千，乖乖！那不是吃人是啥？咱小投资，虽然买来羽绒服裁剪成样板耽误些时间，样式会不太时兴了，可西安有多少人是能买那么贵的羽绒服穿时兴的？谁有一两件羽绒服就足够了！他毕成功从南方进货，再精明也有看走眼的时候吧，咱勤跑着看他们啥样子的货色卖得多，卖得快，咱就做成啥样！他挣的是质！咱挣的是量！一个版式生产他娘的一百件，价钱只有他的一半，俺就不信卖不掉！一件照样有一百块钱的利润能赚！

  本着这样深思熟虑的想法，毕成才就在大夏天去了趟上海，又去了趟浙江，想要赶在秋冬旺季之前生产出来，散放在西安市的中档商场去销售。他已经极力劝说了自己，"文革"结束十几年了，买东西的人已经不认国营了，连老东方服装店也姓了私，你见钱就挣吧！

  当年毕成功去上海出差订羽绒服，吃睡在澡堂子的法子，是毕成才随口说的。从小在刘兰草家过着特别贫困的生活，又在沙村当了近十年的人下人，他比谁都珍惜钱，也更珍惜所有的物质。虽然开着服装厂，他的衣服基本成年累月不用添置新的，秋衣秋裤洗得快要化成了网状他也不舍得扔掉，让刘玉娟拆剪了旧秋衣裁成补丁打上，反正穿在里面有外裤套着，谁也看不见。

  他的节约在任何地方，这就让已经上了小学的儿子毕庆勇对他反感透了，他爸他妈可以去忙工厂，顾不上穿一件像样的衣服，他在学校却常常处于尴尬的境地。学校升旗时要穿白衬衣蓝裤子和白球鞋，毕庆勇都有，可那球鞋和衣裤都是刘玉娟他哥的儿子们穿剩下传到他这里的，白衣服不白，蓝裤子倒是洗得褪了色，膝盖那里发着白，球鞋是发黄的，咋也洗不白了。毕庆勇为这头疼极了，有时就闹了脾气说，他没脸和同学们一起玩，而且从来没人带他去洗澡，每次检查卫生他总被全班同学笑话，老师说他脖子是个油轴，同学们就给他起了外号叫"毕油轴"。他的衣服也是自己洗，却总也洗不净，整个人就全是灰土土的，家里又不是没钱，为啥非要在这么小的事情上勤俭节约？

临要出发去南方的前一天，毕成才正在洗脚，听儿子又在抱怨，便发怒了说，你一分钱也不挣，有啥资格挑吃挑穿？我像你这么大的时候，穿过啥好衣裤？

他见儿子握着写作业的笔哭起来，就气得要去揍儿子，说没想到自己的儿子只记得比吃比穿，一点也不体谅大人的辛苦，太不孝顺了。刘玉娟也是苦日子过来的人，当然向着毕成才，可她也不想让爷儿俩吵得不高兴，就示意让他少说两句。偏偏毕庆勇没看出他爸今天一直憋着火，只说他当了学校的升旗手，需要一双白手套，他也想买双新球鞋，旧的太破了怎么也洗不白。

毕成才说，什么白手套？顶多只用一两次，倒要胡花钱，不行就借别人的戴戴，要不行就别去了，谁有手套就让谁去升旗吧！

毕庆勇很委屈，就开始小声哭，刘玉娟劝毕成才算了，庆勇还小，长大了就好了。

从在西安开了厂之后，七事八事堆得要淹没了毕成才，脾气就越来越大，轻易就会发火，声音得大过别人才行，好不容易有了点教育孩子的时间怎么能随便放过？他最讨厌的就是儿子爱哭的"娘娘"性格，就索性光着脚诉说起儿子才上小学二年级，考试成绩居然都没在前三名。昨天晚饭是热剩饭，毕庆勇就只吃了半碗，今天因为是吃饺子，竟吃了两大盘，根本没顾他爸他妈还没吃饱。

这样说着就到了半夜，毕庆勇不敢犟，也不敢辩，只是委屈地哭。毕成才却不许他像个闺女一样没事儿落泪，又越说越气，终于忍不住抡起书本把儿子抽打了一顿才算完。这样没明堂的打，毕庆勇从小到大窝窝囊囊挨了不知有多少次，他怎么能对他爸有感情？

而连双白手套也不舍得买的毕成才，咋会舍得在外地出差住旅馆呢？过去在服装二厂当供销科长时，就算全额报销还有补贴，他也没舍得过，总是尽可能住差些，多省些。按着他的标准回厂报销了，私人拿到的钱比上班的工资补贴还多。所以这次去南方，毕成才一共去了三天就回来了，除了来回火车票，他只花了不到一百块钱，刘玉娟很惊异地问他，怎么只花了这点钱？

他遗憾地说，要是南方的饭没那么贵，还可以再省些。

刘玉娟和毕庆勇听毕成才讲他在上海并没住旅馆，刘玉娟只当他又住了澡堂子，他却摇头说，大夏天谁受那罪！我找了个公园，五毛钱租张凉席，想睡多长时间睡多长时间，又凉快又便宜！

刘玉娟心疼地说，你个憨货，带着钱出差，让人看见不是惹事嘛？再贵也该住旅馆！不是说南方蚊子多吗？

毕成才说，我一去就把钱存银行了，穿个烂拖鞋，睡个烂凉席，谁会来打主意，我也不会傻得让蚊子叮，买两瓶风油精，全身抹了，又买了条大毛巾被，连头带脚都蒙上只管睡，三天才花了一块五毛钱。这条大毛巾被多结实，我看能盖一辈子！

毕成才得意地说着，故意瞅瞅儿子，想让他知道自己是怎样节约，又是怎样吃苦的。谁知儿子并不看他，仿佛当他不存在一样。他就说，毕庆勇，我说给你听，你也要想想：你快十岁了，是个半大人了，将来厂子也是交给你的，像你这么大，你四叔已经能自己攒着自行车零件弄成辆自行车去卖冰棍了！

他见儿子并不回嘴，可明明也没用心去听，又见刘玉娟在一边使了眼色，就叹气说，哎，穷人的孩子早当家！咱家还是生活条件太好了，细米白面吃着还嫌这嫌那的！

毕庆勇小声说，咱家只会节约，谁看得出咱家生活条件太好了？

儿子这么说，毕成才气得直冒烟，只好摆手让他去睡。临睡前，他又发现一个问题，便问，你今天说去理发，怎么头发还是这么长？

毕庆勇知道他爸说的短头发是要把头发剪得贴着头皮的，而他同学和港台明星的头发却是有着长刘海的。见他不说话，毕成才恨恨地说，一身毛病呀！一身毛病！你白白花了理发的五块钱！下次我来给你剪！

毕庆勇不甘心地小声纠正，三块钱。

毕成才气得摆手让他去睡。他的意思是，只要他自己能干的，绝不该再花钱找人干。

不怪他对毕庆勇理发不满意，平时毕成才自己的头发也总是潦草的，要么很长很油腻，总也顾不上洗，连半个耳朵也被盖没了，要么突然之间就剪得很短，这往往都是要和很重要的客户谈事的时候，才会突然想起修剪一下。人们猜得出，他是不舍得花钱，也不舍得在理发店花很多时间，而且刻意剪得短，就可以尽量拉长下一次剪发的时间。而刘玉娟更简单，她把头发在脑后用橡皮筋扎住就行了，从到了西安连一次理发店也没有去过。太长了就自己操把剪刀减去些，橡皮筋是最简单的银行扎钱的那种，扎头发的样式也是只要扎住了就行。两口子穿得实在是简朴，毕庆勇已经长到十岁了，他们刚结婚时穿的衣服一件也没丢过，反正也没有再长胖，也没有再长高，所有的衣服也都很经穿，哪有时间去买新衣服呀？再说自己就是开服装厂的，虽然劳保服装和羽绒服都不是他们日常可以穿的，可一件服装的利润有多大他们是清楚的，怎么可以明明白白给别人挣走自己钱的机会？

所以和他们两口子做过生意的人提起他们，都会发自内心地说，要说吃苦耐劳、勤俭节约，全西安市也找不出能比得过他俩的人啦！看那产业，连枚扣子也不会从手指头缝里漏出去的，人家不发财谁还能发财呢？

这样的毕百万给儿子的钱也是要记账的，这是为了培养儿子的管钱能力，也是监督儿子别胡乱花钱买零嘴或是去打了游戏。

只要别浪费了钱，毕庆勇的成绩好不好，平时在家里一人做什么想什么，毕成才和刘玉娟从来没想过。刘玉娟一个礼拜给儿子二十块钱左右，下个礼拜根据儿子记的账，把钱数再补齐二十块钱。这笔钱是毕庆勇一个礼拜的生活费，包括水电煤气什么的，没人管他吃什么。这个钱不够他下馆子买着吃，只够他买菜买面条买酱油醋，毕庆勇安排得好好的。但邻居们看到，大多数时间里这个十岁的孩子，一个人摸摸索索在院子的简易灶房里默不作声地做饭，又一个人默不作声在屋里待着，到了晚上十点多就关灯睡觉了。再过一两个钟头毕成才两口子回来，很快也睡了。毕庆勇一早自己定了闹钟起床上学去了，而两口子睡到九点钟也都起床了，然后开上小面包车去厂里上班。

邻居们都唏嘘这孩子真是不容易，竟和半个孤儿差不多，教育自家孩子时大家就爱用毕庆勇做例子：看人家孩子！连个大人管也不用，一边上学一边支撑一个家呢！你呢？早上没有叫三遍连床也起不了！哪天作业不检查一下，第二天老师肯定就来叫家长了！

在为数不多的时候，毕成才两口子回来得早些，邻居们就总能听到毕庆勇被教训的声音，直至听到他被揍得直哭。邻居们忍不住总要上门去劝说，夸毕庆勇这儿子多懂事，怎么能舍得再打他呢？

毕成才这时心里便高兴了些，他一直自认为是教子有方的，他的方法就是这两样：打骂和培养自立。

邻居们走了，他会压了声音对毕庆勇说，别听他们说那些废话，他们对儿女教育不严，所以他们对自己要求也不严，要不都那么没出息？你爸妈都干着大事，是百万富翁，你天生就该比他们的孩子强！将来这厂子是要由你管的，像你这不上进的样儿，气也要被你气死了，你拿啥本事去管一个那么大的工厂？想想都替你着急！

他总是着急。

刘玉娟就劝，算了，咱俩就是劳碌命，就让他当个寄生虫养着享现成吧。

她这样的劝，其实是敲边鼓，倒不如不劝。

毕庆勇不知道他们想要自己做什么，怎样才算不是寄生虫？他知道他爸他妈早早就打算让他上完初中回到厂里工作。毕成才说过，只有傻子才会想着上大学呢！上了大学不是也要找工作单位上班吗，我厂里的农村孩子比大学生挣的钱还多！你初中毕业到上完大学得七八年，不仅不能挣钱还要花钱，这一里一外的账不能不算！毕庆勇将来是个继承人，早晚要到厂里去，不如趁早。

他俩并不管毕庆勇并不喜欢他们的工厂，甚至憎恶着他们的工厂，要不是开了这个厂，他的生活能这么孤单？他的父母把一切心思和时间全给了工厂，剩下的怨气和烦躁都丢给了他，毕庆勇恨不得一辈子也不要去厂里工作。但他知道现在不由他做主，他能做的就是早些长大。他一直暗暗有个打算，只要到了可以的时候，他一定离开他的这个家，离他父母远远的。这样的打算他几乎每天都要复习一遍，尤其是当他中午回家，听到邻居家又传来热热闹闹吃饭的声音他就一定会再下一遍决心。

他家住的房子是老房子，墙薄，他不知道是不是因为饿和馋，他的耳朵特别灵，听得到隔壁家所有的声音，支桌子的，拉板凳的，摆碗筷的，说话的，叫人快吃的，夸赞饭菜真香的，总是声响不小。毕庆勇不用看表也知道，现在是中午一点钟。他恨这家人总是这么大张旗鼓吃好饭，更要命的是，他家的老奶奶是主厨炒菜的人，那香味随着滋滋作响的炒菜声、嘭嘭的锅铲声而来，简直要馋死他了。毕庆勇不敢出门去躲避这些声音，因为巷子里的大多数人家这个时候也都在吃饭，而他们并不是在房子里坐在桌边吃的。大人们会一人捧一个大老碗，蹲在自家门口吃，孩子们往往游荡在巷子里边玩边吃，一手托了碗底架在自己的肩上，一手抓了筷子在大老碗里拨几下饭菜，头歪到碗边一拨拉把饭吃到了嘴里，他们开着玩笑说着故事就把一顿饭吃完了。巷子里的孩子们大多这样边吃边玩，但毕成才是不允许的，说他们没家教。而毕庆勇也羞于把自己的饭端出家门，和人家老碗里热乎乎的大白饺子、油乎乎的炒菜米饭比，他的只拌了酱油和盐，放了几棵小白菜和榨菜的挂面怎么能在巷子里露面？而他好多次都是买两个咸芝麻烧饼喝些水当午饭的。毕庆勇的家住在巷子后头，放学回家顺着路走，他就看到谁家的人都在吃饭，谁家的饭和谁家的饭都不一样。有时狭长的路旁停辆自行车，那车的后座和座位上都会有孩子捧着大饭碗，趴在上面吃着听半导体广播。他也爱听刘兰芳的《杨家将》，可毕庆勇家没有这样的小广播匣子。他受不了这些，就只好回家关上门，屋里就完全黑暗了。

　　一心要做羽绒服生意的毕成才，从南方带回了六件样品，又从南方请来三位技师，踌躇满志地要大干一场了。样品虽然是批发价买回来的，却也算是一笔投资，加上先期买羽绒配料的投资，毕成才对羽绒服生产下了很大的决心，志在必得。

　　三个南方师傅是他花了大价钱请来专门培训工人技术的。因为缝纫、手工缝制都得手把手教，工人们又基础太差，他怕慢待了人家，特意让刘玉娟从劳务市场请来个南方保姆，专门给这三个人做南方饭吃，每天好米蒸了米饭，顿顿有鱼，至少六个菜，那三个师傅便也尽心。不到十天，六件羽绒服拆制成样板做出来了。又过了半个月，每个样式的羽绒服就都做出来了好几件，毕成才看看，缝线样式都很不错，刘玉娟却不太满意。因为金达所有的羽绒服都用的是上好羽绒，每个部位都经得起推敲，用手摸了，细薄柔软得好像丝绸握在手里一般。而毕成才为了省钱，采购的羽绒里倒有一小半羽毛，隔着面料就看得到里面的疙疙瘩瘩，总有一些羽毛从面料里扎出来。金达的羽绒服拿在手里轻飘飘的，叠在一起只有一小团，而他们厂里试出来的样品沉甸甸的，根本捏不成团。她把担心说了，毕成才和三个师傅都说不要紧，材料省下了，这样成本会低很多。总有想买件羽绒服穿穿，又舍不得花那么多钱的人吧，几百块钱买件新款式的羽绒服,谁会挑拣够不够轻,有没有全部使用一等羽绒呢?

这次刘玉娟还真是多虑了,毕成才把这批羽绒服做了一百多件的时候,就在西安铺出去了,国营老店他请人代销,私人的商店他以更低的价格请人经销,因为每件价格定在二三百块钱上,就比金达和美思琪的价格低了一半还多。

毕成才估计得没错,想穿羽绒服又舍不得花钱的老百姓还是占大多数的。金达挣有钱人、讲究人的钱,他的服装厂靠扒扒人家的款式,一个设计师也不用请,也一样卖得很火。没到秋末,毕成才的羽绒服不光是在西安市场站住了脚跟,他的工厂已经接到了大量的订单,只有那六个款式也并不影响他的产品销路,连兰州、青海的客商,也寻着电话来找他,要来厂子看样品订货。毕成才兴奋得不行,到处在附近的村子里托人招工人,三个师傅本来说好教出第一批工人就可以停止合作了。他不敢耽误了质量,又和他们签订了新合同,打算一直请人家做技术指导,毕竟这么多的订单,这点工资实在算不上什么。

到了元旦前后,羽绒服的旺季真的来了,毕成才天天开车往西安城里拉着送货,差不多都能见货付款,这是过去他在服装二厂也很难做到的。毕成才意识到,挣大钱的时候真是来啦!可是货总跟不上,工人们也总得加班到了半夜一两点才行,他给工人制定了很严的奖罚制度,并不因为生意好而放松对浪费材料和出次品的罚款。有的工人工资加上奖金能挣到六七百块钱,连村子的村长也说,明年的房租一定得涨了,要不没法子给村子里的乡党们交代咧!

毕成才在西安的二十来家商场代销和经销羽绒服,天天奔波送货收钱都忙不过来,再也没有时间给工人们训话了,毕庆勇更是一个月也和他见不上几面。去车间里检查浪费现象的时间挤不出来,他就让人找来红纸,又找人用毛笔写上"浪费可耻!""节约光荣!",贴得满车间都是。在厂里的厕所里,他让人写上"不要把生命时间浪费在厕所里!"贴在墙上。在食堂里他贴着"生命就是节约时间,吃快点!",厂房的墙上用白石灰刷着超大号的"时间就是金钱",那字的后面打着三个惊叹号。总之,在毕成才的厂里,每个角落都有代替他向工人们叉着腰训话的标语,每句警语后面都是巨大的惊叹号,有的是三个或者五个,看上去触目惊心。

村长每次从他厂里出去都神情严肃,有次他对村里人说,我看了那些标语有点腿软，感觉到了"文革"的时候咧！

不管怎么说，总之毕成才算是发了财了，他儿子毕庆勇上小学就知道这个事了。

在1991年，西安市的金达已经成了人人皆知的高档店。而走在冬天的街上，毕成才看到的却更多是自己厂里出的羽绒服，谁也没有想过品牌这个事儿。无形之中，毕成才和毕成功兄弟俩垄断了西安市的高中档羽绒服市场。

在开工厂的第四年，毕成才就赚到了一百万左右，他从不讳言自己的利润，总要和朋友们说起他的成功。人们就称他为"毕百万"。

毕成才和刘玉娟很喜欢这个名字，因为钱的确是他们两口子一个主内一个主外辛辛苦苦赚来的，所以他俩就有很大信心，要在毕成才四十岁之前赚到五百万。至于兄弟毕成功，毕成才却很少谈起，就算有人说起毕成功现在当了陕西省的什么青年标兵，或者金达服装的年销售额又有了多少。他也只当自己是个听众，他的资产与他兄弟的差距越来越大，这是他的一个心病，不想自己碰了自己的痛处，只是铆足了劲要再多赚些。

于是毕成才的服装厂又扩大了，加上新盖的厂房有十几亩，厂房也已经从村里买下五十年的使用权。厂里分成了两个厂区，羽绒服区和劳保服装区分开，对工人们的管理已经严格细化，辞工早退现象不再有了，可触目惊心的大字报一样的劳动标语依然红红绿绿贴得满厂区都是。私下里人们都说，怕是"文革"时在乡下被压抑得太久，这样的标语形式就在毕成才心里扎了根吧。

爱省钱的人都是心灵手巧的人，这话搁毕成才身上，是再合适不过的了。同时他也自认是个精明能干的人，就算成了"毕百万"，他也还是想着办法要节约。按说毕成才现在完全有钱能把自己的家，从那个小黑屋里搬出来了吧，可他还是没打算再租房子，更没想过去买房子。

他认为，厂子里的每一分钱都是可以生钱的，而购置了生活用的东西，不管是买房子还是买衣服鞋子，却是从买的那天起就开始跌价了，多不划算！但是毕庆勇长大了，不能再睡在他和她之间了，于是毕成才在刘玉娟和毕庆勇的帮助下，硬是用四根粗大的橡子，和一张焊了铁条的双人床板，给自己的双人床上加了一层架子床。这不是一个又省了地方，又解决了问题的好床吗？

毕庆勇那时刚上小学三年级，能不用睡在父母之间已经足够高兴了，觉得天天踩着小木梯子上到架子床上多自在。渐渐他长大了些，又去过几个同学家玩，就看到没有一个人的家里是这样的床，有的同学居然一个人就拥有一个独立的房间，能够睡觉和学习全在自己屋里。而且人家的家并不是自家这样窄细的小巷子里的低矮平房，而是种着树种着花的大院子里的楼房，房子又高又亮堂，好几个房间都有门，几乎每次离开同学家时，他都找不准该从哪个门出去。每当这个时候他就自卑得厉害，他并不是从乡下来的，可他比乡下的孩子更没见过世面。而且他看到人家的爸妈会在厨房里做饭，端在桌上叫他的同学吃，毕庆勇的心里就不平衡了，他一分钟也在同学家待不下去。人家桌上丰富的饭菜，对孩子笑着说话的脸，对毕庆勇来说都是难得一见的。他再懂事，这样温暖的画面，还是让他眼圈发红鼻子发酸地想哭一场。

说起来，这世上唯一让毕庆勇喜欢的地方就是游戏厅了。

打游戏是他的强项，他对学习没多大兴趣，可是对游戏却有着过人的天赋，他总能很快熟悉一款新游戏，用不了几次就能打通关。所有家门口附近的游戏厅老板都认识他，为了避免这样的事情发生，他们会让他免费打游戏，省得被他打翻版还得花几百块钱进新款。有的游戏厅进了新游戏，会让他来试玩，判断能不能让很多人喜欢，毕庆勇的意见很重要。而他喜欢玩游戏的同学，都对他崇拜极了，只有这个时候，毕庆勇才会有一些自信和开心。

在毕庆勇初中毕业的这一年，因为要填报志愿，一家三口就有了三个愿望，毕成才一家又大闹了一场。

毕成才希望儿子直接离开学校去厂里帮忙，刘玉娟却希望儿子学个财务或者企业管理，将来厂子要发展，没有新思路怎么办？而谁也没有想过要问问毕庆勇自己的意思，两口子吵得统一不了意见，但有一条起码是想到了一起：儿子将来一定要回工厂来当接班人的，只是时间早晚的问题。

其实毕庆勇的愿望是去学习计算机，他喜欢那个虚拟的空间。对数字天生的敏感使他对电脑游戏、简单的程序都无师自通。他讨厌和人打交道，尤其是和毕成才、刘玉娟打交道。他在每年的暑假、寒假里都被逼着去厂里帮忙，暑假还好，算是服装厂的淡季，上午八点进厂干活，中午饭后歇会儿，下午一直干到傍晚八点多，吃完饭就回家了。毕成才安排他在各个车间干活，甚至让他独自担当一个岗位，而且不许别人帮他。毕成才的意思很明确，他的儿子将来是要当接班人的，那就必须要和他自己一样，所有厂里的技术都难不倒才行。毕庆勇苦闷极了，十四五岁的孩子从来没有机会去玩一会儿，见的人都是从乡下来做工的工人，有的能聊几句，却无趣极了。他能看到的只是各种布料和样板，要么是成捆的成品服装。到了寒假，毕成才的生意到了旺季，毕庆勇就完全和他爸妈一样住在了厂里，他什么工序都干过，什么岗位都能顶上，毕成才两口子一天只睡五六个钟头，毕庆勇也只睡五六个钟头。别的同学都盼着寒假再长些，只有他天天都盼着快点开学吧。每天毕成才都要出车到城里去送货，羽绒服越是到了冬季越是旺销，到了年跟前，更是紧俏得等不及送出门，拉货的人就来了。有时半夜一两点来拉货的车就停在门口了，工人们把饭胡乱吃完，忙着钉纽扣、贴商标、打包装车。

毕庆勇并不因为是毕成才的儿子就可以省去这些又累又琐碎的活儿，反而因为毕成才培养接班人的理念，他就是要越苦越好、越勤越好。

他自己受了多大苦才有了这样的一份产业，从沙村到现在，爹娘老子有谁帮助他一下下了？还不都是他自己吃苦受累挣下的！所以他的儿子必须和他一样，吃得苦中苦，方为人上人。毕成才现在不太打他儿子了，但他加强了思想教育，并且习惯于让毕庆勇写保证书和悔过书，"文革"里的痛苦记忆恰好是他教育儿子的法宝。很快的，因为炒菜太咸、盘子被打破了、饭里有根头发之类的问题，毕庆勇的悔过书就有了厚厚一摞；又因为搬货时把包装丢破了，对车间工人没起到模范带头作用，做的缝活里出现了次品，毕庆勇也攒下了好些保证书。

现在的毕庆勇练成了很好的写保证书的水平，在刘玉娟的示范指导下又快又好，简洁地分析问题找出思想深处的错误，表达错误现象，然后展望未来。

毕庆勇比谁都痛苦，只想着可以有朝一日远走高飞。

隔了些天，毕成才听儿子不再说报志愿的事了，以为他动了心思打算回厂子上班。谁知他问了儿子，儿子才蔫蔫地说，我报了高中，我想上大学，专学计算机！

啥？你报过志愿了？

报过了。

我天天都怎么说你的，你还敢明知故犯？

毕庆勇低头不语，他知道这顿打是躲不过了。

明知故犯，这是个什么儿子呀？油盐不进？！全家人又忙又累挣钱，他倒像个寄生虫，悠悠闲闲只想着自己上大学。那不是个糟钱的事吗？不过是打着幌子让家人多供他几年吃喝不愁的生活，多当几年寄生虫罢了！

已经有好几年没好好打过毕庆勇的毕成才，抡起皮带就冲着儿子抽过去，毕庆勇立刻惨声哭叫起来。这也是毕成才最看不惯的，没一点男子汉的骨气，他希望儿子像个烈士一样咬牙接受酷刑拷打，所以他更生气地咬紧牙使劲抽打毕庆勇。等刘玉娟闻信赶来的时候，围着厂长办公室不敢进去拉架的工人们已经满满的了，而毕庆勇被抽打的脸上全是一边斜的皮带印。因为皮带扣是铜的，好多地方渗出了血，脸上红紫得没一片好地方，他的鼻子和嘴里正流出血来。

刘玉娟也慌了，把儿子护在身后冲毕成才喊，你不会好好说？

她又冲工人们喝道，看啥看？快干活去！

工人们慢慢散了，有人小声说，这娃真可怜。

这话每个人都听见了。

毕庆勇突然又呜呜哭起来，毕成才伸手指住他，恼怒地大吼，反了天了！你敢和老子叫板！鬼才会供你去上那该死的高中，再加上你上大学，还得七年！七年！鬼才会供你去烧钱！你敢自己报志愿！明天就来厂里上班！

刘玉娟问毕庆勇说，天呀！你报了志愿？谁让你报了高中？不是说上中专学企业管理吗？

毕成才气愤地说，明明说直接回来上班！厂里多缺人！

毕庆勇推开他妈一字一顿地说，我不来厂里上班，也不想学企业管理！

毕成才又要抡皮带，刘玉娟赶紧拉住那皮带，觉得儿子今天很反常，得好好商量才行。毕成才骂，鳖儿子！翻天了？我不供你，看你只有饿死！还敢押着脖子吵架，再吵就滚！我不要你这没出息的儿子！

毕庆勇却像是早就想好了一样，对着毕成才和刘玉娟跪下嗵嗵嗵磕了三个头，然后仰脸说，爸！妈！我以后有了本事再来报答你们养育之恩吧！我十五岁了,不好意思再在家里白吃白住,你让我滚我就滚!

他猛地站起来转身就跑,毕成才瞪着,不敢相信地看着儿子推开门就跑出去了。他从窗户里看到,儿子像个自由的风筝,飞快地往大门口跑去,衣服在风里飘着,只一会就完全消失了。

毕成才没有供儿子上高中,他觉得现成的钱不挣去上大学是个很傻的事情。刘玉娟找到儿子的时候,他在西安雁塔路上报了个学习计算机编程的学习班儿,已经上两天学了,他不愿再回家。刘玉娟问他谁给的学费,他说自己挣的,他放了学去电脑城给人家搬货站柜台都能挣到生活费。刘玉娟见他死也不肯回去,又见他脸上青紫还没褪,许多小伤口刚结了痂,心里也怪毕成才对儿子太狠了,便劝他说,我和你爸再商量商量,回去上学吧,上高中也行,只是别再这样流浪了。

毕庆勇看看他妈说,妈,我不是在流浪,我在自力更生呢。你们不是总说我寄生虫吗,你们十几岁上山下乡在农村受了苦,仇恨没处报,你们就把气放在我身上!你们觉得吃亏,只有干你们厂子,才算是有出息?我也是个人,有我的想法,我不想过你们的日子。我看我同学的爸妈,都没你们有钱,可是人家都比你们过得好。你放心吧,我这个学习班只上几个月,等我有了本事能挣钱了,我再来养活你们。

一切都没法挽回了。为了这个儿子,毕成才一个人在办公室关上门大哭了一场。

毕庆勇上完了电脑班,觉得没钱什么也干不好,就和同学在科贸电脑城的路边卖光碟,他主要做软件和游戏。这事一段时间查得很严,有时候跑不及连人带货就全抓走了,人放出来时,光碟会被全部没收,损失惨重,一个月就白干了。

于是毕庆勇尽量少带些货出来,样式品种尽量齐全,只有一个鞋盒子那么多。他懂得多,来买碟的内行,他和人家交朋友聊天就学会更多的东西。不懂电脑的人来买,他会介绍得很热心,教人家安装,教人家使用,有时还约好晚上去人家的家里安装程序,当然他这也是收费的,却很快交下了一群买家朋友。软件是会不断升级的,游戏也是不断开发的,他的顾客们互相介绍着找毕庆勇来买，没过小半年，毕庆勇的固定客户就很可观了。一张光碟两块多批发进来，他卖七八块钱，要是新上市的他就能卖到十五块一张。毕庆勇攒下了一些钱。依着他同学们的路数，在电脑城里租了商店卖硬件或者组装电脑，觉得那样才算是真的开了公司，算是体面，可毕庆勇不。

　　他仿佛和他爸毕成才、他叔毕成功一样，天生就有着经商的头脑。他想，越是严管不让干的事就越是赚钱，可是违法的事绝不敢干，要不就坐牢了，怎样才能打好擦边球呢？有一次他听一个客户说，广州有这样的光碟市场，他动心了，可是想了几天还是没去，因为那得有多大实力，才能做得起那样的大批发！而且全国人都知道的光碟市场，肯定随时就被查封了，他只想赚钱，不想担风险坐牢。于是毕庆勇决定自己悄悄干。他把自己挣的每一分钱，都买成刻录机，每赚够一台刻录机的钱，他就去买一台，放在自己租住房的套间里，就算偶尔来了个人，也绝不知道大布门帘后面有个门。那门锁打开，是一排排的架子，好多刻录机正工作着，小红灯一闪一闪，像无数的眼睛。这些黑色的机器，完全是毕庆勇的印钞机。几分钟刻出一张，成本只有几毛钱，却能批发到三块多，如果自己零售一些，就能卖到八块钱。几十台刻录机日夜不停地工作着，毕庆勇只刻录卖得最火的工具软件和最火的游戏光碟，像《极品飞车》《红色警报》，什么刚刚流行、什么是经典游戏、什么好卖，他都知道，那他就刻什么好了。

　　一个人很快就忙不过来了，毕庆勇雇了两个伙计，都是他上电脑班的同学。他们每天只是翻烧饼一样，行走在那一房子的刻录机之间。工作很机械，只是放上空光碟，取出刻录好的。但是几十台机器同时在嗞嗞微响地刻着，他们就得不停地放下、取出，放下、取出。每晚毕庆勇和他的两个同学忙着把白天刻录好的光碟贴上自己制作的封面，十个一包用玻璃纸包成小包装，等第二天一早五六点，再用摩托车把这些新鲜的光碟拿到光碟批发点发出去。毕庆勇很能判断什么东西好卖，一整天时间刻的光碟，第二天一早不过两个小时就能全发出去，回来的全是现金。有时运气好，没有同行和他有一样的碟片，那么独门生意会是加倍地赚钱，生意好的时候，他每天都能赚到一千块钱左右。这样的光碟批发点和西安小东门的鬼市一样，从天还没亮的五六点开始，到早上九点多就完全结束了，怕的就是来查。毕庆勇很小心谨慎，所以更是抓紧时间往出批发手里的货，争取在八点前就结束。

而毕成才对儿子的巨大经商能力并不认可，他根本不懂毕庆勇在做什么，永远觉得他在玩电子游戏，是个不成器的倒霉儿子。后来他知道儿子在这个城市的另一个地方挣着钱，虽然过年过节他才能见到毕庆勇一面，他也看得出来儿子过得不错。刘玉娟劝儿子回来住，毕庆勇只是一笑，仿佛他妈说了件多么可笑的事。他有了钱，干吗还要回来受罪呢？虽然只雇了两个人，他也只有十七岁，可好赖他也是个老板呢！毕成才并不在意儿子回不回来住，他在意的是他的生意没有人来接班了，因为儿子绝对不会来当他的继承人了，他的心就凉了一半。西安许多服装店挂着的时装，非常好看也非常便宜，他知道现在服装的批发价越来越低了，完全没有他扒了样板再批量生产的必要，毕成才便对自己的服装厂也渐渐兴趣变淡了，而他的性情却变得更易怒了。

刘玉娟埋怨他不愿多操心厂里的事，毕成才不耐烦地说，羽绒服和劳保服装做了好几年啦！穿羽绒服的风潮过去了，做工厂确实没大赚头了！

而这个时候，基本上打算退休的刘玉娟和毕成才，不过才四十多岁。

毕成才开始被一个新兴的玩意儿吸引了全部注意力。

说起来毕成才开始炒股纯属意外。过去他的厂是个集体执照的小工厂时，总有各级主管部门来找他摊派国库券、股票。人家上面按规定数额派下来，他连讨价还价的余地也没有，只好照着交钱。用他的话说，皇粮国税不敢耽误，摊派了一河滩的东西也不敢耽误。说到底，从沙村到了开封又回到西安的毕成才，就算越来越爱大声嚷嚷，对着老婆儿子和所有的工人发脾气，骨子里头还是老实巴交的。他愿意听一切来自上面的话，"上面"对他来说是神圣不可违背的。

那次上面又摊派了两万块钱的股票，只说是彩虹厂的，他不懂是什么东西，以为买了就没用了，可他不敢不买。交了钱他把那收据锁在了保险柜里，他完全以为他损失了这钱。没想到过了一年多，报纸上登了股票上市的消息，他就想起自己保险柜里的那些票票，便取出来看，又拿到证券市场去打听，刚好看到彩虹股票的红字打在大屏幕上。毕成才对着六块八毛八的数字发着愣，听工作人员讲了，他才知道，他所持有的股票现在值十三万块钱。

毕成才不是没见过钱，却被这数字弄得大脑有点短路，稍稍定了神，他努力控制着声调说，给我全卖掉！现在！马上！

那人一边办理一边说，其实根据判断，这只股票涨到十块以上不成问题，有许多人都在观望呢！

毕成才急赤白脸地说，快！我的心脏承受不住十块以上，现在就卖成钱！

怀揣了这十三万块钱，毕成才不知道他是怎么把车开回厂子的，到了办公室他见刘玉娟在做账，便把门从里头闩上，然后把那一塑料袋钱从怀里拿出来打开放在刘玉娟的面前。她看看那钱没明白，毕成才压了声音说，这是刘所长摊派的两万块钱彩虹厂股票，又生出来的钱！

刘玉娟这才惊奇地对那袋子说，天爷！这不是和摇钱树一样啦？

毕成才抓着她的手，认认真真地说，刘玉娟！我想了一路，这厂子不干了，庆勇那货不愿意回来，咱俩累死累活图了啥？不如炒股吧。

那以后毕成才痴迷的东西是股票。

因为他意外地在股票这事情上尝到了甜头，得了赚头，就一下对日夜不停忙碌的服装厂厌倦了。刘玉娟见儿子和丈夫都自顾自地忙去了，她把工厂又支撑了一年多，渐渐缩小了经营，后来出租了厂房，到最后，连积压的样品和剩下的原材料也全部出让了。忙了十几年工厂，她终于算是轻松了。

带着现金开始炒股的时候，毕成才以为自己要开始另外一种辉煌了，他成了离家不远的证券交易厅的固定景物。他会每天准时去看那个满载着他发财梦想的大屏幕，刘玉娟去看了他几次，却觉得交易大厅的男男女女都像是疯子，着了魔一般等着暴富。她看到那个大屏幕上无数红的绿的数字，完全牵制了所有股民的心。毕成才和大家一样，时而激动地大喊，涨！涨！涨！时而咬着牙屏着呼吸看那屏幕上的一片绿，他失魂落魄又永不言败。

刘玉娟原以为不开工厂了，他们两个人就可以轻轻松松过小日子了，毕竟他俩才四十多岁，日子还长呢。甚至她还想过再找个别的轻松生意做一做，或是给儿子毕庆勇帮帮忙。谁知毕成才却跳进了这个股市里，那心就永远是扯着揪着没有宁静过的了。在刘玉娟看来，大屏幕上的数字一分钟一变，人的心一会儿提上去一会儿摔下来，人人都想着发财，可赚的钱是从哪来的呢？

有人赚钱，就一定会有人赔钱对吧？

　　毕成才笑她这个想法很幼稚，不把她当一回事。说实话，毕成才几乎没在股票上赚过什么钱，就算是有那么数得过来的两三次，也都是全盘股票在涨停，牛气冲天，他的股票放在大锅里也就水涨船高了。

　　大多数时候，毕成才的股票都是在无声缩水状态的，可他从不承认，因为他有很好的理论，说出来所有炒股的人都会围在他身旁去听。毕成才用略带了些河南口音的普通话给大家讲走势和国家政策，他几乎每天都要在收盘之后做一番股评，而且他能记得清楚许多股票的代码。这些东西都是非常让人崇拜和羡慕的，老太太和中年妇女们尤其爱围着听他讲，有人称他是毕老师，有人称他是毕厂长，有人则叫他毕大哥，这些称呼都是毕成才受用的。人们近乎崇拜的眼神让毕成才恨不得一直泡在股票市场里，刘玉娟的家，是他在股票大厅实在没有人的时候才愿意回去的。

　　一连几年，三伏天不管多大的太阳，都不会耽误毕成才去股市，下了大暴雨他也不会受影响，毕成才对炒股这个事投入的时间和忠诚，有段时间令刘玉娟疑心他和什么女人有了纠结，要不能那样风雨无阻的？他那样的热情和热心让刘玉娟很担心，股票都在账户里，半天不去看就能错过吗？不是说有的股票被套住了，一连几个月都没法子动吗？套住了的东西去看个什么劲呢？

　　刘玉娟一肚子的问题和不满，毕成才压根不屑于回答，比起围着他请教问题的中老年妇女们，刘玉娟就是个白板，连基础知识也没有。他嘲笑她说的所有外行话，当她是个有知识没文化的家庭妇女。他越是这样，刘玉娟就越是不放心。她悄悄在交易大厅侦查他和哪个女人多说了话，谁知毕成才发现了却大发雷霆，让她赶紧滚回家，不许她监视"黑五类"一样监视他。他说的话还完全是70年代的，而他干的却是目前这个社会最热门的炒股！最终刘玉娟看出，让毕成才沉溺其中的，是这样一个氛围和环境，而不是一个具体的什么人。虽然她放了心，但她和毕成才之间的代沟越来越大，大到两人可以几天不说话，她做饭他就吃，她赌气不做饭，他会和她大吼大叫，然后出门去买着吃。刘玉娟发现，她根本没弄懂过毕成才，而让她恐慌的是，自从关了服装厂到现在，家里所有的钱几乎都在毕成才手里放着，思来想去刘玉娟开始玩了心眼，装作买衣服，装作给娘家寄钱，装作生病，都只为能从毕成才手里弄出钱来。她不惜说各种谎话找他要钱，毕成才对钱是极其在意的，听说刘玉娟父母一而再再而三冲刘玉娟要钱看病，他就急了，说自己又不是开银行的，刘玉娟不是还有哥吗？谁家老人会问女儿女婿要钱，再说他们老两口攒了钱，为什么不自己花自己的呢？

刘玉娟费尽心机三百、五百、一千、两千地陆续从毕成才手里或借或要地讨到了一万多块钱。她没有别的用处，就是想存起来。依着她的想法，他俩都没有正式工作，也就没有退休工资，如果没有点钱放着，万一有了什么事可怎么好。对毕成才一直赔着钱的现实，刘玉娟是猜出来的，因为毕成才在炒股的时候，是一个没有城府的人，总是喜形于色。股票跌了，他是绝装不出高兴的，大盘涨得很好的时候，他当然高兴，却总是因为过于谨慎又错过了许多次机会。他太在意股评和各种分析，每个晚上都研究各种渠道来的消息直至深夜，对着那些他能背得很熟悉的代码发呆，可是到了自己手里的股票时，又总是和分析差得很远。刘玉娟很无奈地看出来，毕成才炒股是靠在本子上写写画画的周密计算，人家那些总在赚钱的人，除了靠研究更多靠的是运气，而在股票这事上，毕成才恰恰缺的就是运气。刘玉娟看毕成才好长一段时间的脸色都不好，就心疼了他，可怜他一天连饭也吃不出个滋味，全身全心投入在股票里。

她越来越多地看着他灰头土脸从交易厅回家，好像老了十岁。他在家话少得很，完全没有了在人家叫他毕老师时的慷慨激昂。看他落寞地坐在小桌边上闷头吃饭，刘玉娟真想劝他别再炒了，可她还是不敢，股票现在完全是毕成才的命了，交易厅是他唯一能去的地方，让他断了这事，四十多岁的毕成才不是要被活活急死了吗？

她问过几次毕成才现在还有多少钱，他就会突然恼羞起来，吵吵道，多少钱那也是我挣的！你天天只操心钱，饿着你啦？

或是他啪地摔了筷子瞪着刘玉娟，她经不起他的大眼珠子，那神气仿佛在说，我一年到头连饭也顾不得在外面吃，节省得一双鞋都穿了快十年，一个月下来连二十块钱也花不了，你还问我这话？

刘玉娟就没了理一样，讪笑着说，只是问问，听人说这些天股票跌得厉害，你可别把钱全放在里面了。毕成才冷笑了一声说，哼，说你无知你还不承认，自古都是有同行无同利，那么多只股票人人炒得不一样，别人炒的和我炒的怎么能赔赚得一样？不懂就别瞎说！早就说你是个白脖！

说是这样的强横有理，可毕成才心里却虚得厉害，因为他清清楚楚地记得自己名下的所有股票。他几乎每天睁开眼第一个念头就是在脑子里算一遍，按照昨天的收盘价他的财产还有多少。不管怎样精明，毕成才都不得不面对这样一个现实，他的财产从一开始的一百二十多万，在五六年的时间里，缩水到了四十多万，而他的股票现在还在跌着。刘玉娟全说对了，毕成才吃也不舍得吃，穿也不舍得穿，省下的、赚下的、攒下的所有钱全都投进了股票里，而这些股票慢慢在蒸发，她从他沉闷的脸就看出股票市场的惨淡，或者说是她看到了股票市场的残忍。可熬过些时间，毕成才回来却天天都是笑的，她斗胆说，不如趁着涨赶紧卖出一些钱。

他轻蔑地说，吓，你懂个啥！

因为刘玉娟常去交易大厅找毕成才，也认识了几个常年炒股的朋友，就悄悄地打听，果然现在一路涨停已经好几天了，但有人说这里有问题。为了讨论连续涨停到底是个陷阱还是个机会，交易厅里产生了两个阵容的激烈辩论，仿佛过去知青们在沙村讨论阶级斗争的大问题。刘玉娟在人堆的后面，听着前面声音最大的就是自家男人毕成才，不知什么时候起，他和谁大声说话都像是在吵架，他用他的音量压住别人的股评，告诉大家，他的判断是最正确的。可刘玉娟不这么认为，她几乎是失魂落魄地从交易厅回家的，因为好几个人都告诉她，这种现象不是一个好迹象。

一人坐在沙发上等着毕成才回来，她下了决心，这明明是个陷阱，可老毕同志让虚拟的钱糊住了心眼，今天就是打一架也得让他卖掉一些股票了。

如果说前些年跟着毕成才开工厂，刘玉娟一直是为了毕成才想赚钱的愿望才没日没夜地忙活受累，那她这辈子还一直没顾上她自己唯一的愿望呢。她盼着能住个大房子，阳光洒在屋里，有个阳台种些花草，做饭的时候灶房里亮堂堂的没有油烟。这些与她和毕成才生活的这个小黑屋的现实正相反，也差不多算是刘玉娟人生最大的心愿了。

这话她和毕成才说过好多次，可都没有了下文。刘玉娟前些天和人去看了房子，说高新区有新盖的高层建筑，一平方米三千二，她打算给自己和毕庆勇各买一套。毕成才当然不同意,有钱不用在股市里,不是犯傻吗?明明可以用钱再生钱的,现在倒要去花钱,毕成才只说了一个"不"字,刘玉娟就气了。眼下住的平房小院是当年从开封来西安时租下的,那时没钱只图便宜,又小又黑还在巷子最深最后头,她早就想住个亮亮堂堂的楼房了。开着服装厂时,毕成才被她说动过心,几次去看了房子,可一听要十几万一套就觉得太贵。他和房东说了,花六万块钱买下自己住的这个小平房,这都没和刘玉娟商量,她知道了,除了气得哭,什么也来不及了。现在这房子周围的老户,大多随着儿女搬迁了,住进来的多是外地进城务工的农村人,刘玉娟虽然和他们一样穿得朴素,甚至比他们更寒酸陈旧,可她心里是看不起他们的。在她心里,人是有阶层的,她是一个知青,是一个当过工人也当过老板的人,他们这些人连普通话也说不好,更不用说卫生习惯了。反正都是临时短租户,犯不着讲究什么卫生,于是整条巷子已经完全成了半条垃圾街,有时下水道坏了,就一连十天半个月都是污水漫在路上,又臭又脏。

刘玉娟做梦也想搬出去,所以等毕成才一回来刘玉娟就哭着说,她在这个棺材一样黑洞洞的屋里一天也待不下去了,如果他不答应买房子,她就和他离婚。

毕成才不以为然地说,离婚就离婚。

刘玉娟没想到他这么绝情,便愣一愣又哭道,那你的钱就得让法院判给我一半!

毕成才也愣了一愣,又不当事地说,反正全是股票没法子取出来,判也是白判!

刘玉娟见他一门心思钻在股票里,那么多年辛苦陪他赚钱,却连个人情也没有,便用头撞着门号哭道,那我算怎么了?当牛当马给你干活,挣下的钱也有我一份吧,只恨我当时相信了你,把存折全给了你!

毕成才来拉住她,他却比刘玉娟更愤怒,都是你这女人天天又哭又闹,把我的好运气全都弄成晦气了!我指点人家买什么卖什么人家都能赚,我自己倒总是赔,都是你这个女人哭哭闹闹不吉利。

刘玉娟气得揪住他的领子要去离婚,她喝道,你只是说房子买不买?我嫁给了你,住过一天好房子没?你个没良心的!你娘说你是个畜生,真没说错!

在沙村是你娘的房子给了一间，在开封是我娘家的房子给了一间，现在是这见不到天日的黑房子住了十几年！我们赚了上百万，人家都叫你"毕百万"，你干什么都不舍得，偏往股市里扔就舍得？！

毕成才最怕人家揭他过去的短，赶紧捂住她的嘴气呼呼地说，要是好好说，就是买个房子也没啥，你这么狗一样东咬西咬，我怎么去给你买房子？

刘玉娟见有了希望，忙止了哭睁大眼睛说，毕成才，你真的答应了？毕庆勇说话也长大了，人家说个媳妇也不好领回来，这么烂的房子谁肯嫁呢？

一听说儿子的名字毕成才又激动地吼道，就是买房子也是我自己住，老子住过谁给买的房子？不是一根鞋带也要撅了屁股自己去挣来的吗？不行，这房不能买啦！

刘玉娟失望地重新又哭起来，赶紧说先不说儿子，那我自己总该住个好房子吧！

毕成才犹豫着，刘玉娟盯着他的脸，抖着声音说，毕成才，我，这些年对你咋样？

毕成才点点头，刘玉娟说，人家都说股票涨成这样是个日怪的事情，我看就是个陷阱，你赖好卖上一半，就算出了闪失，也还有一半的钱是安全的！听我一句吧！咱俩都没工作，要是没了点生活费，凭啥过活呢？

毕成才说，一半的股票卖了也不够买房的。

刘玉娟惊道，不是有一百多万呢？

毕成才尴尬笑了说，一半钱是十几万。

刘玉娟早就有预感知道他赔了，却没想到一百多万已经没了。她哽着嗓子说，一百万啊，居然都没了？那……那得做多少件羽绒服！

她猛地被气噎住，双眼就翻了白，双手在空里挣着要来抓他，毕成才一躲，却没想着去拉住她，刘玉娟就软瘫着倒下去，后脑勺闷声磕在地上。毕成才吓得想去搂起她，刘玉娟眼里流着眼泪，却一个字也说不出来了，毕成才这才怕了喊，刘玉娟，你别吓我，我明天就去卖一半给你买房子！

刘玉娟脖子慢慢鼓起个大包，她瞪着眼呼呼地出气，脖子上鼓的包一下一下越胀越大，像只大青蛙。毕成才心里慌怕，嘴里还埋怨到，不就是个钱？你这么没见过世面……

他还说着，刘玉娟拼了全力伸手在他脸上抓了一把，咬了牙断断续续地说，明天……快……卖……

第二天中午毕成才回来时，嘴里哼着小调，挺高兴的样子。屋里黑，他没看到刘玉娟还躺在床上流着眼泪。刘玉娟便问他卖了多少钱回来，说她下午要去看病呀，明天一起去看房子。

毕成才兴冲冲地说，先别急这两天，我今天去柜台上填交易单，旁边几个老朋友劝我，让我别急着卖。我说急等着用钱，人家都笑我是不是早上喝多了酒发傻了，眼下正涨得好呢！

一听这话刘玉娟就气得两眼泪，用手指了脖子说，我下午要去看病！你答应我为啥又不卖？

毕成才说，人家都听我的股评去买的股票，我自己去卖掉太不仁义了！再说人家都知道我是"毕百万"，慌慌张张去割肉让人笑话！

刘玉娟压住气说，啥时候你拿钱给我看病？这脖子鼓成这样，说不定要开刀呢！

毕成才本来想说，这是你自己作下的病！可是见她的脸和她的眼泡都肿着，脖子也鼓着呼呼地在颤动，便改了口应下说，等涨得不厉害了就卖掉！刘玉娟鼓着气力跳下床，扑上前扇他一记耳光骂道，鬼缠了你吗？这样对我！

他也不还手，刘玉娟从他的兜里摸出所有的钱说，我下午去看病呀，要是做手术就回开封了，等着离婚吧！

刘玉娟说的是气话，中午她要去看病以为毕成才会陪她去，谁知他赔了笑脸说下午的股票很关键，不敢耽误去看大盘，要是价格合适他还要交易呢，让刘玉娟自己去吧。

一路上刘玉娟是哭着走着，想起当年在沙村的事，觉得真是后悔，怎么会稀里糊涂嫁给了这么个没情没义的男人？那些个男知青，谁不是对她巴结讨好，她竟然选上了他，还和他一起欺负他娘！这样想着，她对刘兰草就有了很大的愧疚，原来一直是自己错了呀。

在医院等了一个多钟头才轮上她看病，大夫给她开了药让她好好休息，叮嘱她千万别再生气了，又说这个病是个情志病，最好用中医治，喝喝中药吧。

她听了放下些心，一个人回了黑咕隆咚的家，躺在床上又流了些眼泪，以为毕成才回来会把那些股票卖掉一半。谁知过了股市收盘的时候不久，他就进了门，却一脸的慌张，她看了他的脸色，像是预感了什么一样，立刻也紧张起来，用胳膊支撑着半坐起来，打量着他的脸。俩人默着在黑乎乎的屋里对视着，她哑声问，毕成才，你的股票又没卖吧？

毕成才颓然坐在沙发里，默了好几秒才说，算是让你说中啦，从下午一开盘就跌，卖不掉了！

刘玉娟眼前一黑，绝望地说，那咱连二十万也没有了？

毕成才点点头。

之后股票一直处于低谷，毕成才的股票渐渐跌成了几万块钱。他还好，刘玉娟却怎么也不敢相信这是真的，她总是时而想住大房子就会哭着骂丈夫，有时又笑嘻嘻地叫他"毕百万"。

干了一年多光碟生意，毕庆勇因为同行举报，那个"作案地点"被查封了，还让关了三个多月才放出来。这事毕成才两口子并不知道，只有给他打工的同学潘强和他妹妹潘钰常去看他，出来后他和潘钰就谈起了恋爱。他这时已经有了些资金积累，就开始做二手笔记本电脑的生意，因为这个行业的市场才刚刚开始，所以挺赚钱的。他和潘钰很说得来，直到结婚他都没有和他爸他妈说过他要结婚的事。

他俩的婚事完全是自己和他的同学们一起操办的，倒也很热闹。结过婚他带着新媳妇潘钰回家看他妈。虽然他和他媳妇早就大概说过他和他爸妈的事，可那女孩儿看见他的家和他的父母还是很震惊，不敢相信开过工厂的"毕百万"住得这样简陋。过去毕庆勇说起他自己的创业故事时，她以为他夸大了吃苦的程度，事实上她从来没在自己的同学和朋友身边见过这样冷漠的父母。

潘钰越发崇拜丈夫毕庆勇，当他说打算带她去广州开个二手电脑公司的时候，潘钰立刻说她愿意陪他去吃苦。

毕庆勇感动地搂着她说，亲爱的，不是去吃苦，是去开创我们的事业！你是要去享福的，我不会让你过我妈的日子！我也不会当我爸那样的人！

虽然刘玉娟有些精神失常了，可毕成才有时候还是要大吼大叫的。毕庆勇也曾经很严肃地对他说,要是他对他妈再不好,他就把他妈接去他家过日子呀。

毕成才很愤怒,对着儿子一通咆哮,这个家翻天了吗?有你这个小畜生说话的地方啦?老子就算是没了工厂没了钱,一样还是你的老子!这个家一样还是老子说了算!

毕庆勇冷冷看他发作,轻蔑地说,你把我妈弄成这个样子,还发什么脾气?

毕成才大怒,扑上去要打他,毕庆勇并不躲,他身后的潘钰突然鼓足勇气说,爸!你不能打他!

毕成才猛地怔了,这个家还从来没人敢这样大声对他说话呢。潘钰心里很怕,脸都涨红了,她声音却很清晰,爸,他是你的儿子没错,可儿子不是用来打骂的!我爸妈从来没这样对过我们,我和我哥一样很孝顺!

毕成才努力控制着自己,想维持自己在儿媳妇面前的形象,可见她说她的父母怎样怎样,他就更气了,忍不住说,少拿你家来教训我!你有家教还会和你公公顶嘴?我打我的儿子,不关你的事!要是再胡说八道,你就再也别来我们家!

潘钰不顾刘玉娟和毕庆勇拉她,大声说,爸!庆勇现在是我的老公,又没做错事情,你为什么要打他?他说得对!我妈辛苦了一辈子,现在得了病,你得好好和她说话!庆勇一直和我商量要带她去广州治疗,就是怕她走了你孤独才在犹豫,你要是再大喊大叫刺激她,我们真的把我妈接走啦!

最终刘玉娟也没跟着儿子儿媳妇去广州,她觉得他们去南方还要做生意,又是刚起步,怕自己成了他们的负担。等身体差不多好了的时候,刘玉娟在一家服装厂找了个技术指导的工作,一个月有两千多块钱的工资。大多数时候她很满足,大家都知道毕成才炒股把钱炒没了的事,有时候人家说起她和毕成才的厂子当年在西安有多红火,刘玉娟就苦笑着摇头说,还是没有福报,挣的只是辛苦,没有花钱享受的机会。现在只盼着儿子能给我买个房子住呢!哪怕只有一室一厅!只是西安市的房子越来越贵了!

她说得很可怜,别人只好叹气,找不出什么话来劝她。有时候人们背过她去也会说,老刘挺精明的,怎么会把财权交给她男人老毕?看来人说世上的男人是挣钱的耙子,女人是存钱的匣子,这话一点也不错呀!上百万呀,那个时候能买多少房子?

就算家里没了什么积蓄,毕成才也没法子放下身段去寻工作,像他这样的人,有谁能雇他或是指挥他做事情呢?找工作没兴趣,毕成才自己干生意的心劲也没了,被刘玉娟数落着,他偶尔也盘算着做个什么小买卖,可真要进行时就又放弃了,觉得出力吃苦只赚那么点钱真不划算。而钱是越来越难赚了,再也没有80年代他们做生意时那么容易。他现在又没本钱,也没帮手,只好算了。毕成才没有工作,也就没有退休工资,就算他生活再节俭,靠的也是刘玉娟挣的那每月两千的工资。为了打发大把的时间,他发展了新爱好——蹲在小巷子口的电线杆底下和人下棋。他下得好,找他下的人就很多,能从早下到晚,有时中午就省了一顿饭。可这事不挣钱,毕成才只能算是提前过上了退休老头儿们的生活。他自己也觉得自己太惨了,却归于自己命太苦。刘玉娟有时闹着要和他去离婚,或去证券交易厅找人家闹,说那些人骗了他,他知道她还是精神上受了刺激,只好一个劲劝说她。

很多次他一个人的时候,想想也很委屈,自问炒股那几年,他不比做工厂轻松,为啥赔得连个尸骸也没剩下?

大多数时候他是平静的,毕庆勇打来电话也能聊上几句天了。他闭口不谈毕庆勇给他汇来钱的事儿,虽然这钱对他来说是最主要的来源,让他的生活好了很多,可他坚决不肯在儿子儿媳妇面前失了尊严。刘玉娟和儿子说起毕成才发了财又赔了个精光的事情,总是会流着眼泪说,人命里没财累死也是白搭!我这辈子是搭在你爸手里了!那一百多万给你爸开了个多大的玩笑!我一分一毛挣来的,居然现在只剩了几万块钱。可我这辈子算是咋了呢?

去年,毕庆勇终于给他爸妈买下个八十多平方米的楼房住,虽然是城中村改造房,可毕竟是一套新房子,毕成才很满意,但他不说一个好字。刘玉娟住了新房,病就全好了一样,高兴地在家里做饭做菜招待了她厂里的同事。大家看到屋里装修得挺简单,却在朝南的阳台上摆满了花盆,迎着阳光开满各样的花,大家都说刘姐这下算是满愿了!

她就笑说,满愿啦!

让大家不解的是,新房子摆着旧家具,那些没了漆水又很陈旧的高低柜、五斗柜、洗衣机一看就是80年代的东西，新的沙发、电视机却很现代，搁一起很别扭。而且本来不小的房间，所有角落全放着大大小小的纸箱子，仿佛刚搬了家还没顾上取出东西摆好。刘玉娟只好和大家解释说，那里的东西有毕成才从沙村带回来的，有从厂里搬回来的，有从原来那个小家搬回来的，他都不舍得扔，又没地方放，只好堆在这里。至于装修的钱和买新家具的钱，毕庆勇也都给了他，可毕成才硬说太浪费不许买，就把钱留在手里。这几样新家电是儿子买来放这儿的，那些早坏得用不成了的旧家电，毕成才不让扔，都在那些纸箱子里放着呢。

大家对毕成才说，这么好的房子放这些早该进废品站的东西太可惜了，等于说你买了八十个平方米的房子，只用了四十个平方米的面积！

毕成才面上只是笑笑没说话，等刘玉娟那些同事走了，他美美发了一通脾气，说以后再不准她们来家里了！弄得和卫生检查团一样！老子的家，啥时候轮上她们说话？老子就是全当成库房又咋啦？

毕庆勇说完他爸妈的创业史，忍不住苦笑了。毕成功当然记得他哥毕成才做羽绒服的那个时期，他们好几次到金达服装去买自己最热销的款式，拆了做成样板然后批量生产。毕成功见过当时西安城里许多国营商店和私人小商店，挂着他哥服装厂生产出来的羽绒服，样式很像正品，质量却差得很远。这明明就是在做他金达服装的假货，但毕成功生意实在太好了，他根本没精力去和他哥计较。

他知道他哥和他嫂子做那个工厂挣的是辛苦钱，听侄子说起那时的事，他心里还是很难相信。毕成功说，如果没有玩股票，你爸和你妈还不至于这么惨。唉，他又没那个脑子，还想挣那个钱！

两个人沉默着，毕成功看着他的包说，听沈天说你做的公司正在找人投资？

毕庆勇一下还回不过来神，怔了一下就赶紧应声说，我听沈天说了之后就一直在准备资料。四叔你看一下，这些是我们已经做成的产品……这是深圳一家公司跟我们签的技术合作协议，我觉得未来市场肯定是要拼能源、拼科技、拼人才的，这个产业咱们国家还只能组装进口零件……

毕成功说，其实现在想赚钱，虽然不如过去我们那个时代了，但机会还是很多的，你为啥做这个？投资周期太长，变数太多！

毕庆勇却信心满满地说，因为我天生对电子游戏、计算机和软件无师自通！四叔你可能不知道，我这些年在深圳闯荡，见了不少IT高人，虽然我没学历，可我一直在学习，比他们不差什么！而且我也一直赚钱着呢。

毕成功点头说，这话我相信！

毕庆勇受了鼓励便兴奋地继续说，现在中国GDP构成的主要几块就是房地产、物流、金融、电商、餐饮和游戏，中国要想崛起就必须提升GDP的科技含量和创新含量。

毕成功笑了，他翻看着厚厚的资料，看到侄子确实是下了功夫的，里面甚至还附了他跟人家已经签过的好几份合同，每笔都是十几万、几万，看看合同日期，都是这两年的。毕庆勇掏出手机说，给你看一个视频，是我们的主打产品教育陪伴机器人，专门针对没有大人在家的孩子，可以陪孩子聊天、回答学习问题和生活问题。我们和深圳一个公司合作的，我们负责技术，他们负责产品宣传销售。目前已经售出几万个了！

手机屏幕上出现一个圆头圆脑的机器人，眼睛闪着亮光正和一个八九岁的孩子面对面说话：我有什么能帮你？如果你爸爸妈妈太忙没时间辅导你学习，我上知天文，下知地理，能陪你学习，回答你作业问题；如果你太孤单没人陪，我和你聊天，给你讲故事，帮你提高学习兴趣与成绩！如果你和我玩的时候给我提问题想难住我，那我告诉你，我的大脑里有一块顶尖科学家制造的神秘芯片，存储了海量的知识，这是个庞大的数据库哦。而且我的芯片连接着云端，也就是说，每天云端都会更新存储最新的知识和资讯，那我就每天都是更聪明的。我的陪伴可以让你成为不孤单且最聪明的人！

毕成功立刻有了很大兴趣，他说，哎呀，这个东西真有意思！要是毕继承小时候有这个玩意儿，我就给他买一个，我没时间和他说话，他就和机器人说！你不知道他小时候每天有多少问题！你奶奶和他妈根本回答不了！谁想到他现在成了这个样子，一句像样的话也不说。

他的心念一转，又问，你的机器人只有这一款？有没有给大人用的？你四婶一个人在家没人说话，就差个这样能一问一答对话的东西啦。

毕庆勇忍了笑说，其实刚才看的这个是帮助辅导学习的，大人的情感要求高，机器人的知识很难让人满意。国外现在还有性爱机器人呢，说是和真人一样，但有没有感情，当然不一样。就好像……你和一个说假话的人聊天，说一会你看出他没用真心，你肯定就不想说了。

毕成功点头说，明白了。你弄这个，肯定因为小时候你爸妈只管赚钱不管你！

毕庆勇苦笑说，说起来是心酸，人家都说我们是富二代，实际上和现在农村的留守儿童有啥区别？尤其是我这样的更可怜，不像毕继承还有奶奶和妈妈疼呢！要是我上过大学，那我现在的事业肯定大得多！

毕成功也说，我要是上过大学那也不得了！他说着眼睛一直没离开手机屏幕，又问，你这个机器人卖多钱？利润大吗？

毕庆勇说，标价七千多，目前大多是搞活动促销卖出去的，四千多吧！我有专利，成本是一个团队好几年开发的智力付出，这个没办法计算，但后期生产制作成本很小，最贵的是这个芯片技术。

毕庆勇又在手机里调出好几个机器人给他四叔看，他说，这个是银行大堂使用的机器人，这个是厨房用的机器人，应该都有很好的市场。我们如果不是为了能更新换代做上台阶的研发，让产品领先全国，那现在的成果也已经开始赚大钱了。但这是个高科技产业，别人也在不断进步，人家都是大公司，可以和科研所合作。我这边认识两个很牛的专家，他们一直在做研究，拿了几个专利，很快就要出成果了，我想尽快和那两个专家签合同，那我们公司很快就可以成为国内一流的团队。

毕成功笑着说，国内一流？

毕庆勇却很认真地说，这个本来就是美国第一嘛，国内基本算是在组装人家的。其实核心技术最牛的还是国外的，人家一年多大的投资啊！

毕成功说，你说的这个东西我很陌生，我现在还不能说给你投多少。我会尽快找人考察这个项目，到时候你配合一下，如果真的值得投，钱不是问题！

这句话虽然是在意料之中，可毕庆勇还是突然有些激动，鼻子酸了一下才笑了说，四叔你放心，我开这个公司十几年，做这些机器人已经做了七八年，心里有很大把握，如果你给我投资五百万，我明年就能给你赚钱！

毕成功说，其实你的项目我根本不懂，就是你这个劲儿让我感觉你还算是像咱们老毕家的人。如果我考察你的项目值得投，我会给你做投资，但有个条件！你还没见过你的堂弟毕继承，他比你小八岁，现在也想创业，可是他没你这么有理想。自家人说句实话吧，他让你奶奶和你四婶惯得没样子，他和我要么不说话，要么就是我吵他，现在我干脆不理他！唉，我俩，比你说你和你爸的情况好不了多少！他现在也想让我给他投资开公司，我刚听你说了，突然有个想法，我想让他到你的公司跟你干！如果你觉得他可以跟你干，我那笔钱就作为他的入股资金，他成为你们的股东。如果你觉得他不行，或者他自己不想干这个行业，那你就按银行利息支付利息好了。这事我还没跟他说，先和你商量一下。

毕庆勇在心里转了好大一个弯儿才说，四叔，你对我这么好，我特别感谢你。现在如果评估了我的公司，恐怕也只有三五百万，因为好些科技成果还没有转换成产品，没办法拿钱来估计价值。如果你用给堂弟的钱来控投我，堂弟的钱多，就成了大股东，我都不能在公司操盘了，他是外行，这公司肯定做不好！

毕成功接口说，那可以聘你来当CEO嘛！还是你操盘！

毕庆勇背后一寒，他没想到他叔钱还没拿出一分，已经提刀想把公司从他身上割下来给他自己的儿子了。

毕庆勇心一横说，四叔，我知道你从来没有给别人当过下手，都是自己当老板。现在虽然公司还没有做成一个理想的状态，可这是我十来年的心血！十几个老员工跟着我干，就是信任我能把公司做大做强。好多次比现在难我都扛过来了，目前公司不过是想升级上台阶，我还是想自己奋斗，希望能够自己当老板说了算，要是四叔投资我，哪怕利息高一点，我对我的机器人是有信心的，我觉得我很快能够把这些钱还上，我也肯定能赚钱。如果你入股，我保证能够让你赚钱，虽然有风险，但因为这个技术在全国是什么情况我心里明白，你让人考察了也会明白了……

毕成功打断他说，我很看好你的公司！我会投的！

毕庆勇有些意外他叔这么简单直接，就激动地把两只手握了拳头，又松开，仿佛不知道该把他这两只手放哪儿好，他说，四叔！你……谢谢你！你真的看好我？

毕成功不把他的紧张激动当回事，还是微笑着说，当然呀！要不我和你说这一下午？你四叔六七岁开始挣钱，我看生意眼睛毒着呢！一个企业好不好不是靠老板说的好，再能吹不如有个好终端产品在销售，要么卖东西，要么卖服务，只要能卖掉东西，产品有前景，客户越来越多，就算好企业！这个你现在具备了。然后你很清晰你的整体战略，你对未来的愿望很大也很实际，这是好事呀！你不让我操盘，这就对了！如果刚才你答应我了，说实话，那我就不敢投资你了，那你是想挣钱的，不是想把事儿做大，那你随时就会投降！还有，你这么大的年轻人，天天和沈天那样的博士当朋友，和你说的那些搞科研的高手在一起，你有前途。还有一个最重要的，你叔最欣赏你的，是你孝顺你妈！所以，我一定会投你的！

毕庆勇没想到一下午时间，他四叔居然和他说着家常，听他说了一遍他爸他妈的创业史，还完成了对他的考察，心里便又得意又后怕的。

这时陶敏敲门进来说，毕总，慈善机构的刘博士和张老师来了，他们说吕总已经收了他们的资料，和你约好今天见！

毕成功便对侄子说，我这儿有个事儿，十分钟就能处理好！你和叔一起去吧，是给贫困学生捐款的事！

毕庆勇没想到他四叔竟然是个做慈善的人，便在心里暗想，看来他对四叔的了解还是太少了些。他说，四叔，要不我改天再来，你先忙正事？

毕成功却说，他们是来要钱的，我得先弄清情况再说，今天定不了。

坐的时间长了就有些腰腿酸疼，他伸胳膊踢腿地边走边领毕庆勇到了大会客厅，就见一男一女两个中年人已经等在那里。张老师赶紧上前介绍说，毕总，这是刘博士，我想让你多了解捐款的方式，特意把他请来和你聊聊！

毕成功上前和刘博士握手问好。张老师冲毕庆勇笑笑说，这是毕总的儿子？

毕成功回头看看侄子笑着说，差不多吧，是我侄子。咱先长话短说你们的事吧。

张老师和刘博士都落了座。毕成功说，前几天我听我一个朋友说他资助了个娃，从高一开始供到清华大学的研究生时期，我就想直接和你们说清楚，要

417

让我掏钱，可以！但我要挑这样学习好爱学习的娃！

刘博士有些为难地说，只敢说帮您推荐优秀的好学生，咱们接受助学申请的娃很难全都考上清华北大！

毕成功不满意地说，那我供一些不好好学习的学生，他们拿我的钱在学校混日子，将来还是去做小买卖、到城里打工，那我为啥不直接把钱供给有希望的好娃呢？

可能很少有人坚持只资助必须考上清华北大的学生，张老师和刘博士便都对视了有些无奈。张老师笑着说，毕总，重点中学的校长也不敢说他们学校的哪个学生肯定能上哪个学校啊！

毕成功不悦了，那我不管！我听朋友说，他的朋友还成立了个用他公司名字命名的慈善基金，你们能么？

刘博士赶紧说，那太好了！我们当然巴不得能给你成立这种专项基金！可还是没办法保证每个孩子都上清华北大！事实上现在寒门很难出贵子啦！

毕成功满脸不屑地说，谁说不能？我就没上过几年学，照样不耽误我开公司做生意！

刘博士被他噎得有些不高兴了，便不管张老师在一边给他使眼色，只顾说，毕总是成功的商人，肯定有过人的本事！你也只能算是个例！我在县城当过老师，我和你说说我理解的教育！

毕成功往后一靠说，那太好了！

刘博士说，现在北京那些名牌大学，有多少是穷县穷村的娃能考上的？不是娃不行，也不是名牌大学不收，这些娃出身穷困就没可能在小学中学上到好学校，他们的爸妈都忙着进城打工呢，这些娃大都住校，或者放爷爷奶奶家当了留守儿童，没学坏就不错了，谁还管得上他们的学习？那他们拿啥资本和城里的娃一起在高考时候，用一套考试题，划一个分数线，还要考上一样重点的好大学？

毕庆勇同意说，是这么回事！

毕成功从来没想过这个问题，他对自己的两个孩子，解决教育问题靠的是贵族学校，他便在心里后悔，没把秦教授约来，那他肯定会给个好建议。

他说，我有个朋友是大学老师，他一直资助学生上学呢，我那天和他说了我的打算。我也看到你推荐的那些孩子的资料联系方式了，过些天我和我那朋友去看看他们家的情况，不管咋样，钱是一定要捐的！

得了这句话，刘博士就笑了说，都在西安周边的县上，蓝田县的贫困学生多一些，你们要去我可以陪你们！

毕成功说，我明白了，我再想想怎么做。咱今天先说到这儿，你们给我整理些以公司冠名成立慈善基金的方案，咱们保持联系！

一共见面不到几分钟，毕成功已经站起来打算送客人了。刘博士和张老师站起来笑着说，那好，我尽快整好给您送来！

毕成功一边把他们往门口送一边说，如果我拿出五百万做这个慈善基金，你们能在电视台给我做几次宣传不？

张老师惊喜地说，当然！省台市台都能做！包括省内的报纸，他们的教育频道和我们有合作！真高兴您愿意帮助贫困学生！

她笑着和他握手告别，毕成功便说，先别谢呢，咱签了合同再说。

毕庆勇目送他们离开，对他四叔说，等我将来生意做大了我也学您做慈善助学！

毕成功并没在意，接着他俩的话题说，我也是才试着做呢。听说办了慈善基金，有很多奖励政策，下来我再找人好好研究研究！你的项目我先看看，考察了之后再说投资模式。唉，毕继承让我非常头疼，你刚才说你妈你爸的事儿，我突然想，如果让毕继承跟你说一下我俩，他肯定和你一样有一大堆怨言。别人说他害怕我，其实我是觉得他不想跟我说。古人都说，打仗父子兵，打虎亲兄弟。如果你哥儿俩好好聊一聊，说不定你俩将来能成为特别好的弟兄，要是你俩一起做生意，我会好好支持你们！

毕庆勇心里说不出什么滋味，他叔一直在想着怎么扶持他儿子，而自己的爸呢？他笑着说，我比他大几岁，但我们毕竟都是年轻人好说话，我和他聊聊，随时给你汇报！

毕成功很满意侄子的态度，他看看表说，我晚上把毕继承电话发给你。我等下还约了个朋友，也是要借钱的，我得走了。

第十六章

要借钱的人是老高。

毕成功出了会所便让司机直接把他送到和老高约见面的地方，那里吃饭喝茶连带泡澡捏脚，都算得上西安的高水准。好几天心情不太爽，他得好好放放松。

和老高躺在按摩床上，足疗师给他俩捏着脚，毕成功就闻到他是喝了不少酒的，便问，看样子喝了不少？

老高眼皮连着双腮都泛着桃红色，没说话先憨憨笑着说，只喝了几杯！

毕成功和他喝过几次酒，知道他多年前就这样，喝酒就上脸，酒量浅还死要面子爱死撑，只要有人劝酒，他是必喝不躲的。

他便调侃了说，那看来这几年酒量见涨？

老高说，我比不上你，几乎没见你醉过！那次咱们和你那些山东朋友喝了场大酒，你说你那天喝断片儿了，回家睡到天亮都想不起来酒局咋结束的，也想不起来是咋回去的！我当时一点都没看出来呢！

毕成功说，幸亏现在禁酒驾了，要不想想怪后怕的！那天我确实喝得多！第二天醒来头疼着，躺了好一会儿才想清楚我在家里的床上呢！前一天晚上咱们最后说的啥，又喝了多少，大家咋结束告别的，我咋样开车回去的，啥都想不起来了！我就稀罕了！那我咋认得回家的路？我第二天看到我把车端端正正停在我的停车位上，连线都没压！我的车钥匙放在我家茶几上，平时我回来都放那儿！断片儿真可怕！

老高笑了说，那是你老马识途了呗！要么你就是个狗投生的，天生就记路！

毕成功笑骂道，你才是个狗！你今天找我啥事这么急？

刚刚用热烫的水泡过了脚，老高半闭了眼睛享受着按摩才断断续续地说，兄弟，我和秦教授跑的那个项目成了，你给哥借上一千五百万，哥就成大股东了。我三个月后项目开始招商就能赚上钱，到时候连本带利息一个子不少的还你！

毕成功说，行呀，拿啥押？

老高说，高新那块地和曲江那块地手续都齐全，随你用哪块地押，估价一亿多，我只借一千五百万。

这两块地毕成功都知道，而且他也曾很为之动心过呢，那天秦教授也说了，他在帮老高找自己的学生批最后一个手续。在西安市能让他毕成功高看一眼的人，可能也只有秦教授了，不管他们见了面怎么样抬杠，也不管秦教授怎么明里暗里拿话怼他，从来不相信人的毕成功对他却还有些信任。

毕成功说，你不是让秦教授帮你规划那块地了吗？

老高说，我有个深圳朋友又看上那块地了，想要做高端医院，主要做养生康复医疗，他给我看了他们的策划案，完全是国外和台湾的模式。现在中国人吃得不健康，呼吸的是雾霾，人人都压力山大，得病的人太多了！你去医院看一下，到处都是病人！开医院是个挣钱的事儿，也积德行善，所以我也想投资他们的医院。你知道，我一直是有资产没资金，这次我要是把这五千万和这块地投进去，就是大股东了，就能说了算。老毕，咱们都快老了，得给自己找一个稳扎稳打的实体生意！你得帮哥一把！

毕成功觉得他说的不错，就说，开医院是好事，你知道我借钱的规矩吧？

老高把眼睛睁了条缝说，放心，我给你打一千五百万的借条，你给我打一千万，还钱的时候再算利息，多退少补。你的行情是三分吧。

毕成功说，五分。

老高叹口气说，谁让我等钱用呢，行，五分！说不定我下个月就能腾出手把钱还给你了！

其实没到下个月，等毕成功的钱打到老高账户上一个多礼拜，老高就卷了钱跑到了国外。毕成功发现出事了，还是因为秦教授给他打了个电话。

他还是一贯言简意赅的秦腔，但低沉的声音让毕成功心一紧。秦教授说，老毕，你借给老高多少钱？

毕成功说，一千五百万。

秦教授说，押了啥？

毕成功说，就是你给他帮忙规划的那块地……那地手续没问题吧？

秦教授说，手续没问题。

毕成功松了口气，秦教授接着说，我也是刚知道，有个人去法院告老高了，他手里拿着老高另一块地的手续呢，说是估价八千万，他借给老高四千万，实际那地只值两千多万。那人有消息说，老高去年就把全家都送到国外了。老高上个月把他自个儿在西安、海南、威海的房子都卖掉了，也走了。我估计你不知道，特意和你说一声！

毕成功才听了前两句就已经全明白了，他感觉自己从后背到头顶猛地一凉，就沁出了一身冷汗。他默着，手机在手里握着心嘡嘡狂跳，他听到秦教授的声音里，一直夹杂着自行车被砸得零件乱飞的丁零咣啷声，他听不太清秦教授后面说了什么，就茫然挂了电话。毕成功的手出着冷汗，手指在手机屏幕上划了好几下都找不到老高的电话号码。他定定神，全心在手机通讯录里寻着，嘴里就念出了声音：高宝生、高——宝——生——

电话拨出去，却是长久的无人接听。毕成功觉得腿软，退了两步一屁股坐在沙发上，这才再拨，电话还是没人接听。他让自己冷静，迅速写信息：老高，速回电话，有急事儿！！！

他手一松，那手机就掉到了沙发上。毕成功双手捂着脸颓然坐着，突然仰面跌躺在沙发上，耳朵里面全是轰隆震耳的哐哐咣咣的金属声音，一直不停。

完了，一千五百万被老高骗走了！

没敢在家多想什么，毕成功定住神，马上让司机开车带他到老高家里、公司、前妻的单位一一转了个遍，他才发现老高真的是人间蒸发了。他给老高打了几十个电话，都没人接听。他又给秦教授打电话，还没说话秦教授就说，你去法院了没？他那地要是执行赔付的话，要按立案顺序来的，估计老高坑的人多，不止你和那个已经起诉他的人，人家都去起诉他吧？你还不抓紧！

毕成功正坐在车上打电话，听了这话，猛然惊醒一样赶紧对司机说，快去法院！快去法院！我怎么事里迷了？

前后折腾着和律师讨论，又托人找法院的朋友打听，毕成功这才知道老高早就破产了，但是他人倒势不倒，居然很长一段时间拆东墙补西墙支撑着，人们都被他的假象给迷惑了，只当他是把生意越做越大，实际上他已经被掏空了。别人欠他的钱，他都要不回来，他欠银行和私人的钱却多得摞到了天上，眼看都要起诉执行他了，老高便绝地走险卷钱跑了，只剩了那两块地和他的几个住宅。毕成功听法院的人说了才知道，他果然早早就把那些地的估价找人做了手脚，全都虚高于实有市值，就借到了超过实有价值的钱。毕成功的只是被他借走钱的七分之一，大家在一起估了估，老高去国外时卷走的钱至少有一个亿。

毕成功把一切能想到的补救都做完了，又给律师办了委托手续，立刻和秦教授打电话，他说他迫切想要见到秦教授。只沉默了一下，秦教授在电话那边说，那你到我们学校来吧，我在图书馆查个资料，你随时到了给我个电话。

说起来，秦教授的大学毕成功来过好几次，有一次他还带着孟寒雨。也就是那次，秦教授第一次见了孟寒雨，他当时就说，哎呀！你简直就和我心里的冬妮娅长得一模一样啊！她惊讶之后便莞尔了，毕成功不知道谁是冬妮娅，但他却知道秦教授从来不说玩笑话的。回家后他就问孟寒雨，谁是冬妮娅？虽然她只说是个苏联小说里的人，可是从那次起，毕成功对自己拥有孟寒雨的骄傲自豪达到了一个最高点，并且从此一直严防死守秦教授。

毕成功那次和孟寒雨来找秦教授，是因为这个大学离她住的地方近，她在家闷得很，就想能经常到大学的图书馆看书，毕成功让秦教授帮她弄个证。那次，秦教授也是让他们在学校图书馆门口等着他。他记得孟寒雨和秦教授一见面就聊得很高兴，仿佛她好久没有和人说过她喜欢的话题，终于遇见了知音一样。但是因为秦教授很兴奋地冲口说了她是他心里的冬妮娅，她后来反而没好再和他联系去看书了。如果不是秦教授自己说，毕成功完全没有想到，孟寒雨离开他之后会想到向秦教授倾诉。

那天毕成功听到孟寒雨和秦教授说了很多外国作家的名字和书的名字，又说到小提琴，他们说各自上大学时的事儿，边说边笑，当毕成功不存在一样。他当时对秦教授突然就有了很强的嫉妒，这是他第一次嫉妒的人不是有钱人。他俩说的人和事，毕成功都不知道，他只是听，但他心里又很骄傲，他觉得孟寒雨和大学老师懂得一样多呢。而且毕成功从秦教授的眼睛可以看出来，他有多喜欢孟寒雨，他几乎眼睛不眨地一直看着她，她伸手撩一下长发，或是她用英语说一句什么玩笑话，秦教授的眼睛就会亮一下。毕成功敢说，从见面到分手的几个钟头，秦教授几乎没有看过自己一眼，只全心全意地看着她，要么自己在说，要么听孟寒雨说。毕成功不敢再让孟寒雨见秦教授了，她很聪明，立刻就答应了，而他自己也就越来越从心里不愿意再见秦教授了。所以说，毕成功后来这些年和老高的疏远，是因为不愿意借钱给他，和秦教授疏远，是因为他害怕孟寒雨喜欢上老秦。

重新走在这个校园里，梧桐树浓绿的树荫洒在长长的小路上，因为那一千五百万被骗走的事情，他的心一直是焦虑烦躁的，现在顺着路走过大半个校园，看着路边和操场的大学生们悠然的样子，仿佛比街上的人慢了半拍，毕成功便觉得心里好受了些。大学里的操场已经换成了塑胶跑道，而当时他和孟寒雨在等秦教授从图书馆出来时，曾经绕着操场走过一圈。

他记得那天她穿了白色的长风衣，阔腿喇叭裤，细高跟鞋。因为操场坑洼，她就一直挽着他的胳膊，不少大学生都转头看她。他还记得当时孟寒雨一直把头靠在他肩上哼唱着《甜蜜蜜》，她的声音很像邓丽君，尤其听她轻轻唱着"是你！是你，梦见的就是你！"的时候，他完全就认定自己是她梦里的人了！他最爱听她唱这歌，偏她并不是总能随他想听就唱的，他一直听她小声唱完才陶醉地说，寒雨，我是世界上最幸福的人了！你和邓丽君唱得一模一样呀！我的心都要酥化了！

孟寒雨得意地抿嘴笑着说，上大学的时候我们同学借了录音机，偷偷在宿舍听邓丽君的歌，我第一次听到她的声音都听傻了，就开始模仿她！我同学也说我的声音和她像……现在走在这里，我突然觉得好像回到了大学，如果一个人能够永远在大学上学，没有社会，没有压力，没有欺骗，该有多好！

他猜她说的同学是小林，但毕成功只揽了她的腰说，那你就当我是你的大学、你的社会，你的生活里只有我，一切由我来照顾你，那你就永远没压力了！

孟寒雨不在意地说，可惜你当不了我的大学。就像太阳，有它的轨道，有一群愿意围绕着它的地球呀月亮呀才能成为一个星系。可我总觉得咱们不是一个星球体系的人，你想要当太阳，希望我像月亮那样折射你的光芒，可我自己是自带光芒的呀！

毕成功直到现在还能回忆起她明媚的笑脸，她说自带光芒的时候，眼睛里真的就有着一种美妙的光芒。当时毕成功想不出什么话来回她，只好说，我不管，我就要当你的太阳。哪天咱们去卡拉OK唱一场，就唱刚才那个歌吧！

孟寒雨微笑着，却不再说话了。

穿着黑色对襟盘扣衣裳的秦教授从图书馆大步流星走出来，手里有几本书，老远就冲毕成功说，这么快就来了？

毕成功双手插在裤兜里说，要不找个茶馆去喝茶吧？

秦教授往图书馆前面的长廊看，那里被大片盛开的紫藤弥漫覆盖着，长廊的尽头是一个凉亭，他用手一指说，坐那儿不比坐茶馆里美？

那凉亭也是当时他们三个人一起坐着聊过天儿的。

两人顺长廊走，一起坐在凉亭里，秦教授把书放在石桌上说，你有进展么？咱跟老高认识四十多年了，我还真没想到他会给你演这一出！

毕成功说，唉！我眼瞎了，错看了他！我请了两个很牛的律师。现在能解决问题的就两点，一是想办法找到老高，二是等法院执行拍卖那些地皮房产争取到赔付款。按你说的，老高有意借了一河滩钱就跑了，他借的钱比他的地值得钱多，那他肯定做足了准备，我真可能拿不回我的钱了！这么大的金额，我一般都会放在我那公司，让专人去审查抵押材料，万无一失了再给钱！偏我那天昏了头，想着他喝得半醉说借钱，我就掉以轻心！说真心话，如果不是知道你帮他策划这个项目，我绝对不会信任他把钱借给他！

秦教授不客气地说，你不是冲我，你是冲五分钱的利息。

毕成功丧气说，好吧，你有理。我现在真是急了，就按你说的吧，我就是想赚这笔利息。我把这事想简单了，只借一千五百万，我知道他有那么多资产，随便拿哪个都能还，没想到他是早早设了套等我钻呢！我敢说他一开始并没把我放在他骗钱的计划里，他已经完成了套现、全家移民、自己出国，临走的时候我给撞上了！妈的！

毕成功终于忍不住骂人了，他妈的老高，他一定不得好死！我敢说我一定要把他逮住让他死在牢里！我就知道那天梦见我娘不是好事！因为我娘活着的时候，只要我做大投资大决策，她一定要让我别贪心别坑人。她说有因果报应。只要我不听，一定不顺利！唉！那天上坟要是没遇到你们就好了！

秦教授叹口气说，你要是早听你娘的话就好了。你那边也立案了，律师也找了，找我做啥？

毕成功看他一眼说，我心里慌得很，想找个人说说话。

秦教授怪道，和我能说啥？现在你也只有等法院判拍卖执行了，那块地情况怎么样？

毕成功说，我当时借钱给他的时候，他给我了评估报告，说给我押的那块地和高新的地加起来能值一亿多，谁知道他做了手脚弄的虚假估价！现在法院拍卖时还不知道能拍到多少，而且拍的钱还有好几个原告都等着赔偿呢。老秦，我想麻烦你把他洛阳那项目弄清楚，要是也能冻结执行就好了！我现在比较麻烦的是，估计法院把拍卖款给前边排的那几家赔付完，就没剩下多少给咱了，我的钱借得晚，发现情况立案也晚……

秦教授点头说，行！我赶紧去！

一对情侣在远处争吵，偶尔能听到隐隐约约是说毕业分配和买房子的事。女孩很激动，男孩很无奈。秦教授和毕成功不由自主就被他们吸引了去看。毕成功说，每次来你们学校，我的心就突然静下来了。你其实比我们都过得好，外面社会再闹腾，你还有一个安静的地儿可以养养心。

他眼睛一直盯着那两个年轻人，女孩开始哭了，男孩很急，却不动也不说话。毕成功说，你看那男娃，让人看得着急，就是吵架也不会吵，瓜得只会看女朋友哭，把她哄一哄就高兴了嘛！

秦教授也瞅着那边说，哄？！你一辈子都没这样爱过。

毕成功正视他的眼睛说，我还真的爱过。

点燃一根烟，秦教授深深吸了说，知道为啥让你在这见面？

毕成功说，知道你是故意的。我带孟寒雨来这里跟你见过面。你是故意要怄着我难受不是？你看我受老高的打击还不大？

秦教授眯眼瞅着远处，那里一只小鸟在树枝上正叫得畅快。他说，我猜你找我不是想说你和老高的事吧，要不电话里就说清了。

毕成功说，我想听你说说孟寒雨。

秦教授毫不意外地说，那年孟寒雨就坐在你现在坐的地方，我们说了几个钟头，然后她走了。你自己和你身边的人都觉得你很成功，可我那个时候就觉得你真是傻透了！

毕成功毫不犹豫地承认说，对！我是个傻逼。我特别想和人说说她，只有来找你。

显然秦教授还有话要说，但毕成功立刻就认了，他就一时说不下去，便沉重地呼吸，短暂地默着。

突然，毕成功问，她现在在哪儿？

秦教授没好气地说，我不知道！知道也不和你说！那时她说她噩梦醒了，她就回到两年前的起点，继续想办法去美国。她就是不想再见你才走的。

毕成功就抬高了声音说，你知道为了去美国，她得冒多大风险？这些年咱俩见了不少次，你为啥都不跟我说一声？

秦教授也大声说，我凭啥给你说？！让你继续去忽悠她欺负她？要不是你那天还理直气壮说你对她咋样咋样，我这辈子都没打算说！她碰见你算她倒霉，我还能看她一直倒霉？她那样的女人本来就不是你能驾驭欣赏得了的，可你偏偏要去碰她！你碰了她还不珍惜，吃着碗里看着盘里，你怕你娘怕失去你媳妇就不要碰她嘛。要么你让她明明白白选择当不当小三，如果是她情愿，那她死心塌地跟你一辈子，算你牛！可你靠不要脸说假话哄了她，孟寒雨那样的女人能靠哄吗？你连"辞海"都不认识的人，偏要去碰一个情商比你高的女人，那你不活该得难受一辈子！让我说，你最操蛋的就是这个了：把你做生意那点本事用在孟寒雨身上，太缺德！

毕成功不说话。

秦教授吁出一口气，小声说，骂你别生气，你做的事确实不地道。

毕成功却大度地说，我当你替孟寒雨骂我，心里好受点了。

秦教授不客气地说，我管你好受不好受？我是为了我自己好受。你说得对，人家有学识有头脑，我那时候没钱，我有老婆孩子，我拿啥身份留她？她那么高洁的人，为了不让你心里不舒服，她一次都没来我们学校图书馆看过书！这样的好女人你不珍惜！那天她坐我对面，就是你坐的这个地方，对我说的话和你刚才说的一样：她说心里慌得很，找不到一个可以说话的人。

毕成功仰脸瞪着天空，秦教授看到他的眼睛渐渐红了。

毕成功吸了下鼻子，哑声说，我知道她恨死我了。

秦教授说，你错了，她说她没恨你，她恨她自己太自信了。你到现在都以为，孟寒雨是冲着你那点儿钱跟你在一起的？她没和你说过，有多少男人给她开过比你那大得多的价码？而且人家都是真想娶她的！你还真把你的钱当回事了！你知道她为啥愿意跟你回西安在一起？

毕成功赶紧问，为啥？

秦教授说，她说她一直都记得高考的时候，那个巴结兮兮的、不管她愿意不愿意就是想要跟着她担心她保护她的小男孩。虽然你后来已经变得和她理想的人差得很远，但她还是有那个念想。你到北京找她的时候是她最难受的时候，她说她前夫那样又帅又有钱又优秀的男人会不忠诚，她以为换一个像你这样长得一般又没啥文化，但能把她当个宝贝一样的男人也算是认命了。可你连她这点念想都没给留住。你把你俩那点儿美好的东西全毁了！

毕成功痛心地一拳砸在自己脑门上说，唉！我是傻逼！可我就不明白了，她为啥会和你说我俩的事？

秦教授说，她害怕你把她那些书扔咧，想着我爱看书，就把她买的书全给我咧！那天她打出租车给我送来三大纸箱子的书，还有一箱子CD和电影光碟。

毕成功长长地沉重叹气，小声说，能给我几本不？

秦教授干脆地说，不给。你以为她真能看上你？你卖瓜子花生烤羊肉串挣点钱就想包养她？你真不懂，她是想让自己慢慢从心里扭过这个弯，能不别扭地嫁给你，你呢？你压根没打算娶她。

毕成功突然爆发一样大声喊道，好呀，我是傻逼！你知不知道我当时有多为难？我娘闹着要自杀，方美丽怀着孩子快生了！你让我咋……

秦教授不等他说完就冷冷地说，你让你媳妇怀上孩子的时候，是不是已经跟孟寒雨在一起了？是谁按着你、逼你把你媳妇弄怀孕的？你明明就是打算让她当小三的！你说，你碰见孟寒雨的时候，是不是跟她说，你没有结婚？

毕成功深深埋下头，不说话了。

因为他刚才大喊大叫，不少学生就冲着他们这看。

秦教授说，你说你给她了一笔钱让她去了美国，我不相信！因为她显然是为了去美国才找个有钱人嫁了。

毕成功长叹一声说，我最对不起她的就是这个，我怕她随时走，只敢给她了十二万。我送她的房子，她把房产证给我娘了，现在房子还空着，她也没要。我最怕她以为是我让我娘去找她要房产证的！到现在我还欠她八万没机会给她……

秦教授怔了怔说，行了，你让我恶心了！

毕成功急了说，天地良心，我是真心要给她的！谁知道杀出了我娘去找她闹！她把房折子给了我娘！

秦教授把脸扭到一边说，要不是看你对她还有感情，我这辈子都不会跟你说。孟寒雨根本就没和我提那个房子和钱，她多纯洁呀，她没为钱伤心，她为她自己遇不上好人伤心……

毕成功急得说，你说对了，我对她永远都有感情！如果有可能，我愿意给她八十万！八百万！弥补她！

秦教授不屑地说，钱？你凭啥以为她愿意要你的钱？人家现在也是堂堂上市公司的大老板，不比你的钱少！

毕成功大惊了，她也经商了？现在孟寒雨在哪儿？

秦教授赶紧打住，不安地说，唉！怪我言多必失，她不让我和你说她，咱们永远不要再提这个事儿了……你现在也算是在难里，咱们还是说说老高吧。记得咱们在洛阳见面的时候，我正帮他去策划一个合作项目。据我知道，他好像在那个项目里投了不少钱，我不知道具体啥情况，要不我让沈天帮你再去打听打听有没有项目能执行？

毕成功激动地说，老秦！你是我毕成功的恩人！多亏你可怜我，只要孟寒雨经商，她就会在社会上露面，那我肯定能找见她！老高的事，也得亏你那天打电话提醒我。兄弟我很感谢你！

秦教授苦笑说，一码归一码，老高这事做得不地道，我看着你吃亏了心里不好受，帮你找补回来一些损失也好呀。

毕成功咬牙说，我这辈子没吃过亏，除了你和我娘，从来也没人提醒过我。我娘说过，世上的事是有因果报应的，她说你这边有赚，那边一定有人在赔，就像是把别人口袋的钱放到你口袋一样。我一直赚钱，没赔过。这次老高的事让我很受不了，从你那天打电话和我说了这事以后，我几天都没睡好过。

他的眼睛下边确实是黑乎乎的眼圈，还有了眼袋，很憔悴的样子。秦教授劝他说，你身家那么大，别为这事把身体熬坏了，就当做生意赔了一笔吧。再说法院那边也没判，我这边儿说不定还真把老高投的那个项目给你问清楚了呢，不是多个保障？

毕成功说，你也不用安慰我。这笔钱不算啥，我就是心里咽不下这口气。一辈子打雁，这次让雁啄了眼！咳！你在学校，想是比我们环境好些。现在这社会，人心都越来越他妈隔肚皮了，我想想现在的人心，比我小时候回农村时还难看透了。

秦教授站起来说，只许你赚人家的，不许人家赚你的？你得想开这事，对我们来说一千五百万是个天文数字，对你来说，赚再多也没嫌过多，可你却输不起！老毕，都这年龄了，你咋还没学会愿赌服输呢？

毕成功也站起身说，这事没搁你身上，反正我是咽不下这口气，下一步我得把这笔钱要回来，再把他老高弄到监狱里去！

秦教授摇摇头，没说话。毕成功哀求道，能不能再说点孟寒雨的事儿？

秦教授说，不能。

毕成功骂道，你个货，就是要我难受的！你也不可怜我现在的难处！

秦教授满意了笑说，知道难受就对咧！我给你说的话一分钱没收，还不是可怜你？你的时间金贵？我的时间就不值钱？

第十七章

毕庆勇和毕继承哥儿俩是在星巴克咖啡馆见的面，按着平时，毕庆勇不喜欢这种地方，他嫌人多声杂不方便聊天，可是想着这是第一次和堂弟见面，他便立刻同意了。一走进星巴克，毕庆勇就看到了正对着手机看美剧的毕继承，因为毕继承和毕成功长得真像，毕庆勇看到他，就想起他四叔了，毕成功和眼前的毕继承仿佛是一个人。

他以为兄弟二人见面便有一种天生的亲切感，但是毕继承见他进来连屁股也没抬的跩样，多少让毕庆勇有点反感了，所以他没怎么寒暄就直接进入正题，开始讲自己公司的项目和他现在想要投资的计划。他发现，面前这张酷似毕成功的脸对这些信息没有任何兴奋，毕继承没有表情地听完后说，你跟我爸说了这些没有？

毕庆勇说，我去见过他了，他现在正在找人考察这个项目。

毕继承耳朵眼里塞了连着手机的耳麦，他的手机继续放着美剧，就扫了眼手机屏幕淡然说，我猜他不会借钱给你，我爸那人从不会做有风险的投资，他只打短线，你的科研得多少年？他才不会投这个！不知道我爸和你说了吗？他手上有一个小额贷款公司，在做资本生意。你这公司做的是科技，他又不懂，我爸从来不会干这种傻事。

毕庆勇一瞬间觉得是自己被他四叔耍着玩儿了，但他耐了性子说，你爸也说了，他希望你能来和我一起做这个项目，那他就可能会投资。

毕继承说，我知道你跟我见面的意思，但我帮不了你，我对你干的这个事没兴趣。

他的口气有些嫌弃，还有点儿幸灾乐祸。手机里的美剧很精彩，毕继承低头看剧，完全不再理毕庆勇了。毕庆勇心里有点火，他说，那你对啥有兴趣，听你爸说，你也想要开个公司？

好一会儿毕继承才抬眼打量他一下，似乎想判断他到底对这个事情知道多少，然后一边抠着自己的指甲，一边漫不经心地说，我都没想好做啥，你来操这个心？我爸现在有钱，很多人都来打主意，因为不管怎样我都给你叫声哥呢，所以我提前和你说些实话，怕你在这事上被耽误了。我爸不可能给你投资，我也不想做这个事儿，就是因为如果我真的和你合作做这个公司，咱俩都会是傀儡，啥主也做不了。我爸多强势你根本不知道，他啥都要操控，你只等着鸡飞蛋打吧！

他的话让毕庆勇猛然惊醒了一般，他低声说，谢谢你和我说这个！我也不是你爸派来打探你消息的，投资不投资也没关系。我虽然很想有人能来投钱把我的智能机器人做起来，但是你现在这情况，肯定也不可能合作，你要想闲聊咱俩就聊一会儿，你要是不想聊，那就站起来拍拍屁股走人好了。

毕继承不解地看看他，又低头看着桌上的手机说，凭啥让我拍屁股走人？我的剧还没看完呢。我没你那么大的事业心，不泡咖啡馆我去哪儿？要走你走吧！

毕庆勇站起就走，毕继承突然说，我猜你肯定认为我脑子不正常，没家教。

毕庆勇低头看看他的堂弟又重新坐下。

毕继承说，听奶奶说你爸也做生意，原来也人称"毕百万"的，你怎么不找你爸给你投资？

被他提到"毕百万"，毕庆勇觉得有些心酸，我爸二十年前炒股已经把钱炒没了，现在每个月我还得给他生活费呢！其实我也有其他投资人可以谈，是你爸听说我在做机器人，让我朋友叫我来谈的！

他想说得有尊严些，可毕继承的脸上既没有惊讶，也没有同情。他说，所以你还是来打我爸的主意了。

毕庆勇突然想说点什么了，我不打谁的主意，谁投我就能挣钱！我觉得咱俩都很可怜。我爸和你爸都讲过他们小时候在农村挨饿让人欺负的事，但我一点都想不通，那些过去的事咋就那么强大，让他们这一辈子为了想办法挣钱都变得这么没人味？！上次跟你爸见面的时候，我给他说，我觉得咱们这些富二代其实都是他们赚钱的受害者，比农村的留守儿童还可怜。

毕继承仔细看着他的脸，想看他是不是说的真心话。

毕庆勇从一开始就没有打算让毕继承加入自己的公司，和他见面不过是为了让他四叔的话有个着落。现在见到这样一个冷漠的堂弟，他觉得沉重极了。他觉得这仿佛是一个轮回宿命，他们的爷爷怎样对他们的爸爸，他们的爸爸就怎样对待他们，而现在的毕继承，将来会怎样对待他的家人和孩子？

毕继承说，我啥也不想和你说！你比我强，因为你爸没有啥东西可以威胁着你勾引着你，让你放不下走不开！我爸就不一样了，他有那么多产业那么多钱，我明明知道那是我的，可我现在就是花不成！我也有过好些理想，都让我爸几句话就浇灭了。原先我想开个网吧，你想八年前，要是我的网吧有一千台电脑，那在西安应该算是最牛逼的吧！那时我从部队刚回来，和我爸做了个交易，说好他投资，结果也被他找借口反悔了，那事就泡了汤。我和哥们儿合伙做过旅行社，结果八项规定了，不让公款旅游了，只好关门。我能怎么样？我只有等着，我爸如果活到八十岁，还有二十多年，我那时就五六十岁了吧。

毕庆勇没想他把这个话说得这么简单直白，他不知道怎么回他，就只好默着。毕继承说，我就跟块橡皮泥一样，从小到大被我爸捏成这样，捏成那样，他脑子一抽筋，我就得被他练了。他突然有一个想法，我就得按他的想法去做。你看我活到二十八了，我自己的大事小事从来没有自己决定过。现在我能决定的就是：我穿啥衣服！泡哪个咖啡馆！看什么剧！稍微大点的事都得听他的，上什么学我爸定，就连女朋友这事儿我也做不了主。对方家里穷条件不好，看着面相没福气，说话随意没家教，都是他封杀我们不许来往的理由！我再喜欢也白搭。他给我名字起毕继承，就是让我要继承他的财产。我让他一点不满意，他就不给我了。那我怎么办？我试过自己创业，想证明我可以，但是每个生意都没成。唉，也不知道是我点儿背还是我真的不行。

毕庆勇看他皱着眉头的样子，突然挺可怜他的，叹口气说，你才二十多岁呀，你的榜样目标太大了，你爸那样的人，全西安市才有几个！他们碰上的好时候，咱们咋也不可能再遇上了！你拿他当样板想证明自己只有自寻痛苦！

毕继承带些感激的神情看了毕庆勇一眼，竟有些泪光，可我能咋办？我和我那些哥们儿想做个公司，专做街头无人管理的自助凉皮肉夹馍，可以在全国旅游点复制，他都不允许，原因是他判断我那些哥们儿一定是因为他的钱才和我交朋友的，他说他一眼就看到那些人脸上都写着"骗子"！所以我现在基本没有朋友，人家好好的干啥要跟我交往，来当这嫌疑犯被人防着？

他的语调重新回复了平静和不耐烦，好像在说一个让他腻味透了的事，而这事和他无关，他在说别人的事。然后他又跟了一句，我看是他们过去做生意靠忽悠做假发了家，他就谁都防着。他老怕我被骗，他现在觉得你不会骗我，就想把我搭配给你，我偏不配合他！

听他说了"搭配"，毕庆勇就禁不住笑了，毕继承本来是满肚子牢骚的，被他一笑，就抬眼看看他的堂哥，稍微迟疑了一下，也轻轻笑了说，唉！我也很无奈，所以你别在意我不能和你合作！

毕庆勇赶紧摇着头说，真的不影响！我觉得你这样抵触，倒是会影响你俩的关系，耽误你真正想做的事！

毕继承说，我们的关系不是这个事影响的，我十来岁他就这样对我俩了，我俩能怎么办？只有这样子。

我俩？

毕继承摊开双手说，对，我俩。我妈和我。奶奶比我爸还强势，这世上一物降一物，奶奶就是降我爸的，她去年死了，我爸就成了没王的蜂。我妈是让我爸降服了一辈子的，我可怜她也帮不了她，我一回去就听她一直说呀说呀说呀，就像自来水龙头坏了一直在滴水。我也解决不了他俩的问题，所以我也不想回家。目前我和前面的女朋友分手了，正同时谈着两个女朋友，我不想见她们，宁愿一个人泡咖啡馆，要不就玩游戏看电影。我有过十二天没出门的纪录，都没一个人问我在哪儿在干啥！我有时候想，哪天我死了能不能有人来埋我记得我，完全取决于我到时候继承没继承到我爸的钱！要么我是亿万富翁，要么我一无所有。你看，这就是我的人生。

他说得声音有些大，旁边桌子有人转头看他，毕继承就压了声音说，我爸一直不满意我，他觉得我性格不像他，他讨厌我像我妈，所以他把我妹妹从小就送到英国去了，他经常埋怨我妈说，你看看你把毕继承教育成了什么样子！我长这么大，我爸很少在家待，我唯一能记得清的几次，全是他在遗憾我太不像他了。唉！那时我和我爸两三天才能见上一面，我爸不打我，可他爱教训我，就是想要抓紧见我的每一分钟来教导我，好像生怕浪费了时间！我就想，那他为什么不多回来些呢？

从小学到当兵前，我爸没来开过一次家长会，更没有来接送过我一次，除了上贵族学校的第一天他要和校长见面安顿事情。在更小的时候，我还盼着我爸和别人他爸一样来接我一次。我记得我说过这傻话。我知道我爸的一切都是以钱来衡量的，他才不会做和钱无关的事，所以我在小学三年级的时候，从奶奶那里拿了二十块钱，就一直存着。到了要开家长会的前一天，我一直等着我爸。我一直撑着没睡，半夜我爸回来，我就抓起枕头下的二十块钱跑去找他。

我说，爸，我有二十块钱，明天我买你的时间去给我开家长会！

我爸笑了，用手拍了我的头说，快去睡，别冻住了。明天你妈去开也一样，我要去签个合同。

我不服，我拿钱买也不行？

我爸笑着说，你的钱不管是你妈给的，还是你奶给的，全是我挣的！你拿我的钱买我的时间？你记住，这个家所有的一切都是我挣的！你们都是我养着的，家长会开一个下午，耽误我多少事？

我爸用手在空中挥了一下，我永远也忘不了，我妈当时笑着的脸就僵硬了。我爸总是一再提醒家里所有的人：你们是我养着的，这个家我说了算。

从那以后我没了这个愿望，但我有了想挣大钱当大老板的愿望，我才不相信他们说的鬼话，什么"不好好上学就不能当有本事人"，我爸还不算有本事人？他能赚那么多钱，连学也没上过几天呀。

毕庆勇说，你还是比我幸福的。你的这些，我小时候都没有过。毕继承看看他说，好吧，你爸至少不会因为一件什么事就永远把你定型了吧！我估计我爸这辈子能记得住我的事就这几个了！

毕继承记得的第一件事，是他爸曾经带他去过一次公园。

那天他盼了很长时间了，可是临出门他爸和他妈才发现，那天真不是个出门逛公园的好日子，天上的云厚得像棉絮，压得很低，一伸手就能摸到似的。兴庆公园算是西安市的大公园了，有着大片的绿草地和古老建筑，说是唐代皇帝的行宫。毕成功带着他从广州买的照相机，指挥方美丽爬到假山的最高处，又踮着脚尖把毕继承递给她，自己退到一边给他俩照相。

方美丽不喜欢爬山，可他非要她站在假山顶上去照相，她只好依了。

从进了公园就一直在照相，毕继承对这事没兴趣，他不愿意对着毕成功手里的相机笑，他一心想坐电马。谁知公园里的电马却没开，毕成功见儿子实在是失望，就去找人家，才知道人家说开一场电马只卖一张票都不够电钱呢。

方美丽便问，那得攒几个人才能够开放电马让孩子去坐？

那人想想说，至少三五个人吧。

毕成功就掏出钱说，那就买三张票，我们全家人都坐。

管电马的人还在犹豫，毕成功掏支烟递给他说，孩子想电马想几个月啦，帮帮忙吧！

那人接了烟，毕成功掏出打火机给他点上，那人稀罕地看着毕成功大拇指一推，当的一声脆响，镀金的打火机就开了盖。他对着毕成功手里的火点了烟，笑着说，这么高级的打火机得好几块吧。

毕成功不当事儿地说，四十多块，防风打火机！

那人吸着烟去开了电闸。

"在山的那边，海的那边有一群蓝精灵……"儿歌音乐响起来，十来匹红色、白色的小木马便一起飞跃起来，毕继承高兴得咯咯笑出了声音，毕成功就更高兴了，抱着儿子说你喜欢哪一匹爸抱你去坐！

毕继承见那些马渐渐停下来，便急着说，爸！我都喜欢！可他们都不跑了！

毕成功说，你只有一个屁股！你挑一匹，我把你放在马背上，就会再跑的！

毕继承把指头塞在嘴里，对着一匹雪白的木马和一匹枣红的木马选着下不了决心。毕成功不满意地说，要有主见！犹豫个啥呀，不就是个电马吗！要是做生意像你这样半天下不了决心，黄花菜也凉了！还指望你继承我的事业呢！

可他就是左看看右看看决定不了，毕成功没好气地哼了声，方美丽嫌他和儿子说这些话，说承承不过三四岁，小孩子家选个电马，算啥没主见！

开电马的人见他俩争起来，就叫道，好啦！好啦！要开了，快坐上吧。

毕成功替儿子决定，把儿子放在那匹白木马上，怕他会跌下来就在一边扶着，方美丽坐在一匹黑马上，那人开了电闸，木马便欢快地飞跃起来。毕继承紧紧抱着木马的脖子，又新鲜又兴奋，毕成功见儿子高兴就冲他问，爸爸好不好！

毕继承干脆地说，好！

毕成功笑着对儿子说，你喜欢那个枣红木马，爸爸等会儿买票让你再坐一场！

毕继承高兴地一个劲点头，

这次来公园，毕继承花了毕成功十五块钱坐了五次电马。中午的时候，终于下了大雨，毕成功带着方美丽和儿子算是圆满了这次逛公园。一家三口挤在雨伞底下，毕继承抑制不住兴奋地说，爸爸，啥时候再来坐电马呀？

毕成功笑着说，有时间就来！

方美丽却接口道，估计又得猴年马月啦！

这还真是说着了，毕继承去了次公园，坐了五遍电马，就像开过了洋荤的人，怎么也不能忘记去公园了。可毕成功却再腾不出时间，为了能哄住孩子，刘兰草和方美丽只好挑礼拜天人多的时候带他去公园玩儿。

但是从那以后，毕成功却把毕继承没主见爱犹豫的事说了很多遍，他说三岁看大，七岁看老，这孩子没出息，不像是他毕成功的儿子。要是他儿子敢对他说：爸！我要把每个电马都坐一遍！那他就高兴了，相信他儿子将来是能干大事的人！

为了那天没有迅速果断指定一匹电马坐上，毕继承也后悔了小半辈子。

第二件事和继承有关。

毕继承记得他小时候上的学校离家有一点远，后来他妈告诉他，因为附近的小学校都是普通的，而这所重点学校，是要交两万块钱赞助费的。毕继承去了学校，第一天晚上回来就很沉闷，说他不想去了。问他为什么，他说坐在教室连动也不能动，难受死了。刘兰草便心疼了她孙子，问方美丽能不能给学校请几天假，不等方美丽说话，毕成功气得说，娘，不敢再惯着他了，人家娃本来就上过幼儿园了，咱承承连拼音都认不全，还敢请假？美丽，你明天去找老师说，咱花钱让她给承承把幼儿园没学的课都补上，不就是钱嘛。

方美丽气得不搭理他。

他又对毕继承说，你知道为啥你叫毕继承，就是指望你将来长大继承爸的事业呢！咱没学下本事，拿啥继承？

毕继承平时很少见他爸回来，能面对面这样说话是少有的，虽然心里还有些怕他，但还要问他爸说，爸，啥是"继承"？

毕成功看刘兰草和方美丽都在巴巴儿地望着他，就努力组织着想说的话，心想，难得给儿子上堂课，得有水平才行！

可是他挖空了心思也找不出个合适的词儿说清楚"继承"这两个字，他把儿子抱在腿上说，我是你爸，我这么辛苦去开商店挣钱，是为了啥？就是想把这个店和这钱传给我的儿子——也就是你，你以后生了儿子，你就再传下去给你的儿子！你不好好学习，拿啥本事去把这个店和这钱挣得更大更多传下去？所以爸爸让你好好在学校里学习当个有本事的人。我就是没上过两年学，只识了一点字儿，现在当个经理，开大会都不敢发言说话，怕说错了人家笑话！

毕继承一直咯咯笑着，他爸越说他就笑得越厉害。毕成功说的是心里话，方美丽这才知道丈夫现在天天挣着大钱看着很风光，原来心里还是挺苦的，她以为他一切很顺利，没想到还有这么多烦恼。毕继承却笑得直不起腰了说，我生的儿子？！嘿嘿，爸爸你在说流氓话！

毕成功生气地说，娃咋成了这样？

他把儿子重重放在地上，刘兰草见他发作了脾气，一把拉过毕继承说，恁说太多了，承承才刚刚七岁，哪听得了那么多？来！奶奶来给恁说：就像过去的皇上，总要把皇位传给太子，恁爸爸的钱也要传给你，所以恁要好好上学呀！

毕继承骨碌着眼睛说，我爸没上学也有钱，我为啥还要上学呢？

毕成功手痒得想揍儿子一巴掌，方美丽看出他在呼着气忍耐，就来劝他说，儿子再大些就懂事啦。

他便找了出气口一般冲她埋怨道，你天天在家给孩子教育了个啥？又不是养狗养猫，只是管了个饱！我在外面忙得脚不点地，你闲着也多读些故事给他！

方美丽见他埋怨，心里就委屈，说，咋能怪我，那些故事书天天也念给他听了，让他自己念就不愿意，就是迷着看电视，我有啥办法？

她不敢说刘兰草总是护短，不许她管教毕继承。可是刘兰草已经把话接过去了，她说电视开着他来看，咋能怪俺？恁一个儿子就把恁忙成这样，俺那时在沙村一个人带了四个儿子，要吃有吃！要穿有穿！四个儿子也拉扯大了。成功这么能干，还不是靠当娘的教？嫌俺碍事儿也别拿承承当借口！

方美丽恨恨瞅着儿子说，你还不去写作业？从今天起必须按老师要求的学习了！

刘兰草见方美丽居然不接自己的话倒去管教毕继承了，便不依她，气哼哼地说，那俺走呀，这个家容不下俺啦！

见她又说要走的话，毕成功知道他娘又在闹事，可他还是赶紧收拾了心烦去劝她，说自己错了，让娘别生气。他搂着他娘往她屋里走，讨好地说，娘！缺钱花了没？等会再给恁些钱，打麻将就有底气了！

刘兰草绷着脸却露了些笑意，方美丽也小声和她认了错，她才回了自己屋，却打开电视把声音开得巨大。毕成功烦得长声叹气，知道这是他娘在向方美丽示威：不是嫌电视影响了孙子么？她就偏看！没本事管住自己的孩子，还有脸去嫌弃老人！

这次毕继承没有再钻进他奶的屋里去看电视。毕成功问他明天上学能不能保持坐直，他说能。又问他能不能好好学习考一百分，他说不能。

毕成功问他为什么？毕继承老老实实地说，老师说的字人家都认识，就我不认识，老师说我底子差。

毕成功就想起了自己在沙村学写字的情形，他和方美丽互相看，方美丽便说，那从今天开始，每天晚上我帮你提前学习明天的课，省得去作难。毕继承见大人们都生了气，勉强点头答应了。

但从这以后，毕成功再也没心情管他学习了。毕继承记得，这是他爸唯一一次和他说，让他好好学习将来继承他的财产，可惜他那时候傻不拉叽的竟全给错过了。所以他爸把他的妹妹七岁就送到英国进行"真正的"贵族式教育，他一点也不埋怨，那是他自己咎由自取。

在教育这个事情上，毕继承从来没有埋怨过他爸不公平。之所以说"真正的"贵族式教育，是因为毕继承小时候也被他爸毕成功硬送到贵族学校去上学，完全没理他妈有多不舍得，也没管他奶奶怎样和他闹。他没上出名堂，实在是他自己也觉得很没面子的事。但是当时，毕成功所知道的最好的贵族学校就在西安，毕继承已经是最早享受了中国式贵族教育的人了。毕继承相信，如果当时他爸知道有把孩子送到外国接受贵族式教育这个事儿，他爸一定会毫不犹豫把他也送出去。

第三件事是毕继承坚持从贵族学校退了学，因为他早就知道他这辈子都当不了什么贵族。

毕成功把毕继承送去上了贵族寄宿学校，可以说完全是为了"提高配置"，他从此给别人说时又多了个很牛的硬件，他儿子上的是一年几万块钱的贵族学校，他的面子有了，害怕儿子被方美丽耽误的心也安了。

贵族寄宿学校，毕成功看重的是"贵族"二字。在这么大的西安，能上得起这个学校的孩子，父母都非富即贵，他的儿子当然也得上。

而方美丽在意的却是"寄宿"二字，她不舍得。她害怕和婆婆两个人在家里，如果婆婆去打麻将，毕继承不用再回家吃饭睡觉，那她还有什么事可干？如果婆婆没有去打麻将，那她在家又该干啥？谁家孩子不是在家里吃妈妈做的饭，睡自家的床，又不是没人照顾，又不是家里没有好环境，为什么非得把儿子送到那冰冷的地方？就算是叫作了贵族学校，一定是没有亲妈照顾得好吧。

她再可怜巴巴翻来倒去说抱怨的话也没用，这事当然也不由她做主。

毕继承还是被送走了，他却并没有像方美丽想象的那样伤心害怕，相反，毕继承很高兴地冲她挥手，和她再见。

上到高一的时候，他和同学打架，老师训他，他又打了老师。方美丽被校长找来，可她没法让儿子向学校道歉，毕成功出面的时候，毕继承明确地说，要么让我回家，这学我一天也不上了！要么我死在你们面前，说到做到！

毕继承不想上学已经不是一天两天了，毕成功凝视着儿子和自己相似的脸和眼睛说，行，但你必须去当兵！

这个想法不是一时的决定，毕继承早就和他爸说了不想上学，可总被毕成功一口否定了，他害怕他爸，就不敢再提了。他肯定自己考不上好大学，那现在混在学校里不是浪费时间吗？

毕继承刚办了退学手续，毕成功就把当兵的事给他联系好了。但是，毕继承迅速发现，离开贵族学校是他这辈子最后悔的事了，如果知道不当"贵族"之后是去当兵，他保证他一定乖乖在学校上学。毕继承后悔了，因为他听他的同学们说，部队里很苦，新兵还会挨打，而当完兵除了有关系的能找个单位，其他人还是该干啥干啥了。毕继承和他爸毕成功一样，对赚钱的事有很大的愿望，就不舍得时间被浪费。所以他虽然不敢和他爸说，却一个劲儿对方美丽哀求说，他真的不想去当兵，让他直接去他爸公司上班就好了，哪怕是打扫卫生也好呢。而毕成功一心想培养他，连名字也给他起了毕继承，怎么会放弃自己的计划呢？在他想来，现在的社会完全成了个大染缸，他见了多少老子英雄创业、儿子守业守不住的例子。

他想让儿子受受锻炼。

直到今天毕成功也没有后悔自己在沙村卖冰棍，在西安卖汽水卖烤肉的经历。他乐意和儿子说，没有那时候的磨炼，他咋会赚下这样一份产业？如果没有和他娘刘兰草从西安回了沙村，总是在饿着，那他毕成功可能和西安市大多数上完中学顶替父母工作的人一样，顶多守着一个铁饭碗或者一个集体制的木饭碗罢了。于是毕成功不希望方美丽在中间当说客，他和儿子很认真地做了个交易，如果毕继承去部队当两年兵，回来给他二百万作为创业基金。毕继承当下就冲他爸笑了说，爸！成交了！要是你早说，我就是去坐两年牢也行呀。

一个月之后，毕继承就去了离西安二三百公里的地方当兵。

新兵连头三个月是训练，第四天毕继承偷偷给方美丽打电话，说着说着就要哭了，妈！我要被我爸玩死啦！

只这一句话电话就断了，方美丽再打过去，却关机了。她猜是人家发现毕继承违反规定打电话，把手机给没收了，但她知道儿子一共带去了两个手机。提心吊胆到第二天一早，她才收到儿子的信息，很长，显然他是在被窝里写好发出来的：妈，我在这里很不好，每天训练累死了，穿着军装捂得全身汗，裤头都湿透了。可人家嫌我动作不标准，总让我重做，算下来我比谁都训练得多。因为昨天和你打电话，我被班长踹了好几脚，还罚着做了俯卧撑。你知道不？让我趴在厕所茅坑的沿上做的，这是个旱厕呀！我看着厕所里面的蛆，一边做着俯卧撑一边哭，妈，我恶心得昨天晚上都没吃下饭。现在饿得睡不着。妈，我想你，我要知道是这样咋也不会来当兵的，不如在学校给老师道歉好了！妈，我后悔死了。

为了这话，方美丽哭得不行，给毕成功打电话，又把儿子的信息发给他。毕成功喝道，别哭了，还不是你惯成了这样，人家的孩子都不是孩子？人家都能受，他就得能受。我当年比他受的苦多，就是让他去受锻炼的！

方美丽抹了眼泪，只好挂了电话。又过了几天，毕继承发回信息说他天天都很饿，所有老兵基本上都已经打过他一遍了。

方美丽的心发抖了，回了信问，灶上的饭不够吃吗，他们为什么敢打你？

毕继承回信说，被老兵打是一个规矩，他们做的都是农村人吃的饭，白水煮白菜，洋芋不刮皮就能炖一大锅，那米也很难吃，咋也吃不下去。

方美丽又恨又心疼，却不敢和毕成功讲，只问儿子能不能偷偷买些吃的，毕继承却不回复了。

虽然是这样，可毕继承毕竟是他爸毕成功的儿子，遗传来的会想办法的劲儿，使他很快摆脱了困顿，渐渐站稳了脚跟。

首先他发现在部队要会交朋友，要会哄班长高兴，而且得会忍辱才行。这些对他来说，并不难做到，而且他很快就找到了吃好东西的办法。

他发现每天早晨跑步时，总要出了营部然后绕着营区跑一大圈再回来。毕继承发现跑到一大半时，拐过一个弯有个小卖部在那里，门口支了一个印着可口可乐的大红伞。他猜那里一定有可以解馋的好东西卖。

部队灶上的饭实在太寡淡了,毕继承总是处于饥饿状态,实在饿得不行他才会硬吞下那些饭菜,大多数时候只要一进到那满是哈喇油气味的饭堂,他就恶心反胃着想呕了。

发现了这个小店以后,毕继承便把自己带来藏好的钱取了张十块的,塞在裤兜里。第二天一早跑步,他比任何人都卖力,哨子刚一吹,毕继承就努力奔跑起来,听着风在耳边响,他心里乐开了花,努力要把所有人都甩在自己身后,并拉开越来越长的距离。这样在他跑过拐弯时,那个小商店就出现在眼前了。回头看看身后的战友被甩得挺远,一个也没有拐过来,他满怀激动地边跑边从裤兜里掏出钱来,可他立刻愣住了,天太早了,天边基本上还是蒙蒙亮呢,印着可口可乐的大红伞还撑着,商店的门却还没开呢。

他立刻没了劲,重新再跑起来,却越来越慢了,一个又一个战友撵上了他,最后,毕继承以最后一名的身份跑回了营房。

受了这个挫折,毕继承一天都不得劲儿,总是惦记着那商店里的一切。这真心真意的惦记变成了致命的诱惑美味,随时在引诱着他,让他心痒难耐。幸好下午还有一次锻炼跑步,所以毕继承比早上还要跑得更卖力更快,终于他又以第一名的状态把那些战友甩下好大一截。拐过弯,毕继承第一眼就看到小商店开着门,一个老太太在柜台里站着,毕继承万般激动地冲到那柜台前,几乎是结巴地喘着气说,火!火腿肠两个!

他交了十块钱,等不及找钱就抓起火腿肠跑了。

老太婆喊等着等着!找你钱!毕继承早就跑回自己的路上,冲老太婆喊,别喊!千万别喊!明天我还来,找的钱先放这儿!

他慌着用牙撕掉火腿肠的包装,一口便咬下了大半根。他狂乱地大嚼着,回头看看有两个战友刚刚拐过弯来,毕继承猜他们一定没看到他已经开了荤吃上火腿肠啦。有了这样的精准安排,毕继承觉得他的当兵生涯算是有了一点指望,虽然不是每天下午都会去跑步,但他还是充满了期待。于是,他基本上每周都能吃上火腿肠喝上可乐。而且令人意外的是,因为他这样卖命地训练自己,总是跑成第一名,班长表扬过他两次,连长也表扬过他一次。还有一个让毕继承很高兴的是,他过去一直喜欢玩游戏不爱运动,肚子上有一圈肥肉,现在不知是饿的还是跑的，不到半年他就瘦了二十多斤，连肉乎乎的肚子也没了。

这让方美丽悲喜交加，就在毕成功和方美丽认为儿子已经适应了部队生活时，毕继承却因为和班长打架一个人偷偷跑了回来。他和朋友借了二百块钱，趁着天黑跑到离部队不远的公路上打出租车回了西安。可他不敢回家，生怕被毕成功撞上。毕继承给方美丽发了信息，说他在钟楼附近的网吧，可他没有钱也没地方去。他并不知道部队这时已经给他爸打了电话，说毕继承不见了。所以在毕成功和方美丽出现在网吧时，坐在门口困得直想打盹的毕继承，就像做梦一样不敢相信，他妈居然会出卖他。

方美丽看见他受了伤害一样的表情，一把拉住他说，继承，部队一直给你爸打电话找你，我们都说不知道！

毕继承不敢相信这么晚谁会发现他没在床上！

毕成功阴沉着脸，压低声音说，你快回去，要不当了逃兵人家部队要处分你！

毕继承被他爸半拉半拽拖出了网吧，好几次他有想跑的冲动，可他没有勇气，因为他一分钱也没有，晚上都没有吃饭，现在饿得要发晕了。毕成功把他按到车里锁上车门，一家三口坐在车里开始谈判：你是咋弄的，敢跑回来？不知道人家知道了会处分你？

毕继承闷声说，知道。

方美丽气得说，知道你还跑，你不是天天能吃上火腿肠喝上可乐了吗？

毕继承不语，毕成功听了却气得直冒烟，你真是不争气！你哪像是我毕成功的儿子，让你去受锻炼，你却想着法子去混吃混喝！

突然，毕继承爆发了一样喊起来，好啦好啦！我不像你的儿子，我丢了你的人！你总说你过去怎样怎样，明明不一样嘛！我奶那时候养不活你，你不去挣钱就会饿死！我呢？明明你有那么多钱，却让我去受苦！你公司里最小的职工也能每个月赚两千块钱的工资，可你让我去受那洋罪！你不知道那些老兵没名堂就要欺负人？我除了学会了挨打巴结人，还能学会啥？这就是你让我去锻炼的？先前你让我去贵族学校，受的是贵族式教育，现在又把我送到地狱里去当兵，你当你是在烤鱼呢？翻个面儿就撒上盐，再翻个面就改撒辣子啦？！你全是一时心血来潮，你把你能拿钱办的事情，让我拿我的人生去接受，这公平吗？过去的钱本来就好挣，现在如果让你重来，你能当上亿万富翁？

方美丽担心地看着儿子发作。让儿子当了兵，她只见过他两次，却一次比一次瘦。儿子说得不错，她不明白为啥毕成功非让儿子去受那洋罪，可她不敢说。

毕成功说，你说得再有理，咱俩有交易在前。

毕继承说，非得让我回去，那还不如让我一头碰死呢！

见他没出息地说了这话，毕成功勃然大怒道，你就是这么没出息的怂样子？让你当兵你受不了，就哭！去死就不怕？好，你去死！当个烈士也比当个逃兵体面！我毕成功没你这种窝囊儿子，让别人笑话！

毕继承流了眼泪说，爸，你宁愿我死？还想着别人怎么看？我都不如你的面子重要？

毕成功发着怒跳下汽车，一把拉开毕继承旁边的车门喝道，想死就别啰唆！很容易！路上全是车，你扑上去就行了！要不我就送你回部队！

毕继承冲动着也跳下车，方美丽失声叫道，毕成功，你别逼着继承！

她拉住毕继承，拦在他前面和毕成功对峙着。毕成功哭了，痛心地说，我毕成功在西安也算是个人物，从沙村逃出来进了城门，第一次见到这个钟楼，我才十四岁。那时候我发誓要过上好日子，挣上钱，现在我儿子十八九岁了，竟然为了怕吃苦要寻死！我毕成功多有本事，我有个好儿子！

一家三口在钟楼盘道上对着流泪，晚上的汽车并不多了，可四周的大楼却满是霓虹，钟楼也是灯火通明的辉煌。毕继承对着他爸的脸看了一会儿，突然轻声说，爸，你送我回部队吧。

毕成功没想到，没过半年毕继承又回来了，却是受了工伤，毕成功赶到医院时见到他正在拍片子，脚脖子肿得很高。方美丽心疼地说，你咋不小心呀，骨裂了！

这次毕继承却挺坚强，甚至还有点高兴，他不搭话。送他回西安治伤的战友下午就回部队了，毕成功明明觉得这事蹊跷，却找不出岔子。毕继承的脚打了石膏在家里休养，方美丽几乎变着法子做好东西给他吃，他的中学同学一拨一拨来看望他，仿佛他是一个战斗英雄。毕成功这才知道他儿子人缘居然这么好。

朋友们围着毕继承，他就把脚架在茶几上和别人吹牛聊天。方美丽发现儿子的心情都快两年没这么好过了，她更稀罕他能有这么多的朋友。事后毕继承给同学们悄悄讲他受伤的过程，其实是丢车保帅的计策，说为了能负伤，又不要太惨太痛苦，他一直在想着怎么办。他先是跑到司机班找到了朋友，用车从脚上压过去，脚疼了几天却没事，他想这样可能压力太小，又让朋友把车开到路牙子上，从上面冲下来，果然就把脚压成了骨裂。

三个故事把毕庆勇听得张口结舌，毕继承长长舒了口气说：后面那一年多我就没太在部队待了，我终于从部队复员回来那天，我和我爸的交易就兑现了。我要求找个地方开个网吧，我爸先给我投资了两百万让我开始干，但他要求我自己去刷洗租来的网吧地面和玻璃墙，做装修前的准备。

毕庆勇听到这里，猜着会出问题了，他问，那你去刷了吗？

毕继承反问，我要是刷了还和你说啥？我是要当老板的，我找人刷洗地面和那些玻璃，只要一千块钱！他非让我自己干，你说他是不是有病？结果我偷偷找人替我干，就让我爸发现了……他取消了投资。我和他大吵了一架，到现在我都觉得他根本就是在耍我，故意设局让我犯规！

毕庆勇叹气说，唉！我想你爸猜出你不会情愿去刷地，可他想不出咋样能让你得到更自力更生的训练，你要是去刷了就好了！

毕继承哀怨地看了他一眼说，我现在也这么想。要是你当时在旁边就好了。我那些哥们儿全都说我爸在玩我，我让他们说得上了头，就喝了酒去和我爸吵架，我哭着说我一定要超过他，他说那太好了，但他不会给一个又懒又傻的骗子投资了。你说多不公平！他做哪个生意不说假话？他倒嫌我不诚实！你看他对我和对他自己完全不是一个标准！

毕庆勇接口说，他是不想让你对他说假话。

毕继承点头说，对，他那天也这样说了。反正后来我再做什么，他要么不管了，要么我去和他说想让他帮我投资，他都只给几万块钱，还要全程监控我。他越这样，我越想做出个大的给他看。我妈都说我眼高手低，我知道我妈说得对，但我就是没办法找到合适我的事儿。

他顿了顿又说，你可能不相信，我开着我爸给我买的限量版奔驰车，可我都不敢出远门，因为油钱太贵了，我得自己出油钱。我这车只不过是给我爸脸上贴金的，他不想让别人说毕成功的儿子开的烂车。他是为了他自己，不是为了我。

　　桌上的手机响了，是毕成功打给毕继承的。

　　毕继承犹豫着接通，就听到毕成功很急的声音说，你赶紧过来一下！我的车让人扣了！

　　毕继承问，你在哪里？

　　毕成功说，科技路口，警察把我执照收了，现在人家把车给挡住了！我让他们围了！你赶紧过来！

　　听得出来，那边很吵，许多人在骂，又有许多大嚷的声音，毕继承不紧不慢地说，你得等会儿，我离你还远呢！

　　毕成功气冲冲地说，等？我看你刚发了个朋友圈，你不就在路口前面的星巴克？

　　毕继承辩解说，我车停的离这儿远！

　　毕成功气得几乎是大喊大叫了，那你就不会打个出租车来？

　　见他挂了电话，毕庆勇赶紧站起来说，出啥事了？咱俩一块儿过去！

　　毕继承也站起来，慢条斯理整理着手机的耳麦线说，急啥，先让他对付着吧。他不是有钱吗？现在想起有个儿子了。唉，我要是刚才不发那个该死的微信朋友圈就好了，他就不会知道我在他附近！唉，等咱去了他肯定已经走了。

　　果然等他俩打了出租车赶到路口的时候，毕成功的车已经让拖走了，他自己却因为突发心肌梗死让交警给送到了医院。

第十八章

　　毕成功今天这事还是因为老高骗他的那笔钱。他前几天听说那两块地拍卖了八千多万便放了心，然后就一直等着，却没人和他联系。他今天便自己开车去要钱，法院却说欠银行的钱和国企的钱立案比你早还没还呢。一听说现在来报案的受害人都有八个了，金额已经达到一亿四千万，毕成功一下子就急了，一千五百万被骗了居然在法院都排不上先还！老高这辈子给自己讲了那么多的故事，谁知道到头来是他把自己坑了！

从法院出来他就觉得心脏跳得很快，胸闷着难受，想忍着回家躺着，却越来越难受了，赶紧去医院，排队挂号前后跑着，好不容易做上心电图却又是正常的。医生建议他住院全面观察检查一下，毕成功哪肯住院耽误时间？他让医生开了些药吃了，才开着车往家赶。路上还是胸闷得不行，他一心一意想的都是那笔钱，总觉得不能就这么随便被骗了，也不能就这么随便算了，他得想办法拿到自己的钱，要不这一口窝囊气咽下去，人还不活活气死了？

这样胡思乱想着，他便一脚油门一脚刹车地在车流里开着快车，到了一个十字路口，他心烦地想着自己的麻烦事，竟一下子冲出去了，看着交警惊讶的脸，毕成功意识到他闯了红灯。两个交警跑过来拦住他，毕成功摇下车窗，把驾照递过去说，我认罚，我没看见红灯。

谁知交警不理他，只让他路边停下，毕成功心烦地说，我说了认罚，你开了罚单给我就行了，我有急事！

另一个年轻交警说，你先靠边，闯红灯还这么横！

毕成功正一肚子的火没处发呢，便一把拉开车门跳下车说，我咋横了？闯红灯不就是罚款吗，老子认罚还不行？

交警转身就走，毕成功拉着他说，你把驾照给我！

年轻交警没想到他敢拉自己，便推开他的手喊，你敢打警察？！

毕成功挥拳冲他打去，骂道，打的就是你！

两个交警和他很快扭成了一团，围着的群众挤了好几圈在看热闹，人们纷纷说，开个大奔有啥牛的，闯了红灯还敢打警察！

有人踢了一下毕成功的奔驰车，立刻有人踢了好几脚。毕成功和那两个交警撕打着看见了，便丢下交警冲着踢他车的人给了一脚，那人一下扑倒在车上。人们趁乱来帮那人，毕成功被他们打疼了头和脸，脸边有了血迹，耳朵里嗡嗡轰鸣着。他却不管，死命对那人的后背就踹，边踹边骂，日你娘！我和你有仇没你踢我的车！

他立刻激起了民愤，人们扑上来打他踢他，说有钱有啥了不起，有了钱就可以随便打人？

有人喊，砸了他的奔驰！

还有人喊，有钱人都该死！

毕成功先前还在挣扎着回手，后来见那些人气势汹汹完全是仇恨的面孔了，他怕真的吃了亏，便一把拉开车门钻进车里，正要发动汽车，却发现不知什么时候车钥匙已经没了。他又气又急，便慌忙掏了手机给儿子打过去，谁知毕继承不急不慌地和他说路远让多等会儿，毕成功就彻底发怒吼起来了。看着车外面围着在踢踢打打的人们，毕成功只觉得胸口被剧烈地捶打了一样真疼，耳朵边的叫嚷声里夹杂着的自行车零件被砸飞的金属声却越来越大，他几乎被那刺耳锐利的声音划破了耳膜。在无法忍受的最后，毕成功一头栽倒在方向盘上，顿时发出嘟的长鸣，可他却什么也听不到了。

等方美丽慌慌张张赶到医院，毕成功已经通过抢救暂时脱离了危险，正靠着枕头被手机里的新闻气得直哼哼。方美丽进来，他只用眼神和她打了个招呼，继续冲着电话大声道，刘会长！麻烦你用商会的名义，让他们把我和交警打架的微信新闻删了吧！你不是和他们熟么？你不知道这些人全他娘的是婊子！只许他们欠我一千五百万，不许老子闯个红灯？我要告他们侵犯我的肖像权，凭啥他们都没弄清原因就把我照片登到他们网站的新闻里，老子有炸弹就把法院炸了去！然后再炸了报社！一群操蛋玩意儿！

他的劲头很像他娘刘兰草，脸上手上都是红肿淤青，头发却被他靠在枕头里压得变了形，全都向上支棱着，像一只愤怒的狮子。毕庆勇给他打水回来，一进病房见到方美丽忙叫她四婶，她就和他问了情况，略放下些心来。又问怎么没见毕继承，他说刚去交费了，马上要做好多项检查呢！他小心地趁四叔大声喊电话的时候对方美丽说，医生说他是心肌梗死发作，危险得很！等做了检查就要考虑心脏搭桥手术了，我四叔像是不在乎，他这么激动随时有危险！我劝他，他也不听！四婶，你得劝他平静些！

方美丽看毕成功的神情完全是他娘刘兰草生气时的样子，便暗自叹了口气小声说，我劝还不如你劝，他也不会听我的，他这辈子能听进去话的人，怕是只有你奶了。你知道不？你奶也是心脏病走的！唉！

毕庆勇看到她从进了病房，毕成功就没和她说过一句话，只顾着和朋友打电话，便想起他四叔问他有没有能和人聊天的机器人的话。

这时毕成功对着手机说，哎呀，刘会长，我这边进来个电话，怕是说法院的事，我先挂了，一会给你回过去！

他接听了那来电，却是老马的，老毕哎，听说你也让骗了钱？

毕成功立刻警觉了，他含混地唔了声。老马说，我刚才听西安一个法院的亲戚说，你在他们那里等执行赔付呢？

他知道这事已经长了翅膀飞得满天下了，心里羞愤着，尽量压低了声音说，这事弄得窝囊得很！我现在只能等着拍卖款了！

老马说，幸亏是你见过大世面，要是让额遇上这事，等不及拍卖就先急疯了！狗日下的坏怂！我媳妇她兄弟在法院呢！你看要让他干啥就只管和他联系！我等下把他电话短信发给你！

毕成功唏嘘了说，多谢老哥！你这个时候想着给兄弟帮忙，真是感激不尽了！

这时两个护士进了门，年纪大些的是护士长，指了他说，你！怎么还在打电话？快挂了！你还没脱离危险，赶紧躺下休息！估计你的情况得做心脏搭桥手术，怎么还这么大嚷大叫的！

毕成功赶紧和老马说了两句挂了电话，护士长又训方美丽说，你是家属？怎么也不管着病人？安排的检查怎么还不去做？

方美丽吓得赶忙站起来说，这就去！这就去！

毕庆勇说，我弟去交钱了！办好手续就去！

说话间毕继承进来了，赶紧把单子给护士看。毕成功问，那个搭桥手术大概得几个小时？明天能出院不？

年轻小护士稀罕地看他一眼说，明天？心脏手术啊！你以为是拔牙呢！

毕成功气了，呼地在床上坐起身说，你嚷谁呢？好好说不行？

护士长拉她一把说，你得先检查，出了结果医生确定让做手术这才给你排上队，现在不好说！

毕成功愤愤地说，又要排队！有没有VIP的？我多交钱，给我先做手术，当天回家？

小护士白他一眼，却不敢说话了。护士长笑了说，再多钱也没办法！现在医学还没那么发达，化验检查手术，该多长时间就得多长时间，谁也没办法！

她拉上小护士往门口走，临出门又丢下话说，千万别再激动了！你的心脏现在很脆弱，好好配合检查手术吧！

毕成功看着她俩出了门，没好气地说，啥烂怂医院！要不是怕折腾，我现在就换医院！外国医院都有VIP，私人医生！这么落后还是这样的屁态度！哼！

方美丽劝他，你现在要听护士的话呢！你心急也得先顾身体吧，总这么心里火烧火燎的，真的心脏出了大问题，吃亏的还是你！

毕成功想反驳她，却又找不出什么话说，就颓然松了劲，靠在枕头上闭了眼睛不说话了。

手术还算是排得很近，毕成功再不情愿也还是按医院的安排在心脏搭支架了。从推进手术室，他的心就开始烦乱起来，居然有些害怕，他便想，这次算是知道了他毕成功竟是这么怕死的。医生给他做麻醉，不断问他话要他回答，不知怎的，毕成功就想起了他娘发冠心病被送到医院时给他说的几句话，那天她死死抓住他的手说，成功，娘有话说，娘没白生恁这个孝顺儿子！娘这辈子只有一件事对不起恁，俺不该去找孟家大院的大小姐，把恁们弄散了。恁这些年过得不畅快，娘心里都知道，恁不要怪恁娘吧！

那时毕成功以为他娘抢救一下打打针就会好，并没有想到，这是他娘最后给他说的话。在麻醉师和他问着话的时候，毕成功却满心想的都是他娘这句话和孟寒雨，在失去意识的最后瞬间，他想，要是他现在死了那是不是就可以见到他娘？又想，他还没查到孟寒雨是哪个上市公司的老板，他多想找到她呀！他还欠她八万块钱和那院儿房呢！毕成功叹口气，听到麻醉师的声音仿佛从很远的地方传来，可他什么也不想回答，只是想，他欠她的哪能只有这点钱和房子？他欠得多呢，可惜永远也还不了啦！他感觉自己眼里流出热乎乎的东西，渐渐就什么也不知道了。

手术做完，毕成功从手术室回到病房就一直睡觉，方美丽不敢扰他，也不敢睡，只趴在床沿迷糊着打瞌睡，不想到了半夜他猛地叫了一声，她便吓得赶紧按铃叫护士，不一会儿医生和护士来了好几个，仔细检查了却没什么问题。

毕成功这才低低地说，他梦见他娘了。

梦里还是乌黑黑的天色，他仿佛又回到七八岁的年纪，在沙村提着马灯给他娘照路。路那么黑，又那么长，仿佛一辈子也扫不完一样。他的马灯给地上洒下一大片椭圆形的光影，他娘刘兰草就在那金黄色的光芒里扫地，大扫帚一下一下划拉着地面，哗啦哗啦的声音就一直不紧不慢地响着。毕成功想，就这样一直扫下去吧，天虽然黑了些，可他和娘一直在一起呢。天气不冷也不热的，他穿着小褂子却在冒汗了，他想脱了那褂子，他娘说，别脱！仔细冷风吹了热汗受凉，家里可有头疼粉了！

毕成功便说，娘，俺挣了钱了！明天去镇上的药店给你买一大盒！

他娘低头扫地说，恁挣再多钱，俺也不稀罕！

他怔怔问，那恁稀罕啥？

他娘说，俺稀罕恁不要丢了自己呀！

他笑了说，娘，恁真好笑，俺咋会丢呢？俺去镇上卖冰棍，去广州做生意，从来都能认路没丢过！

他娘边扫地边说，恁的心丢了！

他就把马灯交在一只手里，腾了手去摸，果然心窝里是空的！他骇得大声喊，娘！完了！俺的心没了！

他娘直起腰也看他的心窝，急急地说，哎呀！谁让恁不听话！俺让恁别光顾着挣钱恁只当耳旁风，快打着马灯到回村的路上找找吧！

毕成功心里慌慌的，连忙把灯高高举起来，他娘叨叨道，唉！这可咋办？

偏这时那灯突然就灭了，毕成功怕得从后腰里摸出折叠小刀，慌着叫，娘！娘！我看不见回村的方向了！

这时他看到许许多多的黑影，乌泱泱挤着就到了近前。他怕着，把手里的折叠小刀胡乱在空里砍着划着，觉出那刀一下下刺到面团上一样钝钝的，那些黑影就沉重地惨叫着倒下。他借了点光线看到，无数只羊正冲他挤来，有的少了头，有的被剥过皮，就红红地滴下血来。毕成功吓得跑，那羊就纷纷变成了硕大的烤肉串，前前后后围着他，膻腥的羊肉密密堵住他的鼻子和嘴，又压住他的胳膊和腿，简直要把他活活捂死了！

他便挣扎着伸手去推，应手之处却滑腻柔嫩无比，他这辈子是曾经有过这样的手感的。毕成功睁开眼，果然是他在泰国召过的那几个人妖，正扭动了身子，把身上最后几条纱绸脱下，露出柔软的双乳，并排呈现在他的面前。他便看到一溜十来个奶子全挤在眼前，他记得他那年把这些绝美的奶子在手里口里玩弄着，是又迷醉又刺激得几乎要昏过去的！可现在他刚想仔细辨认那些人妖，是不是他当年召过的，就见那些长着妖媚眉眼和妖娆身体的，都是和他亲热过的女人们，还有和他做生意时被他明抢暗坑过的男人们。突然，他们从口里吐出长长的蛇一般的信子，眼睛都突出来，一个个可怖地伸了双手抓向他的胸口。毕成功骇得大叫一声，双脚动弹不得，眼看着那些手爪在他的心窝里抓出一团血淋淋的肉疙瘩，争抢着塞进嘴里！

毕成功并没觉得疼，却怕得绝望，完了，这下真的没有心了！

黑暗里只有风的声音，和那些狂嚼的声音，毕成功绝望地躺在那儿，一步也走不动了。

第十九章

一连在医院住了几天，毕成功才渐渐恢复了元气，医生说他体质好，手术很成功，可人家一直没说让他出院的事，而他也没提要回的话。但他不再急着打电话打听消息了，就总是恹恹的样儿，一个人躺着发呆，电话来了他看看不是法院的就不接。他让毕继承回家把他的NANO拿来，不分白天黑夜只是耳朵塞着耳机听邓丽君的歌，无论是方美丽还是毕继承，他都任由他俩在病房里进进出出，完全视若不见。他们不知道他什么时候睡着什么时候醒着，只好都小声说话，蹑手蹑脚走路。她有时接到宝宝的电话，也不敢大声聊天，毕成功示意她不要和女儿说他住院的事。毕庆勇每天都来看他四叔，毕成功对他说不上亲，也说不上不亲，来了随便说几句话就自己闭了眼睛默着。怕打扰他休息，毕庆勇就和他四婶到门外去小声说说话，问问病情。按他的意思，他是想要晚上来陪护的，可方美丽不让，她说让他和毕继承都回去。她闲着，回去还是会担心睡不着，不如在这里陪着安心。他说怕她太累，她又说老田媳妇每天在毕继承高新的家里做好一天五顿饭，让司机送来，毕成功和她的饭也是不用操心的，就让毕庆勇不用太操心了。她见毕成功睡着，便压了声音说，我怕继承在医院晃着，哪句话说不好又让他爸生气，可是不说话也不行，我就让他每天只来一次，省得出麻烦，惹他发脾气。

他问，我四叔一直用耳机听歌？

方美丽说，他爱听邓丽君的歌，平时在家在公司都听音响。

毕庆勇知道许多像他四叔那样年纪的人都喜欢邓丽君的歌，便说，他有这个爱好倒是挺好的。

又过了一个礼拜，医生给毕成功做了检查，说他可以出院了，他却说他想多待几天，因为总觉得心里还是不得劲。方美丽没话找话和他说，回去就在家好好养养，别墅的花已经开了，那些花很香，招来很多蜜蜂。毕成功嗯了一声。病房里摆了几束鲜花，毕成功听着歌，盯着那花出神，忽然没头没脑地说，要是手术没做好我死了，这些花就插成花圈摆到殡仪馆了。方美丽还没想出句什么话回他，毕成功已经又闭了眼睛扭过脸不说话了。方美丽拧了热毛巾帮毕成功擦脸，他耐着性子让她擦了一会儿，见她去洗了毛巾又冲自己走过来，就烦了说，行了！天天在床上躺着，能有多脏？你不要走来走去了，人心烦得很！

方美丽只好拿着毛巾可怜巴巴站在那里，毕成功叹口气，朝着墙扭过脸去。见他失了魂一样，方美丽只好坐回自己的小椅子，出了神地看着毕成功的侧脸。她觉得他仿佛是一个吹得很大很大的气球，突然被小针扎了一个眼，那气就漏了，他就完全塌了。她从来没有见过这样没有精神的毕成功，他蔫蔫的又瘦瘦的样儿，让她很陌生很害怕。突然她想，他被骗走的是不是他所有的钱呢？那他没了钱，他们一家会不会和过去一样生活？那他一定就没有钱再供宝宝上英国的学校了！想到宝宝，方美丽的心一下就开阔了，太好了，那她的女儿就可以回来和她一起生活了！

方美丽欢愉起来。她忍耐不住了，站起身蹑手蹑脚去看毕成功，却见他正半睁着眼睛出神。她小声问，成功，要是法院不判给你赔付的钱，你还有钱吗？

毕成功用眼角扫了她一眼，重新茫然地盯回墙边的什么地方，好一会儿才问，你要买啥？

方美丽说，我看你这样子怪难受的。咱只要都好好的，哪怕把别墅和西安城里那几套房都拿去顶账，再穷的日子咱都过了，也不怕啥！

毕成功没好气地慢吞吞说，顶啥账？你懂个啥！

方美丽咬了咬嘴唇，见他高了声，又怕他动气对伤口不好，赶紧说，好！好！好！我只是想劝劝你，别生气呀！

毕成功长长叹口气说，哪还有气生！这几天我一下子觉得老了，没心劲啦，啥也不想干了。唉！

方美丽说，那……你就回来养着病，把老田两口子辞了还能省些钱，我再去找个工作养你，一样过日子！

他没想到她会这么说，就把脸转过来，见她对自己努力笑着，眼睛里却含着些泪水。他有些感动，轻声说，你可真够……我的钱多呢，哪用你去找工作养我？

方美丽流了眼泪说，你吓死我了！看你这样子我以为你赔光了呢！你有那么多钱，少这一千五百万咋就和天塌了一样呢？

他就回味着她的话，重复道，天塌了……一样……我长这么大也没吃过亏！

这时毕成功的手机显示了老马的来电，方美丽握了他的电话不想给他。毕成功伸手说，给我！

老马兴冲冲地说，老毕呀！额有个好消息！额那法院儿的亲戚跟额说，现在按赔偿顺序轮到你，还剩七百万，他建议让你先把这钱收上，剩下的钱，再找老高其他能执行的项目，以后算走算说！

听了这话，毕成功几乎是从床上瞬间弹坐起来的，他说，你亲戚真厉害！我只当这事不行了！我可得好好谢你！那我现在要做什么？

老马说，可能下礼拜才开始呢，他是刚得到消息就赶紧跟我说了。

毕成功激动地说，老马，你可算是帮了我了！下次来西安，我好好谢你！

老马呵呵笑着说，谢啥呢！你帮额那么多次，这又算个啥嘛！对咧，还有个好事给你说，这两天煤价又在上涨，一吨比上个礼拜能涨一百块钱！我听说，你请的那个管矿的人每天都忙得住在矿上加班呢，咱矿上出煤都不够拉走的！我要谢你呢，幸亏你当时把这矿接手了，你福大命大造化大，这矿跟上你才一个月就又开始赚钱了，额就等着跟你收那20%的收益呢！

挂了电话，毕成功高兴得眼睛亮晶晶的，他深深呼吸了，兴奋地对方美丽说，我觉得我全好啦！你赶紧和继承说，让他来医院办手续，我马上出院走呀！

方美丽见他接了个电话，就像打了强心针，仿佛瘪了的气球又重新充满了气，连声音也是饱满清脆的。她不甘心地说，那得让医生看看你能不能现在走！这钱又不是你不出院就收不回来了，你在这躺着又不影响啥！

毕成功说，你懂个啥？不是还差几百万？我想起秦教授说狗日的老高在洛阳还有个项目投的钱，我去把那个事跑一跑，说不定能找回来，那不就什么损失也没有了？我和秦教授早约了去蓝田县看要助学的那几个学生，这一住院都没和他联系，他一定觉得我没诚心做慈善！这两天我就让他们跟我去呀！

他从床上下来，方美丽赶紧把拖鞋递到他脚边，他说，我的衣服呢？让司机来接我去找秦教授！我得和他去趟洛阳！

方美丽说，我去找人家医生给看看！恐怕还得回去吃药打针吧！

毕成功不满地说，哪有那么啰唆？你没看我现在多壮多精神？天天在这儿躺着，我身上都快长毛了，快让司机回去取我的衣服！我是坐车又不是去长征！

方美丽只好按铃叫护士来，然后给司机打电话，又给毕继承打电话，让他来医院办出院手续。

毕成功赤着脚走到窗前，因为怕影响他休息，方美丽便把窗帘拉得只留了一条缝，他哗啦一把将窗帘全拉到墙边，房子里一下亮堂了。那玻璃窗也是关着的，他伸手推开，窗外喧杂的声音便立刻全进来了。毕成功把头伸出去看，楼下是一条马路，路上正响着热热闹闹的汽车喇叭声和行人的声音。路边有个什么商场正在搞促销活动，空中放着好几个大气球，挂着红色的条幅，街边的大音响里正放着欢快响亮的音乐：你是我的小呀小苹果，怎么爱你都不嫌多……

毕成功蛮有激情地跟着哼哼那音调，又饶有兴趣地俯视着这城市，病房在十一层，并不能像他的办公室那么一览无余，但依旧能看到远处模糊的终南山和不远处被挡在一片楼房之后的城墙，那城墙上挂着的大红灯笼衬在蓝天里很是好看，近处的街道上满都是车，排着队慢慢往前移动。正午的大太阳从窗外照进来，刚好晒在毕成功脸上，他便眯了双眼眺望，西安城在太阳底下蒸腾出一种模糊的光彩，远处高高低低的高楼大厦都贴着幕墙玻璃，正折射出一片金灿灿的耀眼光芒。

　　毕成功兴冲冲地看着那些楼对方美丽说，你看！现在的西安城多美！就像一座黄金城！

从西安城到黄金城

西安城是我的故乡。

《叶落长安》《叶落大地》《黄金城》这三本书都是写西安平民生存故事的，虽然时代不同、人群不同，但有一点是相同的：我所写的主人公，无论是男是女，无论是河南人还是山东人，都是在生命最痛苦无助的时候投奔西安城而来，他们在这城里城外处于绝地而重生，咬牙奋斗，都活出了尊严、活出了光彩。而且，不同于许多文学作品里人物对故乡和根的回归向往，我的三部长篇小说里的主要人物，都是在特殊年代来到西安，在他们人生最后的时刻，都把包容宽厚的西安城视为故乡，觉得一生中最美好的时光都是在这里度过的。所以，他们并不想要叶落归根，而是更愿意"叶落长安"或"叶落大地"。

我总认为，一个家庭、一个小院子里的悲欢离合有时便是一个城的缩影，一个中国城市的荣辱兴衰往往便是整个中国的缩影。无疑，西安是最宽厚包容又最能代表中国的城市之一。于是，我站在这西安城里，书写着西安平民的生老病死、喜怒哀乐，回视中国平民的百年生存史，瞭望未来。

二十多年前，我开始写第一部长篇小说《叶落长安》，那时我心心念念想关照的就是"长安"这座城，再就是叶落不能归根而只能落在长安的那一群河南难民。他们在这城里活生生走来走去，又为了吃饭要辛苦奔忙，为了活得更好而奋斗。他们是我的祖辈：我的外公外婆站在他们中间，我认识的许多老人都站在这段历史的边缘。从1938年黄河花园口决堤失了家园，他们惊慌失措逃到这西安城，慢慢地在呼啸而过的八十多年时光里融入这城里，渐无痕迹。

我的外婆是一位善良伟大的河南女性。

在我二十多岁的时候，外婆曾和我诉说了整整一天又大半个晚上，我永远无法忘记自己面对真相时的震惊和悲痛，使命感至今依旧如影随形并令我痛彻骨髓。一心想当个杰出画家的我，从那天决定，我须得用文字去记载河南难民们逃到这城的传奇，把他们平常细碎的日子留在西安城的历史里。

我向许多河南老人问起过去的事，"过去那日子，老可怜！"他们第一句大多是这样说，有的要抹抹泪才能絮絮说起往事，没吃、没穿、没住也没文化，拉扯孩儿们的不易。"老可怜！"他们还是用这三个字总结了所有的艰难。我问起这辈子有过好生活没，他们眯着浑浊的眼笑了，露几颗残牙，操着依然浓郁的河南乡音："现在好！"

在失却了青春、失却了健康、失却了体力，甚至失却了行动能力的时候，他们却认为现在是一生中最好的时光，并且，他们都想离世之后埋在这里——他们想要叶落长安。

这些散落在西安城街街巷巷、缝缝隙隙的河南人，他们平凡而卑微，却有本事用自己的河南乡音融合软化了干帮硬正的秦腔，几十年间，硬是在西安城形成了特有风味的西安河南话。他们也爱西安，不同于文人们对古老文化的向往，也不是当省城人的荣耀，那爱是极其现实的，却也极其深沉。即便当时同样贫穷的西安城并没可能多给他们一口温热的吃食，但在这座城里，他们拉坡、背菜、拉架子车送货，挣了一分一毛的钱搭起自家的屋檐。能让一家老小安身立命，这前半世便是受了西安城莫大的恩，善良的河南人无法不把这里当成自己的故乡。河南老家，只是户口本上那几个汉字，是梦里的故乡，也是令人伤心的、不得不离别的家园。

我热爱着他们又心疼着他们，庆幸他们终是从战乱、饥饿、黄河大水里逃到了西安城，这个所有难民都认为没有饥饿、没有战争、没有死亡的理想家园——"长安之城"。他们差不多都是战争和饥饿的见证者，他们每个人也都是幸存者。不仅是外公外婆，我的公公婆婆也站在他们中间，我的父亲、母亲、舅舅姨姨们土生土长在这城里，同样站在他们中间。我和丈夫、女儿一样，是他们的后裔，从小也生于此长于此，这就是生生不息繁衍不止吧！我知道了河南老人们活着的顽强，就不可避免要去了解那时的历史，然后泪流满面。有一个时期，我在那些图片资料面前永远是悲愤难忍的，抗战时期日本人侵略祸害了中原，河南人死尸遍野，可是他们的死却轻如草芥。直至今日，花园口惨案的死亡人数在各种历史资料里也是语焉不详的，大略是上百万人在黄河决堤后葬身大水、两千多万人流离失所成了难民。有日本兵在回忆录里说,他亲眼看到一个村庄被咆哮的黄河水一下子吞没了——这些亡故的人连一个名字和一个坟头也没可能留下,更别说一座碑了。

他们被黄河淹没的时候,也被历史长河永远湮没了。

自古长安帝王都,我们熟知的周秦汉唐在这城里的任何一个时代,都有《史记》和《旧唐书》《新唐书》之类的史书去记载。在我少年时第一次读那些书就看出来了,大多写的是帝王将相、后宫嫔妃、名士高人。它们里面没有平民的地方,也没有河南难民、山东移民的地方。

这个世上幸好还有文学。

我行走在西安城里的街巷和城外的乡村里,徜徉在历史的大片文字里仔细辨认,我和许多老人聊天,就觉得这些幸存者的活着果然都是伟大的生命奇迹。从河南省到西安城,从八十年前到现在,他们每个人本来都有一百个死法的,可他们愣是从死人堆儿里走了出来!居然都微笑着活下来了!

于是我写了《叶落长安》。

多少年来,我默默关注着西安城,和这城里城外的土地,也关注着这城里城外的人们,我愿意当这城忠心耿耿的书写者。我关心这城的建筑和街道,关心这城的绿化和空气,关心地铁的线路,关心唐代的文物又出土了多少,关心那些古时就有的大庙渐渐消逝在尘埃里。我关心西郊那些老厂子的改制和工人们的去向,他们大多是20世纪50年代建厂时来到西安的工人,也有当年随张学良来陕的东北军后裔,他们对西安的工业发展有着巨大贡献;我关心逃荒来西安的河南老人们晚年生活得是不是如意,因为河南人大量融入西安的城北和东郊,在几十年后的今天已经扎根在这个城市,他们对西安的城市气质形成有着怎么样的影响;我关心着农业大县周至为什么从过去的"金周至"成了扶贫攻坚的重点贫困县;我关心着渭北农村的肥沃土地,在十九大之后能不能如国家和农民的心愿顺利进行土地流转;我关心城镇化进程中,十四亿的中国人口里,会种地愿意种地的农民越来越少,我们的土地上要进行怎样的优化耕种,才能打下够养活这么多人口的粮食;我关心这城里的房价和物价能不能让城东城北那些居民们满意……我的关心让我常常欢喜,也常常沉重。我无可奈何,又无法释怀。

我没有别的本事，于是又写出长篇小说《叶落大地》和《黄金城》。

在我心里，这些书的气息是一脉的，从来没有离开过西安这座城，也从未离开过这城里城外无数人一百多年间的生存，更没离开对中国这片土地上平民生存故事的关照。2006年《叶落长安》出版后，改编为同名电视剧在全国播出，有许多观众读者和我谈郝玉兰、白莲花和梁长安们，谈那个贫穷而充满亲情的时代，谈他们感受到的温暖和力量。他们的关注给了我莫大鼓励和认可。欣慰之余，我却在思考：我的书名是"叶落"长安，写作之初我就是想要还原河南难民在西安大半个世纪的生存故事和生命故事。我的主人公郝玉兰们是战争和灾难的幸存者，如果小说没有写透他们在"生"与"死"问题上的态度，那就太遗憾了。

这个遗憾放在心里十三年，其间《叶落长安》也有再版，我都全文未改动一字，那时小说的后记标题是："我用我的方式热爱我的西安"。2019年年初我决定出版"西安城"系列小说。重新细读了三本小说，我强烈觉得必须给我的小说原型人物们一个交代——他们是上百万在黄河大水里丧生、在逃荒中丧命、在西安城里生存了大半辈子最后埋骨于此、叶落不能归根而"叶落长安"的河南老乡们。我也必须给我的小说一个交代，因为当年出版时只节取了中间部分，我想表达的主题并没有呈现出来，郝玉兰、白老四和他们的亲家们、儿女们、街坊们的生存故事虽然有所表现，生命故事却还未能完整，需要一个正式的后传。

我决定进行《叶落长安》增订版的创作。

2006年出版的《叶落长安》写作了八年之久，二十七万字。2019年的增订版创作却进行得非常顺利，我重新写了二十万字的长篇小说《西安城》，加进之前的《叶落长安》里，修改增订之后形成了这本新书《叶落长安》（增订版）。所以这本书其实有两个长篇小说，但是连接并无痕迹，因为小说的人物命运、时代背景和想要表达的主题是一致的。经过十几年的沉淀，我的思考更为深入广阔，这使郝玉兰们"叶落"的生命主题表达得更为完整了。

有时便觉得，我注定是为西安城的书写而来到这座城的。

不同于河南难民，在许多商人眼里，西安城是一个耀目的"黄金城"。

对于《黄金城》里毕成功这样的文学形象，我一开始打算写他，就想要他绝不雷同于任何一个文学作品里的中国商人。

我在2005年完成《叶落长安》初稿的时候，小说全文有六十多万字，我从1938年花园口被炸决堤写起，一路沿着主人公的逃难经历和生活故事写到了他们六七十岁时的2000年。后来，我把中间那部分修改之后以《叶落长安》的名字出版了，后半部分则重新写成了两个长篇小说。一个便是这本《黄金城》，2019年2月在《当代·长篇小说选刊》发表后，现在单独出版。而另一个《西安城》2020年2月在《中国作家》发表后，则加进之前的《叶落长安》，修订之后形成了新书《叶落长安》（增订版）。

1978年之后的西安人和所有中国人一样，都强烈盼望着摆脱饥饿贫穷过上富裕的日子，有一个时期几乎到了全民皆商的状态，我就给这个时期的西安城叫作"黄金城"。

《黄金城》是《叶落长安》后半部分没有展开细说的"财富"故事，也是这座城在改革开放过程中发生巨大变化的四十年。

书里众多的商人毕成功、毕成才、老高们，是我们熟知而不陌生的，他们可能是我们的父辈，可能是我们的兄弟姐妹，也可能是我们的同学或邻居。在这座城里，他们为了温饱而下海，为了财富而奋斗，为了爱情而疯狂，终于在这残酷的商业战场上或成了烈士，或成了富翁。

小说中毕成功这个人物，在现实中是不存在的，但他却是无数商人的汇集重叠。我所写的毕成功童年被遣返、少年时又逃离的那个村子在现实中是没有的，但是这一类的村庄，在中国的河南、陕西或其他地方却有许许多多。1977年毕成功逃到了西安城，进了西安城门就知道这城是他的家了，他发誓要在这城里过上好日子，再接他的娘一起来。然后毕成功就在这里赚了四十年的钱，他的财富积累过程是有象征意义的，和改革开放四十年完全融合，他的个人成长和中国改革开放后的商业发展算是同龄。毕成功对财富的天生的敏锐嗅觉和狂热劲头，是我特别想要写出来的。改革开放使商人在中国几千年来的历史上，突然有了从未有过的地位，而毕成功站在中国历史从未有过的全民崇尚赚钱的高点上，得意扬扬地炫耀他的成功。

那么我们看到，毕成功们和我们千百年来的价值观、社会价值认知，是全然不同的！

这是一个特殊的时代，是一个充满机会和认可成功的时代，人们终于解决了温饱开始富有,并不关心毕成功、老高们的成功是怎么来的。但是这成功会把我们的人性和社会带到什么地方呢?财富的积累是个幸福的过程,也是个痛苦的过程,这一群人在得到幸福的同时失去了什么呢?

这些问题,书里的毕成功在想,我们社会发展过程中的很大一群人也在想。

我知道,在许多人的成长过程中,对自己的故乡是有很大关照的,而小说里的毕成功几乎没有。他从来没有认可沙村的土地是他的故乡,因为他从来没有在土地中收获过什么,他只认为他就是西安城的主人。他只对赚钱这事有滋有味,就从做买卖中获得了他最喜欢的钱,又因为钱获得了他最想要的爱情,顺带收获了世人对他财富的羡慕认可。毕家的四个儿子有三个后来都离开农村进了城,成了商人、厂长和建筑公司的科长,仅有的还留在土地上耕种一个,却也在后来被征了土地得到住房和补偿金成了城市居民。从这个层面,我们看到的是中国改革开放四十年以来,中国土地上的人们如何从几千年农耕的传统,渐渐城市化的过程。

在西安城里,毕成功们积累财富的故事和他们的情感故事一样,有着特别的时代烙印。1978年之后中国商人亲历的创业史,和中国这四十年来发生的巨大发展变化是息息相关的。我想通过文字营造一座如水中明月般能映照现实的"城":它充满黄金,吸引着渴望财富的人们,直至他们的价值观里只有财富。为了成功,他们勤勉、奋斗、充满激情,但又可以为此而放弃亲情、道德、诺言和底线,不惜代价不顾一切。

最终,它或许只剩下黄金。而这个时代的我们,都生存在这样虚妄而耀目的黄金城里。

《叶落长安》《叶落大地》和《黄金城》这三本书所描写的时代相连接,恰好是中国城市一百二十年左右的变迁。对我,这是我二十多年来的一些思考。我经常感慨,我生存在中国历史上一个最独特的时期,也生长于一座中国历史上最辉煌的城。我一心想要用我的方式热爱我的西安城。

西安城,是大城。无论是汉唐帝国诸多帝王在这里一统天下几百年,使这城以政治经济文化的中心成了中国及至世界的中心,以繁华巍峨形成了高贵而质朴的气质精神;还是宋以后这城依旧雍容沉稳,以故都古城的形象在世人面前屹立;还是在民国时期遭遇惨烈的"西安围城",西安城都一概宠辱不惊地默然而立。她,能包容一切。

西安城，是方城。无论是唐长安城，还是明长安城，那城都四四方方棱棱正正。城墙的样子和城墙砖的颜色，就是这城的样子和这城的颜色，方阔而沉稳，朴实而有华。古人说，天圆则生运动变化，一切才会进步，地方则收敛静止，人们才能安逸而和平和谐。所以，这城是天圆地方的方正，是这城里的人们世代秉承的方正。

西安城，是广城。大唐时期，印度、日本、韩国与中国长安的文化交流达到了顶峰，大量遣唐使、留学生、留学僧来到长安学习，这一切，在两千多年之后，深刻影响到了当下世界文化的大格局。中国历史上没有哪个城有着这样的广阔，长安城的璀璨与没落，是两千多年来所有中国文人眼里的荣耀与落寞。而儒家文化、佛教文化、道教文化都在这里深植而广博，形成中国传统文化的博大精深。

曾有朋友问我，作家总在自己的笔下不知不觉地记录下了时代，对你来说是这些人物的命运经历吸引了你，还是作家的使命感使然？

当时我说二者都有。只有被独特的人物命运所吸引，我才会更加关注这个人物身后的历史，或想要了解更多那个时期的更多人的命运。而社会现象和历史事件是一直公开在那里的，许多人都可以接触到，但每个作家的关注点并不一样。我希望我有对时代脉搏的准确把握，能敏锐地从人们熟视无睹的众多现象中发现本质。

最终，我写的是人物，是他们背后的时代。

对众生的使命感，促使我对这些人物命运背后的东西进行不断思考：为什么这个人是这样的命运，而那个人是那样的命运？他们的生存又是怎样嵌在历史的夹缝里而绵延不绝的呢……

在写作中越是深入探究，我越是能感受到文学的力量。如果我的作品能够温暖寒冷、照亮黑暗，那将是我写作的最大意义！

有位朋友曾说，长安是中国的乡愁。我很希望我的文字能给这乡愁注入一些温暖和力量。

吴文莉于逸品莲堂
2019年9月17日